Brian McClellan

火药魔法师

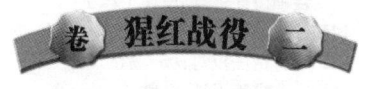

卷 猩红战役 二

[美] 布莱恩·麦克莱伦/著 THE 露可小溪/译

CRIMSON
CAMPAIGN

重庆出版集团 重庆出版社

The Crimson Campaign
Copyright © 2014 by Brian McClellan
Maps by Isaac Stewart
Published in agreement with Liza Dawson Associates LLC,
Through The Grayhawk Agency.
Simplified Chinese edition copyright © 2024 by Chongqing Publishing House Co.,Ltd.
All rights reserved.

版贸核渝字(2017)第095号

图书在版编目(CIP)数据

火药魔法师.卷二,猩红战役/(美)布莱恩·麦克莱伦著;露可小溪译.—重庆:重庆出版社,2024.7
书名原文:THE CRIMSON CAMPAIGN
ISBN 978-7-229-15258-1

Ⅰ.①火… Ⅱ.①布… ②露… Ⅲ.①长篇小说—美国—现代 Ⅳ.①I712.45

中国国家版本馆CIP数据核字(2024)第092799号

火药魔法师(卷二)猩红战役
HUOYAO MOFASHI(JUAN'ER)XINGHONG ZHANYI

[美] 布莱恩·麦克莱伦 著　露可小溪 译

联合统筹:重庆史诗图书信息咨询有限公司
责任编辑:邹　禾　唐弋淄　陈　垦
装帧设计:谢颖设计工作室
封面图案设计:[美]劳伦·帕内平托
责任校对:杨　婧
排版设计:池胜祥

重庆出版集团　出版
重庆出版社

重庆市南岸区南滨路162号1幢　邮政编码:400061　http://www.cqph.com
重庆市国丰印务有限责任公司 印刷
重庆出版集团图书发行有限公司 发行
E-MAIL:fxchu@cqph.com　邮购电话:023-61520678
全国新华书店经销

开本:890mm×1230mm　1/32　印张:16.875　字数:428千
2024年7月第1版　2024年7月第1次印刷
ISBN 978-7-229-15258-1
定价:85.00元

如有印装质量问题,请向本集团图书发行公司调换:023-61520678

版权所有　侵权必究

献给米歇尔
我独一无二的
朋友、搭档，兼爱人

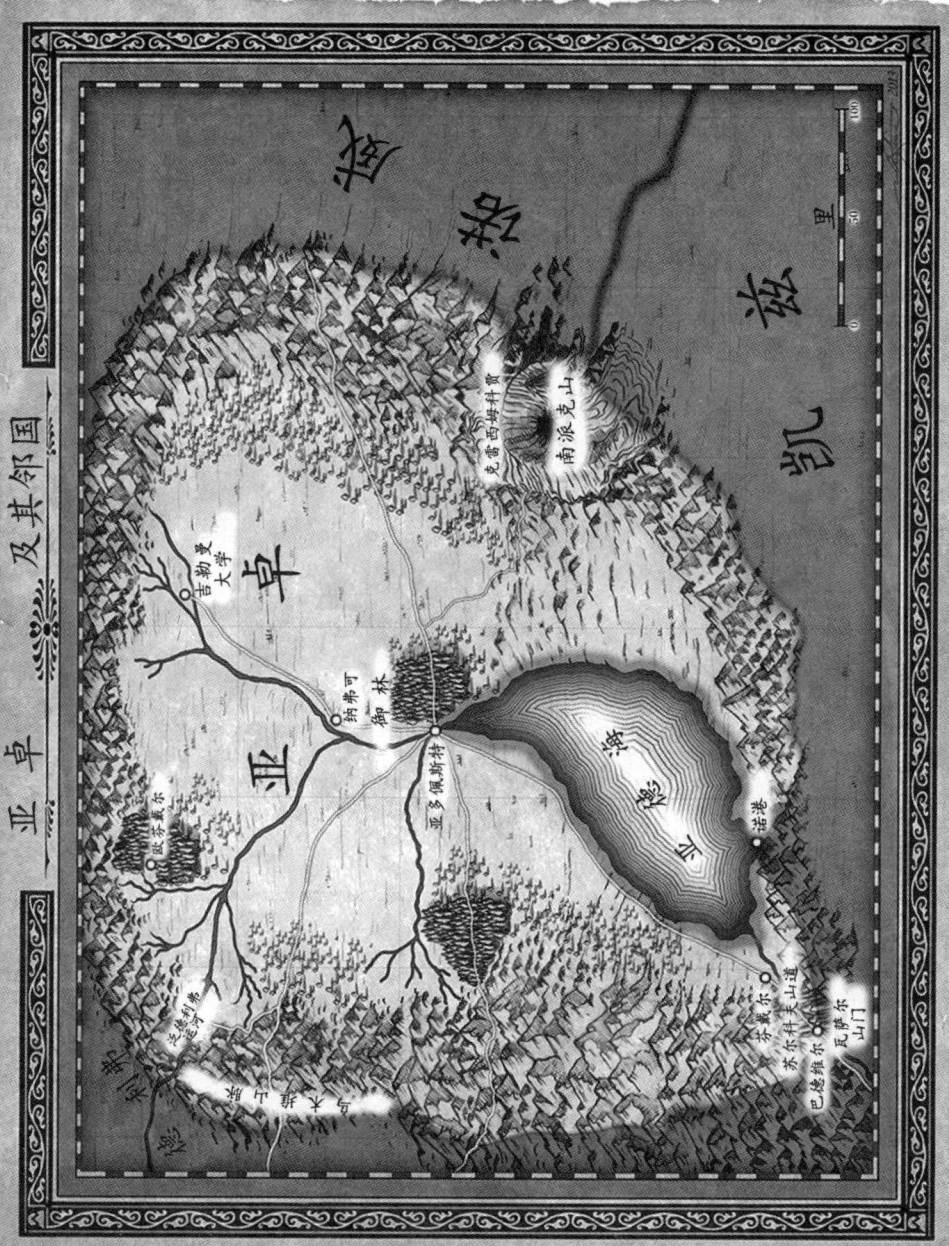

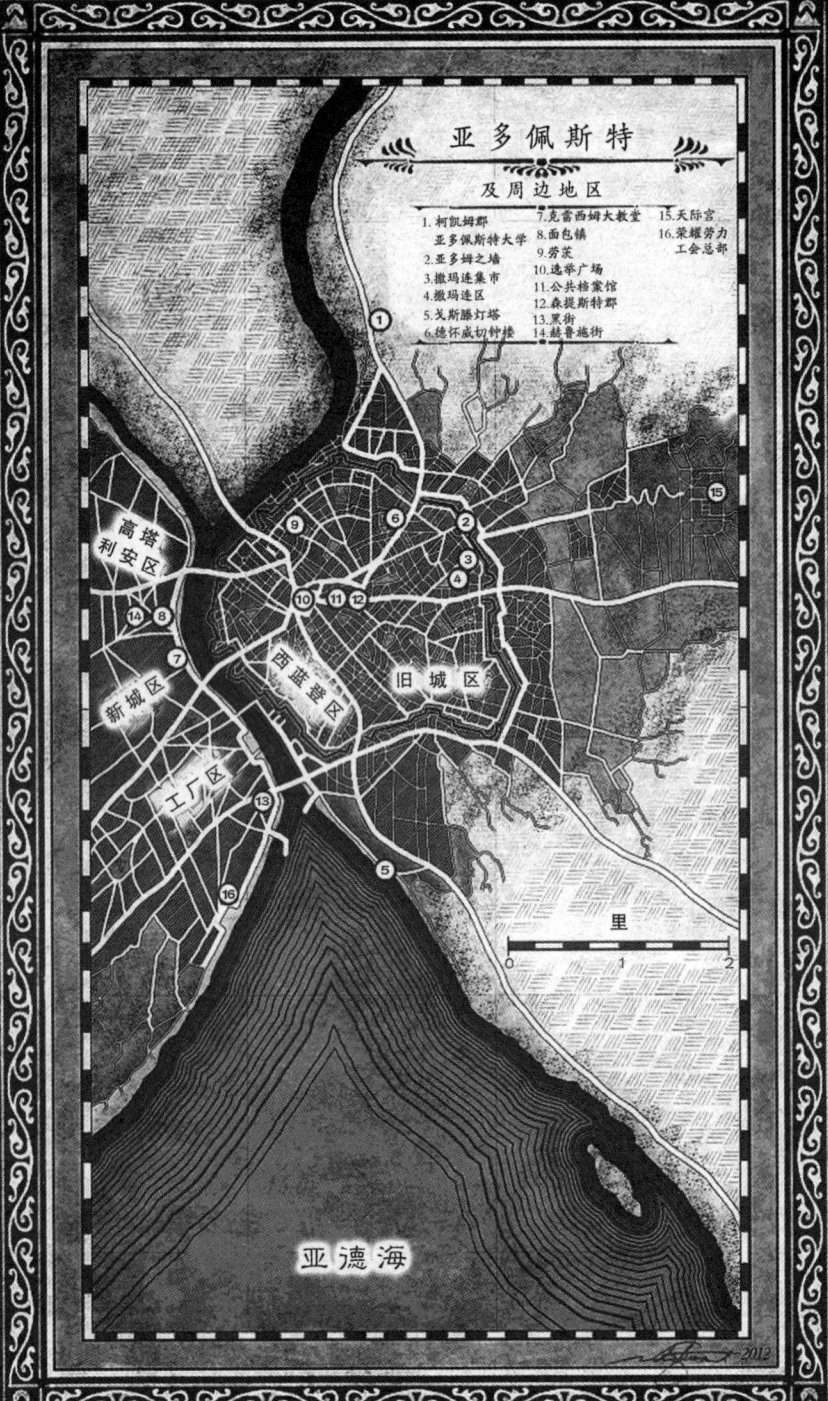

第 1 章

埃达迈藏在浓密的篱笆墙间,一动不动,透过避暑小楼的窗户,盯着饭厅里那些人。小楼分上下两层,有三间卧室,孤零零地坐落在林间土路的尽头。从小楼步行到镇上需要二十分钟,外人听不到枪声。

以及惨叫。

维塔斯大人的四个手下在饭厅里优哉地喝酒、打牌。其中两人块头很大,肌肉发达,壮得像牛。还有一人中等个头,大腹便便,蓄着浓密的黑胡子。

埃达迈只认得最后一人。那人生着一张方脸,脑袋小得可笑,名叫"狐狸"罗哈。大老板在亚多佩斯特有家裸拳搏击场,他是那里个头最小的拳手。可以想见,他的脚步比大多数拳手灵活,但他不太受观众待见,所以很少上场。他来这里干吗,埃达迈毫无头绪。

看着这几个不法之徒,他很担心孩子们的安全——尤其是女儿们。

"军士。"埃达迈低声道。

篱笆墙簌簌作响,埃达迈瞧见了奥德里奇军士的脸。他的下颌棱角分明,借着暗淡的月光,只见他嘴里的烟草在脸颊一侧鼓起。"我的弟兄们就位了,"奥德里奇应道,"所有人都在饭厅吗?"

"对。"埃达迈观察自家小楼已有三日。他仿佛置身事外,看着那帮人冲他的孩子们吼叫,在他家里抽烟,用烟灰和啤酒弄脏法耶心

火药魔法师

爱的桌布。好在他也摸清了那帮人的习惯。

他知道那个蓄须的胖子守在楼上，整天盯着孩子们。他知道两个壮汉会带孩子们去外面的厕所，狐狸罗哈负责留守。他知道那四人不离孩子们半步，直到天黑，然后会在餐桌上打牌。

而整整三天，他都没看见妻子和长子的身影。

奥德里奇军士塞给埃达迈一支上膛的手枪。"你确定要带头？我的弟兄们都是好样的，能把孩子安全地带出来。"

"确定。"埃达迈说，"他们是我的家人。我责无旁贷。"

"如果他们上楼，别犹豫，直接扣扳机。"奥德里奇说，"我们不希望他们有人质。"

孩子们早就是人质了，埃达迈心想。但他没说话，只用一只手捋平衬衫的前襟。天空阴云密布，太阳已经落山，现在行动不会惊动楼里的人。他离开篱笆墙的掩护，突然想起被召唤到天际宫的那个晚上。序幕由此拉开：政变，叛徒，接着是维塔斯大人。他暗暗咒骂塔玛斯元帅，就是他，害自己和家人落到如此田地。

奥德里奇军士的士兵悄悄跟上埃达迈，顺着踩烂的土路摸向前门。埃达迈知道，还有八个人守在小楼后面。一共十六人，人多势众且出其不意。

可维塔斯的爪牙控制着他的孩子们。

埃达迈在门前停步。亚卓士兵手持火枪，在饭厅窗下就位，深蓝色军装几乎融入夜色。埃达迈低头盯着大门。法耶选中这栋小楼，放弃了离镇子更近的地段，部分原因就在于这扇门。结实的橡木门和铁铰链。她认为前门牢靠，家里才安全。

他一直不敢告诉妻子，门框已经被白蚁蛀坏了，而他早就有了换门的心思。

埃达迈后退一步，一脚踹在把手附近的门板上。

朽木受到撞击，轰然开裂。埃达迈钻进前厅，绕过墙角，同时抬起枪口。

四个打手立刻做出反应。一个大汉直扑通向楼梯的廊道。埃达迈稳稳地端枪，开火，对方应声栽倒。

"不许动，"埃达迈喝道，"你们被包围了。"

剩下三人瞪着他，呆立在原地，目光一齐落向他开过火的手枪，然后同时扑了上来。

埋伏在外面的士兵开枪齐射，窗户应声碎裂，玻璃碴如冰雨般洒进屋内。打手们纷纷倒地，除了狐狸罗哈。他掏出一把匕首，踉踉跄跄地逼近埃达迈，鲜血浸透了衣袖。

埃达迈掉转枪柄，砸向罗哈的脑袋。

就这样，行动结束了。

士兵们涌进饭厅。埃达迈从他们中间挤过，三步并作两步冲上楼梯。他先检查几间儿童房，里面空无一人。最后是主卧。他推开房门，力道太大，差点扯断铰链。

孩子们挤在床沿与墙壁的狭窄间隙内。大的抱着小的，尽可能护住他们。七张稚嫩的面孔扬起，惊恐地望向埃达迈。双胞胎中的一个正在哭，毫无疑问被枪声吓坏了，泪水无声地划过他胖嘟嘟的脸颊。另一个躲在床底，胆怯地探出脑袋。

埃达迈松了口气，俯身跪下。孩子们都活着。他被小家伙们围住，眼泪不由自主地滚落。一双双小手抚摸着他的脸。他张开双臂，想把他们全都搂进怀中。

埃达迈抹去脸上的泪水。当着孩子们流泪有损形象。他深吸一口气，恢复镇定。"我来了。你们没事了。我带来了陆军元帅塔玛斯的士兵。"

又一轮欣喜若狂的啜泣和拥抱之后，埃达迈回到正题。

"妈妈呢？还有约瑟普呢？"

长女凡妮希帮忙安抚其他孩子。"他们几周前带走了阿斯特丽

火药魔法师

特。"她用颤抖的手指拽着乌黑的长辫。"上周还带走了妈妈和约瑟普。"

"阿斯特丽特没事,"埃达迈说,"别担心。他们说没说带妈妈和约瑟普去了哪儿?"

凡妮希摇摇头。

埃达迈心头一沉,但脸上不动声色。"他们有没有伤害你?其他人呢?"他最担心凡妮希。女儿今年十四岁,已经是个大姑娘了。她穿着单薄的睡衣,肩头裸露在外。埃达迈没看到瘀伤,于是无声地叹了句谢天谢地。

"没有,爸爸。"凡妮希说,"我听到他们谈话。他们有这意思,可是……"

"可是什么?"

"他们带走妈妈和约瑟普时,有人来了。我没听到他的名字,但他打扮得像个绅士,说话声音很轻。他警告他们,如果不经他允许就动我们,他就……"她脸色惨白,说不下去了。

埃达迈拍拍她的脸蛋。"你很勇敢。"他温柔地安慰道。但在心里,他怒不可遏。一旦他没有了利用价值,维塔斯会毫不犹豫,放任打手们伤害他的孩子。

"我会找到他们。"他又拍拍凡妮希的脸蛋,站起身。双胞胎中的一个拉住他的手。

"别走。"小家伙恳求道。

埃达迈擦掉他的眼泪。"我会回来的。听凡妮希的话。"埃达迈扭头就走。他还要救出妻子和长子才行——全家人团聚之前,他还有不少仗要打。

他在卧室门口遇见奥德里奇军士,后者拿着帽子,礼貌地等着他。

"他们带走了法耶和我大儿子,"埃达迈说,"其他孩子没事。那些畜生里还有活口吗?"

奥德里奇压低声音,以免孩子们听见。"一人眼睛中弹。一人心脏中弹。一波幸运的齐射。"他抓了抓后脑勺。奥德里奇年纪不大,但两鬓头发已经花白。刚才激烈的战斗令他脸色发红,但他的语调依然平静。

"是很幸运,"埃达迈说,"但我需要活口。"

"有一个还活着。"奥德里奇说。

埃达迈赶到厨房,看到罗哈坐在椅子上,双手捆在背后,肩头和臀部的枪伤还在流血。

埃达迈从门边伞架上取来一根手杖。罗哈狠狠地盯着地板。他是拳手,是斗士。他不会轻易服输。

"你很走运,罗哈。"埃达迈用杖尖指着他的枪伤,"你可以保住这条小命,只要尽早治疗的话。"

"我认识你吗?"罗哈哼哼着说,脏衬衫上血迹斑斑。

"不,你不认识。但我认识你。我看过你打拳。维塔斯在哪儿?"

罗哈歪歪脖子,发出"咔"的一声,眼神充满挑衅。"维塔斯?不认识。"

但听他的语气,埃达迈敢肯定,他认识维塔斯。

埃达迈用杖尖抵住罗哈的肩头,就在枪伤附近。"你的雇主。"

"吃屎去吧。"罗哈说。

埃达迈手上用力,感觉到弹丸还在肉里,贴着骨头。罗哈痛苦地扭动。值得称赞的是,他一声没吭。要说裸拳手擅长什么,那便是忍受痛苦。

"维塔斯在哪儿?"

罗哈默不作答。埃达迈逼近一步。"你不想今晚就挂掉,对吧?"

"他比你可怕得多。"罗哈说,"再说,我什么都不知道。"

埃达迈离远些,背过身去。他听到奥德里奇迈步上前,接着是枪托猛击腹部的闷响。他任由军士打了好一会儿，这才转过身，示意奥德里奇让开。

罗哈的脸像跟苏史密斯打过好几轮。他弯着腰，口吐鲜血。

"他们把法耶带哪儿去了？"告诉我，埃达迈暗自祈求。为了你自己，为了她，也为了我。告诉我，她在哪儿。"还有约瑟普？他在哪儿？"

罗哈一口啐在地上。"就是你，对吧？那帮蠢孩子的爹？"他不等埃达迈回答，继续说道，"我们准备上了那帮小崽子，从最小的开始。维塔斯没答应。可你老婆……"罗哈用舌头舔过皲裂的嘴唇，"她愿意。她以为满足了我们，就不会伤到那帮小崽子。"

奥德里奇冲上前，用枪托狠砸罗哈的脸。罗哈的脑袋歪向一边，呻吟声闷在喉咙里。

埃达迈气得浑身发抖。不该是法耶。他漂亮的妻子，他的朋友兼搭档，他的知己，孩子的母亲，不该是她。奥德里奇还想揍罗哈，但被他抬手制止。

"别，"埃达迈说，"这家伙早就习惯了。给我拿盏灯。"

他揪着罗哈的后颈，将其从椅子上拽起，推出后门。罗哈跌进花园茂盛的蔷薇丛里。埃达迈拉起他，故意刺激他受伤的肩膀，继续往前推。那边是厕所。

"别让孩子们出来。"埃达迈吩咐奥德里奇，"再喊几个人。"

厕所有两个蹲位，相当宽敞。他家养了九个孩子，正需要这种厕所。埃达迈打开门，奥德里奇两个手下把罗哈架在中间。他从奥德里奇手中接过提灯，照亮厕所内部，好让罗哈看清楚。

埃达迈揭开粪坑上的木板，扔到地上。味道令人作呕。尽管太阳落山，墙壁上依然爬满了苍蝇。

"这坑是我亲手挖的，"埃达迈说，"有八尺深。几年前我该再挖一个，因为最近家人用得勤。他们整个夏天都住在这儿。"他用提灯照亮粪坑,夸张地闻了闻。"快满了。"他说,"维塔斯在哪儿?他们把法耶带哪儿去了?"

罗哈冲埃达迈冷笑。"滚去屎坑吧。"

"这儿不就是吗?"埃达迈说。他抓住罗哈的后颈,把他推进厕所隔间。里面只能容纳他们两个。罗哈拼命挣扎,但愤怒让埃达迈变得力大无穷。他一脚踢中罗哈的膝盖窝,把拳手的脑袋按向粪坑。

"告诉我,他在哪儿!"埃达迈嘶声喝道。

对方不答。

"告诉我!"

"不!"罗哈的声音在厕所隔间里回荡。

埃达迈使劲儿压住罗哈的后脑勺。再往前几寸,罗哈就将沾上一脸粪便。埃达迈强忍呕吐的冲动。这招确实够狠,没人性。但话说回来,把别人的老婆孩子当人质一样没人性。

罗哈的额头沾到了屎,他呜咽一声。

"维塔斯在哪儿?我再问最后一遍!"

"我不知道!他没告诉我。他只付钱让我在这儿看孩子。"

"他怎么付钱给你?"埃达迈听见罗哈在干呕。拳手抖如筛糠。

"用卡纳钞票。"

"你是大老板的拳手。"埃达迈说,"他知道这事吗?"

"维塔斯说有人推荐我们。没有大老板同意,谁也不敢雇我们干活。"

埃达迈紧咬牙关。大老板。亚卓犯罪界的头目,塔玛斯议会的一员。他是亚卓最有权势的人物之一。如果他认识维塔斯大人,说明他从始至终都是叛徒。

"你还知道什么?"

"我跟他没说过几句话。"罗哈断断续续地喘气,泪水横流,"别的我不知道!"

火药魔法师

埃达迈一拳砸在罗哈的后脑勺。他身子一软,但没昏过去。埃达迈提着他的腰带,把他的脸按进污物。然后提起,再按。罗哈拼命扑腾,两腿乱蹬,在屎尿里喘不过气。埃达迈抓住拳手的脚踝,把他整个人塞进了粪坑。

埃达迈转身走出厕所。他出离愤怒,几乎失去思考能力。他要毁了维塔斯,为妻儿遭受的痛苦报仇。

奥德里奇和手下们看着罗哈被污物淹没。昏暗的灯光下,其中一人都快吐了,另一人则赞许地点着头。此时夜深人静,埃达迈听见林间有蟋蟀在吱吱叫。

"不多问几句了?"奥德里奇说。

"他说了,别的他不知道。"埃达迈觉得胃里翻江倒海,他扭头看看罗哈乱蹬的双腿。想到罗哈强暴法耶的场面,埃达迈差点儿改变主意,但他还是对奥德里奇说:"拉出来吧,免得他淹死,然后送去守山人最深的煤矿。"

埃达迈发誓,等抓到维塔斯,他的下场只会更惨。

第 2 章

陆军元帅塔玛斯伫立于巴德维尔南门上方，俯瞰凯兹大军。这堵城墙便是亚卓最南端的边境。如果他扔一块石头，它会落进凯兹的领土，然后顺着北大道滚下去，一直撞上凯兹军营前的哨兵。

瓦萨尔山门——两道五百尺高的峭壁——分立于他两侧，由几千年来川流不息的亚德海冲刷而成。海水流经苏尔科夫山道，灌溉了凯兹北部安珀平原的粮田。

三周前，凯兹军队离开了仍在燃烧的南派克山。据官方估计，围攻休德克朗要塞的大军有二十万人，加上随军人口，总计近七十五万。

他的斥候则报告说，目前人数超过了百万。

听闻这个数字，塔玛斯有些心惊胆战。荒冷时期之后的一千四百年来，世上从未有过如此庞大的军队。如今这支大军却来到他的家门口，妄图夺取他的国家。

听听士兵们看到凯兹军队时的吸气声，塔玛斯就能分出新兵和老兵。他能闻出队伍间的恐惧气息，以及不祥的预感和深深的忧虑。休德克朗要塞一夫当关，万夫莫开。但这里是巴德维尔，一座生活着数万人的贸易城市，城墙年久失修，城门又多又宽。

塔玛斯不允许自己露出恐惧的神色。他也不敢。他隐藏了自己对战局的焦虑；对独生子仍在亚多佩斯特昏迷不醒的担忧；以及伤腿的疼痛——尽管有一位神替他治疗过。他面无表情，脸上只有对凯兹指

火药魔法师

挥官大胆冒进的蔑视。

背后的石阶上传来沉稳的脚步声,巴德维尔炮兵和第二旅的指挥官希兰斯卡将军来了。

希兰斯卡身躯肥硕,年约四十,丧妻十年,参加过哥拉战役。他的左臂齐肩而断,是三十年前被一颗炮弹打掉的,当时他的军衔还没到上尉。然而少了条胳膊和肥胖的身材并没有影响他在战场上的表现,这一点也赢得了塔玛斯的尊重。何况他的炮手还能在八百码外打掉骑兵的脑袋。

能进塔玛斯参谋部的人,大多凭的是才干,而非性格。希兰斯卡甚至算得上是塔玛斯的朋友。

"几周来,我一直在看他们集结,到现在都缓不过劲儿。"希兰斯卡说。

"因为他们的人数?"塔玛斯问。

希兰斯卡朝城墙外啐了一口。"因为他们的军纪。"他从腰间取下望远镜,熟练地单手甩开盖子,送到眼前。"那些该死的白帐篷排得整整齐齐,一望无际,看着更像模型。"

"摆开五十万顶帐篷不等于军纪严明。"塔玛斯说,"在哥拉时,我跟凯兹的将领合作过。他们用恐惧维持队列整齐。他们会搭建赏心悦目的营地,但等两军交锋,骨头就软了。连着三波齐射就能打散他们。"不像我的兵,他心想。不像亚卓军队。

"希望你是对的。"希兰斯卡说。

塔玛斯发现,凯兹哨兵在半里外巡逻,就在希兰斯卡的火炮射程内,但不值得为他们浪费炮弹。大部队驻扎在二里后,比起希兰斯卡的火炮,敌方将领更怕塔玛斯的火药魔法师。

塔玛斯扶住石墙边缘,睁开第三只眼。一波眩晕感席卷全身,他清楚地看到了"他方"。世界蒙上绚丽的光彩。远处有闪动的光点,仿佛敌方巡夜的火把——那是凯兹的尊权者和守护者。他闭上第三只眼，揉揉太阳穴。

"你还在考虑，对吗？"希兰斯卡问。

"什么？"

"突袭。"

"突袭？"塔玛斯笑了，"对方兵力是我们的十倍，要我主动攻击，除非我疯了。"

"但你的表情出卖了你，塔玛斯。"希兰斯卡说，"你就像条扯着锁链的狗。我认识你很久了。你掩饰不了，你打算有机会就突袭凯兹军队。"

塔玛斯望着那些哨兵。凯兹军营太远，不大可能攻其不备。夜间突袭也缺乏有效的地形掩护。

"若能让第七和第九旅出其不意地在那里现身，不等对方搞清楚状况，我就能直取他们的心脏，随后返回巴德维尔。"塔玛斯轻声说道。想到这里，他心跳加速。凯兹不容轻视。他们兵多将广，即使经历了休德克朗之战，依然拥有一些尊权者。

但塔玛斯也清楚自家精锐部队的实力。他清楚凯兹的打法，清楚他们的弱点。凯兹的士兵是从农民里征召来的，他们的军官是花钱上位的贵族。而他的将士却是钢筋铁骨的爱国者。

"我有几个弟兄侦察过……"希兰斯卡说。

"什么？"塔玛斯的思绪被打断，有些不满。

"知道巴德维尔的地下墓穴吗？"

塔玛斯嘟囔一声，表示知道。地下墓穴位于大西柱下方。后者是一座山，构成了瓦萨尔山门的一部分，那儿有许多自然形成的洞穴，稍加人工开凿，就成了安葬巴德维尔居民的墓地。

"士兵不得进入那里。"塔玛斯忍不住带上责备的语气。

"我会处理的。但在鞭打他们之前，或许你想听听他们的说法。"

"除非他们发现了凯兹密探的巢穴，不然没什么必要。"

火药魔法师

"比那还好。"希兰斯卡说,"他们找到一条路,你可以把人直接送进凯兹。"

塔玛斯心跳加速。"带我见见他们。"

第 3 章

塔涅尔盯着一尺高处的天花板，一边默默数数，一边晃来晃去。他躺在麻绳编成的吊床上，耳朵里满是哥拉笛吹奏的轻柔音乐。

他讨厌这音乐。笛声绕梁，不绝于耳，轻柔得听不清楚，却又无处不在，令他烦躁得直咬牙。他数到十，实在数不下去了，于是吐出口气。一团烟云漫卷过唇边，袅袅撞上剥落的灰泥。他目送烟云逃离隔间的天花板，飘到马拉烟馆中央。

烟馆里有十几个相似的隔间，其中两间有人。塔涅尔在这儿泡了两周，从没见过里面的人起来吃喝拉撒。他们除了叼着长长的马拉烟杆，就是招呼老板过来加料。

他探头伸手，准备给自己的烟杆加料。吊床旁边的桌上有个盘子，盛有少许乌黑的马拉碎块、一只空钱包，还有把手枪。他想不起手枪是哪儿来的了。

塔涅尔将碎块捏成一个黏糊糊的小球，塞进烟杆。小球立刻被引燃，他深深地吸了一口。

"再来点儿？"

老板来到塔涅尔的吊床边。他来自哥拉，肤色暗沉，但不及德利弗人那么黑，眼底和手掌的肤色更浅一些。同大多数哥拉人一样，他个头很高，枯瘦如柴，因常年在店里打扫并为瘾君子点火而佝偻了后背。他的名字叫金。

塔涅尔拿起钱包，摸了半天才想起里面空了。"没钱了。"他的

火药魔法师

声音嘶哑刺耳。

他来了多久？两周，塔涅尔想了好一会儿才做出判断。更重要的是，他是怎么来的？

不是来马拉烟馆，而是亚多佩斯特。塔涅尔记得在克雷西米尔宫殿顶上的战斗，记得卡-珀儿消灭了凯兹王党，也记得自己扣动扳机，将一颗子弹射进了神祇克雷西米尔的眼睛。

之后是一片黑暗。他醒来时浑身冒汗，卡-珀儿跨坐在他身上，两手满是鲜血。他想起旅店走廊里的尸体——父亲的士兵们，衣服上有陌生的标记。他离开旅店，跌跌撞撞来到这里，想要忘记一切。

不过他还记得这些，说明马拉烟没起多少作用。

"陆军军装。"金拨弄他的衣领，"你的纽扣。"

塔涅尔低头看看身上的衣服。深蓝色亚卓军服，银镶边，银纽扣，是他从旅店取来的——但太大了，不是他的。一枚火药魔法师的徽章——银质火药桶——别在衣领上。可能是他的。他瘦垮了吗？

他稍微记得，衣服两天前还算干净，如今却沾了涎水和食物残渣，还有被马拉余烬烧灼的焦痕。他什么时候吃过东西？

塔涅尔从腰间抽出匕首，拽起一颗纽扣，但突然停下。金的女儿进来了。她身穿褪色的白裙子，干干净净，与肮脏的马拉烟馆形成强烈的反差。她应该比塔涅尔大几岁，但身边没有孩子。

"喜欢我女儿吗？"金问他，"她可以跳舞给你看。两颗纽扣！"

他举起两根手指，"比法崔思特女巫好看多了。"

金的老婆本来坐在角落、不知疲倦地吹奏哥拉笛，这时对金说了句什么。他们用哥拉语简单交流几句，然后金回头看着塔涅尔。"两颗纽扣！"他重复道。

塔涅尔割下一颗纽扣，放到金手里。跳舞？不知道金的亚卓语够不够熟练，他是不是在暗示什么？还是说真的只是跳舞？

"晚点儿再说吧。"塔涅尔躺回吊床，手里多了颗马拉烟球，有小孩拳头大小。"卡-珀儿不是女巫。她……"他顿了顿，想对哥拉人解释一下。但因为吸了马拉烟，他的脑筋转得很慢，反应有些迟钝。"好吧，"他承认，"她是个女巫。"

塔涅尔装好烟管。金的女儿看着他。塔涅尔半眯着眼睛与之对视。按某些标准来说，她算是个美人，但塔涅尔觉得她有点高，而且太瘦——哥拉人大都很瘦。她站在那里，腰间架着洗衣篮，随后被她父亲赶了出去。

他有多久没碰女人了？

女人？他哈哈大笑，鼻孔冒烟。笑声变成了咳嗽，金好奇地瞟他一眼。不，不是随随便便哪个女人。是那个女人。维罗拉。多久了？两年半，还是三年？

他坐起来，在兜里摸索火药包，心里琢磨维罗拉在哪儿。也许正跟塔玛斯及其他火药党成员们在一起。

塔玛斯当然希望塔涅尔返回前线。

去他妈的。让塔玛斯来亚多佩斯特找自己吧。但他绝想不到后者会在马拉烟馆。

塔涅尔兜里没有火药包。全被卡-珀儿收走了。被她从操蛋的昏迷中唤醒之后，塔涅尔再没碰过火药。就连他的手枪都没有填弹。但他有办法弄到。只要找个兵营，亮出他的火药魔法师徽章就行。

可一想到离开吊床，他就头晕。

塔涅尔正开始犯迷糊，卡-珀儿进了烟馆。他的眼皮快合上了，唇间烟雾缭绕。她停下脚步，看着他。

她个头矮小，五官精致，白皙的皮肤上生着灰色雀斑，红发最多一寸长。他不喜欢卡-珀儿留短发，看起来像男孩。但我不会错把她当成男孩的，塔涅尔心想。他看到她脱下黑色长罩衫，底下穿着来历不明的无袖白衬衣，腿上则是黑色紧身长裤。

卡-珀儿拍拍塔涅尔的肩膀。他置之不理。就让她以为自己睡着

火药魔法师

了,或是因吸食马拉烟而失神了。怎么都行。

卡-珀儿捏住他的鼻子,同时捂住他的嘴。

他猛地坐起,挣开她的手,深吸一口气。"搞什么鬼,棍儿?想杀了我吗?"

她笑了。在马拉烟的影响下,塔涅尔盯着那双晶莹碧绿的眸子,脑子里起了非分之想。不是第一次了,但他驱散了这些念头。卡-珀儿受他保护。他是卡-珀儿的监护人。或者该反过来说?在南派克山上,明明是她保护了自己。

塔涅尔躺回吊床。"你要干什么?"

她拿出一摞厚厚的纸,外面裹着皮革。是素描本。用来替代在南派克山上遗失的那本。一想起这个,他就心痛不已。那是他八年的生活记录。他认识的人很多已不在人世。有朋友,有敌人。丢失素描本的痛苦,不亚于丢失那把赫鲁施步枪。

几乎一样……

他把烟嘴塞到牙齿之间,狠狠抽了一口。烟气灼烧着他的喉咙和肺,渗进体内,僵化了记忆,令他打个寒战。

他准备接过素描本,却发现手在发抖,立刻抽了回来。

卡-珀儿眯起眼睛,把素描本搁在他肚子上,外加一包炭笔,比他在法崔思特用的那些好多了。她指指它们,模仿画画的样子。

塔涅尔右手握拳,不希望对方看到自己发抖。"我……现在不画,棍儿。"

她又指了指,动作愈发强硬。

塔涅尔又狠狠地吸了口马拉烟,闭上双眼。泪水滑落他的脸颊。

他感觉卡-珀儿拿开了炭笔和素描本,听见桌子移动的声响。他以为一顿斥责在所难免,甚至可能挨打。总要发生点儿什么。可等他睁开眼睛,却发现她的赤脚在台阶上消失了。她走了。他又狠抽一口,擦去脸上的泪水。

恍惚之中，房间已不复存在，随之消失的还有他的记忆、他杀死的人、在他眼前死去的朋友，以及他亲眼见到，又用加持巫力的子弹放倒的神。他什么都不愿想起。

在马拉烟馆休息几日，他便会恢复如常，找回自我。他会向塔玛斯报到，回去做他擅长的事情——屠杀凯兹人。

塔玛斯离开巴德维尔城墙短短几个钟头，已经身处地下四分之一里深，头顶是重逾千钧的岩石。他的火把在黑暗中闪亮，在嵌满洞壁的一排排墓穴间投下光影。无数头骨悬于洞顶，为死者献祭，不知通往冥界的道路是否也是同样阴森可怖。

火可能更多，他心想。

他战胜了刚刚进入密闭空间时产生的恐惧，提醒自己，这些坟茔已矗立千年，不大可能垮塌。

通道的规模令他震惊。有些地方足能容纳数百人。最窄处也能让马车通行，不至于刮蹭到洞壁。

希兰斯卡提到的两个炮兵走在最前面，举着火把，经过许多墓穴，兴奋地交谈着，激起阵阵回音。保镖奥莱姆寸步不离塔玛斯，一手按着手枪，疑虑重重地盯着前面那两个士兵。队伍最后是塔玛斯手下两个最优秀的火药魔法师——维罗拉和安德里亚。

"洞穴用工具加宽了。"奥莱姆摸过石墙，"但看洞顶，"他指着上方，"却没有人工的痕迹。"

"是水流形成的，"塔玛斯说，"可能有几千年了。"他的目光掠过洞顶，又投向地面。道路微微向下倾斜，偶尔有些开凿的台阶，几千年来被朝圣者、家人和年年光顾的祭司踩得破旧不堪。尽管到处都有使用过的痕迹，墓穴里却没有活物的迹象——守城战期间，因为担心炮火摧毁洞窟，祭司已经不再安葬死者了。

火药魔法师

塔玛斯过去常在类似的洞穴里玩耍。他父亲是个药剂师，每年夏天就会进山，寻找稀罕的花草、蘑菇和菌类。有些洞穴深得不可思议，直抵大山内部；有些却会突然见底，令探险者意兴阑珊。

通道逐渐敞开，形成一个宽敞的洞穴。火光不在洞顶和远处的石壁上舞动，而是消失在上头的黑暗中。他们站在一潭死水旁边，潭水比无月的夜空更黑。几人的交谈声在巨大而空旷的洞穴间回荡。

塔玛斯来到炮兵身边，撕开一个火药包，撒在舌头上。迷醉感席卷全身，令他既晕眩又清醒。腿上的伤痛消失了，突然间，即使火光微弱，他也能看清整个洞穴了。

石壁上排列着石棺，杂乱无章地堆叠在一起，足有三四十尺高。滴答的水声在洞内回荡：那是地下湖的源头。塔玛斯看不到出口，唯一的通道便是他们进来的路。

"长官？"一个炮兵问道。他叫卢迪克。他将火把伸到水潭上方，想看看水有多深。

"我们在大西柱底下几千尺深。"塔玛斯说，"离凯兹不算近。我不喜欢被人领到奇怪的地方。"

奥莱姆拉开击锤，打破了洞穴的宁静。在塔玛斯身后，维罗拉和安德里亚也端起步枪。卢迪克和他的战友紧张兮兮地交换一下眼神，咽了咽口水。

"洞穴看起来到头了，"卢迪克用火把指向水潭对面，"其实不然。前面还有路，一直通向凯兹。"

"你怎么知道？"塔玛斯问。

卢迪克犹豫片刻，做好了挨骂的准备。"因为，长官，我们过去了。"

"前面带路。"

他们绕过水潭对面的两口石棺，钻到石壁下，其深度超出所有人的预料。过了一会儿，塔玛斯来到另一边。洞穴又豁然开阔，通向一片黑暗。

塔玛斯扭头吩咐保镖。"除非我下令,否则不要开枪。"

奥莱姆捋着修剪整齐的胡子,目光始终不离炮手。"遵命,长官。"他一直握着枪柄。近来奥莱姆不大轻信别人。

一个钟头后,塔玛斯离开了洞穴,爬过灌木丛和碎石坡,沐浴在天光之下。日头越过东边的群山,山谷隐于阴影之中。

"安全,长官。"奥莱姆扶着塔玛斯,帮他站稳。

塔玛斯检查一下手枪,又撕开一个火药包,撒在舌头上。他们位于亚卓群山南面一处险峻的峡谷里,据他推测,离巴德维尔不到二里。如果情况属实,他们应该在凯兹军队的侧面。

"古老的河床,长官,"维罗拉在碎石堆里择路而行,"向西,然后转向南。谷底被山丘遮掩。我们现在距凯兹军队不超过半里,看来他们没花心思侦察这片峡谷。"

"长官!"有人在洞里叫道。

塔玛斯猛转过身。维罗拉、奥莱姆和安德里亚同时举枪瞄准。

一名亚卓士兵出现了。他的肩章下面有火药筒的标志,是军中的准下士,奥莱姆的新军神枪组的一员。

"安静,蠢货。"奥莱姆轻声喝道,"你想惊动所有凯兹人吗?"

送信的士兵擦去额头汗水,天光刺得他直眨眼。"对不起,长官。"他对塔玛斯说,"我在山里迷路了。您出发后不久,希兰斯卡将军就派我来找您。"

"什么事,士兵?"塔玛斯问。气喘吁吁的信使不是好兆头。除非十万火急,否则他们从不慌张。

"是凯兹人,长官。"信使说,"我军斥候报告,他们将于后天发动总攻。希兰斯卡将军请您立刻回去。"

塔玛斯环顾周围的险峻峡谷。"你们觉得,两天内我们能带多少人过来?"

"几千。"维罗拉说。

"一万。"奥莱姆说。

"以两个旅为铁锤,"塔玛斯说,"以巴德维尔为铁砧。"

维罗拉有些迟疑。"与他们的大军相比,长官,那只是把小锤子。"

"所以我们要敲得又快又猛。"塔玛斯又环视一番峡谷,"回去吧。命令工程队拓宽通道。找人加固碎石堆,以防我们通过时引起塌方。等凯兹人进攻时,我们要把他们砸碎在巴德维尔的大门上。"

第 4 章

世上不会再有比这更无聊的事了,奈娜心想。她坐在厨房地板上,盯着大铁锅底部跳跃的火苗,等待锅里的水烧开。

在这个时间点儿,大多数庄园都寂静无声。她一直很享受这份宁静——安宁的氛围隔绝了仆役忙乱的生活,毕竟只要男女主人在家,庄园里就会忙得不可开交。而在几个月前——现在想来恍若隔世——奈娜的人生就是替公爵家的主仆烧开水、洗衣服。

如今,艾尔达明西公爵死了,家仆如鸟兽散,宅邸被烧毁。奈娜熟悉的一切化为乌有。

而在维塔斯大人位于亚多佩斯特城中心的大宅里,这家人从不睡觉。

偌大的宅子某处,有人在大喊大叫。奈娜听不清喊的是什么,只觉得那人怒气冲天。也许是尊权者杜福德,他是维塔斯的副官,脾气之火爆,让人前所未见。他经常殴打厨子,大宅里人人都怕他,即使陪同维塔斯外出的大个子保镖们也不例外。

人人都怕杜福德。当然喽,除了维塔斯大人。

奈娜觉得,维塔斯大人什么都不怕。

"雅各布,"六岁的小男孩坐在厨房地板上,奈娜对他说,"把碱液递给我。"

雅各布站起身,却又停了下来,皱起眉头。"在哪儿?"他问。

"洗脸池下面,"奈娜说,"玻璃罐子。"

火药魔法师

雅各布在洗脸池下面翻找，终于找到罐子。他抓着盖子，提了起来。

"当心！"奈娜立刻起身来到他身边。他朝后跌倒，罐子差点从手中滑落，幸好被奈娜扶住。她用一只手托住罐底。"没事。"她接过来。罐子并不沉，只是雅各布的力气还不够。

她拧开盖子，用勺子舀了些。

"别碰，"她及时制止雅各布，"不然你会后悔的。这东西有剧毒，会吃掉你粉嫩的手指。"她抓起他的手，假装咬他的指头，"就像生气的狗！"

雅各布咯咯笑着，跑到房间另一头。奈娜把碱液放到高高的架子上。他们不该把这东西放在孩子能拿到的地方。尽管雅各布是大宅里唯一的孩子。

奈娜想知道，如果还在艾尔达明西家里，她的生活会是什么样。两周前是雅各布的六岁生日，理应举办生日宴。家仆们会收到额外补贴，还能放一下午假。艾尔达明西公爵会再次——或者再三再四——调戏奈娜，而艾尔达明西夫人会考虑把她逐出家门。

奈娜怀念自己在艾尔达明西家里洗衣服的寂静夜晚。她不怀念仆人们背后的诽谤和嫉妒，也不怀念艾尔达明西公爵的咸猪手。但相对来说，有些事比这更糟糕。

比如维塔斯的大宅。

地下室某处有人惨叫，那是维塔斯大人的……房间。

"该死。"奈娜轻声念叨，目光又回到火苗上。

"淑女不该说脏话。"

奈娜后背僵冷。说话声轻柔、平静。但这温和是种假象，就像风平浪静的海面下有鲨鱼环伺一般。

"维塔斯大人。"她转过身，向厨房门口的人屈膝行礼。

维塔斯来自罗斯威尔。他肤色灰黄，挺胸直背，一只手插在马甲兜里，一只手漫不经心地端着晚间享用的葡萄酒。他身上的白衬衫、深蓝马甲和黑裤子全是她亲手熨烫的。如果在街上见到他，你会以为他是个体面的办事员或商人。

但奈娜明白，对维塔斯的任何猜测都可能错得离谱。他是个杀手。她依然记得脖子被扼住的滋味。奈娜与他对视过——那双眼睛似乎能在瞬间看透一切——知道他对所有活物都冷漠无情。

"可我不是淑女，大人。"奈娜说。

维塔斯看着她，眼里不带半点感情。在他的瞪视下，奈娜仿佛赤身裸体，就像屠夫砧板上的肉。她不由胆战心惊。

……同时还有怒气翻涌。她突然有些好奇，不知维塔斯大人在棺材里能否也这么从容淡定。

"知道你为什么会在这儿吗？"维塔斯问。

"为了照顾雅各布。"她看了男孩一眼。雅各布好奇地望着维塔斯。

"没错。"维塔斯突然笑了，脸上热情洋溢，但双眼依然维持原样。"过来，小家伙。"他跪下来，"没事儿，雅各布。别怕。"

雅各布接受的是贵族教育，他别无选择，只能服从。他迈步接近维塔斯，同时扭头看着奈娜。

奈娜心中一寒。她很想拦在两人中间，从火堆上抓起烧红的熨斗，把维塔斯打出去。他那假惺惺的笑，比平时冷漠的瞪视更让人毛骨悚然。

"去吧。"她低声说道。

"我给你带了糖果。"维斯塔递来一个彩色纸包。

"雅各布，别……"奈娜欲言又止。

维塔斯的目光投向她。没有威胁，没有感情。只有冰冷冷的眼神。

"你可以拿着。"奈娜说，"但要留到明天再吃。早餐过后。"

火药魔法师

维塔斯把糖果递给雅各布,揉了揉他的头发。

别碰他,奈娜在心中尖叫,但脸上只能冲维塔斯挤出欢笑。

"为什么带雅各布来这儿呢,大人?"奈娜强压恐惧,问道。

维塔斯站起身。"不关你的事。你知道淑女该是什么样吗,奈娜?"他问。

"我……不太知道。我只是个洗衣工。"

"我觉得你太自卑了。"维塔斯说,"所有人都可以提升自己的地位。你活过了保王派的街垒战。为了营救小雅各布,你还混进了陆军元帅塔玛斯的司令部。而且你很漂亮。只要打扮得体,英雄也难过你的美人关。"

奈娜不明白,维塔斯怎么知道保王派街垒战的事呢。她确实提过塔玛斯的司令部,可……"美人关"又是什么意思?

"我对你有更长远的计划,不仅仅是……"他朝雅各布和脏衣服挥挥手,"这些。"

雅各布的心思都在糖果上,没能留意维斯塔蔑视的语气。但奈娜注意到了。"长远的计划"?她不禁有些担心。

"大人。"她再次屈膝行礼,竭力压住心中的恨意。也许可以趁他洗澡时动手。就像一些悬疑小说里的情节,她在艾尔达明西家里时,曾找管家的儿子借来读过。

"还有,"维塔斯一脚跨进厨房外面的走廊,一脚挡着门,"带她进来。"他喊道。

有人骂骂咧咧。一个女人愤怒地叫喊着,犹如狂暴的野猫。走廊里好一阵闹腾,维塔斯的两个保镖拖着一个女人进了厨房。她大概四十来岁,因生育太多而全身松垮,因辛苦劳作使得皮肤满是皱纹,但未经风吹日晒。她卷曲的黑发在脑后盘成发髻,眼袋很深,看来最近睡眠不足。

看到奈娜和雅各布,女人停止了挣扎。

"我儿子在哪儿?"她朝维塔斯啐了一口。

"在地下室。"维塔斯说,"只要你合作,他就没事。"

"骗子!"

维塔斯的嘴角浮现出傲慢的笑意。"奈娜、雅各布,这是法耶。她身体不适,需要有人一直看着她,免得她自残。她会跟你们一起住,雅各布。你能帮我看着她吗,孩子?"

雅各布严肃地点点头。

"好孩子。"

"我要杀了你。"法耶对维塔斯说。

维塔斯走到法耶近前,在她耳边低语几句。她顿时僵住了,脸上没了血色。

"好了,"维塔斯说,"你的活儿交给法耶了,奈娜。她负责洗衣服,雅各布可以帮忙。"

奈娜和女人对视一眼。法耶满心的恐惧也都写在脸上。

"那我呢?"奈娜知道维塔斯会怎么处理没用的人。她还记得雅各布死去的保姆——就因为那人不愿意配合维塔斯。

维塔斯突然走过来,一把捏住奈娜的下巴,左右察看她的脸颊。他把大拇指强行塞进她嘴里检查牙齿,她极力克制咬下去的冲动。维塔斯突然退开,用抹布擦擦手,好像奈娜是只牲口。

"你的双手没留下多少洗衣服的痕迹。老实说,少得看不出来。明早我给你一些药剂,你每隔一小时都要涂抹。我们会让你的双手变得异常柔软,就像贵妇人一样,越快越好。"他拍拍她的脸。

奈娜想朝他的眼睛吐唾沫。

维塔斯俯身向前,压低声音,以免雅各布听见。"这个女人,"他指着法耶,"现在由你负责,奈娜。如果她惹我生气,你就要受苦。雅各布也会跟着受苦。相信我,我很擅长这个。"

维塔斯退开了,冲雅各布微微一笑,然后大声说道:"我觉得你

火药魔法师

需要新衣服,雅各布。想要吗?"

"非常想要,先生。"雅各布说。

"明天就有。还有玩具。"

维塔斯瞟了奈娜一眼,眼神中充满无声的警告。随后,他带着保镖离开了。

法耶整理一下裙子,深吸一口气。她东张西望,脸上夹杂着愤怒、恐惧和担忧。奈娜甚至觉得,她随时可能抄起平底锅打人。

奈娜很想知道,她是谁,为什么来这儿。显然她也是个囚犯。是维塔斯的另一枚棋子。奈娜能信任她吗?

"我是奈娜。"她说,"他是雅各布。"

法耶盯着奈娜,皱起眉毛点点头。"我是法耶。我要杀了那个混蛋。"

第 5 章

埃达迈溜进亚多佩斯特码头区一栋破旧建筑的侧门,与书记官和账务员擦肩而过,始终目视前方。以他的经验,目标明确的人不容易引起怀疑。

埃达迈知道,维塔斯大人在找他。

这并不难猜。法耶在维塔斯手里,所以他仍有砝码可用,而且毫无疑问,他想让埃达迈死,或者受制于他。

所以埃达迈不敢露面。目前,陆军元帅的士兵会保护他的家人——这是埃达迈与元帅达成的协议,以保住自己的小命。现在埃达迈只能暗中调查,寻找维塔斯大人,查明他的计划,在法耶受到更多伤害前将她救出。前提是她还活着。

但他单枪匹马可做不到。

荣耀劳力工会的总部是栋难看的砖瓦小楼,紧挨亚多佩斯特码头区。虽然模样不起眼,里面却容纳了九国最大的工会。总部下面还有工会的各个分支:负责银行家、炼铁工、矿工、面包师、磨坊工等等。

不过埃达迈只想找一个人谈谈,不想引起其他人的注意。他走过三楼的低矮廊道,在一间办公室门口停下,听见里面有人谈话。

"我不管你有什么意见,"说话的是里卡德·汤布拉,工会最高负责人,"我要找到他,说服他。他是最适合干这活儿的男人。"

"男人?"一个女人的声音回答,"你认为女人做不来?"

火药魔法师

"别抠字眼,凯丽丝,"里卡德说,"一种说法而已。别跟我扯什么男人女人。你就是不喜欢他是个当兵的。"

"你他妈知道为什么。"

埃达迈没听清里卡德的反驳,身后地板嘎吱作响。他回过头,发现一个女人站在身后。

她大概三十五六岁,瀑布般的金发束成马尾,身穿制服——是男仆常穿的带褶白衬衫和宽松长裤——双手背在身后。

秘书。埃达迈最不想碰到的人。

"需要帮忙吗,先生?"她语气刺耳,目光始终不离埃达迈的脸。

"哦,天哪,"埃达迈说,"太糟糕了。我没打算偷听,我只想找里卡德。"

对方一脸疑虑。"秘书应该请你去休息室。"

"我是从侧门进来的。"埃达迈承认。这么说她不是秘书?

女人说:"请随我去前厅,我们会帮你预约。汤布拉先生忙得要命。"

埃达迈欠欠身。"还是不预约了。我只想跟里卡德说几句话。情况非常紧急。"

"这边请,先生。"

"我只想找里卡德谈谈。"

她稍微压低声音——但仍充满威胁的意味。"你不随我来,我就喊警察了,罪名是非法入侵。"

"听我说!"埃达迈提高嗓门。他当然不想惹麻烦,但他必须引起里卡德的注意。

"菲尔!"里卡德的声音从办公室里传来,"菲尔!见鬼,菲尔,吵什么呢?"

菲尔眯起眼睛盯着埃达迈。"你叫什么名字?"她厉声问道。

"侦探埃达迈。"

菲尔的态度来了个一百八十度大转弯，不容争辩的眼神瞬间消失。她轻叹一声。"为何不早说呢？里卡德要我们满世界找你。"她绕过埃达迈，打开房门，"侦探埃达迈来见您，先生。"

"那就别让他站在门外啦。请他进来！"

房间里杂乱不堪，但还算干净——真挺难得的。每面墙边都有书架，一张硬木书桌占据了中间位置。里卡德坐在桌前，对面是个五十来岁的女人，埃达迈一眼就能看出她家底不菲。她的金戒指镶着珍贵的宝石，裙子剪裁堪称上乘，正用一块精美的蕾丝手帕朝脸上扇风，目光从埃达迈身上迅速撤离。

"请原谅，失陪一会儿，凯丽丝。"里卡德说，"这事很重要。"

女人与埃达迈擦肩而过，走了出去。埃达迈听见房门在背后关上，房中只剩他们二人。埃达迈很想问问刚才是什么情况，但转念作罢。里卡德不会说这是他的私事，反而可能解释一个钟头。埃达迈摘下帽子，脱掉外套，回应里卡德的拥抱。

里卡德回到座位，指指一把空椅子。二人异口同声：

"埃达迈，我需要你的帮助。"

"里卡德，我需要你的帮助。"

他俩同时闭嘴，然后里卡德笑了，摸摸光溜溜的头顶。"你有好多年没向我求助了。"他深吸一口气，"首先我要告诉你，理发师的事我很抱歉。"

黑街理发师。这个街头帮派本该听里卡德调遣，却跑到埃达迈家里刺杀他。这是一个月前的事？感觉就像过了许多年。

"塔玛斯把他们一网打尽了。"埃达迈说，"幸存者被关进了貂刺塔。"

"那敢情好。"

埃达迈点点头。他不想继续讨论这个话题，也不会因此责怪里卡德，尽管如今，他对里卡德手下的信任已经大打折扣。

火药魔法师

"法耶还在城外吗?"里卡德问。

埃达迈的眼神一定泄露了什么。里卡德一辈子靠察言观色为生,知道什么时候该说什么话。他站起身,打开一点门缝。"菲尔,"他吩咐道,"我不希望有人打扰。不要有人。不要有声音。"

他关上门,闩好,回到桌边。

"告诉我。"里卡德说。

埃达迈却犹豫了。到底找不找里卡德,以及说些什么,他已经在心里斗争了好几天。他相信里卡德——只是信不过里卡德的手下。维塔斯的耳目无处不在。但如果信不过里卡德,他也不知道该找谁求助了。

"法耶和孩子们被抓走了,那人叫什么维塔斯大人。"埃达迈说,"他拿他们当人质,要挟我合作。我和塔玛斯的谈话内容和调查的信息,维塔斯全都知道。"

里卡德神色不安。无论他有怎样的心理准备,这事依然出乎他的意料。"你惹恼了塔玛斯?"而你居然还活着?这才是他想问的。

"我全都告诉了塔玛斯。"埃达迈说,"他原谅了我——暂时的——还让我去追捕维塔斯。我想办法救了几个孩子,但法耶和约瑟普还在维塔斯手里。"

"你不能叫塔玛斯派兵抓维塔斯吗?"

"我先得找到他。到时候,希望事情真能这么简单。维塔斯一旦发现我,必然会用法耶的性命做威胁。我得神不知鬼不觉地找到他,跟踪他,先救出法耶,然后才能请塔玛斯出马。"

里卡德缓缓点头。"这么说,你不知道他在哪儿?"

"他像幽灵一样。他第一次上门勒索我时,我就调查过他。但这人仿佛不存在。"

"连你都找不到他,恐怕我的人更不行了。"

"你不用找。但我需要信息。"埃达迈从兜里摸出维塔斯几个月前给他的名片，上面写着个地址。"这是我仅有的线索。距此不远的一间旧仓库。我需要知道仓库的一切情况。业主是谁？周围地产的拥有者又是谁？最后一次转手是什么时候？所有情况。有些记录我不容易搞到手，但你的手下可以。"

里卡德点点头。"当然。包在我身上。"他准备接过卡片。

埃达迈一把抓住里卡德的手。"人命关天。我老婆孩子就指望它了。如果你信不过你的手下，现在就告诉我，我自己去找维塔斯。"别忘了理发师的事，埃达迈在心里默念。

里卡德似乎懂了。"我有人。"他说，"别担心。不会有问题的。"

"另外，"埃达迈说，"还有两个人与这事有牵连，你不想招惹的人。"

里卡德微微一笑。"只要不是塔玛斯，我想不出还有谁。"

"克莱蒙特和大老板。"

里卡德的笑容消失了。"克莱蒙特不意外。"他说，"工会发展之初，布鲁达尼亚-哥拉贸易公司就在挤对我们。他老奸巨猾，但我不怕他。"

"别这么快就低估他。维塔斯替他工作。"维塔斯还有埃达迈的妻子和儿子做人质。对埃达迈来说，法耶和约瑟普实际上是在克莱蒙特手里。

里卡德挥挥手。"你说大老板也有牵连？我当然不相信他，可我以为你已经排除了他的背叛嫌疑。"

"我从未排除他。"埃达迈说，"我只是发现，是查理蒙德想杀塔玛斯。大老板手下有个拳手负责看管我的家人。你很清楚，他的拳手若想另谋出路，他会怎么处理——没有大老板的首肯，谁都别想替别人干活。"这就意味着，大老板与克莱蒙特可能有勾结。

"千万当心，我的朋友。"里卡德告诫他，"维塔斯也许会利用你，但大老板绝对有办法让你全家死无全尸，连眼睛都不眨一下。"

火药魔法师

他看了看埃达迈递来的名片,塞进马甲口袋,"我会调查,别担心。但我也需要你的帮助。"

"说吧。"

"认识'双杀'塔涅尔吗?"

"听说过。"埃达迈说,"九国无人不知。报纸上说,他在南派克山顶经历了一场巫术大战,之后昏迷不醒。"

"已经醒了,"里卡德说,"就在一周前。然后他失踪了。"

埃达迈第一个想到的就是维塔斯。那家伙一心对付塔玛斯,很有可能趁机抓住陆军元帅的儿子。"有暴力迹象吗?"

里卡德摇摇头。"怎么说呢,有。但不是你想象的那样。他主动逃离了警卫。塔玛斯派人保护他,我也有人盯着他,可他跑得无影无踪,真让人尴尬。我得悄悄找到他。"

"你要带他回来?"埃达迈说,"我可不想强迫一个火药魔法师做他不想做的事。"

"不,找出他在哪儿,然后告诉我就行了。"

埃达迈站起身。"我尽力而为。"

"我也会调查这个维塔斯大人。"里卡德抬手止住埃达迈的抗议,"我保证,不打草惊蛇。"

塔玛斯进了巴德维尔最大的食堂,差点被氤氲的香气熏倒。

他走过餐桌,成百上千名士兵正在吃晚饭。走向厨房时,他只能忍饥挨饿。

他要找的人并不容易错过:大块头胖子,个子比多数人都高,齐腰长的黑发束在脑后,带有显著罗斯威尔特色的橄榄色皮肤。他在厨房角落踮着脚,看着最高一排的烤炉。

米哈利名义上是塔玛斯的大厨。他带着一群得力的帮厨,为塔玛斯全军提供最美味的食物，甚至还要供应巴德维尔的居民。人们热爱米哈利，士兵们甚至崇拜他。

好吧，也许他们是该崇拜他。

他是亚多姆转世，是亚卓的守护圣徒，克雷西米尔的兄弟。也就是说，他是神。

米哈利在无数帮厨中间朝塔玛斯挥挥手，周围的面粉如云雾般升腾。

"元帅，"大厨喊道，"这边。"

塔玛斯不愿意像普通士兵一样，被人呼来唤去。他强忍怒火，经过一张张堆满面包的桌子。

"米哈利……"

神之大厨打断他的话。"元帅，很高兴你来了。我有大事找你商量。"

大事？塔玛斯从未见过米哈利如此忧心忡忡。他凑近些。神也有烦心事？"什么？"

"我没法决定明天中午做什么。"

"你这饭桶！"塔玛斯惊呼着后退一步。他的心咚咚直跳，还以为米哈利要宣布明天就是世界末日。

米哈利似乎没注意到对方的无礼。"我做了几十年的菜，今天居然做不了决定。我一般会提前定好计划，可是……抱歉，你在生气？"

"我们要打仗，米哈利！凯兹人叩响了巴德维尔的大门。"

"饥饿叩响了我的大门！"

米哈利似乎不太高兴，塔玛斯拼命恢复冷静。他拉住米哈利的胳膊。"无论你做什么，他们都爱吃。"

"我打算做芦笋尖水波蛋、三文鱼片、蜂蜜羊排，还有精选水果。"

"你一张嘴就有了三顿。"塔玛斯说。

火药魔法师

"三顿?三顿?只是四道菜而已,勉强算顿像样的午餐,而我五天前就已经做过了。不到一周就重复菜单,这算哪门子的大厨?"米哈利用沾满面粉的手指轮流敲打下巴,"我怎么就搞砸了呢?难道因为今年是闰年。"

塔玛斯暗暗从一数到十,才没当场发作——塔涅尔还是个男孩时,他就不再当众发火了。"米哈利,我们后天就要开战了。你愿意帮我吗?"

神面色紧张。"我不杀人,如果你要问这个……"米哈利说。

"你愿意为我们做点什么吗?敌人的数量是我们的十倍。"

"你有什么计划?"

"我准备带第七和第九旅钻过地下墓穴,攻击凯兹军队的侧翼。等他们对巴德维尔发动进攻,我们就把他们压向大门,杀个片甲不留。"

"听起来很有军事头脑。"

"米哈利,请集中精神!"

米哈利终于不再东张西望、琢磨明天的菜谱,他直直地盯着塔玛斯。"克雷西米尔是指挥官。布鲁德是指挥官。而我只是个大厨。不过既然你问了,我就说吧:这个计划听起来很危险,但也有用。很适合你。"

"你能帮忙吗?"塔玛斯轻声问道。

米哈利若有所思。"我可以确保你的军队不被发现,直到你们发起冲锋。"

塔玛斯松了口气。"那可太好了。"他沉默片刻,"米哈利,你好像很焦虑。"

米哈利拽着塔玛斯的胳膊肘,把他拉到帐篷一角,低声说:"克雷西米尔不在了。"

"是啊,"塔玛斯说,"塔涅尔杀了他。"

"不，不。克雷西米尔不在了，但我没感觉他死了。"

"可整个九国都感觉到了。尊权者波巴多说，全世界的赋能者和尊权者都感觉到他死了。"

"他没死。"米哈利挥舞着握在手里的生面团，"塔涅尔打中他的脑袋，他只是做出反击而已。"

塔玛斯突然口干舌燥。"你是说，克雷西米尔还活着？"尊权者波巴多告诫过塔玛斯，神不可能被杀死。塔玛斯希望波巴多说错了。

"我不知道。"米哈利说，"但我很担心。我一直能感觉到他的存在，哪怕我们远隔半个宇宙。"

"他在凯兹军队那边吗？"如果是，塔玛斯可能要取消计划，重新考虑每一步战略。要是克雷西米尔在凯兹军队那边，他们有可能全军覆没。

"不，不在。"米哈利说，"在的话我肯定知道。"

"可你说……"

"我向你保证，"米哈利说，"如果他离这么近，我肯定知道。再说，他不会公开跟我作对。"

塔玛斯的双手握成拳头。制订作战计划时，不确定性是最糟糕的部分。他深感不安，因为他没法周全地计划一切，甚至连神都没法担保。他只能执行计划，并指望米哈利有效地隐蔽军队的行踪。

"那么，"米哈利说，"如果这事谈完了，我需要你指点一下明天的菜谱。"

塔玛斯戳戳神的胸脯。"你是大厨，"他说，"而我是指挥官，我得去备战。"

他离开食堂，返回指挥大帐。但在半路，他有点后悔没能顺走一碗南瓜汤。

里卡德请他寻找"双杀"塔涅尔，还不到一天，埃达迈又坐进

火药魔法师

了里卡德在码头附近的办公室。

里卡德咬着粗削的铅笔,两眼直盯埃达迈。他头顶没剩几根头发,就像大风肆虐过的干草堆。而且埃达迈怀疑,自从上次见面,他就没睡过觉,只是换了衬衫和外衣。房间里充满熏香、烧纸和腐肉的味道。埃达迈怀疑,某堆文件底下一定有吃剩的三明治。

"你昨晚没回家吧?"埃达迈问。

"你怎么知道?"

"瞧瞧你邋里邋遢的模样!另外,你没换靴子。自从我认识你,就没见过你连续两天穿同一双靴子。"

里卡德低头看脚。"果然瞒不住你。"他揉去眼中的倦意,"你不会找到'双杀'了吧?"

埃达迈拿起一张纸条,上面写着马拉烟馆的地址,他在那儿找到了亚卓的战斗英雄,发现后者正在自怨自艾。他把纸条递给里卡德。里卡德伸手去接,埃达迈却在最后一刻突然收手,仿佛临时改了主意。

"今早我在报纸上读到个有趣的故事。"埃达迈说。见里卡德默不作声,他把夹在腋下的报纸扔到桌上。"'里卡德·汤布拉竞选亚卓共和国首相'。"他大声念出头条新闻。

"哦,"里卡德柔声说,"这个啊。"

"怎么不告诉我?"

"你操心的事已经够多了。"

"你要竞选我们新政府的首脑。那你还在码头做什么生意?"

里卡德昂首挺胸。"我找了个新地方,明天就搬过去。也在工业区,不过条件很棒,适合款待权贵。你想看看吗?"

"我现在有点忙。"埃达迈说。见里卡德脸色一沉,他补充一句。"换个时间吧。"

"你肯定喜欢。奢华、壮观,而且时髦。"

埃达迈哼了一声。以他对里卡德的了解，"奢华"才是第一位。他把纸条扔到里卡德桌上。"要么你骗了我，你没有人手去找他，要么你的人都是蠢货。"

"这地方我可不熟。"里卡德笑得满脸通红。

埃达迈没有心情迎合对方。"打完了仗，士兵们会做两件事：要么回家，要么玩乐。'双杀'塔涅尔是职业军人，所以我猜是后者。在人民法院附近，最近的玩乐之地是西北边的哥拉人聚居区。我只走了六家马拉烟馆，就找到了他。"

"你纯属运气好，"里卡德说，"承认吧。他去哪儿都有可能。而你恰好去了哥拉人聚居区。"

埃达迈耸耸肩。调查本来就要靠运气，只是他不想承认罢了，更不会向客户坦白。"我昨天给你的地址，有收获了吗？"

里卡德翻找桌上的文件。过了一会儿，他递上维塔斯的名片。上面用铅笔写了个名字和地址。

"菲尔亲自查的。"里卡德说，"两年前，仓库被一个裁缝买下——居然是裁缝。买下之后就没有转手的记录了，说明不在工会掌握之中。应该是私密交易。很遗憾，我只能帮到这里了。"

"起码开了个头。"埃达迈站起身，拿起帽子和手杖。

"你会带上苏史密斯，对吧？"里卡德问，"我不希望你单枪匹马找这个维塔斯。"

"苏史密斯卧床不起，"埃达迈说，"他被理发师重伤。"

里卡德扮个鬼脸。"他可以找帕克尔女士。"

帕克尔女士是个性情古怪的中年妇女，住在高塔利安区一座老教堂里，与数千只鸟儿为伴。她头发上总有羽毛，浑身散发着鸡窝的味道，但她也是城里唯一能治伤的赋能者。她的意志力可以愈合开裂的皮肉和骨头，但开价比尊权者医师昂贵许多。

"查理蒙德把我弄伤了，为了找她治疗，我花光了所有钱。"埃

火药魔法师

达迈说，"只有这样，我才能寻找我的家人。"

"菲尔！"里卡德大喊一声，吓了埃达迈一跳。

女人很快出现。"汤布拉先生？"

"给帕克尔夫人送个口信，就说我要她还个人情。有个拳手，名叫苏史密斯，需要治疗。叫她今天上门服务。"

"她从不上门。"菲尔说。

"她最好为我上一次门。万一她出言不逊，就提山羊事件。"

"马上去办。"菲尔说。

"山羊事件？"埃达迈问。

里卡德东张西望。"别问了。该死的，我得喝一杯。"

"里卡德，你何必为我动用人情。"埃达迈说。他清楚帕克尔夫人收费有多贵，要见她通常得等好几周。埃达迈仅对陆军元帅塔玛斯提过私人请求。

"别放在心上。"里卡德说，"你救过我的小命，次数多到我都数不清。"他从一摞书后面拿出一瓶酒，喝光了最后一口浑浊的液体，痛快得挤眉弄眼。他又找了一会儿，终于放弃了继续喝酒的念头，跌坐在椅子里。"但别以为我不会找你帮忙了。'首相'的活儿可不好干。"

"我会尽力。"

"很好。你去找那个啥啥大人吧。我一直在琢磨挑份像样的大礼，庆祝你和法耶明年的纪念日。希望收礼时你俩都在。"

第 6 章

塔涅尔割下衣服上最后一颗银纽扣,递给金。哥拉人弯腰驼背,借着烛光检查一番,塞进口袋,跟他拿到之前那些纽扣时一样。然后,他把一颗马拉球放到塔涅尔吊床边的桌上。

尽管金一脸贪得无厌,眼中依然露出担忧之色。

"别抽得太快。要品味、要体会、要享受。"金说。

塔涅尔把一大块马拉烟塞进烟杆。残留的余烬立刻将其引燃,他深吸一口。

"你一天抽的比别人二十天都多。"金蹲下身子,看着塔涅尔。

塔涅尔拿起银质火药桶徽章,在指间来回摆弄。"一定是因为巫术。"他说,"以前有火药魔法师来过吗?"

金摇摇头。

"我也没听说哪个火药魔法师抽马拉,"塔涅尔说,"我们都吸火药。火药就够了。"

"那你为什么抽马拉?"金开始打扫烟馆中央的地板。

塔涅尔深吸一口气。"火药没法让我忘事儿。"

"啊,忘事儿。抽马拉的人都是为了忘记。"金点头同意。

塔涅尔盯着隔间的天花板,随着吊床的晃动计数。

"睡吧。"金把扫帚搁在角落里。

"等等,"塔涅尔刚一伸手,就感觉这个举动太过丢人,于是收了回来,"我要过夜的量。"

火药魔法师

"过夜？"金摇摇头，"现在是早上。我晚上才干活。烟客大多晚上来。"

"给我就是了。"

金看着刚刚交给塔涅尔的马拉球，似乎在考虑。据他说，一颗马拉球应该够抽四五天。

"给我火药桶徽章，我管你抽上三周。"

塔涅尔攥着火药桶徽章。"不行。还有什么？"

"三周之内，我女儿也归你。"

想到这个马拉贩子把女儿卖给客人，塔涅尔就一阵反胃。

"不要。"

"你喜欢艺术？"金拿起素描本和铅笔，那是卡-珀儿带给塔涅尔的。

"放下。"

金叹息着放下素描本。"你没有值钱的玩意儿。更没有钱。"

塔涅尔翻翻外衣口袋。什么都没有。他摸了摸银色刺绣。

"我的外衣值多少？"

金摸摸布料，闻了闻。"没多少。"

"给我。"塔涅尔把马拉烟杆放到桌上，脱下外衣递给金。

"你会冻死的，我可不管丧葬费。"

"现在是仲夏。给我该死的马拉烟。"

金给了他一团黏糊糊、黑漆漆的马拉球，小得可怜，然后拿着塔涅尔的外衣上楼了。塔涅尔听到楼上地板嘎吱作响，还有金用哥拉语说话。

他躺回吊床，咬着烟杆，深深抽了一口。

据说吸一次马拉烟能让人失忆几个钟头。塔涅尔回想遗忘的时间。他来这儿多久了？几天？几周？感觉时间不长。

他取出烟杆，在微弱的烛光下仔细观察。"屁用没有。"他自言自语。他仍能回忆起克雷西米尔从天而降、从云团中现身的一幕。一个神！一个真正的、活生生的神。如果塔涅尔童年的祭司知道他长大后枪击九国之神，不知会作何感想。

加持巫力的子弹射进克雷西米尔的眼睛后，时间并未停止，看来世界没有神依然会照常运转。可为了阻止克雷西米尔重返世界，死了多少人？成百上千的亚卓人。朋友、同盟、成千上万的凯兹人——光塔涅尔就不知干掉了多少。

他每次闭上眼睛，都能看到不一样的面孔。有时是被他杀掉的男男女女。有时是塔玛斯，或者维罗拉。有时是卡-珀儿。也许是马拉烟的影响吧，不过，真该死，他一看到那蛮子丫头的脸就心跳加速。

楼梯又呻吟起来。塔涅尔抬头望去。朦胧中，他看到卡-珀儿来了。她径直来到他身边，皱起眉头瞪着他。

"怎么？"他说。

她扯了扯塔涅尔的衬衫，立刻揪紧自己的长罩衫。外衣。见鬼。她一下子就注意到了。

他警惕地捂住马拉球。

她突然伸手，拔走了他嘴里的烟杆，速度快得他根本看不清。

"小贱人，"他嘶声骂道，"还给我。"

她飞身躲开张牙舞爪的塔涅尔，面带坏笑地跑到烟馆中央。

"卡-珀儿，把烟杆还给我。"

她连连摇头。

他的呼吸越来越粗重，因视野突然模糊而眨了眨眼，不知是因为马拉，还是因为出离愤怒。经过一番挣扎，他在吊床上坐了起来。

"快给我。"他把双腿挪到床边，可就在试图起身的一刹那，晕眩感猛然袭来，比他睁开第三只眼窥探他方时还要强烈。他躺回吊床，心跳异常响亮。

"混蛋，"他按着太阳穴，低声骂道，"我简直没救了。"

火药魔法师

卡-珀儿把烟管放在对面的一只凳子上。

"别放那儿,"塔涅尔的声音虚弱无力,"拿给我。"

她摇摇头,脱下罩衫。不等他开口抗议,卡-珀儿已来到吊床边,把罩衫盖在他身上,拉到肩头。

他一把掀开。"你会着凉的。"他说。

卡-珀儿指指他。

"现在是夏天,该死。我没事。"

她又把罩衫拉到他胸前。

塔涅尔拒不接受。"我不是小孩子。"

听到这话,她眼中精光一闪,拉起罩衫,扔到地上。

"棍儿,你要……"他来不及说完,便发出一声闷哼。她单脚跨过吊床,直接坐在他膝盖上,挪挪屁股,找个舒服的姿势,令塔涅尔的心跳微微加快。狭窄的隔间内,两人几乎脸贴脸。"棍儿……"他一时无法呼吸。马拉烟杆,甚至他手中小小的马拉球,突然都被抛到了九霄云外。

她伸出舌头,舔舔嘴唇,看上去镇定自若,专心致志——就像一头小兽。

塔涅尔几乎没听到楼上的开门声。地板上的脚步声咚咚作响。一个女人用哥拉语大喊着什么。

卡-珀儿低下头。塔涅尔撑起手肘,朝她贴近。

"'双杀'塔涅尔上尉!"一双有力的靴子踩得楼梯吱嘎直响。一个女人身穿套裙,手里抓着帽子,出现在烟馆里。"上尉!"她说,"上尉,我……"

看到卡-珀儿坐在塔涅尔腿上,她愣了一下。塔涅尔满脸通红,瞅了眼卡-珀儿。她心照不宣地微微一笑,眼中分明含着懊恼。她爬下吊床,捡起地上的长罩衫,迅速披到肩上。

女人扭过头,盯着对面的墙壁。"抱歉,先生,我不知道你在忙。"

"她都没脱。"塔涅尔还嘴。他听到自己嗓音嘶哑,于是清清喉咙。"你是谁?"

女人稍微欠身。"我是菲尔·贝克,荣耀劳力工会的副会长。"尽管撞见难堪的场面,但她似乎并没有尴尬。

"工会?你怎么找到我的?"塔涅尔坐起来,胃里翻江倒海。他忘了上次吃东西是什么时候。

"我是里卡德·汤布拉的副手,先生。他派我来找你,想见见你。"

"汤布拉?没听说过。"他躺回吊床,望向卡-珀儿。她坐在对面的凳子上,一边用烟杆敲打掌心,一边打量着这位副会长。

菲尔挑起一边眉毛。"他是工会的首领,先生。"

"关我屁事。"

"他邀你共进午餐。"

"滚吧。"

"他说事关一大笔钱。"

"关我屁事。"

菲尔端详他好一会儿,转身登上吱吱呀呀的楼梯,她的离开和出现一样突然。低声的交谈透过地板传进他耳中,用的是哥拉语。塔涅尔瞄着卡-珀儿。她迎上他的目光,眨眨眼。

怎么回事?

过了一会儿,副会长下楼了。

"先生,看来你的钱花光了。"

塔涅尔寻找自己的烟杆。哦,还在卡-珀儿手里。好吧。

"把她手里的东西拿给我,好吗?"塔涅尔对菲尔说。

菲尔扭头面对卡-珀儿。两个女人对望的眼神意味深长。塔涅尔很不喜欢。

火药魔法师

　　副会长握紧双手。"不好，先生。"她几步跨过房间，捏住塔涅尔的下巴，抬起他的脸。塔涅尔抓住对方的手腕，但菲尔力气之大出乎他的意料。她细细观察他的眼睛。

　　"放开，不然我他妈宰了你。"塔涅尔咆哮道。

　　菲尔松开手，退了回去。"你在这儿抽了多少？"

　　"不知道。"塔涅尔嘟囔道。副会长冲过来时，卡-珀儿都没怎么动，只是看着。

　　"四天时间抽了八磅。老板告诉我的。"

　　塔涅尔耸耸肩。

　　"这些量足够抽死一匹战马，先生。"

　　塔涅尔嗤之以鼻。"没觉得。"

　　菲尔脸上掠过一丝疑惑。她欲言又止，但还是开口了："没觉得有这么多？我……"她抓起帽子，回到楼上，几分钟后又下来了。

　　"老板发誓，"菲尔说，"说亲眼看到你抽了。可我看了你的眼睛，没发现一点马拉中毒的迹象。该死，我光是跟你说话就可能中毒。你真是天神附体。"

　　塔涅尔一跃而起。前一刻他还躺在吊床上，转眼就揪住了菲尔的衣领。他头晕目眩，视野模糊，气得两手发抖。"我不是天神附体，"塔涅尔说，"我不是……我……"

　　"行行好，先生，放开我。"菲尔轻声说。

　　塔涅尔的双手无力地垂落。他退开一步，自顾自嘟囔着。

　　"给你点时间梳洗。"菲尔说，"去见里卡德的路上，我会为你弄件外衣。"

　　"我不去。"塔涅尔有气无力地说。他蹒跚着来到角落，庆幸有墙壁可以倚靠。他之所以不去，或许正是这个原因。他怀疑自己走不了多远。

　　菲尔叹息道："汤布拉先生邀请你去他的马拉烟馆，先生。那边舒服多了，老板也不会拿你的外衣。如果你拒绝邀请，我们可以来硬的。"

塔涅尔望向卡-珀儿。她捏着织针一样的玩意儿清理手指甲，锋利的织针几乎与她的前臂等长。她与塔涅尔飞快地对视一眼。又是心照不宣的微笑。又有隐约的烦恼。

"里卡德的马拉烟馆里更隐蔽，先生。"菲尔捂着嘴，咳嗽一声。

刚才与卡-珀儿的事有没有可能重演？塔涅尔不知道。"好吧，菲尔。但有一样。"

"什么，先生？"

"我可能两天没吃东西了。我要吃顿午饭。"

两个钟头后，塔涅尔来到亚多佩斯特码头区。自古以来，这里就容纳了亚卓的一切贸易活动，吞吐着亚德河及贯穿苏尔科夫山道、横跨安珀平原的北部支流的货船。随着战争开幕，经由凯兹的贸易处于停滞状态，往常走河运的货物，现在改由骡马翻山越岭。

尽管运输方式发生改变，码头区依然是亚多佩斯特的贸易中心。驳船载着铁矿石和原木顺流而下，送进亚卓的磨坊和枪械厂，每天制造的武器和弹药数以千计。

码头区弥漫着鱼腥、下水道和烟气的味道，塔涅尔不禁怀念金的烟馆那清爽宜人的马拉烟味。陪同他的有副会长菲尔·贝克，以及两个肩宽体壮的炼铁工。塔涅尔怀疑，如果他真的拒绝，这些人也真会来硬的。

卡-珀儿跟在最后。炼铁工不理她，菲尔却始终留意。她似乎怀疑，卡-珀儿不仅仅是个哑巴蛮子；塔涅尔也有同感，他觉得菲尔不仅仅是个副会长。

菲尔在码头边一座临水而建的仓库前停下脚步。塔涅尔的目光从

火药魔法师

巷道间投向亚德海的远方。即便是白天,他仍然看到了海平面上的光芒,以及不复存在的南派克山。他恨不得找块石头躲起来。神临死前的挣扎夷平了大山,而他侥幸活命,昏厥了一个月之久。他不清楚自己为何没死,但他怀疑与卡-珀儿有关。

不知其他人有没有这么幸运。波在哪儿?跟他一起守护休德克朗的守山人在哪儿?

他眼前现出一幅画面,克雷西米尔的宫殿在周围坍塌,他将卡-珀儿搂在怀里。大山崩裂,飞火滚石,热浪袭人。

"不敢相信就这么没了,是吧?"菲尔朝水面那边点点头。她打开仓库门,请塔涅尔进去。

塔涅尔最后望了眼东边,冲菲尔一歪头。"你先请。"

"行。"菲尔说。她看看炼铁工,从马甲兜里摸出一个铜盒,开始分发雪茄。"回去干活儿吧,伙计们。"两人压压帽檐,点着雪茄,回到街上。"来吧。"菲尔说。等他们进去,她关上卡-珀儿背后的仓库门。"欢迎来到里卡德的新办公楼。"

塔涅尔强忍住吹口哨的冲动。从外面看,这就是一间旧仓库,窗子紧闭,砖墙久未翻新。里面则是另一番天地。

地面用黑色大理石铺成,墙壁粉刷一新,外罩深红色绸布。整栋建筑只有一间空旷的大厅,两层楼高,至少两百步长,由五六盏水晶吊灯提供照明。临近大厅尽头有条长长的吧台、一个衣冠楚楚的酒保,还有个丰乳肥臀的女人,浑身上下只穿一条衬裙。

"外衣,先生。"女人说。

塔涅尔递过崭新的深蓝色军服。他觉得两眼不听使唤,有些失态。他没看卡-珀儿,自顾自扫视着大厅。墙上装饰着艺术品,间或有展示雕塑的壁龛。其富丽堂皇,唯有国王和地位极高的贵族能比。塔玛斯屠杀贵族之后,塔涅尔以为富贵之风已荡然无存。他脑子里突然闪过一个念头,也许塔玛斯的所作所为只能换汤不换药。

一个男人踩着大理石地板迎上来。他身穿烟白色短装，嘴里叼着根雪茄，约莫四十岁，发际线退到头顶，脸上留着法崔思特式样的长胡子，灿烂的笑容一直扯到耳朵和眼睛。

"'双杀'塔涅尔，"那人伸手说道，"我是里卡德·汤布拉。我非常仰慕你。"

塔涅尔有些犹豫地握住他的手。

"你好，汤布拉先生。"

"先生？嗨，叫我里卡德好了。随时为你效劳。这位一定是你寸步不离的同伴了。小姐，你是底奈兹人？"里卡德深鞠一躬，拉起卡-珀儿的手，俯身轻吻。尽管里卡德举止自然，但看向她的眼神依然警惕，仿佛她是只漂亮但野性难驯的小兽，随时可能咬人。

卡-珀儿似乎不知道该如何应对这种状况。

"你的美貌我早有耳闻，"里卡德说，"但百闻还是不如一见。"他转身走向吧台，"来点喝的？"

"你有什么？"塔涅尔的情绪有所好转。

"什么都有。"里卡德说。

塔涅尔深表怀疑。"那就法崔思特麦酒。"

里卡德冲酒保点头。"麻烦，两杯。小姐你呢？"

卡-珀儿亮出三根手指。

"三杯。"里卡德对酒保说。过了一会儿，他递给塔涅尔一大杯。

"婊子养的，"塔涅尔抿了一口，"你真有法崔思特麦酒。"

"我说了，什么都有。坐吧。"

他领着他们走向大厅另一端。塔涅尔自责抽了太多马拉，竟没注意到还有别人。十来个男人和五六个女人悠闲地坐在沙发椅上，喝酒，抽烟，轻声交谈。

等他们走近，里卡德开口了。"呃，我有个问题，塔涅尔。军队里要用多少黑火药？"

火药魔法师

塔涅尔揉揉眼睛。他头疼,而此行不是为见里卡德的狐朋狗友。"很多吧,我想。我又不是军需官。问这干吗?"

"总参谋部下的火药订单越来越多。"里卡德挥挥手,仿佛在挥舞一把步枪,"我只是觉得奇怪。他们的需求好像每周都在翻倍。但我相信没什么好担心的。"

塔涅尔来到那群人面前时,谈话声消失了,他突然觉得不大自在。

"我以为这是私人会面。"塔涅尔拽着里卡德的胳膊,轻声说道。

里卡德看都不看塔涅尔的手。"给我点时间做介绍,然后我们就谈正事。"

他绕了一圈,报上一堆名字,塔涅尔左耳听右耳冒,对那些头衔没怎么用心。对方都是工会里各行各业的头头:面包师、炼铁工、磨坊主、铁匠、锻工、金匠……

里卡德说到做到。介绍完毕,他带着二人来到大厅一个安静的角落,只有一个女人跟来了。里卡德第一个介绍的就是她,但塔涅尔没记住她的名字。

"香烟?"他们落座后,里卡德问。一个打扮与酒保相似的人端来一只银托盘,里面盛着香烟、雪茄和烟杆。塔涅尔注意到,其中有根马拉烟杆,心里不禁痒痒的,但终究还是忍住了,挥手遣开侍者。

"你那位副会长说你想见我。"塔涅尔说。他这才发现,菲尔已不见踪影。"但她没说原因。我想听听。"

"我有个提议。"

塔涅尔又一次望向在座的女人。她年纪不轻,一副腰缠万贯、目中无人的态度。她叫什么来着?代表哪个行业?面包师?不是。难道是金匠?

"我没兴趣。"塔涅尔说。

"我还没说是什么提议。"里卡德说。

"听着,"塔涅尔说,"我之所以来,是因为你的副会长说得很清楚,即使我不答应,她也会硬带我过来。我一向很讲礼貌,所以我来了。而现在,我要走了。"他站起身。

"你叫我来就为看这一出,里卡德?"女人扬起下巴,睥睨塔涅尔,"看一个马拉上瘾的大兵践踏你的好意?我为这个国家担忧,里卡德。我们将其托付给毫无教养的士兵。而除了找刺激和杀人,他们根本一无所知。"

塔涅尔握住拳头,抿紧嘴唇。"你不认识我,夫人。你不知道我是谁,也不知道我见过什么。如果你从未直视过别人的眼睛,不知道什么叫你死我活,就别假装了解当兵的。"

里卡德靠着椅背,划亮火柴,重新点燃雪茄,一副坐山观虎斗的模样。这一幕在他的预料之中吗?

女人大为光火。"我了解当兵的。"她说,"恶心、愚蠢、野蛮。你们奸淫掳掠,不干这些就会杀人。我认识不少当兵的,我不用杀人也知道,你们就是一帮衣冠禽兽。"

里卡德叹息一声。"别这样,凯丽丝,现在不是时候。"

"现在不是时候?"凯丽丝问,"如果不是现在,那要等到什么时候?我受够了塔玛斯的铁腕统治。打一开始,我就不希望你带这个所谓的战斗英雄来这儿。"

塔涅尔转身想走。

"塔涅尔,"里卡德说,"再给我一点时间。"

"跟她?免谈。"塔涅尔朝门口走去,却被卡-珀儿拦住。"走吧,棍儿。"

面对塔涅尔紧皱的眉头,她神情冷淡地摇摇头。

"瞧啊!"凯丽丝在他背后说道,"这胆小鬼要逃回他的马拉烟馆。他不敢面对真相。你找这种人合作,里卡德?他连一个蛮子丫头都搞不定。"

火药魔法师

塔涅尔猛转过身。他忍不住了，怒不可遏地逼近凯丽丝，扬起一只手。

"打我呀！"她身子向前，把脸送过去，"看看你有多少男子汉气概。"

塔涅尔呆住了。他真要动手打她吗？"我杀了一个神。"他怒气冲冲地说，"我把一颗子弹送进他的眼睛，看着他死去。我拯救了这个国家！"

"撒谎。"凯丽丝说，"你当着我的面撒谎？你以为我会相信克雷西米尔回归的鬼话？"

如果不是卡-珀儿蹿到面前，塔涅尔真会动手的。她面对凯丽丝，眯起双眼。塔涅尔突然感到害怕。他很想教训这个女人，但他更清楚卡-珀儿的厉害。

"棍儿。"他说。

"滚一边去，你这个蛮子贱货。"凯丽丝起身骂道。

卡-珀儿一拳捣在她鼻子上。凯丽丝向后翻倒，滚过椅背，尖叫起来。里卡德立刻起身。在大厅另一头低声交谈的工会头头们沉默了，惊讶地看向他们这边。

凯丽丝爬起来，推开好心扶她的里卡德，头也不回地跑了出去，鼻子里鲜血横流。

里卡德扭头看着塔涅尔，表情介于惊讶与欢乐之间。

"我不会道歉的。"塔涅尔说，"既不为我，也不为棍儿。"卡-珀儿双手抱胸，站到他身边。

"她是我的客人。"里卡德顿了顿，看看手中的雪茄。"麦酒。"他冲酒保喊道，"但你们也是我的客人。她以后会报复我的。我本希望在接下来几个月里，请她当我的助手，但看来不行了。"

塔涅尔盯着里卡德，又望向大门，凯丽丝正在吩咐车夫。

"我该走了。"塔涅尔说。

"不，不。麦酒！"里卡德又喊一声，虽然塔涅尔看到，酒保已经朝这边来了。"你比她重要多了。"

塔涅尔慢慢靠上椅背。"我杀了克雷西米尔。"他说。他内心深处仍有几分骄傲，但说出来让他感觉不舒服。

"塔玛斯也这么跟我说。"里卡德说。

"你不相信。"

酒保来了，撤下塔涅尔的杯子，换上一杯新的，其实刚才那杯还剩一半。等所有杯子都换过，那人离开了。里卡德灌了一大口，才开始说话。

"我这人很现实。"里卡德说，"我知道巫力的存在，尽管我不是尊权者、赋能者或缚印者。两个月前，如果你告诉我说，克雷西米尔将要回归，我会好奇你是从哪家疯人院跑出来的。

"但理发师刺杀米哈利时，我也在现场。我看见你父亲——比我更现实的人——脸色惨白。他在那个大厨身上发现了什么，还有……"

"抱歉，"塔涅尔打断了他，"米哈利？"

里卡德掸掉雪茄的烟灰。"哦，你还不知情，是吗？米哈利是亚多姆转世。克雷西米尔的兄弟，肉身现世。"

塔涅尔惊得寒毛倒竖。又一个神？克雷西米尔的兄弟？

"我能理解的是，"里卡德接着说道，"你父亲相信米哈利是亚多姆转世。既然亚多姆回来了，那克雷西米尔为何不能回归？所以，没错，我相信你开枪打中了克雷西米尔。但有没有可能杀死神？我不知道。"

他盯着酒杯，皱起眉头。"至于报纸和民众，他们很怀疑。流言满天飞。人们选边站队。如今一切都归结为信仰问题，而我们只听到你和少数守山人的一面之词：克雷西米尔回来了，眼睛中了颗子弹。"

塔涅尔感觉浑身的力气都被抽走了。历尽千辛万苦，竟被当成骗子？真叫人崩溃。他指着大门。"那他们如何解释南派克山？整座大山都垮了。"他愤怒地提高了嗓门。

"大喊大叫改变不了别人的看法。"里卡德说,"相信我。我是工会的头儿。我有经验。"

"那我能做什么?"

"让他们信服。让他们看看你是怎样的人,等他们相信你了,再告诉他们真相。"

"这好像……不太诚实。"

里卡德摊开双手。"那就看你的道德标准了。不过我认为,只有傻瓜才这么想。"

塔涅尔握紧拳头。他们不相信他?他们不知道山上发生了什么?塔玛斯没对报界解释吗?塔玛斯不相信发生的一切吗?塔涅尔不知道塔玛斯在哪儿。他醒来时,守护他的卫兵说塔玛斯在巴德维尔。现在呢?

"你知道波在哪儿吗?"塔涅尔问。

"波?"

"尊权者波巴多。他还活着吗?"

里卡德摊开双手。"我不知道。"

"你也没那么厉害,汤布拉,对吧?"塔涅尔想打人。他一跃而起,在大厅里来回踱步。没有朋友。没有家人。现在他能做什么?"那个女人是谁?"他问。

"凯丽丝?银行工会的头儿。"

"我以为你才是工会的头儿。"

"荣耀劳力工会有很多分部。我代表整个工会,但每个行业有自己的头儿。"

"你说我比她重要。"

里卡德点点头。"没错。"

"怎么讲?"

"你对亚卓的政治了解多少？"里卡德以问代答。

"过去权力属于国王。现在嘛？"塔涅尔耸耸肩，"不知道。"

"如今谁也不知道权力的归属。"里卡德说，"人民觉得权力属于塔玛斯。塔玛斯认为属于他的议会，事实上议会四分五裂。温斯拉弗夫人与她的叛徒准将爆出丑闻之后，她就隐退了。大主教被捕。普赖姆·莱克托在东边调查南派克山的残骸，寻找克雷西米尔的踪迹。"

"那谁在治理亚卓？"

里卡德微微一笑。"只有本人、大老板和大司库昂德奥斯。不是什么光荣伟大的团队。事实上，亚卓目前情况不错。塔玛斯带领军队、维护和平。不过现状持续不了太久。我们需要推进计划。从一开始，议会就决定，只要曼豪奇下台，我们就建立民主制国家——民选政体。国家划成多个行政区，各自选举政府代表，然后他们在亚卓会谈，投票决定国家政策。"

"就像没有国王的内阁。"

"的确，"里卡德说，"必须有人担起国王的职责才行。"

塔涅尔眯起眼睛。"我觉得塔玛斯不会答应。"

"当然了，我们不会称其为国王。他不会有多少实权，就是个名誉领袖。一个在民众心目中可以领导和指引国家之人，哪怕所有政策都由政府制定——我们将称其为人民首相。"

"我记得塔玛斯驳回了保王派类似的提议。"

"塔玛斯赞成，"里卡德说，"相信我。议会里谁都不想惹恼他，更不会跟他公开叫板。关键在于，与政府代表一样，人民首相三年一换届。这套机制我们早就设计好了。现在只要执行就好。"

塔涅尔一眼看穿了谈话的走向。"你想成为候选人。"

"当然。"

"为什么？"

里卡德猛吸一口雪茄，鼻孔里喷出缭绕的烟云。塔涅尔想起了他的马拉烟杆。令人愉悦的烟云在诱惑他。

"人民首相没什么实权,但九国上下的关注点都在他身上。他的名字将永载史册。"里卡德叹息道,"我没有孩子。我……"他算算数字,"六任妻子都抛弃了我,每一次我都罪有应得。我剩下的只有名字而已。我希望以后,亚卓的学童都能学到我的名字。"

塔涅尔喝光杯中的麦酒。杯底啤酒花的残渣味道苦涩。他想起当初在法崔思特的荒野猎杀凯兹尊权者的情景。"那你找我干吗?我就是个当兵的,杀了神却没人相信。"

"你?"里卡德仰头大笑。塔涅尔不知道有什么好笑的。

"抱歉。"里卡德擦擦眼睛,"你可是'双杀'塔涅尔!你是两块大陆的英雄。你杀了那么多尊权者,在九国历史上无出其右。按照报纸的说法,你守卫休德克朗要塞,以一己之力扛住了凯兹五十万大军。"

"不光是我。"塔涅尔嘟囔道,想起了牺牲在山上的男男女女。

"可老百姓不这么想。他们崇拜你。他们爱你胜过塔玛斯。要知道,几十年前,他单枪匹马挽救哥拉战役时就是亚卓的宠儿了。"

"你要我干什么?赞助你?"

"见鬼,当然不是。"里卡德把空酒杯递给酒保,"我要你担任我的副首相。你将成为当今世上最有名的人物之一。"

第 7 章

处决曼豪奇后，塔玛斯曾放任市民暴乱，但在亚多佩斯特东北部的撒玛连区，有一小块区域却未遭劫难。这里是商业区，曾为贵族提供商品和服务。据说暴乱期间，店铺老板们自发搭建街垒，将暴徒挡在外面。

如今，暴乱过去五个月，曾经面向富人的商铺变成了面向中产阶级的集市，价格降了但质量不减，人们不惜穿过半个城市，在修鞋匠、裁缝、面包师和珠宝匠的店铺门前排起长队。

埃达迈大清早就动身，赶在人满为患之前，找到了盘下维塔斯仓库的裁缝铺。他坐在裁缝铺对街的一家咖啡馆里，点了份早餐，留意即将到来的同伴。不一会，埃达迈发现了他。

埃达迈离开座位，走到街对面，小心翼翼靠近苏史密斯。"有人跟踪你吗？"

令他得意的是，苏史密斯吓了一跳。"该死，"苏史密斯说，"差点没认出你。"

"就要这个效果。"埃达迈把头发染得花白，脸上抹了把干灰，让皮肤显得粗糙皲裂，整个人仿佛老了二十岁。他还装成跛脚，撑了根新买的银头手杖。他的衣裤都是最好的货色——甚至为此动用了人情。他要有种富有的绅士派头。

苏史密斯摇摇头。"没人跟踪。"他说，"我很低调。"

"好。"埃达迈说，"感觉怎样？"

火药魔法师

"要死了。天杀的赋能者治疗师。"

苏史密斯嘴上这么说,气色却显得好多了。五周前,他中了两枪,挨了一刀,差点性命不保。若不是里卡德慷慨解囊,他需要休息很久才能康复。

"去咖啡馆,"埃达迈说,"吃点早餐。找个座位监视那间店铺。"他示意裁缝铺,"我进去打听打听。"

他当然想带苏史密斯进去,以防裁缝铺是维塔斯的幌子,说不定有对方安插的人手。但苏史密斯太显眼了,身强力壮的拳手很难伪装。还是不带他为好,除非万不得已。

埃达迈过了街,走进店铺。他飞快地扫视一眼,便知这家裁缝铺专门订制高档外套。墙边摆满模特,身穿各式衣服,从男士的晚间便装,到贵族参加舞会的华服,应有尽有。店铺里弥漫着浓郁的薄荷油味,用以掩盖库存布料的陈旧气息。

"有什么需要吗?"

裁缝走出里间。他是德利弗人,肤色很深,小个子,手指纤细而灵活,戴一副细框眼镜,马甲的翻领上插着形态各异的缝衣针和别针。

"海姆?"埃达迈用亚多佩斯特南部郊区的口音问道。

"正是在下,"裁缝微微欠身,"订制外衣和套装。今天我能否为您测量尺寸?"

"我不买衣服。"埃达迈说。他装模作样地打量着那些模特。"至少今天不买。"

海姆将双手背到身后。"您有别的事?"

埃达迈从胸前兜里抽出一张纸,展开。"我的东家想购置一块地产,"他说,"记录显示你是业主。"

海姆好像糊涂了。"我没有地产。"

"两年前,你没买下工厂区多纳维街的仓库吗?"

"没有,我……"海姆突然停下,用指头敲敲下巴,"我买过。没错。有位客户请我购买地产,然后过户到他名下。他需要事情办得悄无声息。可能不希望报纸嗅到他老板出手的风声。"

埃达迈心跳加速。能因购置地产而上新闻的组织可不多,但这其中就包括布鲁达尼亚-哥拉贸易公司——它的老板是克莱蒙特,维塔斯的雇主。

"能告诉我他的名字吗?"埃达迈摸出一支墨水笔,准备记录。

海姆面带歉意。"很遗憾,那位客户要求我保密。"

"我的东家非常希望买下那里,"埃达迈说,"我相信你可以通融……"他从兜里掏出支票簿。

"不,不,"海姆说,"很遗憾,不是钱的问题。我是守信用的人。"

埃达迈长叹一声。"当然了。"他收起支票簿和墨水笔,拿起帽子和手杖,驻足片刻,假装审视周围的模特。他的目光落在一件衣服上,呼吸几乎停滞。

上次维塔斯见他时,穿得就是这一款。

"你的眼光真不错。"海姆挪到模特边上,"这件外衣设计不凡,细节出众。穿在您身上绝对非同凡响。"

埃达迈的心越跳越快。购买房产和外衣的客户肯定是维塔斯。但他若表现出来,裁缝会起疑心的。

"不,这不是我的风格。"

"胡说。"海姆说道,"这件外衣很显瘦,能把别人的目光吸引到您脸上。我可以做整套。"

埃达迈装模作样地思考片刻。外衣明显剪裁过。他看到腰间有轻微破损,已经打了补丁,说不定就是维塔斯当时穿的那件。"尺寸好像蛮合适的。现在你能修改一下吗?"

"太遗憾了,不行。这件外衣有主儿了。几天后他会来取。我可

火药魔法师

以为您新做一件，只要……"他顿了顿，"一周。我先为您量尺寸。"

埃达迈拍拍口袋。"我把我自己的支票簿落在家里了，身上只带了东家的，今天付不了钱。"

"您一看就是位绅士，先生，"海姆说，"报个地址就好。"

埃达迈哪有地址给他。他不敢冒险，以免惊动维塔斯。现在已经很冒险了，海姆当然有可能对维塔斯提起购置地产的事。埃达迈掏出怀表。"我还约了人，"他说，"一个钟头内就要到场。下周我早些过来量尺寸。"

海姆的脸色不太好看，毕竟合格的商人不会放过任何赚钱的机会。"那您请便。"

"好的，"埃达迈说，"我会再来的，放心。"

埃达迈匆匆过街，找到候在咖啡馆里的苏史密斯。

"有没有看到维塔斯或他的眼线？"

苏史密斯摇摇头。

"我们走。"埃达迈说。

"早餐还没上。"

埃达迈确认，裁缝没从店铺窗户里窥视，便在苏史密斯旁边坐下。"裁缝没直接牵涉进去，"埃达迈说，"他是替一位客户买卖房产：我觉得就是维塔斯。我在店里看到一件外衣，维塔斯上次见我时穿的，送回来修补。"

"你确定？"

"我过目不忘，记得吗？"埃达迈点了点脑门，"我看得出来，那件外衣的款式跟我见过的一模一样。很遗憾，裁缝没给我维塔斯的名字和地址。"

"线索断了。"

"不。维塔斯——更有可能是他的爪牙——几天后会来取外衣。衣服已经补好了。我准备蹲守在裁缝铺外面，看谁来取衣服。然后我会跟着他们，找到维塔斯的老巢。"

"你想让我干吗？"苏史密斯的早餐来了：四个水波蛋加诺威山羊奶酪。他笑眯眯地看着早餐端上来，开始狼吞虎咽。

"不干吗。"埃达迈说，"我不能冒险让你被人认出来。我可以伪装，但你不行。"

苏史密斯哼了一声，一边嚼着鸡蛋一边说："不能让你一个人跟踪他。"

埃达迈知道这有多危险。如果维塔斯或他的爪牙识破了埃达迈的伪装，他十有八九会死掉。但苏史密斯干这种活儿毫无优势。他太容易被人识破，即使没有，他的块头也不适合跟踪。

"我一个人去。"埃达迈说。

塔玛斯趴在亚卓山脉丘陵的一丛野草里，用望远镜观察准备进攻巴德维尔的凯兹军队。

清晨的露水浸透了他的战斗服。今日云层压得很低，浓雾贴着巴德维尔外面的平原翻滚，空气潮湿得很。他知道，这种天气对双方的枪械都有影响。而他望向巴德维尔时，发现有束阳光透过云层，照耀着城市，驱散了雾气。

毫无疑问，米哈利间接参战了。

他们需要他的帮助，即使一点点也好。塔玛斯转动望远镜，观察凯兹军队。看到对方的规模，他屏住了呼吸。一排排绿纹褐底军服似乎无穷无尽。凭借多年的经验，他一眼就能估算出对方的兵力。

至少十二万人。这还只是步兵而已。

他们会拿新兵当炮灰，考验巴德维尔的防御能力。五千到一万人冲上战场，踩过潮湿的草地，正面迎接枪林弹雨。很快会有老兵跟上，组成强有力的主攻力量，督促新兵冲锋，甚至用刺刀威胁。被巫

火药魔法师

力改造过的守护者将带头发起第二波冲锋。

在塔玛斯看来,这种进攻方式很愚蠢,但凯兹军官一直偏爱集团式冲锋——无论牺牲多少人——却不爱动脑子。

也许行得通。挫败凯兹攻势的关键在于瓦解他们的第二波冲锋。杀死守护者,逼迫老兵寻找掩护。击溃这么大规模的军队并不容易。

但也不是不可能。

决胜点在于第七和第九旅埋伏的位置。只要凯兹派遣主力上阵,塔玛斯就将命令丘陵上的军队冲击凯兹军队的侧翼。

无论兵力强弱,一旦被恐惧俘获,他们就会逃跑。

早在黎明之前,凯兹军队的火炮就向前移动,远远地轰击巴德维尔的防御工事,希兰斯卡用重炮还击。

塔玛斯看到,凯兹步兵在火炮阵地后方几百码处列队。他感觉肚子难受。

"人数真不少啊,长官。"他身边的奥莱姆说。

"相当多。"塔玛斯应道。奥莱姆的语气里是不是有丝焦虑?即使有,塔玛斯也怪不了他。兵力强盛的敌军足以震慑任何人。

"能冲散他们吗?"

"最好能。骑兵帮得上忙。"

"话说回来,我们只有两百骑兵。"奥莱姆说。

"我们要制造一个骑兵旅来袭的错觉,先引起恐慌,然后屠杀。反过来可不行。"

昨晚,他们带了两百骑兵穿过洞穴。那是塔玛斯工兵团的功劳,他们竭尽所能拓宽了隧道,让一万人外加一个团的战马连夜通过。

不过昨晚最大的成果是六架野战炮。它们体型不大,能发射六磅重的炮弹,有直径五尺的轮子以便移动,完全可以在凯兹侧翼制造大军来袭的效果。

塔玛斯不由想到了战斗结束之后。他们可以打垮凯兹军队,但不能长时间乘胜追击。损失几万人对凯兹不值一提。他们还有几十万呢。但这一战能挫败他们的锐气。凯兹承受不起与休德克朗大战同等程度的损失。

塔玛斯的间谍提到，伊匹利朝中颇有怨言。星星之火烧得炽烈些，军队就有可能倒戈，从而推翻伊匹利，虽然这种希望有点不切实际。

"长官，"奥莱姆说，"敌军开始前进了。"

塔玛斯收回思绪。战斗刚开始就想着获胜，不大吉利啊。他安排了计划。如果胜利果实到手，便可依计实施。但现在还不是时候。

"传令下去，准备行动。"

奥莱姆匆匆离开，这时维罗拉爬上丘陵，来到塔玛斯身边。

"你的人就位了？"塔玛斯问。

"您是指安德里亚的人吧，长官？"

塔玛斯听出她愤愤不平。他把火药党在本次战斗中的指挥权交给了安德里亚，结果惹恼了维罗拉。塔玛斯强压怒火。虽说她技艺不凡，但临阵指挥经验不足，她什么时候才能理解这一点？

"我的火药魔法师，"塔玛斯严肃地说，"都就位了？"

"就位了，长官。"

"你看到残余的凯兹尊权者了吧？"

"他们畏缩不前，"维罗拉说，"以为我们会在巴德维尔城墙上迎战，所以躲在队伍后方，正好处于我们射程之内。只要您下令攻击，长官，我们就能干掉那些尊权者。"

"很好。你也就位吧。"

维罗拉没再说话，爬了回去。塔玛斯扭头目送她离开。

"准备完毕，长官。"奥莱姆快步上山，趴在塔玛斯身边，"耐心等待的时候到了。"他顺着塔玛斯的视线望去。

"您想揍她吗，长官？"

火药魔法师

塔玛斯冲奥莱姆苦笑。什么时候开始,他的下属敢这么对他讲话了?"我没想。"

"您好像生气了,长官。"

"她的成长之路还很漫长。我很伤心。如果当初没搞成那样,她已经是我儿媳了。"他叹息着举起望远镜,"塔涅尔也不会上那该死的山,不会躺在上议院楼下昏迷不醒。"

奥莱姆轻声道:"那他那不会打中克雷西米尔的眼睛,拯救我们了,长官。"

塔玛斯用指头叩打着望远镜。奥莱姆说得对。改变一件事的结果,可能改变整个历史进程。他现在只想塔涅尔恢复清醒,保证儿子安然无恙。

奥莱姆仿佛读懂了塔玛斯的想法。"他不会有事的,长官。我派了神枪组的几个好手盯着他。"

塔玛斯很想扭头看着奥莱姆,感谢他出言安慰。但现在不是多愁善感的时候。"敌军开始前进了,"塔玛斯说,"确保弟兄们沉住气。我不希望凯兹人提前知道我们来了。"

"他们沉得住气。"奥莱姆胸有成竹。

"必须万无一失。你亲自去一趟。"

奥莱姆奉命离开,留下塔玛斯在丘陵上享受难得的独处时间。很快,等战斗开始,信使将不间断地询问下一步指令,持续一整天。

塔玛斯闭上眼睛,居高临下勾勒战场。

面对巴德维尔的城墙,凯兹步兵布下了半圆形战阵。随着他们前进的步伐,队列会逐渐收紧,同时还要填补因亚卓炮火轰击造成的缺口。有一队凯兹骑兵,大概一千人,在北大道上待命,只要步兵夺取城墙、打开城门,他们就会冲进城内。其余的骑兵驻扎在战场后方二里处。大多数人甚至没上马。他们认为今天无须上阵。

凯兹的后备军等在剩下的军队后面。他们的人数多得可怕,但塔玛斯在望远镜里看到的景象，与斥候的报告并不一致：他们只是滥竽充数罢了——配备火枪的仅占五分之一，且着装各异，杂乱不堪。塔玛斯摇摇头。凯兹人比枪多。等看到他的军队，这支后备军肯定一哄而散。

凯兹人的军鼓声有节奏地响起，步兵向前推进，塔玛斯感觉大地在震动。他用望远镜观察巴德维尔的城墙。

重炮已经朝凯兹的野战炮开火了，步兵压上时，火力也随之加倍。塔玛斯看到第二旅的士兵们守在城墙上，纪律严明，亚卓军服蓝得鲜艳夺目。

凯兹步兵抵达杀场，炮火打得他们的队列千疮百孔。但缺口很快被填上，褐绿相间的军服前仆后继，每前进十几步就战死上百人。火药味顺着风钻进塔玛斯的鼻孔，他深吸一口，品尝到苦涩的硫黄味。

他爬起来，冲旗语官打手势。下方的战场上，密密麻麻的凯兹后备军向前移动，来到步兵后方。塔玛斯面色一沉。如果他们要攻城，应该随同步兵行动才对。为何移动后备军？

他感到脊背发凉。凯兹有信心在今日就攻下巴德维尔。他们会用步兵守住城墙，然后派后备军进城烧杀掳掠。塔玛斯在哥拉目睹过他们的做法。如果他们突破城墙，后果不堪设想。

对凯兹指挥官而言，一天之内攻陷敌方城池，未免过于乐观了吧？

他决不允许这种情况发生。

"准备。"塔玛斯说。身边的旗语官传达命令。那人神情激动，已经迫不及待。第七和第九旅整装待发。他们士气高涨，只等杀进凯兹侧翼。塔玛斯感觉气血上涌。"稳住……等等……"

塔玛斯眨眨眼睛。那是什么？

他举起望远镜，观察巴德维尔正前方的战场，看到数十个形态怪异的人冲向城墙。他们身穿黑衣，头戴圆帽。是守护者。

火药魔法师

可那些守护者……塔玛斯咽了咽口水。他从没见过有人跑这么快,即使那些被巫力扭曲的杀人狂也做不到。他们跨越最后几百码的速度堪比血统优良的赛马。

在望远镜里,塔玛斯看到城墙上的军官大吼大叫。火枪纷纷射击,但没一个守护者倒下。他们抵达墙角,向上一跳,如昆虫般附在垂直的墙面上,直接爬上墙顶。转眼间,他们就举起利剑和手枪,杀进了火炮阵地。

等等,手枪?守护者不带手枪。尊权者厌恶火药,而那些怪物是他们用巫力制造的。

城墙上轰轰作响。尸体纷纷从城墙坠落,重炮一个接一个哑火。

塔玛斯惊呆了。怎么回事?守护者轻而易举攻占了城墙?他猛拍手中的望远镜。没有炮火的牵制,凯兹步兵可以轻松攻城。背后没有炮火的威胁,他们可以转而正面迎战塔玛斯的军队。

"长官,"旗语官说,"要我发出进攻信号吗?"

"不。"塔玛斯说。他差点大喊出声。

此时,步兵已逼近城墙脚下。攻城梯架了起来,不等褐绿相间的军服爬上城墙,塔玛斯已经看不到还能抵抗的亚卓士兵了。守护者已将他们尽数斩杀。

"长官。"奥莱姆来到塔玛斯身边,也举起望远镜。"怎么……回事?"奥莱姆的语气跟他一样难以置信。

"守护者。"塔玛斯一字一顿地说。他想吐口水,但嘴里干渴得厉害。他们身边很快挤满了第七和第九旅的军官,全都张望着战场。

凯兹步兵如潮水般涌上城墙。不过几分钟,大门洞开。凯兹骑兵冲上了通往城门的大路。

"我们必须进攻,长官。"有个少校在说话,但塔玛斯想不起他的名字。

塔玛斯扫视军官们,众人低声附和。

"这是自杀。"他嗓音嘶哑,"巴德维尔失守了。"

"我们可以力挽狂澜。"另一个声音说道。

塔玛斯咬紧牙关。他当然赞同。天地良心,他真的赞同。"或许吧,"他说,"没准儿我们能痛击凯兹军队后方。我们可以消灭他们的后备军,烧了凯兹营地。但是我们将在空荡荡的平原上迎敌,太容易被包围,也不能指望会有援军。"

一阵沉默。这些军官勇猛无畏,但他们不蠢。他们知道他是对的。

"那我们怎么办?"

塔玛斯听到巴德维尔方向传来一声巨响。浓烟和灰尘从大西柱地底升起。他命令一个斥候去查看隧道的情况,但他知道发生了什么。墓穴。有人在里面引爆了墓穴,切断了塔玛斯返回巴德维尔的路线。

"我又一次被出卖了。"他轻声说道,继而提高嗓门,"我们以大山为掩护。"他极力回想,要回亚卓,哪里的守山人关隘距离最近。对于一万大军而言,通过任何关隘都将是场噩梦。"我们朝阿尔威辛关隘前进。通知下去。"

第九旅的卡塞尔将军一把抓住塔玛斯的胳膊。

"阿尔威辛?"他问,"那将是一个多月的艰难行军。"

"也许两个月,"塔玛斯说,"后面还有追兵。"他望向巴德维尔。城里冒起浓烟。"但我们别无选择。"

他心如刀绞。许多弟兄的家人在城内,还有随营的平民。巴德维尔将被凯兹人付之一炬。他们在哥拉用过同样的恐怖手段。城池失火时,他率军远离,弟兄们当然会恨他,但这是他们活下来的唯一希望。他发誓要带他们返回亚卓——将复仇的怒火烧向凯兹。

第 8 章

埃达迈选择的地点，离裁缝铺隔着好几家店面。他坐在门廊里，拿着一份报纸。今天他伪装的形象年轻些，抹了油的黑发整齐地梳到一边，仿照时下咖啡馆老板流行的发式。他身穿棕色紧身裤，白衬衫袖口卷到胳膊肘，配套的棕色外衣搭在膝盖上。清晨出发前，他敷了多特莫斯鲸油膏，令皮肤焕发年轻的光泽，还用黑色假胡子和有色眼镜挡住面目。

埃达迈的目光越过报纸上沿，看到店铺和咖啡馆间的街道上车水马龙。他监视海姆的店铺已有两天。第三天将近三点钟了，还没见着维塔斯的影子。

他所在的位置可以完美监视海姆的店铺。他不仅能清楚地看到前后门，还能透过街面的窗户，基本掌握里面的动向。人们进进出出，几乎没有女性顾客。大约两点半钟，三个满脸横肉的大汉进了店铺。埃达迈认定他们是维塔斯的打手，但他们很快离开了，维塔斯的外衣仍然披在模特身上。

埃达迈一心二用地读着报纸上的新闻。巴德维尔的战局僵持不下，但这新闻已经过时了三四天，任何情况都有可能发生。

报道说，温斯拉弗夫人因为突如其来的资金问题，解散了亚多姆之翼八个旅中的两个。这对战争有些不利。四个旅在巴德维尔北部阻敌，还有两个旅守卫南派克山烟火未熄的废墟，防止凯兹军队横穿堆满火山岩的不毛之地。

埃达迈正要读一篇文章，讲的是战争对亚卓经济的影响，这时，海姆的店铺有了动静，吸引了他的注意。他一抬头，就见衣裙飘飘进了店门。很快，一个女人出现在窗口，对海姆说着什么。

那是个年轻姑娘，赭色卷发，最多十八九岁，虽然年轻，但也不是小女孩了。她自信满满，昂首挺胸，扬起下巴，身上的红色晚礼服应该是量身定做的。

海姆冲维塔斯的外衣做着手势，上上下下地比画着，又指向一处衣角，就是埃达迈之前注意到打了补丁的位置。女人点点头，海姆取下外衣，用棉纸仔细包好。

过了一会儿，女人离开店铺，胳膊底下夹着个棕色盒子。她东张西望，埃达迈很想藏到报纸后面。表现得自然些，他提醒自己。他没见过这个女人。几乎可以肯定，对方也不认识他。

她沿街朝西边走去。埃达迈站起来，叠好报纸夹在腋下，然后拿起手杖。

他远远跟着女人。跟踪的关键在于，距离必须足够远，不能引起人家的注意；但又不能太远，免得对方突然转弯，导致跟丢；同时还要判断目标是否怀疑自己被跟踪。埃达迈认为没有，但小心驶得万年船嘛。

埃达迈推测，那女人走一两个街区就会叫马车。她身穿贵族淑女的晚礼服，高跟靴子不适合走远路。可她始终步行，优哉游哉地朝西北方前进。她在一个街边小贩的摊位前驻足，买了个水果挞，然后接着走。

她转进劳茨一条僻静的街道。这里富人云集，以其中心的银行区闻名。街上行人稀少，让埃达迈有些担心。他随时可能被注意到，这是他最不希望发生的事。

他把距离拉远到四十尺，等转进街道，正好看到女人消失在一座三层楼的大宅子里。

火药魔法师

宅子临街一面有些张扬，墙壁以白砖砌成，百叶窗碧蓝如瓦。它的占地面积相当大，通常来说，里面应该住着好几户开枝散叶的中产阶级家庭。若不是与维塔斯有关，埃达迈根本不会多看一眼这种平庸且暴露的宅子。

所以，他怀疑自己搞错了。也许那件外衣根本不属于维塔斯。也许他透过海姆店铺的窗户观察时看走了眼。也许女人发现自己被跟踪，想甩开他。

埃达迈暗自咒骂。变数太多了。

他缓步徐行，慢慢悠悠，仿佛在观赏街景。他接近宅子，记下门牌号和街名，目光依次掠过每一扇窗户。毫无疑问，如果这是维塔斯的老巢，他一定会派人看守。

但什么都没有。埃达迈不愿陷入失望的情绪，但目前没有迹象说明宅子属于维塔斯。除非他核查房产记录。

埃达迈经过最后一扇窗户时，看到了一张脸。一个六岁的小男孩，正在观望来往的行人车辆。他冲埃达迈挥挥手。

埃达迈也挥了挥手。

不对。宅子不是维塔斯的。一个小男孩对他有什么用处？

除非维塔斯有儿子。但不太可能。那个小男孩与维塔斯毫无相似之处。养子吗？不。维塔斯是效忠于克莱蒙特大人的探子。他不会收养养子的。另一个人质？有可能。

埃达迈继续前行。他要坐一辆马车返回，盯着宅子。这是他目前唯一的线索。

他爬进一辆马车，刚坐下来，就发现有人跟着他上了车。一个清道夫，顶着烈日出卖一整天的劳动力，导致脸面和衣服肮脏不堪。

"抱歉。"埃达迈刚开口，突然看到清道夫握着手枪。

他感到一颗冷汗划过背部。

"什么意思？"埃达迈说。

"钱包。"那人吼道。

埃达迈松了口气。抢劫。仅此而已。不是维塔斯的人在路边识破了他的身份。埃达迈从马甲里慢慢掏出钱包,递给劫匪。对方拿不到多少好处。钱包里只有五十卡纳钞票,没有支票和身份证明。

那人单手翻翻钱包,枪口始终对准埃达迈。没多久,他便会离开马车,消失在下午的人流中。

但这里是劳茨。谁吃了熊心豹子胆,敢在光天化日下的劳茨住宅区抢劫?埃达迈张开嘴。

这时,他认出了窗子里的小男孩。

艾尔达明西公爵的儿子。曼豪奇被处决后,在城中心,企图扶持他继位的保王派与塔玛斯干了一仗。将近一年前,埃达迈为艾尔达明西家办过事,所以记得那个小男孩。

劫匪抬头盯着埃达迈。"不够。"他说。

"什么?"

手枪在劫匪手里转了半圈。埃达迈记得的最后一件事,是枪柄撞上他的脸。

塔涅尔醒来时,看到菲尔坐在他的吊床边。

他们回到了金的马拉烟馆。烟雾缭绕,但并非来自马拉烟。闻起来像是樱桃味儿的烟草。他斜着眼睛观察,发现菲尔叼着一支短柄烟斗。

女人抽烟斗。塔涅尔没怎么见过。他认识的女人大多钟情法崔思特的香烟。

女副会长容貌俊俏,可惜太过严肃,有着瘦削的脸庞和束起的头发,让他想起早年见过的一位女家庭教师。他半睁着眼睛瞧了好一会儿,揣测对方的心思。她似乎没发现塔涅尔醒了,两眼只顾盯着对面。塔涅尔在吊床上翻个身，好奇菲尔在看什么。

果然，是卡-珀儿。她坐在楼梯旁，手里在捏一个蜡像，布包搁在膝上。她时不时抬头看看副会长。她在做人偶。菲尔的人偶。

塔涅尔不明白，她做人偶是因为副会长威胁太大，还是养成习惯了，见人就想做一个。如果是后者，那她的布包很快就会塞得满满当当。

过去的四天好像一团糨糊。塔涅尔搜肠刮肚，也只能回忆起马拉的烟雾和马拉烟馆的天花板。在这之前……

里卡德·汤布拉希望塔涅尔当他的竞选伙伴。

那就是从政了。

塔涅尔痛恨政治。法崔思特的独立战争节节胜利时，他曾亲眼目睹富商巨贾如何攫取权力——不是自相残杀，就是阴谋诡计。里卡德声称不会发生那种事。他声称要公正、公开地选举，组建民选政府。

跟绝大多数政客一样，里卡德不可信。

但这也不至于抽四天马拉烟吧。塔涅尔为什么会回到这个鬼地方……

哦，对。里卡德要通知陆军元帅塔玛斯，说塔涅尔已经清醒，还恢复得不错。不管塔涅尔怎么解释，里卡德似乎都很难理解，塔玛斯会要求塔涅尔立刻返回前线。

这是好事。塔涅尔试图说服自己。说明他还有用，可以回去保家卫国了。

以杀戮的方式。塔涅尔只擅长这个。该死，他还杀了一个神。虽然不是人人都相信。

他翻了个身，伸手摸向马拉烟杆，以及金留下的黏球。

马拉球没了。

"醒了?"菲尔问，她的注意力从卡-珀儿身上收了回来。

塔涅尔撑起身子，在外衣口袋里翻找——还有外衣，真不错——

然后是裤子和吊床边。

"你找什么？"菲尔问。但听她的口气，她很清楚塔涅尔在找什么。

"我的马拉呢？"

"金说，你都抽光了。昨晚就没了。"菲尔往嘴里扔了什么东西，边嚼边说，"吃不吃腰果？"她递来一个旧报纸包。

塔涅尔摇摇头。他看看马拉烟杆。一点儿没剩。他又看看地板。"那个哥拉人手脚不干净，肯定把我剩下的马拉球偷走了。我要的量能抽好几周呢。"

"我知道你抽那玩意儿的速度。"菲尔说，"但我觉得，金没坑你，他知道是谁付的钱。"

塔涅尔皱起眉头。谁付的钱？他抬头看着菲尔。啊，对了。是里卡德。

"你要知道，"菲尔说，"里卡德自家烟馆的马拉质量好多了。垫子都是丝绸的。你要消遣，也比金的女儿好得多。"

塔涅尔胃里翻江倒海。他瘫在吊床上。金的女儿。塔涅尔什么都不记得了。"我有没有……？"

菲尔耸耸肩，望向卡-珀儿。卡-珀儿微微摇头。

塔涅尔松了口气。他目前最不想做的就是睡那个哥拉老板的女儿。

"你有事吗？"他问菲尔。

菲尔在鞋子上敲敲烟斗，收进口袋，又往嘴里扔了些腰果。"今天有你父亲的消息。"

塔涅尔坐直了。"说了什么？"

"几件很重要的事。凯兹准备次日发起进攻。那是三天前的事了。他计划率领精锐部队反击。"

"凯兹有多少人？"

火药魔法师

"据说有一百万。但塔玛斯没这么说。"

他的精锐部队是指第七和第九旅。敌人有一百万？休德克朗战役时的两倍兵力。即使夸大十倍，塔玛斯也得领着一万人对抗十万之众。自以为是的蠢货。

最见鬼的是，塔玛斯有可能打赢。

"哦，"菲尔好像想起了什么，"他问了你的情况。"

塔涅尔冷哼一声。"是不是说'我那该死的废物儿子在哪儿？我要他回到前线'之类？"

"他问你恢复得如何。还有医生怎么看？他回来会不会有帮助？"

"我知道你在撒谎。"塔涅尔说，"塔玛斯不会为任何人离开战场。"包括我。尤其是我。

"他一直很担心你。我们回话说，你好多了。但谁也不知道他在开战前有没有收到消息。"菲尔又从纸袋里摸出一颗腰果，唇边现出淡淡的笑意。

"你们没说我醒了？"

"没有。里卡德认为，你可能需要一些时间恢复。"

看来里卡德多少接受了他的请求，没告诉他父亲实情。

"更有可能是他担心，塔玛斯听说我醒了，会立刻召我去前线。"

"有这层原因。"菲尔承认。

"是啊。"塔涅尔躺回吊床，叹了口气。他疲惫不堪，筋疲力竭。对别人来说，他不就是件工具吗？"那个老混蛋塔玛斯……"

楼上的房门突然打开，打断了他的话。通向马拉烟馆的楼梯在颤抖，一个年轻人冲了进来。菲尔随之起身。

"怎么了？"她问。

信使慌乱地四下张望，胸膛剧烈起伏。"里卡德要您马上去人民法院。"

菲尔把装腰果的空纸袋揉成一团，扔到地上。"出什么事了？"

信使的目光投向塔涅尔，又投向卡-珀儿，最后回到菲尔身上。他随时可能累趴下。

"我们收到巴德维尔的消息。那座城市已经沦陷，被付之一炬。陆军元帅塔玛斯死了。"

奈娜坐在窗边，把窗帘拉开一条缝，观察外面的世界——衣冠楚楚的行人，敲打鹅卵石的手杖，女人翻卷帽檐，任凭阳光照在脸上。炎热的夏日君临亚卓，但好像谁都不曾留意。其实天气太好，享受还来不及呢。

她就想到户外享受一下。这间房子太过闷热，维塔斯的手下钉死了所有窗户。空气潮湿，凝滞不动，令人窒息，她感觉随时可能晕倒。维塔斯只在昨天派了件差事，让她可以自由而舒服地沐浴一会儿阳光。她一时忘记了维塔斯、雅各布，以及过去几个月的可怕经历。她恨不得一走了之。

卧室房门打开的声音吓得她的心脏跳到嗓子眼，但她强迫自己不露声色。不是维塔斯。他一般从前门进来，而不是儿童房的门，雅各布在里面安静地玩木马打仗，时不时抱怨房里太热。

"奈娜，"有人说，"马上换衣服。"

奈娜看了眼平铺在床上的裙子。那是一个钟头前，维塔斯的手下送来的。白色棉布长裙，高腰，宽松，深红色镶边为裙裾、胸口和短袖口赋予了醒目的色彩。看样子十分舒适，比昨天维塔斯叫她出门办事时穿的晚礼服凉快多了。

床头柜上搁着一条银项链，吊坠是颗弹丸大小的珍珠，盒子里有双崭新的黑色及膝长靴，一看就知道尺码合适。另外还有三件衣服挂在衣柜里，一件比一件昂贵。

这些都是维塔斯大人的礼物。她从未有过如此精美的衣服。裙子式样朴素，毫不艳俗，但剪裁堪称完美。翻看褶边，里面绣着大写的 D. H. ——戴拉哈特夫人的缩写，她是亚多佩斯特最好的女装裁缝。普通的洗衣工花一年薪水也买不起这样的裙子。

"奈娜，"那人催促道，"换衣服。"

但昂贵的衣服和珠宝令奈娜反胃。她宁可接受恶魔的礼物，也不要维塔斯大人的。她很清楚，这些东西都是有代价的。

"我不去。"奈娜说。

地板上响起吱嘎吱嘎的脚步声。法耶跪到奈娜面前，拉起她的手。

她们一同被困在庄园里已有六天，奈娜依然不太了解这个女人。她知道，法耶的儿子作为人质被关在地下室里，其他孩子则在别处，同样也被维塔斯关押。她还知道，只要有机会，法耶会杀了维塔斯。

无论成功与否，至少她会尝试。奈娜对维塔斯能否被杀感到好奇。他看起来不像正常人——很少吃东西，不睡觉，不管喝多少酒都不会醉。

法耶拽着奈娜的手。"起来，"她说，"换衣服。"

"你又不是我妈。"奈娜的声音近乎咆哮。

"如果她在这里，也会说同样的话。"

奈娜凑近些。"她死了。我不认识她，也不认识你。也许她会叫我打破这扇窗户，割开手腕，也不要屈从维塔斯的淫威。"

法耶站起来，脸上的亲切消失了，表情变得坚毅。"也许吧。"她说，"但那样的话，她就是个傻瓜。"她在房间里踱起脚步。

奈娜推测，法耶是中产阶级商人家庭的主妇，但不知道她对维塔斯大人有什么价值。法耶也从没提过，只提了几句她的孩子。说真的，这个女人太镇定了。除了刚被带来那晚，她爆发过一次，其余时间就像睡鼠一样安静。如果奈娜有了孩子，除非他们都脱离危险，否则她肯定睡不着觉。法耶要么极有耐心——奈娜前所未见这种女强人

——要么就是另有图谋。莫非这是维塔斯的策略？莫非她是个探子？

可这说不通。他没必要监视奈娜。维塔斯要知道什么事，直接拷问她就行。

但不管怎样，奈娜不相信法耶。她不相信维塔斯老巢里的任何人。

"你要不换衣服，"法耶说，"维塔斯会拿你或那男孩泄愤，可能你俩都要遭罪。"

"我不是他的婊子。"奈娜说。

"他没让你做丢脸的事。"她顿了顿，咽下"暂时"二字，"只是陪他外出办事。你又能离开这该死的宅子了。你出门时，我来照顾雅各布。来吧，"法耶说，"我帮你。"

奈娜任凭法耶把她拉起身，脱掉身上的旧裙子。

"有新内衣。"法耶从床上拿起一个盒子。

奈娜一把抢过盒子，摔到地上。"谢谢，我看过了。"她厉声说，"只有婊子才会穿那种内衣。"她深吸一口气，发现两手都在发抖。

法耶松开手，走到儿童房门口，看了雅各布一会儿。然后她关上房门，转身面对奈娜，两手叉腰。

"你见过地下室吗？"法耶问。

奈娜愤愤地与她对视。这个老女人凭什么要求她？

"见过吗？"法耶问。

奈娜迅速点头。她不愿回想那里的长桌、血迹，还有凳子上锋利的刀具。

"他也带我看了。"法耶说，"那时我刚被带来。我不想去那儿，恐怕你也一样。所以，别惹火他。"

"我……"

"我不在乎你是谁，"法耶说，"也不在乎你为何在这儿。不过你很关心雅各布。维塔斯那种人，对孩子下手也不会犹豫。"

火药魔法师

"确实不会。"

法耶靠近一步。奈娜强自镇定,可对方的眼神让她心慌意乱。

法耶说:"他当着我的面,割下我儿子的手指。我的孩子们都亲眼看到了。我们放声尖叫,但被他的手下拦住。后来他把手指交给我丈夫,确保他对自己言听计从。"法耶往地板上啐了一口。

"那你现在在干吗?"奈娜说。

"我在等。"

"等什么?"奈娜嗤之以鼻。

"等机会。"话音几不可闻。法耶擦去眼角的泪水,深吸一口气。"有时你该愤怒。有时则需要忍耐。我迟早会跟维塔斯算这笔账。"

"如果我把你说的话告诉给他呢?你怎么知道我信得过?"

法耶歪歪头。"你去啊,想说就告诉他。你以为他不知道,我一有机会就会把他的肠子从屁眼里扯出来?"法耶厌恶地摇摇头,"我丈夫是侦探,是个聪明人,有原则。他一直觉得,贵族就是一帮近亲繁殖的傻子。我曾经问他,他为何会长久忍受这个男爵的嘲讽,那个公爵夫人的愚行,去解决一件件备受瞩目的疑案。"

奈娜一言不发,盯着法耶的侧脸。

"他说,"法耶续道,"在逆境中忍辱负重,不骄不躁,这样他才能年复一年地养活并保护我们全家;而放纵反抗的本能,只能招来牢狱之灾,甚至更惨。我现在唯一能做的就是等待。所以我会等。你也一样,穿上该死的裙子。"

奈娜在对方脸上搜寻撒谎的迹象。但她眼中只有火焰。那是狂怒,身为人母才有的狂怒。

"给我点私人空间。"奈娜说。

她刚刚换好衣服,就听见敲门声——来自门厅,而非雅各布所在的儿童房。奈娜惊恐地听见,门开了,这才暗自庆幸已经换好了衣服。

"有进步。"维塔斯大人说,"转身。"

她转身面对他,鼓起勇气迎上他的目光。

他上下打量她,慢悠悠地摇晃手里的玻璃酒杯。"能行。"他说。

"什么能行?"她问。

不管他意没意识到她愤怒的语气,反正他没理会。"我一直想约温斯拉弗夫人,希望与她共进午餐。现在终于成功了。你将陪我赴宴,就说是我的侄女。你性格内向,除了'是,夫人''不,夫人'什么都别说。我打算向她求婚,如有女性亲属陪伴,可以增加她的好感。我最多需要你几周时间。"

"谁是……"

"与你无关。好好扮演你的角色,我会允许你在一定范围内自由活动。要是扮不好,我会罚你。明白了吗?"

"明白。"奈娜说。

"很好。孩子呢?"

奈娜想扯个谎,但除了儿童房,雅各布还能在哪儿?"雅各布,"她喊道,"请你来一趟。"

儿童房的门开了,雅各布蹦蹦跳跳走了进来。他面带微笑,抬头看着维塔斯。"你好!"

维塔斯冲他一笑。那副表情,让奈娜想起了曾在药剂师铺子里见过的锃亮的头骨。"你好,孩子。"维塔斯说,"喜欢新衣服吗?"

雅各布张开双臂,转了一圈,展示时髦的蓝色外衣、配套的及膝裤和长袜。"太好看了,"雅各布说,"谢谢你。"

"我很荣幸,孩子。"维塔斯说,"我又给你买了些东西。"他回到门厅,进来时手捧一只盒子,不比奈娜的鞋盒大多少。他把盒子放到地上,打开盖子,里面是一整套木头士兵和战马,一共二十个。

雅各布兴奋地吸了口气,把盒里的玩具一股脑倒出来,堆得乱七八糟。

"拿去你的房间。"奈娜说。

雅各布停下来,不满地瞪了奈娜一眼。他收回玩具,把盒子拖回儿童房。

"喜欢吗?"维塔斯问。

"当然喜欢!谢谢你,维塔斯叔叔!"

"不用谢,孩子。"

雅各布离开视线,维塔斯立刻收敛笑容,抿了口酒。"半小时内准备妥当。"说完,他离开了房间,奈娜听见房门从外面锁上。

雅各布刚才喊他"维塔斯叔叔"。

不知法耶想怎么杀掉维塔斯,但奈娜可能有机会先下手。

第 9 章

塔涅尔在亚多佩斯特的街巷间匆匆穿行，心中疑云密布。塔玛斯死了吗？不可能。那老混蛋的命比石头还硬。此时临近中午，车马川流，他只能在人群中横冲直撞，避开马车和货车。他听到菲尔不断地向被推到一旁的人道歉。

塔涅尔突然停下脚步，想看看卡-珀儿是否跟在身边。还好她如影随形，寸步不离。菲尔从人群中现身。至于那个去马拉烟馆送信的人，已经没了踪影。

"棍儿，"他说，"你知道他死了吗？"

卡-珀儿似乎吃了一惊。

塔涅尔抓着她的肩膀，拉到面前。"你有没有做过他的人偶？你跟他有没有联系？"

她松开紧皱的眉头，摇摇头。没有。

"妈的。"塔涅尔转过身去。

"你父亲的事，我很遗憾。"菲尔来到他身边。

"我要见到他的尸体，才能相信那个老混蛋死了。"塔涅尔说。他眼前浮现出塔玛斯冰冷僵硬地躺在棺材里的场面，心里突然一阵难受。他驱散幻象，却发现自己倚靠在卡-珀儿身上。

她用那双绿玻璃似的眸子仰视着他，眼里混杂着愤怒、疑惑、同情和坚毅。她眼神笃定，他却移开了目光。

"说起来，我们这是在哪儿？"他问，"我完全不认识。"

火药魔法师

"因为你只顾在人群里埋头赶路。"菲尔说,"这条路才通往人民法院。"她指着东边。他们刚才一直在往北走。

塔涅尔点点头。"带路吧。"他说话时,手还搭在卡-珀儿肩上。她并未拒绝。"棍儿,"他说,"我……"他突然闭嘴。他脑子虽然糊涂,但迎面而来的人有些眼熟。塔涅尔清楚地记得,这人曾在金的马拉烟馆附近晃悠。那人个子高,肩膀宽,走路有点跛,看着好像不大对劲儿。

那人抬头与塔涅尔对视。塔涅尔只能感觉到威胁。

对方朝塔涅尔的方向猛跨两步,狠狠挤开卡-珀儿。塔涅尔感觉那人的拳头击中自己的胸骨。他飞了起来,越过人群,摔到地上翻滚,肩膀重重地撞上坚硬的鹅卵石。

塔涅尔喘着粗气。肋骨断了吗?

一群人围在塔涅尔身边。他听到有人问他是否安好。一位绅士用手杖推了推塔涅尔的胳膊。一个女人发出尖叫。

只有一种怪物能将塔涅尔伤得这么重。

守护者。

塔涅尔一把夺过绅士的手杖,毫不理会对方的抗议,借力起身,正好看到一个年轻女人被扔到地上。守护者从她身边冲过来,双手扼住塔涅尔的脖子。

刀刃从守护者的喉咙里戳出,离塔涅尔的眼睛只有几寸远。守护者把他甩开,一转身,露出插在颈骨处的一把匕首。守护者的喉咙咯咯作响,纵身扑向菲尔,后者躲闪的速度远超塔涅尔的想象。

塔涅尔一跃而起,用手杖狠砸守护者的后脑勺。用力之大,硬木杖应声碎裂。

守护者毫不畏缩,扭头面对塔涅尔,又回头看看菲尔,像在判断谁更有威胁。他们还在观望,守护者一只手从兜里掏出块帕子,一只手伸到背后,拔出颈骨处的匕首。肮脏的黑血从他脖子上的伤口喷出。塔涅尔听到街上有人剧烈呕吐。

守护者把帕子塞进伤口止血。整个过程惊心动魄，但持续不过五六秒钟。然后守护者转向菲尔，朝她猛扑过去。

塔涅尔早有准备，向前跃起，一手握住断掉的手杖，以杖为剑，抡圆胳膊，砸向守护者的后背。

有什么东西从侧面击中了塔涅尔。他的上下牙磕在一起，眼前一黑。

转眼间，塔涅尔看到另一个守护者扭曲的面孔。对方用一只膝盖压住塔涅尔的胸口，双手扼住他的喉咙。塔涅尔拼命挣扎，然而力量不够。他需要火药。

塔涅尔只能抬起膝盖，隔在两人中间，顶开重如山石的守护者。他操起断杖，狠狠戳进守护者的胳膊。对方放声大笑，再次用膝盖压紧塔涅尔的胸口。

塔涅尔痛苦地呻吟着，胸骨承受千钧之力。卡-珀儿跳到守护者身上，长针一下一下扎进他的后背。守护者像头发疯的公牛，企图甩开讨厌的骑手。塔涅尔的胸膛几乎炸裂。

守护者摆脱不了卡-珀儿，只好站起身。塔涅尔大口喘息，感觉空气欢快地涌进肺部。他必须离开。必须挣脱。他需要火药。

他翻个身，趴在地上，用双膝跪起。守护者一脚踹中塔涅尔，把他踢倒在鹅卵石上。塔涅尔挣扎着爬起。在他身后，卡-珀儿仍与守护者缠斗，对方将超长的手臂伸到背后乱抓，企图把她揪下来。

人们开始呼唤警察。围观的人越来越多，但谁都不敢靠近。

卡-珀儿赢不了。塔涅尔也一样。他释放感知力。周围应该有火药。肯定有人带着。

他跌跌撞撞走向一个头戴圆顶礼帽的年轻人，对方肩挎一把步枪。一把赫鲁施步枪，应该是刚买的，从未开过火。塔涅尔一把揪住年轻人的前襟。"你的火药筒！给我！"

火药魔法师

年轻人试图挣脱。塔涅尔将手探进对方的弹药袋，摸到光滑的圆柱形火药筒，成功将其掏出。他回身看见卡-珀儿还趴在守护者背上，但已岌岌可危。

"棍儿，下来！"

卡-珀儿松开手，被甩到一旁。塔涅尔把火药筒当成手雷，扔了出去。他释放感知力，引燃火药，将爆炸点控制在怪物身上，势要将其炸成碎片。

但什么也没发生。

守护者单手接住火药筒，盯着塔涅尔的眼睛，手腕一翻，将火药筒的尖头凑近嘴边，一口咬了下去。火药粉末从他嘴角洒落。他舔了口火药，咀嚼起来。

塔涅尔连连退后，撞上了刚才那个小伙子。

"火药包，"他说，"我需要火药包！"塔涅尔额头直冒冷汗。这个守护者。这个怪物……

小伙子转身就跑。尖叫此起彼伏，人们四散而逃。他后退一步，踢到什么东西。那个小伙子丢掉了弹药袋和步枪。

塔涅尔飞快地翻找弹药袋，目光始终不离守护者。袋子里有少量火药包。他碾碎其中一个，往手背上撒了些。守护者还在吃火药筒里的火药，直到嚼得一干二净。

难以置信，这个守护者就像塔涅尔扭曲的影子。他也是火药魔法师。

塔涅尔吸进火药。

有那么一会儿，塔涅尔以为自己要晕倒了。他视野发黑，突然又白茫茫一片，令他眼睛生疼。他握紧拳头，体会胸膛里的感受。疼痛消失了。他咬紧牙关，两手端起步枪。

守护者以迅雷不及掩耳之势杀来。塔涅尔侧跨一步，握住枪管，将枪托抡到肩后，划出一道弧线，猛砸守护者的脸。

核桃木制成的枪托砰然碎裂，伴着一声悦耳的重响，守护者倒下了。他趴在地上，但又撑了起来，撞上塔涅尔的前胸。

塔涅尔后退几步，试图站稳脚跟。他不能与守护者在地面缠斗——况且对方也处于火药迷醉状态。塔涅尔单脚撑地，止住后退的势头，双臂扣住守护者的腰部。他猛地一掀，继而松开双臂，让守护者失去了平衡。

对方滚到一边，慢慢爬起。

怪物的脸血肉模糊，混有木屑，口鼻蹿血，一只眼睛肿得睁不开。他朝塔涅尔龇牙咧嘴，牙齿缺了一半。

"你到底是什么鬼东西？"塔涅尔说。

守护者歪歪头，提起搭在肩上的束发，露出一块凸起的红色印记。那是个步枪图案，大概一指长，烙在皮肤上。

那是凯兹尊权者处决火药魔法师之前，在他们身上打的烙印。

守护者放开头发，盯着塔涅尔，目光又移向一侧。是卡-珀儿，她长针在手，蓄势待发，冲着守护者咆哮。

"棍儿，回来……"

守护者扑向卡-珀儿。他的速度快得惊人，一眨眼就冲了过去。

在迷醉状态下，塔涅尔的速度也很快。他杀向守护者，仅仅为在最后一刻牵制住对方。塔涅尔的拳头掠过守护者的脸，感觉对方的手指再次扼住他的脖子。

这一次，守护者不是要掐死他，而是要拧断他的脖子，就像小孩子折断一根火柴棍。

塔涅尔一拳打在守护者胸口。但后者一声没吭。塔涅尔疯狂出拳，动作快如闪电。他感觉对方的握力有所减弱。卡-珀儿扑向守护者。敌人反手一击，将她拍在卵石地上。

塔涅尔的眼角泛出血红。他仿佛看见卡-珀儿躺在街上，脖子扭成不自然的角度，无神的双眼盯着天空。

火药魔法师

守护者突然瘫软。塔涅尔一手握拳，收了回来……

然后他惊恐地停下了。他手上沾满了守护者的黑血，指间鲜血淋漓，手中握着守护者一根粗大的肋骨。他低头一看，守护者瘫软在地，死死地盯着他，鲜血浸湿了大衣。

塔涅尔又看到了卡-珀儿死气沉沉的尸体，于是将那根肋骨插进守护者的眼睛。

他喘着粗气，呆立片刻。有人碰了碰他，吓得他打个激灵，差点叫出声。是卡-珀儿。她没死。她用小手拉着他的手，浑不在意守护者的黑血。

"我从没见过火药魔法师这么厉害。"菲尔喘着气迎上来。街上空空荡荡。她的制服前襟沾满守护者的黑血，还有少量属于她自己。她半边脸已然红肿，但不以为意。

"另一个守护者呢？"塔涅尔问。

"跑了。"菲尔说。

"你这副会长不一般啊。"塔涅尔想起菲尔手持长匕首，无所畏惧地插进守护者的喉咙。"守护者从来不跑。"

"看到你对他朋友下的黑手，他就跑了。"菲尔说，"不然我还得跟他纠缠一阵子。"她冷哼一声，"你这火药魔法师也不一般啊。"

塔涅尔低头看着自己的双手。他刚才从守护者的胸膛里扯下一根肋骨。没人能做到这个。即使他处于最深的火药迷醉状态也不行。但弑神者也许能做到。南派克山上的经历改变了他。

"也许吧。"他扫视血淋淋的现场。最近的人群聚在百步开外，一边观望，一边指指点点。他听到亚卓警察吹着口哨赶来。

"这是个陷阱。"塔涅尔说，"凯兹人设下的。他们是怎么进城的？我以为塔玛斯把叛徒查理蒙德及其凯兹同谋一网打尽了。"

"是啊。"菲尔也一脸困惑。

塔涅尔捏碎一个火药包，闭上眼睛，重新回到迷醉状态。这感觉真是不可思议。他的感官都活了。他能闻到空气中的每一种味道,听见街上的每一个声音。

因为刚才的搏斗,他的心依然咚咚直跳。

"我要走了。"他拉起卡-珀儿的手。

"里卡德……"菲尔开口道。

"叫他见鬼去。"塔涅尔说,"我要去南边。如果塔玛斯真死了,凯兹在用火药魔法师制造守护者,那么军队需要我。"

塔玛斯和奥莱姆并排骑行在第七旅最前方。队伍在他们身后延伸,顺着北大路在亚卓山麓间蜿蜒起伏。他的士兵们风尘仆仆,疲惫不堪,然而返回亚卓的行程才刚刚开始。

他们朝西北方向行军,路上没有米哈利的迷雾掩护——四天前,他们逃离凯兹军队正是受其恩泽。东方的亚卓山脉直刺苍穹,峰峦积雪,参差不齐。与此同时,令人窒息的暑热却在炙烤塔玛斯的军队。南方和西方是安珀平原——九国的粮仓,凯兹巨大财富的来源——放眼望去无边无际。

塔玛斯希望与弟兄们一同步行。但他的伤腿刺痛未消,他还需要在队伍前后快速移动。依照他的命令,很多军官的马分给了哨兵,后者和两百骑兵负责侦察。

"我们的粮食快耗尽了。"奥莱姆在塔玛斯身边说道。

他不是头一次提到口粮了,也不会是最后一次。

"我知道。"塔玛斯说。他的弟兄们随身带着可维持一周的行军口粮。没有随营百姓,也没有补给车队,他们过去四天一直在急行军。他相信有些士兵已经违反命令,吃光了口粮。"传令下去,口粮减半。"塔玛斯说。

"已经减半了,长官。"奥莱姆焦虑地嚼着一截烟屁股。

火药魔法师

"再减半。"

塔玛斯望向西边。真让人恼火。一眼望去良田万顷,貌似近在咫尺,实则却远在天边。最近的庄稼地也许有八里远,但无路通行。他们如果离开山麓,进入平原,搜齐万余人的粮草再返回,非得损失两日路程不可。

虽说食物重要,但塔玛斯可不敢冒险让凯兹军队追上来。

"组建更多搜粮队。"塔玛斯说,"每队二十人。但告诉他们,不得离开北大路一里远。"

"那就得放慢速度。"奥莱姆吐出烟屁股,把手伸进口袋,翻看一下又塞回衣服里,低声嘟囔一句。

"什么?"塔玛斯问。

"我说我的香烟快抽完了。"

塔玛斯不关心他的香烟。"弟兄们都累得不行了。"他在马鞍上扭过头,望向后面的队伍,"我不能要求他们继续急行军。他们能长时间赶路,多亏米哈利的食物还有剩余。"

奥莱姆敬个礼,调转马头。

塔玛斯真希望那个神也参与了这次不幸的迂回行动。他扫视第七和第九旅的战士。大多数士兵抬眼迎接他的目光。他们都是好汉。最优秀的战士。每天二十五里行军已持续四天。凯兹步兵平均每天行军十二里。

他瞥见有人骑马奔来。虽然骑着高头大马,那人的块头依旧显眼。

是加夫里尔。

等他靠近,塔玛斯朝自己的内兄压了压帽檐。

加夫里尔用袖子擦擦脸上的汗水,举起水壶灌了几大口。高原地带气候炎热,他脱掉了破旧的毛皮外衣,身穿褐色的守山人司令背心,以及深蓝色的旧式骑兵裤。

塔玛斯含混地打个招呼。加夫里尔没敬礼。敬礼才是怪事。

"什么情况？"塔玛斯问。

"我们发现了凯兹军队。"加夫里尔说。他也没说"长官"。

塔玛斯的心跳到了嗓子眼。他知道凯兹人在追击。要是连这个觉悟都没有，他就太蠢了。然而四天来，他们一直没见到凯兹军队的踪迹。

"还有呢？"塔玛斯举起水壶，递到嘴边。

"至少两个凯兹骑兵旅。"加夫里尔说。

塔玛斯一口水喷了出来。"旅？"

"旅。"

塔玛斯哆哆嗦嗦地吐出口气。"多远？"

"估计五十五里。"

"看清人数没有？"

"没有。"

"对方速度如何？"

"不好说。如果急行军，凯兹骑兵在开阔平原一天能跑四十里。现在他们人多，还是在山麓地带——一天二十五到三十里？"

也就是说，如果塔玛斯允许将士休息并搜寻粮草，凯兹军队七天后就能追上来。如果塔玛斯足够幸运的话。

"六天后，"加夫里尔说，"我们就能赶到胡恩多拉森林。那里地形复杂，骑兵不容易包围我们。他们只能跟在我们身后，在我们抵达克雷西米尔之指以前，他们做不了什么。"

塔玛斯闭上眼睛，竭力回忆凯兹北边的地形。那是加夫里尔的地盘，当时他还是潘斯布鲁克的贾寇拉，凯兹最臭名昭著的色鬼。

"克雷西米尔之指。"塔玛斯知道这个地方，但只是听着耳熟，却不知它在地图上哪个位置……

"卡梅尼尔。"加夫里尔轻声说。

火药魔法师

尽管天气炎热，塔玛斯依然脊背发凉。记忆闪回，寒冷的夜晚，他再次在一方浅浅的坟前徒手刨土，身边河水奔涌。一个大胆——最后失败——的计划的终结，塔玛斯漫长的军事生涯中最惨痛的一次逃离。

加夫里尔扯了扯汗湿的背心。"我们将从那里经过。我会停下来表达敬意。"

"我可能找不到他了。"塔玛斯说。但他知道这是谎言，坟墓的位置铭刻在他记忆里。

"我能找到。"加夫里尔说。

"偏离大路，有点远。如果我没记错。"

"你也要停下。"

塔玛斯回头望着队伍。他们向前推进，扬起的灰尘被微风卷上天空。

"我要带队行军，贾寇拉。"他说，"不管怎样都不能停下。"

加夫里尔哼了一声。"现在是'加夫里尔'，你到时候要停下。"他不给塔玛斯反驳的机会，接着说道，"到了'神指'就能甩掉凯兹追兵。只要比他们早上桥就行。"

克雷西米尔之指是几条既深又急的河流，因亚卓山脉上的积雪融化而成。徒步没法蹚过河流，骑马也不行。不过在北大道上，有些百年历史的古桥能跨过河流。

"只要我们率先上桥。"不用继续谈论那座孤坟，让塔玛斯深感庆幸，"但即使我们做到，骑兵也可以向西包抄，在底下的平原守株待兔。"

"你知道后果的。"

塔玛斯咬紧牙关。他有一万一千步兵和两百骑兵，仅比人数相当的凯兹骑兵领先四天。在开阔的战场上，龙骑兵和胸甲骑兵对阵步兵何止占尽优势。

"我们需要食物。"塔玛斯说。

加夫里尔望向西边安珀平原上诱人的麦田。"如果为觅食而放慢速度,不等抵达胡恩多拉森林,我们就会被骑兵追上。但我们进了森林,就找不到田地了。虽然可以抓鹿和野兔,但供应不足。"

"进城呢?"

塔玛斯想起,胡恩多拉森林南部有个屯子。不知道是森林用了屯子的名字,还是恰好相反。

"管那地方叫'城',你也太抬举它了。它有城墙没错,但顶多也就几百人。我们也许能买到一两天的口粮,或者抢。"加夫里尔顿了顿,"希望你没打算抢光。当地人过得够艰难了。伊匹利统治农奴的手段比曼豪奇还残酷。"

"军队需要食物,贾……加夫里尔。"

塔玛斯望向群山,目光定格在积雪的峰峦上。他必须照应这支军队。他们需要吃的,需要庇护。如果到了胡恩多拉森林还没有吃的,士兵们饿肚子就会逃跑。如果花太多时间觅食,进入森林之前,骑兵就会追上他们,毫不留情地痛下杀手。

完成任务的奥莱姆归队了,策马来到塔玛斯和加夫里尔身边。

"奥莱姆,"塔玛斯吩咐道,"让全军停止前进。"他扯紧缰绳,四处张望。道路左边有片杂草丛生的山坡,通向半里外的一处峡谷。"就在那里。"

"做什么,长官?"

塔玛斯打起精神。"我要跟弟兄们谈谈。让他们集合、列队。"

全军集合花了将近一个钟头。时间宝贵,不过到目前为止,塔玛斯都是让军官治军,代为传令。既然他要亲自带兵了——在接下来几周里维持军纪、确保忠诚——那他有必要对他们讲讲话。

他在路边俯视山坡。草丛被踏平。绿色被亚卓的蓝色替代,士兵们列队稍息,犹如万千草叶。

火药魔法师

塔玛斯知道,他们当中有很多人再也回不了家了。

"立正!"奥莱姆大吼。

一万一千名士兵刷地立正,挺胸收脚的响声清晰可闻。

一片寂静。一阵微风拂过,从山上吹来,轻轻拍打塔玛斯的后背。值得称赞的是,没有一名士兵抬手扶帽子。

"第七和第九旅的士兵们,"他高声喊道,让每个人都能听见,"你们知道发生了什么。你们知道,巴德维尔沦陷了,凯兹军队逼近亚卓,唯有亚卓军队在抵抗。

"我哀悼巴德维尔。我知道你们跟我一样悲伤。你们有很多人质疑,我们为何不留在那里坚持战斗。"塔玛斯顿了顿,"因为我们寡不敌众,兵力过于悬殊。巴德维尔城墙失守,导致我们策略落空,我们赢不了那一仗。你们也知道,我从来不打必输无疑的仗。"

人群中响起赞同的嗡嗡声。几天时间里,弃守巴德维尔的怨气已经消散。他们理解。无须过多解释。

"虽然巴德维尔沦陷了,但亚卓没有。我向你们保证——我向你们发誓——我们一定会收复巴德维尔。我们要先返回亚卓,与弟兄们一起保卫国家!"

队伍里响起一阵欢呼。老实说,不太热情,但至少还有点儿。他举起双手,示意大伙安静。

"第一,"等欢呼声平息了,他又说,"前方危险重重。我不会欺骗你们。我们食物不够,没有辎重补给,没有支援,弹药只会不断消耗,夜里还很冷。我们在异国他乡,谁也指望不上。如今,敌人还在放狗追我们。

"凯兹骑兵紧追不舍,朋友们。胸甲骑兵和龙骑兵,至少跟我们人数相当,甚至更多。我用帽子打赌,领军的是贝昂·杰·伊匹利,凯兹国王最器重的儿子。贝昂作战勇猛,击败他绝非易事。"

塔玛斯看到了弟兄们眼中的恐惧。他让众人的情绪酝酿一会儿,发现恐惧逐渐滋长。然后他抬起一只手,指着士兵们。

"你们是第七和第九旅的战士。你们是亚卓最优秀的步兵,也是世界上最强大的步兵。在战场上指挥你们,是我的荣幸;与你们并肩战死,更是我的骄傲。但我要说,我们不会死在这里——死在凯兹的土地上。

"让凯兹人放马过来。"塔玛斯怒吼,"让他们最勇猛的将军追上我们。让他们以众欺寡。让他们向我们倾泻所有狂暴的力量,因为这群尾随的猎犬很快就会知道,我们才是雄狮!"

塔玛斯说完了,他的喉咙因嘶喊而刺疼,他的拳头举过头顶。

弟兄们盯着他。无人发声。他听见心跳声回荡在耳边,突然,队伍后排有人高喊:"万岁!"

有人开始呼应。一声接着一声。欢呼声此起彼伏,继而形成大合唱,一万一千人将步枪举过头顶,冲着他高傲地咆哮,扣带和刀剑铿锵作响,比炮火的轰鸣更震撼人心。

这就是他的弟兄们。他的士兵。他的儿女。为了他,他们愿意直面地狱。他离开道路,不让他们看到自己的眼泪。

"讲得真好,长官。"奥莱姆拱手挡风,用火柴点燃唇间的香烟。

塔玛斯清清嗓子。"收起你脸上的傻笑,士兵。"

"马上,长官。"

"等他们喊完了,让先头部队上路。我们要在入夜前尽量赶路。"

奥莱姆奉命离开,塔玛斯过了好一会儿才恢复平静。他望向东南方,似乎发现远处的山麓间有些动静。是错觉吗?不可能。凯兹军队不会追这么紧。至少暂时不会。

第 10 章

埃达迈被绑在一把椅子上,整晚都身处黑暗之中。他实在憋不住,尿了自己一身。空气中夹杂着小便、霉腐和泥土的味道。他身处一间地下室里,楼上的人来来往往,地板的呻吟不绝于耳。

第一次在伸手不见五指的黑暗中醒来时,他大声呼喊。有人叫他闭嘴。他听出那凶狠的嗓音来自劫匪,于是痛骂对方是死狗。

劫匪自顾自笑着,离开了。

几个钟头前,天色已然破晓。光线从埃达迈头顶的地板缝隙钻进来。他听见自己的肚子在咕咕叫。埃达迈嗓子干渴,舌头肿胀,脖子、双腿和后背酸痛难忍,因为他困在椅子上,已经超过了十四个钟头。

他涂在脸上,用来平复皱纹、掩盖年纪的鲸油膏开始灼烧。这东西本该在十二个钟头内清洗干净。

他的意识逐渐模糊,于是晃晃脑袋,醒醒神。这种情况下,千万不能睡觉。他必须保持清醒。保持警觉。他的脑袋受了伤。光线太弱,不好判断眼睛能否聚焦。

很难说他身在何方。楼上的声音听不清,也没什么特殊的味道——除了他自己的小便和地下室阴冷的潮气。

埃达迈突然听到房门"嘎吱"一响,眼角瞥见一团光。他扭过头——这个动作令他倍感疼痛——发现一盏提灯在楼梯上晃悠。他听到两个人的声音。劫匪不在其中。

"他没说什么,除了骂托克是死狗。"一个男人说道。他带着鼻音,声调偏高。"钱包里没什么东西,只有一张五十卡纳的钞票和一副假胡子。没有支票簿。没有身份证明。他可能是条子。"

回答的声音过于低沉,埃达迈实在听不清。

"是啊,"第一个声音说,"条子身上一般都有标志,哪怕是执行逮捕任务。可能是什么密探。陆军元帅雇佣他们调查凯兹间谍。"

另一个人低声回应。

第一个声音带着恐慌。"我不知道。"他说,"托克让抓,我们就抓了。他跟踪那小姐回宅子。"

说话人带着提灯来到埃达迈面前,举起提灯,凑近埃达迈的脸。埃达迈不由自主地躲开跳跃的烛火。他眨着眼睛,抗拒刺目的光芒,试图看清说话人和嗓音含混的神秘来客。可能是维塔斯。维塔斯会在第一时间认出埃达迈,然后他就死定了,甚至生不如死。

"我是廷尼。"第一个声音说,"抬头看管事的。"廷尼捏住埃达迈的下巴,把他的脸转向亮处。埃达迈咳出口痰,吐进廷尼的眼睛。他收获了一记凶狠的耳光,椅子也翻了。

埃达迈仰面朝天,双手压在身下,眼冒金星,痛苦地呻吟着,不知道手腕有没有折断。

"拉起来。"嗓音含混的人说。

廷尼把提灯挂在房顶,扶正埃达迈的椅子。埃达迈考虑用头槌,但又担心脑袋伤得不轻。

"你们想干吗?"埃达迈大吼,然而干渴的喉咙只能发出嘶哑的声音。

"那要问你。"嗓音含混的人说,"为什么跟踪那个红衣女人?"

为什么……?看来不是维塔斯。或者维塔斯还没认出他。

"我没跟踪谁。"埃达迈模仿西北地区慢条斯理的腔调,"就是买东西,散步。"

火药魔法师

"不带身份证明？还戴着假胡子？照他的脸。"

廷尼再次捏住埃达迈的下巴，将提灯抵到近前。

嗓音含混的人轻声一笑。"哈，你这蠢货。"

"怎么了？散步也不行吗？"埃达迈说。

"不是说你。"

提灯从埃达迈面前移开，他清晰地看见了廷尼。廷尼两眼瞪大，面色惨白。"真不是诚心，管事的。我发誓。"

"出去。"那人低声道，"等等。告诉主人，我们逮到了侦探埃达迈。"

廷尼把提灯挂回房顶，离开了。冰冷的恐惧爬上脊背，埃达迈完全控制不了。他在微弱的灯光下眯起眼睛，试图看清这个嗓音含混的人。

"埃达迈。"低语声在他耳边响起。

埃达迈一惊。他没听见对方走近，而潮湿的地下室没有别人了。"你说谁？"埃达迈说。装腔作势。装聋作哑。别被他们击溃。

耳边传来轻微的叹息。一把匕首突然毫无防备地抵住他的喉头。剃刀掠过喉头的记忆仍历历在目，也就是两个月前的事。他下意识地缩起脖子，猛吐一口气。刀子并未随之移动。束缚手腕的绳子突然松开了。

他揉了揉麻木的手腕，直直地盯着前方，不敢相信有人放了他。他的肋部或喉咙随时可能挨上一刀。毫无疑问，背后的人做好了突然动手的准备，即使埃达迈制服对方，这仍是某处神秘巢穴的地下室。

埃达迈不知道自己在哪儿。即使光线昏暗，嗓音含混的人也认出了他。他在脑里筛过几百个名字，试图寻找契合声音的面孔，但失败了。

他感觉到，而不是听到，对方又回到面前。他发现那人身材魁梧，穿着无袖衫，光头被烛火照得锃亮。不是维塔斯。

埃达迈使劲眨巴着视野模糊的眼睛，同时深吸一口气。他闻到一丝甜铃的味道，立刻回想起，他在家里也曾闻过同样的气味，就在黑街理发师袭击他的那个晚上。

"太监。"他脱口而出，随之松了口气。脚腕上的绳子依然勒得死死的。他身子一软，但很快又僵硬了，因为他意识到，大老板的太监很可能跟维塔斯是一伙儿的。

太监面对埃达迈。"瞧，"他说，"伪装卸掉了。说吧，你跟踪那红衣女人做什么？"

埃达迈吸口气。双手重获自由，尿骚味反而有些不堪忍受了。

"干活儿。"他说。

"什么活儿？"

"我给陆军元帅塔玛斯干活儿，就他一个。你应该清楚。"

太监用指头敲打着下巴，眼睛眯成一条缝，端详着埃达迈，不带丝毫感情。

"咱们是同一阵线，对吧？"埃达迈觉得自己问得过于急切了。

"我主人很快会决定怎么处置你。如果他决定饶你一命，我建议你别提这茬儿。"

"'如果'？"

太监耸耸肩。"换作我，我当然想搞清咱们是不是同一阵线。我们听说过你，埃达迈。但我们在那个地方发现你，可能有两种不同的解释。"

埃达迈想听太监说说是哪两种解释，但他没再说话。"我是你们的朋友，还是敌人？"埃达迈壮着胆子猜了一下。

"这种事情没法简单地归结为'朋友或敌人'。"

"我在追踪一条线索，"埃达迈说，"想找到某个人。"

"维塔斯？"

埃达迈观察太监好一阵子。不动声色。密不透风。藏而不露。他就像块抛光的大理石。难道正如埃达迈担忧的，大老板在跟维塔斯合作，负责武力和盯梢？"

"对。"

"为什么？"

埃达迈低头看着双手。昏暗的灯光下，绑绳勒出的乌青绳印清晰可见。但他的手指活动自如，对此他很欣慰。他知道，等到起身行走才会体验到真正的痛苦。他又抬头望向太监。

对方依然面无表情。在这种情况下，说实话有可能送命。他可以编造一千个谎言。埃达迈自诩是个撒谎能手，但错误的谎言仍有可能送命，哪怕他说得再好。如果太监怀疑他撒谎，结果也一样。

那就实话实说吧。

"他绑架了我的家人。"埃达迈说，"他要挟我，现在还扣押着我的妻子和长子。我想救出他们，然后慢慢杀死他。"

"一个拖家带口的人，一堆血腥暴力的计划。"太监说。

埃达迈凑近些。"'家人'。"他说，"记住这个词。伤害某人的家人，会让他变得血腥暴力，变得不顾一切。"

"有趣。"太监似乎无动于衷。

门开了。光芒倾泻在地下室另一侧，台阶上响起沉重的脚步声。

"主人说，带他上去，管事的。"廷尼说。

太监皱着眉头。"现在？"

"对。主人想见他。"

埃达迈将平脏兮兮的衣襟。身处地下室、绑在椅子上任人摆布，已经让他十分紧张了，没想到真正紧张的还在后面。

"我要见大老板了？"

"看来是的。"太监伸手扶起埃达迈。"别紧张，"他说，"整个九国只有三人见过他的模样。你不会是第四个。"

埃达迈并不安心。他低头看看裤子，冰冷潮湿的污渍贴在腿上。"这……"

"啊。"太监示意廷尼过来,"埃达迈现在是客人。找两个姑娘帮他清理干净,二十分钟后带去见主人。"

廷尼的重心从一只脚换到另一只。"他好像很着急。"

"你看到主人的新地毯了?"

廷尼犹豫地点点头。

"你希望那张地毯闻起来像这地窖?"

"不想,管事的。"

"那就把他捯饬干净,然后再带去。"

对埃达迈来说,最重要的是搞清楚自己在哪儿。他研究了内部装潢和建筑风格,但毫无帮助。抛光木地板在脚下嘎吱作响。灰泥涂抹的木墙。黄铜大烛台。这里空间开阔,却与浮华无缘。

埃达迈被带进一间浴室。热水汩汩流动。两个女仆不由分说就扒了他的衣裤,动作奇快,让他来不及抗议。太监说找两个姑娘伺候他沐浴更衣,埃达迈以为是妓女,没想到是手脚麻利的搓澡女工。

她们快速刷洗他的后背和头发,冷水四处泼洒,冲掉肥皂泡,然后他面前出现了一条新裤子。埃达迈从浴室里出来时,仍是那两个女工帮他梳头并整理衣领。

廷尼在门边等候。借着明亮的灯光,只见他中等个头,一副病恹恹的模样。他身穿对襟方燕尾服,打着硬挺的领带。他的外套、奶油色裤子和及膝长靴都再寻常不过,埃达迈怀疑在人群中会很难辨认出他,尽管他已将对方的相貌记在了脑海里。

这可是埃达迈的天赋。他不会忘记任何一张面孔,也不会忘记大老板的相貌。只要看上一眼就行。

廷尼把钱包还给了他。

埃达迈打开一看,五十卡纳还在里面。以及他的假胡子。

火药魔法师

他从一个女人手里接过一件外套,把钱包塞进去。他的目光始终不离廷尼。面对埃达迈的注视,对方报以淡淡的冷笑,同时上下打量他。

"不错嘛,"廷尼说,"至少闻起来没有尿骚味了。"他皮笑肉不笑,"你脸上还有个印。"

那是被廷尼打中的位置。有趣极了。

"我注意到,你把脸上的口水擦掉了。"

廷尼的笑意消失在嘴角,他揪住埃达迈的外套,低声道:"一旦主人下令,我就剁了你。我会用三天时间慢慢折磨死你。我知道你是什么货色。条子。我不喜欢你这种人。"

距离太近,埃达迈能闻到廷尼嘴里的酒气。之前还没有。廷尼因为害怕太监而去喝酒壮胆了?有意思。更有意思的是廷尼的站姿——微微左倾,要么是他的左腿比右腿短一点儿,要么就是右侧有伤。

埃达迈挣脱廷尼的手。

"你先走。"廷尼说。

"你先。"埃达迈做个"请"的手势。

廷尼嘲弄地鞠了一躬,踏上走廊。埃达迈观察他的双腿。确实有点儿跛,他的右腿有问题。

埃达迈突然发动,靴子狠狠踢上廷尼右腿一侧。廷尼刚一弯腰,惊叫声便被埃达迈用手捂在嘴里。埃达迈利用体重将他压在地上,死死扼住他的喉咙。

"除非你有百分百的把握,不然别用死亡威胁别人。"埃达迈耳语道,"你要搞清楚,我整个夏天都在为九国最具权势的人干活儿。你认为我会在乎一个跛足的狗腿子?你以为我会跟你浪费时间?

"我即将跟你主子谈话。如果不大顺利,他会杀了我,这点我毫不怀疑。可我发誓,如果他们把我跟你单独关在一起,不论我被捆得多牢——我都会挣脱并杀了你。"

埃达迈放开廷尼的嘴和脖子。

不同的人面对威胁，反应也不尽相同。有人愤怒、有人沉默、有人害怕，他们会相信你说的一切，即使很荒唐。

从廷尼的眼神推断，埃达迈认为，他属于最后一种。

埃达迈走进大厅。因为在椅子上绑了一夜，他浑身酸痛，但尽量不让人发现自己步态蹒跚。他同十几个男女擦肩而过。他们跟廷尼一样，衣着毫无特色，可能是信使之类。

埃达迈去过好几个罪犯头子的老巢——不是豪华的宫殿，就是渣滓遍地的贼窝。大老板的总部却如此平凡无奇，大大出乎他的意料。对他而言，这里的主人应该是个位高权重，却又精打细算的贵族。

大厅里也有干脏活儿的。那些大汉腰间佩枪，凶巴巴地瞪着所有人，守着正面的窗户和大门。埃达迈看到一个熟人，她是亚多佩斯特东边一家妓院的老鸨，曾告诉埃达迈去哪儿找一个杀手。她衣着讲究，坐在门边的长凳上，像个等着见校长的女学生。

有人一把抓住埃达迈的胳膊。他扭头面对一个彪形大汉，奇怪的是，他自己并不怎么害怕。

不等对方开口，埃达迈抢先说道："我找太监。他刚才叫我去洗个澡，给我带路的人不见了。我要见大老板。"

大汉欲言又止，脸色阴沉，显然没料到对方会是这种反应。

"埃达迈。"一个声音传来。

太监从大厅里缓步走出，冲大汉点点头。借着天光，埃达迈看到他身穿剪裁得体的棕色套装，打着翠绿色领带。大汉退开了，埃达迈跟随太监进了旁边的走廊。

"廷尼呢？"太监问。

"他跌了一跤，从楼梯上摔下去了。我跟他说，我自己会来找你。"

"啊。"太监好像并不在意埃达迈的说辞，"好吧，你现在进去就能见到主人。"

他们在廊道一侧的一扇门前停步。这里毫无特色，未经装饰。埃达迈东张西望。

"这儿？"

"对。"

"好吧。"

"跟你想象的不一样？"太监问，"你以为很奢华？"

埃达迈扫视着朴实无华的廊道，瞥见一个女人怀抱一摞文件，身穿样式简单的长裙，样貌更是寻常得让他头疼。

"不，没这么想。"

太监敲了敲门。

"进来。"有人立刻回应。

埃达迈进去了，关上门。

房内灯光明亮，令埃达迈颇为意外。这间办公室相当宽敞，配有上好的木镶板、高大的拱窗和华丽的砖砌壁炉。两把旧椅子摆在壁炉边，距离房门不远。对面有张宽大的桌子，被屏风挡住半边。埃达迈注意到，除了精美的地毯，房间里再无其他装饰。

桌前坐着个面目冷峻的女人，尖下巴，眼角的鱼尾纹清晰可见。她的姿态无可挑剔，裙子平整无褶，织了一半的围巾搁在膝间。

"侦探埃达迈？"女人问。

埃达迈点点头，好奇地望着屏风，听见里面传来簌簌的写字声。

"我是安珀。"女人说，但她的发音很像"安巴"。"事先提醒你，如果你看了主人的脸，哪怕是无心的，你也会死。"

埃达迈立刻对屏风后面的人失去了好奇心。

"坐。"女人伸手示意壁炉边的椅子。

埃达迈坐下了。

安珀接着说："我代表主人发言。我是他的喉舌，你可以把我当成他，我也会以他的身份跟你对话。好了，对于你在我们的地窖里受罪一事，我向你道歉。天大的不幸。"

笔尖的刮擦声停了。埃达迈发现，安珀的目光移开了，投向屏风后面。也许在看主人打什么手语？

"我相信，这纯属不愉快的意外。"

"眼下的问题在于，"安珀代表大老板说，"有个什么维塔斯大人，给我的组织带来了不小的麻烦。"

"我没听说过这个名字。"埃达迈撒谎道。但他又觉得没必要隐瞒，因为他已经把维塔斯和他家人的事告诉给了太监。

"得了吧。他很低调，但在塔玛斯军事内阁的最高层，这个名字已尽人皆知。你也一样。我的手下偶然发现，你在跟踪维塔斯的一个间谍，此等巧合，当然会引起我的注意。"

"怪事年年有。"埃达迈说。

"比如'双杀'塔涅尔，"大老板说，"一位著名的战斗英雄，在南派克山上把一颗子弹射进了一个神的眼睛？或者陆军元帅塔玛斯，亚卓最讲理性的人，声称一个大厨是亚卓之神？"

埃达迈用指头敲打着裤腿，安珀则望向屏风后面。这样的谈话方式令人不安，但他别无选择。"你相信这些鬼话，不是吧？"

"我没说我相信。"大老板通过他的喉舌说道，"我更相信确凿的事实，但若我的行动仅仅基于确凿的事实，那我爬不到今天的位置。我有一半交易是靠耳语和流言。换句话说，消息。"

"消息就是力量。"埃达迈赞同，"所以你生意做得好。"

"不仅是力量，还是金钱。不过这条消息我免费送给你：陆军元帅塔玛斯死了。"

埃达迈十指相扣，掩饰内心的惊惶。真的吗？陆军元帅死了？如果情况属实，埃达迈就失去了客户。维塔斯绝非等闲之辈，他已心有余而力不足，如今连十六名士兵和空白的支票簿也成了笑话。埃达迈尚未做好单枪匹马对付维塔斯的准备。

"你怎么知道?"埃达迈等了一会儿才开口。他以为自己恢复了镇定,然而声音仍在发抖。

"我今早收到第二旅希兰斯卡将军写来的信。"屏风后伸出一只手,交给安珀一张纸条。她转手递到埃达迈面前。"我相信其他议员——温斯拉弗夫人、普赖姆·莱克托、大司库昂德奥斯、里卡德·汤布拉——都收到了同样的信。"

埃达迈扯掉丝带,展开纸条。信用亚卓语写成,但整段文字语句不通。

"密文?"埃达迈说。

"没错。上面说……"

埃达迈打断了他。"克雷西米尔已经回归,陆军元帅塔玛斯带领两个旅的兵力,在敌后失去联系。疑似阵亡。"

大老板沉默了。安珀盯着屏风后面好一阵子,眼睛睁大了些,然后传达大老板的回应。"你……有两下子。"

埃达迈把纸条还给安珀。"有过目不忘的本事,密文就很容易解读。我小时候花了两个夏天,熟记四百种密文的密钥,不论普通的还是罕见的。这种密文极为罕见,但我还记得。克雷西米尔?'双杀'塔涅尔不是把一颗子弹打进了他的眼睛吗?"

"神也好,传言也罢。基于完美的推测,我建立了亚卓的地下帝国。据我推测,如果希兰斯卡将军不是确信无疑,他是不会这么说的。"

埃达迈靠在椅背上,盯着屏风,不知为何恐惧有所减轻。屏风后面是谁?是什么样的人?刚才埃达迈看见了,那只伸出来的手属于老年男性,指甲修剪整齐。大老板不可能一辈子都躲在屏风后面。他在外面的世界另有身份。让他可以在大庭广众下自由活动的身份。

"整个亚多佩斯特只有极少数人知道这消息。"埃达迈说,"为何告诉我?"

大老板似乎犹豫了。"因为这一来,你就无事可做了。塔玛斯曾是你的雇主。"

"而你想雇我?"埃达迈顿觉寒毛倒竖。他从未想过,有朝一日会为大老板干活儿。

"里卡德·汤布拉即将找你协助他竞选,到时他提出的报酬会相当可观。而我的会更可观。还有,你要扮演什么角色?回去当警察?依我看,你不想穿着制服上街巡逻,度过你下半辈子。"

"你要雇我做什么?"

"这就回到了我的第一个问题。你为何对维塔斯大人感兴趣?"

埃达迈歪着脑袋。大老板不知道埃达迈妻子的遭遇。也就是说,太监还没告诉他。另外,要么大老板和维塔斯并非合作伙伴,要么就是他们的关系不够亲密,维塔斯还没向他透露埃达迈的情况。

"他抓了我妻子。我要找到他,救回我妻子,干掉维塔斯。"

埃达迈听到,屏风后面传来低低的轻笑声。他不由自主地皱起眉头。

"完美。"安珀转达大老板的话,"真是完美。"

"你为何对维塔斯如此上心?"

"我说过了,他给我的组织带来了麻烦。"

"什么麻烦?"

"不大闹一场就解决不了的麻烦。他至少有六十个打手,其中一个是尊权者。"

埃达迈心脏狂跳。一个尊权者?该死,这可叫他如何对付?"关于他带来的麻烦,讲具体些会更有帮助。"

"这点与你无关。"

埃达迈又捋捋衣襟。"争夺地盘?维塔斯威胁到了你的资金来源?搅了地下世界的浑水?挖了你的墙脚?"这也能解释,为何狐狸罗哈

火药魔法师

当时会看守埃达迈的孩子们——但罗哈未经大老板允许就投靠了维塔斯,那就说明,罗哈认为维塔斯的实力更胜一筹。

想想就可怕。

"与你无关。"安珀转述大老板的回答,语气带着几分冰冷,"会面结束了。你可以走了。"

面对这突发状况,埃达迈连连眨眼。"你不雇我了?"

"不雇了。"

"不杀我?"

"不。出去。"

埃达迈站起身,再次观察房间,小心翼翼地不让目光在屏风上停留太久。内饰质量都很好,但非手工制作。木板是机器切割的,烛台相当陈旧。那张桌子也是木工厂一日生产一打的货色。这里的一切物件都无从追溯。

除了地毯。看图案是哥拉货,即使外行也知道,织工堪称一流。

埃达迈从兜里掏出块手帕,响亮地擤了擤鼻子,假装脱手,然后弯腰从地上捡起,始终没正眼瞧向大老板的桌子。

等他起身,安珀依旧一脸不悦,仿佛指责他停留太久,有失礼数。她看了眼房门,埃达迈点点头。

太监守在门外。

"等在这儿。"太监说完,进了大老板的办公室。

趁着独处的时间,埃达迈看了看夹在指间的纤维。区区几根罢了,既皱又干。在他看来,跟裤兜里的线头毫无区别,但他认识个懂行的女人。

太监从办公室出来了,顺手带上门,神情有些不安。"你可以走了。"他说,"当然,我们不能让你从前门出去。衣服你可以留着。"

埃达迈正准备说话,但背后有人偷袭。一块布捂住他的口鼻,昏迷之前,他闻到浓烈的乙醚味道。

第 11 章

远处的炮火声,惊醒了在马背上半睡半醒的塔涅尔。

阴暗的念头在他脑子里盘旋,浓重得就像马拉烟馆里弥漫的烟雾。他仿佛还能看见守护者嚼食黑火药的情景。他感觉到,怪物扭曲的四肢因火药增强了力量。凯兹人怎么把火药魔法师变成了这种怪物?根据他对守护者和尊权者的了解,这似乎不大可能。

但从守护者的胸膛扯出肋骨,捅穿对方,似乎也不大可能。

他突然生出坠马的错觉,慌忙抓住鞍角,结果惊到马匹,一时间天旋地转。他哆哆嗦嗦地深吸几口气,发现自己并未坠马,但心跳依然猛烈。五天没抽马拉烟了。他双手颤抖,口干舌燥,头痛欲裂。烈日当头,更是火上浇油。

一只冰凉的手突然触到他的脸颊。卡-珀儿坐在他身后,一路上抱着他的腰,因为她完全不会骑马。天气炎热,两人贴在一起应该很难受,但不知为何,她是他唯一的安慰。

但他不会当着她的面承认。

刚过中午,他们朝苏尔科夫山道行进,路边壁立千仞。他们前一晚住在芬戴尔,一座有数十万人的大城市,当地有后备军驻扎,加上从巴德维尔逃来的难民,人口一下子翻了四番。

塔涅尔在芬戴尔没怎么睡着,噩梦扰得他难以安眠。他在书中读过,马拉成瘾的人要想睡个好觉,只能依靠更多的马拉烟。

卡-珀儿收回手,令他顿感失落。他该拿这女孩怎么办?在她看

火药魔法师

来，从某种意义上讲，塔涅尔似乎属于她。他可以睡卡-珀儿，他心想，但又觉得……矛盾。她是个蛮子，是他的随从。他们只是同伴关系。在文明的亚卓社会，谁都会觉得这种事伤风败俗。

可他什么时候在乎过别人的看法，他提醒自己。蛮子？塔涅尔见识过卡-珀儿的巫术。她多次救过他的命。"一个蛮子丫头"并不适合描述她。

塔涅尔眨眨眼睛，试图驱散弥漫在脑子里的烟雾，但徒劳无功。意识模糊很危险。他们将于次日傍晚抵达前线，到时他要寻找幸存的火药魔法师，以及父亲的消息。当然了，他还得报到……但向谁呢？除了陆军元帅塔玛斯，塔涅尔从未向任何人报到过。

塔玛斯真死了吗？念及此，塔涅尔的喉咙竟然哽咽了，令他略感惊讶。他爱戴并钦佩塔玛斯，但谈不上喜欢，他们的关系也算不上亲密。话说回来，这老混蛋还曾命令他杀死自己最好的朋友。波现在在哪儿，塔涅尔不知道。也许他死在山上，或者早被塔玛斯下令处决了。

塔涅尔希望他俩都活着——塔玛斯和波。他还有些话没跟他们说呢。

至于卡-珀儿……只有尊敬。这便是塔涅尔的全部感受。当然还有绝望，毕竟塔玛斯才亚卓赢得战争的关键。

他俩在苏尔科夫山道上的一座小镇歇脚。芬戴尔和巴德维尔之间有不少小镇，通常有一两千居民，随着战火蔓延，人口也在暴涨。辎重车队在镇上鱼贯而行，后备军的步兵们身穿戎装，在街上漫步，抓紧时间享受生活。塔涅尔目送几十辆马车驶过，从前线运来伤兵和阵亡者。自从离开亚多佩斯特，他看到几百辆这种马车。对战争而言，这不是个好兆头。

"上尉，如果你不立刻回答我，就等着吃鞭子吧。"

他和卡-珀儿坐在草地上吃午餐，后者用胳膊肘戳戳塔涅尔肋旁。

塔涅尔抬起头，吃了一惊，原来有人正跟他说话。

一位上校坐在马背上，瘦脸拉得老长，用手中的短马鞭指着塔涅尔。"上尉，你是哪个旅的？"他等待塔涅尔回答，过了一会儿又说，"别装傻。这个问题很难回答吗？"

"我不属于哪个旅。"塔涅尔说。

"你没有……你疯了吗？你到底是不是亚卓军的上尉？仔细回答，小子，不然我告你假冒军官！"

塔涅尔摸摸翻领上的星形上尉徽章。徽章是金色的，因为他用银纽扣换了马拉烟，这是他匆忙出发前找到的替代品。他的火药桶徽章在口袋里。这货算老几？除了陆军元帅，塔涅尔不用搭理任何人。他琢磨自己名义上属于哪个旅。莫非是第七旅？

塔涅尔耸耸肩。

上校满脸通红。"少校！"

一个三十来岁的女人骑马赶到上校身边。"长官！"她的棕色长发梳在脑后，扎成辫子，消瘦的脸颊左边有颗美人痣。她朝上校敬个礼，然后低头看着塔涅尔。

"逮捕他。"上校说。

"以什么罪名，长官？"

"对上级军官不敬。此人不朝我敬礼，不回答我的问题，还在我面前拒不起立。"

少校翻身下马，召来两个衣着齐整的士兵。

塔涅尔看着三人迎面走来，咬了口羊肉和干酪，细嚼慢咽。

"起立，上尉。"少校说。塔涅尔不作声，她冲一个士兵歪头示意，后者弯腰抓向塔涅尔的胳膊。

塔涅尔扬起膝上的手枪，拉开击锤，对准那个士兵。"别干傻事，士兵。"看到少校和上校的表情，塔涅尔差点发笑，但那样就更麻烦了。

"啊,长官。"一个士兵说,"你是'双杀'塔涅尔?"

"对。"塔涅尔说,"是我。"

"我以前在第七旅服役。很高兴见到你,长官,但看起来,我们得逮捕你了。"

塔涅尔盯着少校。"今天不可能了。"

少校退开了,与上校低声交谈一会儿。须臾,上校点点头,少校和士兵们离开了。

塔涅尔接着吃饭,发现上校依然坐在马背上,距离不过十尺。那人策马靠近些。塔涅尔抬起头。他没心情陪对方玩下去。

上校依然一脸不满。"上尉,很抱歉,我没认出你。我们以前见过,但有好些年了。你父亲生前很伟大。"

塔涅尔咽下一大口食物。他该如何回答?"对,他是。"

"上尉,我有责任告诫你。陆军元帅过去对所有士兵都很仁慈,尤其是火药魔法师。但他阵亡之后,惯例有所改变。我怀疑总参谋部不会为你破例的,尽管你名声在外。你要是再用手枪指着上级军官,会被……"

"枪决吗?"塔涅尔实在收不回脸上的傻笑。

上校面色一沉。"绞死。"

"谢谢你的忠告。长官。"

上校点点头。"听说你重新站起来,我很高兴,上尉。前线需要你。"他停留片刻,仿佛在等塔涅尔起立敬礼。塔涅尔觉得,恐怕他会等上一整天。但过了一分钟左右,他掉转马头离开了。

塔涅尔有些好奇,为何这位上校不在前线奋战?

"棍儿,"他说,"真不知道该不该让你跟着我来。"

卡-珀儿冲他翻了个白眼。

"我说真的,棍儿。这里是战区。我知道你上过战场。"该死,就在一两个月前,他们曾并肩对阵同一支凯兹军队。在南派克山上,他亲眼目睹卡-珀儿屠杀了半数凯兹王党。"可自从你让我清醒过来，我就有种……异样的感觉。我不知道该做什么。我不想害死你。"

塔涅尔又想起，他从昏迷中苏醒时，她的双手沾满鲜血。他看到死去的士兵，还有个似曾相识的人躺在地上，不省人事。卡-珀儿用手势解释过。塔涅尔猜测，她为他杀了人。他不知道那人是谁，但一想到这事他就反胃。

卡-珀儿从他手里抢过干酪，扔进嘴里。塔涅尔需要的所有答案，似乎都在其中。

"好吧，"他说，"我只能试试了。有你在身边，感觉真好。"

卡-珀儿抿着嘴，狡黠地笑了。

"是身边，卡-珀儿。我不是说……"

她伸手按住他的嘴唇，笑得更欢了。

"他们不希望看到我们同行。"塔涅尔说，"军中只有少量女兵，亲密关系绝对禁止。当然了，这种事时有发生，但对军官而言，面子上总得过去。他们可能会逼你去别的帐篷睡觉。"

卡-珀儿摊开双手，满脸疑问。

"什么？亲密关系？你懂的。就是男人和女人……在一起。亲热。"

她指指二人，做个斩断的手势。可我们没有这种关系。她脸上的笑意却生出反讽的效果，就像孩子做错事被当场抓住，却在矢口否认一样。

塔涅尔不禁心跳加速，脸颊发烫。"好了，丫头，这就走。等我撒泡尿。"

等他回来，发现卡-珀儿已经坐在马鞍上。只是她坐在前面，好像要他坐到身后似的。

"往后挪。"他说。

她不理他。塔涅尔上了马，坐在她身后，拉起缰绳，双臂绕在她

火药魔法师

腰间。卡-珀儿顺势依偎在他怀里。他叹息一声，抖动缰绳。

随着他们越来越接近前线，沿途的人也越来越多。最后十里，山谷间到处是帐篷，人山人海——有士兵、铁匠、妓女、厨子、洗衣女，还有商人。他看到佩戴军标的士兵，来自亚卓军队的各个旅，以及亚多姆之翼，即温斯拉弗夫人统领的雇佣军。如今她也知道塔玛斯死了。但塔涅尔不明白，她为何没召回雇佣军。

道路被人群淹没，塔涅尔很清楚，一场大暴雨就能让这里变成烂泥坑。亚德荡河流经山谷，河水肮脏不堪，堆积了成千上万人的排泄物。河流沿岸停靠着驳船——来自亚多佩斯特的补给船，毫无疑问载来了食物、武器和新兵。

等他抵达正规军队的驻地，帐篷的搭建总算有了些章法。严明的军纪和整齐的军容并不合他的胃口，但等他历经千辛万苦，跋涉了几里地，终于摆脱了后备军和随营民众之后，心里还是很高兴。

在山道里行进的大部分时间，炮火的轰鸣声含混不清，犹如远处的雷声。而如今，他能辨认出每一次爆炸。炮火一刻不停地发射。他一点儿都不吃惊——毕竟他见识过凯兹大军。

真正让他吃惊的，是巫术的闪光和噼啪声。前线有尊权者参战——双方都有。在南派克山和克雷西姆科贾，卡-珀儿干掉了大多数凯兹王党。而亚卓哪儿还有尊权者？

塔涅尔问了几次路，很快找到附近的军官食堂。里面全是第三旅的军官。他把火药桶徽章扔到吧台上。

"我要一间房。"他说。

酒保疑虑重重地打量着他。"没房间了，长官。全满。"

"随便踢个人出去，"塔涅尔说，"我才不要睡在帐篷里。"该死。要是有人敢这么对他，他会扒了对方的皮。问题是，塔涅尔不能让卡-珀儿待在人多嘴杂的军队里，必须有个能上锁的房间才行。

"抱歉，长官。可我不能这么做。"

塔涅尔低头看着自己的火药桶徽章。"看到这个了？"

酒保把火药桶徽章推到塔涅尔面前。"听着，'长官'。军队里没有火药魔法师了。他们全灭了。所以别想糊弄我。"

塔涅尔坐在高脚凳上，浑身一激灵。所有人？都死了？"你说'全灭'是什么意思？他们怎么可能全灭呢？"

"他们跟陆军元帅塔玛斯一起，在敌军后方失踪了。"

"巴德维尔这边一个缚印者都没有？"

"不光巴德维尔这边。他们都死了。"

"你看到尸体了？"塔涅尔问，"看到没有？你知道有谁看到了？最近有凯兹那边来的消息吗？没有吧。现在给我来杯喝的，然后找人腾个房间。"

酒保双臂交叠，抱着脏兮兮的围裙，一动不动。

"听着，"塔涅尔说，"如果我是巴德维北边唯一幸存的火药魔法师，那我他妈就是个宝贝了。那些尊权者还等着我去杀呢。我要喝一杯，睡一会儿，然后好去干活儿。"

"遇上麻烦了，弗雷德里克？"

一个女人来到吧台前，若有所思地看着塔涅尔。塔涅尔认出，她就是那个有美人痣的少校，今天早些时候还差点儿逮捕他。她一直跟着？

"长官，"弗雷德里克说，"他说他是火药魔法师。"

"没错。这位是'双杀'塔涅尔。"

酒保匆匆鞠了一躬。"抱歉，长官。你要点什么？"

"杜松子酒。"塔涅尔清清嗓子，"不必道歉。"

"蛮子呢？"

卡-珀儿用指头轮流敲击吧台，一副百无聊赖的模样。

"她的名字是卡-珀儿，她要一杯水。"

卡-珀儿一巴掌扇在他肩膀上。

火药魔法师

"葡萄酒,"塔涅尔更正,"清淡点儿。"

少校警惕地端详着塔涅尔,像在观察战场上的敌人。"你就让随从这么对你?"她问。

"抱歉,"塔涅尔强压怒火,"我忘了问你的名字。"

"我是第三旅的多萝薇尔少校,凯特将军的副官。"

"我的'随从'是骨眼,少校。比半个凯兹王党加一起还强大的巫师。"

多萝薇尔半信半疑。"她是你妻子?"

"不是。"

"未婚妻?"

塔涅尔瞟了眼卡-珀儿。在少校看来,他们是这种关系?"不是。"

"她有军衔吗?"

"没有。"

"那她不能进军官食堂。她可以在外面等你。"

"她是我的客人,少校。"

"因为鱼龙混杂,凯特将军说,军官食堂只能接待军官及其配偶。带妓女睡觉的人太多了。"

塔涅尔忍不住摸向腰间的手枪,但又想起之前上校的告诫。不行,他不能太明目张胆了。他扭头问卡-珀儿。"棍儿,愿意嫁给我吗?"

卡-珀儿严肃地点点头。

见鬼。塔涅尔希望她明白,这只是逢场作戏而已。他回头对多萝薇尔宣布:"她现在是我未婚妻了。"他看了眼酒保,"给我一间房。"

多萝薇尔嗤之以鼻。"你真搞笑,'双杀'。你可以睡我的房间。弗雷德里克,给他把钥匙。"

"那我的未婚妻呢?"

"她可以睡壁橱。"多萝薇尔冲卡-珀儿嘲弄地笑了笑。这可不是好事。

塔涅尔从吧台上端起一杯杜松子酒，一口灌下肚，刺激得差点打个趔趄。他多久没沾烈酒了？他眨眨眼，但愿没流泪。"我去别处，谢谢你。"

"祝你好运。"多萝薇尔冷哼一声，"前方五里没一间空房，而且塔玛斯不在了，谁也不会容忍区区一个上尉强占他们的床铺。你只能找个帐篷，赶走里面的士兵。"

多萝薇尔的语气颇为愤懑，令塔涅尔稍感欣慰。"那也行啊。走吧，卡-珀儿。"

埃达迈被耳光打醒，对方有双粗糙的大手。他猛起身，试图抄起手杖，结果抓了个空，只好虚弱地观察一下周围的环境。

他在马车的后车厢，身边还有一个人——就是之前用枪柄砸晕他、带他去见大老板的劫匪。马车一动没动，车外充斥着黄昏时分鼎沸的人声。

"托克？"埃达迈问。

对方点点头。他右手持枪，击锤已拉开，指着埃达迈。"下去。"

"这是哪儿？"

"选举广场北边四分之一里。"托克说，"下去。"

埃达迈下了马车，举手遮挡夕阳刺眼的光辉。他后脚刚离开踏板，马车就启动了，消失在街上。埃达迈揉揉眼睛，开动脑筋。他感觉恶心。他们对他做了什么？啊，对，乙醚。他昏迷了好几个钟头。

他在附近一家咖啡馆坐到天黑，用一杯苏打水安抚肠胃。

为何大老板有意雇他，回头又把他扔到街上？这行为太古怪了。大老板一向以神秘和高效著称。信守承诺和摧毁对手是他的目标。行

火药魔法师

为古怪绝非他的风格。

所以一定跟埃达迈说过的话有关。

都怪乙醚,害他花了一个多钟头,才发现事情其实显而易见。

大老板想雇他追踪维塔斯,但他已经在做这事了,对方又何必多此一举?埃达迈摇摇头。愚蠢。他和大老板都很蠢。如果塔玛斯真死了,那他答应拨给埃达迈调遣的士兵也就派不上用场了。埃达迈没法单枪匹马对付维塔斯。

但他知道维塔斯的驻地。红衣女人去的宅子。在那里,他看到了小艾尔达明西。

他很清楚,正面进攻在所难免。也就是他们营救他孩子时的做法。撞开大门,打对方一个措手不及。维塔斯大人肯定有保镖。大老板怎么说的来着?至少六十人和一个尊权者。

埃达迈需要人手。他需要帮助。大老板的帮助。

毫无疑问,大老板会派人跟踪他。而他不想让大老板知道自己的去向和藏身之处。埃达迈挣扎着起身,叫了辆出租马车。

他三次更换马车,七弯八拐绕行半天,才放下心来。

等他到了纺织厂,天色已黑。虽然入夜,织布机依旧运转不休。埃达迈混了进去,踩着晃晃悠悠的熟铁楼梯,来到一间能俯瞰整个纺织厂工作区的房子。他看到房里有个女人,在一架黄铜显微镜前弯着腰。她年约四十,头发染成黑色,以遮掩发白的发根。工作间墙上挂满了各种织物样品——从便宜的帆布到一百卡纳一码的优质丝绸,应有尽有。

他敲敲门。

女人招手示意他进来,眼睛始终不离显微镜。

"你好,玛吉。"埃达迈说。

女人终于抬头了。"埃达迈,"她吃了一惊,"稀客啊。"

"很高兴见到你。"埃达迈摘下帽子。

"我也是。"

埃达迈同她握手握了好久。玛吉是法耶交往时间最久的朋友之一。埃达迈曾考虑对她和盘托出，最后却打消了这个念头。"我需要你的帮助。"他说。

"这么说，你不是来看望我的？"

"很不幸。"

玛吉的注意力又回到显微镜上。"你平时不都打发法耶来吗？顺便问一句，她还好吗？我一个夏天没收到她的消息了。"

埃达迈面带苦笑。"不大好。时局天翻地覆，谁能幸免呢。她也遭了罪。"

"听你这么说，我很遗憾。"玛吉突然朝地板啐了一口，面色阴沉，"塔玛斯和他的政变都该死！"

"玛吉？"埃达迈难掩内心的惊讶。玛吉一向直言不讳，但埃达迈无论如何也不相信她会是保王派。她在亚卓最大的纺织厂一步步当上工头，全凭自己吃苦耐劳，而非攀附某人的大腿。

"他会害死我们所有人。"玛吉冲埃达迈晃晃指头，"你等着瞧吧。希望你别相信他那些鬼话。创造一个更美好的世界？他这是夺权，仅此而已。"

埃达迈举起双手。"我不谈政治。"

"总有一天，我们都要选边站，埃达迈。"她将一绺头发别到耳后，清清嗓子。埃达迈看得出，刚才情绪失控，让她有些窘迫。"话说回来，你需要我帮什么忙？"

埃达迈从兜里仔细地拣出几根纤维，惟愿这些来自大老板的地毯，而不是他借穿的外衣。"我要搞清这块地毯的来历。"他说。

她小心翼翼地接过去。"这不是兜里的线头吧？法耶不止一次拿给我兜里的线头。"

"希望不是。"

火药魔法师

玛吉把纤维放到显微镜下,调整边上的旋钮。"凡杜威棉。"她说。

"高级货?"

"顶级货。这块地毯的主人非常非常富有。"

"能查到地毯的来源吗?"

玛吉离开显微镜。"应该可以。只有极少数地毯商有凡杜威棉的货。我打听一下。两周后来找我。"

"太久了吧?"埃达迈说。

"你很着急?"

"如有可能,越快越好,事情紧急。"

玛吉叹了口气。"那你得付出代价。"

"我身上没多少钱了。"

"我不要钱。"玛吉说,"告诉法耶,初秋之前,她要请我到棕榈咖啡馆吃顿晚饭,我们就两清。"

埃达迈咽了口口水,强颜欢笑。"没问题。"

玛吉回到显微镜前。"一周后过来,到时我会告诉你地毯是哪儿来的。"

第 12 章

来到前线,塔涅尔才发现,他在后方目睹的巫术来自亚多姆之翼雇佣军的尊权者。

亚多姆之翼镇守前线的西北方,夹在山坡和亚卓军之间。他们往前线投入了四个旅,军服是鲜亮的红白金三色。

双方尊权者的巫力都不强。火焰拍打着坚硬的空气盾,闪电凌空劈向人群,但雷声大雨点小。虽然亚多姆之翼是久负盛名的雇佣军,但在军费方面也没法与王党相提并论,而凯兹一方也只派来了实力最弱的年轻巫师。经历了克雷西姆科贾的大屠杀,他们没剩下多少人手了。

塔涅尔把装备袋甩到肩上,冲亚德荡河西岸皱起眉头。他所在的山丘堪称完美的狙击点——地势高,距离战场数百码。不过据他所知,凯兹军队一直在节节推进。

前线位于巴德维尔以北五百里处。城市上空浓烟滚滚,贫民区的火光清晰可见。不知道凯兹人对那里的居民做了什么。毫无疑问,很多人在巴德维尔沦陷时逃往北方,但不可能所有人都逃得掉。如今,那些人会沦为奴隶,甚至失去性命。

凯兹人对沦陷区的残酷行径可谓臭名昭著。

卡-珀儿坐在山丘上,打开膝头的布包,取出一根蜡块,在指间慢慢捏揉。这次她会做谁呢?塔涅尔很好奇。

"不用这些,你能施放巫术吗?"塔涅尔盘腿坐在她身边,"我是

火药魔法师

说，不用人偶。不用人身上的东西?"

她扬起下巴，鼻孔朝天地瞪他一会儿，接着干活。

"还有，你从哪儿搞到蜡的？我没见你买过东西。你有钱吗？"

卡-珀儿把手伸进衣服，抽出一卷钞票，在塔涅尔鼻子底下晃了晃，又收了回去。

"哪儿弄的？"

她弹了下塔涅尔的鼻子。劲儿挺大。

"嘿，疼。回答我，丫头。"

她举起手指，作势欲弹。

"好了，好了。克雷西米尔啊，我就是问一下而已。"塔涅尔把步枪搁在膝上，抚摸着枪柄。没有刻痕。枪管干干净净。这是把新枪。把枪交给他的士兵说，仅在测试时开过火。绝不要带从没用过的枪上战场。塔玛斯告诫他。而塔玛斯十有八九死了，跟第七和第九旅葬在一起。

这一来，亚卓军将处于何种境地？塔涅尔又处于何种境地？他稍微回忆一下，塔玛斯有没有留过遗嘱之类的东西。塔涅尔以前从没想过这个问题。他打小就觉得，塔玛斯永远不会死。

远处的战斗仅有炮火往来。炮弹穿过亚卓军的队列，砸进柔软的土地，有些被无形的巫力弹开，人畜无害地坠落。

双方交火犹如礼尚往来。两边伤亡都不大，火炮也秋毫无损。

"还有红纹弹吗？"塔涅尔问。

卡-珀儿摇摇头。

"能再做些吗？"

她阴沉着脸，指了指手里的蜡块，好像在说：你没见我忙着呢？

"我现在需要火药。"塔涅尔说。

卡-珀儿停下手里的动作，看了他一会儿，碧绿的眸子里不知蕴藏着怎样的心思。她突然点点头，从包里取出火药筒。

塔涅尔往纸上倒了些火药，做成火药包，他的双手微微颤抖。黑色砂砾在指间触感真好。太美好了。就像……力量本身。他舔舔嘴唇，往手背上洒了些许，抬起手。

但他停了下来。卡-珀儿盯着他。

他深深吸了一口，脑子里好像着了火。塔涅尔晕晕乎乎，身子抖如筛糠。他听到一声呜咽——低沉又可悲。是他发出的声音吗？塔涅尔抱着脑袋，颤抖似乎持续了好几分钟。

等他抬起头，世界充满奇光异彩。

塔涅尔眨眨眼睛。他没睁开第三只眼，也没窥视他方。然而万物依旧闪耀着光彩。不对，他心想。不是闪耀。相比平时所见，线条更加锐利。世界以凡人无法理解的方式清晰呈现。在火药迷醉感降临之前，他仿佛身处水底，而如今，他已浮出了水面。

在亚多佩斯特吸食火药、与守护者搏斗时，他也是这样吗？只是他当时不曾留意？

而马拉烟岂能与之相提并论？哪种毒品能比上这个？

塔涅尔情不自禁地眉开眼笑，丝毫没打算掩饰。"哦，该死的。真爽啊。"他做了十几个火药包，塞进装备袋，火药筒则挂在肩上。他趴下来，观察敌军阵线。

亚德荡河东边有尊权者，大多身披彩衣，被旗手和护卫围在中间。守护者也有不少。凯兹人不怕火药魔法师，尤其现在，连塔玛斯都不在了。但接下来几天，他们会重新品尝到那种恐惧。

他们是首要目标。

还有军官。看样子所有军官都骑马。他们的骑兵呢？凯兹人竟然没派骑兵来巴德维尔北边。好吧。军官也行。

第二类目标。

以及炮手。

第三类。

火药魔法师

塔涅尔先是察觉到地面震动,继而才听见马蹄声。他左边几十码处,聚集了大概二十名亚卓骑手,都是亚卓军官,其中有将军。塔涅尔认得几个。

凯特将军是个女人,五十来岁,英姿飒爽——只是没了右耳,脸侧只剩一块凸凹不平的皮肤。她的宽脸庞有些眼熟,好像最近在哪儿见过,不过塔涅尔知道,其实他有好多年没跟她见面了。她是第三旅的将军。

凯特并非这些人中唯一一个因战斗致残的。第二旅的希兰斯卡将军是个大胖子,左臂齐肩而断。

他们谁都没发现塔涅尔。

他们似乎焦虑不安,指指点点地比画着,所有人都举着望远镜观察战场。希兰斯卡命令火炮部队后撤。

后撤?那等于放弃阵地。他们为何……?

塔涅尔看到了。凯兹那边有动静。火炮部队后方的大军正在推进。一次总攻。凯兹人打算在今天击退亚卓军。

塔涅尔眯起眼睛。敌军阵中有些体形庞大的异类。怪模怪样的巨人。

塔涅尔不清楚那些是普通的守护者,还是用火药魔法师改造的新品种,就像在亚多佩斯特袭击他的那个。

无论如何,对亚卓军都不是好事。

塔涅尔发现,相距数百尺的亚卓火炮开始摇晃。靠前的火炮后撤时,两边的火炮继续开火掩护。一切都计划好了。也许之前也是这么操作的。合情合理,仿佛他们知道无论如何都守不住阵地。

但塔涅尔不喜欢。

他离开卡-珀儿,朝山丘下方的军官们走去,最后来到希兰斯卡将军身边。

"长官,现在什么情况?"

将军不屑地瞟向塔涅尔，久久地凝视着他。"我们正在后撤，孩子。"

"这也太蠢了，长官。我们居高临下，完全可以守住阵地。"

凯特将军策马绕到塔涅尔身后，上下打量着他。他怀疑对方不记得自己了。四年来，他的模样变了不少。

"你在质疑上级的决定吗，上尉？"凯特将军问道。

"这种做法很蠢，长官。我们不该不战而败。"

"上尉，不立刻道歉，你会被降职的。"

另一位将军——一个态度生硬的金发男人——补了一句："我知道他为何只是上尉了。"

希兰斯卡将军举起独臂。"冷静，凯特。你不认得这孩子了？'双杀'塔涅尔，法崔思特独立战争的英雄。很高兴你还活着。"

"将军。"塔涅尔颔首致意。他小时候听塔玛斯讲过希兰斯卡的故事。希兰斯卡是性情中人，忠心耿耿，是危难关头可以倚仗的朋友。虽然他现在又老又胖，但塔涅尔相信他。

"我不管他是谁。"凯特说，"目无军纪者，别想免去责罚。"

"塔玛斯……"希兰斯卡开口道。

"塔玛斯死了，"凯特说，"现在领军的不是他。如果你……"

一个信使打断了他们的争执。

"长官们，敌军前进了。"

凯特策马向前，高声向前线下令。

希兰斯卡的坐骑兴奋地扬起前蹄。"撤回我的火炮！"他低头看着塔涅尔。"我才不过去呢。"他说，"他们有了新的守护者。个头更小，脑子更聪明，速度更快，前所未有。我们称之为'黑守护者'。"

"他们把火药魔法师改造成了守护者，"塔涅尔说，"还派了两个到亚多佩斯特刺杀我。"

"他们失败了，很好。火药魔法师守护者。怎么可能？"希兰斯

火药魔法师

卡端详着他。"好了，上尉。你去守护阵地，我要撤回火炮了。"

塔涅尔回到卡-珀儿所在的山丘顶上。她的人偶捏得有模有样。

"凯兹军队进攻了。"塔涅尔说，"我得参战了。"他为何还要说一声？难道卡-珀儿会阻拦他吗？或者跟他去？

她没回应，于是塔涅尔抓起装备袋，奔向前线。这里远离战场，卡-珀儿留下来会更安全，他心想。但这想法有道理吗？自从休德克朗一役之后，他对谁保护谁产生了怀疑。

凯兹士兵上路了，踩着军鼓的节奏稳步前进。军号响彻亚卓营地，人们冲向前线。

塔涅尔停下脚步，扫视着越来越近的凯兹军队。凯兹的尊权者不在其中，但……瞧啊。

头戴黑礼帽、身穿黑外套的守护者与凯兹步兵同时进攻，仿佛奔跑在前的猛犬。他们飞一般掠过空旷的田野，手持短剑或长矛，如野兽般咆哮着，可怕的吼声盖过了炮火轰鸣和军鼓军号，塔涅尔不禁微微发抖。

他单膝跪下，端起步枪瞄准。呼吸一次。两次。开枪。

他用意念控制子弹划过半空，引燃极少量的火药，令其势头不减。他对准了一个黑守护者。不过两三秒，子弹就射中了目标……

可他打偏了。

塔涅尔不敢相信。他离前线还有一段距离，稳如磐石，无人干扰，怎么可能打偏？

他重新装填步枪。守护者飞速接近。等他们撞上亚卓军的防线，势必引起不可收拾的混乱。塔涅尔瞄准，再次扣动扳机。

子弹打进一个守护者的眼睛，令其翻身倒地。其他守护者却不以为意，有一个甚至从死者仍在抽搐的手中夺下短剑，冲锋的脚步毫不停顿。

塔涅尔无力阻止。他能怎么办？在守护者撞上亚卓前线的土垒之前再开两枪?

塔涅尔解开包裹,取出刺刀,将环式刀柄扣在步枪前端。他起身准备冲锋,但在此之前,先用口袋里的一颗旧钉子在枪托上刮了道刻痕。他突然想起卡-珀儿,不知道该不该把她单独丢下。

亚卓步兵潮水般冲向前线,他被夹在当中,被人一路推搡。他们的速度不够快。

有人高声喝令军队守住阵地。塔涅尔眼看就赶不上第一波进攻了。他健步如飞,比常人快了三倍不止。咆哮的渴望在他喉咙里呼之欲出。

"瞄准!开火!"附近有个军官喊道。

亚卓阵线上空冒起黑烟。不少守护者脚步踉跄,有的栽倒在地,但远远不够。

亚卓军这边有一段土垒地势较高。塔涅尔看到几个军官占据了高地,而守护者们正朝那个方向冲锋。他们有可能不顾平地上的普通步兵,直接攻击最强的防线。

塔涅尔刚刚想到这一点,就看见几个守护者改变方向,直奔那处地势最高的土垒。有个凶猛的大块头一马当先。他的外衣上已有好些黑点,接着又吃了几颗火枪子弹,导致他浑身发抖,但依然没有倒地。他举起短剑,从土垒一侧跃起,扑向最高处。

塔涅尔与对方凌空相撞。他一时无法呼吸,两人都飞过土垒,滚落在地。一双强有力的手按在他胸前,但他一把推开守护者,背靠地面,翻身跃起,这时,守护者的短剑又迎面扎来。

塔涅尔用刺刀拨开短剑,迅速反击。刺刀戳进守护者的身体,几乎没及枪管,但与子弹击中对方时一样,几乎没什么效果。

守护者往后一跳,挣脱塔涅尔的刺刀,不给他补刺的机会。

另一个守护者从塔涅尔侧面杀到,他急忙转身,低头躲开,将刺刀插进对方下颚处的柔软部位。第一个守护者挥剑攻来,逼迫他松开步枪,跳到一旁。塔涅尔拔出短剑,伺机进攻。

守护者却不急着动手。他把一整只火药包扔进嘴里,焦黑的牙齿咀嚼着火药,将纸屑吐到地上。

塔涅尔并不擅长使剑。他身手敏捷,但剑术马马虎虎,如果对方受过训练,塔涅尔就完蛋了。

他接了一招,挡开守护者的短剑。守护者一拳打来。塔涅尔早就准备好了。

他抓住守护者的拳头,额头猛地撞向对手的鼻子。他感觉对方的头骨陷了进去。这一下足能要人老命,但守护者还在挣扎,力量惊人。塔涅尔退开一步,用短剑割开守护者的喉咙。对方咯咯惨叫着瘫软下去,奄奄一息,失去了再战的力气。

塔涅尔感觉满脸都是守护者浓稠的黑血。

"喂!"有人在土垒上大喊,"他们来了!"

塔涅尔这才发现,凯兹军队几乎冲到面前。他抓起步枪,在土垒下面带踢带抓,破口大骂。之前守护者上墙轻松得很,轮到他却完全不是那么回事。

几只手伸下来,把他拽上相对安全的土垒。他重重地躺在地上。

"归队!"有人大喊。

塔涅尔摇摇头,在土垒后休息片刻。他把步枪抱在胸前,克制住双手的颤抖,怀疑自己不该鲁莽地翻上来。

有人扇了他一耳光,他以为是卡-珀儿,但抬眼一看,却是多萝薇尔少校。她看起来特别生气。

"你找死吗,上尉?"多萝薇尔揪住他的衣领,就像对待犯错的学童一样摇晃他。"啊?说你呢。谁都不能违令翻越土垒。谁都不行!"

"去你妈的违令!"

塔涅尔推开她。如果他稍有失控,随时有可能把刺刀插进她的胸口。

她盯着塔涅尔，眼含冰冷的怒火。"我会让你上绞刑架，上尉。"

"有种你试试。"

"装弹。"一位军官高喊。塔涅尔一时摸不清方向。他居高临下，看到起伏的战线。守护者在土垒外大发神威，消灭了一群群士兵，好在刚才他杀了两个守护者，令局势稍稍有所缓解。士兵们弯腰装填步枪，准备迎接凯兹军队的猛攻。

塔涅尔扭头不理多萝薇尔，往枪膛里上了颗子弹。多萝薇尔继续发号施令，他用眼角余光目送她大步离开。

"当心，上尉。"身旁一个士兵低声说，"如果那家伙盯上你了，要么她会睡了你，要么她会杀了你。或者两样一起来。"

"叫她去死，我才不管呢。"

"她是凯特将军的妹妹，"士兵说，"可以为所欲为。但她也是个超棒的军官，所以别听其他人乱说。"

凯特的妹妹。难怪他感觉最近见过凯特。两人的相貌极其相似，只是多萝薇尔身材更苗条。"超棒的军官不会威胁我。"塔涅尔说。他又往枪管里装了颗子弹，塞进一块布条。

士兵盯着他。"上尉，你没事吧？你刚刚装了两次子弹，却没填火药。"

"你说呢。"塔涅尔的言语充满自信，自己却浑然未觉，"什么人敢跳下去，迎战两个守护者，装填步枪还不用火药。"他舔了舔手指上的火药以维持迷醉感，将枪托顶在肩膀上。他顺着枪管望去。凯兹阵线的最前排依然在两百码开外，远远超出火枪的射程，而亚卓的枪兵随时做好了开火的准备。

塔涅尔发现了后方的两个军官，扣动扳机。他同时操纵两颗子弹，推动它们分别射向两个目标。

他射中一个军官的胸膛。那人捂着伤口，瘫软在马鞍上，引起了

火药魔法师

卫兵们的惊慌。塔涅尔却皱起眉头,因为另一颗子弹错失了目标。他怎么可能失手?马拉烟让他的反应迟钝了?

"克雷西米尔见鬼了。"身边的士兵说道,"你是'双杀'塔涅尔。喂——"他拍拍另一人的肩膀,"他是'双杀'塔涅尔。"

"对,"另一个士兵回答,"那我就是将军。"

"刚刚在土墙外,他一个人扛住了四个守护者。"

"喊。"

"我亲眼看到的。"

"是啊是啊。"

塔涅尔将注意力集中在凯兹阵线上。他们敲击军鼓的响声在他脑子里不断回荡。他睁开第三只眼,大地笼罩着闪烁的光彩,五颜六色的巫力散落在战场各处。

"你打算跟我们死在一起吗,'双杀'?"第二个士兵突然发问,分散了塔涅尔的注意力。对方并非恶意调侃,只是提问罢了。

"不是很想。"

"我们每天都往后撤,有时撤退两次。该死的凯兹军队每次都发起同样的进攻。我们每次损失的兵力都超过三百人。"

塔涅尔不敢相信。"每次?"

那人严肃地点点头。

"后撤……"塔涅尔抻着脖子张望。火炮已经移开了,在下一道战壕和土垒后方待命。"这帮该死的蠢货。我们应该寸土不让。不能放任他们进攻,我们自己却节节败退。我们的军队已经千疮百孔了。"

"我不懂'千疮'是啥,不过我们确实流了很多血。我们尽力了,但就是守不住。啥都阻止不了黑守护者。无论如何都杀不完。"

"你还真淡定。"塔涅尔说。

"我觉得我是认命了。我知道自己就快死了。你那边的小子……"

塔涅尔瞟了一眼。身边的士兵似乎还没到嘴上长毛的年纪。他的两手抖得厉害，火枪跟着抖来抖去。

"……那小子的看法跟我不一样。"

"太紧张罢了。"塔涅尔说，"其实我们都一样。"塔涅尔望着凯兹军队。一百五十码。他重新装填步枪，提起来顶住肩膀，然后开枪。

"你不一样。"第一个士兵说，"听说你第一次杀人就射中了一个尊权者的眼睛。"

"是啊。但教我射击的是陆军元帅塔玛斯本人。"他顿了顿，"他们会教你们打靶，"他对身边的年轻人说，"但等你发现，对面是活生生的人，也会朝你开枪，那感觉就大不一样了。当时我蹲在两里开外，可以攻其不备。话说回来，小子，你要深吸一口气，然后再扣动扳机。开枪就得干净利落，因为你可能没机会开下一枪了。"

塔涅尔叫他"小子"，但对方顶多只比他小五岁。

说话的同时，塔涅尔继续装弹，瞄准，开火。又一名军官被他击毙。

少年看着塔涅尔，双手止不住地发抖。

"我觉得你帮不了他。"第一个士兵说。

"保持安静！"多萝薇尔少校喝道。她高举佩剑，一手执枪。"瞄准！"

凯兹军队即将进入火枪射程。成千上万的步兵，一排又一排。塔涅尔这才明白为何亚卓军守不住阵地。他想起南派克山那场战斗，他们的棱堡数十次濒临失守。但在当时，他们防守的关隘只有一百步宽，壁垒还有巫力加持。而在这里，他们与凯兹军队只隔着一道土垒，几乎不可能守住。

"开火！"

弹雨倾泻，凯兹军队最前排以及部分第二排的士兵应声栽倒。亚卓步兵再次装弹。

火药魔法师

不等第二批弹雨降落，凯兹军队停下脚步。重新组成第一排的士兵单膝跪地，瞄准，开火。

塔涅尔闪到土垒后，一把拽下年轻的士兵，聆听枪声响起，紧接着是火枪弹丸打进泥土里的闷响。少年挣扎着试图爬起，但被塔涅尔死死拉住。

"是齐射，"塔涅尔说，"他们同时开火，接着再来一次，然后发起冲锋。你要等……"

第二次射击如约而至。塔涅尔数到三，放开年轻人，迅速起身，做好开枪的准备。

凯兹步兵发出震天动地的怒吼，端起刺刀，猛冲过来。

"随意开火！"有人高喊。

塔涅尔吸了一口火药燃烧的黑烟。他的脑袋嗡嗡作响，血脉贲张。他的双手没因戒断马拉而颤抖，因为有更强劲的东西取而代之。他往手背上撒了些许火药，吸进鼻子。

凯兹步兵冲到土垒下方，往上攀爬。塔涅尔挺身站起，居高临下，准备射击。这时他发现一百码外有个尊权者，正在舞动双手施放巫术。塔涅尔立刻改变目标，扣动扳机。

血光一闪，那个女人捂着喉咙倒下了。

凯兹步兵犹如洪水冲破堤坝，纷纷翻过土垒。塔涅尔一刀刺进一个士兵的肚子，抡起枪托，砸烂另一个士兵的脸。他跳到高处，奋力拼杀，阻挡敌军的攻势。

他依稀听见撤退的号令。

"守住！"他大吼着挥动枪托，把一个掷弹兵打下土垒。"我们守得住。"

之前在他身边的年轻士兵倒下了，胸口被刺刀洞穿。塔涅尔纵身一跃，过来帮忙，一刺刀将那凯兹步兵捅个透心凉。

少年伤势过重，眼看就不行了。刺刀从他肋骨间插了进去——很可能扎破了肺。那样的话，他会被自己的鲜血呛死。

塔涅尔不能丢下他。但亚卓士兵已开始且战且退。

"守住！守住，你们这帮该死的杂种！"

土垒里几乎只剩塔涅尔一人。少年躺在塔涅尔脚边。第一个跟他说话的士兵瘫软在土垒后面，无神的双眼瞪着天空。多萝薇尔少校不见踪影。

他释放感知力，寻找凯兹步兵携带的火药。他只需动一动意念，便可将其全部引燃。在他的控制下，他和土垒附近发生爆炸。一时震耳欲聋，他不自觉地跪在地上。方圆数十码，所有火药都被引燃了。

火药燃烧的浓烟四下升腾，焦黑的尸体散落在土垒内外。呻吟和求救的哭喊此起彼伏。远处的士兵们停止战斗，纷纷望向塔涅尔。他迈出一步，准备防守邻近的阵地，结果发现，偌大的战场上不见一个蓝色的身影。

满眼都是淡茶色的军装。凯兹军队攻陷了阵地。

少年苟延残喘，口吐鲜血。塔涅尔把步枪挎在肩上，架起年轻士兵的胳膊，扶着他返回亚卓营地。

这段路很长，他几乎半抱着少年，跋涉到一百步外的防御工事。绝大多数凯兹步兵对他们视而不见。凯兹军队忙着巩固阵地，只有几颗流弹射到塔涅尔身边的地上。他们会铲平土垒，然后返回营地，同时让炮兵部队向前推进一百步，为明天的进攻做好准备。

等塔涅尔回到亚卓军中，他已筋疲力尽，因火药迷醉感而头晕目眩。"救救他。"塔涅尔对一个跑来的军医说道。女医生突然停步，双眼瞪得老大。

"他死了，长官。"

"快他妈救人！让他舒服些！"

"来不及了，长官。他不是快死了。他已经死了。"

塔涅尔跌坐在年轻士兵身边，两根指头压在少年的脖子上。没有脉搏。他顺手阖上了年轻士兵的眼皮。

"混账。"他说。

医生跪在他身边。

"我没事!"他推开对方的手。

"你的胳膊受伤了,长官。"

塔涅尔低头一看。他衣衫破烂,左臂鲜血淋漓,有道参差不齐的割伤。但他丝毫没觉得疼。

"医生,"有人说,"去照顾那些还能救活的人。"多萝薇尔少校大步走来,一头棕发乱糟糟的,脸颊沾满烟灰。她没穿军服,白衬衫上全是汗渍和血污。

塔涅尔站起身。"多萝薇尔少校,"他说,"不跟你的弟兄们一起光荣战死吗?"

她反手就是一记耳光。塔涅尔歪着脑袋,摸摸脸。刚才那下力道太大,打得他的牙齿咯咯作响。"再敢动手,我就掰断你的爪子。"

"我是最后一个撤退的。"多萝薇尔少校吼道。

"不对,"塔涅尔说,"我才是。我们本来可以守住那道土垒。结果我们丢了阵地,不知道死了多少弟兄。"

"我是服从命令。你不是。到此为止,上尉。我会送你上绞刑架的。"少校转身离开,呼唤宪兵。

塔涅尔揉揉脸,瞥见卡-珀儿远远地望着他。她走向战场,那边的凯兹士兵正在清理土垒,双方平民开始搬运死者和伤员。

"你他妈去哪儿?"塔涅尔大喊。

她指向战场,举起一只人偶。该死的丫头。这招在克雷西姆科贾有用,在这儿却不行。这里敌人太多,而人偶不够。

塔涅尔瞟了眼多萝薇尔少校。她正与两个士兵交谈,后者戴有宪兵标志的肩章。他们是军事警察。多萝薇尔指着塔涅尔。

此时不走,更待何时。

第 13 章

塔玛斯钻出帐篷，系好制服扣，正了正金色肩章，估摸今天会不会下雨。亚卓山脉东边的天空泛起鱼肚白，大半个世界仍在黑暗中沉睡。

塔玛斯望向天际的微光，心系山那边的情况。巴德维尔沦陷了。毫无疑问，凯兹军队正朝苏尔科夫山道推进。塔玛斯希望将军们能组织起有效的防守。他暗自苦笑。巴德维尔被攻占，战争的天平只可能倾向凯兹一方。弟兄们需要他。国家需要他。他儿子需要他。他必须翻山越岭，回到祖国。

他听到营地里窸窣作响，军士们低声吹哨，叫醒困倦的士兵。火堆上升起炊烟，香气弥漫，虽然实际上并没有多少食物。

奥莱姆坐在塔玛斯的帐篷边，军帽拉得很低，遮住眼睛，双脚跷在面前的一截原木上，两手深深插进口袋。他不过是在装模作样。奥莱姆拥有不眠不休的天赋。

"夜里还安静吧？"塔玛斯蹲在将熄的火堆边搓着手。暑热不曾触及清晨的空气，尤其是这边的山麓。他用一根树枝拨弄火堆，然后随手丢开。只剩灰烬。高原上没什么可烧的。

"一点点响动，长官。还有些抱怨。"奥莱姆吸了吸鼻子，仿佛那些抱怨不值一提。

弟兄们饿了。塔玛斯知道，也为之痛心。

"被我制止了，长官。"奥莱姆说。

火药魔法师

"很好。"

塔玛斯听见有人踩着泥土悄悄靠近。奥莱姆动了动,掩在大衣里的双手微微外露。他有手枪。

一具动物的尸体重重落在塔玛斯身边,把他吓了一跳。

"麋鹿,长官。"维罗拉蹲到他身边。

塔玛斯松了口气。有肉了。

"还有吗?"他的语气充满期待。

"安德里亚也打到一头,送到火药魔法师那边了。这头归军官们。"

塔玛斯咬着嘴唇。"奥莱姆。找人宰杀,然后分给弟兄们。每人一小块。让他们自己处理。我们两个钟头后开拔。"

奥莱姆站起来,伸个懒腰,把手枪插回腰间,奉命离开,同时喊了好几个人。

"明天中午就能抵达胡恩多拉森林,长官。"维罗拉说。她肩上沾有麋鹿的血。现在她一定处于火药迷醉状态,不然以她的个头,不可能扛动一头麋鹿。

"还有多远?"

"大概十六里。打猎时我去了那边。"

"有什么发现?"

"正如加夫里尔所说,有个小镇。"

"有城墙吗?"

"只剩残垣断壁。差不多八尺高。不过没有担心的必要,长官。那里荒无人烟。"

荒无人烟?塔玛斯还指望那里有人,可以抢些火药和食物。

"还有别的发现吗?"

"地势很陡。道路沿山脊而上。我看到有许多桥。一旦进了树林,龙骑兵很难包围我们。"

"那就好。"

"坏消息是,道路很窄,只能并排通行三到四人。"

这一来,塔玛斯的队伍会被拉伸到四里长。追兵在后,这种队形十分不利。塔玛斯低声骂了一句。

他抬头看看天。今日似乎不会下雨。

"我对你撒了谎。"塔玛斯说。

维罗拉盯着余烬,皱起眉头。"什么,长官?"

"在巴德维尔,你问我有没有塔涅尔的消息。我撒谎了。"

维罗拉张嘴刚要说话,塔玛斯接着说了下去。

"我们进洞的几天前,亚多佩斯特发来消息。塔涅尔的蛮子醒了。"

"塔涅尔呢?"

"不知道。但他们中间有人醒了,另一人应该也没问题。我不相信那个蛮子丫头比我儿子还强壮。他……"塔玛斯声音喑哑,"他能挺过来。"

他用眼角余光观察维罗拉。似乎有颗泪珠滑过她的脸颊。

"您的腿怎么样了,长官?"她问。

塔玛斯低头一看。米哈利治过他的腿。他可以走路、骑马,见鬼,他甚至能跳舞,如果他愿意的话。但小腿里面依然疼痛。一阵阵悸动,就在那枚该死的金星所在的位置。尽管有神力相助,那里依然感觉不太对劲儿。

"好了,"他说,"跟新的一样。"

"您走路还是有点跛。"维罗拉说。

"是吗?我都习惯了。"

维罗拉蹲坐着挺起胸膛。"听说伤愈之后,肌肉组织不容易自行恢复。您需要锻炼,多做复健和按摩。如果您需要……"

"我可不希望你帮我按摩而生出些流言蜚语。"塔玛斯扑哧一笑。

火药魔法师

听见维罗拉也笑了,他感觉放松了些。

"我想说的是,让奥莱姆帮你,长官。"

"我真没事。"塔玛斯注视着维罗拉。她抬头看他一眼,目光移回火堆。她依然不肯与塔玛斯对视。

他突然很想念二人过去的亲密无间。如果进展顺利,维罗拉已经该是他儿媳了。上大学之前,身为士兵,她就敢直呼塔玛斯的大名。维罗拉曾挽着他的胳膊,甚至在公共场合拥抱他。

那时她还没在吉勒曼跟某个花花公子上床,塔涅尔也没有取消婚约。

塔玛斯吃力地站起身。"你和安德里亚继续打猎。我们需要肉,越多越好。"

"我们的火药快用光了,长官。"她说。

"找第七旅的军需官要一些。"

"我是说全军。"

塔玛斯用指头敲敲腰带。这支军队没有补给,没有辎重车和随营的平民。他们的一切都将耗尽。迟早的事儿,要不了多久。他们唯一的优势是行军速度快,而等他们饿着肚子寻找粮食时,这个优势也将荡然无存。

"首先保证魔法师的补给。"他的火药魔法师一个能顶几十个普通士兵。

维罗拉点点头。"我找军需官谈谈。"她站起身,突然扭头走进营地。

塔玛斯目送她离开,满怀悲伤,仿佛老了十岁。

不久,营地里热闹起来,赖床的士兵都被叫醒。一阵阵欢呼声传来,塔玛斯推测,奥莱姆已经分了麋鹿肉。人多肉少,但好歹能吃上一口。

塔玛斯拆下自己的帐篷,开始收拾。他刚卷好铺盖,奥莱姆带着个血迹斑斑的包裹回来了。

"这是我的活儿，长官。"奥莱姆说。

塔玛斯望着血色帆布包，舌底生津。"我会叫你做更重要的事。我也当过普通士兵，奥莱姆。我跟别人一样，会收拾帐篷。"

"如您所愿，长官。"奥莱姆跪在火堆边，捡起一根烤肉扦子，解开血色帆布包，里面有一大块麋鹿肉。

塔玛斯望向南面。那边某处，凯兹骑兵也在收拾帐篷，或许希望在亚卓残兵躲进树林之前追上他们。

塔玛斯听到营地里响起急促的马蹄声。很快，加夫里尔在昏暗的天色下现身，骑着一匹受惊的战马。

塔玛斯抓住辔头，与此同时，他的内兄翻身下马。马儿汗水淋漓，眼神狂野。看来加夫里尔快马加鞭骑了一路。

"一万六千。"加夫里尔说，"一万零五百龙骑兵，外加五千五百胸甲骑兵。三个旅，齐装满员。"

克雷西米尔啊。他们怎么可能战胜这么多骑兵？"多远？"

"如果我们立刻出发，可以抢先抵达森林。我还没找北上的斥候谈过。"

"维罗拉刚从北边回来。我们距胡恩多拉还有十六里。"

加夫里尔从奥莱姆手中接过水壶，灌了大一口，然后浇到头上。他浑身冒着热气。"但我们没时间攻城了。"

"她说那里荒废了。我派人去看看，反正行军时可能会路过。"

"荒废了？"加夫里尔抓着下巴上的胡子，"我们可以在那里迎敌。"

塔玛斯忧心忡忡地望了眼南边。他看不到凯兹骑兵的影子，但似乎又能感觉到敌人的存在。"或许吧。"

奥莱姆起身递来个锡镴盘子，上面盛着一块热气腾腾的鹿肉。

"外头焦了，里面有点生，但味道不错。"奥莱姆笑道。

火药魔法师

塔玛斯听见自己的肚子咕噜直叫。盘子上的鹿肉至少有两磅。

"分给加夫里尔,"塔玛斯说,"我不饿。"

奥莱姆扬起眉毛。"我都听见您肚子叫了,长官。您得保持体力。"

"真的,我没事。"

加夫里尔一把抓起鹿肉。"随你。"他撕下一半,扔回盘子,另一半塞进嘴里。他一边狼吞虎咽,一边冲刚进营地的骑手大声下令。

"长官,"加夫里尔离开后,奥莱姆说,"您得吃东西。"

"叫弟兄们都起来。"塔玛斯说。一阵风差点掀翻帽子,他突然倍感焦虑。"先头部队二十分钟后出发。"他盯着南方,奥莱姆奉命离开。

一万六千凯兹骑兵。他的两个步兵旅很难逃脱了。他们将死于饥饿和疲劳,葬身异国他乡,而凯兹人会在他们的家园烧杀掳掠。

他不能允许这种惨剧发生。

决不允许。

塔玛斯来到附近的帐篷前。"伙计们,"他高喊,"准备上路!"

奥德里奇军士和他的神枪组暂时住在亚德河东南岸一片废弃的兵营里,离戈斯滕灯塔不远。兵营相当大,但除了零星游荡的野狗,几乎空空荡荡。营地前门关得严实,绑着铁链,但有扇侧门没上锁。

埃达迈从侧门进了兵营,经过两个没人的练兵场,来到小食堂。埃达迈四个年幼的孩子在中间玩耍,士兵们围着观看。

埃达迈悄无声息地出现在门口,看到阿斯特丽特拨弄着乌黑的卷发回忆台词的样子,他忍不住笑了。女儿在饰演一个公主,被邪恶的尊权者关在高塔里,后者由双胞胎之一披着袍子和床单假扮。

"爸爸!"阿斯特丽特看到了他,大喊道。

所有孩子都围了过来,与他拥抱,亲吻。他每个都要亲到,每个都要喊到——除了双胞胎的名字。他实在分不出他俩,但又不好意思承认。

埃达迈跟孩子们玩闹了好几分钟才得以脱身。他让孩子们接着玩游戏,自己迎向角落里的奥德里奇军士。

"咖啡?"军士心不在焉地嚼着嘴里的烟草。

"想喝茶,有么?"

奥德里奇招呼一名士兵。"上茶!"他皱着眉头看着埃达迈,"你的样子好狼狈。被人打劫了?"

"是啊。"埃达迈情不自禁地望向孩子们。都是漂亮孩子。真的漂亮。一想到他们可能遭遇的厄运,他就血气上涌,只好强行移开视线。"好在我全身而退,还找到了维塔斯的老巢。"

"没想到你真能找到。"奥德里奇端起杯子致敬,"我以为你在欧芬戴尔教训了他的爪牙,那个混蛋就会销声匿迹。"

埃达迈冷哼一声。"他不怕我,"埃达迈说,"我觉得,他什么都不怕。你见过拿蒸汽做动力的机器吗?织布机、锻造锤、印刷机……"埃达迈突然想起当初涉足出版业失败的教训,立刻驱散了回忆。

"是啊,"奥德里奇说,"现在都有蒸汽轮船了。"

"没错。他就像台蒸汽机。永不停息,没有知觉,没有想法。一有任务就去执行。"

奥德里奇抿了口咖啡。"该死。听上去你有点同情他。"

"没有。"埃达迈说,"等我找到他,我会挖出他的心脏。"

"但愿你能有机会。我们可以去抓他了?"

"你有多少人来着?"埃达迈问,虽然他心知肚明。

"十五,"奥德里奇说,"两个保护孩子……"

"五个。"

火药魔法师

"五个保护孩子,剩下十二个,包括你和我。"

"不够。"

"他有多少爪牙,能对付陆军元帅最精锐的小队?"

"他至少有六十个打手和一个尊权者。"

奥德里奇打了呼哨。"啊。那我们真就爱莫能助了。"

"唉。谢谢。"埃达迈说话间,一杯茶已经放到面前。他加了两块糖,一边搅动一边等茶水冷却。"你看晨报了吗?"

"没有。你想看?嘿!谁给侦探拿份报纸!"

埃达迈忐忑不安。他希望奥德里奇没看今天的报纸,但好像弄巧成拙了。算了。"你记得一个叫波巴多的尊权者吗?"埃达迈换了个话题。

"记得。"奥德里奇说。他和蔼可亲的表情消失了,换成一脸警惕。

"我觉得他能帮我们。波巴多以前是最厉害、最聪明的王党之一。在休德克朗,他几乎以一己之力挡住凯兹王党。我知道塔玛斯饶过了他,把他藏在城里。如果我们……"

"不行。"奥德里奇说。

"为什么?"

"尊权者波巴多身上有盖斯,他会被迫刺杀陆军元帅。"

"我知道。盖斯的事是我告诉塔玛斯的。"

"那你还想干吗?放了他会危及塔玛斯的生命,我可不干。"

埃达迈双手抱头。最近他好像常做这个动作。"要对付维塔斯的尊权者,他是我们唯一的希望。"

"你可以问问'双杀'塔涅尔。"奥德里奇说,"杀尊权者是他的爱好。据说他在城里。"

"报纸上说,今早他上前线了。"话一出口,埃达迈便意识到自己犯了错。

"这么说，你看过报纸了？"奥德里奇用脚尖拨过桌底的痰盂，俯身啐了一口。"有没有你希望我读到的新闻？"

"长官。"奥德里奇一个手下喊道。他很年轻，可能不比埃达迈的儿子约瑟普大几岁。"长官，您看看这个。"士兵跑到奥德里奇面前，把一份报纸放在他膝上。

奥德里奇拿起报纸，朗读头版头条的标题："巴德维尔沦陷，陆军元帅塔玛斯战死。"奥德里奇默不作声地看着那篇新闻。年轻士兵一直站在旁边。奥德里奇读完了，把报纸交还给士兵。

"你没打算告诉我？"

埃达迈就像个小孩，从食品柜里偷东西时被抓个现行。"我会告诉你的，"埃达迈说，"等我想好了如何说服你留下来帮我。"埃达迈使劲咽着口水。他即将失去救回法耶所需的最后一分助力。一旦奥德里奇离开，埃达迈就要一个人照顾八个孩子，妻子和长子还在敌人手里。

"不需要说服，"奥德里奇说，"这是我的任务。塔玛斯是我的上级。他命令我负责到底，无论他在这场战争中是死是活。"

"所以你愿意？"

"对。"

埃达迈情不自禁地松了口气。他用手帕轻拭额头，才发现刚才在流汗。"谢谢你。"他顿了顿，"你真是非同一般地冷静。"

"标题挺惊人的，"奥德里奇指着报纸说，"其实是'疑似阵亡'。塔玛斯带领第七和第九旅深入敌后，失去音讯。那可是亚卓军中最强悍的两个旅。除非我见到尸体，否则我宁愿相信，塔玛斯人在凯兹，揍得敌人满地找牙。"

"这么说，我不能用塔玛斯的死做理由，说服你释放尊权者波巴多？"

"抱歉。你只能另想办法。还要尽快。等到敌军兵临城下，我就

火药魔法师

顾不上帮你抓捕维塔斯了。"

埃达迈起身告辞。"我再想想。"

"另外，"奥德里奇说，"既然塔玛斯疑似阵亡，那些办事员未必会愿意兑现你的支票。我们迟早需要购置补给。如果你在哪儿藏了钱……"

"我会尽力。"埃达迈说。他依依不舍地与孩子们道别，奥德里奇又追到门厅。"还有事吗，军士？"

"我想告诉你一件事。"奥德里奇瞟了眼食堂，压低声音，"你知道了可能会稍感欣慰。你不用担心孩子们。弟兄们真的很喜欢他们。不管谁想来抓孩子，我的弟兄们都不会手软，保证叫他们吃不了兜着走。"

埃达迈强忍眼眶里突如其来的泪水。"谢谢。"他哽咽着说，"这……对我很重要。谢谢你们。"

大概凌晨一点，埃达迈回到他的临时藏身处。他拖着疲惫的身躯，爬向女房东楼上的公寓，靴子把陈旧的木楼梯踩得嘎吱作响。他来这儿是不是只有五天？同大老板见面之后，他一直在考虑接下来如何对付维塔斯，夜里就睡在公园长凳、收容所的床铺，或者酒吧的椅子上。

他需要洗个澡。

苏史密斯坐在沙发上，身边有盏昏暗的提灯。拳手皱起眉头，目光离开眼前的扑克牌。

"我都担心死了。"苏史密斯说。

埃达迈叹息着关上门。他本想好好睡上一觉，再去找苏史密斯。他感觉糟透了。他浑身都疼，十来天极度缺觉，没吃上一顿饱饭。这辈子他仅有过一两次类似的经历，那时曼豪奇刚刚继位，老百姓躁动不安,所有警察每天要工作十八个小时。

他从未想过还能再体验一次。他以为那种日子一去不复返了。

"抱歉。"埃达迈说。

苏史密斯低头接着玩牌。他用一张牌盖住另一张,一并从桌上拿起,放到身边的沙发上。

"你这模样跟见了鬼似的。"苏史密斯说。

"感觉也差不多。"

"你去哪儿了?"他机警的眸子在埃达迈脸上搜寻。

"被大老板弄进去了。"埃达迈有气无力地走到沙发边,一屁股坐在椅子上。"他的手下折磨我一夜,然后我见到了他。结果整件事都他妈错得离谱。他说了句'对不起',又把我扔到街上不管了。"

"你见到了大老板?"

苏史密斯的声音是不是有点紧张?

"近到不能再近了。我们同处一室,但他藏在黑色屏风后面。一个做毛线活儿的女人替他说话,他就像哑巴一样。"埃达迈皱着眉头。也许大老板真是哑巴。也许那女人不但是安保措施,还是手语翻译。"有吃的吗?"

苏史密斯用大拇指比比沙发边上的大盘子。盖子底下有块三明治。肉和奶酪是温热的,对埃达迈而言无异于绝顶美味。他坐回椅子,狼吞虎咽。

埃达迈吃完了,觉得恢复了少许力气。"看样子他的需求跟我一样。"埃达迈最后咀嚼几口。"维塔斯给他造成不少麻烦。大老板的手下抓了我,因为我们跟踪了同一个女人。"埃达迈舔净手指。"不过现在,大老板知道我们有着同样的目的,他就退后一步,任由我对付维塔斯。真他妈丢人啊,因为我需要他的帮助!"埃达迈的嗓门越来越大。他抓起盛三明治的盘子,扔向对面。盘子砸在角落里,发出一声脆响。

苏史密斯靠在沙发上，忘记了扑克牌，两眼盯着埃达迈。

"我想杀了维塔斯，想得要死。"埃达迈低声说道，"我知道他在哪儿。我找到了他的老巢。我有机会，再加上大老板的帮助，我就能做到。可他把我扔到了大街上。"他哆哆嗦嗦地吸了口气，"我要做件非常愚蠢的事，苏史密斯，我觉得你该离开了。我们之间的雇佣关系到此为止。"

苏史密斯扬起眉毛。"我自己会决定。"

"我要敲诈大老板。"

苏史密斯开始收牌。没多久，他收好牌，站起身子。"这下，"他说，"我赞成你的说法。"

埃达迈闭上眼睛。他不怪苏史密斯。完全不怪。但他仍抱有一线希望：苏史密斯会再一次拒绝离开，自愿留在埃达迈身边，彻底解决这事。

苏史密斯从门口的衣帽架上取下外套。"抱歉，朋友。"他说，"我愿意为你死，但即使我死了，大老板也不会收手。"

当然，苏史密斯还要顾虑他兄弟的家人。

他们握了手。埃达迈听着苏史密斯沉重的脚步走下楼梯，出了前门。

他跌坐在椅子里，双手抱头。

苏史密斯块头大，有力气，一个能打五个。但他是自己的朋友。埃达迈接下来要做的事，不能连累朋友。

埃达迈有气无力地挪到床边，懒得脱掉衣裤，倒头睡了过去。

第 14 章

塔涅尔揉着眼睛,努力回忆睡觉是什么滋味。

三天时间,他在前线参加了五场激烈的近战。五次他都等到再也无法抵挡凯兹军队,才最后一个撤离。五次他都被迫在尸横遍野的战场上来回奔波,带走伤员和濒死的士兵,为前线再次被凯兹人攻占而怒火中烧。

只剩死者和伤兵之前,他们还能撤退几回?

塔涅尔向南眺望。巴德维尔已越来越远了。前线——准确地说,半小时前还是前线的位置——在四分之一里开外,弥漫着火药的浓烟。凯兹士兵推平了土垒,正用推车搬运死者。

最后一次进攻极其猛烈。十七旅的步兵多为新兵,不等撤退命令下达,队伍就一哄而散,人们纷纷逃命。塔涅尔怀疑所有人都受了伤。医疗帐篷里伤兵的呻吟令他毛骨悚然。

他发现卡-珀儿坐在帐篷边的火堆前,盯着燃烧的柴火,心不在焉地用长针清理指甲。架在火堆上的水壶冒着白汽。她看了眼塔涅尔,目光又落回火堆。

塔涅尔一屁股坐在她身边。他浑身都疼,割伤和撞伤不计其数。一个凶猛至极的守护者差点打垮他,还在他侧腹留下一道整齐的切口。

卡-珀儿默默起身,绕到他背后,帮他脱衣服。塔涅尔不喜欢被她脱衣服——好吧,他喜欢,但他听说有军官非议他俩的关系——不过,今晚他太累了,懒得反抗。卡-珀儿解开他的衬衫,用热乎乎的

火药魔法师

湿毛巾擦洗他的脖子、前胸和后背。

他侧躺着，以便卡-珀儿缝合他腹部的伤口。长针一次次刺穿皮肉，疼得他龇牙咧嘴。

"棍儿，"他躺着说，"你记不记得，塔玛斯说在亚多佩斯特办了所学校，专门培养火药魔法师？"

卡-珀儿用两根手指敲打他的胳膊。记得。

"我估计，负责人是萨伯恩。不知道他在不在。见鬼，我可以喊他帮忙。"塔涅尔思考片刻。萨伯恩的面孔浮现在眼前，黝黑的皮肤衬得牙齿雪白无瑕。塔玛斯只愿意听萨伯恩的话。他教塔涅尔射击。他是个优秀的战士，也是个好人。"该死，我应该问问里卡德。即使萨伯恩跟塔玛斯在一起，也该有一两个火药魔法师留在亚多佩斯特。前线用得着他们。"

卡-珀儿缝好伤口，塔涅尔爬起来。他的衬衫几近乌黑，血渍浸染布料，已然干涸，硬邦邦的，让他浑身散发着屠夫的味道。他将衬衫扔到地上，卡-珀儿自会找人帮他清洗。他从帐篷里另找一件，穿上，扣好。

他的帐篷位于形成苏尔科夫山道的山脊一侧，所以他睡在斜坡上也能俯瞰大部分山道。此时此刻，他在观察亚多姆之翼的营地。翼军的营地比亚卓军更接近前线，他们控制着山谷东边，旁边就是河。

报告说，翼军从未丢失阵地。但因为亚卓军撤退，他们也只好跟着后撤，以免被凯兹军队从侧翼包抄。

若塔玛斯亲眼看到这状况，发现雇佣军比亚卓军守得更好，一定会被气坏的。

两位翼军准将，从他们的营地走向亚卓军后方白蓝相间的指挥大帐。还有几个军官，也朝同样的方向走去。看样子要开会了。如果塔玛斯在，塔涅尔也要参加会议。

可塔玛斯不在，好多事就不一样了。

指挥大帐不远处是食堂帐篷。一般而言，军队的伙食由各连队的炊事员提供，有时则以小队为单位。但在前线，有位大厨负责全军所有伙食，至少传言如此。

米哈利。

那家伙太惹眼了，又高又胖，在炉火间来回穿梭，监督一群女帮厨干活儿。塔涅尔皱起眉头。这个自称为神的家伙到底什么来头？塔涅尔见过神的面孔——克雷西米尔的——还曾亲手将一颗子弹射进对方的眼睛。克雷西米尔像神。但米哈利不像。

塔涅尔穿上外衣，顺着山坡走向指挥大帐。

他经过时，士兵们纷纷看着他。有的压压帽檐，有的敬礼，有的默不作声。塔涅尔不愿意享受这样的待遇。这些人当他是马戏团的猴子吗？多年以来，他视军队为家，如今塔玛斯不在了，火药魔法师不在了，他只剩孤单一人，深感与周围格格不入。

不知道在他们眼里，自己是什么样子。他浑身都是屠宰铺的味道，形象上也差不离。他伤痕遍体，黑发被昨天的一次爆炸烤焦，脸上青一块紫一块，脏兮兮的。

他也对如今的自己感到好奇。他历经五场激烈而血腥的战斗，几乎全身而退。前两天，子弹七次与他擦身而过。他有好几次差点被刺中要害。而他有那么快的反应吗？或者有什么别的原因？

幸运二字解释不了。简直不可思议。在法崔思特时也是这样吗？不，他从未不间断地进行过如此激烈的战斗。他想起在亚多佩斯特，他扯出了守护者的一根肋骨，不知如今的"幸运"是否与他新近发现的力量有关。

他来到指挥大帐，对卫兵的喝令充耳不闻。

帐篷里全是人。大概有二十个军官——似乎所有翼军准将和亚卓将校都到场了——个个呼来喝去，手舞足蹈。塔涅尔顺着帐篷边缘溜过去，想搞清他们在争论什么。

火药魔法师

他瞥见一张熟悉的面孔,于是挤进人群。

伊坦上校比塔涅尔年长十岁,肩宽,个高,棕发剃成板寸,面部扁平,相貌丑陋——当然了,谁也不敢当面说他丑。十二旅是近卫军,在亚卓军中块头最大、体格最壮,谁敢跟他们的上校叫板,就等于跟两千条大汉过不去。

"怎么回事?"塔涅尔低声问。

伊坦上校瞟他一眼。"是说……"他闭上嘴巴,又看他一眼,"塔涅尔?见鬼,塔涅尔,我听说你到了我们前线,可我没敢相信。你去哪儿了?"

"以后再说。"塔涅尔说,"吵什么呢?"

伊坦收敛了热情的笑容。"凯兹那边派来信使,叫我们投降。"

"然后呢?"塔涅尔冷哼一声,"那有什么好争的。我们决不投降。"

"我同意,可军队有些高层不同意。他们害怕了。"

"他们当然害怕。每打一仗都撤退!哪怕他们守住阵地一次,我们就能打垮凯兹那帮混蛋。"

"不是那样。"伊坦说,"凯兹声称,克雷西米尔在他们那边。不是精神信仰,而是他本人在他们营地!"

塔涅尔感到浑身发冷。"哦,见鬼。"

"你没事吧?你不太对劲儿。"

"克雷西米尔不可能在那边。我亲手杀了他。"

伊坦的注意力完全放在塔涅尔身上。"你……杀了他?我听过一些难以置信的流言,说南派克山在垮塌之前发生了一场战斗,是你……"

"对。"塔涅尔说,"我把两颗子弹分别送进他的眼睛和胸膛。我亲眼看到他圣血飞溅,倒在地上。"

"凯特将军!"伊坦大喊,"凯特将军!"他拽着塔涅尔的胳膊,使劲儿往前挤。将官们忙不迭地避让——被膀大腰圆的近卫军上校撞一下,谁也站不稳当。

"别,伊坦……"

伊坦把他拉到大帐中间的空地上,二十来个军官满脸敌意,气氛极度紧张。"把你刚才说的话再说一遍。"伊坦对塔涅尔说。

塔涅尔又一次强烈地感觉到,沾满血污的破衣烂衫和脏兮兮的面孔有多么刺眼。世界似在缓缓旋转,空气闷热而压抑。

他清了清喉咙。"克雷西米尔死了。"塔涅尔说,"我亲手杀了他。"

吵嚷声让他头疼,比火枪齐射的巨响还要命。他环顾四周,想找到一个支持者。他看到人群中有凯特将军,但她不是朋友。希兰斯卡将军呢?

"听他说!"一个女人大喊。是翼军的阿布莱斯准将。她比塔涅尔的父亲年轻十岁,面孔却严肃十倍,一头清爽的齐耳短发,身穿红金色条纹的白色军服。

突如其来的寂静中,他只听到凯特将军的冷笑。"你不可能杀死神。"

"我做到了。"塔涅尔说,"我亲眼看着他死去。我射出两颗巫力加持的子弹。我看见它们命中目标。看见他瘫软在地。大山垮塌时,我就在山上。"

"哦?"凯特问,"那你是怎么下来的?"

塔涅尔欲言又止。他怎么下来的?他记得的最后一件事,是他抱着昏迷不醒的卡-珀儿,他们所在的建筑开始崩裂、倒塌。

"依我看,"凯特说,"你的脑子进火药了。"

"他是英雄,长官!"伊坦上校说。

"英雄也会发疯!宪兵!带他出去!区区一个上尉没资格参加会议。"

火药魔法师

塔涅尔被人推到一边,这时听到另一个声音。"克雷西米尔不在那边!说什么胡话呢!"

"我看到他了。"

大帐里鸦雀无声。塔涅尔熟悉这个声音。是希兰斯卡将军。

其他人都站着,唯独希兰斯卡正襟危坐。他身穿军礼服,佩有数十枚勋章,衣领最近上过浆,空荡的左袖别在胸前。将军看起来疲惫不堪,肥硕的身躯完全盖住了椅子,面皮耷拉着。

希兰斯卡的嗓音低沉而平静。"你们都看到他了!今早谈判时他就在场,你们这群该死的蠢货却没注意到。他在后面,一言不发,戴着金面具,只露出一个眼洞。你们当中有任何一个人长了耳朵,就该听到翼军的尊权者说他浑身散发着巫力,力量之强,让他们前所未见。"

"那是个尊权者,"凯特说,"不是神。"

希兰斯卡吃力地站起身。"凯特,你直接说我疯了好了。但我谅你没这个胆子。塔玛斯相信克雷西米尔回来了,相信这位'双杀'射中了他。但子弹没能致命。毕竟克雷西米尔是神。"

凯特警惕地望着希兰斯卡。"然而塔玛斯带着第七和第九旅绕到凯兹后方送死。"

"他没死。"塔涅尔气血上涌。

凯特扭头看着他。"已故的陆军元帅家的小崽子当然会这么说。"

"小崽子?"塔涅尔气得脑袋犯晕,"我杀了几百人。过去两天,几乎就我一个人守着该死的阵地。我觉得这场战争只有我一个人想赢,你还有脸叫我小崽子?"

凯特一口啐在他脚边。"你把所有功劳都揽到自己身上?不知天高地厚!你是塔玛斯的种,但不意味着你有他的能耐,臭小子。"

塔涅尔的脑子一片空白。他每天在前线拼命,就为被这些人耻笑?愤怒令他丧失了理智。"我杀了你,你这蠢婊子!"

塔涅尔浑身肌肉紧绷，扑向凯特将军，但侧脑突然挨了下重击。他踉跄着，继续冲向凯特，众人七手八脚拉着他。他的脑袋又挨了一下。他拼命挣扎着，被人强行推出指挥大帐。

"塔涅尔，"他听到伊坦上校在耳边说道，"冷静，塔涅尔，拜托！"

五六根锋利的矛尖指在面前，处于失控边缘的塔涅尔终于回过神来。宪兵队——也就是军事警察——手持长矛，严阵以待，脸上的表情仿佛在警告塔涅尔，他们一转眼就能把他刺成蜂窝。

"够了。"伊坦推开一根长矛。他的举动令宪兵们退开几步。

怒火熄灭，塔涅尔感到寒冷而虚弱。他开始发抖。他刚才果真当着全体将官的面骂凯特是蠢婊子？他将受到什么惩罚？

"你找死吗？"伊坦喝道，"我听到有传言说，最近有个火药魔法师每天上前线，杀到敌人眼皮子底下，简直不要命了。想不到是你。没挨顿鞭子算你走运了。袭击凯特将军！真不敢相信。"

塔涅尔蹲下身子，抱住膝盖，极力克制一波又一波的颤抖。"你说完了吗？"他为何抖得如此剧烈？比被守护者捅了一剑还让他害怕。是马拉烟的戒断反应吗？还是因为火药？

"塔涅尔……"伊坦盯着他，眼神充满关切，"塔涅尔，你拖着我冲出去五尺，我才动手打了你的头。你这种体格，我一拳就能放倒，可我打了三拳才搞定你。见鬼，我的块头是你的两倍！我知道火药魔法师很强，可是……"

"责任在我。"塔涅尔说，"希望你不会受牵连。"

"我不是担心我自己。"

"上尉？"

他俩同时抬头。希兰斯卡将军站在他们面前。宪兵队已经离开。

"上校，我要跟上尉单独谈谈。"

伊坦走了，塔涅尔慢慢爬起身，对能否站稳脚跟心存怀疑。但有

火药魔法师

件事可以肯定,希兰斯卡将军或许是他在营地里唯一可靠的同盟。"长官?"他摇摇晃晃,差点摔倒。希兰斯卡伸出独臂扶住他。

"凯特想要你的小命。"希兰斯卡说。

"意料之中。"

"你知道,"老将军说,"塔玛斯不在,火药魔法师就没什么影响力了。部分高层甚至假装你不存在。"

塔涅尔仰头望向愈发黑暗的天空。有些星星开始闪亮,皎洁的月亮自东边的天际升起。"你相信他死了吗?"

希兰斯卡将军向前走去,塔涅尔只好拖着无力的双腿跟上。现在,塔涅尔颤抖的手有所缓解。

"我不愿意相信,"希兰斯卡将军说,"谁都不愿意,无论他们如何表现。我们都爱戴你父亲。他是个出色的军事家。可一切联系都中断了。三周来,我们安插在凯兹军队里的探子也没有消息。我们只能面对现实。塔玛斯可能死了。"

如果塔玛斯死了,那维罗拉、萨伯恩,以及其他火药党成员,包括第七和第九旅,也都在劫难逃。塔涅尔喘不过气。不要流泪。不需要为他们流泪。不为塔玛斯流泪。但一想到他永远不在了……"克雷西米尔呢?"

"无论你对他做了什么,反正他没死。"

"米哈利呢?那个兼职大厨的神?"

希兰斯卡耸耸肩。"你父亲好像认为,他是亚多姆转世。"

"你呢?"

"不管信不信,我没有任何证据。但他做的饭好吃极了。恐怕他和克雷西米尔达成了某种协议,比如让凡人决定胜负。"希兰斯卡轻轻地啐了一口,"我们可能被某种超越凡俗的战争利用了,虽然我不喜欢这个假设。"

"是啊,"塔涅尔说,"我也一样。"他的脑子渐渐清晰。世界停止了旋转。"凯特能对我怎样?"

"她是将军,你是上尉。一屋子人都看到你要杀她。"

"我不会杀她。我也不是上尉。我是火药魔法师。"

希兰斯卡说:"我知道。塔玛斯让你们游离于军衔体系之外。如果他还在,你不会受到惩罚。凯特是个好将军,可惜目光短浅。塔玛斯也知道这一点。不过话说回来,你现在就是个上尉。"

"是谁一直在下令撤退?"

希兰斯卡停下脚步,扭头面对塔涅尔。"是我。"

"你?"塔涅尔差点后退一步。

希兰斯卡按住塔涅尔的肩膀,像父亲对待儿子一样。"我们守不住阵地。"希兰斯卡说,"你来之前,我们对黑守护者毫无办法。他们在步兵队伍里横冲直撞,如入无人之境。他们比一般的守护者速度更快、力量更强,我们在他们附近无法引燃火药。即使有你,我们也守不住。"

"巫力呢?翼军有尊权者。"

"巫力对这些新的守护者也毫无办法。没错,让人沮丧。我很难想象,凯兹王党竟然造出了连他们都无法控制的怪物。"

塔涅尔仔细思考片刻。他的脑筋开始转动。应该是个好兆头。愤怒越飘越远,遥不可及。"也许不是他们制造的。"

"什么意思?"

"我们从未见过用火药魔法师制造的守护者。也许是克雷西米尔干的好事。也许残余的凯兹王党没法拒绝。"

"有道理。"希兰斯卡看着他,"你在哪里过夜?"

塔涅尔抬头望向山坡。"那边有个帐篷。"

"我给你找个休息的地方。"希兰斯卡说,"你需要睡觉。一小时后过来,我安排一下。不过现在,我得去说服凯特不要吊死你。"

塔涅尔的心跳终于恢复了正常,但仍有气无力,恶心反胃。"谢

火药魔法师

谢。将军?"

希兰斯卡停下来,回过头。

"我到处找军需官要火药,但被拒绝了十来次。他们说军中黑火药存量不足,总参谋部正在限制配给。火药真的短缺了吗?"塔涅尔想起了里卡德·汤布拉。工会老板曾说,前线对火药的需求一直高得可怕。

"还不至于糟到那种程度。"希兰斯卡轻声说,"我能保证你的需求。还有事吗?"

"有。"塔涅尔有些犹豫,不大确定自己能否接受这个问题的答案。"亚多佩斯特还有火药魔法师吗?我知道塔玛斯在训练新人。"

"他们都跟着他。新人也一样。"

"该死。我还指望找到萨伯恩呢。"

希兰斯卡面色一沉,轻声叹息。"你没听说?"

"听说什么?"

"萨伯恩死了,孩子。一颗气步枪子弹打进了他的头,那是一个多月前的事了。"

希兰斯卡拍拍塔涅尔的肩膀,消失在夜色中。

过了好一阵子,塔涅尔才颤悠悠地吸了口气。他再次抬头望天。此时此刻,西边的群山只剩一条银线;头顶的天空如同深蓝色的挂毯,繁星点点,缀于其上。

萨伯恩,他的良师益友,死了。

塔玛斯一定深受震动。也许这会导致塔玛斯犯错。

如果萨伯恩死了,那塔玛斯的命运恐怕也差不多。

塔涅尔现在是亚卓最后的火药魔法师了?也许是吧。军队后撤的距离日渐增长。克雷西米尔还活着,要求他们投降。他能怎么办?

战斗。

这是唯一的答案。

第 15 章

塔玛斯站在马镫上,举起望远镜。他的两个步兵旅与凯兹骑兵中间只隔着一座山,凯兹的侦察队正在翻山追赶。

他观察了一会儿,坐下来,把望远镜递给奥莱姆。

"等他们追到,我们有三分之二的兵力已经进林子了。"

在他身后,胡恩多拉森林耸立在平原上。大草原与森林接壤,一百年前,其上的林木早被砍伐殆尽,而胡恩多拉堪称一座林木堡垒,受王家法令保护,被凯兹人视为国家财产。地形在此遽然改变,大草原上起伏的丘陵急剧升高为险峻的山脊,犹如向安珀平原延伸的巨树根脉。

塔玛斯怀疑,胡恩多拉森林的树木,恐怕跟国王猎场里的一样宝贵。

他掉转马头,追上队尾。士兵们放慢了行军速度,前方队伍从单排六人调整为四人,以便顺利地进入森林。

"阿柏上校。"塔玛斯来到后卫部队。

阿柏上校活过的年日跟军旗历史一样长。他比塔玛斯年长十岁,几近失聪,牙齿掉光。他虽然年迈,但行军打仗却不含糊,酒量堪比三十岁的青壮年,他本人将其归功于每晚睡前的一杯酒加一根好雪茄。上校在后卫部队最末尾步行,跟普通士兵一样,肩挎步枪,腰间插着骑兵刀。第七旅第一营是塔玛斯手下的精锐,理所当然要负责殿后。

火药魔法师

"啊?"上校答应一句。

"我希望你骑马。"塔玛斯必须提高嗓门,好让上校听清他的话。

上校捏着下巴,把假牙卸到手上。"不行,"他说,"我的老卵蛋在马鞍上硌得要命。再说了,长官,侦察敌情需要马匹。"他打量着塔玛斯和奥莱姆的坐骑,似乎认为把它们交给骑兵能发挥更大作用。

"十五分钟后我们就有伴了。"塔玛斯说,"你们是后卫部队。我希望你们步行后撤。稳稳当当,不要乱了阵脚。"

阿柏清清嗓子,吐出一口痰。"全营注意!"他高喊。前方一个上尉吓了一跳,差点蹦起来。"上刺刀!连环风车阵。十人一组。"

军士们开始传达命令,其实半个旅的士兵已经听到了。阿柏在军装上擦擦假牙,塞进屁股兜。"打起仗来怕弄坏了。"他朝塔玛斯眨眨眼。

"好的。"塔玛斯策马前行,跑向队伍前方的火药魔法师。在他身后,阿柏的营队在草原上散开,在军队后方布成半月形的盾墙。

"长官!"塔玛斯回到队伍里,安德里亚扭头敬礼。五个火药魔法师围在安德里亚身边。他们整夜打猎、探路,搞得疲惫不堪,眼袋肿胀。塔玛斯闻到,黑火药的味道在他们周围挥之不去。

他扯住缰绳。"凯兹的先头部队刚刚翻过山。大概一千两百龙骑兵,气势汹汹啊。"

"我们停下来迎战吗?"安德里亚问。只要有杀凯兹人的机会,他就摩拳擦掌,跃跃欲试。

"不,"塔玛斯说。"先头部队会比大部队早一钟头抵达。希望到时候,我们都能进入森林。别担心,"他看到安德里亚一脸失望,又说,"我们能杀的也不少。"

他扫视战场——即将是了。毫无疑问,这里一个钟头之内就会见血。他观察林木线和地势,又望向废弃的胡恩多拉古城墙。如果有更多时间准备——一天,哪怕几个钟头也行——他就可以设下埋伏,消灭凯兹的先头部队。然而现在，他只能带兵离开平原。

他指着大草原与森林交界处。"安德里亚，你们到林木线外几百码处。维罗拉，你们上那边的石堆。"他指指北边，"等他们进入攻击范围，放倒前排的马匹。尽量拖慢整支队伍。等他们开始冲锋就干掉军官。解散。"

火药魔法师纷纷散开。几分钟后，他们就能各就各位，做好开火准备。或许能争取一点时间，让更多弟兄们进入森林。

如果将火药魔法师置于高处，就能拥有更远的射程。但在地势上升到森林之前，必须经过一段宽阔而平坦的峡谷。凯兹的先头部队可以轻而易举发动冲锋。

森林里的第七旅第四营已经就位。他们将在第一营迅速后撤时负责掩护。

塔玛斯调转马头，面对西北方的森林，翻身下马。他捏碎一个火药包，往舌头上撒了些许。火药迷醉感如约而至。

"卡宾枪。"他下令。

始终跟在身边的奥莱姆递来一把填装子弹的卡宾枪。塔玛斯单膝跪地。卡宾枪是一种短步枪，比长步枪更便于在马背上开火装弹，即使马下也是上佳的选择。它没有长长的枪托以稳定端持，只有与枪管相接的铁把手。

塔玛斯握紧卡宾枪，瞄准地平线，盯着越来越近的龙骑兵侦察队。

凯兹龙骑兵的配制武器为一把卡宾枪、一把手枪和一柄直剑。年长的凯兹军官会把他们当成骑马的步兵使用——就是骑马行军，下马打仗。年轻的军官则当他们是轻骑兵。

按照当前形势，他们会先用卡宾枪开火，然后用手枪射击，最后发动冲锋，以击破塔玛斯的后卫部队。凯兹人一定会采用这个战术，塔玛斯愿意赌上自己的坐骑。

火药魔法师

很快，凯兹先头部队的主力越过了远处的丘陵。塔玛斯轻轻吐气，举枪瞄准。龙骑兵还有一里多远，依然是四人并排。他们争先恐后地飞驰，骑兵尖刺头盔上的马鬃在风中飘舞。

塔玛斯听见左侧有步枪开火，那是安德里亚的第一枪。几秒钟内，步枪连连射击。

打头的龙骑兵坠马了。战马以扭曲的姿态跌倒。龙骑兵们接二连三地栽倒在地，顿时尘烟四起。后方人马立刻陷入混乱，不少也跟着栽倒，在战友的马蹄下叫喊挣扎。

塔玛斯不需要刻意去听，战马凄厉的嘶鸣就在他脑子里回响。

他们肯定知道塔玛斯带着火药魔法师，却依然安排如此紧密的队形。塔玛斯不禁摇头。龙骑兵应该早有预案才对。

不过话说回来，敌人还是地平线上的小点，谁又做好了迎接子弹的准备？

他扣动扳机。

几秒钟后，子弹射进一匹战马的眼睛。战马浑身一颤，翻倒在地。马背上的骑手被抛上半空，重重地落地，脖子肯定断了。

塔玛斯将卡宾枪递给奥莱姆，又接过一把填装子弹的。

凯兹军队在道路上散开，队形拓宽了不少。更多龙骑兵出现在山丘上。塔玛斯最初的喜悦迅速消失。才干掉十几人而已，他还有一千两百人需要对付。挡住几个打头阵的敌人算不上胜利。

他在宽阔的龙骑兵阵营中搜寻军官的肩章，很快找到了。卡宾枪顶着肩膀。他深吸一口气，吐出，扣动扳机。

子弹钻进年轻军官的喉咙。那人从马鞍上摔下。塔玛斯立刻寻找下一个目标。

接下来几分钟，他的火药魔法师自由开火，每发子弹都正中目标，鲜有例外。但凯兹的先头部队依然越来越近。

"该上马了，长官。"奥莱姆的声音依然沉稳。

塔玛斯看懂了龙骑兵的队形。他们在道路东边以单列六骑散开，即将撞上第一营的侧翼，迫使弟兄们放弃胡恩多拉的城墙。龙骑兵的攻势必然又快又猛，速战速决，在短时间内退到火枪射程之外。他们可以绕着胡恩多拉的城墙迂回，借以抵挡火药魔法师的攻击，然后从侧翼包抄。

塔玛斯把卡宾枪挎在肩上，翻身上马，清理枪管。

"盯着城墙。"他吩咐奥莱姆，"我们走。"

阿柏的第一营慢慢匍匐向前。其他人突然停下，端枪，单膝跪地。塔玛斯听见阿柏高声下令开火，火药燃烧的烟云腾空而起。五十多个龙骑兵应声倒地。士兵们一跃而起，在装弹的同时继续前进。

塔玛斯手握骑兵弯刀，策马奔向后卫部队。

龙骑兵的卡宾枪开火了，一团团烟云被他们迅速抛到身后。

队形乱了。有人当场阵亡，有人一瘸一拐，高呼救命。但没有一个士兵出列照顾伤员。

他们受过良好的训练。

龙骑兵将卡宾枪塞进马鞍，拔出手枪，瞄准。

亚卓军的第二排士兵开始轮换，跪地，开火。

龙骑兵上方烟云滚滚，他们开枪还击了。再一眨眼，他们冲出烟云，抽出佩剑，奔袭上来。

阿柏的第一营准备迎接敌军冲锋。他们的火枪上了刺刀，整体长度不亚于长矛。塔玛斯暗自咒骂。他们的队形太松散了⋯⋯

龙骑兵以雷霆万钧之势撞向塔玛斯的士兵。

战马嘶鸣，刺刀见血。骑手纷纷坠地。直刃骑兵剑直取亚卓士兵的脖子和面门。步兵与骑兵冲撞的阵线一片腥风血雨。

塔玛斯弯腰向前，不断催促胯下战马，奥莱姆紧紧跟上。战场另一头，在他对面，胡恩多拉古城墙依山蜿蜒的拐角处出现了另一支骑兵。

火药魔法师

为首的是加夫里尔。两百名胸甲骑兵，身穿亚卓军重装骑兵的深蓝裤子和猩红外衣，在平原上飞驰，与此同时，零散的凯兹龙骑兵开始脱离与第一营的缠斗。

尽管人数只有龙骑兵的三分之一，加夫里尔率领的胸甲骑兵依然勇猛异常，如炮弹般杀向敌人。冲撞声震耳欲聋，面对突然出现在侧翼的对手，龙骑兵的战吼变成了绝望的呼喊。战场上乱成一团，不知何处吹响了军号，凯兹骑兵要撤退了。

很快，塔玛斯也杀了进去。他挥舞骑兵剑，干净利落地切开一名凯兹龙骑兵的颈动脉。他在马鞍上转过身，勉强接住另一名龙骑兵的长剑。他释放感知力，引爆了龙骑兵胸口的火药包，然后催马向前，寻找下一个目标。

残余的龙骑兵先头部队脱离战场，逃回他们的大部队。

塔玛斯的士兵们纵情欢呼。从第一营到安全躲进森林的第九旅，弟兄们群情振奋。

塔玛斯在士兵和战马的尸体间前行，一直找到加夫里尔才缓过气。"集合胸甲骑兵。"塔玛斯冲加夫里尔大喊。后者点点头，传令下去。

"骑兵主力还有一个钟头的路程。"塔玛斯大口喘气，心跳依然很快，眼睛被浓烟刺得生疼。一切都在提醒他，岁月不饶人啊。

加夫里尔策马靠近，压低声音。"怎么处理死伤人员？"

塔玛斯扫视战场。凯兹和亚卓的死伤人员加在一起，至少有一千人。凯兹的先头部队最多能带三百人撤退，而塔玛斯带着伤兵就没法行动了。

"阿柏！"塔玛斯东张西望，嘴里喊道，"奥莱姆，去找阿柏。"

没多久，年迈的上校来到他身边。阿柏脸上添了道割伤，衣袖也被烧焦。看来他亲自上阵了。

"长官？"

"第一营怎么样?"

"活蹦乱跳,长官。我们狠狠干了他们一顿。还没具体清点,但我损失的弟兄们应该不超过两百。"

塔玛斯最精锐的两百人。几乎是全营的四分之一。面对一千两百名龙骑兵,这个战绩相当不错,但塔玛斯连一个士兵都损失不起,更别提最优秀的两百人了。

"带上伤兵,送去前面。把战场上有用的东西都带走。"

"可以宰杀战马吗,长官?"阿柏说,"我们需要肉。"

"批准。为死者举行战地葬礼。我也希望时间充裕,不过在凯兹主力追来之前,我们必须离开大草原。"

阿柏匆匆点头,下令去了。

"什么战地葬礼,长官?"奥莱姆问。

"我们在哥拉行军时的做法。一场战斗结束后,如果还面临另一支军队的追击,我们就用帐篷包裹死者,在帆布上写下他们的名字,希望敌人大发慈悲,体面地安葬他们。"塔玛斯叹息道。他不喜欢所谓的战地葬礼。死者理应得到更多尊重。

"他们会吗?"

"会什么?"

"他们会体面地安葬死者吗,长官?"

"十之八九……不会。他们会任由死者在哥拉的太阳下腐烂。"

塔玛斯翻身下马,跪在一个受伤的亚卓士兵身边。后者盯着天空,牙关紧咬,膝盖处血肉模糊。塔玛斯看了一眼,就知道他的腿可能需要截肢。在这之前怎么搬运伤兵呢?塔玛斯抽出随身的刀子,把刀柄递到他面前。

"咬住这个,"塔玛斯说,"能稍稍减轻些痛苦。奥莱姆,派几个人去城里看看,也许有遗弃的马车。加夫里尔,派人找找有没有受伤的凯兹战马。我们可能用得上。"

火药魔法师

他望向南边的地平线。很快,将有一万五千骑兵翻过山岭而来。

整整四天时间,花费贿赂金超过一千卡纳,埃达迈终于找到了被陆军元帅藏起来的波巴多,他是曼豪奇王党唯一幸存的尊权者。

真是讽刺,埃达迈心想,他竟用陆军元帅的钱违抗陆军元帅的命令。

韦露迪茜上校在他身边。这个俊俏的德利弗女人五十来岁,黑檀色皮肤与深蓝色亚卓军服十分相衬,乌黑的直发束在脑后。

"他在这儿吗?"埃达迈问。

"在。"她说。

他们站在亚多佩斯特最北部的一处断崖上,鳞次栉比的房屋从这里开始被田地代替。街上闻着不臭,也没那么乌烟瘴气。工厂和居民都比城里少多了。

享享清福倒是不错。如果埃达迈能活到退休,没准儿可以搬到这里生活。

韦露迪茜冲他们底下的庄园点头示意。地上杂草丛生,窗户破了大半,墙壁损毁严重。与很多贵族庄园一样,主人被处决后,塔玛斯的军队带走了里面所有的贵重物品,然后就扔下不管了。

埃达迈跟着韦露迪茜走下断崖,从后门进入庄园。凄凉的景象令埃达迈有些心酸。他对贵族没有一丝好感,但很多庄园建筑颇有艺术价值。它们有的被付之一炬,有的成了碎石堆。与之相比,这片庄园遭受的破坏还不算大。

他们进了仆人的住处,然后上楼。埃达迈一路遇见几十个人,看样子全是当兵的。尽管夏日炎炎,他们还在军服外披着大衣。埃达迈经过时,每个人都匆匆瞟他一眼。

看到火药筒标志,埃达迈知道他们属于神枪组——塔玛斯手下最强的战士。

在仆人住处最后一个房间门口,韦露迪茜停下脚步。"你有五分钟。"她说。

"塔玛斯死了,"埃达迈问,"你们打算怎么处置他?"

上校抿紧嘴唇,阴沉着脸。"如果塔玛斯真死了——我们就等将军们返回亚多佩斯特,把他交上去,让他们决定他的命运。"

"他对塔玛斯没有威胁了。"

"我不管你怎么想,侦探。"韦露迪茜说,"陆军元帅屠杀王党是有原因的,这人是他们当中最后一个活着的成员。你快去吧。"韦露迪茜拿起一只怀表,低头看了看,"五分钟过得很快。"

埃达迈推开门,闪身进去。

尊权者波巴多坐在角落里,被捆在一把椅子上。他的双脚在椅子腿绑得很紧,双手则被套在一副坚硬的铁手套里,防止他活动手指。虽然被五花大绑,但他看起来并不难受。与埃达迈上次见到他时相比,波巴多消瘦了些,胡子有些浓密。他面前有个架子,就是音乐家用来摆放乐谱的那种。波抬头看着他。

"波。"埃达迈双手拿着帽子,打个招呼。

波清清嗓子。"嗯?"

"我是埃达迈。几个月前,我们在休德克朗见过。"

"侦探。对。我记得你。就是你把盖斯的事告诉给塔玛斯的。"

埃达迈做个鬼脸。"抱歉。当时我替他干活儿。"

"现在不干了?"

"据说他死了。"

波抻着脖子,左右摇晃脑袋。那是他全身上下唯一可以自由活动的部位。他没回应。

"波,"埃达迈说,"你脖子上的吊坠——也就是盖斯——自从他死讯传开,你得到解脱了吗?"

火药魔法师

波眯起眼睛。他没什么反应,但已经回答了埃达迈。盖斯还在。塔玛斯没死。而且波尚未告知看守他的士兵。

"有意思。"埃达迈大声说道。

"能帮我翻页吗?"波点头示意面前的架子。

埃达迈绕过去,发现架子上搁着一本书。他翻了一页,顺手将其捋平。

"感激不尽。我盯着刚才那一页看了半个钟头。"

埃达迈问他:"杀死塔玛斯的冲动有多强烈?"

"问这干吗?"

"你能克制吗?他和你相距甚远。你能克制找他复仇的冲动吗?"

"暂时可以。"波说,"曼豪奇死掉才六个月而已。我认为,距离盖斯杀死我还有一年时间。"

"两分钟!"韦露迪茜在门廊里喊道。

埃达迈压低声音。"如果我带你出去,你愿意帮我吗?"

"帮你做什么?"

"我要救我妻子,同时杀一个人。那人会威胁到整个国家的安全。"埃达迈不清楚波是否爱国,但加上这句比较有说服力。

"你说的是哪本低俗小说的情节吗?"波冲他呵呵一笑。

"我是认真的。真的。"

波收起假笑。"为什么需要我帮忙?"

"我要杀的人有六十多个保镖——包括一个尊权者。"

"真的假的?你替陆军元帅塔玛斯干活儿——虽然别人说他死了——你还要追杀一个绑架你妻子的大人物,对付六十个暴徒和一个尊权者?"埃达迈真切地感觉到对方活动手指的渴望,"你有没有考虑,别干侦探这一行了?"

"你什么都不知道。"埃达迈说。

"你能带我出去,让我在王家大花园里扮一周小丑都行。"波说,

"我任你差遣。"

埃达迈打量着尊权者。他还能对付另一个巫师吗？埃达迈知道，尊权者需要手套才能施法，以免双手被他方灼烧，可他没见到波的手套。尊权者的承诺信得过吗？

"好，"埃达迈说，"我尽力而为。"

韦露迪茜打开门。"时间到了，侦探。"

埃达迈跟着韦露迪茜离开仆人住处。在庄园土地的边界处，她停下脚步。"你记得来路吧？"她问。

"记得。"埃达迈久久地端详着她。她也注视着埃达迈，棕色的眸子难以解读。尽管她没穿军装，但仍是军人做派——昂首挺胸，双手背在身后，好像士兵在稍息。

他即将面临巨大的风险，但他别无选择。他要放走波巴——然后解救法耶。

"我需要尊权者波巴多。"埃达迈说。

"什么？"韦露迪茜正要转身离开，闻言一愣，扭头看着埃达迈。

"我需要你放了他。"

韦露迪茜清清喉咙。"不可能，侦探。"

"开个价吧。陆军元帅塔玛斯死了。放了波，然后你们可以去苏尔科夫山道参战。或者离开这个国家。根据我对前线战况的了解，出国可能是最好的选择。"

"那是……"她怒不可遏，咬字清晰，"叛国。"

"求你了。"埃达迈说，"只有尊权者波巴多能帮我救出妻子——甚至拯救这个国家。他自由了才有价值。没有自由，他只是你们的包袱。"

"你可以走了，侦探。"韦露迪茜说。

埃达迈轻轻叹了口气。韦露迪茜可以当场逮捕他。能全身而退就该谢天谢地了。

火药魔法师

"侦探。"

他停下来。"什么?"

"七万五千卡纳。现钞。你有一周时间筹钱。"

第 16 章

塔涅尔穿行在尸横遍野的战场，估摸着当天死亡的人数。

几百？几千？

医生、盗贼和士兵的家人，都在死人堆里忙碌。他们找到伤员，将其送回各自的部队，然后把死者搬上车，像运柴火一样送到集体墓地埋葬。

伤员一向远远多于死者。即使有巫力参战，几乎也没有例外，至少在战斗刚刚结束时是这样。接下来一周，超过半数伤员会死去。不少人终生残废。

他选择了一个可怕的职业，塔涅尔心想。

好吧，算不上"选择"。有塔玛斯这样的父亲，他哪有选择职业的机会。塔涅尔不记得自己有不想当兵的时候。维罗拉，那个曾被他视为终身伴侣的姑娘，也想当兵。所以塔涅尔一直遵循父亲的期望，受训成为火药魔法师。这是他唯一了解的生活方式。

如今，塔玛斯、维罗拉、萨伯恩，以及所有在塔涅尔年少时影响过他的人，都死了。

塔涅尔心情沉重地走动着。

战斗结束后，士兵不能走进战场。休战期间，双方可以派人搬运死者和伤员，但不许携带武器，不能带上容易情绪失控的家伙。

但这没法阻止某些人执意要来。塔涅尔看到，一个哭鼻子的凯兹士兵跟一个受伤的亚卓军士扭打起来，随即被两边的宪兵制止，涉事

火药魔法师

双方都被拖走。

"你通常在外面待多久?"塔涅尔问。

卡-珀儿跪在一个死去的亚卓士兵身边,抬头瞟他一眼,然后抬起死者的左手,用长针拨弄他被咬烂的指甲。她在找什么?凯兹军官的头发?某个幸存者的血?只有她自己知道。

塔涅尔也不是真想知道答案。她最近很少跟他交流,何况她本来就不说话。

她挪到邻近的尸体旁边。塔涅尔跟过去,发现她从一个凯兹军官身上剪下一块沾满血污的布。

塔涅尔把外衣和武器留在营地里了。没必要让别人知道他来了。尽管如此,依然有些亚卓军医冲他点头致意。其他人则敬而远之。

他望向凯兹营地。克雷西米尔在哪儿?念及此,一丝凉意顺着他的脊梁骨爬了上来。那位神蛰伏在某处。无形无影。即使塔涅尔睁开第三只眼,也看不见本该在神周围强烈闪耀的力量之光。

此时此刻,塔涅尔担心的不是被凯兹人杀死,而是落到神的手中。

凯兹每天都在前进。少则几百尺,多则四分之一里,步步逼近亚多佩斯特。等推进到山谷尽头的亚卓盆地,凯兹人将利用巨大的兵力优势包围亚卓军,同时攻击多座城镇。他们将到处烧杀掳掠,亚卓只能屈服。

如果塔玛斯活着,他会怎么做?

废话。塔玛斯一定会死守前线。亚卓全军唯一要做的事,是止住每日败退的势头。

塔涅尔能做的则是战斗。将军们下达撤退的命令,轮不到他来反驳,哪怕他感觉凯兹军队即将溃退,命令也照发不误。他无法以一己之力扭转全局。

"你收集的东西,"卡-珀儿起身时,塔涅尔问她,"是不是属于活着的人?"

她点点头,将东西塞进布包里的一个小皮袋。

逃过一死的人,身上也有一部分留在了战场。血迹、毛发、指甲。有时是一根手指,或者一块皮肤。卡-珀儿全都收集起来备用。

火枪射击声突然响起,吓了塔涅尔一跳,原来是宪兵朝一个趁火打劫的家伙开枪了。他舔着嘴唇,又望向凯兹营地。如果克雷西米尔也来了,在尸堆间逡巡呢?万一他看到塔涅尔了呢?他认得出来吗?他知道塔涅尔做过什么吗?

"我回营地了。"塔涅尔说。路有点远,他几次回头张望,发现卡-珀儿仍在尸堆里挑拣。

塔涅尔回来时,营地正在供应晚餐。军需官们带着分配的肉、汤壶和面包返回各自的部队。这些食物远远好过寻常的战时伙食。塔涅尔闻到食物的香味,不禁垂涎欲滴。不论是神还是人,这个名叫米哈利的大厨都手艺非凡。塔涅尔第一次发现,面包也能有如此丰富的滋味以及黄油般柔软的口感。

塔涅尔走进了自己的住所。希兰斯卡将军替他安排了一间篷屋,不大起眼,但好歹有些私人空间。他抄起外衣,往兜里塞了几个火药包,犹豫着要不要系腰带。在己方营地里晃悠,他本该安心才是,但他又有种不祥的预感,觉得带上武器更保险。也许是担忧过度吧。也许是想到凯特将军的宪兵可能还在找他。不知他们为何还没找上门。

塔涅尔扣好腰带,带了两把手枪。

离开帐篷没几步,有个士兵喊他。

"长官!"

塔涅尔停下脚步。对方年纪轻轻,大概二十五岁——那也比塔涅尔大了。看他的徽章,是十一旅的一名列兵。

看到塔涅尔不作声,士兵有些迟疑。"长官,我和弟兄们,不知你是否愿意赏脸,跟我们一起吃晚饭。吃的东西都一样,不过佐餐的

火药魔法师

是好东西。"他两手抓着军便帽,一边拧一边说话。

"在哪儿?"塔涅尔问。

"就在那边,长官。"士兵振作了些,"我们还有些道宾朗姆酒,另外芬利可以吹笛子助兴,他吹得可带劲儿了。"

塔涅尔心生疑虑,一手按着手枪。"你为何如此紧张,士兵?"

士兵低下头。"抱歉,长官,我不是故意打扰你。"他沮丧地转过身,逃也似地离开了。

塔涅尔几步追上他。"你刚才说,有道宾朗姆酒?"

"是啊,长官。"

"真可怕。只有水手才喝那玩意儿。"

士兵的额头皱了起来。"那是我们找到的最好的酒了,长官。"他眼中闪过一丝怒意。

他们站在路中间,士兵依然抓着帽子,直直地盯着塔涅尔。塔涅尔知道他在想什么:该死的军官,自以为位高权重。对,军官食堂多的是好酒。却不肯跟当兵的同席,哪怕待一会儿都不乐意。

"你叫什么名字,士兵?"

"弗林特。"

这次他没称呼"长官"。塔涅尔点点头,并不计较。"我在一艘法崔思特船上尝过道宾朗姆酒。一个夏天没喝,还挺怀念的。如果你愿意带我去,我很荣幸。"

"你在嘲笑我吗?"

"不,"塔涅尔说,"完全没有。带路吧。"

弗林特皱起的眉头慢慢舒展开来。"这边,长官。"

走不到二十码,他们便来到弗林特的火堆旁。一口旧铁锅架在火上,盛着米哈利做的汤。两个人坐在那里,负责看火。一个生着大鼻子,歪向一侧,像被打断后再没矫正过;另一人又矮又胖,军服都快撑爆了。大鼻子看到塔涅尔就愣住了,喂向嘴里的勺子定在半空。

"上尉，长官。"弗林特指着火边的二人说，"大鼻子是芬利，十一旅最丑的家伙。那坨圆滚滚的肉球是昏特，因为她第一次开枪就昏过去了。芬利、弗林特、昏特——我们是十一旅的战友。"

塔涅尔扬起眉毛。他压根没想到，昏特竟是女的。

"伙计们，这位是'双杀'塔涅尔上尉，法崔思特战役和南派克山之战的英雄。"

昏特半信半疑。"你确定他是'双杀'塔涅尔？"

"就是他，没错。"芬利说，"我曾跟着阿祖卡上尉在大学里追捕尊权者。"

"我就说你看起来怪眼熟的。"塔涅尔说，"我忘不了这么大的鼻子。"

弗林特哈哈大笑，一拳打在芬利胳膊上，让他从椅子上摔了下去。塔涅尔忍不住笑了，笑声刺耳难听，犹如严重跑调的乐器。他上次大笑是什么时候？

弗林特搬来一张折叠椅，请塔涅尔坐下。芬利用锡镴罐给他们盛汤，面包和羊肉依次传过去。

他们一言不发地吃着，直到塔涅尔打破沉默。"我听说，一两周前第二连队挨了打。"

"是啊，"弗林特说，"就是我们。"

"我们在城墙上。"弗林特说，"巴德维尔的城墙，当时黑守护者冲过来了。"

芬利默不作声地盯着自己的汤。

"我们的昏特，"弗林特说，"用海碗大的拳头打中一个守护者的鼻子。一拳就把他打下了壁垒。"

"可以想象那家伙有多吃惊。我听说形势相当恶劣。"塔涅尔说，"很高兴你们平安无事。"

"大多数人没这么走运。"芬利轻声说。弗林特和昏特收敛了

火药魔法师

笑容。

塔涅尔清了清嗓子，环顾四周。小队成员通常会共同进餐。"你们小队只剩你们几个了？"他小心翼翼地问道。

昏特扑哧一笑。芬利推了推她。"这不好笑。"他说。

"有点好笑。"昏特说。

塔涅尔不知该不该笑。"怎么了？"

"不仅仅是小队，长官，"弗林特说，"我们连队就剩我们了。"

塔涅尔嘴巴发干。一个连队通常有两百人。现在只剩三个……

"没有伤兵？"他问。

"可能有吧，"昏特又舀了一碗汤，"但我们没见过。跟凯兹人达成共识，战斗结束后各自处理死者和伤兵，是巴德维尔之后的事了。我们在巴德维尔落荒而逃，顾不上物资、弹药、武器……以及朋友和家人。那些没跑掉的如今成了奴隶，甚至更惨。"

"还有什么比成为奴隶更惨？"弗林特问。

正在卷烟的芬利抬起头。"你以为他们的守护者打哪儿来？有俘虏还用折磨自己人吗？"

"制造并训练守护者需要好几年。"塔涅尔说。

"是吗？"芬利反问。他从火堆里抽出一根木柴，点燃香烟。"传言满天飞，说克雷西米尔在他们的营地里。"

弗林特摇摇头。"如果他们有克雷西米尔，我们早就死绝了。"

"我们有亚多姆转世。"昏特举起羊肉和面包，"米哈利保护我们不被克雷西米尔消灭。"

弗林特翻了个白眼。"别说傻话。"

"还有个传言，"芬利抬起头，目光对上火堆对面的塔涅尔，"说'双杀'塔涅尔把一颗子弹射进了克雷西米尔的眼睛。如今他戴着一张面具，遮住半边脸——而且没开眼洞。"他凑过来，把自己的香烟递给塔涅尔。

塔涅尔深深吸了一口。他一直觉得烟味恶心，但今晚可以破个例，让个人习惯给同袍情谊让路。"我也听说一个传言，"他咳嗽着，扭头望向弗林特，"这儿有道宾朗姆酒。"

"这个传言，"昏特指着塔涅尔说，"千真万确。"她钻进自己的帐篷，过了一会儿，拎着个陶壶回来了。"拿起你的笛子，芬利，"她说，"我不想听那些糟心事儿了。"

塔涅尔头一个享用。他抿了一口，浑身直打颤。"啊！"他叹道，用袖子擦擦嘴。

"我爹给道宾公司干活。"昏特接过陶壶，"尝着像魔鬼尿，对吧！"她举到嘴边，狠狠地灌了一大口。

塔涅尔放松姿势，盯着火堆。看到弗林特喷出一口朗姆酒，火焰猛地窜起，他忍不住放声大笑。

"别浪费！"昏特大喊，一把夺过陶壶。

没过几轮，塔涅尔就感觉醉意来袭，身子发软，意识渐渐模糊。他懒洋洋地望着火堆，没过多久，芬利吹起了笛子。

笛声低沉而悲哀。塔涅尔以前听过有人吹奏这种乐器，但都是嘹亮刺耳的舞曲。很快，昏特附和着唱起歌。她的嗓音让塔涅尔颇感意外，清澈而高亢的歌声划破夜空。

他神游在意识的虚空里。肉体的疼痛消失了，前线仿佛远隔千里。

一阵簌簌的响动传来，几不可闻，或许只是他的想象。随后，卡-珀儿钻到他怀里。她没请求他的许可，也没犹豫，就像熟识的情侣，显得十分自然。塔涅尔本来不太自在，但又觉得很温暖、很满足，甚至有些欣喜。

他可能神游了好几个钟头，突然浑身一颤，醒转过来。他不知出神了多久，此时太阳已落，缀满繁星的夜空在他们头顶铺展。莫非那幸福的时刻只是一场梦？

不是。

弗林特盯着火红的木炭。芬利放下了笛子。昏特躺在火堆边轻轻打起呼噜。卡-珀儿依偎在塔涅尔的臂弯,闭着眼睛,浅浅的笑意浮现在脸上。

塔涅尔抬起手,拨开她额前一绺红发。山顶之战过后,她的头发又长回了原样,似乎颜色更鲜艳了,更有活力。

塔涅尔感觉有人盯着他。是弗林特。

"真是个漂亮的小丫头。"弗林特说。

塔涅尔默不作声。他信不过自己的舌头。粗鲁蛮横的话语在他脑子里闪过,却失去了往常的锐气。争执这些干吗?明天他可能就死了。

"谢谢你,"塔涅尔对弗林特说,"邀请我来。"

"我们很荣幸,长官。当兵的很难有机会跟你这样的英雄一起吃饭。"

"我不是英雄。不是。我只是个人,心里除了愤怒一无所有。"

"如果你心里除了愤怒一无所有,那这丫头不可能睡这么安稳。"弗林特冲塔涅尔眨眨眼。塔涅尔感觉脸颊发烧。

"我该提醒你,长官。"弗林特说。

"提醒什么?"

"宪兵队在找你。据说凯特将军想吊死你。"

塔涅尔嗤笑一声。"真要找我,他们早就找到了。我每天都在前线。"

"他们不想当着大伙的面逮捕你。你在前线救了很多人的命。弟兄们不知道你是恶魔还是天使,但他们觉得你在照应他们——你在战斗,而那些高级军官坐得远远的,看着我们送死。在前线逮捕你,有可能引起暴乱。"

"找到我的住处也不难。"塔涅尔瞟了眼他和卡-珀儿休息用的篷屋。

"宪兵队到处暗中打听，问过我们好几次了。"弗林特摇摇头，面带一丝笑意，"所有人都叫他们上前线去找。"

塔涅尔剔掉牙缝里嵌的一小块软骨。这么说来，是步兵团在掩护他。他感到前所未有的悲哀。其实他何德何能？他之所以在前线，是因为除了杀戮，他根本一无所长，而非他有意保护那些士兵。

"那我又要说声谢谢了。"

"别谢我，长官。"弗林特说，"继续照应我们吧。只剩你了。"

"我会尽力。"

"还有，长官，避开第三旅。凯特将军深受部下爱戴。不知为什么，她的部下忠心耿耿，可能会主动把你扭送给宪兵队。"

塔涅尔把卡-珀儿扛到肩上，站起身，调整了一下姿势。她任凭他摆布，只是把脑袋拱到他脖子边。肌肤相触，轻柔而温暖，让塔涅尔的身体起了反应。

"晚安，弗林特。"他说。

"晚安，长官。"

塔涅尔把卡-珀儿扛回棚屋，放到床上，帮她盖好毯子，然后从兜里掏出一个火药包。

他盯着火药包看了好一会儿。只要少许火药，就能让他在黑暗中视力超常，不需要点灯。而且这段日子，他都没怎么睡觉。这种情况持续多久了？上次熟睡已经是两周以前了吧？常人会这样吗？他感觉身体僵硬、迟钝，如在梦游。

但只要吸食一点火药，他就能像往常一样生龙活虎、耳聪目明。

塔涅尔捏起少许火药，举到鼻子底下。可他突然停下了，放下手，封好火药包。他找到一根火柴，划燃，点亮床边的灯。篷屋里顿时灯光洋溢。

他从床底取出步枪，开始清理。这个过程能让他平静下来，脑子

火药魔法师

也变得活跃。卡-珀儿躺在床上,他将思绪从她身上抽离,同时远离宪兵队和凯特将军,远离父亲之死,以及凯兹大军对亚卓的步步进逼。

塔涅尔清理了步枪和手枪,又装好几十个火药包。他看着火药发呆。他需要火药,渴望火药。

但他一口也没吸。

最后是刺刀。他将刺刀取出皮套,借着灯光观察。一道凹槽里有干涸的血迹,他把它清理干净,又擦亮刀刃。他感觉床在微微晃动,于是抬头看去。

卡-珀儿侧身躺着,一手搭在臀部,一手撑着脑袋。那对碧绿的眸子在看着他。她的衬衫略微往上撩起,腰间灰白的雀斑,还有臀部浑圆的曲线都清晰可见,让他心跳加速。

"我必须杀了克雷西米尔。"塔涅尔说,"这次要彻底杀死。可我不知该怎么做。"

卡-珀儿挪到床边,俯身弯腰,把手伸到床下,打开自己的布包。她翻找片刻,拿出一只人偶。

塔涅尔狠狠地咽了口口水。蜡制的人偶酷似某个人。金发,面貌英俊,肩膀结实,唇形阴柔。塔涅尔认得那张脸。他曾亲眼看着那人从天而降,在一团云朵里现身。

是克雷西米尔。

据塔涅尔所知,她从未见过克雷西米尔。她怎么知道对方的模样?

"恐怕你的魔力杀不死神。"塔涅尔说,"当时,我用两颗红纹弹射中了他。"

卡-珀儿摸摸下巴,若有所思。她把手指慢慢移到喉咙处,又顺着乳沟在衬衫上滑动,之后停下,回到喉咙。她做了个切割的动作,随后五指张开。

"血?"塔涅尔嗓子发干。

她点点头。

"克雷西米尔的血?"

再次点头。

"我没机会靠那么近。"

她做了个口型。试试。

"你指望我冲到一个神面前,给他放血?"

卡-珀儿在床沿上坐起,从塔涅尔手中接过刺刀,放到床头柜上。她钻进他怀里,跨坐在他腿上。

"棍儿,我不……"

她伸出一根手指,按住塔涅尔的嘴唇。他想起在亚多佩斯特,马拉烟馆的吊床上,他们紧紧地贴在一起,她娇小的面容近在眼前。他全身发抖。

卡-珀儿又伸出一根指头。随后,这两根手指由他的嘴唇移到额头。她用口型念出一个词。

那个词无声无息,却在他脑子里回响。

睡吧。

睡吧。

他突然瘫软在床上,眼皮沉重地耷拉下来。

睡吧。

"您为什么追求温斯拉弗夫人?"奈娜问。

在维塔斯大人的城中宅邸,餐厅正中央摆着张硬木长桌,足能容纳十六人进餐。维塔斯坐在首席,面前的盘子空着,右手端着一杯红酒,左手五指张开,按在桌上。奈娜坐在他右手边。雅各布坐在左手。法耶挨着奈娜。

火药魔法师

奈娜小时经常梦到奢华的宴会，用锃亮的银餐盘当镜子照，用镶金的酒杯喝酒。她万万没想到，儿时的美梦竟然变成了噩梦。

十天来，他们一直与维塔斯共进晚餐。尽管宅子里人来人往，喧嚣吵闹——有时超过六十多人——晚餐时间却始终安安静静。他借这段时间教授奈娜餐桌礼仪，使用甜言蜜语和各种礼物"轰炸"雅各布。奈娜分分秒秒如坐针毡。维塔斯无时无刻不在闲谈、发号施令，或对他们刨根问底。

奈娜清楚，这才不是什么嘘寒问暖。维塔斯在刺探情报。打听他们的新情况，记在他阴险狡诈的脑瓜里。

当然，关于他自己的事，他一个字都不肯说。他是转移话题的大师。所以他回答问题时，奈娜吃了一惊。

"温斯拉弗夫人，"他说，"是亚多姆之翼雇佣军集团的老板。我相信你一定听说过？"

"人人都听说过。"奈娜瞟了法耶一眼。那位主妇直挺挺地坐在椅子上，盯着雅各布身旁的空位。之前的十个晚上，那个位置属于她儿子约瑟普，一个十五六岁的男孩，失去了右手无名指。今晚，这张椅子空着。

"没错，几乎人人都听说过。"维塔斯说，"如今他们受雇与凯兹军队作战。我希望他们有别的任务。"

奈娜拨动着瓷盘里的食物。她不想留在这里，不想再看维塔斯那毫无人性的嘴脸。"就是这样？他们是雇佣军。您不能……直接雇佣他们吗？"

"就是这样。"维塔斯冲她生硬地一笑。

绝对不是。他追求那位夫人肯定另怀鬼胎。也许他确实对雇佣军有什么打算，但他的计划不会如此简单。不过奈娜不在乎。她只希望晚餐早点结束。但不可能。必须维塔斯说结束才行。

"您想利用她。"奈娜说。

"嗯?"维塔斯把酒杯举到唇边。

"为了这些。"奈娜指着桌子另一头。除了他们用餐的部分,桌上铺满了纸张——各种信件、收据、清单。一切都与维塔斯大人的事务有关。她找机会看了一些,但看不出有什么特别。

维塔斯冲雅各布微微一笑。"温斯拉弗夫人是个理想的寡妇,人也聪明。她会是个好妻子。"

"妻子?"奈娜大笑着脱口而出。她赶紧捂住嘴,提醒自己不该如此放肆。

"没错。"维塔斯似乎没听出她语气里的怀疑。"妻子。"他凑近雅各布,"你能理解吧,每位贵族老爷都需要一个好妻子。娶个手眼通天的妻子很重要。"

"能,维塔斯叔叔。"

"好孩子。"

"维塔斯叔叔,我以为亚卓的贵族都不在了。"

维塔斯冲男孩点点头。"亚卓的贵族躲起来了,孩子。记住,你是王位继承人。总有一天,贵族们会回来,等到那天,你就是他们的君主。"

奈娜定住叉子,不再拨弄食物。她还是头一回听维塔斯说起贵族的事。她一直猜测,雅各布身为王位继承人,一定在维塔斯的计划中占有一席之地,只是他从未提起过。

她等待维塔斯说下去,后者却抿了一口酒。

法耶依然盯着对面的空位。她开始轻轻地前后摇晃,嘴巴张开,眉头紧锁。

"您在利用每一个人。"奈娜说,"我、雅各布、温斯拉弗夫人。"你的计划是什么?奈娜很想大声问他。你在亚多佩斯特想干什么?

维塔斯的表情带着一丝讶异。"那是当然。贵族本来就是这样。只不过,"他亲切地拍拍雅各布的小手,"我是为了保护你们。贵族的责任就是保护人民,有些事纵然讨厌也要去做。"

奈娜猛地一拍桌子,吓了雅各布一跳。"不要!"她抓住餐桌边缘,止住双手的颤抖。

"不要什么?"维塔斯貌似无辜地问道。

"奈娜,"雅各布说,"你为什么对维塔斯叔叔大喊大叫?"

维塔斯又一次冲奈娜生硬地笑了笑。

若不是法耶开口,她就要抄起餐刀,朝维塔斯扑过去了。

"我儿子在哪儿?"

维塔斯又用手指敲打着桌面,注意力由奈娜移到法耶身上。"奈娜,"他看都不看她,"你该带雅各布回房间去了,快去。"

"不吃甜点吗,维塔斯叔叔?"雅各布问。

"吃,孩子。我会叫人给你送去。去吧。"

奈娜还想抄起餐刀扑过去。她在等待,张望,掂量自己的动作够不够快。"雅各布,"最后她起身离座,伸出手,"过来。"

她牵着雅各布上楼,把他安顿好,给他拿了堆玩具,然后回到自己的房间。接着,她冲进走廊,小心翼翼地避开松动的地板,来到通向厨房的仆人专用楼梯。她下了半层,耳朵贴在墙上。

"……烧了。"维塔斯平静地说。透过灰泥墙,他的声音隐约可闻。"有十一座坟墓。看来起火时,他们都在床上。镇民说,什么都没了,只剩焦骨和灰烬。"

突如其来的哽咽声吓了奈娜一跳。接着是低低的哭泣声。是法耶。

维塔斯继续说话,好像没注意到法耶的反应。"我没时间亲自调查,不过你的孩子们应该死光了。"

"我儿子在哪儿?"法耶问。她抽了抽鼻子,哭泣声消失了。

"我还收到可靠的消息,你丈夫被塔玛斯关起来了。他承认自己被人勒索,陆军元帅打算以叛国罪处决他。"维塔斯的嗓音单调沉闷,仿佛在谈论天气,"我在貂刺塔里的耳目不多,不过一两周内,应该能收到更详细的消息。"

"我儿子……"桌子发出咯咯声,似乎被人用拳头捶打,"在哪儿?"

维塔斯回答:"你丈夫被抓,你和你儿子对我也就没有利用价值了。我可以再关你几周。但你儿子被我卖去凯兹了,他将被运到……"

一声尖叫,然后是一声轰鸣。墙壁咚咚作响,继而安静下来。奈娜屏住呼吸。法耶袭击了维塔斯?她成功了吗?

依然没有动静。奈娜依稀听到,餐厅里有人在沉重地喘息。

"这种事,"维塔斯说,"不太明智。"餐厅的门开了,维塔斯吩咐手下,"带她下楼。我很快就来。"

脚步声咚咚作响,进了餐厅。接着是一阵喧闹。

"我要杀了你,畜生!"法耶骂道,"我要挖出你的眼睛!割掉你的舌头!叫你连碎渣都不剩!"一连串咒骂和尖叫跟着法耶出了餐厅,下到地窖,很快变得含糊不清。

奈娜又听了几分钟,直到维塔斯离开餐厅。走廊里传来他轻柔而稳重的脚步声,地窖门开了。奈娜数了一百下,从仆人专用楼梯进入厨房。

她飞快地扫视四周。自从她上次来过,厨房被重新整理过。她搬了把凳子,搁在洗衣盆上,翻找碗柜高层。什么都没有。她暗暗咒骂一声,从椅子上下来。找到了,在水池下面。又是孩子能摸到的地方。

她抱起一大罐碱液,放到桌上,很快找到一个空的香料瓶。她清理了瓶底残余的香料叶,灌进半杯碱液。

"你在干吗?"

奈娜差点扔掉手里的罐子。她赶忙抬起头。

火药魔法师

尊权者杜福德站在门口，高大的身材和尊权者手套令其显得森然可畏。宅子里所有仆人都知道他脾气暴躁。

"找一些碱液，大人。"奈娜说。

"做什么？"

"吃饭时，我的袖子沾了些酱料。"她扯了扯袖子，希望对方不要真的过来检查。"我想清洗干净，免得留下污渍。"

"我记得维塔斯大人说过，你不用再洗衣服了。"

"只是一小块污渍，大人。"奈娜假装羞涩地笑笑，肩膀回缩，故意挤出乳沟。"不用麻烦家里的仆人。"

杜福德的目光果然落在她的胸脯上。"好吧。但你得负责哄那小子睡着。那个该死的泼妇今晚有得受了，估计很难让她安静。"杜福德在食品柜里翻找，最后找到半块面包，若有所思地嚼着，离开了。

奈娜把碱液罐子放回原处，将香料瓶塞进口袋。回房间的路上，她在琢磨，同时毒死维塔斯和杜福德的难度会有多大。

第 17 章

出租马车驶上通往他家的郊外长街时,埃达迈提高了警惕。

他差不多两个月没回来了——最后那天,他告诉维塔斯,陆军元帅塔玛斯即将逮捕大主教查理蒙德。当时埃达迈只能欺骗维塔斯,结果差点把塔玛斯害死。维塔斯当然会找埃达迈算账,无论他是死是活。

埃达迈敢打赌,维塔斯正派人盯着他的房子。

回家路上,他密切观察街道的情况。没有可疑分子,窗子里也没有窥探他家宅的黑影。这里没多少行人,只有前往集市的某一家子,以及一位沐浴着阳光、步履轻快的老人。

马车停下时,距离他家还有三栋房子。埃达迈检查了兜里的短管枪。弹药充足,随时可以开火。

埃达迈竖起衣领挡住脸,拉低帽子,下了马车。他付给车夫几卡纳,然后握紧手杖,谨慎地朝家宅靠近。

窗叶紧闭,窗帘也掩着,与他离开时一样。埃达迈找了一下,看有没有外人触摸或损坏的痕迹。什么都没有。

埃达迈打开一扇小门,穿过家宅与邻近房屋间的窄道,绕进花园。他又迅速检查一番,感觉一切正常。他等了几分钟,一遍又一遍地观察。锁头上不见新的划痕,花园里也没有脚印。

他慢慢意识到,也许他高估了自己对维塔斯的重要性。维塔斯为克莱蒙特大人效力,着眼于更大的棋局,或许觉得埃达迈已无关紧

火药魔法师

要?毕竟就维塔斯所知,塔玛斯以叛国罪暗中处决了埃达迈,也许他已经把埃达迈从名单上画掉了?法耶和约瑟普可能已经遇害,随便找个地方埋了。

埃达迈攥紧拳头,随后松开。不。他不能这么想。法耶还活着,依然在维塔斯手里。埃达迈得把她救出来。

埃达迈打开后门,进了房子。他闭上双眼,深吸一口气。门窗紧闭,闷热难耐,他能闻到旧木头、书籍、灰尘,以及隐约的薰衣草味道,那是法耶常烧的焚香散发的气息。他拔出手枪,仔细搜寻每个房间。

一切都跟他离开时一样:沙发和地毯上有血迹,来自维塔斯的一个手下。天花板上有个弹孔。廊道和地板也各有一个弹孔。与黑街理发师打斗时造成的损坏尚未修复。

埃达迈一手持枪,一手握着拐杖,爬上楼梯,来到二楼。理发师就在这里袭击了他。苏史密斯流的血迹依然可见,在深色的山核桃木楼梯上干涸发黑。

楼上没人。没有迹象表明有人动过他的物品,或者四下翻找过。

埃达迈叹息着放下手枪。他甚至有些失望。看来维塔斯彻底忘记了他。

他把手杖搁在前门边的伞架上,朝厨房走去。橱柜里也许还有豆子罐头,或者别的食物。先吃点东西,再找把铲子,然后……

一团黑影突然从转角冒出,直接撞上埃达迈的鼻子,让他来不及反应。痛感瞬间炸裂,他不知何时面对着天花板,泪水晕湿了眼眶。

有人站在他上方,揪住他的衣领,将他从地上提起,狠狠地摔在墙上。埃达迈咽下一口血,试图用鼻子吸气,结果只是呜咽了一声。

埃达迈被对方强壮的胳膊死死抵在墙上,无论怎么拍打都没用。他抬手擦擦眼睛。面前是个男人,脸颊和衬衫上沾有煤灰。埃达迈认识他——是维塔斯的一个打手。

埃达迈清了清嗓子,假装漫不经心地发问:"凯尔,是你?"

"是我。"挖煤的狞笑道,"我等你等得好苦。"

埃达迈的脑袋痛得厉害。他的鼻子肯定断了,现在的形象狼狈不堪。一周内毁了两套衣服。

"维塔斯大人有话对你说。"凯尔说,"老老实实跟我走,不然我敲掉你的牙。"

他是从哪儿冒出来的?埃达迈检查了整栋房子。他肯定躲在地下室里。另外,他用什么袭击了埃达迈?棍子?

"行。"埃达迈说。

凯尔松了劲儿。埃达迈顺着墙壁滑下来,双脚终于着地。对方身手敏捷,体格强壮。该死,埃达迈真希望苏史密斯在场。

"去清理一下。"凯尔松开了埃达迈的衣服。

埃达迈双膝一软,瘫软在地。在胸口位置,有什么东西压在他身下——是他的手枪。他摸索着握住枪把。

他感觉有只强壮的手按在背后。"我没事,"埃达迈说,"就是疼。别打,我去卧室换件衬衫,马上就来。"他的声音嗡嗡作响,带着浓重的鼻音。

他挣扎着爬起来。该死,脸疼得要命。三指深的威士忌都缓解不了。埃达迈顺着走廊迈出三步,突然转身,举枪,扣动扳机。

某种程度上,枪声让他的脑袋更疼了。

凯尔盯着手枪,又看向埃达迈。

埃达迈也盯着手枪,然后看向凯尔,随后低下头。

子弹在地上。应该是之前,埃达迈甩掉手枪时顺着枪管滑出来的。

凯尔两大步跨到埃达迈面前,打掉他手里的枪,抓住他的喉咙,把他提到半空,撞向前门。墙壁被震得咯咯作响。

埃达迈拼命吸气。他拳打脚踢,但凯尔无论如何都不松劲儿。

"我要断你一根拇指做惩罚。"凯尔说。

埃达迈用右手胡乱拍打。他不能束手待毙,他必须……他似乎摸到了伞架上的手杖头。他的手往下移动一段距离,抓起手杖,砸中凯尔的太阳穴。

凯尔打个趔趄,松开了手。埃达迈顺势推开他,全力挥舞手杖。

挖煤的虽然脚步不稳,但仍用单手挡住埃达迈的进攻。他抓住手杖末端,用力拉扯。

埃达迈发现双方在拔河。凯尔用力一扯,差点把他拽翻。埃达迈发现挖煤的眼角紧绷,他知道,对方再使点劲儿,自己就握不住手杖了。

于是他扭动手杖头,发出"咔嗒"一声轻响。

凯尔猛地一拉手杖,结果滚翻在地,诧异地盯着手里的半截杖杆。

埃达迈冲上前去,挺起杖中剑,将短刃扎进凯尔的肚子。他捅了好几下。最后,埃达迈跌跌撞撞地歪在一边,眼睛盯着凯尔。

挖煤的也盯着他,两手捂着肚子,疼得直哼哼。

"他会知道的。"凯尔说,"维塔斯大人会知道你回来了,他会杀了你老婆。"

埃达迈挺身站起,用杖中剑指着凯尔。"她还活着?"

凯尔没回话。

"约瑟普呢?就是我儿子?"

"叫医生。"凯尔说,"马上,我就说你儿子的事。"

"我隔壁邻居就是医生。告诉我,我这就找他来。"

凯尔痛苦地长吁一口气。"你儿子……你儿子不在了。他们带他……我不知道去了哪儿,但他不在了。你老婆还……她……"

"她怎么了?"

"帮我叫医生。"

"告诉我。"埃达迈的头越来越疼,已经难以忍受。他的衬衫和外衣被鲜血浸透。他流了好多血。

"维塔斯……他会知道的。他以为塔玛斯抓了你……你被捕,或者被打死了……但现在,他会知道,你还活着。"

埃达迈咬紧牙关。"除非他们找不到尸体。"他出手又狠又准,连自己都不敢相信——杖中剑插进凯尔的一只眼睛,一直顶到后脑勺。他抽出利刃,等到凯尔停止抽搐,才用死者的外衣擦净刀刃。

埃达迈脱掉血淋淋的上衣,扔在凯尔的尸体上。他仔细搜索挖煤的在他家中留下的痕迹,然后来到剃须镜前。

他看到一对肿胀的眼睛和一张血肉模糊的脸,差点没认出自己。

他的鼻子歪了将近九十度,轻轻一碰都差点尖叫出来。

他用双手分别按住两侧鼻翼,盯着镜中的自己。长痛不如短痛。

他捏紧鼻子,用力一掰……

敲门声惊醒了躺在厨房地板上的埃达迈。他慢慢爬起,瞥了眼镜子。隔着鲜血和污迹,他发现自己的鼻子恢复了原状。他疼得只想趴在地上,不知道刚才的剧痛是否值得。

他两手发抖,花了足足一分钟才装好子弹,随后拉开枪栓,走向前门,在窗边窥探。

是他邻居。一个老妇人,弯腰驼背,身穿便装,用一条围巾草草地包住脑袋。埃达迈好像没打听过她的名字。

他把门打开一条缝。

老妇人看到他,差点叫出声。

"怎么了?"他问。

"你……你没事吧?"她哆嗦着问,"我好像听到枪声,不到五分钟前还有可怕的尖叫。"

"枪声?不,不是枪声。很抱歉,我吓到你了。我摔了一跤,撞断了鼻子,刚才是在矫正。所以你听到了我的尖叫。"

火药魔法师

她用看见鬼的眼神盯着埃达迈。"你真没事?"

"只是撞断了鼻子。"埃达迈指着脸说,"我向你保证,纯属意外。"

"我会尽快叫医生来。"

"不,别麻烦了。"埃达迈说,"待会儿我自己去。不用劳驾您了。"

"不行啊,这个忙我必须帮。"

"夫人!"埃达迈斩钉截铁地喝道,鼻腔的震动痛得他差点晕过去,"劳您费心了,但我能照顾好我自己。不管怎样,没必要找医生。"

"你确定……"

真他妈多管闲事。"当然确定,谢谢您,夫人。"埃达迈关上房门,扫视狼藉的门厅。到处都是血。地毯、地板和墙壁都没能幸免,还有他背后的门板。

埃达迈花了好几个钟头,以及法耶的一大堆布料,才清掉所有血污。他手忙脚乱地干着活儿——维塔斯其他手下随时可能出现——然后整理屋子,免得留下他回来过的痕迹。

都弄完了,埃达迈最后洗干净自己。一整瓶酒下肚,持续不断的剧烈头痛缓解了不少。天黑之后,他用脏布料裹住凯尔的尸体,从后门拖了出去。要是法耶知道这些布料的下场,她会气坏的。

他家小花园的角落里有间工具棚,底下的地窖闲置已久,空间不比小型马车的车厢大多少。埃达迈钻进地窖,在黑暗里摸索了好几分钟,终于找到需要的东西——地上有根绳子,埋在一层浮土下面。他抓住绳子,使劲一拽,带出一只结实的木箱。

他把箱子搬进花园,又回来将尸体塞进地窖,重新布置一番,让它看起来已有好长时间无人造访,最后关上门。

上锁的箱子里装着他攒下的每一张卡纳。他举债成立了"埃达迈和朋友出版社",自从他发现债主变成了帕拉吉,他就开始攒钱。埃达迈不再相信银行,毕竟债权都被他们卖给了帕拉吉。

将近两万五千卡纳。这还不够。远远不够。

埃达迈又花了几个钟头,清掉房子里的血迹,然后把孩子们的衣服装在旅行箱里,带上木箱、手杖和手枪,到街上找了驾出租马车。

塔涅尔躺在土垒上,望着阴云密布的天空。

厚重的云团缓慢移动、翻卷,犹如惊涛拍岸激起的泡沫。雪白的云团夹杂着点点灰斑。要下雨了?他希望别下。泥土修建的工事会变成稀泥,雨水还会淋湿双方的火药。

塔涅尔听见远处传来凯兹的军鼓声。躺在冰冷而坚硬的土地上聆听,感觉极其遥远。亚卓军官的呼喝声就近得多了,但他很想叫他们闭嘴。前线每个人都知道,自己可能活不过今天。前线每个人都知道,凯兹军队必将取胜,又一次占领阵地,就像昨天和前天一样。

士气已经没了,被绞死、射杀,然后五马分尸、开膛破肚,埋进了石头坟墓。

"怎么样?"塔涅尔问。

伊坦上校站在土垒边几步远,正挥舞着佩剑,为军官们苍白无力的演说鼓劲儿。他戴着熊皮帽,饰有紫色羽毛,一幅标准的第十二旅近卫军军官的形象,眼睛盯着不断接近、但仍有段距离的凯兹步兵。

"来了。"伊坦说。

塔涅尔看着天上的云朵。"等他们到了,叫醒我。"他闭上眼睛。

伊坦手下一些近卫军士兵嘿嘿地笑了。塔涅尔睁开眼睛,看谁在发笑,然后冲他们咧咧嘴。他笑得自然而然,连他自己都感到吃惊。仅仅几天前,笑容对他还很陌生。可如今……

他瞥见伊坦身后的卡-珀儿。她坐在土垒上,收腿提膝,手撑下

火药魔法师

巴,注视着凯兹军队。即使那些近卫军——亚卓军中最强壮、最勇猛的士兵——眼中也满是狂野和紧张。他们很清楚,在前线参战意味着什么。唯独卡-珀儿若有所思,目光如炬,没有丝毫恐慌,就像法崔思特的野猫一样可怕。

塔涅尔想知道,她是不是看到了别人看不到的东西。

"近了。"伊坦说。他浑身僵硬,发白的指节扣紧了剑柄。

克雷西米尔在哪儿?塔涅尔感到好奇。神为何没有现身?他为何还不施放巫力,杀光他的敌人,而是派遣军队,一天天缓慢蚕食亚卓的防线?

"他们来了!"

塔涅尔双手抓起步枪。必须精准把握时机。不能犹豫。他必须……

"来了!"

塔涅尔眼角闪过一道黑影。他一枪挑去,在半空中,将两手半长的刀刃刺进守护者的两腿之间。

塔涅尔感到枪托在手中扭转。他大喝一声,用力往上推,守护者被举了起来,活像一件可怕的战利品,然后猛砸到土垒上。

看来守护者也会吃惊。那只怪物吓得半晌没能动弹,双眼瞪大,神色惊惧。然后它开始挣扎,企图脱离被塔涅尔扎进屁股的刺刀。

十多把近卫军士兵的刺刀和佩剑扎在守护者身上。不一会儿,它便成了一摊肉泥。塔涅尔从死掉的怪物身上抽出刺刀,这时,亚卓军开火了。

"丢出去。"伊坦说。他带着两个士兵抬起守护者的尸体,扔到土垒外,任其滚到底下的战场。

枪林弹雨中,凯兹步兵的阵型动摇了。数以百计的士兵毙命,但凯兹的战争机器冷酷无情地碾过一堆堆尸体。他们压低上了刺刀的火枪,向前冲锋。

塔涅尔起身开火，将一个凯兹少校从马背上击落。

伊坦来到塔涅尔身边。"很高兴认识你，我的朋友。"他的眼睛依然盯着冲锋的凯兹军队。

"我们今天不会输。"塔涅尔把一颗裹在棉花里的子弹塞进枪管，又捏开一个火药包。他深深地闻了口火药，抬起手背擦擦鼻子。"今天不会。"他说道，然后高声重复一遍，"我们今天不会输。"

塔涅尔胸中怒火升腾。他们凭什么输？他们凭什么掉头逃跑？他们明明比凯兹军队强大。亚卓军队威震九国。

他转身面对近卫军。"你们是塔玛斯元帅的战士吗？是不是？"

"陆军元帅死了。"有人说道。

塔涅尔唾沫横飞。"是不是？"

"我是陆军元帅的战士！"伊坦举剑喊道，"无论生死，我都是他的战士！"

"你们呢？"塔涅尔朝近卫军士兵们大喊。

"是！"他们举起火枪，异口同声。

"亚卓军——塔玛斯的军队——战无不胜。等军号吹响……"塔涅尔指着近卫军说道，"你们想当逃兵就逃吧。逃向那些稳坐后方的将军们，让凯兹人从背后射杀你们。而我会守在这里，直到打垮凯兹人。"

"我也一样。"伊坦挥舞着军刀，应和道。

"我也一样！"近卫军齐声大吼。

塔涅尔转身面对凯兹军队。"送他们下地狱！"

父亲的面庞浮现在塔涅尔眼前，犹如一面残缺的旗帜。他看到了维罗拉、萨伯恩、安德里亚，以及所有火药魔法师同伴。他看到了第七和第九旅的朋友们。然后他们全都消失不见，世界蒙上一层猩红的血。塔涅尔情不自禁地跳下土垒，冲向凯兹步兵的血盆大口。

火枪的呼啸声，大炮的轰鸣声，突然被敌方步兵滚雷似的冲锋淹没。塔涅尔用刺刀捅穿一个凯兹士兵的肚子,然后用枪托顶住另一个凯兹士兵。他猛地一推,对方踉跄后退。

一个军官的佩剑干净利落地划过他的脸颊,就在眼睛下方。他能感觉到刀锋,然而火药迷醉感隔绝了疼痛,大量肾上腺素在体内奔涌。他挥起枪托,砸碎军官的下巴,又刺穿一个步兵。

凯兹人包围了他,他突然感到一阵恐慌。无论他速度多快、力量多强,也寡不敌众,正如被他和近卫军碎尸万段的那个守护者。

塔涅尔发现一把刺刀冲自己心口戳来。他两肩一沉,感觉刀尖触及外衣,将其割开。他一拳打在对方脸上。

突然间,塔涅尔不再孤单一人。头戴熊皮帽、身穿红袖衫的亚卓近卫军与他肩并肩,枪尖如林,做好了抵挡凯兹人的准备。

"推进!"伊坦的喊声压过了战场的喧嚣,"跨步!杀!推进!跨步!杀!"

凯兹步兵不顾一切地冲锋,十二旅近卫军步调一致地前进,他们都因体格魁梧而被选中,并经受了严格的训练,可以毫不畏惧地直面敌人。他们全都跳过塔涅尔身后的土垒,此时正齐心协力地向前推进,刺刀寒光闪闪,犹如农民收割干草一样收割着凯兹步兵。

塔涅尔挤进近卫军的队列,与他们一同前进。令他吃惊的是,凯兹步兵仿佛在他们面前融化。塔涅尔清楚何为力量,何为速度。可他依然被这些近卫军士兵排山倒海的威力震撼了。这一往无前的节奏在他胸间引起了共鸣。

一个凯兹士兵冲进来,撞到了塔涅尔,令他后退几步。但有人立刻补上空缺,节奏丝毫不乱。塔涅尔与敌人搏斗,将其摔到地上,一脚踩住喉咙。他瞟了一眼前方,这时……

他用眼角余光瞥到,一个守护者撕开了近卫军的队形。那怪物杀进来时,体格最壮、力气最大的亚卓士兵也像玩具一样被撞开。

又一个守护者冲了进来。伊坦上校踉跄后退,眉头鲜血淋漓。他很快稳住脚步，挥起沉重的军刀，齐腕砍掉守护者一只手。守护者上前扼住伊坦的喉咙，将这重达十五石的大块头提起来摇晃，就像恶犬对付耗子一样轻松。

一声军号响起。

撤退。

怒火席卷了塔涅尔全身。不。他决不后退。不夺取胜利，他决不离开战场。

塔涅尔咆哮着，忘记了脚下的士兵。他看到伊坦翻着白眼，昏死过去。塔涅尔提起步枪，刺刀朝前，冲杀过去。

有什么东西从侧面撞上他。塔涅尔整个人飞了起来，在空中翻了几个筋斗，以致五脏六腑都翻转了，最后重重着地，摔到一具步兵的尸体上。巨大冲击之下，塔涅尔的步枪脱了手，等他爬起身，手上什么武器都没了。

他还来不及反应，新来的守护者快如闪电，一记重拳打在他脸上，让他像陀螺般转了好几圈。

塔涅尔站稳脚跟，准备招架下一拳。他释放感知力，想引燃一些火药。但没反应。对方是黑守护者。

下一拳砸在地上。守护者双手乱挥，无暇攻击塔涅尔，原来卡-珀儿趴在他背上。一根长针深深扎进怪物肩头，她就吊在上面。但她没扎中怪物的脊椎，除了激怒对方，没造成多少致命的伤害。

塔涅尔从靴子里拔出小刀，挺身正要跃起，守护者突然身子一僵，向前扑倒，跪在地上。卡-珀儿平静地抽出长针，从守护者身上跳下。她露出邪恶的微笑，一只手握着尚未成形的蜡偶，手指飞快地揉捏起来。

守护者站直了，但仍晃晃悠悠，东倒西歪。它左右踉跄几步，突然向前飞奔，冲向凯兹军队。

还有一半近卫军依然守在战场上，但队列已参差不齐，面对凯兹

火药魔法师

步兵的进攻,分分秒秒都有人倒下。守护者轻轻一跃,飞过他们头顶,落进凯兹人的队伍。

大多数步兵没理他。当然了,他们已经习惯了守护者的存在。但没料到,这个守护者手持一把捡来的军刀,在凯兹军队里一通猛砍,把众人吓了一跳。

恐惧降临了。塔涅尔看到凯兹人放声尖叫,纷纷逃离守护者。有人试图抵抗,有人甚至主动出击。一把刺刀扎进守护者的脖子,但怪物将其一把折断,继续砍杀。凯兹军队乱了阵脚。

塔涅尔曾经徒手干掉过守护者,这种怪物一度令亚卓军闻之色变,卡-珀儿却让其中一个朝凯兹人调转了矛头。塔涅尔激动得不能自已,同时十分好奇,不知自己发生了什么变化,竟能与如此暴烈的怪物作战。

"跟我来!"他把步枪高举过头,"跟我来!"军号越吹越响,催促近卫军撤退,但被他的喊声盖过。"去他妈的军号,继续战斗!"

凯兹军队的阵型开始瓦解。他们的军鼓并未发出撤退的指令,但他们还是逃了。战场上只剩几个守护者,他们孤立无援,被无情地屠杀。有的凯兹士兵扔下武器,跪地投降。

被卡-珀儿操控的守护者一路追击,将凯兹士兵赶回了营地。十几个守护者一拥而上,试图制服这个叛徒。

卡-珀儿眼中闪烁着狂喜的光芒,手中的蜡偶扭来扭去。她张开嘴,发出无声的大笑。

守护者仍在战斗,劈砍挥刺,就是不肯倒下。

然后卡-珀儿举起蜡偶,用一根拇指掰掉了蜡偶的头。

守护者瘫倒在地。

塔涅尔目瞪口呆地看着卡-珀儿。这丫头曾与他亲密无间,像个孩子一样睡在他怀里,为何转头上了战场,却拥有了复仇女神般的力量?

卡-珀儿似乎感觉到他的目光，扭过头，冲他羞涩地一笑。转眼间，她又变回了那个小丫头，一如当年，被他从法崔思特沼泽地的肮脏棚屋里救出来的模样。

塔涅尔很想冲过去，带她离开这疯狂的地方，确保她平安无事。但自从克雷西姆科贾一战之后，她已经不需要塔涅尔的保护了。他有种感觉，卡-珀儿正开始展露她的真实身份。

塔涅尔忘记了身上的伤痛，四下搜寻伊坦上校的踪迹，最后在一具守护者的尸体下面找到了他。塔涅尔推开尸体。伊坦还有呼吸，让他松了口气，但他马上发现，对方眼中充满深深的恐惧。

"我的腿不能动了。"伊坦说。

塔涅尔跪在伊坦身边，同样心生恐惧。"没事的，"他说，"我们给你找个医生。"

"我感觉不到我的腿了！"伊坦抓住塔涅尔的胳膊，喘着气，脸上肌肉抖动，看得出正在努力移动身体。"感觉不到了！"

塔涅尔的心都碎了。伊坦是他认识的最强壮的人之一。死在战场上没话说，但残废……

"找个医生！"塔涅尔大喊，"叫他们别吹那该死的军号了。我们赢了，见鬼！"

伊坦紧绷的神经似乎松弛下来。"我们赢了？"

"赢了。"塔涅尔环顾战场。他看到亚卓士兵飞奔过来，支援前线的同袍。如果他们当中连个医生都没有，他非得找个人掐死不可。

"你做到了。"伊坦说，"你守住了阵地。"

"不。是你们守住的。你和你的近卫军。"

"没有你，我们做不到。"伊坦飞快地眨着眼。塔涅尔在他身上寻找伤口，但一无所获。伊坦用手指钩住塔涅尔的衣袖，指节泛白，疼得龇牙咧嘴。"我看到了弟兄们瞧你的眼神。现在他们愿意跟你上刀山下火海。就像跟着塔玛斯一样。就像跟着你父亲一样。"

火药魔法师

"别说这种屁话。"塔涅尔感到滚烫的泪水滑落脸颊,"我才不像那个老混蛋。"

"塔涅尔。答应我,你会赢。答应我,你会结束这一切。这绝不是亚卓的最后一场胜利。"

"有什么好答应的。"塔涅尔说,"你又不会死。"

伊坦把塔涅尔扯到近前。"我感觉不到我的腿了。我知道这意味着什么,你这蠢货。我再也不能上战场了。所以你现在就答应我,你一定会赢。"

"我不知道我能不能做到。"塔涅尔说。

伊坦扇他一耳光,力道之大,令塔涅尔脸颊发烧。"答应我。"又是狠狠的一耳光,塔涅尔差点被打翻。即使躺在地上、挪不动腿,伊坦依然强壮得可怕。"答应我!"

一个女医生跑到伊坦对面,皱着眉头,俯身观察。"伤到哪儿了?"

"我的腰断了。"伊坦声音嘶哑,盯着塔涅尔的眼睛,"答应我。"

"不。"

伊坦眼中闪着泪光。"胆小鬼。如果我快死了,你就会答应我。因为那样,你就不用再支吾我了。可我现在死不了,所以你不敢答应。该死的胆小鬼。"

塔涅尔扭头不看他,因为他说得对。

他们带来一辆有篷盖的急救马车,运送伊坦回营地,车厢里配备了四张安置伤员的简易小床。伊坦始终不看塔涅尔,塔涅尔也没送他。

他们瓦解了凯兹的攻势。阵亡的敌人可能上千,伤员则有两倍,还有几百人当了俘虏。过了好一阵子,塔涅尔突然发现自己被士兵们围住了。第十二旅的近卫军战士,个头最小的都比塔涅尔高出一掌。不知混战中死了多少人。他们的损失一定相当惊人。

有人朝他走来。塔涅尔考虑要不要躲开。他可以不理他们，直接返回营地。他们听到了吗？他们有没有听见，上校骂塔涅尔是胆小鬼？

那个壮汉一只手捏着熊皮帽，另一只手握成拳头。塔涅尔扬起下巴，准备挨对方一拳。

"长官。"对方开口道。

"来吧。我活该。"

近卫军战士糊涂了。他低头看看自己的拳头，松开了手。"长官，你不是胆小鬼。上校……谁也不希望落到那种下场。他说的是气话……你不是胆小鬼。我们亲眼看到，你单枪匹马迎战整整一个旅的凯兹步兵。我想告诉你：如果你有任何需要，什么都行，请尽管开口。我随叫随到。相信大多数弟兄也是同样想法。"

周围人纷纷点头，然后士兵们拖着疲惫的身躯，三三两两返回营地。

塔涅尔在战场上逗留片刻，看着急救马车运送死者和伤员。他感觉身后有人，不用转身也知道是卡-珀儿。

他抬起袖子，擦去脸上的泪水。"你没别的事做吗，比如检查尸体之类？"他问道。

卡-珀儿牵住他的手。他本想抽出来，可是做不到。

他俩默默地站着。活人、死人和垂死之人的血，在亚卓的土地上汇成一片红海。塔涅尔拉起她的手。这个动作纯属冲动和突发奇想，不知受到什么念头的驱使，他把卡-珀儿的手紧紧贴在自己的嘴唇上。

"我会结束这一切。"他说，"我会杀死克雷西米尔。彻彻底底地杀掉。你要他的血？交给我了，即使付出生命的代价。"

他依稀瞥见卡-珀儿在轻轻摇头。

她突然凑过来，一手搂住塔涅尔的后脑勺，用力拉下，温暖的嘴唇与他的贴在一起。唇齿相触，他的血管中好似有火焰流淌。等卡-

火药魔法师

珀儿退开,他几乎喘不过气,差点跪在地上。他反复告诉自己,此时的虚弱无力是因失血过多所致。

来得快去得也快,卡-珀儿开始干活了。她一如既往地沉默,弯腰查看一位阵亡的亚卓士兵。

塔涅尔呆呆地望了她好一会儿,发现遥远的凯兹后方有什么动静,他才回过神来。不过眨眼工夫,军人的本能又回来了——警惕,清醒,随时准备应对敌方的进一步行动。

凯兹的士兵们将什么东西举到空中,就在巴德维尔城墙北边的营地上方。离这么远都能看见,说明那玩意儿至少有八层楼高。他吸了少许火药,增强眼力。

那是一根巨大的柱子,看样子是用一棵参天大树砍削而成。士兵和战俘聚集在底下,呈扇形分布,拽着几根系在顶端的长绳。柱子慢慢升高,接着陡然下坠一二十尺——可能落进了事先在地上挖好的洞里——笔直地竖立起来。

塔涅尔皱起眉头。他看到柱子上有什么东西。是人吗?

他眯起被火药改善视力的眼睛。没错。应该是个女人,赤身裸体,手腕被钉,手掌缺失,一根绳子绕在腰间,将她与柱子捆在一起。

塔涅尔大吃一惊。莫非是个叛徒被挂起来示众?双手缺失表明她曾是尊权者。那么……

那人动了动。真是见鬼了,她还活着。

她抬起头,塔涅尔感觉血液都凝固了。他认识她。在圣城克雷西姆科贾,他曾与她大战一场,试图阻止她召唤克雷西米尔。

她是朱利恩。

第 18 章

塔玛斯一边等待夜间巡逻队返回,一边听着士兵们收拾营地的熟悉声响。

今早有人低声说话——自从巴德维尔沦陷,行军两周来,他还是头一回听到。远处有人在笑。没什么比吃饱肚子更能提振精神的了。加上挫败了凯兹的先头部队,塔玛斯几乎可以肯定,弟兄们兴致正高。

几乎可以。

塔玛斯不喜欢吃马肉。这会让他回忆起在哥拉的艰苦岁月——饥饿、疾病和炎热的沙漠——为了求生,他们当时不得不宰杀健康的战马。那东西口感微甜,味道比牛肉更浓。骑兵战马的肉硬得硌牙。

但他的肚子至少没咕咕叫了。

"怎么了,士兵?"

维罗拉在火堆另一边立正,敬礼。

"发现凯兹人,长官。骑着马,打着白旗。"

塔玛斯将一小坨脂肪扔进火堆,看着它滋滋作响。他站起身,用一块脏帕子擦擦手。这是他们面临的另一个问题——没有随营平民就意味着没人洗衣服。他的军服污秽不堪,一股臭水沟的味道。

亚多姆不准你洗自己的衣服,脑子里有个声音说道。塔玛斯忍不住笑了。

"长官?"维罗拉问。

火药魔法师

"没什么,士兵。我在营地边会会他们。奥莱姆!"

"在,长官。"

塔玛斯带上奥莱姆和一队护卫,后者是奥莱姆的神枪组。担任后卫的第九旅正在打包收拾最后一批帐篷,熄灭营火,二十分钟后就能出发。第七旅的先头部队已经行进了半里地。

他经过一排货车。那是他们在遗弃的胡恩多拉废墟里找到的。车厢底部浸染了伤兵的血,散发着几近死亡的气息。今天,它们将载着熬过这两天的伤兵上路。

"清理一下。"塔玛斯吩咐奥莱姆,"说真的,我得下强制洗澡令了。森林里有不少小溪。派斥候去找。以后每五十人一组,在我们沿途经过的小溪洗澡。如果疏忽大意,营地里可能暴发传染病。"

"是,长官。"奥莱姆搓着结块的军装,"我也需要梳洗一番。"

他们出了营地,越过外围岗哨。前方的森林静悄悄的,唯一的动静来自蹦跳的松鼠和鸣啭的鸟儿。塔玛斯喜欢鸟叫。让他有种平和的感觉,暂时忘却了食腐鸦刺耳的尖叫,忘却了眼前挥之不去的尸山血海。

塔玛斯看到了凯兹骑兵,然后才被对方发现。

一行十几人,稳坐马鞍,立在路中央,面无表情地盯着亚卓军的岗哨。他们身穿绿纹褐底军装,外罩沉重胸甲。看到塔玛斯靠近,他们翻身下马,其中一人摘下头盔,走上前来。

"塔玛斯元帅?"

"是我。"塔玛斯说。

"我是贝昂·杰·伊匹利将军,"他用略带口音的亚卓语说道,伸出手来,"很高兴见到你。"

塔玛斯握住将军的手。贝昂年纪轻轻,可能不到三十岁,脸上稚气未脱,当然这要归功于王党的巫术。九国的国君们都用同样方法掩饰实际年龄。除了姓氏和声望,仅凭这一点,塔玛斯就知道贝昂是伊匹利之子。

"国王的爱子。久仰大名。"

贝昂谦虚地点点头。"彼此彼此。"

"将军登门,有何贵干?"塔玛斯问。当然,这是客套话。塔玛斯很清楚贝昂为何而来。

"我想问问,贵军闯入我国有何意图。"

"只为返回祖国,抵御暴君的侵略。"

听到侮辱父亲的言辞,贝昂面不改色。塔玛斯在心里记下了。看来他的头脑比他哥哥们更冷静。"恐怕我不能遂你的心愿。"

"那就没什么好谈的了。"

"我认为还是有的。"贝昂说,"我要求你们投降。"

"免谈。我不会投降的。"塔玛斯断然回应。

贝昂点点头,好像是对自己而非塔玛斯。"我就怕你这么说。"

"怕?"塔玛斯对贝昂的性格有所耳闻。他什么都不怕。贝昂勇猛无畏,几近鲁莽。他敢把握别人不敢觊觎的机会。他的勇气让他受益匪浅。

"追击伟大的塔玛斯元帅非我所愿。你和我的前锋打过照面了——你会怎么说,打得他们夹着尾巴逃了回去?"他扭头望向一位骑手。那人是个龙骑兵,腰佩直剑,不着胸甲。"军官们差点丢了小命。"

"你可以放过我,"塔玛斯语调轻快,"几周后我会自行离开贵国。"

贝昂扑哧一笑。"那我父亲会要了我的脑袋。你们饿了,塔玛斯。你们没有食物,除了从我的前锋那里抢去的马肉。我很公平。我会告诉你你们的现状,然后你再决定是否投降。如何?"

塔玛斯冷哼一声。"是很公平。"

"好。我有一万龙骑兵和五千五百胸甲骑兵。我兄长比我晚一周

火药魔法师

上路,带着三万步兵。我知道你有一万一千人。我们的兵力是你的四倍。你根本逃不出这个国家。现在投降,你们可以享受战俘待遇。"他顿了顿,举起手,仿佛在对圣绳发誓。"我了解过你,塔玛斯。你从不无故牺牲手下的性命。"

"既然你了解我,"塔玛斯平静地说,"那你应该知道,我从没输过。"

贝昂一脸困惑。"你快死了,塔玛斯。你还有什么要求吗?"

"有。我有一百多伤兵。如果我把他们交给你,他们能享受战俘待遇吗?"

"好让你轻装上阵?不行。任何伤兵落到我们手里,都会被就地处决。"

贝昂是彻头彻尾的绅士。他很可能是在虚张声势。但塔玛斯敢冒这个险吗?

"那么,将军,我没什么好说的了。"

贝昂礼貌地点头。"我想祝你好运,可是……"

"我理解。"

凯兹人翻身上马,很快沿路离开。塔玛斯目送他们远去。这个将军不好对付。凯兹军中充斥着无能之辈,贵族们可以随意购买委任状,只要国王心血来潮,就会有人加官进爵。

不过沙子里偶尔也能淘到黄金。

"奥莱姆。"塔玛斯说。

保镖闻言立正,眼睛却盯着凯兹人离开的方向。塔玛斯知道他渴望战斗。

"长官?"

"找把斧头,到队伍最前面交给我。"

亚卓步兵的基础装备包括一把手斧和一把铲子,用来砍柴和挖茅坑。

而在优秀的指挥官手里，它们能发挥更多功用。

塔玛斯骑上马，来到队伍最前面，找到担任前锋的阿柏上校及第一营。塔玛斯过来时，正好看见上校活动着下巴，把假牙吐到手掌上。

"天气不错，长官。林子里有树，凉快得很。"

塔玛斯望向道路。它顺着陡峭的山坡蜿蜒而去，坡上林木繁茂。抵达地面的阳光可谓充足，那里植被浓密，枝节横生，满布荆棘。如果没路，这种地方将寸步难行。

"上校，听令，"塔玛斯说，"挑两个排，靠边待命。"

阿柏召来十九排和三十四排。就在他们离开道路钻进林子时，奥莱姆也到了。他下了马，把斧头递给塔玛斯。

塔玛斯脱掉外衣和衬衫，扫视周围的士兵。"一万五千骑兵跟在我们屁股后面。"他说，"他们骑马，速度比我们快，行军也更方便。而我要改变这一状况。一旦发现地形变窄，就像那里……"他指着插进前方山坡的道路，"我们就堆上碎石。收集石头，砍树。任何杂物都可以用上。等队伍通过，我们就封路。"

塔玛斯挑中身边一棵树。树干粗得三人难以合抱。太合适了。他站在靠近道路这一侧，开始砍树。

两个排的士兵跟着抡起斧头和砍刀，收集附近林中可用的物件，堆在路边。塔玛斯又抽调了两个排，全军通过时，他们已经砍了好几棵大树，准备横在路上。

塔玛斯听见马蹄声越来越近，于是转头望去。

只有加夫里尔一人。他在塔玛斯身边勒马停步。

"你是最后一个斥候吧？"塔玛斯问。

"对。"加夫里尔说，"凯兹人在我们身后一里地，追得不太紧。依我看，他们并不着急。"他看着塔玛斯正在干的活儿。"你像个樵夫一样。我喜欢你这种形象。但愿咱们不要白费力气。"

火药魔法师

"清理道路会耽搁他们好几个钟头。"塔玛斯说。

"或者他们会绕路。"

塔玛斯擦去额头的汗水。如果敌人找到另一条路,他们就白干了。"会吗?"

"他们只能派人去找,"加夫里尔说,"还得格外当心,以防你设了陷阱。也许你确实能为我们赢得一点时间。"

塔玛斯从奥莱姆手中接过衬衫,一个士兵牵来马,让他爬上马鞍。"放倒!"他冲士兵们大喊。

几分钟后,大树纷纷坠地,横七竖八地堆在一起,堵死了道路。这一来,光凭套上绳索,用几匹马来拉,怕也解决不了。

他们又把乱石堆到路上,然后奉塔玛斯的命令,加快速度,追赶大部队。

"派你的斥候找几个便于堵路的位置。"塔玛斯对加夫里尔说。

"包在我身上。"

"奥莱姆,那几个排,今晚加倍分发马肉。他们理应得到奖赏。"

"遵命,长官。"

塔玛斯穿上衬衫。"想想还有什么办法能拖慢凯兹人的速度。他们可能会派一两个连队追击我们,但我要尽可能隔开他们的大部队。"

"听说你跟凯兹的将军见了面。"加夫里尔说。

"是啊。贝昂·杰·伊匹利。伊匹利最小的儿子。"

加夫里尔嘟囔一声。"身为伊匹利的小崽子,听说他还算正派。"

"没错。"

"谈得如何?"加夫里尔问。

"我有一个遗憾、一个希望。"

加夫里尔好奇地问:"希望是什么?"

"希望拒绝投降不是天大的错误。"

"遗憾呢?"

"贝昂不是伊匹利的长子,太可惜了。他当国王必是明君。我很遗憾要杀了他。"

"我尽快赶来了。"埃达迈说。

"坐。"

埃达迈坐上里卡德对面的椅子,靠着椅背。里卡德神情严肃。越来越秃的脑袋上,所剩无几的发丝凌乱不堪。他眼含倦意,胡子拉碴,衣服也皱巴巴的,完全不像里卡德的风格。

里卡德盯着地板。"你看新闻了?"他指着桌上的报纸问道。

报道塔玛斯元帅阵亡的报纸是一周前的。

"整个亚卓都知道。"埃达迈说。

里卡德终于抬起头。看到埃达迈的脸,他差点从椅子上摔下来。"你怎么了?"

要不是鼻子承受不了,埃达迈肯定会冷哼一声。他估计自己的形象比里卡德还糟。睡眠不足,鼻子断了又掰回原位,满脸割伤和瘀青,他的模样一定惨不忍睹,还会影响到他的工作。谁会愿意找个刚被狠揍一顿的人办事?

"最近遇到些麻烦。"埃达迈说。

里卡德等他解释,但埃达迈不想说。

"好吧,那……"里卡德的目光缓缓离开埃达迈的脸,"国内乱成一团。凯兹大军逼近南线,自从塔玛斯不在了,一些保王派又冒出了头。他以前是胶水,维持整个国家不至于四分五裂。"里卡德捋了捋头发,"而塔玛斯的议员们……我们已经吵得不可开交。我不知道接下来该怎么办。"

"你还打算继续参加选举吗?"

里卡德恼怒地举起双手。"我们别无选择。我们可以宣布戒严,推迟选举,但全军都在南线抵抗凯兹大军。"里卡德揉揉眼睛,"这也是我找你来的原因:克莱蒙特大人出招了。"

埃达迈坐直了。"什么招?"

里卡德一口啐在地上,似乎又很后悔这么做。"他宣布要竞选亚卓首相。"

"他凭什么?"埃达迈难以置信地吸着气,"他都不是亚卓人!"

"啊,可惜他是。至少他提交给竞选审查委员会的资料上说他是亚卓人。菲尔!菲尔,进来!"

年轻女人进来了,正是埃达迈上次溜进来时遇见的那位。她身穿领口宽松的带褶衬衫,头发扎成辫子,搭在一侧肩头。"什么事,先生?"

"菲尔,有没有搞清克莱蒙特的情况?"

"还没有。"菲尔说,"即使他的出生记录是伪造的,他们也做得天衣无缝。所有能找到的资料,我们都派人查过。他从未自称是布鲁达尼亚人,而布鲁达尼亚-哥拉贸易公司也没要求老板必须拥有布鲁达尼亚公民身份。"

埃达迈望着菲尔,突然有些起疑,但他不清楚原因。"继……继续说。"埃达迈说。

"说什么,先生?"菲尔问。

"你有没有找到维塔斯的上线?"埃达迈对维塔斯和克莱蒙特的关系的了解,都来自大老板的太监,以及维塔斯自己的陈述。如果他误入歧途,所有调查都将跑偏。

"没找到。"

"他为什么要当亚卓首相?里卡德,你不是亲口对我说首相有名无实吗?"

里卡德在椅子上不安地扭动着。"对,但那只是我个人对首相的看法。"

"事实上，"不等里卡德指示，菲尔就接过话茬，"首相制定标准，众人遵守执行。首相有多大权力，如何行使权力，完全取决于第一个操控政府机关之人表现出多强的攻击性。"

埃达迈捋平外衣前襟。这个女人为何让他如此困扰？是她有些习惯，此前他未曾注意到？……他一时说不清。"所以，如果克莱蒙特当选，他在亚卓的权力可能等于国王？"

"比不上国王，"里卡德说，"这种体制会限制权力。不过……权力也不小了。"

"妈的。"埃达迈说。

菲尔走到里卡德身边。"先生，能不能……"

"就是这个！"埃达迈盯着她。

"什么？"里卡德问。

埃达迈把手慢慢伸进口袋，握住手枪的枪柄。"你们有着同样的说话方式。"他对菲尔说，"跟他一样的节奏。不容易察觉。但你们不是家人之类的关系，更像在同一所精修学校受过训。"

"你说谁？"里卡德问。

"维塔斯。"

里卡德和菲尔交换一下眼神。

"这就坏了。"菲尔说。

里卡德赞同。"非常坏。"

埃达迈的目光在两人之间来回跳跃。他下意识地一手握住枪柄，一手握住手杖，牙关紧咬。到底什么情况？他们有什么秘密瞒着他？

里卡德对菲尔说："我得告诉他。"

"这事不能传出去。"菲尔皱着眉头。

"你们到底在说什么？"埃达迈问。

里卡德俯过身子，单手撑着下巴。"你听说过斯塔兰的方坦学院吗？"

火药魔法师

"没有。"埃达迈说。他发现里卡德和菲尔都没有扑过来的意思，于是松开了手枪和手杖。"一家精修学校？"他随口问道。

"差不多。"里卡德说，"一个非常特别的地方。每一千个学生中只有一个能毕业。"

"为什么难度这么大？"埃达迈问。

"因为严格，"菲尔坦承道，"每天工作十八小时，二十年如一日。有各种训练：军事、床技、记忆力、礼仪、数学、科学、政治、哲学。接触现实世界的各种思想。与朋友和家人永远断绝联系。心甘情愿献身于某人或某个组织，不为贿赂、酷刑甚至死亡所动。"

"听着很吓人。"埃达迈说，"这样的地方我应该听说过。"

"不，"里卡德说，"不应该。"

菲尔看着自己的指甲。"只有潜在的客户才知道方坦学院的存在。购买一个毕业生需要三千万卡纳。"

"购买？人口买卖？"埃达迈一下子靠在椅背上。三千万卡纳。天文数字。九国上下有如此财力之人不到五十个，他不相信里卡德会是其中之一。

但埃达迈有些半信半疑。怎么可能有这种组织存在呢？世界上当然还有公开的人口买卖，可在九国之内，已经几百年没有类似的事了。"你想让我相信，你和维塔斯都是方坦学院的毕业生？"

"看起来是这样。"菲尔说，"我不想说得太满，但你已经察觉到了，你说会是巧合吗？"

"那么，你能告诉我多少有关他的情况？"

"每个毕业生都有各自的专长。如果他真是毕业生，那他十分危险。他一定擅长勒索和破坏，比城里大多数人都聪明，包括你。他精通所有武器，但可能最喜欢刀子和手枪。"

"你的专长是什么？"埃达迈问。

菲尔冲他微微一笑，没有回答。

"可以单独谈谈吗?"他问里卡德。

里卡德朝菲尔点点头。

"先生,"菲尔说,"方坦学院不算什么秘密,但我们从不对外宣传自己。这事还请你保密。"

"我尊重你的意愿。"埃达迈说。

菲尔离开房间,留下他和里卡德。

埃达迈盯着他朋友,将近一分钟才开口。"你买了个女人?"

"埃达迈……"

"没想到你会堕落到这种地步。"

"不是你想的那样,我……"

"不是?"埃达迈扬起眉毛。

"好吧,勉强也算。但不是为了那种事情。"

"那是为什么?"

里卡德脸色一沉。"我爱这个国家。我爱我的工会。我不愿意它们被一个外国人的阴谋摧毁。即使赌上性命,甚至杀人灭口,我也要当上第一任首相。"

"什么时候?"

"什么什么时候?"

"你什么时候……买下的……她?"

"夏天做的决定。她是四周前来的。"

"你哪儿弄来的三千万卡纳?"

"她价值一千万,"里卡德说,"差不多是我一半的财产。她只在学院受训十年——通常要二十年。"

埃达迈摇摇头。"在那姑娘身上花一千万。你到底在想什么?"

"她经营工会的能力比我强。"里卡德平静地说,"一个月内——仅仅一个月——她就帮我赚了五万卡纳。她负责安排我竞选首相。她来之前,我也有些不错的想法,但我现在真的有机会当上亚卓首相。

火药魔法师

在她身上花的每一分钱都很值得。"

"你相信她吗?既然她那么聪明,干吗不杀了你,接管工会?"

里卡德回答:"因为忠诚。她未来三十年都属于我。这是在方坦学院受训的代价。还有名声。如果她背叛我,学院会杀了她。"

埃达迈又一次捋平衣襟。这个话题谈得够多了。"这倒提醒我了。"埃达迈说,"我得借点钱。"

"你还欠帕拉吉钱?"换个话题似乎让里卡德松了口气,"很高兴你终于找回了一点理智。你拒绝我替你还债,到底为了什么?"

"帕拉吉死了。不,不是我干的。我需要五万卡纳。现在就要。纸钞。"

里卡德冲他眨眨眼。"五万?我可以开张五万的支票。这就给你开。"

"我需要现金。"

"现金没有。亚卓没有一家银行允许我一次性提现五万卡纳。我可以在一两周内准备好。"

"我等不了。"埃达迈揉揉眼睛。要让韦露迪茜上校收到赎金后释放波,里卡德是唯一的希望。他自己如何在一周内凑到这么多钱?

好吧,也许里卡德不是唯一的希望。

"你闻起来就像驴子的屁股。"加夫里尔说。

塔玛斯坐在那里,他的战马在啃食路边零星的干草。队伍停止行进,暂时休息,他这里离先头部队不远。

塔玛斯听见远处传来步枪的开火声。又一支凯兹斥候小队进入射程。自从塔玛斯和贝昂将军会面,凯兹军队一直紧咬不放。他们的龙骑兵贴得很近,以十或二十人为一支小队,从两翼不断骚扰后卫部队。

塔玛斯不胜其烦。他设下好些陷阱，杀了上百凯兹龙骑兵，但弟兄们连搜刮战利品的时间都没有，不然夹击他们的敌军就不止几支小队了。

加夫里尔闻了闻迎面吹来的风，仿佛在强调刚才的结论。

塔玛斯低头看看自己的军装。深蓝色不太显脏，但金银镶边就不一样了，里面的亚麻衬衫更是被汗水染黄，袖口色泽暗淡，大多来自火药烧灼和污垢。他的脸和双手结了一层薄薄的硬壳，就像多了层皮肤，至于两脚脱下靴子是什么味儿，他连想都不敢想。

"闻着还好。"他对内兄说道。

"洗澡的第一原则是，"加夫里尔说，"如果你闻不到身上的味儿，那就必须洗洗了。我们该停下来吃午饭了，虽然马肉已经吃完。弟兄们至少能休息一个钟头。沿那条小溪走几百码就有一道瀑布，那边没人能看见你。"

"你不打算先汇报情况？"

"等你洗完再说。"

塔玛斯端详着加夫里尔。他跟好些年前塔玛斯印象中大不一样。潘斯布鲁克的贾寇拉体形精瘦，下巴光溜，肩膀宽阔，风流倜傥；而加夫里尔在守山人服役期间增加了不少体重。塔玛斯倒是无所谓，反正等其他人全都饿死，加夫里尔还能活很久。

这个古怪的想法让塔玛斯轻声发笑。

"我是认真的。"加夫里尔说。

塔玛斯爬了起来。反正也躲不过。他突然生出幼稚的念头，朝加夫里尔打了个侮辱性的手势，然后才来到队伍当中。士兵们横七竖八地躺在路上，军服浸透汗水。没人朝他敬礼，塔玛斯也没计较。没走多远，他看到两个士兵打架，当班的军士立刻叫停了他们。饥饿再度来袭，气氛会越来越紧张。

他发现几十个赤条条的士兵在冰冷的溪水里洗澡，于是继续往上

火药魔法师

游走去。

溪水流入一道隘谷，周围都是陡峭的土墙。林木愈发高大，直刺苍穹数百尺，令塔玛斯顿生幽闭之感。

随着溪水在前方拐弯，塔玛斯听到了瀑布声。他停下脚步，观察隘谷顶端。这个地形着实可怕。若有一支军队在此埋伏，喧哗的水声能完全掩盖他们的行动。

好在每隔四分之一里都设有岗哨。不会有人出其不意地袭击他。

塔玛斯绕过去时看见了奥莱姆，他上身赤裸，站在瀑布底下，仰面迎接水流的冲击。

塔玛斯走过去，一声问候却哽在了嗓子眼里。

维罗拉跟奥莱姆一起站在瀑布底下。她一丝不挂，军服和装备放在岸边。奥莱姆双手抱着她的头，细心地捋顺她纠缠不清的发卷。她对奥莱姆说了什么，奥莱姆笑了，然后她转身面对着他。二人的身体贴在一起。她张开嘴唇，奥莱姆歪着脑袋，俯身亲吻她。

她的眼睛扑闪着睁开了，灵巧地迈出一步，绕过奥莱姆，背对着塔玛斯。奥莱姆也说了句什么，然后朝塔玛斯这边偷偷瞟了一眼，突然用力地搓洗着自己的头发。

"怎么了？"有人猛拍塔玛斯的肩膀，"没见过光屁股的女人？"加夫里尔绕开塔玛斯，走向瀑布，衬衫已经脱掉。

塔玛斯的心咚咚直跳，他暗自祈祷，感谢自己刚才没一蹦三尺高。他很快意识到自己是在偷窥，感觉脸颊烧得通红，于是大步走向瀑布，同时脱下军装。

维罗拉出了水，飞快地收拾背包，穿好衣服。一分钟后，瀑布底下只剩塔玛斯、加夫里尔和奥莱姆。

"要知道，"加夫里尔一边对奥莱姆说话，一边把衣服扔到溪边的石头上，"洗澡得脱裤子。"

奥莱姆清了清喉咙，局促不安地哈哈一笑，瞅了眼维罗拉离开的方向。

加夫里尔笑得肚皮直抖。"那个女人长得不错。我理解你为啥不脱裤子。"他抬起胳膊肘顶向奥莱姆的肋部，差点将其掀翻。奥莱姆歪着嘴傻笑，瞥了眼塔玛斯，笑容立刻收敛。

"维罗拉曾跟塔涅尔订过婚，"塔玛斯说，"直到今年初夏。"他盯着奥莱姆。这是什么情况？他俩多久了，还是临时起意？

不知加夫里尔有没有注意到气氛不对劲儿，总之他自己毫不在意。"反正婚约已经解除了，对吧？"他耸了耸结实的肩膀，"美女就是美女。名花无主可是加分项。"

"我有时都忘了……你对女人的……喜好。"

加夫里尔正面朝向塔玛斯，丝毫不以裸体为耻。"你也忘了那群如花似玉的贵族小姐了？她们一心想俘获九国最有魅力的单身汉，就在艾瑞卡死后的第二年……我们去凯兹之前，你睡了几个？"

塔玛斯完全忘记了洗澡的事。他一只手抓着外套，牙齿咬得咯咯响。"说话注意点儿，贾寇拉。"

奥莱姆不知何时离开了瀑布，在岸边收拾衬衫、外衣和手枪，悄悄地溜向下游。

"我们得谈谈，奥莱姆。"塔玛斯说。

奥莱姆呆立当场，茶色的胡子上挂满水珠。

加夫里尔用粗壮的手指戳戳塔玛斯的胸膛。"你也玩过女人，塔玛斯，包括我妹妹。所以我想说什么就说什么。"

塔玛斯低头看着加夫里尔的手指，认真考虑要不要把它折断。这家伙算哪根葱，敢这样对他说话？若是在公开场合，塔玛斯别无选择，只能跟他决斗。而此时此刻，塔玛斯只想一拳揍扁他的鼻子。真打起来，加夫里尔的力量和体重都有优势，但塔玛斯速度更快，再吸点黑火药，加夫里尔就更不是对手了。他可以……

他忍住冲动。现在身处凯兹的地盘，一支四倍于己的军队紧追不

火药魔法师

舍,而他只想全神贯注迎接下一场战斗。他在干吗?加夫里尔又不是敌人。

他回过头,发现奥莱姆已经溜走了。

"你有点过分了,塔玛斯。"加夫里尔说。

塔玛斯把军服搭在一根突出的树根上,涉水走进瀑布。冲击力瞬间激荡他的五脏六腑。水冷如冰,从东边巍峨的大山顶上倾泻直下。

"亲爱的克雷西米尔啊!"他感觉腿都冻僵了。

"我在守山人那边洗过更冷的澡。"加夫里尔说。

塔玛斯望向下游,也就是奥莱姆离开的方向。"维罗拉跟我儿子塔涅尔订过婚。据我所知,他现在可能死了。我不能……"

"婚约解除了。"加夫里尔打断了他,"你亲口说的。放手吧。你背着艾瑞卡浪过几次?"

"一次都没有。"塔玛斯的声音比溪水更冷。

加夫里尔扮个鬼脸,表示他一个字都不信。他正要开口,但被塔玛斯抢了先。

"质疑我的荣誉?"塔玛斯说,"有种你试试?"

"不提这茬儿了。"

"行。那就报告该死的敌情。"

"凯兹人距我们将近八里。你设的路障有些发挥了作用,有些没有。骑兵最多只能两人并排通行,所以他们的队伍拉得老长。他们派人在林子里到处侦察,希望找到捷径。我让我的游骑兵盯着企图从侧翼包抄我们的小股敌军,但目前,我们最大的敌人是缺少食物。"

"我们还有多久能到克雷西米尔之指?"塔玛斯揉搓着胡须。他迫切需要刮胡子。

"六天。"

"好。"

"关于这事,我有些坏消息。"

塔玛斯叹了口气。"我正想听这个。"

"凯兹方面派胸甲骑兵从西边迂回，横穿平原。五千五百名重骑兵。他们想在平原上讨回胡恩多拉的损失。如果我的推测没错，他们将与我们同时抵达'神指'。

"而上次我经过'神指'时，"加夫里尔接着说道，"距第一条河还有一里地就没有森林了。从那里到河边都是开阔的平原，然后有道狭窄的木桥。"

"正好适合凯兹军队包围我们。"

"没错。"

塔玛斯闭上眼睛，在脑海中勾画。他上次经过这个地区已是十三年前了。"我要打垮凯兹军队。"

"什么？"

"打垮他们。我们不能拖着这条骑兵尾巴，让他们一直跟到德利弗。即使我们通过'神指'，甩掉他们一时，他们也会在北方平原守株待兔。在开阔的高地，我们对阵三个旅的骑兵将毫无胜算。"

"你打算怎么打垮那么多骑兵？你只有一万一千人，塔玛斯。我见过你创造奇迹，但这也太夸张了。"

塔玛斯离开冰冷的水流，抓起搭在树根上的军服。他不顾身上湿漉漉的，直接套上裤子。

"我们加速急行军，四天就能赶到。这一来就有了准备时间。"

"你没法让大伙饿着肚子急行军四天。"

塔玛斯不理他。"你带上二十个最快的骑手，外加多余的马——从凯兹人手里俘获的那些——提前赶去'神指'。"

"我还以为要杀了那些马，让弟兄们吃饱。"

"到了再杀。我要你拆了那座桥。"

加夫里尔跨上溪岸，甩甩硕大的脑袋，水珠四溅，让塔玛斯想起了在河里捕鱼的熊。"你疯了？"加夫里尔问。

火药魔法师

"你相信我吗?"

加夫里尔犹豫几秒钟,时间有点长。"然后呢?"

"拆桥,宰马,造筏子。叫他们对拆桥的事绝对保密。等我们到了,就说桥被冲垮了,你们提前造了筏子。"

"你他妈最好有个像样点儿的说法,解释清楚为啥不过河就拆桥。"加夫里尔说,"不然弟兄们非吊死我不可。这只怕会搞到全军覆没。"

塔玛斯穿上外衣。"去吧。只带你的心腹。"

加夫里尔穿衣服时,他迈开脚步,顺着溪流往回走。听到加夫里尔的喊声,他停下脚步。

"塔玛斯,"加夫里尔说道,"别把我们都害死了。"

第 19 章

"你有没有想过,"塔涅尔说,"他们为什么老吹撤军号?"

他坐在伊坦上校床边。这是鲁镇大路边的一家小酒馆,距离前线二里地。镇子静谧安详,然而远处的炮声时不时提醒塔涅尔,尽管他们不在前线,战争依然在进行。

伊坦靠着一大堆羽毛枕头。一个护士守在门口,随时照应他。每天都有近卫军士兵来来去去,祝他早日康复,又带着他的命令奔赴前线。

塔涅尔知道,只有上校级别的伤员才能享受到这种医疗待遇。他听到过有些背伤严重的步兵落到何等下场——大多在几个月后死于疏忽照料。

塔涅尔看着眼前的朋友,在素描本上涂画,用炭笔勾勒出伊坦结实的下巴。伊坦拒绝离开岗位,说他可以——也必须——继续领导第十二旅近卫军,哪怕只能坐在椅子上指挥。有流言说,希兰斯卡将军打算逼迫伊坦离职。

塔涅尔不希望流言成真。唯有保留伊坦对近卫军的指挥权,他才不至于向绝望投降。

"撤退,"伊坦说,"是因为我们寡不敌众。"他将鹅毛笔插进墨水瓶,把纸张搁在膝上,写下一行字。塔涅尔刚拿出素描本时,他骂个不停,现在只能忽略塔涅尔画他的事实。

塔涅尔端详着伊坦的脸,有些心不在焉。吹号的事似乎不太对劲

火药魔法师

儿。撤军号。没有一次例外。"你对塔玛斯打仗的经历了如指掌。他撤退过多少回?"

"七回,如果没记错的话。"

"打过多少仗?"

"几百回。"

"过去几周,我们在凯兹人面前撤退了多少回?"

伊坦叹息着放下羽毛笔,揉揉眼睛。"塔涅尔,这有什么联系呢?将军们别无选择。要么损失惨重地撤退,要么牺牲前线的每一名士兵。"

"如果某位将军与凯兹人勾结呢?"塔涅尔脱口而出,"每次都提前下令撤退?"

"你的想法很危险。"

"塔玛斯认为有叛徒……"

伊坦打断了他。"没错,但他抓住了那个混蛋。无论教会发什么狠话,查理蒙德这辈子都别想再见到太阳了。"

"也许还有叛徒没被塔玛斯抓到。"塔涅尔轻声说。

"这些将军都是塔玛斯亲选的。个个都是他多年的支持者,政变时期也不例外——政变失败的可能性非常高,他们却敢冒风险背负叛徒之名。他们不仅有能力,而且忠心耿耿。"

塔涅尔往手背上撒了些火药,吸进鼻子,勉强保持头脑清醒。曾几何时,一丁点儿火药就能让他集中精神思考问题,如今却越来越难了。

火药。困扰他的另一个问题。

"你有权查看军需官的报告吗?"塔涅尔问。

伊坦又写完一张纸,放在床头柜上。"我们部队的,当然可以。"

"我不要你们部队的。我要全军的。能弄到吗?"

"那我得找找关系……"

"去找。"

伊坦紧抿嘴唇。"因为我对你的请求太心软了。"

"拜托了。"塔涅尔一边勾勒伊坦的肩膀,一边说道。

"为什么?"

"我总放不下这件事。我就想知道,全军消耗了多少黑火药。"

"好吧。"伊坦叹息着答应了,"我尽力而为。"然后他沉默不语,一时间,只有鹅毛笔在纸上刮擦的声响。伊坦全身心扑在工作上。自从瘫痪之后,他就一头扎进了行政事务。三天来他一直在核查补给报告、了解新兵数量、翻阅有望被提拔的人员档案。

塔涅尔为伊坦忙碌起来感到高兴,他可以不用整天想着受伤的事了。

伊坦的书写声突然停了。"凯兹怎么会有那么多该死的黑守护者?"他问,"你父亲生前——当年——不是很难找到这种人吗?"

"说不准。"塔涅尔在伊坦肖像的下巴处添了几笔。他也想不通。"凯兹每两年就发动一次针对火药魔法师的清洗,还有定期扫荡。塔玛斯推断,他们把逮捕的魔法师都处决了。他安插的探子也从未提供不同的说法。"

伊坦用羽毛笔在纸上轻点。"你认为凯兹一直关着他们?"

"只是我的个人看法。"塔涅尔说,"凯兹人口远比亚卓多,这可以解释他们的数量。我认为,克雷西米尔亲自将他们转化为火药守护者。新怪物和克雷西米尔同时出现不会是巧合。"

伊坦继续写字,过了一会儿又停笔。"哦,"他说,"我有东西给你。"

"嗯?"

伊坦拿出一个银质鼻烟壶,递给塔涅尔。"我听说,你那个丢在南派克山上了。也许你会喜欢。"

塔涅尔打开盖子,看到里面刻着几个字——"双杀塔涅尔,刀枪不入"。

"刀枪不入?"塔涅尔嗤笑一声。

"弟兄们已经这么说你了。"

"太荒唐了。没人刀枪不入。"他递回鼻烟壶,"我不能要。"

伊坦突然咳嗽起来,痛苦地捂住腰部,半躺下去。"拿着,你这顽固的杂种,不要我又要骂你是胆小鬼了。你和你女朋友救了我们的命。"

"她不是我女朋友。"

伊坦冷哼一声。"哦,是吗?流言都传开了,塔涅尔。"伊坦低头看看手掌,"我不该告诉你,但总参谋部希望你俩分开。他们说,这种行为会影响士气,一个战斗英雄和一个蛮子成天混在一起。"

"你相信他们的话?你同意吗?"塔涅尔语气僵硬。他没必要坐在这儿听人胡说八道。

伊坦抬手示意他冷静。"我注意过你看她的表情。跟你以前看维罗拉一样。"伊坦耸耸肩,"我不做道德评价,只是告诉你要当心流言。"

塔涅尔强行放松下来。他以前看维罗拉的表情?这简直跟近卫军说塔涅尔"刀枪不入"一样可笑。"我该怎么做?总不能把她送走。"

"娶了她?"

塔涅尔笑了,面对这荒唐的提议,他只能摇头。

"我没开玩笑。"伊坦说,"总参谋部怎么说都行,但她是你老婆,他们就没话可说了。"他又开始咳嗽,这一次更加剧烈。

"你需要休息。"塔涅尔说。伊坦的脸色白得像塔涅尔的画纸。而他整个下午几乎忘了伊坦伤得有多严重,伤情突然发作将他带回到现实。

"我还要写命令。"

"休息。"塔涅尔从伊坦手里抽走笔和纸,放到床头柜上。他把鼻烟壶也搁在那里,准备离开。

"塔涅尔。"

"什么?"

伊坦抓起床头柜上的鼻烟壶,扔给塔涅尔。后者单手接住。

"拿着,"伊坦说,"不然我开枪打死你。"

"好吧,好吧。我拿着。"他关上身后的门。

卡-珀儿候在门廊里,盘腿坐在地上,手拿一个蜡人偶。她把它收起,站起身。看她的样子,好像没听见伊坦对她的评价。

"你能帮帮他吗?"塔涅尔问。

她微微摇头。

"见鬼,棍儿。你当时把我从鬼门关硬生生地拉了回来,就不能……"

她竖起一根手指,皱起眉头。塔涅尔以为她想表达什么,结果她转身走开了。

他跟着卡-珀儿进了酒馆大厅。伤兵们聊着天,喝着酒,等待被打发回家或重返前线。周围气氛有些压抑。一个女人独自坐在角落里,一条腿被齐膝截断,自顾自地呻吟着,所有人都假装没听见她寂寞的哭声。

天气也无法振奋塔涅尔的情绪。风雨欲来的天气持续一周,阴霾与日俱增。昨天黄昏飘了场蒙蒙细雨——致使草地湿滑,打起仗来更加危险。

塔涅尔在酒馆门外停下脚步,犹豫着回战场前要不要喝一杯。

街边来了两名宪兵。他们手持沉重的钢矛,身穿绿纹蓝底的亚卓军装,徽章上峰峦叠嶂,覆盖着一对交叉的棍棒。

是巧合呢,塔涅尔心想,还是等待已久?

"'双杀'塔涅尔上尉?"

"干吗?"

火药魔法师

"跟我们走一趟吧，长官。"

毫无疑问是在等他。"谁的命令？"

"凯特将军。"

"我还是不去了。"塔涅尔摸到枪柄。

"你被捕了，长官。"

被捕？太离谱了。"什么罪名？"

"凯特将军自有说法。"

其中一人上前抓住塔涅尔的胳膊。

塔涅尔猛地甩开对方的手。"别碰我。身为亚卓士兵，我对个人权力清楚得很。说不出罪名，你们就给我滚蛋。"塔涅尔释放感知力，但没在他们身上发现火药，说明他们有备而来，就是要抓他。

他们当真做好了准备？宪兵再次拽住塔涅尔的胳膊，似乎当他是个任性的孩子。"老实跟我们走。我们还要带走那个女孩。她在哪儿？"

卡-珀儿呢？塔涅尔甩开胳膊，四下张望。

"长官！别逼我们……"

塔涅尔一拳打中宪兵的下巴，把他揍翻在地。另一名宪兵压低长矛，杀气腾腾地逼上来。塔涅尔旋身避开，手握矛杆，一个顺手牵羊，拉得对方失去平衡。宪兵跟跄着向前冲来，被塔涅尔结结实实地打中侧脑。

第一个宪兵爬起来，但站立不稳。被人一拳揍翻，让他怒不可遏，耳根都涨红了，面容极度扭曲。他比塔涅尔足足高出一头，重了不止四石。

塔涅尔接住宪兵挥来的拳头，反手打中对方的肘关节。只听"咔嚓"一声，血花绽放，白骨支棱出皮肉。

宪兵的惨叫吸引了不少人的注意，这可不是塔涅尔的本意。他松开手，任其瘫软在地，朝战场方向快步走去。

逮捕他？凯特将军居然有脸逮捕他？塔涅尔是横在凯兹和亚多佩斯特之间唯一的屏障。他杀了敌方半数尊权者，为翼军在战场上赢得了显著优势，如今他的步枪已布满刻痕，他杀死的步兵更是不计其数。

过了一会儿，卡-珀儿来了。他刚才还是独自一人，假装对目击者的瞪视毫不在意。突然之间，她就出现在他身边，步履悠闲，仿佛什么事都没发生。

"你去哪儿了？"

卡-珀儿没有回应。

"好吧……"他紧咬牙关。该死。一位将军下令逮捕他。他们迟早会回来的，还会带来更多人。他能怎么办？挨个儿打断所有宪兵的胳膊？"如果他们还来，你就像之前那样消失。我不希望他们用脏手碰你。"

她点点头。

塔涅尔迈着坚定的步伐，一心只想回到前线。他绕了些远路，走向后勤帐篷。

他来到第三座食堂帐篷，探头发现了目标。

名叫米哈利的大厨正在独自清点酒桶。他一手拿着炭笔，一手拿纸，乌黑的长发在脑后束成马尾。

"下午好，塔涅尔。"米哈利头也不回地招呼道。

塔涅尔呆立当场，帐篷帘子在背后合拢。"我们见过面吗？"

"没有。但我是你父亲的朋友。请进。"

塔涅尔心怀戒备，在帘子附近站定。卡-珀儿也进来了，却毫无戒心，一屁股坐在角落的酒桶上。

"塔玛斯死了。"塔涅尔说。

"哦，别犯傻。你打心眼里不相信。"

"我得慢慢接受现实。"

火药魔法师

米哈利依然没转身。虽说他背对着自己,但塔涅尔看着他,仍然对此次拜访充满疑虑。他身上有某种东西。是味道吗?不,是非常微妙的东西。若有若无的熟悉感。

"塔玛斯活得好好的。"米哈利说。他的嘴唇无声地翕动,手上指指点点,数着帐篷角落里的木桶。"第七和第九旅大多数人也活着。眼下有支大军咬着他们不放,整整三个旅的骑兵,还有六个旅的步兵。"

塔涅尔嗤之以鼻。"你怎么知道?"

"我是亚多姆转世。"

"哦。你还真的自诩为神?"

米哈利终于叹息着转过身,在纸上写着什么。他长了一张又长又胖的脸,混杂了亚卓和罗斯威尔血统。他的白围裙沾满面粉和血迹,还有一块土豆皮不肯离开他刮净的下巴。"难以置信吗?你还试图杀过一个神呢。"

"我亲眼看到克雷西米尔从云端降临。我看到了他的脸。我仔细观察过克雷西米尔,我用脚趾头都能确认他是神。而你……"塔涅尔看着大厨,欲言又止,准备迎接对方的怒火。

"差太远了?"米哈利不但没生气,反而哈哈一笑。"克雷西米尔最擅长表演了,对他来说轻而易举。你父亲需要亲自认定。而你,我觉得,则需要更为直接的方式。"米哈利来到他面前,伸手摸向他的头,但又突然停下,稍稍退缩。塔涅尔发现,米哈利的手在颤抖。

"可以吗?"米哈利问卡-珀儿。

卡-珀儿迎着他的目光,仿佛在说,有种你试试。

米哈利又一次朝塔涅尔伸出手。越是靠近,他的手抖得越厉害,像被某种无形的力量阻挡。终于,大厨的手指碰到了塔涅尔的皮肤。

塔涅尔感觉亮光一闪。

整个宇宙仿佛在他眼前发光。数不清的年月呼啸而过,充塞了塔涅尔的记忆，犹如他亲眼见证过一般。他看到克雷西米尔第一次降临大地，感觉到克雷西米尔召唤弟兄姊妹，协助其建立九国。他目睹了荒冷时期的混乱。世纪无情更迭，生老病死，弹指一挥间。

然后一切都消失了。

塔涅尔跟跄后退，大口喘息。

几个月前，卡-珀儿对他做过类似的事。当时他深受感染，震撼得喘不过气，而那仅仅是短时间的回忆而已。

这次则是两千年。

他花了好一会儿才恢复正常。终于缓过来后，他说："你是神。"这次不是问句。

"'神'这个说法很滑稽。"米哈利回头继续清点库存。他在纸上做个记号，然后默不作声地数着洋葱袋子。"意味着全能全知。但我向你保证，这两样我都不行。"

"那你是什么？"波曾断言，神是强大的尊权者。有这样的记忆，米哈利怎么可能不是神？

"语义学，又是语义学！"米哈利举手投降，"为了避免争论，是就是吧。我是神。但我觉得我们没时间争论哲学问题了。请坐。"米哈利拿起一个酒桶，放在塔涅尔身边，仿佛那东西不过一两磅重，然后他又搬来第二个。

塔涅尔想把酒桶挪远些，但那玩意儿纹丝不动。他皱起眉头，看着米哈利大厨又搬来两个酒桶，一个给他自己，一个给卡-珀儿。

卡-珀儿的手不经意地擦过米哈利的胳膊。

"嘿，丫头，"米哈利用父亲训斥女儿的温柔口吻说道，"千万别。"他轻轻碰了碰卡-珀儿的手指。

火光一闪，卡-珀儿跳开了，一边吹着指尖，一边瞪着米哈利。她企图弄一根大厨的头发？

米哈利安稳地坐在酒桶上。"我和我的弟兄姊妹们不一样，创建

火药魔法师

九国后,我决定留在这个世界。当然了,隐姓埋名,观察学习。"米哈利眼神迷离,似乎望向塔涅尔看不见的东西。"遥远的星星很漂亮,充满神奇,但我发现,这里的人也是形形色色,魅力四溢,令我难以割舍。"

米哈利望向卡-珀儿。"我研究过骨眼,但并不深入。底奈兹和法崔思特离亚卓太远,我力有不逮。我不知道克雷西米尔他们是怎么离开这个世界的。他们都叫我居家男人,因为我不爱探索陌生的宇宙领域。总之,骨眼拥有不可思议的魔力,很不寻常,克雷西米尔他们绝对想象不到。你,亲爱的,真是可怕。潜力无限。"

但米哈利的表情并不害怕,反而充满好奇。

大厨回头看着塔涅尔。"至于火药魔法师!则完全出乎克雷西米尔的预料。毕竟火药是在他离开几百年后才出现的。"米哈利用一根短粗的手指敲着下巴,"知道吗,他疯了。你射进他眼睛里的骨眼弹,一直没能取出,卡在他脑子里,导致他每天生不如死。"

塔涅尔口干舌燥。身为一个神,克雷西米尔居然疯了,就因为他。"他知道是谁开枪打了他吗?"

"我相信,他知道。你在南派克山上的所作所为,对亚卓军队而言不过是道听途说,而凯兹那边只有朱利恩和克雷西米尔活了下来。"米哈利顿了顿,"当然,朱利恩在他手上。所以他肯定知道。"

"他把朱利恩钉在一根大梁上,砍了她的双手。他为什么这么做?"

米哈利皱起眉头。"朱利恩。迷路的孩子。不管她是不是活该,我认为,折磨她对谁都没有好处。"

塔涅尔发现,米哈利回避了有关朱利恩的问题。他决定不强人所难了。

"那我怎样才能杀死他?"

"克雷西米尔吗?嗯……你为什么觉得我会告诉你?"

塔涅尔浑身一震。"可……你站在我们这边,对吧?"他顿觉肌肉僵硬,心生一丝恐惧。

"我会保护亚卓。说到底,这是我的国家。但克雷西米尔仍是我的弟兄。我爱他。我不想看着他死。不过我愿意阻止他。也愿意帮助他。如果我能取出他脑子里的子弹,也许我能跟他讲讲道理,结束这一切。"

塔涅尔的手指握成拳头。"我要杀了他。"

"也许你该走这条路。"米哈利检查着存货单,好像又开始清点了。

塔涅尔沉默了好一会儿。"那些将军,他们知道……?"

"哦,塔玛斯告诉了他们。他们大多不信。"

"可他们知道,你是强大的尊权者?"

米哈利点点头。"一个令人不安的事实。他们让我参加战斗,但我拒绝了。说实话,亚多姆之翼的尊权者干得不错,压制了残余的凯兹王党。"

"塔玛斯还活着的消息,你告诉他们了?"

"当然。"

塔涅尔眨眨眼。"那他们怎么不告诉我?希兰斯卡……既然有希望,他应该说点什么。"

"神也不能尽知一切。"米哈利说,"我不知道。但我不相信那些将军。大多数人确实真心为亚卓好。不过少数人……"

"凯特将军。"

米哈利耸耸肩。"顺便说一句,宪兵队来了。"

塔涅尔来到门帘边,朝外偷偷张望。有几十人聚在门外。

"该死。我能从后门出去吗?"

"他们包围了帐篷。你最好的办法可能是跟他们走。"

"我不想被他们逮捕。那些混蛋。我……"

火药魔法师

米哈利清了清喉咙。"我刚才说了。这可能是目前最好的办法。"

塔涅尔的脑筋转得飞快。怎么办？逃吗？还是体面地现身，被他们带走？"先回答我一个问题：我到底怎么了？我比以前更强壮，速度更快。这种力量我前所未有。足能毒死一匹马的马拉烟，对我来说只是毛毛雨。我知道，火药魔法师不可能拥有这么强的力量。是因为她吗？"他抬手指着卡-珀儿，后者回应似的扬起眉毛。

米哈利犹豫半天。"你经历了淬炼。"他说，"这个女孩用防御性巫力包裹了你。克雷西米尔挨了你一枪，他的反击仍能震垮南派克山。你是凡人之躯，本应粉身碎骨才是。以我对巫力的了解，他对你的攻击之强，干掉我都不成问题。可你……"米哈利扑哧一乐，不知有什么好笑的。"你啊，确实变得更强了。"

"可这说不通啊……"

"你该走了。"米哈利说。

塔涅尔深吸一口气。"好吧。卡-珀儿，留在这儿。我不希望他们碰你。"不等卡-珀儿回答，他出了帐篷，来到天光之下。

宪兵队立刻压低长矛，将他团团围住。

"好了，你们这帮混蛋。带我去见凯特将军，我……"

有人一棍子打在他头上，力道很重。塔涅尔跟跄着向前跌去，伤口溅出鲜血。又一棍子打中他肚子，然后是膝盖。他瘫在地上。有人一边骂，一边对他拳打脚踢。等他感觉已承受不住时，他被拽了起来，头和脸又挨了几下，随后失去了意识。

第 20 章

塔玛斯骑着战马，在队伍末尾缓步奔驰，肚子咕咕直叫。在他前面，第九旅的士兵们踩着一个年轻军鼓手敲打的节奏，有气无力地行军。空气闷热，有高大松树投下的阴影也无济于事。夏日的湿气渗透了塔玛斯肮脏的外衣，他每一次呼吸都像是折磨。

他盯着前方队伍里的一个步兵。那人瘦高个儿，脏兮兮的金色长发梳成马尾，搭在肩头。大概二十分钟前，他的双肩开始晃得厉害。塔玛斯敢打赌，下一个晕倒的就是他。

不时有士兵回头，用饥渴的目光看着塔玛斯的坐骑。每当骑马的斥候和军官路过时，他们也是同样的眼神，令人心绪不安。

两天前，他们宰杀了最后一批凯兹战马，分食了马肉。塔玛斯听到传闻，部分连队的军需官昧下了所剩不多的库存，并且偷偷出售。他决定一查到底，但没人愿意承认。每次经过溪水，都有十来人偷偷离队，在泥巴间摸索小鱼小虾。为让他们归队，军士们只能挥鞭子。

"它们以为很快就有吃的了。"奥莱姆说。

塔玛斯回过神来。他已经四天没吃东西了，现在头很晕，浑身虚弱无力。步行的士兵比他更需要进食。至少马匹每隔一段距离还能啃草。

奥莱姆指着两只秃鹰，它们正在树冠之上盘旋。

"哦。"塔玛斯说。

"它们跟了我们五十里。"奥莱姆说。

"你能确定是同样两只?"

"其中一只的羽毛尖是红色的。"

塔玛斯嘟囔一声,语速极慢。天气热得让人不想说话。

"两天前我们宰了马,大多数秃鹰都留在当时的营地里,但红羽尖儿一路跟过来。"奥莱姆撇着嘴说,"我觉得它想饱餐一顿。"

塔玛斯抬头望向秃鹰。他身经百战,早就看腻了,不想再讨论这个话题。"我有一周没见你抽烟了。"他说。

"太他妈热了。请原谅,我说脏话了,长官。"奥莱姆拍拍胸前的口袋。"只剩最后一根了,我想留着。"

"为了某个特殊的场合?"

奥莱姆依然望着秃鹰。"加夫里尔告诉我,我们会在'神指'背水一战。我觉得,嘴里叼着香烟能死得痛快些。"

塔玛斯不由自主地拉长了脸。"你对别人说过吗?背水一战什么的。"

"没有,长官。"

"该死的加夫里尔。他得管住他那张大嘴巴。"

"这么说,是真的喽?"

"我不打算背水一战,奥莱姆。我要大破敌军。背水一战必须做好吃败仗的准备。"

"您说得对,长官。"

塔玛斯暗自叹息。士兵们常常秉持着一种奇怪的宿命论。大多数人意识不到,只要运筹得当,任何局势都可以逆转。

"奥莱姆……"塔玛斯欲言又止。

"长官?"

"那天我看到……"

奥莱姆下巴上的肌肉跳了一下。"您指什么,长官?"

"我指什么?你应该清楚。是维罗拉。如果我再晚到一会儿,可能会看见你俩做出更伤风败俗的事。"

"我是那么想的,长官。"

塔玛斯眨眨眼,没料到对方如此坦率。"你就不能闭上嘴巴保全颜面吗?"

"那也保全不了性命,长官。"

"我不准你俩交往到那种程度,奥莱姆。"

"哪种程度,长官?"奥莱姆的眼角收紧了。

"你和维罗拉。她是上尉,而你……"

"也是上尉。"奥莱姆说,"您亲自提拔的。"他碰了碰翻领上的金质徽章。

塔玛斯清了清嗓子,抬头望天。该死的秃鹰还在那儿。"我想说,她是火药魔法师。你知道的,我的魔法师是一支特殊的队伍。我不许你越界。"

奥莱姆似乎很想说些什么。他的嘴巴动了动,仿佛咬着一根无形的香烟。"是,长官。您说了算,长官。"

讽刺的意味犹如渗透纸张的水,令塔玛斯有些吃惊。奥莱姆一向忠诚可靠,绝无二话。他张开嘴,准备呵斥奥莱姆。

那个梳马尾辫的士兵跌跌撞撞脱离了队伍,一头栽倒在地。两个战友停下来照顾他。

"到前面去,"塔玛斯说,"传令休息。弟兄们需要歇一会儿。"

奥莱姆迫不及待地策马向前,大声喊道:"元帅有令,全军停止前进!解散休息!"

塔玛斯听到命令一声声传下去。慢慢地,全军士兵都停下脚步。有人去找附近的溪流,有人到树林里方便,还有人瘫软在地,累得不想动弹。

塔玛斯拧开水壶,喝光最后几滴水。水是热的,有股金属味。"士兵,"他吩咐一个军容相对没那么糟糕的人,"替我打壶干净清凉的水,然后告诉你的军士,今晚你不用挖茅坑。"

士兵接过水壶。"是,长官。"

塔玛斯下了马,把缰绳挂在一根树枝上。他横穿道路,试图让僵硬半天的双腿恢复些活力,随后停下脚步,望向南边。凯兹军队杳无踪迹。林木茂盛,密不透风。根据最新报告,凯兹的先头部队离他们不过十里,龙骑兵已经在两军首尾间游荡了,意图抓捕掉队的亚卓士兵,并骚扰后卫部队,但塔玛斯最在意的是敌军大部队的方位。

他需要巨大的领先优势。

"长官。"

塔玛斯扭过头,看到维罗拉站在他的战马后面。她的军装肮脏不堪,颈口处的衣领敞开着,束着乌黑的头发。塔玛斯眼前闪过她在瀑布底下赤身裸体、主动亲吻奥莱姆的画面。他将之驱散,尽量不在脸上露出尴尬的神色。

"上尉。"

"腿怎么样,长官?"

塔玛斯活动着伤腿,感觉肌肉一阵阵刺痛。骑马对放松双腿没什么帮助,但好歹不会疼得厉害。"还好,谢谢关心。打猎有收获吗?"

"鹿离我们太远。如果狩猎范围超过一二里地,猎物就带不回来了。只有些松鼠和兔子。足够火药魔法师吃的。"

至少火药魔法师还能保持体力。一说起兔子,他就感觉胃部抽搐。

"如果宿营时长超过一夜,或者稍稍放慢速度,也许我们能打到鹿。"

"很遗憾,上尉,这不可能。我们必须远远地抢在凯兹人之前抵达'神指'。"

"斥候说,我们两天后就能抵达,长官。"

"对。"塔玛斯说,"等我们渡过第一条河,就烧了那座桥,赢得一两天时间。我们可以休整并补充物资。"

"但愿如此，长官。弟兄们快吃不消了。"

塔玛斯的注意力回到刚才昏厥的士兵身上。他已经坐了起来，就着水壶喝水，对战友说着什么。塔玛斯的双手背在身后，十指相扣，扭头面对维罗拉。

"上尉，你我都很清楚，那天发生的事很不正常。"

维罗拉眼睛都不眨。"您是说看到我洗澡？"

塔玛斯恨不得扇她一耳光。这死丫头，明明知道他想说什么，非要装傻。

"你和奥莱姆……"

"恕我直言，长官，我认为这事与您无关。"

"我是你上级……"

"是的，长官。而您一向说得很清楚，两个士兵在闲暇时间做什么都行，只要不违反军规。"

"那不一样。"不一样，塔玛斯告诉自己。"我不允许我的缚印者跟我的保镖鬼混，你明白吗？我不允许我的保镖跟……跟……"

"一个婊子？"

她声音很轻，却让塔玛斯忘记了呼吸。

"您是想这么说，对吧，长官？您觉得我是个婊子，因为我伤害了塔涅尔？或者荡妇？我知道这些词就在您嗓子眼里，即使您没说出口。"

"注意你的态度，士兵。"塔玛斯警告她。

"请允许我自由发言，长官。"

"我不允许。"

维罗拉不理他。"您以为我不知道我伤害了塔涅尔？为了一个白痴，为了几个月的激情，我抛弃了曾经拥有的一切，您以为这事儿我就不难受吗？"

"我不允许，上尉。"

火药魔法师

"您没听见大伙是怎么说的。"维罗拉提高嗓门,"您没听见别人背着我——甚至当着我的面——是怎么说我的。您没有听见那些冷嘲热讽。'维罗拉,她能为所有人张开大腿。'您没听见他们夜里在您帐篷外小声低语,赌谁第一个爬到我背上。"

"我不允许!"塔玛斯上前几步,瞪红的眼睛令人胆寒,但维罗拉毫不退缩。

"整整十八个月,我独守空房,因为您派塔涅尔去了法崔思特。塔涅尔,战斗英雄。人们都说,法崔思特的女人个个愿意向他献身。后来又说有个蛮子丫头,寸步不离地跟着他。我该怎么想?大学里没人看我第二眼。他们知道我是谁。他们都怕塔涅尔,不敢对我说一句中听的话。"

维罗拉浑身发抖,满腔怨愤直接喷在塔玛斯脸上。"然后有个男人出现了,他不在乎我是谁的未婚妻。他爱慕我,追求我,信誓旦旦地说,世上只有我一人能让他如此幸福。我相信了他。"维罗拉面容扭曲,一脸厌恶,"结果我发现,他睡我只是为了让您难堪。"

维罗拉痛苦的眼神和哀怨的语气,令塔玛斯难以承受。曾几何时,塔玛斯是她的父亲、朋友和导师,如今却成了她憎恨的对象、鄙夷的仇敌。

"从我眼前滚开,上尉。如果不是在打仗,我会送你上军事法庭。"

维罗拉凑近些,除了像她这么熟悉塔玛斯的人,谁也不敢如此贴近他。近到可以拥抱。近到可以捅他一刀。"如果您想了结这事,就请亲手杀了我。"她说,"不用叫别人代劳。"

她猛转过身,大踏步离开。士兵们张大了嘴巴,目送她经过,然后掉头望向塔玛斯,等着他大发雷霆,掀起一场狂风暴雨。

眼看维罗拉快要消失在转弯处,她突然停下脚步,骑马的奥莱姆也出现在塔玛斯的视野。保镖在马背上俯身,对她说了些什么。她伸手扶住奥莱姆的大腿,后者将她轻轻推开,意味深长地瞟了塔玛斯一眼。

维罗拉却抓住奥莱姆的腰带,把他扯下马鞍,又把他推进了路边的树林。塔玛斯无声地咒骂着,向前跨出两步。

有人清了清嗓子。塔玛斯循声望去。

是他之前派去取水的士兵。"您的水壶,长官。"

塔玛斯一把抢过水壶。等他再扭过头,奥莱姆和维罗拉已经不见了。

他深呼吸几次,走向战马。

"长官,您不介意我问问多久后上路吧?"士兵问。

塔玛斯灌下一大口水,冰冷的水流仿佛在灼烧他的喉咙,让他的牙齿也跟着生疼。

"三十分钟,该死的。去休息吧。"

埃达迈叩响了纺织厂工头的办公室。在他脚下,几十台蒸汽织布机开足马力,全天候运转,除了声嘶力竭的喊叫,轰隆隆的噪音盖过了一切。几百名工人负责操作机器,像昆虫一样来来回回。

埃达迈进了办公室。噪音立刻大为降低。

"玛吉。"他喊道。

女人从房间后部现身,看到埃达迈,她笑了。他低头亲吻女人的脸颊。

她吃惊地退开了。"你这是怎么了?"

"从楼梯上滚下来了。"埃达迈回答。他说话时带着嗡嗡的鼻音,面部依然疼痛难忍,好像鼻子才断了一个钟头。

玛吉哼了一声。"看起来更像给人打的。"她说,"我提醒你多少回了,把鼻子凑到别人的地盘嗅来嗅去,迟早被人打断。"

火药魔法师

埃达迈举起双手,做出投降的姿势。"我没多少时间,玛吉。就是顺路过来看看,你有没有关于地毯的线索。"

"好吧,好吧。"玛吉走到显微镜旁的桌子前,翻找着文件。"上周我给法耶寄了封信。"她说。

"我会问她收到没有。"埃达迈靠着门框,闭上眼睛。脸疼。背疼。头和手都疼。浑身都疼,而且睡眠严重不足。除了烤面包和茶,他想不起什么时候吃过别的东西。直到玛吉把一张纸塞进他手里,他才睁开眼睛。

"这是买家,"她说,"查不到名字,只有支票收据上的地址。"

"谢了,玛吉。"

"叫法耶快来找我,好吗?"

"包在我身上。"

埃达迈离开纺织厂,一路都没看那张纸。没有名字,他就得花费更多时间查找地址的主人,而根据他对大老板的了解,他得透过好些伪造的名字和地址,才能挖到大老板的真实身份。

他招来一辆出租马车,然后才看了地址。

他又重新看了一遍,眨了眨眼,确保自己的眼睛没出毛病。

他认得这个地址。

随着时间推移,清晨的天色愈发阴沉。埃达迈回到亚多佩斯特西边的藏身处,打算拿把雨伞。他在廊道里停下脚步。公寓的房门竟然开着。

本能催促他转身离开。再次对上维塔斯的打手,他未必能全身而退。

他拔出手枪,检查过子弹,然后轻轻推开门。

苏史密斯坐在沙发上,胳膊抱在肚子上,下巴搁在胸前打盹。他的衬衫上满是血渍。

"苏史密斯?"

大块头拳手突然惊醒。"啊。"

"出什么事了?"

苏史密斯挑起一边眉毛,仿佛埃达迈不该质疑他那血淋淋的衬衫。"你出什么事了?有人打断了你的鼻子?"

埃达迈请女房东烧壶水,然后关上门。"你身上全是血。"

"不是我的。"苏史密斯说,"有一点儿,但不多。你鼻子怎么回事?"

"维塔斯有个手下守在我家里,一棍子打我脸上了。你又是怎么回事?坐在人家的客厅里,浑身都是血,连句解释都没有?"

"维塔斯派四个人去了我兄弟家。"苏史密斯说,"开枪打了我一个侄子。我和达威尔……干掉了那四个家伙。"

"天啊,苏史密斯。我很遗憾。你侄子……"

"才十二岁。达威尔不久前刚把他送进学校。"苏史密斯站起来伸个懒腰。他衬衫上的黑血已经干涸,可能过了好几个钟头,小眼睛里燃着怒火。"加我一个。"他说,"不管大老板了,我要维塔斯死,好给家里人一个交代。"

埃达迈刚想问他们如何处理尸体,突然想起苏史密斯的兄弟是个屠夫。还是别问为好。他谨慎地点点头。

苏史密斯还信得过吗?如果维塔斯的手下控制了他呢?如果,就像埃达迈一样,苏史密斯的家人也被维塔斯抓住了呢?

他能否承担质问对方的后果?埃达迈不能失去任何一个能帮忙的人。

"去清理一下。"埃达迈说,"你有些衣服留在了这里。"

"我们要出去?"

"我要去见一个值五万卡纳的人。"

埃达迈在劳茨街——城里最富裕的地段——下了马车。放眼望去，这里全是银行家的砖瓦大宅。街道宽阔，铺着平整的鹅卵石，两边种有高大的榆树。埃达迈推推帽檐，寻找目标。

在那儿——两栋富丽堂皇的银行家豪宅之间，坐落着一栋外形简朴的小房子，还有一片精心打理的小花园。埃达迈走上步道，苏史密斯紧随其后。

"大司库，是吧？"苏史密斯问。

"是啊。"大司库昂德奥斯，塔玛斯的议员之一，推翻曼豪奇的政变策划者之一。这老家伙很不友好，让人讨厌。埃达迈一点也不期待第二次见面。他拍拍大门。

他足足拍了十分钟，才听到门闩有了动静，大门打开一条缝。

"如此富有之人，"埃达迈说，"居然亲自来开门，真让我大吃一惊。"

大司库昂德奥斯眯起眼睛，瞪着埃达迈。"从我家台阶上滚下去，不然我以骚扰罪把你送进监狱。"昂德奥斯身穿长袍和拖鞋，头发乱糟糟的。

"我需要钱，"埃达迈说，"你的账务官说我资金中断了。"

昂德奥斯一声冷笑。"塔玛斯死了。他答应给你的资助都没了。我建议你去找别的活儿。"

"瞧，问题就在这儿。我能进去吗？"

"不能。"

埃达迈靠在门上。昂德奥斯吓了一跳，退进狭窄的门厅。

"麻烦你等在这儿。"埃达迈对苏史密斯说。拳手点点头。

昂德奥斯冲向他的办公室。埃达迈从兜里掏出手枪，干咳两声。看到手枪，大司库呆立当场。"你什么意思？"他问。

埃达迈的目光扫过房间。相比埃达迈上次拜访时，几个月过去，这里几乎没有变化。壁炉架积了灰，炉子清理过，地毯的使用痕迹并未增多，气味也完全一样。这栋房子似乎无人居住。

"那扇门开着，我能看到你的办公室里有根拉铃的绳子。"埃达迈说，"上次我来拜访时还没留意，但我心里有个疑问，一栋宅子只有三间房，没有仆人，为什么还要拉铃呢？"埃达迈示意壁炉边唯一的一把椅子。昂德奥斯坐了下来。

"你来打劫我吗？"昂德奥斯说，"我所有钱都拿去投资了。如你所见，这里没什么值钱东西。我家里连支票簿都没有。"

"听着，"埃达迈不理他，接着说，"我认为，那个拉绳通向你家地下好几间房，其中一间有四个高大威猛的汉子随时待命，一有情况就出来保护你。那些房间还有暗道，很可能通向你用假名在附近购买的豪宅。毫无疑问，你不住这里，只是用它掩人耳目，为你的行踪制造烟雾。"

昂德奥斯坐在椅子上，盯着埃达迈，一言不发。这时他的眼神里少了些愤怒，多了些……算计。不知为何，这一来，他更让人害怕了。

"你到现在都没说我死定了。"埃达迈端详昂德奥斯一阵子，"你可能不是那种类型。"

"你留了什么后手？"昂德奥斯问。

"信。交给我在警局的朋友。"

"告诉他们，我就是大老板？"

听昂德奥斯亲口说出来，真让人毛骨悚然。不否认。不承认。只是陈述。埃达迈颈后的汗毛都竖了起来。"不，当然不是。我告诉他们，如果我失踪了，我的尸体就在你家的地下室。没人敢调查大老板。但对我警局的朋友来说，调查一个账务官没什么问题。谁都知道你离群索居，而这种人往往都有些故事。我朋友说不定能找到乐子。

等他们发现你的地下室、保镖、豪宅，还有你藏在文件夹里的巨款，他们会非常感兴趣的。"

昂德奥斯嗤之以鼻。"你以为这样就能保命？"

"是啊，可以。"埃达迈的信心受到打击。万一昂德奥斯不在乎呢？如果调查启动，以他的神通，完全可以消失不见。"我认为，我的性命微不足道，但能省去对你好几个月的审查和折腾。"

"即使行不通，"埃达迈又说，"我还送了一封信给我出版界的朋友，说我知道了大老板的身份。如果我死于非命，他又听说我的死跟你有关，心里就该有数了；而且，可以这么说吧，那家伙的脑子不太灵光。他觉得头条新闻比他自己的命更重要。"

昂德奥斯咯咯地笑了。笑声干涩，一时间，埃达迈以为他在咳嗽。"真聪明。"他说。

"如果当时你帮助我，而不是让我独自对付维塔斯，我也不会怀疑你的身份。"

"你依然会怀疑的。"昂德奥斯挥挥手，"你想要什么？"

"五万——不，七万五千卡纳，现金，还有你的帮助。帮我杀掉维塔斯，救出我妻子。"

昂德奥斯十指相触，靠在椅背上。"你要学会在勒索时多要点钱。我可是九国最富有的人之一。"

"我对你的钱没兴趣。我只想救回法耶。"

"维塔斯有个尊权者。"

"这就是我要钱的原因。如果我有钱，我也能有尊权者。"

昂德奥斯若有所思。"厉害。如果维塔斯死了，我决定饶你一命呢？"

"我会忘记你的存在。"

"你真让我惊喜，埃达迈。"昂德奥斯放松下来，怒火也平息了。他懒洋洋地靠着椅背，十指相触。"你挖得够深的。多年前有人告诫我,说你是亚多佩斯特警察系统里最有原则、最坚韧不拔的家伙。为了避开你,我还特意藏得比较深。"

"相信我,"埃达迈说,"若不是涉及到我家人,我不会来这儿的。"

"好吧,话说回来,我有个条件。这件事结束了,你要答应在我需要时替我干活。"

"不。"

昂德奥斯抬起手,打断了他的抗议。"到时我会付钱。活儿可能很危险。不过你必须答应,不然我会杀了你和苏史密斯,不信走着瞧。"

埃达迈看着昂德奥斯的眼睛。决绝的眼神证明,昂德奥斯真有可能说到做到。而且……还有些许幽默?嘴角含着笑意?昂德奥斯乐在其中吗?

"同意。"埃达迈说。

"很好。"昂德奥斯顿了顿,"苏史密斯知道吗?"

"他以为我来找你要钱。"埃达迈说。他曾对苏史密斯说过,他要敲诈大老板,但眼下没必要提。苏史密斯可能猜到了什么,也可能没有。如果他猜到了,那么聪明的人自然知道该保密。而昂德奥斯不需要知道这些。

"你明天能拿到钱。"昂德奥斯说,"我派人送去哪里?"

"我在选举广场等。血迹那里。"

"永远不要再来这儿了。"昂德奥斯说,"我们通过太监联系。现在,你可以走了。"

埃达迈把手枪塞回兜里,突然意识到,局面已经不受他的控制了。

"还有,埃达迈,"昂德奥斯说,"如果你让我后悔了,你关心的每个人都会后悔的。"

第 21 章

塔涅尔惨遭围殴时,头上被罩了黑布袋,现在他被宪兵推搡着,跌跌撞撞走在营地中。他听到宪兵呵斥围观路人,脚步踉跄时还被他们低声责骂。因为失去方向感,要不是被他们架着,他十有八九会栽跟头。他浑身都疼,脑袋嗡嗡作响。

他被推上一段台阶,又被拉进一间屋子。是酒馆?还是军官食堂?他猜不出。他被按到一把椅子上,接着被五花大绑。他刚开始挣扎,后脑就挨了一拳。

塔涅尔身子瘫软,被绳捆索绑。他竭力竖起耳朵,捕捉周围的声音,希望推断出自己身在何处。但他只能听到屋外士兵的交谈声,还听得不大分明。他可能在亚卓营地里的任何地方。

不知过了多久。气温越来越低,说明夜晚已经降临。他的脸没有知觉,肯定被他们打花了。他挨个儿舔着牙齿。还好,都在。他的衬衫湿透了——可能是他自己的血,在他被囚禁期间,血也变冷了。

麻木感逐渐消退,火药迷醉感也一样,他渐渐被疼痛淹没。终于,他听到开门的声音。一阵沉重的脚步声。然后又是一阵。这次声音轻一些,但毫无疑问也是军人。

头罩被扯掉。一根火柴燃起,墙上的提灯被依次点亮。屋子不过三码见方,只有两把椅子和挂在墙上的提灯。

凯特将军站在他面前,抱着胳膊,面无表情,左右各有一名宪兵。两人怒视着他,手持军棍,仿佛在警告他不要乱动。

"人不够。"塔涅尔说。

他先开口,似乎让凯特有些措手不及。"什么?"

"如果你想打服我,或者有别的企图,你的人还不够。"

"闭嘴,'双杀'。"凯特挠着那只耳朵残缺的部分,踱起脚步,"我应该枪毙你。"

"你只能吊死我。"塔涅尔忍不住乐了。枪毙。这些军官表现得无所不知,可你真不能让行刑队持枪对付火药魔法师。至少不能用常规步枪。

一个宪兵扬起拳头,全力砸向塔涅尔的下巴。塔涅尔的脑袋歪到一边,头晕目眩。眼前的宪兵模糊成一团。塔涅尔冲那人啐出一口带血的痰。对方抬手又要打。

凯特举手制止。"没必要,宪兵。"她继续呵斥塔涅尔,"你觉得好笑吗?你会被处决的!"

"什么罪名?"塔涅尔奚落道,"因为我守住了前线?"

"什么罪名?"凯特难以置信地重复道。她停止踱步,面对着他。"军纪散漫,举止不端,抗命不遵,袭击军官。你的行为离叛国不远了。"

"去你妈的。"塔涅尔骂道。面对逼近的宪兵,他毫不退缩,还以此为傲。

凯特又一次制止那人。

"来啊,"塔涅尔说,"今晚我奉陪到底。叛国?在这该死的军队当中,唯一一个想打胜仗的军官被你说成叛国?集结士兵是叛国?鼓舞士气是叛国?你不妨解释一下,什么叫叛国?尤其是每次我们即将获胜,就吹响撤军号的时候?"

"胡扯!"凯特迈前一步,一时间,塔涅尔以为她要亲自动手。"我们只在战况不利时才吹号。你身在前线,当局者迷,看不出情况有多危险。"

火药魔法师

塔涅尔朝她凑近些,但被绳索紧紧勒住。"我看不到,因为我快打赢了。"他又靠回椅背,"你怕我。你投靠凯兹了吗?所以你要对付我?你怕我会……"

这次凯特没阻止宪兵。塔涅尔的话被一拳打断。等他脑袋里的嗡鸣停下,他才惊讶地发现,自己的牙齿依然完好无损。

他尝到鲜血的味道,把它咽进肚子里。"所以你偷偷逮捕我?"塔涅尔舌头肿了,说话不利索,"过营地时给我戴上头罩?不让别人看见我?"塔涅尔冷哼一声,迎上宪兵的目光,以示警告。

凯特将军挠挠耳朵。"你很受欢迎。"她又开始踱步了,"但就算受人欢迎——比如你这种人,普通士兵所谓的英雄——也要遵守纪律,不然军队就成了一盘散沙。很遗憾,但事情就是这样。我本想公开处置你,但其他将军不同意。他们认为,士兵看到你挨鞭子会有损士气,但克雷西米尔知道,士气已经够低的了。"

"这么说,你不打算杀我。"

"对。至少暂时不杀。这次是给你的警告,也是最后一次。"

"你还指望我道歉?"

"没错。事实上,你要向好几个人道歉。从多萝薇尔少校开始,最后是我。"

塔涅尔耸耸肩。"不可能。"

"你说什么?"凯特扬起眉毛,大为震惊。

"我差点杀了一个神。我杀了几十个尊权者,也许上百个,反正数不清了。陆军元帅缺席时——顺便说一句,为什么你们说他死了?另一个神亲口告诉我,他没死。啊,没错,就是我们营地里的神。高级军官却对他视而不见。

"我说到哪儿了?塔玛斯缺席时,我是你们抵抗凯兹军队的最强武器。我会集结士兵,干掉残余的凯兹尊权者和守护者。所以,我拒绝。我他妈不向任何人道歉。我父亲从不容忍蠢货。我虽然不像我父亲,但在这一点上,我们保持一致。"

他长篇大论时,凯特将军一直保持沉默。塔涅尔很惊讶。他以为说到一半就会被宪兵的拳头打断。他早就做好了准备,即使被打烂嘴巴也要说。

"我们失去了塔玛斯。"凯特说,"他在凯兹境内不可能存活。默认他死亡是最好的选择。至于米哈利……如果不是士兵们太喜欢他,我们早把他弄走了。他是个能说会道的疯子,仅此而已。"

"那我们干吗打这场仗?"塔涅尔问她,"克雷西米尔在凯兹那边,我们根本赢不了。除非……啊……除非你认为克雷西米尔不在那边。所有超出常理的事,你都不相信。"

"我相信眼见为实。"凯特说,"我看见敌我两军对垒。如果真有神,我们早就死光了。好了。"她顿了顿,拉了把椅子坐到塔涅尔对面,跷起二郎腿。"肉体的痛苦威胁不了你。死亡呢?"她端详着塔涅尔,"不,也不行。"

她接着说道:"接下来会这样:你的档案转到第三旅,军衔不变,你将带领一队精锐的步枪兵,执行我分配的任务。不准在前线晃悠。你不是步兵。"

"你想圈养火药魔法师当宠物?"

凯特好像没听见他的话。"你要向多萝薇尔少校道歉。公开道歉。接下来,你要宣读一封写好的道歉信——公开宣读——为你的不当行为道歉,并以你父亲的坟墓发誓,以后会遵守亚卓的军规。"

"我才不干呢。"

"蛮子丫头不能跟你同居。我不赞成我的军官有这种不正当关系。尤其对方还是个蛮子。"

塔涅尔冷笑一声。"没什么不正当的。"

"我还没说完!那丫头会被安置在第三旅,跟洗衣女工在一起。你每天可以跟她交谈十分钟。最多十分钟。"

火药魔法师

"简直荒唐！"塔涅尔凑过身子，"她不是亚卓军人，她……"

宪兵的拳头让他闭了嘴。这一拳差点把他打翻，但另一个宪兵扶稳了椅子。

"不许再打断我。"凯特冷冷地说，"我对你的叛逆行为已经容忍了太久。据说那丫头是个什么巫师。我会派人盯住她。如果她企图离开营地，她会吃不了兜着走；企图找你也一样。明白吗？啊，丑话说在前头——没错，我可以把她关在这里。现在是战争时期，征丁再正常不过。"

塔涅尔沉默了好一会儿才开口。"谁敢碰她，我就杀了谁。"

"随你怎么夸口，但你不可能一直保护她。按我说的做，不然我把你的丫头交给挖泥工。你听说过他们吧？第三旅那帮无赖。守山人军团都不要他们。我负责教化那些家伙，教化不成就处决。"凯特将军起身来到塔涅尔面前，低声道，"我既不赞成、也不鼓励强奸。但我知道这是种强力的攻心手段，别以为我不会把你的蛮子丫头送给挖泥工，让他们为所欲为。"

塔涅尔掂量着能不能当场杀死她。他只能用牙齿撕开她的喉咙。宪兵有足够的时间阻止他，但也许值得一试。

"我不是魔鬼，上尉。我这么做不是心血来潮。管理营地秩序是我的责任，哪怕牺牲你那蛮子丫头的清白，我也要履行责任。听懂了吗？"

塔涅尔的怒气消散了。他不想——也不能让卡-珀儿承受这个。

"好。"他说。

凯特将军走向房门。"给他松绑，清理干净。等他向多萝薇尔少校道歉了，再放他出去。"

塔玛斯看着队伍缓慢行进，走出胡恩多拉森林，进入河漫滩——

当地人称这条河为"大拇指"。

漫滩从森林延伸至河边,宽约半里,表面以石头为主,另外还覆盖着大量砂土。在潮湿的夏季,大规模骑兵很难通过这里,地形对他们十分有利;可眼下,这道漫滩既干燥又结实。

几条河从山上流下,形成了著名的克雷西米尔之指,第一条便是大拇指河。河水又深又急,只能靠坚固的筏子强行渡河,在下游远端的对岸登陆。或者走桥。

而桥已经不见了。

消息在队伍中传开,塔玛斯听到惊慌的叫喊此起彼伏。他心疼弟兄们。他们挨饿受累,饱尝炎热,抱着一线希望抵达目的地,却发现希望彻底落空。

他们并不知道,桥是塔玛斯下令毁掉的。

在漫滩上,河流附近,篝火随处可见。火上烤的肉已是最后的库存,来自一周前从凯兹人手里缴获的战马,足够一万人吃上一顿。

加夫里尔骑马越过漫滩,塔玛斯注意到,他还留着自己的坐骑。他朝塔玛斯敬礼,然后大声说道:"该死的桥被水冲走了。"

"真他妈见鬼!"塔玛斯一拳砸在掌心上。

加夫里尔接着说:"我们宰了剩下的马,收集木材造筏子。我需要人手。"

"好。凯兹军队追上来之前,我们还有半天时间。奥莱姆!"

保镖吓得差点跳下马鞍。他来到塔玛斯身边。自从他和维罗拉的事暴露之后,他就一直缩在后面。

"长官?"

"组织弟兄们吃饭。集合军官,我要下达指示。"

"是,长官。"奥莱姆抖动缰绳,领命离去。他有气无力地坐在马鞍上,像个痛失爱犬的小孩子。

加夫里尔拨马凑近塔玛斯。"你对那家伙说了啥?我还没见过谁

火药魔法师

愧疚到这种地步,除了费莫夫人,当时我俩被她老公抓了个现行,对了,她老公的妹妹也在床上。"

"我对他说,不希望他跟维罗拉继续交往。"

塔玛斯看着奥莱姆,后者正在招呼人手分配食物。他必须维持秩序。一万多饿汉很容易爆发骚乱。"我还命令维罗拉中止这段关系。她……非常激烈地……违抗了我的命令。"塔玛斯咽不下这口气,尤其在战争期间。他不知如何是好,两天来只能故意回避。

加夫里尔拍了下大腿,哈哈大笑。塔玛斯很想一拳把他揍下马去,但最后还是作罢。虽说教训他一顿有好处,可也担心对方摔断脖子。

"一切顺利吗?"塔玛斯朝河水的方向歪歪头,低声问道。

"还行。"加夫里尔说,"昨天毁了桥,小伙子们很不乐意。我没法保证他们不说出去。"

"我不希望有流言传出,就说是我下的命令。"

"我尽力不让他们乱说。"加夫里尔说,"但你把我们都害死的话,我咽气之前会一直诅咒你。"在塔玛斯看来,他的表情不像开玩笑。

"理解。胸甲骑兵还有多远?"

"我的斥候说一天。"加夫里尔挠着胡子,"希望你真有把握。我们本可以率兵过河,花两周时间安安稳稳地觅食、休息,然后以更好的状态在'神指'北边跟他们对阵。"

"我有把握。"塔玛斯说。他望向西边。大拇指河蜿蜒流淌大概一里远,随后消失在胡恩多拉森林后方。明天将有整整一个旅的重骑兵自下游越过漫滩而来。他们将被团团包围,寡不敌众。"我决不会在北方平原开阔地带对阵三个旅的骑兵,敌将还是贝昂·杰·伊匹利。对我而言,这无异于自杀。你来参加会议吗?"

加夫里尔看着一堆堆篝火。"我去帮奥莱姆分配午饭。"

"好。弟兄们吃饱了才有力气,接下来我要安排他们干活。今晚会很难熬。"

塔玛斯打马奔向军官们的集结地,这里距河水只有一石之遥。有些人仍在马背上,其余人步行,两周前,他们把坐骑让给了加夫里尔的游骑兵。

他用目光扫视这群人。所有将军、上校和少校都来了。他翻身下马。

"先生们,"他说,"聚拢些。原谅我没能提供点心。我把那位神厨留在巴德维尔了。"

他的话换来几声生硬的轻笑。塔玛斯心头微微一沉,重新审视眼前的军官们。他们就像一群乌合之众,个个神色憔悴,胡子拉碴,军服污秽不堪。有人与凯兹龙骑兵打过遭遇战,身上添了几道新伤。有些军官还保有坐骑,但跟他一样,也将许多配给分给了步行的士兵。他们疲惫、饥饿,眼中流露出恐惧。发现桥断以前,恐惧还可以隐藏,而现在……

"各位都看见了,桥被冲走了,我们本希望借助它摆脱追兵。现在我只能调整计划。凯兹龙骑兵将于今晚尽数追来,明天还有胸甲骑兵。"

"没时间让所有人过河了。"有人说。

塔玛斯循声望去。是一位少校,第九旅的总军需官。他的肩章没了,鼻梁上横着一道深深的伤口,应该是两天前的,血色几近乌黑。

"对,没时间了。"塔玛斯承认。

喧哗声四起。塔玛斯叹了口气。平时他们都是优秀的军官,谁也不会打断他发言。可今天非比寻常。

他举起一只手。等了一阵子,喧哗声才逐渐平息。

"匆匆忙忙造筏子过河,只能让我军分崩离析,乱作一团。贝昂的龙骑兵将领绝不会犹豫,一旦抵达便将全力发起进攻。所以我们要等,明天下午假装慌乱地渡河。"

军官们盯着他,一脸茫然,没人说话。最后,阿柏上校活动着下巴,把假牙吐到手里。

"您要设个圈套。"阿柏说。

"没错。"

"什么圈套能对付兵力比我们多一半的骑兵?"第九旅的卡塞尔将军提出异议。他中等个头,体格壮硕。自从十年前被哥拉骑兵从侧翼迂回,令他损失了两个军团和左眼,他就对骑兵格外戒备。

"假装我们已在劫难逃。"塔玛斯捡起一根笔直的木棍,又拔了些长草,好在漫滩的沙土上画示意图。

"我们真的在劫难逃了。"卡塞尔将军说。

塔玛斯不理他。"这是我们的位置。"他画了一条线代表河流,用人字形代表山。"少部分重骑兵将从西边过来。龙骑兵大部队从南边来。卡塞尔将军,我们在学校给预备军官上的第一课是什么?"

"地形是关键。"

"没错。"

"可是,长官,"卡塞尔将军不依不饶,"您让我们在平坦的漫滩上面对一万七千骑兵部队。这么糟糕的形势恐怕不多见。"

"我们背后有河,"塔玛斯说,"还有大量人力。明天的地形会来个大变样。"

"您是说,创造需要的地形?"卡塞尔将军连连摇头,"做不到。我们需要一周时间做准备。"

塔玛斯恶狠狠地瞪着卡塞尔将军。"怀必败之心,不战自败。"他轻声道。

"对不起,长官。"卡塞尔说。

塔玛斯轮流看着每位军官的眼睛,过了一会儿才说:"在克雷西米尔时代,古时的德利弗还不属于九国之一。对德利弗人而言,我们的祖先都是野蛮人。能打仗的德利弗人并不多,但他们组织有序。一个德利弗军团一日能行军三十里,外加搭建整个营地的防御工事。他们能活下来,靠的是军纪和意志。我们也一样。"

塔玛斯一边说,一边用木棍在沙土间画了几条线。他指着其中一条。"沙土里有石头,但土质松软,容易挖掘。"他又指着一系列叉形图案,"胡恩多拉森林有大量木材。"

阿柏上校蹲在沙画边研究一阵儿,突然放声大笑。"有戏。这就让我的小伙子们开挖?"

"你的营先休息。我们要干上一整夜,得轮流来。之后你们负责砍树。卡塞尔将军,你的人可以先挖。"

"我的人?第九旅?"

"对。所有人。"

"您要修栅栏?"卡塞尔将军问。

"不全是。"塔玛斯说,"先挖吧。我一个钟头后过来,为每支连队详细说明。"他猛挥棍子,"该干活了。"

塔玛斯目送军官们归位。今晚将特别难熬。他希望等天亮时,战幕拉开,他的努力会有所回报。不然弟兄们就白忙一场了。

"米哈利,"他默默低语,"如果你还在我们这边……我需要你的帮助。"

这是他说过最接近祈祷的句子。

埃达迈和苏史密斯观察着废弃的庄园,也就是关押尊权者波巴多的地方。街上空荡荡的,气氛沉寂,天边南方乌云密布,大风四起,今晚恐怕有暴风雨。

庄园里不见韦露迪茜那些士兵的踪影,埃达迈说不清这是好事还是坏事。昨天他已经把钱送到了上校指定的地址,现在不禁琢磨,是

火药魔法师

不是哪里出了岔子，或者对方收完钱，又把波关到了别的地方？

埃达迈下了山坡，穿过废墟，来到仆人的住处。寝具不见了，杂物也都收拾过。某个壁炉里的灰烬尚有余温，是士兵们在这里生活过的唯一痕迹。每向前走一步，埃达迈的心情就沉重一分。敲诈大老板，筹齐赎金，结果最后只剩一场空吗？

关押波的房间大门紧闭。他转动把手，走了进去。

尊权者波巴多不在里面。椅子、床，甚至搁书的架子都在原地，但波不在。

"真他妈见鬼！"埃达迈踢翻了架子，"真他妈……"他一屁股坐在椅子上，双手抱头。果然，她收到钱就跑了，还带走了尊权者波巴多，以及埃达迈救回妻子的一切希望。

苏史密斯探身进门，皱着眉头看着埃达迈。"你要怎么办？"他问。

埃达迈真想挖出自己的眼珠。他能怎么办？他以为自己早就尝过绝望的滋味，可现在……

过道地板吱嘎作响。苏史密斯转过身。埃达迈从兜里掏出手枪。如果来人是韦露迪茜，他会毫不犹豫地开枪的。

是波。他绕过苏史密斯，进了房间。他的头发梳向脑后，衣领竖起，胡子修剪过，做成浓密的络腮胡造型。

埃达迈浑身乏力，瘫软在椅子上，两眼盯着尊权者。

"我觉得上次见面时，你的模样已经够惨了。"波说，"鼻子又怎么了？"

"谁再敢问我鼻子的事，看我打不死他。"只要对方不是尊权者，埃达迈在心里默默补上一句。

波微微一笑。"谢谢你还我自由。"他说，"他们对我还不错，但谁也不愿意被捆成那样，连手指都不能动。"他活动着手指，"都僵了。"

"不客气。"埃达迈说,"现在轮到你实现对我的承诺了?"

"我有几件事要办。"波走到窗边,朝外张望。

埃达迈感觉胸口发闷。有事要办?"我现在就需要你。"

"明天我就听你吩咐。"

"不管你去哪儿,必须带上我。"埃达迈说,"我得确保你能帮上我的忙。"

"你不相信我?"

"我只是承担不起。"埃达迈说。

"就算我毁约,你也阻止不了我。"这不是问句,而是陈述。

"也许吧。"埃达迈承认。

他俩对视片刻,埃达迈再次注意到波很年轻。他有二十岁?还是二十二?但他的眼睛老成多了。就像一个人,历经无穷苦难,目睹世间沧桑,最终幸存下来并能讲述一切。

"随你。"波说。

"只要一个晚上?"

"对。"

"苏史密斯,"埃达迈说,"去找奥德里奇军士,然后是太监。告诉他们,我计划明晚行动。接着你到藏身的地方等我。"

大个子拳手点点头,离开了。

埃达迈跟着波上了街。尊权者步伐笃定,目标明确,他昂着头,神色警惕。他们步行半个钟头,终于找到一辆马车。波对车夫说了地址,二人上了车。

"太监……"波抽出插在兜里的双手。埃达迈发现,他没戴尊权者手套。"是不是'大老板的太监'?"

埃达迈捋了捋外套前襟。"是他。"

"你交的朋友很危险。王党刺杀他好几次,但都失败了。"

"大老板还是太监?"

火药魔法师

"太监。"波说,"当时大老板与王党处于暂时休战状态,但扎卡里一直不喜欢太监。他曾派出一个尊权者,但被太监杀了,他只好放弃了。"

"太监杀了一个尊权者?"

"这事儿没几个人知道,"波说,"不过是真的。"接下来一路上,尊权者沉默不语,望着窗外,手指拨弄着隐藏在衣服里的什么东西。

埃达迈猜测,是那块恶魔之石。如果他不为曼豪奇报仇,戴在脖子上的宝石最终会要了他的命。

"到了。"波突然说。

他们下了马车。这里是面包镇的中心地带,空中飘荡着热面包和肉馅饼的香气,令埃达迈垂涎欲滴。"我要买点吃的。"他找到一个馅饼摊。

"帮我买一个。"波说,"然后上楼。"他消失在两家面包店之间一座低矮的砖房里。

埃达迈买了两个肉馅饼,跟着波进去。楼梯尽头是个单间公寓。房间里有一张桌子和一张床,铺着塞满稻草的老旧床垫,还有一扇窗户,窗外是面包店的后巷。

波站在正中央的椅子上,十指抵着天花板。

"你要干吗?"

波没回话,猛地一推天花板。力道不小,泥板应声裂开,一个盒子突然掉下,重重地落在地上。

埃达迈驱散眼前的飞灰,与此同时,波打开盒子。里面有一双尊权者手套,还有数不清的钞票卷,用丝带捆扎着。

"我以为有什么……魔法道具呢。"埃达迈说。

波戴上尊权者手套,活动几下手指,然后把钞票堆在盒子旁边的地板上。"我并非一出生就是尊权者。"波说,"与大多数尊权者不同,我出身市井。"

"所以……就在天花板上藏了个盒子?"

"我又不傻。盒子上加持了守护术,除我之外,所有人碰到它都会被震飞。"

"哦。"

"你花了多少钱,才让韦露迪茜放了我?"

"怎么?"

"多少?"

"七万五。"埃达迈说。

波递来两叠钞票。"这是十万。"

"我不能要。"埃达迈将其推回,"我还需要你帮忙,我……"

波翻个白眼。"拿着。我会帮你的。不管你怎么凑来的钱,肯定不容易。只要有能力,我会加倍偿还这笔债务。"

波执意要给,埃达迈只好收下,把钞票塞进口袋。他飞快地估算一下,波那只盒子里的钱绝对超过一百万卡纳。对埃达迈这种人来说,简直是天文数字。但对波,曾经的王党成员,恐怕算不得什么。

尊权者取出四叠钞票,藏在身上各处,其他的用牛皮纸包好,打个结,就像刚从商店里抱出来的一个大包裹。等他忙完,起身冲埃达迈点点头。"走吧。"

接下来的地方,波不准埃达迈跟进去。第三处也一样。到了第四个地方,天色已黑,因为好奇心作祟,埃达迈悄悄地跟了过去。

该处城区环境优美,坐落着外形时尚的双层小楼,都是些中产阶级住宅,介于贵族和平民之间,与埃达迈的住处差不多,只是稍显拥挤。

波下了马车之后,钻进长长的巷道,两边各有一幢容量非凡的公寓楼。埃达迈等了一会儿,也偷偷地溜了进去。

波敲门时,埃达迈贴着巷壁,停下脚步,在转角处探头张望。很快,波被人请了进去。

火药魔法师

埃达迈往前挪了几步,透过一扇窗户,看着那间公寓。

他看到房间里有两个孩子,正在宽大的壁炉前玩耍。一个男孩和一个女孩,八到十岁的样子。窗户开着,迎接强劲的晚风。埃达迈挪到邻近的窗户,厨房映入眼帘。

一个蓄着长须、肩臂壮实的男人站在案台边,皱紧眉头看着波。一个女人坐在案台前,手上做着针线活儿。

"耽误你们十分钟。"波从兜里掏出一叠钞票,扔到案台上。

女人放下针线,捂着嘴巴。男人冲着钞票"呸"了一声。波又取出一叠,搁在先前的钞票上。

"听你的。"男人说,"我去拿外套。"

门开了,埃达迈只能贴紧墙壁,希望夜色能遮掩波的目光。

波跟着那人进了巷道,示意他接着走。两人在距埃达迈不到十尺处停下。

"到底什么事?"男人问。

波抬起戴着手套的手,打了个响指。

那人的脑袋立刻扭转一百八十度,尸体瘫软倒地,波灵活地让开了。他看着死人,过了好一会儿才转身走向马车。

埃达迈控制不住了。他见过令人毛骨悚然的凶杀案,见过穷凶极恶之人的勾当,但像这样,杀人不眨眼……他大步走出暗处。"你他妈干了什么?"他嘶声问道。

"快走。"波拽起他的胳膊,手劲儿大得出奇。他被迫转身,朝马车走去。

埃达迈没得选择,被波拽上马车,车子很快开动。他想质问,刚才到底是怎么回事,嗓子里却堵得慌。波的杀人手法快如闪电,极其冷血。训练有素的杀手也不过如此。

"给。"波抓住衣服里的某样东西,用力一扯,扔到埃达迈腿上。"拿去吧。我再也不想要这该死的东西了。"

埃达迈盯着腿上的红宝石。"这就是那块恶魔之石?"他不太愿意碰它。

"对。"波说。

"我还以为,你要杀的是塔玛斯。"埃达迈说,"怎么……"

波看起来有些兴奋。他刚刚拧断一个人的脖子,凶杀现场距受害者的妻儿不过几十步。"我必须为国王报仇。那家伙是刽子手。他把曼豪奇送上了断头台。"

最后,埃达迈从兜里掏出一块手帕,包起宝石举起来,借着马车外的灯光观察。宝石温热——不对,很烫——似乎正随着内部的光芒颤动。不知珠宝商能出多少钱买下这块魔法奇石。

"很漂亮,对吧?"波说。

"不可能这么简单。神为盖斯设定了规则。你不能杀了刽子手就算完事,对吧?"

"克雷西米尔也是人。"波眯起眼睛,似乎被什么东西惹怒了,"一个该死的人,只是神通广大而已。也许他比大多数人聪明,有更多时间思考和谋划,但所谓的神,同样也会犯错。"

"这玩意儿……安全吗?"埃达迈问。

"相当安全。"

埃达迈用手帕包好宝石,装进口袋。"你为何不直接告诉塔玛斯?"

"因为我不能确定。"波说,"我也是最近才想到的。再说了,仅仅为让宝石失去效力,就让他的士兵滥杀无辜,那我跟傻瓜有什么区别。"

"你不确定?你这家伙到底……?"

波抬手打断他的话,用冰冷的目光盯了他半天。"你从哪儿得来的印象,以为王党都是好人?"

"是你给了我这个印象。"埃达迈使劲咽了口口水,"没错,就是你。"

"那就翻篇儿吧。"波扭头望向窗外,"因为我不是什么好人。绝对不是。我只是还债罢了。"

埃达迈看着尊权者。他的语气里带有遗憾吗?嘴角隐隐露出一丝不满?很难判断。王党都是危险分子,他提醒自己,切不能信赖他们。

他只能希望,波真的站在他这边。

第 22 章

塔玛斯估计离天黑还有两个钟头，届时他们肯定躲不过凯兹龙骑兵的追杀。

士兵们正在胡恩多拉森林边缘砍伐巨树，回声在漫滩上空激荡，一支支小队徒手拖树，横穿覆盖沙土的草地，前往塔玛斯指定的位置。不远处，一千把铲子挖掘沙土的声响让塔玛斯浑身起了鸡皮疙瘩。他讨厌这种声音，就像有人用指甲刮他的臼齿。

他看到安德里亚在河边清理步枪。最近，这位缚印者的腰带挂上了松鼠尾巴。他的脸色跟大多数士兵不一样。因为伙食不错，他的脸颊圆润了些，也没有疲劳造成的皱纹。

不过那双眼睛出卖了他。它们亮晶晶的，睁得老大，骨碌碌打转。与其他缚印者一样，在持续数周的逃亡中，安德里亚一直处于火药迷醉状态。这么做很危险。一旦发生火药致盲，任何缚印者都免不了晕眩、混乱、昏迷，甚至死亡的命运。

"我要减少火药供应了，士兵。"塔玛斯温和地说。

安德里亚上下打量着他，嘴唇微微抖动。塔玛斯以为他要发飙。

"好的，长官。"安德里亚说，"也许是该这样。"

"维罗拉在哪儿？"

安德里亚耸耸肩。塔玛斯很想知道军纪都去哪儿了。

"什么意思？"

"不知道，长官。"

火药魔法师

"找到她。"

"她不会跟您说话的,长官。"

"你说什么,士兵?"

"她说——当然了,我只是转述——您可以去死了。"

塔玛斯倒吸一口凉气。这可不行。绝对不行。他飞快地考虑手头的选项。他可以鞭打维罗拉。如果一个普通士兵对他出言不逊,他绝不会犹豫的。可维罗拉……怎么说呢?曾几何时,塔玛斯视她如己出。但她的言行过界了。

可在大战前夕公开鞭打士兵?他翻了个白眼。还真挺振奋士气的。

他也可以公开训斥维罗拉。可她当众顶撞呢?塔玛斯将别无选择,只能采取更加严厉的惩罚措施。考虑到她的倔脾气,吊死她都有可能。

"集合所有火药党,"塔玛斯说,"我有任务安排。包括维罗拉。"

安德里亚敬个礼,继续清理步枪。塔玛斯到火堆那边找东西吃。

士兵们列队完毕。奥莱姆在队伍前面,带着神枪组的精锐——全是靠得住的人,以维持秩序。最后一批马肉迅速分发给端着锡镴盘子的士兵。

塔玛斯要求的准备工作正在进行中,营地搭建也没耽搁。帐篷已经支起,火堆星星点点。士兵们组队搜集柴火,或到河里抓鱼。斗殴虽能迅速制止,但按下葫芦又起了瓢。食物似乎成了士兵迅速集结的动力,烤肉也许能让他们熬过今夜,但士气依然低迷,恐怕撑不过明天。

"长官。"

安德里亚的声音打断了他的思绪。十九个男女在他面前集合,是火药党的全部成员,包括萨伯恩死前招募的新兵。

"我们的火药和子弹都消耗得差不多了。"塔玛斯直截了当地说。

他瞥见外围的维罗拉,但目光一闪而过,没与她对视。"明天我们要对阵大概一万六千骑兵。我设下的圈套应该能拉平胜率,但一场苦战在所难免。"

塔玛斯环顾四周。倦意突然袭来,他的腿开始疼了。他很想吸一些火药,但又打消了这个念头。留给士兵吧。他走到一块大石头前,坐下,示意火药魔法师们随意。大多数人坐在沙地上。维罗拉依然抱着双臂,站在那里。塔玛斯没理她。

"我打算重新分配库存弹药,这一来,你们在接下来二十四小时里就不愁用了。你们的首要任务是,别让凯兹斥候接近我们半里之内。别让他们上山占领制高点。"他指着亚卓山脉东面的山坡,"别让他们看到我们在干什么。我们的生死都指望这些。

"不过呢,"他接着说,"我也需要他们看到我们在忙活。少量挖掘工作。造筏子。也可能是重新架桥。每隔一段时间,引诱敌方一个斥候接近我们,然后打伤他的胳膊,把他赶走就行。

"明天的情况应该差不多。我估计,贝昂率领的胸甲骑兵在抵达时就会发起进攻。一旦发现机会,他会立刻抓住,并且毫不犹豫地执行。"

"如果他发现有诈呢?"安德里亚问。

"那我们就明晚过河,在'神指'另一边对阵贝昂。"塔玛斯胸有成竹,料定形势不至于发展到那一步。贝昂一定会趁现在拦阻他们。他们越靠近北边,就越有机会在德利弗获得援助并返回亚卓。塔玛斯希望贝昂能考虑到这一层。他不敢想象,在北方平原开阔地带对阵凯兹军队会是什么下场。

"我们分成九人组和三人组。"塔玛斯说,"九人值守,负责击杀凯兹斥候,三人休息。"

"我们不需要休息。"安德里亚冲塔玛斯咧嘴一笑,歪歪斜斜的牙齿上沾满黄渍,"我们只需要火药。"

火药魔法师

塔玛斯抬手示意安德里亚。"你有的是时间杀凯兹人。"他说,"但你们今晚都要休息。"

现在大概是六点钟,炽热的太阳烤红了西边的安珀平原。塔玛斯有些好奇,今晚是不是他活在人世的最后一夜?

凯兹兵多将广,而他日渐衰老,不如从前那么机敏迅捷了。贝昂有可能识破他的圈套,将计就计,或者远路包抄,零敲碎打塔玛斯的军队,等他们过了河,再从西边绕过"神指",在北方平原上等待塔玛斯。

是不是不该命令加夫里尔毁桥呢?

"长官?"

塔玛斯猛地回过神来。火药魔法师都不在了,只剩维罗拉一人。在他眼里,维罗拉似乎变回了那个小女孩——才十岁——极度渴望得到他的认可。落日已经西沉,营地终于完工。篝火烧得不旺,马肉分割殆尽。数千人在漫滩上干活,还有数千人在胡恩多拉森林边缘砍树。

"他们人呢?"

"谁,长官?"

"火药魔法师。"

维罗拉眼中掠过一丝担忧。"一个钟头前您叫他们解散,让我单独留下。"

"你一直在等?"

"您好像在想事。"

塔玛斯颤悠悠吸了口气,突然想起命令安德里亚等人解散的情景,但他的记忆仿佛蒙了一层浓雾。

真的老了。

"您吃东西了吗,长官?"

塔玛斯的肚子叫唤起来。"我之前吃了点马肉。"

"我一直在留意您，长官。您视察火堆时什么都没吃。"

"我绝对吃了。"

维罗拉从腰带间摸出什么东西，递过来。是白色的块茎。"昨天在森林里找到的松露。您该吃些东西。接着，塔玛斯。"

塔玛斯不情不愿地摊开手。她把东西搁在他掌心。

他犹豫不决地盯着它。松露生长在亚卓山脉的森林里，堪称九国最珍奇的美味。它体积很小，色泽浅黄。只是塔玛斯向来不太喜欢吃。

"谢谢。"他说。

维罗拉倚着步枪，眺望森林的方向。塔玛斯注视着她的侧脸。他看着维罗拉从毫无经验的火药魔法师成长为独当一面的战士，他最得力的左膀右臂。她身强力壮又貌美如花，岁月流逝可能会有损她的容颜，但永远不会将其彻底毁灭。他有些怅然若失，因为这姑娘再也不可能怀上他的孙子。他又看了看掌心的松露。

"我之前说的话，塔玛斯——长官，我不该那么说。尤其不该当着弟兄们的面。"

"对，确实不该。"

维罗拉神色一凛。"只要您开口，我愿意接受任何惩罚。"

塔玛斯真不知道，自己还能品尝到心碎的滋味。都这么多年了。他深吸一口气。"你是个大姑娘了。奥莱姆是个好人，应该能让你幸福。"

她好像吃了一惊，但并非塔玛斯想的那样。"对我来说，他就是个男人，"她说，"夜里帮我暖床。"她闭上眼睛，"我们是战士，明天谁都可能牺牲。即使幸存下来，我们也会翻篇儿，各寻新欢。这就是我们选择的人生。"她睁开眼，望着营地，"所有人都一样。"

是啊。当兵的谁不知道呢？爱似朝露，情如烛火——炽热灼人，但也容易熄灭。这团火焰终究燃不过一场战役，甚至一次战斗。"有可能孤独一生。"塔玛斯应道。

"您觉得我们明天能赢？"维罗拉问。

塔玛斯望向森林。士兵们都在忙碌。他们在漫滩上拖着木头去营地。伐木的声音在夜空中回荡。不知哪里有枪声响起。可能是士兵在打猎，或是火药魔法师在驱赶凯兹的斥候？

"我认为我们能赢下每一场战斗，"塔玛斯说，"当然这次……会很艰难。如果凯兹把我的准备工作摸得清清楚楚，整个计划就会垮掉。我们弹药剩得不多，弟兄们也饿得不行。我们明天必须打赢，不然就死定了。"

他突然感到寒气逼人，天气炎热，却又冷彻骨髓。

"我不想死在这里，长官。"维罗拉抱着自己的步枪。

"我也不想。"

"长官。"

"嗯？"

"加夫里尔说……很久以前，您在小指河边埋葬过一个人。是谁呢？"

塔玛斯失神了。一时间，汹涌的浪花扑溅到脸上，稀泥和鲜血凝结于指间，他在徒手掘墓。

他强行起身，尽量不理那条伤腿。活动一下很有必要。"我埋葬过无数朋友。敌人就更多了。还有亲人，以及情如亲人的至交。我想回到亚卓。我想知道，我儿子有没有熬过来。不过在这之前，还有很多事要做。就这样，上尉。解散。"

塔涅尔闷闷不乐地坐在营房里，望着窗外一队马车运载伤兵撤离前线。他很想打开窗户询问战况，但他心里有数：糟透了。这群人可能挨了一轮炮击——他们浑身浴血，伤势各不相同，从军装判断，应

该隶属于同一支连队。

凯特将军把他送到距前线五里远的一家酒馆，全天都有人看守。凯特对塔涅尔下达最后通牒，仿佛是很久以前的事了。但他清楚，其实只过了一个晚上。

宪兵队问过他，卡-珀儿在哪儿。当时塔涅尔耸耸肩，叫他们滚开。其实他很担心，一旦她被逮捕将面临怎样的境遇？他们接到的命令是揍她一顿，就像对待塔涅尔那样？还是更狠？手里没有宪兵的人偶，卡-珀儿能否全身而退？

凯特将军一大早就来过，说他一天不向多萝薇尔少校道歉，在前线奋战的弟兄们就会多一天死伤。

要不是凯特将军，塔涅尔此时正在前线作战。如果说守不住前线是他的错，那他无论如何也不会接受。

塔涅尔看到窗外有个年轻人，实际上是个孩子，顶多十五岁，一条腿齐膝而断。是因为炮弹还是医生的手术呢，塔涅尔无从知晓，但男孩的镇定令他动容。年纪比他大几轮的老兵，受了伤都不免落泪，男孩却若无其事地坐在马车后部，耷拉着残肢，平静地注视着应召前来、赶赴前线的一队士兵。

塔涅尔拿起素描本，开始勾勒男孩的面孔。

敲门声响起。塔涅尔不予理会，只顾着打着草稿，以便日后完成这幅肖像。

敲门声再次响起，他才记起有人在门外。窗外的马车已经远去，带走了受伤的男孩。塔涅尔把素描本放到桌上，起身去开门。

发现来访者竟是米哈利，他吃了一惊。大块头厨师一手托着银盘，一手胳膊上搭着毛巾。他的围裙上沾着面粉和貌似巧克力的污渍。

"抱歉，打扰你了。"米哈利从塔涅尔身边挤进去。两名宪兵跟着大厨进来，一人搬着折叠桌，另一人提着一瓶酒。"就放这儿，"

火药魔法师

米哈利吩咐他们,"窗边。现在,给我们点私人空间,拜托了。"

宪兵嘟嘟囔囔地摆好桌子,退出门口。

"坐。"米哈利指着房间里唯一的椅子说,自己坐在床边。

"这是什么?"塔涅尔问。

"晚餐。"米哈利揭开银盘上的盖子,"炖牛腰配鹌鹑蛋饼和甜山羊奶酪,红葡萄酒佐餐。算不上什么美味佳肴,不过酒是四七年的佳酿,而且冰镇过。"

算不上美味佳肴?盘子里香气四溢,令塔涅尔兴奋得发抖。他舌底生津,不知何时已来到桌边,不等就座,叉子上就多了块牛肉。他停下动作。"可以吃了?"

"请,请。"米哈利招呼道。他拔开酒瓶塞子,斟了两杯酒。

在米哈利的注视下吃东西,让塔涅尔不大自在,但他很快就忽略了大厨的存在,对食物发起第二轮进攻。

"今天是什么日子?"塔涅尔看着米哈利问道。大厨正在喝第三杯酒。

米哈利又帮塔涅尔斟上一杯。"日子?吃顿好的还要看日子?"

"我觉得,是吧。"

米哈利摇摇头。"我听说他们给你分配了营房,提供了士兵的餐食配给。但我看来,这纯属战犯待遇。"

"哈。"塔涅尔微微一笑,但不太确定米哈利是不是真在说笑。他倾身端起酒杯,注意到酒瓶仍是满的,而两人已经喝了五杯。怎么回事?也许米哈利另藏了一瓶酒。

"我这儿有你的信。"米哈利真从围裙里掏出一封信。

塔涅尔的叉子停在半空中。"谁写的?"他嘴里塞满鹌鹑蛋,说话含糊不清。

"伊坦上校。"

塔涅尔扔下叉子,一把抓过信,撕开信封,读了起来。读完信,他推开椅子，深吸一口气。他已经不饿了，即使面前是米哈利做的食物。

"怎么了？"米哈利问。

"不关你的……"他及时闭上嘴。米哈利从前线送来如此丰盛的大餐，还有一封塔涅尔很可能收不到的信，理应得到感谢，而非迁怒。"我请伊坦上校调取军需官的记录，查看全军的黑火药使用量。"

"哦？"

"他还调取了清购单。数据对不上。军队要求的黑火药供应量是平时的三倍，可实际送到前线的不到两倍。"

"在哪儿弄丢了？"米哈利问。

"更可能被偷了。任何军队都有腐败现象，我军也不例外，但塔玛斯在战争期间反腐力度很大。这些记录……"他把信扔到床上，"说明军需官是知情的。至少涉及到总参谋部的某个人。此人在这场战争中的谋利达百万之巨。"

"果然如你所说，"米哈利回应，"没有例外。"

"可是火药……照这样下去，很快就会耗尽。到时候，不管我们的军队有多么强大，整个国家都会被凯兹的铁蹄踏平。该死！"塔涅尔用手指敲打着面前的银盘。他很想把它扔得远远的，可惜里面还剩了些牛肉。"你能把我弄出去吗？"

"很遗憾，恐怕不行。"米哈利叹道，"我之前告诉过你，我的话，总参谋部一个字都不爱听。"米哈利拍拍肚皮，"塔玛斯——他倒能听取意见，哪怕来自他不信任的人。而我们这些将军可谓鼠目寸光。"

塔涅尔靠回椅背，举杯喝酒。米哈利沉着的语气和冷静的态度缓解了他的紧张。"不管你信不信，他们是九国最优秀的军官。"他都不敢相信，自己的语气竟然毫无怨恨，"当然，我不能就此认为亚卓很好，或者别的国家不好。"

火药魔法师

米哈利嘿嘿一笑。"当然也能解释，我们为何现在还没输。毕竟兵力悬殊。"

"前线战况如何？"塔涅尔问，"我是说，我看到……"他指向窗外，马车载满死伤士兵的一幕，在他脑子里依然鲜活。"不过这两天我没收到消息。"

"不好。我们昨天丢失了将近一里的阵地。"米哈利神情严肃，"你也知道，你能改变局势。上周你阻止敌方推进，帮将士们赢得了数月以来的头一场胜利，让他们深受鼓舞。我能感觉到，他们愿意在你的带领下反攻，直取克雷西米尔的咽喉。"

"见鬼。我得离开这里，返回前线。我还要调查是谁在用黑火药牟利。"

"怎么做？"

"我要掐死军中每一个军需官，直到有人告诉我真相。你真不能放了我吗？"

"总参谋部那帮人甚至不相信我是神。对他们而言，我只是个神经兮兮的大厨。唯一能让你离开的办法，塔涅尔，就是你向多萝薇尔少校道歉。"

塔涅尔起身来到窗边。"绝不。"

"别跟凯特将军比自尊。"米哈利说，"在这点上，布鲁德都比不过她。"

布鲁德。另一个圣徒——呃，神。塔涅尔用眼角余光观察着米哈利，后者正在斟第四杯酒。米哈利的身份很容易被忽略。说起来，在人们的想象中，神的外形和举止之高贵，堪比世间任何国王。舔净嘴角的残酒，用袖子擦嘴，可不是神应有的模样。

"我该怎么做？"塔涅尔问。不知道米哈利有没有对他父亲谏言。很难想象，塔玛斯会向一个大厨征求意见，即使他确实相信米哈利是神。

"向多萝薇尔道歉。"

塔涅尔嗤之以鼻。

"我能看见的并不多。"米哈利盯着自己的玻璃酒杯,轻声说道,"即使对有预见能力的人来说,未来也变化莫测,模糊不清。我能看见的是,如果你被困在这里,我们就只能节节败退。凯兹将把我们逼出山谷,包围我们,最后迫使我们投降。等到我们火药耗尽,结局也一样。"

塔涅尔冷笑一声。"我只是一介凡人,没那么大的影响力。"

"人是能产生影响的。有时微不足道。有时却能扭转乾坤。至于你……你不是凡人。再也不是了。"

"哦?那我是什么?"塔涅尔问。米哈利越说越离谱。

"嗯……"米哈利说,"我找不到现成的词来描述。因为你是第一个。你变成朱利恩那种人了。"

塔涅尔猛吸一口气。"我不是普瑞德伊。"

"不,不完全是。你并非永生不死。当然,朱利恩也一样。她只是不老。我认为,你的巫力不至于让你不老,即使有卡-珀儿的帮助。但你确实相当于火药魔法师里的普瑞德伊。"

"太荒唐了。卡-珀儿在哪儿?"

"躲起来了。我提议保护她——当然是有条件的。那丫头害我起鸡皮疙瘩。她没接受。不过没准儿,我也有需要她帮助的时候。"

塔涅尔按摩着太阳穴。

"再来一杯?"

"我怕是喝够了。"

"随你。"米哈利又为自己斟了一杯。除了脸颊发红,没有任何迹象表明他已经喝了七杯。塔涅尔注意到,酒瓶依然是满的。

"你说你能看到一点点未来。"塔涅尔说,"如果我向多萝薇尔少校道歉会怎样?"

火药魔法师

米哈利盯着酒杯。"会有些进展。这就是我能看见的。事情很小,但能搅动一潭死水,动摇已经确定的未来。而现在,确定的未来对我们不利。"

塔涅尔拿起一支鹅毛笔,翻过伊坦的信纸。他草草写下几句话,墨水很快浸透了纸页。"你能把这个交给里卡德·汤布拉吗?"他问,"我不能通过常规途径寄信。如果总参谋部有人牟取暴利,必然到处都有他们的耳目。"

"我可以派个女帮厨去送。"米哈利接过信。

"谢谢。你知道去哪儿能找到多萝薇尔少校吗?"

"巧了……我知道。"

第 23 章

塔玛斯望着朝阳从亚卓山脉东边升起,不知这是不是他最后一次看日出。

昨夜,凯兹龙骑兵已经追了上来,在胡恩多拉森林一里深处扎营。他大半夜都在观察他们的营火在黑暗中摇曳,听他们唱起骑兵战歌。偶尔有声枪响划破夜空,那是对方斥候靠得太近,撞上了火药魔法师的子弹。

此时此刻,万籁俱寂,只有背后奔涌的河水拍打岩石的声响。塔玛斯躺在距离河边一百来步的地上,靠着马鞍,手握一个火药包,指头捻着包装纸。

他感知到龙骑兵钻出帐篷,一边呼吸着清新的空气,一边伸懒腰,火堆上熬煮着法崔思特咖啡。他们优哉游哉,不慌不忙,因为他们知道,重骑兵短时间内不会抵达,而贝昂在兵员齐整之前不会发起进攻。

"胸甲骑兵到哪儿了?"塔玛斯问话时吐出气雾。尽管夏日炎炎,在清晨时分,靠近山脉的地方依然寒冷。

加夫里尔神色阴郁地盯着林木线,似乎龙骑兵随时可能出现。"还有几个钟头的路程。我预计他们会在正午抵达。"

"那他们会在两点钟列阵。甚至一点钟,只要贝昂的将军们组织有序。"

"时间不够我们做好准备。"

"足够了。奥莱姆。"

保镖以警戒姿态守在塔玛斯身边几步远,闻声一动。"长官?"

"撤回森林里的岗哨。筏子造好了吗?"

"好了,长官。三条大筏子。"

"开始转移部队过河。从伤兵开始,然后是新兵。慢慢来。我估计凯兹人将在一到两点钟之间发动进攻。希望到时已有一千人过河。这样既有说服力,又不至于损失战斗力。"

"明白,长官。还有吩咐吗?"奥莱姆掷地有声。他已经做好了战斗准备。

"战斗打响后,所有人都清楚各自的位置吗?"

"是的,长官。我们训练了大半夜。"

"场面要混乱。我希望看到很多人东奔西跑,吵架斗殴。如果有必要在河里'损失'一条筏子,那就损失吧。必须有说服力。"

"我昨晚找阿柏上校谈过了,长官。他们部队会把装备和步枪藏起来,制造丢盔弃甲的假象。"

"好,解散。回来。把安德里亚和维罗拉找来。"

听见维罗拉的名字,奥莱姆瑟缩一下,敬礼后离开了。

西风骤起,塔玛斯看到,低垂的乌云从亚卓山脉那边缓缓移来。万一下雨,战斗会变得异常艰难。贝昂甚至有可能推迟进攻时间,导致塔玛斯白忙一场。

他漫不经心地想,不知道昨晚,米哈利有没有听见他的祈祷。

"你在玩什么把戏,塔玛斯?"加夫里尔问。

"从这边看还算清楚吧?"

"从你昨天来了开始,我就一直到处晃悠。在我看来,像是未完成的防御工事。"

"很好。"塔玛斯爬起来。营地呈正方形。北边,大拇指河奔流不息。东边,一道碎石坡顺山势而起,防止凯兹骑兵从侧翼迂回。西边和南边，一座大概三尺高的土堆护卫着营地。这是标准的近程防御工事，步兵能轻松获得掩护。

但很难减缓骑兵的攻势。

西边土堆上放置着砍来的树干，它们相互支撑，形成一个个巨大的 X 字。在它们中间，削尖的木桩插进地里。这是一种对付骑兵的防御工事，密集且有效。数百人仍忙着增加木桩的数量，土堆转向南边延伸。但由于人手不够，防御工事有一处八分之一里长的缺口。一万龙骑兵将乘隙而入。

"长官。"

正在视察营地的塔玛斯停了下来。安德里亚和维罗拉端端正正地立在面前。看样子，他俩整晚都没合眼。真傻。

"集合火药魔法师，"塔玛斯说，"我要派你们过河。"

两人瞪着他，一脸茫然。"怎么回事，长官？"安德里亚握着步枪的双手在颤抖，"您答应我们可以射杀凯兹人。"

"你们在河对岸也可以。我不希望在混战中牺牲任何一名魔法师。我要你们在开枪时不要吃枪子——或者挨刀子。"

"需要我们轮换上阵，继续阻止凯兹斥候靠近吗？"维罗拉问。

塔玛斯犹豫了。一阵冷风掠过营地，他发现一团低矮的雾气飘下山脉，在漫滩上挪移。

"不。现在我希望凯兹斥候能看清我们的营地。只要有胆量，靠多近我都欢迎。"

"长官，我要在河这边杀敌。"安德里亚说。

塔玛斯叹了口气。"今天不行，安德里亚。"

安德里亚紧握步枪。"求您了，长官。"他咬牙切齿地说，"您答应我可以射杀凯兹人。"

"远距离射击。"塔玛斯字字铿锵，"况且，他们对缚印者格外警惕。你们在河对岸，他们会更有自信。"

火药魔法师

"您会跟我们一起过河吗?"维罗拉问。

塔玛斯皱起眉头。"不。我为什么要走?"

"您也是火药魔法师,长官。"

"不。我必须留在阵地指挥。"

"这不公平。"安德里亚脸色铁青。他凝视着森林,浑身绷紧,活像嗅到猎物气味的猎犬。"我有权把刺刀插进凯兹贵族的眼睛。我渴望双手沾满他们的血。"

"你忘了加上'长官'。"塔玛斯提醒他。这可不行。一万五千骑兵将如暴雨般压来,他以为处理好了与维罗拉的矛盾,安德里亚却又不听指挥了。"过河。这是命令,士兵。"

他转过身,背对安德里亚,示意谈话结束。两位火药魔法师离开了,只剩加夫里尔。塔玛斯和加夫里尔沉默许久,观望着营地里刻意组织的骚乱。喊叫声此起彼伏。塔玛斯似乎看到有人挥拳。不一会儿,第一条筏子下水了,驶离岸边,顺流而下,但一个人都没搭载。队伍里响起一阵惊慌的叫喊,塔玛斯认为那是发自真心的。

"你怎么安排我?"加夫里尔问。

"我要你上马,"塔玛斯说,"带上游骑兵负责东边,以防贝昂分出一部分龙骑兵越过碎石坡。"

"好。"加夫里尔说。

"给。"塔玛斯解下腰间的骑兵军刀,递给加夫里尔,"适合在马背上砍杀。"

"你不打算骑马?"

塔玛斯微微一笑,尽管他没觉得有什么好笑的。"我坐镇中央。只要我不骑马,弟兄们就看不到我倒下了。"

加夫里尔琢磨着这句话隐含的悲壮意味,接过骑兵军刀。

塔玛斯从马鞍上摘下短剑,挂在腰间。

"打完仗再见。"加夫里尔说。

塔玛斯紧紧握住对方的手,令他吃惊的是,加夫里尔一把将他拉到怀中,抱了一阵子,这才走向游骑兵。

一个钟头后,奥莱姆回来了。

"弟兄们有没有吃早饭?"塔玛斯问。

"他们在河里抓了不少鱼。安德里亚在山腰逮到两头山羊。还有少量剩余的马肉。每个人多少都吃了点儿。"

"但愿哄饱了肚子。"塔玛斯说。

奥莱姆抬起头。"至少秃鹰能饱餐一顿。"

塔玛斯之前看到的雾气缓缓裹住整个营地。雾气不浓——高不过两尺,只笼罩了地面,营地依然如故。云团在高处移动,是下雨的征兆,但塔玛斯见过类似的天气。除了一团轻薄的雾气,什么都不会有。

这种天气在夏季有些罕见。

十一点半,塔玛斯发现西边出现两个骑手的身影,距河流拐弯处将近一里。他往舌头上撒了些黑火药,对方的轮廓立刻变得清晰。闪亮的胸甲底下是褐绿相间的军服,头盔上饰有羽毛。

胸甲骑兵到了。

埃达迈站在德怀威切钟楼的第六层,望远镜举在眼前,观察一个神色机警的家伙。那人穿着褪色红马甲和齐膝短裤,坐在一处门廊内,距维塔斯的老巢大概一百步。

"在第七大街和梅弗卢大街的拐角处还有个岗哨。"埃达迈说。背后传来沙沙的写字声。他又用望远镜扫视一圈,然后把它递给一个年轻女人。她叫瑞普拉丝,是太监的副手。埃达迈转进狭窄拥挤的钟楼内室,女人接替了他的位置。

"你确定没有漏掉的?"太监问埃达迈。

火药魔法师

埃达迈斜睨着太监。昨天现身时,他的举止毫无异常,不知是否知道埃达迈勒索过他主人。当时他带了四十个街头恶霸,都是埃达迈没见过的狠角色,有拳手、黑帮成员、码头工、皮条客和保镖。

"我陆陆续续观察他们两周。"埃达迈说,"他们换过岗,但根据你我的记录,我相信没漏掉。"

根据进出人数计算,他推测维塔斯雇了一百多人,真可谓大手笔,而且时刻有三十人驻守老巢。大老板曾断言,维塔斯有六十个打手。

埃达迈望向波。尊权者盘腿坐在角落,闭着眼睛,双手拢在袖子里。他好像察觉到埃达迈的目光,猛地睁开眼睛。埃达迈不禁打了个寒战。昨天,那个给曼豪奇行刑的刽子手如草芥般丧命,仍令他难以释怀。

"眼下,维塔斯豢养的尊权者就在里面。"波说,"她可不是普通货色,有王党成员的实力。"

一只小鸟从他们头顶的大钟里飞出来,吓了埃达迈一跳。他发现只有自己受到惊吓,于是捋了捋衣襟。一个强大的尊权者?情况不妙。非常不妙。攻占敌方老巢时,埃达迈希望波能压制住维塔斯的尊权者。

波一定察觉到埃达迈心中的疑问。"我负责杀了她。别担心。"

"如果你俩打起来,我们这边的好汉会被殃及的。"太监说。

"哈,你不算真正的汉子。"波呵呵一笑,冲瑞普拉丝点点头,"她也不算。"他突然收敛笑容,皱起眉头。"她就更不是了。"

埃达迈转过头,看见菲尔站在楼梯上。这位方坦学院的毕业生穿着合体的马甲、无尾礼服和紧身男裤,裤脚掖在靴子里。

"里卡德眼下匀不出人手,"菲尔说,"但他派我来了。"

太监厌恶地扭头看她一眼。"他知道大老板也投入了人力吗?"他问。

"说实话,"菲尔扬起眉毛,"他不知道。我相信他有兴趣知道。"

埃达迈挡在两人中间。"她能帮上的忙超出你的想象。"他对太监说。里卡德把价值一千万卡纳的仆人送到这么危险的地方,说明此事非同小可。

"哈。"太监报之以冷笑。他用指头飞快地敲击大腿外侧,似乎很紧张——不像埃达迈几个月前见到的那个默不作声、深思熟虑的杀手。

埃达迈又走到窗前,从瑞普拉丝手里接过望远镜。"还有别的岗哨吗?"他问。

"没了。"

"那就分配任务吧。"

瑞普拉丝离开内室。她已将维塔斯所有岗哨的位置和细节都记录下来,交给了太监的手下,剩下的事就等他们完成了。

万事俱备。眼下埃达迈只能等待。

他举起望远镜,目光落向维塔斯的老巢。一个多钟头过去了,他仍在观望,与此同时,太监的手下在解决维塔斯的岗哨。等待过程中,他感觉汗水顺着后颈滚落。太有可能出岔子了。哪怕发生一丁点儿意外,法耶就没命了。

"万一他今天不出来呢?"波问。

维塔斯老巢的前门开了,一个熟悉的身影出现,身穿时髦的黑色大衣,头戴礼帽,一手提着拐杖。一看到他,埃达迈立刻心跳加速。

"这个问题不存在。"埃达迈说,"他出来了。"

维塔斯大人观察着街道,以极其轻微的幅度摇摇头,可能是在接收岗哨发出的信号——埃达迈暂时没动最近的岗哨。

维塔斯略略点头,旁人几乎察觉不到。一个女人出了门——正是几周前他见过的那位一袭红裙、赭色卷发的女人——两人一同走上大街,朝南边去了,身后两步远跟着两个衣着入时、肌肉发达的男人。

火药魔法师

几秒钟后,第三个男人出了门,稍等片刻,也跟了过去。

"我跟着他。"菲尔下了楼梯,消失了。

"干掉他的尾巴,"埃达迈对太监说,"然后在宅子里碰面。波?"

波站起身,伸展几下戴着手套的十指。"我会靠近些,拆解尊权者施放的守护术。需要一点时间,不过你们回来之前,我能搞定。"

奥德里奇军士在钟楼下的小教堂等候埃达迈。他坐在长椅上,跷着双腿,嘴里嚼着一团烟草,掀起帽檐,目送波悄悄出门。

"所以,"奥德里奇扭头对埃达迈说,"你找了个尊权者。"

埃达迈稳住心神,不知奥德里奇会作何反应。毕竟后者曾明确表示,不愿意帮埃达迈释放波。"是啊。"

"听说韦露迪茜解散了队伍,昨天出了城。也许就是因为这个。"

"我必须这么做。而且情况有了变化,他摆脱了盖斯的束缚。"

"哦?"

"他杀了操作断头台、砍下曼豪奇脑袋的刽子手。"

"哈,"奥德里奇说,"好吧,我相信陆军元帅会很高兴的。准备好了?"

"走吧。"

他们离开小教堂,奥德里奇的士兵们也跟了上来,埃达迈叫他们保持一百步的距离。

埃达迈跟上菲尔,看到她在行人中间往来穿梭,逐渐深入城中心。午饭后,街上人流汹涌——这让维塔斯的手下不容易发现埃达迈,但埃达迈也不容易跟上他们。

大概过了三十分钟,菲尔停下脚步,示意埃达迈过来。他们站在一个繁忙的十字路口、一家花店所处的街角附近。菲尔背靠着墙,两肩放松,一副与世无争的架势。埃达迈来到她身旁,模仿她的姿势。

"他的尾巴在那边。"她朝一个方向慢慢扬起下巴。

埃达迈立刻看到了那人。他吃着肉馅饼,怀疑的目光在人群中逡巡。人不算机灵，但也尽职尽责。在他身后不远处，埃达迈发现了太监。

"维塔斯在街角那边的花店里，"菲尔说，"我来对付他。你的士兵负责打手。"

"我要活捉他。"

"我也是。"菲尔说。

埃达迈需要维塔斯活着，这样才能得知约瑟普的下落。他不明白为何菲尔也希望活捉。

"我去了。"菲尔说完，消失在转角，像猫一样优雅而随性。

埃达迈朝奥德里奇打个手势，拉低帽子遮住脸，跟上菲尔。

他来到路中央，奥德里奇带着六名士兵，很快与他会合。他们假模假式地欣赏鲜花，或者彼此聊天，但他还是有些心虚，这帮人太惹眼了。

维塔斯的两个打手站在园畔花店外，抱着双臂，盯着人群，一点都不警觉。埃达迈瞟了眼"尾巴"。那家伙不见了。埃达迈希望太监已处置妥当。

埃达迈用眼角余光盯着花店入口，浑身肌肉绷紧。也许维塔斯已经发现了他们，从另一边溜走了。如果打手提醒了他，或者维塔斯混进了人群，那可怎么办？

等维塔斯和红裙女人终于走出花店，埃达迈的双手开始不受控制地颤抖。女人抱着一捧花。维塔斯将一个包裹交给打手，看向店外的花架。

他与埃达迈四目相对。埃达迈感到一滴冷汗从额头滚落，他打了个激灵，准备上街追赶维塔斯。

菲尔也从花店里出来了，步态悠闲，像个花了钱的顾客。一把匕首从她袖中滑落，她以流畅的动作将其绕过维塔斯的肩膀，贴上他的喉咙。

火药魔法师

两个打手后退几步，嘴里大喊大叫，全都亮出手枪。人群一哄而散。

埃达迈如在梦中，不知何时已掏枪开火，一名打手应声倒地。另一个被奥德里奇的士兵用棍子敲中后脑勺。其他士兵迅速包围维塔斯，将他与人群隔开。

埃达迈挤进包围圈，来到维塔斯旁边。

维塔斯跪在菲尔身前，喉咙上抵着匕首。菲尔从他身上搜出两把形制极其相似的匕首，还有一把小手枪，全都扔到她身后的地上。

看到维塔斯脸上浮现出淡淡的惊讶，埃达迈相当受用。但维塔斯看到埃达迈时，这种表情立刻消失了。

维塔斯面露微笑。"埃达迈！我就猜到你还活着。"

"她还活着吗？"埃达迈用滚烫的枪管顶住维塔斯的脸。

"你给我的每一分痛苦，"面对炙热的枪口，维塔斯毫不畏缩，"我都会十倍奉还给你和你老婆。希望你记清楚，埃达迈。"

"所以她还活着？"

"是啊。"维塔斯说，"但我不回去，她活不过一小时四十二分钟。"他顿了顿，扫视着周围的士兵，"看样子你找到了我的总部。你大概近距离跟踪过我。厉害。可你有足够的人手杀进去吗？"

"你是指对付你的尊权者？"埃达迈问，"有，有，我相信没问题。我儿子呢？"

维塔斯得意的笑容让人反胃。"一小时四十一分钟。你确定时间足够？"

埃达迈看着红裙女人。奥德里奇牢牢抓着她的胳膊。她眯起眼睛瞪着埃达迈，但两手明显在发抖。"你是谁？"他问。

"奈娜。"她说。

"你帮他做什么？"他指着维塔斯。

"没什么！我……什么也没做。我不替他干活儿。我在那儿只为照顾雅各布。他还是个孩子!"

"维塔斯在这儿买什么?"

"买花!"

"给谁?"

"给什么……温德沃斯夫人。"奈娜撩开垂在脸上的头发。

"温斯拉弗夫人?"

"对,是这个名字。"

"为什么?"

"我不知道。"尽管她神色惊慌,但面对连珠炮似的提问依然相当冷静。

埃达迈回头面对维塔斯。"为什么?"

"一小时四十分钟,埃达迈。"他说。

埃达迈倒转手枪,枪柄砸在维塔斯脸上。"捆起来。"他吩咐菲尔,又对奥德里奇说,"军士,给她派四个帮手。我们必须马上离开,不能等警察过来。"

菲尔拉起维塔斯,匕首依然抵在他喉咙上。奥德里奇派四名士兵跟着她,一并带上奈娜和两个受伤的打手。其余士兵跟着埃达迈。

他们与太监会合,这里距维塔斯的老巢有三个街区。

"我的人都已就位。"太监说。

"波呢?"跑了一阵子,让埃达迈气喘连连。

在拐角另一边,他找到了立于街心的尊权者。波在尊权者手套外面又戴了一双黑色手套。他喃喃自语,手指悬在面前,无声地做着动作,仿佛一手弹奏隐形的钢琴,一手拨弄竖琴。街上有三四个人盯着他,眼神像是看疯子。他的形象确实与疯子无异。

"我们得马上进去。"埃达迈说。他弯腰遮掩手枪,免得被人看见他在装弹。

波的手指仍在凌空挥舞。"我说了,我需要时间。"

火药魔法师

"我们时间不多。"埃达迈说,"他的手下得到命令,如果他没在规定时间返回,就要杀死法耶。"

"太不幸了。"波皱着眉头说,"告诉太监,叫他的人赶到预定位置。"

命令传达下去,五分钟后,太监来到埃达迈和波面前。

"我们准备就绪。"太监说。

波上下打量着他量身定做的套装和光头。"你害我浑身起鸡皮疙瘩。"

"我就当你在恭维我。"

埃达迈捋平衣襟。"军士?"

奥德里奇的士兵取出步枪。路人终于留意到他们了。"我们准备就绪。"奥德里奇说。

"那就大闹一场吧。"波转过身,沿着街心走向维塔斯的老巢。他的手指颤动着,弹奏起只有他能听见的乐曲。埃达迈与奥德里奇队长面面相觑。当初攻打欧芬戴尔那栋房子时,他们可没这么明目张胆。

波绕过转角,依然没有放慢脚步,直接逼近维塔斯的宅子。等他来到宅子对面的街心,立刻转身直面目标,双手高举过头。其中一扇窗户里,有人大声喊叫。

无须睁开第三只眼,埃达迈就感知到,尊权者的手探进了他方。巫力汹涌而来,波猛地张开双臂,整栋房子的门脸随之垮塌,像被巨型刀刃切下来的一块蛋糕。

埃达迈瞪着碎石堆上翻腾的烟尘。宅子里的人也瞪着外面,一边咳嗽一边扇风,脸上写满震惊。

奥德里奇军士拔出佩剑。"冲啊!"他大声喊道。

一场血战随即爆发。

第 24 章

一队重骑兵出现在塔玛斯西边的漫滩下游地带,头盔上的翎羽在微风中轻轻摇晃,尽管雾气缭绕,战马依然踩出信心满满的步伐。

塔玛斯举起望远镜观察敌军。

对方军官佩戴红色肩章,高举军刀,发号施令,十分显眼。

一群蠢货。

河对岸传来一声枪响。紧接着,一名凯兹军官翻身坠马。

他们从容不迫地迈步,仿佛参加阅兵训练。塔玛斯的火药魔法师纷纷开火,胸甲骑兵一个接一个倒下。但他们继续推进。

"这种天气可能会让我们火药受潮,长官。"奥莱姆抬头看着云层说道。

塔玛斯说:"不会下雨的。"

"潮得厉害,长官。这团雾气太奇怪了。没见过哪儿的雾气能这么快地飘下山。"

"因为祈祷有了回应。"

塔玛斯听到一声军号响彻胡恩多拉森林,他循声望向南边。漫滩半里外的树林里有了动静,几小时前,塔玛斯的步兵还在那边伐木并拖回营地。

龙骑兵自林中现身。

塔玛斯感觉嗓子被堵住了,一时无法呼吸。一个地方竟能聚集这么多骑兵。

火药魔法师

同等规模的兵力,他这一生只见过三次。每次他都以寡敌众,但对手莫不败下阵来。战马井然有序,训练得当,无所畏惧。与胸甲骑兵不同,这些龙骑兵颇有远见,事先摘掉了代表军官的肩章,这样一来,塔玛斯的火药魔法师就没法轻而易举地识别他们了。

在他身后,第七和第九旅的恐慌情绪达到了顶峰,塔玛斯担心表演得太过头了。他曾亲眼见到,面对壮观的骑兵方阵,强悍的步兵瞬间崩溃。

而凯兹的骑兵队伍确实壮观。胸甲骑兵的坐骑也披挂重铠,好似一堵移动的铜墙铁壁。骑兵头盔上的翎羽颤动不休,整洁的军服更增添了他们的威仪。

塔玛斯在胸甲骑兵的行列间搜寻。尽管距离还远,可他处于火药迷醉状态,仍能看清每一张面孔。饶是如此,要找到一张特定的面孔无异于大海捞针。"不知道贝昂在什么位置。"塔玛斯举起短剑,指向西南方,"兴许在那边,这样他就可以带领胸甲骑兵,绕过我们制造的障碍,再与龙骑兵在战场会合。"塔玛斯转头看着保镖,"说我们会赢,奥莱姆。"

"'我们会赢,奥莱姆。'"奥莱姆把最后一支香烟塞进嘴里。

塔玛斯登上一块突出的岩石,战场尽收眼底。

"弟兄们,"他大喊,"列队!"

奈娜被一个士兵推进走廊。

她紧闭双眼,眼泪差点夺眶而出。她多次逃脱大兵的魔掌,又落入维塔斯大人的手心,莫非同样的厄运又将重演?他们是什么人?想干什么?

一个男人抓紧她的手臂,把她推上一段狭窄的楼梯。他们骂骂咧咧,大喊大叫,上了两层楼。奈娜的反抗纯属本能。她想抓挠士兵的脸,结果胳膊被扭到背后,脸也被按在墙上。

"妈的,真是个疯丫头。"那人说道。她拼命挣扎,对方往她胳膊上加了点劲儿,突如其来的痛楚令她吸了口气。胳膊似乎随时可能折断。

她被扔进一个房间的角落里。这里面积狭小,没有窗户,泛黄的墙皮大半剥落,仅有的家具是张矮桌,上面搁着一截蜡烛头。

他们这一路没走多远,不超过一两个街区。奈娜不知此行是否在计划之内,看样子那些当兵的也有些不知所措。

维塔斯大人被推倒在地。奈娜盯着身旁的他——这是混乱中唯一熟悉的面孔。他依然镇定自若,面不改色。奈娜想在他那里求得些许慰藉,却又因此痛恨自己。她很清楚,其实哪有什么慰藉。

"盯着他。"女人说。她年纪轻轻,最多比奈娜大十岁,眼睛却跟维塔斯一样冷酷。奈娜之前听到有人叫她菲尔。当兵的对她的命令犹豫不决,不过菲尔瞪了他们好一会儿,他们转身盯住维塔斯。

菲尔从大衣里掏出一副铁手铐。那不是普通手铐,即使奈娜也看得出来。普通手铐呈马蹄状,上面有个横杆,这副却是用单锁环相连的粗厚铁圈。两个士兵粗暴地翻过维塔斯的身体,让他趴在地上,铐子"啪"的一声扣上手腕。他翻个身,打量着菲尔。

"多维安手铐。"他说,"够专业。"

"转过去。"菲尔吩咐奈娜。

"不要。"奈娜说。

菲尔拽着她的胳膊,猛地一拉,让她跪在地上,然后绕到她身后。奈娜感觉铁手铐贴在皮肤上,冰冷刺骨。

楼下传来一声叫喊。菲尔扭头嘱咐一个士兵:"千万盯紧了。"说完下楼不见了。

虽然菲尔明确指示过,两个士兵依然撤进廊道,倚着步枪守住房门。

"怎么回事？"奈娜问维塔斯。

维塔斯表情冷漠，一如既往地无动于衷，看都懒得看奈娜一眼。

他观察两名士兵好一阵儿，然后左摇右晃地坐起身，铐在一起的双手灵巧地越过双腿，绕到身前，俨然柔术演员在玩杂耍。奈娜的眼睛微微瞪大。手铐箍得她生疼，就算不是很紧，她也做不到——而维塔斯都有四十多岁了。

奈娜提心吊胆地望着维塔斯和士兵。他们为何不看他一眼？一点也不担心吗？

维塔斯从鞋底取出什么东西，是一根木柄，看着好像碎冰锥的把手。奈娜在冬天见过有人用碎冰锥扎冰块，但他的只有木柄，没有锥子。

维塔斯又从另一只鞋底取出一根木柄，然后在油光锃亮的头发里摸索，很快扯出一根长线。他把线绕到一根木柄上，接着是另一根。

奈娜与维塔斯大人相处已久，她知道那是什么东西：一根绞索。

维塔斯纵身跃起，活像草丛里蓄势待发的毒蛇。他悄无声息地跨出几步，走出门外。

一个当兵的似乎瞥见他的身影，旋身举枪。维塔斯抬肘猛击他的咽喉。士兵脚下踉跄，歪到一旁，痛苦地吸着气，喉咙咕噜直响。另一名士兵及时端起步枪，可惜长长的刺刀很难在狭窄空间发挥优势。维塔斯抓住枪托，砸中他的鼻子。趁士兵蹒跚后退，维塔斯飞快地绕到他身后，用绞索缠住他的脖子。

奈娜的脑筋转得飞快。她看着士兵掉落的步枪——如果她的双手没被铐在身后，她完全可以捡起步枪对付维塔斯。两个当兵的眨眼间就死在廊道里。鲜血淌过地板，溢满了裂缝。

维塔斯在士兵身上摸索钥匙。他一脸平静，冷峻仿佛磐石。

唯一的警告来自地板的嘎吱声。维塔斯抬起头，猛地退进廊道，在奈娜的视野里消失了。菲尔也一闪而过，手中握着刀子。

奈娜听到肉搏的闷响，以及吃痛的呻吟和低声的咒骂——全都来自那个女人。

两人打回房间，被奈娜伸长的腿绊倒，吓得她尖叫起来。

他俩在地上缠斗，四条腿绞在一起，刀子被压在中间。奈娜两脚乱踢，只想离他们远点儿。他们有刀，又斗得兴起——稍不留意，奈娜的小命就没了。

菲尔就地一滚，挣脱维塔斯，鱼跃而起。

她发起攻击，迅猛如毒蛇。维塔斯依然跪在地上，用铁手铐格挡刀锋。她一刀刀刺来，维斯塔接招的速度同样快得不可思议。而在招架的同时，他设法站了起来。

两人小心翼翼地兜着圈子，奈娜尽可能缩到角落里。

她希望他们两败俱伤。但那又怎样？她还是打不开自己的手铐。

菲尔和维塔斯似乎陷入僵局。他们不再转圈。菲尔换手持刀，很快又换了回来。

奈娜不再犹豫。积攒数月的愤怒和恐惧同时爆发，她发出一声狂怒的尖叫，一脚踹向维塔斯的腿肚子。

与此同时，菲尔也朝维塔斯出手了。维塔斯的腿肚子挨了一脚，导致他朝后一仰，匕首擦过他的眼睛，深深割开一侧脸颊。他抓住菲尔的手，绞索飞快地缠上手腕，用力一拉。

菲尔别无选择，只能顺着他的力道招架，不然这只手就保不住了。维塔斯迈步逼近，她则尽量退开。二人仿佛跳起致命的舞蹈。

维塔斯一记头槌撞上菲尔的脸。女人蹒跚后退，贴上窗户。

维塔斯松开绞索。菲尔头晕目眩，没注意到对方一脚踢来。她的胸口挨了重重一下，整个人跌出了窗外。

维塔斯转身看着奈娜。一声轻响，他的手铐落到地上，而他手里拿着钥匙。

阴沉的目光吓得奈娜缩成一团。

火药魔法师

"你押错边了，洗衣女。"他把钥匙扔到地上，"今晚你将付出代价。我说到做到。不是你，就是那孩子。"

他离开了房间，只剩奈娜一人。她的喉咙哽得难受，浑身都在发抖。她爬过去捡钥匙，但因抖得厉害，花了好几分钟才解开手铐。

她瞪着周围的狼藉景象。两名死去的士兵，一扇破掉的窗户，维塔斯无影无踪。她试着调整情绪，深呼吸几次，停止抽噎，擦净泪水。现在不是哭闹的时候。

她可以跑掉。她知道。

但她跑了，维塔斯会对雅各布做出难以言说的坏事。刚才的威胁绝非空口白话。他确实说得出做得到。

奈娜爬下楼梯，发现另有两名士兵死在一楼走廊里。其中一人的脖子被扭成奇怪的角度，另一人被自己的刺刀捅了个透心凉。

大门洞开，街上聚了一群人，正在窥探里面的尸体。一个女人高声呼叫警察。有人朝奈娜指指点点。

奈娜花了些时间才找到后门。她溜了出去，钻进小巷，混入人群。

她必须返回维塔斯的宅子，把雅各布带走。

埃达迈低下头，从波用巫力炸开的缺口冲进维塔斯的老巢。

他开枪打中第一个拿起武器的人，然后扔掉手枪，抽出杖中剑。

奥德里奇的士兵紧紧跟上埃达迈，用刺刀迅速解决维塔斯的打手。太监的人也跟了进来，埃达迈听见宅子另一头响起枪声和打斗声。他们将维塔斯的老巢团团包围，接下来就是收紧口袋了。

一道火柱从一间房里直直射出，距埃达迈不过咫尺之遥，高温逼得他闪到一旁。

火焰裹住太监的一个手下，他惨叫着跑到街上。第二道火柱更长了，一直延伸到街上，完全吞噬了尊权者波巴多。

埃达迈的心提到了嗓子眼。如果波死了，维塔斯的尊权者会把他们全杀光的……

火焰减弱，波完好无损地立在原地，如被海浪拍击的岩石。波迈步上前，举起双手，指头拨动着无形之弦。

狂风拉扯着埃达迈的外衣，灌进宅子，敌我双方都被吹翻在地。强风劲吹，压得火柱节节败退。波的双手悬于头顶，突然向前狂奔，他咬紧牙关，神情坚毅。

一道闪电射向波。但他单手将其拍开，踩着瓦砾进了宅子，伴着一声怒吼，跃进内墙。

两位尊权者激战时，整个宅子都在晃动。埃达迈停下脚步，因为他意识到，两位尊权者一不小心就能杀了所有人。指头弹错方向，手掌随意一推，他们都将死无葬身之地。

尊权者的火焰点燃了宅子里的窗帘。火舌爬上桌子，很快，黑烟弥漫在残垣断壁之间。

而他必须找到法耶。

一个男人，嘴唇上有道伤疤，跌跌撞撞冲向埃达迈，黑烟熏得他睁不开眼，只能胡乱挥舞短剑，途中撞上一把椅子。埃达迈往后一跳，用杖中剑挡住对方接二连三的进攻。他感觉杖柄在指间扭动——杖中剑不能用来招架一个壮汉的连续重击，否则会有断裂的危险。

他瞅准伤疤男的空档，一剑刺中其肋部。壮汉打个趔趄，痛得连连低吼，然后埃达迈放过了他。

"法耶！"他大声喊道，"法耶！"

黑烟越来越浓。维塔斯把她关哪儿了？地窖？这里还有其他人质吗？不久前埃达迈看到，二楼窗户里有个男孩，但那不是他该关心的。

埃达迈听见一声女人的尖叫。来自楼上。

火药魔法师

人们迅速撤离宅子，与埃达迈擦肩而过，有的拍打着火苗，有的陷入苦战。埃达迈被浓烟熏得直眨眼，泪水也涌了出来。那边有楼梯。

他上了楼梯。宅子嘎吱作响。火势飞快蔓延，以惊人的速度吞没了家具。纸制品随处可见，连壁炉里都有。羊皮纸，书籍，每一面墙边都有桌子。这里更像文职人员的办公室，而非维塔斯策划阴谋的秘密基地。

如果法耶不在这里呢？如果她被关在别处，而埃达迈听到的是别人的尖叫呢？

埃达迈爬上黑烟弥漫的楼梯，从兜里掏出手帕，捂住口鼻。他上到楼顶，不禁大为灰心，眼前有道长长的走廊，两边至少有十几扇房门。热浪愈发凶猛，从楼下翻卷上来。大火随时可能蔓延到楼上——他要么会因浓烟而窒息，要么会被活活烧死。彻底搜寻需要花费不少时间。他该如何及时找到法耶呢？

"法耶！法耶！"

埃达迈试着打开第一扇门。门锁上了，他一脚将其踹开。狭小的房间内有两张脏兮兮的床铺和一个床头柜，但没有人。

他正要抬脚踹开隔壁房门，走廊深处突然传来一声尖叫。他循声狂奔过去。一扇门敞开着。他举起杖中剑，绕过墙角。

法耶站在一个死人旁边，手里抓着一盏滴血的烛台，凶狠的面孔简直让埃达迈不敢相认。埃达迈发现，房间另一头的窗帘后面，有个小男孩正探出脑袋。

"法耶！"

她抬头看到埃达迈，瞬间身子一软，烛台脱手坠地。要不是埃达迈及时伸手扶住，她已经瘫在地上了。

他俩久久地对视，埃达迈感觉两膝发软。也许一直以来，其实是妻子在支撑他，而不是相反。

"约瑟普呢?"埃达迈问。

"不见了。被他们带走了。"

"我会把他找回来。"埃达迈说完,看着小男孩,"这是艾尔达明西家的孩子?"

"对。"法耶说,"过来。"她拉起男孩的手,"别害怕,这是我丈夫。"

埃达迈凝视着妻子。"我……"他说。

"嘘。"她伸手按住埃达迈的嘴唇,眼中含着泪水,"我们得走了。"

埃达迈点点头。"快,我们……"他在走廊里刹住脚步。黑烟浓得可怕,火焰蹿上楼梯。他脱下外衣。"用这个捂着脸。"他对法耶说,然后把手帕递给男孩。他领着二人朝楼梯的反方向逃离,前往宅子正面。他们也许得跳到下面的碎石堆上,虽然有可能摔断腿,但总比被活活烤焦强。

一阵尖锐的巨响盖过了火焰的咆哮,埃达迈立刻停步。是宅子因激烈的战斗或巫力的拉扯而呻吟吗?

"这边。"法耶拉着他继续跑。在她的带领下,他们转个弯,来到另一段楼梯前。这里尚未被火焰侵袭,但他必须小心谨慎。

有什么东西撞破墙壁,一路滚下楼梯,好像是一堆火星四溅的布料。埃达迈把法耶拉到身后,举起杖中剑。

那团东西一边咳嗽,一边吐着口水,爬了起来。

是波。他的衣服还挂着火苗,络腮胡子被烤焦了。他拍打着身上的火,面色阴沉,瞪着黑烟弥漫的残破楼梯井。

他把一只手举过头顶。埃达迈耳边炸起一身巨响,火焰随即熄灭。波的手指猛地一抖,狂风呼啸,浓烟消散,仿佛上方有个巨型风箱,将火焰吸了个精光。

楼梯间突然涌进一股清凉的空气。埃达迈长长地吸了一口,抱紧法耶。她则把艾尔达明西家的男孩拉到身边。

一道火焰从波的肩头掠过。尊权者扭头望去,似乎没太当回事。匕首大小的冰刀从他头顶上方发射,飞向埃达迈视野外的某处。波朝他点点头。

"可以下来了。"波说,"应该安全了。"

"应该?"埃达迈小心翼翼地迈下楼梯,来到底层。

他们经过厨房,进入宅子后部的客厅。旁边墙上钉着另一个尊权者,冰刃插进石壁,鲜血一滴滴流下。那是个女人,深色皮肤证明她是德利弗人。波只瞟了她一眼。法耶捂住了小男孩的眼睛。

"法耶,"埃达迈说,"这位是尊权者波巴多,亚卓王党最后一名成员。"

"请原谅,我就不跟你握手了,"法耶说,"我不太愿意碰你的手。"

波的黑手套已经烧光,但饰有符文的尊权者手套依然干净洁白,就像崭新的一样。他两手交叠,转动脚跟,背过身去。"理解。维塔斯呢?"他问。

"菲尔在看着他。"埃达迈说。

"那个女人,我很想会会她。正大光明地见上一面。"

埃达迈忍不住思考这话是什么意思。"我觉得你不会愿意的。"他说。

"我认为……"

外面响起一声尖叫,打断了波的话。他歪着脑袋,犹如听到哨声的狗。"啊,该死。"他说,"你没告诉我这儿有两个。"

"什么,还有一个尊权者?"埃达迈慌忙寻找隐蔽之处。可哪里能保护他们呢?在尊权者面前,他们无处可逃。

波冷笑一声,卷起袖子。"是啊。"他说,"趴下!"

爆炸突如其来,灰泥和木头漫天飞舞。埃达迈被震飞,强大的冲击力令他来不及反应。他本能地想要抓住法耶——抓住什么都行,但很快发现自己躺在地上。

周围寂静无声。刚才的爆炸杀了法耶?波呢,他死了吗?埃达迈慢慢挪动身子,不知道哪些部位受了伤。一根大梁压在他胸口上,烟与灰四处飘荡。似乎整栋宅子都砸在他身上。

他感觉骨头没断,于是稍稍推开大梁,从碎石堆里挣脱出来。他轻轻按了按胸口各处。疼得不算厉害。

埃达迈爬起来。小艾尔达明西就在旁边,没有受伤的迹象。周围天翻地覆,险象环生,男孩几乎一声不吭,埃达迈不知该欣慰还是该担忧。

"快跑,"埃达迈对他说,"躲到厨房里去!"尊权者也许还在。男孩跑开的同时,埃达迈摇摇头,醒醒脑子。法耶在哪儿?

恐惧在他心头滋长。法耶不见了。刚才的爆炸分开了二人。屋顶坍塌,但大部分都没落在埃达迈头上……亲爱的克雷西米尔啊,她被碎石掩埋了吗?

"法耶!法耶!"

"她在这儿。"一个声音说道。

埃达迈循声望去,看到太监站在门口,架着法耶的一条胳膊。她似乎伤了脚踝。两人都灰头土脸的。

埃达迈看着太监。他们成功了,既拿下了维塔斯,又救出了法耶。但他毕竟勒索了大老板,现在太监会不会转而对付他呢?波不在。埃达迈不知道尊权者是否活着,也不知奥德里奇是否活着。即使太监悄悄杀死他们,然后消失不见,也不会惹人怀疑的。

"她没事。"太监说。

"谢谢你。"

太监搀扶着法耶走进来,动作温柔得令人难以置信。埃达迈张开双臂,迎了上去。

火药魔法师

　　一只刀柄突然钉上太监的侧颈。他张开嘴巴，喷出一口血，随后跪在地上。法耶失去支撑，歪向一旁，却被维塔斯接住。

第 25 章

塔玛斯大声下达命令,但没人服从。密密麻麻的士兵仍在河边乱成一团,丝毫没有改观。

塔玛斯的心跳开始加速。

"第七旅!列队!"

没人回应,让他双手发抖。他高估了自己的能力。他刻意制造恐慌,结果假戏成真。战斗尚未开始,他先被自己打败了。

"第一营!"一个声音穿透人群。有人挤了出来,是年迈的阿柏上校。他一手持枪,一手抓着假牙。"第一营,列阵!"

塔玛斯转身张望。凯兹骑兵仍在缓慢前进,距西边防线还有半里。南边的龙骑兵也动了起来。维罗拉等一众火药魔法师还在对岸开火,削减敌方的兵力。

亚卓步兵逐渐脱离河边的乱局,各就各位。可惜人数太少,速度也太慢。

然后多了起来。越来越多。士兵们纷纷离开河岸,跑过营地,前往他们与凯兹骑兵之间的土堆。他们扑到防御工事后方,手握步枪,填装子弹,上好刺刀。塔玛斯深吸一口气。他精神抖擞。如果他有时间挨个儿亲吻弟兄们,他会的。

他又望向逼近的凯兹骑兵,心跳骤然一停。

对方在距塔玛斯不到四分之一里外停下脚步。

一万五千凯兹骑兵摆成楔形阵,直指山穷水尽的塔玛斯的军队。

火药魔法师

他发现一人一马来到胸甲骑兵队前方。莫非贝昂看穿了塔玛斯的把戏？察觉到其中有诈？

塔玛斯认出来了，那人果然是贝昂·杰·伊匹利。明知火药魔法师的子弹随时可能要他的命，还敢单枪匹马出阵，确实勇敢。

贝昂似乎朝塔玛斯的方向微微颔首，嘴唇一开一合，然后亲吻剑身，高举过头。

他在致敬。贝昂在向塔玛斯致敬。塔玛斯为之愕然。他仿佛在说：你本来有机会逃跑，却选择背水一战。

贝昂放下剑，大地开始摇颤，一万五千匹战马狂奔而来，蹄声恍如雷鸣。

"稳住！"塔玛斯手握步枪高喊。他的目光从胸甲骑兵身上移开。他们的冲锋势必将被拒马和鹿砦阻挡。他们要么刹住脚步，与第九旅交火，要么放慢速度，避开防御工事。

但在塔玛斯和龙骑兵之间却没有明显的障碍——除了一层薄薄的白雾覆盖着大地，以及掩藏士兵的土堆。

三百码。龙骑兵俯身贴着马颈，催促战马加速。一颗子弹从塔玛斯头顶呼啸而过，射中一个龙骑兵的眉心。塔玛斯端起步枪，瞄准，开火。他蹲下身子，装弹，再次开枪。

两百码。龙骑兵举起卡宾枪，面容扭曲，发出难辨字句的战吼。

一百码。塔玛斯的队伍开枪了。第一次齐射过后，数以百计龙骑兵落马。其他的却丝毫不受影响，继续冲锋。

七十码。龙骑兵的卡宾枪开火了。塔玛斯的士兵们躲在土墙后装弹。

五十码。龙骑兵甩掉卡宾枪，举起手枪。

三十码。龙骑兵用手枪瞄准。

二十码。

十码。

第一排龙骑兵消失了。

惨叫声传来，塔玛斯闭上眼睛，很快又睁开。

因为全速冲锋，骑兵刹不住势头，连人带马跌进隐蔽的壕沟。壕沟近二十尺宽、二十尺深，横跨塔玛斯故意留下的防线"缺口"。沟上盖着木板，铺有杂草等物。若在白天，这种伪装堪称拙劣，但那团雾气却将它们彻底遮住。战马的重压让伪装瞬间破碎。

塔玛斯见过一整队马车直接驶进艾德海。第一辆在急转弯时收势不及，冲出了码头。后一辆的车夫在最后一刻才看清形势，也跟着跌落。第三个车夫试图勒马，但为时已晚。

眼下情况类似，但不是三辆马车，而是成千上万龙骑兵，直直冲进他的壕沟。

等龙骑兵终于停下冲锋的势头，壕沟里几乎堆满嘶鸣扑腾的战马和痛苦挣扎的士兵。凯兹龙骑兵惊恐万状地瞪着坠马的同袍。

万一是自己掉到沟底……塔玛斯脑中闪过这个念头，不禁打了个寒战。

"开火！"塔玛斯大吼。

第七旅向龙骑兵开火了。受惊的战马在壕沟边乱成一团，军官们挥舞着佩剑，大呼小叫，命令队伍后部的骑兵掉头，以组织撤退。

塔玛斯装填子弹，又一次开火。龙骑兵开始重新列队。若他们此时逃跑，还能保存数千兵力，随后便可卷土重来，在塔玛斯对付胸甲骑兵时，骚扰他的侧翼。

"上刺刀！"塔玛斯举起步枪，高声下令。

壕沟中间每隔四十步都留了十尺宽的坚实地面。虽然那些位置未做标记，而且雾气低垂，不容易看清，但塔玛斯必须发起反击。

他带头冲上最近的安全通道，杀向正在撤退的凯兹龙骑兵。

他释放感知力，引燃了距离最近的火药包。一场小规模爆炸造成不少死伤，震得不远处的塔玛斯牙齿打架。士兵们涌到他身边，一边咆哮，一边用长长的刺刀攻向龙骑兵。

第七旅的五千士兵与凯兹龙骑兵近距离交锋，杀得天昏地暗。龙骑兵失去冲锋的威力，面对攻击范围相当远的刺刀，优势已荡然无存。

塔玛斯冲向最近一名龙骑兵，把刺刀捅进对方暴露的肋旁，然后猛地拔出，撕开伤口。龙骑兵坠落鞍下，战马惊惶地向前冲撞，塔玛斯及时闪到一旁。

他被什么东西从侧面撞上，整个人腾空飞起，摔在地上，喘不过气，但他很快又爬了起来。

"长官！"奥莱姆手持佩剑，步枪已不知所踪。他一剑砍中一个龙骑兵的大腿，然后奔向塔玛斯。

塔玛斯刚起身，却被奥莱姆撞个满怀。二人双双倒地，与此同时，一把直刃骑兵刀凌空劈下，堪堪划过塔玛斯的脑袋先前所在的位置。

奥莱姆从塔玛斯身上滚下来，扶他起身。

塔玛斯的步枪也在混乱中丢失了，好在他手上提着佩剑。

"该撤退了，长官。"奥莱姆的喊声盖过震耳欲聋的枪声。

"还没打完呢。第七旅！"塔玛斯收回长剑，从地上捡起一把步枪，枪上还有刺刀。他朝不远处一个龙骑兵冲去，希望奥莱姆也能跟上来。

他释放感知力，在接近龙骑兵的同时，又引燃了大量火药。在他两旁，步兵们攻势如潮。

塔玛斯感到一阵风掠过脑袋右侧，就在耳朵上方，刺痛难忍。他突然头晕目眩，但脚步不停。然而，龙骑兵似乎越来越远了。

奥莱姆冲他的耳朵大喊，才把他拉回现实。"他们撤退了，长官！"

塔玛斯停下来左右张望，观察着战场。近战中死了数千人，还有数千人困在壕沟里——缺胳膊断腿的人和马仍在挣扎,惨叫声不绝于耳。"好了。回去。"他扶着奥莱姆的胳膊,稳住身子。

他们从安全通道越过壕沟。第七旅的幸存者不再理会撤退的龙骑兵,只要确保壕沟内无人幸存。塔玛斯看到,一个龙骑兵抓着一个亚卓士兵的脚求饶,但士兵把刺刀插进了他的眼窝。

塔玛斯感到奥莱姆的手搭在他肩头。

"刚才有颗子弹擦着您的脑门过去了,长官。"奥莱姆说。

塔玛斯摸摸头,只见手指猩红。

"弹痕平直,"奥莱姆说,"有血,但应该不深。"

奥莱姆的左臂垂在身边,袖子血迹斑斑,破破烂烂,几乎脱落。他注意到塔玛斯询问的目光。"皮外伤而已,长官。"

"塔玛斯,你这狗娘养的!"有人大吼,"第九旅垮了!我们侧翼失守了!"

塔玛斯立刻抬头张望。加夫里尔策马飞驰,一众游骑兵跟着他朝西边奔去。

"阿柏上校!"塔玛斯到处寻找上校,发现他在壕沟边抓着两个受伤的凯兹军官。

"长官!"

"守好阵地。"塔玛斯将佩剑举过头顶挥舞,"第七旅的弟兄们,跟我来!"

塔玛斯也奔向西边,肾上腺素和战场上的火药味道令他精力充沛。他已经看到了危情。数不清的胸甲骑兵杀进了守军阵地。第九旅有一部分人开始溃散,逃回营地或跳进河里。

胸甲骑兵势不可挡地压向西南角。防线已经崩溃,只剩少数人仍在顽抗。塔玛斯认出了马背上的卡塞尔将军。但马上,卡塞尔的战马倒下了。

塔玛斯惊呆了。他用枪托敲击地面,提高嗓门大喊。

火药魔法师

"排队,列阵!"

奥莱姆来到他身边。在他左右两侧,第七旅的士兵肩并肩排成数行。

"装弹!"

步枪和火枪很快填装了弹药。

"瞄准!"

士兵们端起步枪,抵住肩膀。

"开火!"

第七旅向混乱的第九旅士兵头上开枪。胸甲骑兵纷纷落马。

"上刺刀,前进!"

下达"瞄准"和"开火"命令时,第七旅其余的士兵也跟了上来。塔玛斯打造的铜墙铁壁由六排步兵组成,刺刀林立。他们整齐划一地向前迈进。第九旅的士兵要么加入进来,要么被推开。他带领队伍,前往卡塞尔将军落马的位置。

推进三十步后,他们遭遇了重骑兵。

陷入缠斗的胸甲骑兵丧失了最强大的武器——冲锋——但他们比龙骑兵更具优势。他们的胸甲能抵挡刺刀,厚重的军刀也很适合对付武装步兵。

"稳住!"塔玛斯下令的同时,士兵们与胸甲骑兵开始交锋。他们突刺挥砍,一往无前,让敌人试图攻破防线的企图化为泡影。

战斗间隙,塔玛斯瞅见了卡塞尔将军。后者倒在站在二十步开外的地上,满脸满手都是血,军刀扬在半空。一个徒步的胸甲骑兵扫开他的剑,挥起军刀。

塔玛斯离开队伍,从两名骑手之间冲过去。卡塞尔面前的胸甲骑兵拔刀再刺。卡塞尔浑身发抖。

胸甲骑兵没注意到塔玛斯。

塔玛斯用刺刀插进他腋下,也就是胸甲的捆带处。他把刺刀狠狠地往前推,最后连枪管都浸染了鲜血。他又加了把劲儿,然后放开步枪,跪在卡塞尔身边。

卡塞尔抬起头,惊恐地瞪着他,双手满是猩红的鲜血。

塔玛斯听到刀剑劈砍和奥莱姆的吼叫声,但那声音仿佛远在天边。

卡塞尔的胸脯和肚子至少挨了四刀,双手布满无数割伤,脸上血肉模糊。他眨着血淋淋的眼皮,看着塔玛斯。

"我那帮小子,"他大口吸气,"他们撑不住了。"

塔玛斯抓起卡塞尔的手,紧紧握住。

这是最大的背叛。你的军队溃散,逃跑,抛弃了你。

"但你没有,"塔玛斯说,"你坚持到底。"

"我不是懦夫,"卡塞尔说,"该死的贝昂。第一次碰上这么灵活的胸甲骑兵。他们在壕沟和我们……我们的防御工事间上蹿下跳。"卡塞尔捂住一处伤口,徒劳地想要止血,"你挡住了龙骑兵?"

"对。"

卡塞尔猛地吸了口气。"善待我那帮小子吧。我……也想逃跑。天杀的胸甲骑兵。"他又眨眨眼,"等你找到贝昂……"他咳嗽起来,清了清嗓子,"……代我向他致敬。骑术太他妈精湛了。"他抽回手,按住另一处伤口,"去吧。弟兄们需要你。我……没事。"

塔玛斯脱掉外衣,盖在卡塞尔头上。他起身一看,步兵队列已压到前面,仍在向前推进。他从胸甲骑兵的尸体上拔出刺刀,大步追赶。

重骑兵节节败退。有一部分失去战马,转身就跑。还有一部分零零散散地举手投降。

他目睹了最后一场战斗。士兵们步步紧逼,用刺刀组成墙壁,对付残余的凯兹骑兵。塔玛斯挤进队列,不出意外地看到了贝昂。

贝昂头盔没了,半吊着胸甲,脸颊被割开,护着一只胳膊。他身

火药魔法师

边最后一名护卫被捅成蜂窝,倒在地上。贝昂的头发被血和汗濡湿,他不断退后,扔下手中的剑。

"我投降。"他大声说,"我们投降。"

一名亚卓士兵上前几步,抬起步枪,刺刀对准贝昂的脖子。

嗜血。无情。塔玛斯不能容忍这个。他冲上去,抓住滚烫的枪管,将它推开。

"他说了,"塔玛斯高声宣布,"他投降了。"

埃达迈跟跄着冲上前去,差点骂出一句脏话,可维塔斯用细短剑抵住法耶的脖子,他只好停了下来。

"我说过十倍奉还。"维塔斯说,"我要你记住。"他移动手臂。埃达迈闭上了眼睛,不愿看到法耶的鲜血和生命从喉咙喷出。

"离他远点儿。"

埃达迈睁开眼睛。维塔斯似乎有些茫然。他手臂紧张,短剑却未靠近法耶的脖子。

"拜托,"波从拐角处现身,"躲开些。"

埃达迈一把拉过法耶,离开维塔斯。维塔斯鼻孔张大,眼中怒火升腾,却又动弹不得。

波的手指动了动。无形的巫力将维塔斯甩到房间对面,撞在墙上,刚好就在被钉死的尊权者旁边。波走到维塔斯面前,粗鲁地捏着他的下巴,将他的脑袋扭向死透的尊权者。

"她还不错,"波说,"有资格加入王党,但我杀了她。而另一个——你的后援——实在没什么本事,花点时间就解决了。至于你,"波曲起手指,敲敲维塔斯的下巴,"我不喜欢你。我看过你的地下室。王党里也有你这种人。听说塔玛斯把他们杀光了,让我特别高兴。"

波退开一步,若有所思地打量着维塔斯,后者依然被他的巫力钉在墙上。波说:"我敢打赌,你这种人从小就爱虐待动物。告诉我,你有没有扯掉过虫子的翅膀?"

维塔斯没回话。

"回答我!"波吼道。

维塔斯瑟缩一下。"有。"

"我就知道。感觉如何?"

波的手指微微一抖。就这么一下,维塔斯的右臂就被一股无形的力量扯断。埃达迈不知道谁叫得更响,是痛苦的维塔斯,还是惊骇的法耶。他把法耶搂在怀里,只觉胃里翻江倒海,担心自己随时可能倒下。

波的手指又抖一下。维塔斯的另一只胳膊也掉在地上,两肩断臂处闪着火光。

"我会灼烧你的伤口,"波说,"免得你死得太快。你们这种人也爱这么干,对吧?让人活得越久越好?"波抽了维塔斯一记耳光,接着又是一记。"对不对?说话!对不对?"

埃达迈拖着脚步走上前,拽住波的胳膊。波转身面对他,高举双手,眼中含着怒火。埃达迈鼓足勇气,没有躲开。"够了,老兄!够了!"他不敢相信自己会冲上来替维塔斯求情。一个钟头前,他发誓要让维塔斯尝遍世上所有的痛苦。但此时此刻,他只觉得恶心。

波放下手,点点头,嘟囔一句什么。"带他们走吧。"他指着法耶和男孩说,"维塔斯哪儿都别想去了。带他们离开这里。"

埃达迈搂住法耶的腰,避免她脚踝承重,就这样一路带着她,离开烟火缭绕的废墟。

街上全是人,但围观人群离得远远的,至少在百步开外,强烈的好奇心与对巫术的恐惧在激烈斗争。太监的手下带着伤员和俘虏,聚在宅子前面,见烟火散去,一部分人准备进去。埃达迈看到奥德里奇军士和瑞普拉丝,他们正在来回走动,下达指示。

他招手示意瑞普拉丝过来。"太监死了。"他平静地说。

太监的副手惊得后退一步，眼睛睁大。"什么？怎么死的？"

"维塔斯干的。他从菲尔手上逃了出来。说到……"

菲尔在围观人群中现身。她小心翼翼地扶着胳膊，浑身是伤，一瘸一拐迎向埃达迈。

"维塔斯，他……"

"在里面。"埃达迈强压怒火。菲尔说她能看住维塔斯，但毫无疑问，她失手了。奥德里奇的士兵可能也被杀了。他觉得还是少说几句为好。

菲尔冷静的回应多少压住了他的怒火。

"你打算拿他怎么办？"

"我想知道，他对我儿子做了什么……除此之外，我不在乎。"

菲尔和瑞普拉丝相互打量一番。"你是太监的副手？"菲尔问。

"对。"

"我们谈谈。"菲尔歪歪头，两个女人单独说话去了。

埃达迈抱紧法耶，仿佛要用她的存在安慰自己。她也依偎在埃达迈胸前，闭着眼睛，满脸是泪。

"孩子们呢？"她突然问道。

"很安全。"埃达迈说，"抱歉，我没能早点过来。"

"你来了就好。这才是最重要的。"

埃达迈跪在她身前，把她的手按在自己的嘴唇上。"我现在死都能瞑目了。我救回了你。"

"拜托，"法耶说，"先别死。我的脚踝疼得要命。"

第 26 章

塔涅尔在"美酒之家"找到多萝薇尔少校,这里原是一家上流社会的绅士俱乐部,被军队征用后改成了军官食堂。房间里装饰着刺眼的深红色绸缎,弥漫着浓郁的雪茄烟气,随处可见的扶手椅上铺着哥拉大陆的大猫毛皮。角落里,一位军士在弹奏豪华钢琴。交谈声低沉而模糊,有几位军官注意到了塔涅尔。

塔涅尔在门廊处稍作停留,整了整军礼服的衣领——这是米哈利送他的。南派克山垮塌时,他的财物基本都没了,包括各种军服。胖大厨不知从哪儿弄到塔涅尔的尺寸,帮他重新定制了一套,漂亮的银纽扣和火药桶徽章一个不少。

他把帽子夹在胳膊底下,目光缓缓逡巡,尽量不去考虑在外面等候的宪兵。如果他拒不道歉,他们可能会把他直接带回营房。

塔涅尔看到多萝薇尔少校在吧台附近,正同一位五十岁左右的年长军官及两位少校打牌。他深吸一口气,迈开脚步,穿过座椅,朝几位招呼他的人领首致意。

多萝薇尔少校背对着墙,不可能没看到他进来,但塔涅尔在她桌边停下时,她连头都没抬。

那位年长军官开口了——从军服判断他是上校,但对塔涅尔是个生面孔。

"我告诉他们,缺少贵族血统是个问题。我理解塔玛斯的选择有政治意义,可他挑的军官没有贵族血统,削弱了整支军队的价值,这

火药魔法师

一点毋庸置疑。克雷西米尔啊,如果他不能……"年长军官顿了顿,皱着眉头望向塔涅尔,"啊,上尉。给我拿杯啤酒。我说到哪儿了?如果他不能……快去啊,上尉,我渴了。"

塔涅尔没理他。"多萝薇尔少校。"塔涅尔说。

多萝薇尔从手牌上抬起头,瞟了他一眼。"你对伯特上校失礼了。"

伯特?他好像听过这个名字。"抱歉,上校。"但塔涅尔正眼都没瞧他,"我必须找多萝薇尔少校谈谈。"

"现在是'上校'了。"多萝薇尔摸了摸领子上代表军衔的横杠,"不管你要对我说什么……"她把手牌正面朝下放在桌上,靠着椅背,"都可以公开讲。"

塔涅尔咽下一口恶气。"恭喜您晋升,上校。"

"我说……"伯特站起身。

"请坐,长官。"塔涅尔厉声道,"这事儿与你无关。多萝薇尔上校,我向您致以最深的歉意,关于……"塔涅尔在脑中反复掂量,免得说出不得体的狠话,"我近期的行为可能对您造成的侮辱。"

塔涅尔不禁注意到,低沉的交谈声消失了。似乎有上百双眼睛盯着他。也许真有。

"伯特上校是我丈夫。"多萝薇尔说,"向他道歉。"

丈夫?这人至少比她大二十岁。

"我道过歉了。"塔涅尔说,"我也向您道过歉了。现在请容我告辞。"塔涅尔转身要走。

伯特清了清喉咙,他停下脚步。"是塔涅尔吗?塔玛斯的小崽子?"

别理他,塔涅尔告诫自己。

"'双杀',"伯特说,"马上回来。伊坦上校!"

塔涅尔一愣。伊坦也在吗?

"上校，是不是这个人害你致残的？"

"是他救了我的命。"伊坦的声音回答。

"他也救了我的命！"有人大喊。

"还有我！"

"呸。我现在记起你了，'双杀'。"伯特说，"那是五六年前的事了。讨人嫌的小混蛋。差劲儿的士兵。你疏于训练，宁可带你那个黑发婊子偷偷溜出去。我一向不看好你。哈。看来她也一样。"

婊子？维罗拉？她和那个公子哥在大学偷情时被他抓个现行，骂声"婊子"都算便宜她了，但塔涅尔没法忍受一个蠢货军官当众评论自己的情史。他双手握拳，缓缓吸气，以恢复平静。他不需要听下去。他可以直接走开。

"伯特，你说够了吧？"伊坦的声音说，"今晚到此为止吧。"

"去你妈的，伊坦。"伯特接着说，"塔涅尔，我发现你一点都没变。目无尊长。不守军规。婊子倒是换了一个又一个。"

"伯特！"伊坦换上警告的语气。

"现在是个野人婊子！下一个又会烂到什么程度？我敢说你每睡一次那个婊子，你爹都会在坟墓里气得打滚。"

塔涅尔浑身发抖。愤怒即将失控。他强行保持镇定，慢慢转过身。

"伯特，"塔涅尔说，"我不记得什么伯特上校。我只记得伯特上尉。那个蠢货之所以能戴上上尉军衔，只因为他是某位公爵的野种。塔玛斯元帅发过誓，只要他活着，就绝不会让那个贱人升一级。"

伯特满脸通红。"关你一周禁闭，'双杀'。"

"你愚蠢透顶，只会吹牛，伯特。你配不上这身军服。"

"两周！"

塔涅尔冲向伯特，后者往后一缩，像是担心挨揍。塔涅尔揪起上校领子上的横杠，一把扯掉，扔到一旁。

"一个月！"伯特大吼。

有东西突然飞来，打在伯特脸上。看起来像土豆泥。

"谁干的？"多萝薇尔问。

一块圆面包砸中伯特的鼻子。各种食物随之飞来，打得他措手不及。有人扔来一整盘酱料，把他的军服染得五颜六色。

"你现在不是自由身了，'双杀'！"伯特怒气冲冲地说，"你爹死了。罚你关禁闭两个月，你那野人小婊子归我的弟兄们了！"

塔涅尔上前一步，一拳打中伯特的下巴，把那老家伙揍翻在地。只听"咔嚓"一声，野种的下巴断了。

"宪兵！"多萝薇尔大喊。

该死。都他妈该死。塔涅尔一脚扶正伯特的椅子，跳了上去。

"朋友们，"他大喊着，高举双臂示意众人安静。军官食堂立刻鸦雀无声，塔涅尔见如此奏效，不由颇感惊讶。"总参谋部欺骗了我们。"塔涅尔说，"塔玛斯元帅没死。他也没当俘虏。此时此刻，他正带领第七和第九旅在凯兹的领土上行军。"

"撒谎！"多萝薇尔大喊。

塔玛斯提高嗓门，盖过她的声音。"你们没想过凯兹的骑兵去哪儿了吗？他们去追塔玛斯了！"

塔涅尔被一名宪兵推下椅子。那人正要制服塔涅尔，却被一位少校按在地上。塔涅尔爬起来。"我们只要抵挡凯兹杂种几个月就行！很快就要入秋，然后冬天就来了，一起来的还有塔玛斯元帅！"

一只枪托砸向塔涅尔的肚子。他疼得弯下腰，但又强行挺直身板。"不撤退！不投降！"

军官食堂爆发出雷鸣般的喝彩。食物漫天飞舞。塔涅尔被人按着后颈压在地上，脸埋进地毯。

"你完蛋了，'双杀'，"多萝薇尔嘶声说道，"你死定了！"

塔涅尔毫不介意。军官们会告诉他们的士兵，士兵们会守住前线。他们将为塔涅尔而战。为塔玛斯而战。

越接近维塔斯的宅子，奈娜心中就越害怕。街道上空黑烟滚滚，风吹来惨叫，战斗的声响愈发清晰，其中有种声音最为特殊，她以前只听过一两次，但绝不会弄错——那是巫力撞击的重响。

除了尊权者杜福德还有谁？高个儿巫师的形象在她眼前浮现，他一边兴奋地大笑，一边朝不速之客施放巫术，打个响指就能把人烧焦。

巫力似乎有了回音。一声重击，接着又是一声，威力丝毫不逊于前者。她绕过街角，从后方接近宅子。战斗仍在继续。三层楼每一扇窗户都冒出浓烟，火舌纷飞，犹如握着窗棂的手指。巨响一声接一声。

不，不是回音。

宅子里正在上演巫术大战。

奈娜提着裙子跑过去。她想起厨房的伙计说，维塔斯大人又从南方某地召来一个尊权者。她应该今早才到。那个女人跟杜福德打起来了？

一声惊天动地的巨响，震得奈娜耳朵发麻。她跌跌撞撞来到街边，几乎失去平衡。宅子里的火焰消失了。"轰隆"一声，浓烟从窗内涌出，仿佛里面有架巨大的鼓风机，但除了浓烟，其他什么都没有。

奈娜呆在原地，突如其来的寂静比巫术更吓人。谁赢了？刚才谁在战斗？维塔斯在里面吗？他还活着吗？雅各布有没有幸免于难？

她不知道能不能进去。她做了几次深呼吸，鼓起勇气。

半空中传来"噼啪"一声，奈娜飞了起来，重重地落在街上，磨破了手掌。

宅子的一侧垮了,向内塌陷。她目瞪口呆地看着墙壁粉碎,部分屋顶滑落,瓦片掉进巷子里,仿佛千盏风铃在狂风中鸣奏。

奈娜爬起来,想也不想就冲向宅子。她掌心刺痛,裙子沾满血迹,但她不在乎。雅各布还在里面,在二楼。他的卧室朝向另一条街,虽然奈娜在这边看不见,但她敢肯定,如果他在卧室里,一定逃不过被砸死的命运。但他也许会很幸运。也许他躲在床底,或有门框的保护,或者……

宅子背面的墙壁突然炸开,石灰、家具和形似残肢碎肉的块状物飞溅到街上。

一个男人立在废墟中,中等个头,留着红色的络腮胡子,但脸颊刮得干干净净。他身穿宽松长裤和配套的夹克,这身打扮在银行家的聚居区丝毫不显突兀。他不算特别英俊,也说不上丑,但奈娜第一眼看到他就心里一惊。

他高举双手,蓄势待发,白色的尊权者手套格外扎眼,目光投向散落街上的残骸。聚集的人群惊恐地退开。一个女人晕死过去,她终于知道满街的鲜红肉块是什么了。一个男人当街呕吐。

尊权者俯视着人群,然后放下双手,转身消失在残破不堪的宅子里。在他进去之前,奈娜注意到,他的手套上有个图案——是亚卓山脉的标志,底下有颗泪滴代表亚德海。

他不是普通的尊权者,而是亚卓王党的一员。

奈娜意识到,杜福德将毫无胜算。

她踩着废墟进去,低头钻过一根横梁,尽可能靠近仆人用的楼梯。

客厅彻底毁了。她听到有人大喊救命,还有人在呻吟。一具尸体躺在断裂的木头底下,浑身是灰,一动不动。她听到有人在另一个房间说话,像是维塔斯大人的声音。

奈娜慢慢走进厨房。这里几乎完好无损,但仆人用的楼梯受损严重。她没法上到二楼。

她来到餐厅门前,侧耳聆听。一片寂静中,她察觉到有人在动。她透过门上一道裂缝观察。一个女人出现在眼前,吓得她倒吸一口凉气。女人被钉在餐厅的后墙,绵软无力地挂在血淋淋的冰锥上,手上戴着尊权者手套。维塔斯的另一个尊权者?

有人说话了。一个男人的声音。他说……

维塔斯大人猛地撞上餐厅的后墙,力道之猛,让残破不堪的宅子都发出了呻吟。废墟里有动静,奈娜听见有人在尖叫,维塔斯大人却一声不吭。亚卓王党那位尊权者进入奈娜的视野。他轻声细语,但怒容满面,捏住维塔斯大人的下巴,逼迫后者看向死去的尊权者。

王党尊权者突然后退一步,声音瞬间变得从容冷静。奈娜听见他说:"我敢打赌,你这种人从小就爱虐待动物。告诉我,你有没有扯掉过虫子的翅膀?回答我!"

看到维塔斯惊恐地瑟缩着,奈娜心中生出几分满足。他嘴唇翕动,声音低得听不清。

"我就知道。感觉如何?"

她从门边退开。维塔斯的惨叫盖过了宅子里所有伤员和濒死之人的呼喊。她转而走向厨房,在废墟间寻找通道。恐慌攫住了她的心脏。她必须找到雅各布,必须离开这大宅。尽管她呼吸越来越困难,肾上腺素飙升,却又觉得无比轻松。维塔斯死定了。就算现在没死,他也活不了多久。那个混蛋终于遇上了比他更强、更狠之人。

她把有关维塔斯的念头推到一边。何苦为他费神?可是,雅各布……

"奈娜?"

奈娜的目光迅速扫过厨房。孩子的声音。从哪儿传来的?

"奈娜,快,来这边。"

她在食品柜最里面找到了雅各布,原来他缩在一袋面粉后面。她看了眼餐厅门。"太窄了,我躲不进去。"她说着,帮雅各布从食品柜里钻出来。

"法耶怎么样了?"他问,"还有维塔斯叔叔。"

餐厅里传来一声呻吟。奈娜抓住雅各布的肩膀,推着他钻出破损的墙壁,原路返回。

外面聚集的人群退到自认为安全的地方,等待警察和消防队赶来。奈娜挤过人群时,有人拽她的胳膊,她只是默然地甩开,懒得回头看,双手牢牢抓住雅各布的肩膀。

奈娜的脑筋飞快运转。她的银器依然埋在城外。她没有钱,也没有衣服,除了宅子里的。他们必须赶往城郊,找到银器,明天再回城里,找个地方卖掉。

在街上睡一两晚也没什么大不了的。

他们走了四个街区,奈娜注意到,路上的行人都盯着自己。又经过一个街区时,雅各布指指她的裙子,她才发现手掌上的血流得到处都是。她好像在血泊里打过滚。过了两条街,两人来到一长排店铺附近。

"需要帮忙吗,女士?"一位路过的绅士问道。他用手帕捂着嘴,好像随时都会呕吐。

她摊开手掌。"磨破了而已。"她用满不在乎的语气说,"看着严重,其实还好。"

绅士似乎松了口气。"那边有医生。"他指着两家店铺后面,"她不需要预约的。"

"非常感谢。"奈娜说。

她等了片刻,目送绅士离开。她没钱付给医生,只能强忍疼痛,直到……

她想起脖子上戴着串有大珍珠的银项链。是维塔斯送的"礼物"。

医生是个年迈的老妇人，穿着白大褂，鼻梁上架着一副眼镜。她正在给人看病，但瞥见奈娜血迹斑斑的裙子，立刻迎上来检查伤情。

医生清理并包扎伤口时，奈娜絮絮叨叨地解释着，说自己摔了一跤，快疼死了，好在没有扭伤。医药费？"哦，天啊。我好像把钱包落在家里了。要不先把项链押在这儿，我到时候回来赎可以吗？"

交易达成，奈娜还额外借到五十卡纳。她拉着雅各布出门，不禁松了口气。整个过程中，男孩一直安安静静。

奈娜又走过半个街区，脑子里突然冒出个念头。

尊权者。打赢并扯断维塔斯双臂之人——是亚卓王党的成员。

"雅各布，"奈娜带他来到街边一家咖啡馆，"你在这儿等我几分钟好吗？"

雅各布瞪大眼睛。"别丢下我一个。"

"几分钟就好。来，我给你买杯牛奶。你就坐在这儿，别出去，等我回来。"她停下来想了想，"如果我没回来，你就找人问路，到最近的兵营去，对管事的军官说你找奥莱姆上尉。他不在城里，在前线打仗，不过军官会给你安排住处。"

"你不回来接我吗？"

"我会的。"奈娜说，"不过万一我没回来，你一定要按我说的做。"

男孩似乎掂量了一下对她的信心，挺直了腰杆。"好的，奈娜。"

奈娜买了杯牛奶，把他安顿在咖啡馆的椅子上，请侍者照看他半个钟头。她又花了十卡纳，买了咖啡馆里的一条旧围裙，系在腰间，完美地盖住裙子上的血迹。

她立刻返回维塔斯大人的宅子。

警察已经来了，消防队接管了宅子各处。一条白色毯子盖在杜福德的遗骸上，消防队员又从废墟中拖出一具扭曲的尸体。维塔斯的手下全都不见了，他的对手也一样。警察人数太多，她打消了接近宅子的念头。

她绕着这个区域打转，观察相邻的街道。附近一定有放哨的，甚至……甚至……能找到某个人！

但她谁都没找到。无论维塔斯大人的手下、亚卓士兵，还是王党尊权者，全都消失得无影无踪。

她扩大搜寻范围。

过了五条街，她终于瞥见一个人，红色络腮胡，穿着修身衣裤，肩上扛着一卷地毯，正从街上走过。地毯卷得很粗，里面没准儿裹着一具尸体。他没戴尊权者手套，但奈娜认出，正是那位王党尊权者。

奈娜飞跑过去。他扛着沉重的地毯，步伐缓慢，自顾自地大声吹着口哨。是同一人吧？

他转了个弯。

奈娜悄悄地贴在街边的墙壁上。也许不是他。尊权者从不亲自搬东西。他们有仆人。

她绕过拐角，差点叫出声。

巷子里十尺开外，那人坐在地毯卷上，单脚搭着一只老旧的酒桶，仿佛等了很久。

"有事吗？"他问。

奈娜瞟了街道一眼。他应该不会动手。毕竟是在光天化日之下，街上人来人往。

"先生。"她说。怎么跟尊权者对话呢？几个月前在保王派那边，她和罗扎利娅短暂地相处过，但那段经历令她深感不安。尊权者不值得信赖。"大人？"

他眯起眼睛，但没纠正她。这就对了，果然是他。而他不希望被人注意到自己是个尊权者。她做好了逃跑的准备。

"什么事？"他和蔼可亲地问道。

"您是尊权者，"她说，"属于亚卓王党。"

对方挑起一边眉毛。"为什么这么说?"

"一个钟头前,我看到您把杜福德大人打倒在地。"

"他叫杜福德?"尊权者说,"难怪有点眼熟。那个自大狂是凯兹王党的一员。呸,他们竟然收编了他。还不如赋能者呢。"他上下打量着奈娜。"你找我有事?想好了再说,因为待会儿我只能杀了你。"

杀了她?如有必要,奈娜对此毫不怀疑。众所周知,王党成员一贯残忍无情。她清了清嗓子,挺起胸膛。"既然您身为王党成员,就有责任保护雅各布·艾尔达明西,亚卓的王位继承人。"她仓促地吐出一口气,原来刚才她一直没敢呼吸。

尊权者的眉毛始终扬得老高。慢慢地,可能意识到对方不是恶作剧,他把眉毛放了下来,仰头大笑。

奈娜的嘴角也荡漾着紧张的笑意。她的话很好笑吗?"您答应了?"

"什么?哈,答应个屁。你觉得我希望往腰上拴个贵族小崽子吗?那孩子多大来着,四岁?"

"六岁。"

"六岁。好吧。"尊权者站起身,"亚卓贵族都死光了。他们不会回来了。"他顿了顿,四下看看,"话说回来,那孩子在哪儿?"

"藏起来了。"

"聪明。"

"先生,"奈娜说,"大人,只能靠您了。除您之外,没人能保护他。"

"他还有你。"

"我只是个洗衣工。"

"你打扮得像个女招待。"

"因为围裙?不,我是洗衣工。"

"我敢说你就是个女招待。"尊权者说。

火药魔法师

她愣了半天,才意识到自己被戏弄了。

"大人!"她用命令般的语气说,"您必须保护雅各布·艾尔达明西。"

"不,我才不干。"尊权者叹了口气,似乎深感疲倦,原本二十五六岁的模样一转眼苍老了许多。"我不跟亚卓贵族纠缠了。"他眨眨眼,仔细端详着奈娜,"我们以前见过吗?"

她摇摇头。

"好吧。我该走了。这卷东西等不了我一整天。"

奈娜突然感到一阵恐慌。这可不行。尊权者不肯保护雅各布。我也不想把男孩交给别人,奈娜心想,只是该有更厉害的人保护他。"您不是要……"

"杀你?不会。你想保护曼豪奇家族最后的血脉。但任何时候,你都不要对别人提起我。"

"我会说的。"奈娜说。

"你说什么?"

"我会告诉他们。除非你发誓保护雅各布。"

"你真可爱。"

"我没开玩笑。"

"我相信你没有。"尊权者弯腰抬起地毯的一头,斜靠在墙上,观察了好一阵子,似乎在琢磨怎么把它扛到肩上。

奈娜呆住了。她该怎么办?当然,她能搞到一些钱,可以后呢?"您的地毯在流血。"

"是啊。"尊权者看着渗透地毯的深色污迹,"我以为伤口烧过就能闭合了。"

奈娜的脊梁骨升起一阵寒意。"那是谁?"她问。

"你问他?某个蠢货,好像叫什么维塔尔。"

"维塔斯?"

"对。是他。"

奈娜冲过去,朝地毯飞起一脚,然后接二连三地猛踹。

尊权者拽住她的胳膊,把她拉开。"他昏过去了。"尊权者说,"但我希望他活着,好接受拷问,获取情报。"他又补充一句。

奈娜一瘸一拐地远离地毯,靠在小巷的墙壁上。她感觉浑身不舒服。逃离维塔斯身边时,一切都那么清晰,如今却处处充满疑问。她有点儿想哭,但强行忍住泪水,盯着墙壁,试图理清头绪,制定个计划。

过了一会儿,她发现尊权者仍在原地,不禁有些惊讶。

"您不要处理那东西吗?"她抬起下巴示意地毯卷。

尊权者走过来。奈娜坚持不要后退。

"我叫波。"他说。

奈娜吸了吸鼻子。

"听着,我不能收留那孩子。"波说,"我没有任何立场保护他。我自己也有一堆麻烦。但我可以保你俩几天平安,然后你得自己想办法。"

"为什么?"

波轻笑几声。"因为你很有勇气,敢找尊权者帮你做事。而且我觉得,你认识这家伙……"他用脚尖踢了踢地毯,"还有,你挺有魅力的。不过,只能几天而已。"他从胸前衣兜里摸出铅笔和纸,写了些什么。"我得把地毯搬到储藏室去。你带那孩子来这个地址见我。看在克雷西米尔的分上,千万别被人跟踪。"

第 27 章

"别动,长官。"

塔玛斯强忍冲动,没有躲开奥莱姆手里的针。奥莱姆已经剃掉塔玛斯脑袋一侧的头发,用冰冷刺骨的山泉水清洗过子弹的擦伤,此时正用肠线缝合伤口。针脚细密,伤口几乎横贯塔玛斯的头部。要是子弹向内再偏移一寸,塔玛斯的脑袋就被打成瓢了,想到这里,他的心情有些复杂。

"抱歉。"塔玛斯嘟囔道。

成千上万士兵和战马的尸体暴露在上午的烈日之下,空气中弥漫着死亡的恶臭。当天战斗结束后,弟兄们一直在忙活,花了整个上午清空壕沟里的尸体。死人摆在地上,装备和补给都被剥下,战马则充作粮食。

战场上也有礼仪,但他的军队需要食物和补给。

伤兵的呻吟和哭喊声传入他耳中。凯兹和亚卓的伤员都在临时医院里,接受战地医生的治疗。双方的医疗队伍谈不上专业,只是掌握了基础急救技能、见惯了无数伤口的士兵而已。

塔玛斯看到,加夫里尔捡条路穿过营地,朝他走来。

用来迷惑凯兹骑兵的混乱场面已经不见了。一队工兵正在大拇指河上热火朝天地修桥。随处可见烹饪马肉的烟火。军需官在清点从敌我双方死者身上获取的补给,有成堆的靴子、装备、毯子、帐篷,还有步枪、弹药,包括火药筒和火药包。

加夫里尔走过来,坐在塔玛斯身边的地上。"卡塞尔将军死了。"

塔玛斯低头沉默片刻,奥莱姆的针线活儿越发不好做了。

"没想到他挺了这么久,"塔玛斯说,"真是个顽强的老家伙。还有什么要报告的?"

"根据目前清点的数量,估计我方阵亡两千。受伤三千,其中四分之一熬不过一周。半数伤兵丧失行动能力。"

一仗损失三千五百人,超过塔玛斯作战兵力的四分之一。伤亡惨重啊。

"凯兹那边呢?"

"单看尸体数量,估计仅有两千五百人逃跑。其他的要么死了,要么被俘。"

塔玛斯长舒一口气。无论从哪个角度看,这场胜利都毋庸置疑。大部分敌军,包括所有高级军官,不是被杀,就是被俘。

"让小伙子们休息一下。"塔玛斯说,"凯兹人只要站得起来,都派去埋葬死者。"

"俘虏怎么办?"加夫里尔问,"不能带他们上路。该死,我们甚至连自己的伤兵都带不走——别忘了,贝昂的哥哥还带着三万步兵咬着我们不放。"

"什么时候追上我们?"

"战俘们对时间比较模糊,经过盘问比对,估摸还有一周就能赶到。"

距离不远,要是塔玛斯任由伤兵和俘虏拖慢行军速度,凯兹步兵将在他们抵达德利弗之前追上来。

"贝昂呢?"

"请求见你。"加夫里尔说。

"好。奥莱姆?"

奥莱姆在夹克上擦擦针。"搞定了,长官。样子不好看,但缝得紧致。近期别考虑太多,免得想破脑袋。"

塔玛斯举起一面野战镜。"我像个快要死掉的病号。把帽子拿来。"

"帽子会蹭到线。"

"用手帕包起来。我可不想顶着这副尊容去跟敌人交涉。"

奥莱姆在塔玛斯头上缠了一圈。塔玛斯小心翼翼地戴上双角帽。

"感觉如何,长官?"

"疼得要命。我们去见贝昂。"

塔玛斯跟在加夫里尔和奥莱姆身后。战斗过后,加夫里尔只是眼圈乌青,奥莱姆则有意忽略自己的伤势。他左手打着绷带,鲜血浸透了肩头的白衬衫。"奥莱姆,你去处理伤口。"接近俘虏时,塔玛斯说。

"我没事,长官。"奥莱姆说。

"这是命令。"

奥莱姆停下脚步,蹒跚返回营地。塔玛斯不想放他离开,但奥莱姆需要休息和治疗。

俘虏们被关在临时围栏里过夜,戴着手铐脚镣,由第七旅看守。这个任务暂时不能交给第九旅——他们在胸甲骑兵冲锋时浴血奋战,许多人的眼睛还红着呢。

"陆军元帅来见贝昂将军。"加夫里尔对一名卫兵说。那人钻进栅栏,几分钟后带着贝昂出来了。

凯兹将军气色不太好,额头上缝了线,左臂吊在胸前,右手背扭曲变形,走起路来一瘸一拐。

"将军。"塔玛斯说。

贝昂疲惫地点点头。"陆军元帅。您昨天救了我一命,我应该感谢您。"

"太客气了。"

"啊,"贝昂说,"我应该感谢您。可我不能。"他垂下头,"我不知道自己能否承受这次惨痛的失败。"

加夫里尔靠着围栏的一根木桩。"别太苛责自己了。"他说,"你的对手可是塔玛斯。"

塔玛斯心中不悦,但尽量不动声色。"兵不厌诈,但说到底,战场上最重要的是赢。"

"确实。"贝昂说,"你们的壕沟是神来之笔。挖掘加掩盖,仅仅一个下午就完成了。我的斥候没法靠近,雾气还把它完全隐藏了。您耍了我,元帅大人。您知道我看到贵军过河就会发起冲锋。"

塔玛斯微微点头。

"厉害。"贝昂叹了口气,"现在怎么办?您也看到了,您俘虏了我们几千人。距离最近、且有能力提供赎金的城市有几百里远。得不到有效治疗,伤势和疾病将在数周内夺走双方几千条人命。"

"我已经派人去你们的营地要求谈判了。"塔玛斯说,"我打算用你的所有士兵和大多数军官交换食物、补给,以及释放条件。"

"释放条件?"贝昂似乎大吃一惊,"作为一个有荣誉感的人,我必须告诉您,我手下很多军官不会照办的。您释放俘虏,他们转身就会对付您。"

"作为一个有荣誉感的人,我希望你告诉我,你那些高级军官中,有哪些人说话算数。"

贝昂扑哧一声乐了。"啊。所以您会让我的残兵败将赎回那些人?明白了。但您应该知道,他们的承诺只能维持到我兄长带兵追来为止,到时我和我的军官们将失去指挥权。"

"我知道。但我没说会释放你。"

贝昂歪着脑袋。"不知道您留我有什么用。等我兄长到了,我的存在也阻止不了他发动进攻。"

"没关系。只要到时你不在那边就行。"

"您不相信我会遵守条件?"

"也不是。顺便说一句,卡塞尔将军向你致敬。"

"他组织的防线十分顽强。我曾以更少的胸甲骑兵击败过多得多的步兵。请转告他,守得漂亮。"

"他死了。"塔玛斯说。

贝昂低下头。

有人清了清嗓子。塔玛斯扭头看到身边的信使。

"长官,凯兹人到了,请求谈判。"

"好。贝昂将军,请吧?"

凯兹人派来了他们仅剩的军官。一位上校、五位少校和六位上尉。塔玛斯挨个儿看过去。凯兹军队坚持到最后才撤退,而眼前几人中只有两位少校挂了彩。也就是说,其他人不等参战就逃跑了。

谈判结果基本如他所料。凯兹人仗剑而来,狮子大开口,但谈到最后,他们接受了失败。他们用火药和子弹换回幸存的军官——附带一些刺眼的条件——又用食物和亚卓方面的情报换回了他们的士兵。

"您别以为,我们会允许您囚禁贝昂·杰·伊匹利。"凯兹上校说,"他是王位的第三顺位继承人!"

"'允许'我?"塔玛斯说,"是我允许你们活着离开。以将近四千人交换给养、情报和未必能遵守的释放条件?是我得不偿失才对。我要留着贝昂将军,除非他父亲愿意放我们安全回到亚卓,好保住他儿子的性命。明日破晓,我们就释放俘虏。"

他们得到了凯兹北部地形的信息,以及贝昂兄长所率步兵的位置情报。凯兹人趾高气扬地返回营地,一副虽败犹荣的架势。

"我父亲恨您。"返回亚卓营地时,贝昂说,"他绝不可能为了我而放你们一条生路。尤其我还吃了败仗。"

"我知道。"塔玛斯停下脚步,面对贝昂,"你会享受到应有的战俘待遇。我希望你以荣誉保证,不会伺机逃跑,也不会把我军部署的相关情报告诉给贵军。作为交换，你可以拥有私人帐篷，在营地里行动自由，还可以在你的手下里挑选两个仆从。"

"我以荣誉保证。"贝昂说。

"很好。"

贝昂被押回围栏挑选仆从，塔玛斯和加夫里尔留在原地。

"你真信他？"加夫里尔问。

"是啊。"

"那你为何留着他？"

塔玛斯摘下帽子，轻轻抚摸头上刚缝不久的线。需要好几个月，头发才能盖住伤口。在这期间，他看着就像个半疯的傻子。

"伊匹利的儿子当中，唯独他还有人性。我要返回亚卓，击退伊匹利的军队，据他们所说……"他朝凯兹军官离开的方向歪歪头，"伊匹利在亚卓境内御驾亲征。如果我想办法干掉他和他两个年长的儿子，贝昂就能当上凯兹的国王。他也许会听劝，协助我结束这场战争。"

"啊。"加夫里尔挠着胡子，"亚卓那边还有什么情况？"

"凯兹骑兵得到的最新消息是，伊匹利放火烧了巴德维尔，缓慢而坚定地沿着苏尔科夫山道推进。希兰斯卡等一众将军，外加亚多姆之翼，正在拼死抵抗。据说克雷西米尔也在那边，但未使用神力帮助凯兹军队。"

"我以为克雷西米尔死了。"

"凯兹人不相信。南派克山坍塌后，尊权者波巴多告诉我，神不可能被杀死。"

"如果他活着，"加夫里尔说，"十之八九要报复一枪打在他脸上的家伙。"

"我知道。"塔玛斯说，"明天下午开拔。我必须回到亚卓，挡在凯兹军队和我儿子中间。如果克雷西米尔真活着，我会让他后悔，当

火药魔法师

初不如死在南派克山。"

　　埃达迈停下脚步,把手放在一家废弃磨坊的大门上。这里是亚多佩斯特的工厂区。他回头张望,安慰自己不会再有人跟踪了。维塔斯已被抓住,他的爪牙不是落网就是逃逸,埃达迈的家人再无危险。他说服自己不要草木皆兵,然后推开那扇门。

　　果真如此吗?他经过一张书记员的办公桌,桌子空置已久,腐朽不堪;又经过磨坊工人的住处,高低铺的味道像有什么动物做过窝,然后死在了里面。

　　埃达迈成功地勒索了大老板。维塔斯的主子——克莱蒙特大人——在城里或许还有耳目。凯兹军队依然在苏尔科夫山道向北推进。

　　埃达迈和他的家人真的平安无事了吗?

　　他又穿过一扇门,来到磨坊厂房。厂房长达数百尺,十来个磨盘顺着墙边一字排开,大多数已经破损,或者不见了。磨坊被废弃时,设备无人看管,任其破败。厂房盖在河上,流水声不绝于耳。

　　波翘着两条椅子的前腿,靠在门边墙上。在他身旁,菲尔叼着一只烟斗,似乎在看着远方。她挽着袖子,胳膊上血迹斑斑。

　　"你错过了今早的节目。"波对埃达迈说。

　　"你管拷问叫'节目'?"埃达迈问。

　　"我又不是什么好人。"波说。

　　埃达迈扫了一眼波的衣服。"你鞋子上有血。"

　　波骂了一句,舔舔拇指,擦净鞋头。

　　"尊夫人可好?"菲尔从嘴里取下烟斗,问道。

　　埃达迈有些迟疑。"她……吃了不少苦。"他尽量轻描淡写地回答。法耶遭到殴打和虐待。她哭了两天两夜,不许任何一个孩子离开视线超过几分钟。她一会儿转悲为喜,一会儿又转喜为悲,埃达迈当然不敢指望，她在受尽苦难之后还能表现正常。"她很坚强，"埃达迈说，"会好起来的。"

波让椅子的四条腿重重落地，站起身抻个懒腰。"很高兴听你这么说。"

太奇怪了。波的语气相当真诚。尊权者从不以富有同情心著称。

"向我开炮。"波对菲尔说。

菲尔脸上掠过一抹笑意，从袋子里掏出一颗腰果，丢过去。波张嘴接住。

"我要回去找里卡德了。"菲尔收起腰果袋子和地上的皮包。

"去吧。"波说，"接下来的事交给我们了。今早我们合作很愉快。"

埃达迈举起一只手。"有个问题。"

"什么？"菲尔问。

"我们清空维塔斯的宅子后，你们有谁见过一个年轻女人或一个小男孩？"

"穿红裙子的姑娘？"菲尔问。

就是从她手里逃脱的女人。同时逃脱的还有维塔斯，结果差点害死法耶。"对。是她。"

菲尔摇摇头。

波犹豫片刻。"好像……没有。没有，我没见过他们。"

"可惜。"埃达迈说，"法耶叫我找她。她也是维塔斯的人质，那孩子可能是贵族后裔。"

"我会密切留意。"菲尔分别冲两人点头致意，目光最后在波身上停留片刻，然后离开了。

"早上'工作'如何？"菲尔离开后，埃达迈问。

"她很擅长拷问。"波可能没听出埃达迈讽刺的语气，或者故意忽略了。他捏响指关节，沿着那排磨盘向前走去。"但还不如我，毕竟我是王党尊权者。"波回头瞟了一眼，似乎在确认菲尔是否离开了，然后才说，"别相信那个女人。"

"我没打算相信。"

"很好。她只忠于里卡德和那个宝贝学院。除此之外，没别的。而且我不清楚，她对里卡德的忠诚度是否比学院更高。"

"可以想象，她也会叫我不要相信你。"埃达迈说。

"哦，"波说，"我觉得，你是不该相信我。不过你只需跟我相处几天。等解决了维塔斯的事，你的家人平安无恙了，我会自动消失。"

波带着埃达迈，从厂房尽头拾级而下，来到磨坊底下的轮机室。楼上每个磨盘对应楼下一个水轮，水轮一部分浸在水里。应该说，曾经如此。如今轮子已所剩无几，只有河水流过空荡荡的水槽。

角落里有张竖起的轮床，维塔斯被捆在上面。他失去了双臂——当然了，两天前就被波扯断了——身上裹着一条沾血的毯子，这么做似乎是为迎接埃达迈，而非照顾维塔斯。他双眼紧闭，呼吸轻浅。

波踢了一脚轮床，维塔斯猛地睁开眼睛。他下意识地企图躲开波，但却动弹不得。

"记得我们的朋友埃达迈吗？"波问。

"记得。"维塔斯低声说，眼睛始终盯着波。

"他有几个问题。好好回答。"

埃达迈直面这个曾经折磨过自己的人，痛苦地回想维塔斯对他家人的所作所为。这家伙貌似可怜，其实并不值得同情和怜悯。

"我儿子在哪儿？"埃达迈问。

"不知道。"

"你把他怎么样了？"

"卖了。"

埃达迈站立不稳。"卖了？什么意思？"

"卖给了奴隶贩子。"

"亚多佩斯特没有奴隶贩子!"

一阵令人毛骨悚然的笑声从维塔斯喉中冒出,波上前一步,才逼得他咽了回去。"凯兹的走私贩,"维塔斯的声音依然平静,"以前从塔玛斯鼻子底下绑架火药魔法师,带到凯兹。"

"我儿子不是火药魔法师。"埃达迈说。

维塔斯冲他眨眨眼。他的眼睛曾经阴险无情,如今却……像条死鱼,除此找不到别的词形容。望向波时,他眼中充满恐惧,但除此之外,什么都没有。

"为什么把他卖到凯兹?"

"我的尊权者说,他是火药魔法师。"

埃达迈开始踱步。约瑟普是缚印者?不太可能。"多久前的事?"

"一周。"

"他被带出国了?"埃达迈深感恐慌,胸口发闷。买卖人口的走私贩——尤其是针对火药魔法师的——肯定会迫不及待地运送货物。约瑟普很可能被送到某处,让埃达迈鞭长莫及。

"估计是吧。"维塔斯说。

"他们要火药魔法师做什么?"埃达迈问,"凯兹不需要他们活着。他们犯不着跟走私贩打交道。他们需要的是杀手。"

"做实验。"维塔斯说。

"什么意思?"

"我不知道。只是猜测。"

"我去哪儿能找到他们?"

维塔斯望向别处,半晌不吭声。埃达迈逼上前去,但维塔斯毫不畏缩,直到波的拇指和食指相互摩擦。

"水边一家酒馆。"维塔斯的眼睛突然望向磨坊里的水流。

一家酒馆?也许距这里不到半里。"详细告诉我。"埃达迈说。

他审了维塔斯半个钟头,得到了联系人的名字、地址和口令。他必须考虑周全。在亚多佩斯特这种文明国度当奴隶贩子，行事必须严格保密，他们可能会有数十种防范措施。

埃达迈问完后，转身就走，恨不得早点摆脱维塔斯。埃达迈恨他恨到骨头里。他曾经控制了埃达迈的妻儿，让他们遭受难以言说的苦难。他暗中对亚卓不利，还与最卑贱的人渣打交道。

埃达迈上了楼梯，返回地面，波三步并作两步追了上来。

"别的问题你都没问。"波说。

"我不需要知道其他事。"

"克莱蒙特的计划？他对亚卓的阴谋？这些你都不想知道？"

埃达迈停下脚步，转身面对尊权者。"以后再说。我得找回我儿子。"

"太晚了。如果奴隶贩子抓了他，他已经在国外了。"

"你怎么知道？"埃达迈问。

"这是常识。"波说，"还有，你得记住，王党有时见不得光。处理奴隶是他们常干的事情之一。"

"呸！"埃达迈快步走向磨坊大门。

波有些气恼地跟上来。"我们拷问了维塔斯整整两天。克莱蒙特有个大阴谋，就连维塔斯都不清楚全部内容，但我们认为，克莱蒙特在谋划入侵！"

"你打算帮忙阻止他？"

见波沉默不语，埃达迈叹了口气。尊权者无意帮忙。他偿还了埃达迈的人情，有可能离开这个国家。看来波只是出于普通民众的责任心，才想说服埃达迈协力阻止克莱蒙特的阴谋。

"就连维塔斯都说，你儿子不在国内了。"波说。

"你相信他？身为王党尊权者，未免太过天真了吧。"

波凑近埃达迈。"我击溃了他的心理防线。"他几近咆哮，"他不敢对我撒谎。"

"来得太容易了。"埃达迈说,"我了解维塔斯那种人。他一定有所隐瞒。"

波的脸上掠过一丝疑虑,随后面色一沉。"不。他不会的。他不敢。我说了,我击溃了他。"

"你该再加把劲儿。"话一出口,埃达迈就有些反胃。这种折磨人的方式让他恶心,即使是对维塔斯。"很难说他脑子里还藏着什么秘密。"

"他活不了多久了。"波说。

"是里卡德的命令吗?"也许里卡德担心,留着维塔斯终究是个祸害。如果克莱蒙特找到并救出他,后果将不堪设想。

"我不接受里卡德的指挥。维塔斯已经油尽灯枯了,他还能活着,全靠我那点微薄的医疗手段。我扯断了他的双臂,审问他整整两天,你觉得他还能活多久?不可能的。天黑之后,我会把他的尸体扔进亚德海,然后远离这个国家。"

"好吧。"埃达迈深吸一口气,捋平衣襟。现在他又回到了起点。他的盟友都散了。大老板断了联系。里卡德忙于解决抓捕维塔斯造成的影响。波即将出国。埃达迈将再次孤身一人。"那我们就此别过吧。"

波扯下右手的手套,伸出手。"谢谢你。"

"不。"埃达迈握住对方的手,心跳不由漏了一拍。尊权者从不跟别人握手。从不。"是我该谢谢你。"

波返回磨坊的地下室。埃达迈目送他离开,希望他改变主意留在国内。也许波能帮埃达迈救出约瑟普,但他很快消失在下楼的台阶间。

埃达迈回到街上。形势不容乐观。也许,只是也许,他在亚多佩斯特还剩下一个朋友。

火药魔法师

埃达迈站在门前的台阶上,朝窗内张望。

窗叶紧闭,透过缝隙,他看到双胞胎在客厅地毯上玩耍。一个拿着木头船,另一个也想要,于是推倒了兄弟,伸手去抢玩具。

埃达迈情不自禁地笑了。他们历经磨难,但依然跟寻常孩子一样玩闹。他原以为那段经历会对他们产生不好的影响。他的长女凡妮希在里屋大喊一句什么,很快进了客厅,分开兄弟俩,狠狠地训斥他们。

他推开门,走进家里。不一会儿,所有孩子都围到身边,索求拥抱和亲吻。他跪在地上,沉浸在幸福的海洋中。有他们在家,埃达迈深感欣慰。曾经他以为,辛苦奔波了一整天,回家里哪还受得了一群吵吵闹闹的小孩子……但他终究找回了他们。

他脸上的笑意突然消失了。没见到法耶。

"妈妈呢?"埃达迈一边问凡妮希,一边轻轻推开抱着他大腿的阿斯特丽特。

"在床上,爸爸。"

"今天她下楼了吗?"凡妮希看着弟弟妹妹们,摇摇头。她年纪不小了,知道母亲受过苦,对母亲的异常早有察觉。另外,她也懂事了,不想让其他孩子担心。

埃达迈把女儿拉到一旁。"她吃东西了?"

"没有。"

"你们晚饭吃了什么?"

"汤。还在火上温着。"

"哪儿来的?"

"里卡德的助手送的。够全家人吃三天。"

"菲尔?"

"对,是她。"

埃达迈握紧拳头。那个女人让维塔斯逃了,差点害死他妻子。他绝不会忘记这件事。他强压怒火,现在不是计较的时候。"给我盛碗汤。"

他把手杖放到门边,挂好帽子,从女儿手里接过汤碗,上楼去了。在他们的卧室里,法耶背对房门躺着,毯子拉到肩头,而现在是夏天,屋子相当暖和。

"法耶。"他轻声说。

没有回应。

埃达迈绕到她面朝的方向,轻轻坐在床边。她呼吸轻柔,肩膀随之起伏,闭着双眼。但长期相处的经验告诉埃达迈,她并没有睡着。

"亲爱的,"他说,"你需要吃点东西。"

还是没有回应。

"坐起来,"他说,"你需要吃东西。"

"你没脱靴子。"她语气平静,有些怯弱,不再是从前快人快语的风格,让埃达迈十分担忧。

"抱歉,我来收拾。你需要吃点东西。"

"我不饿。"

"你一整天没吃东西了。"

"我吃了。"

"我问过凡妮希。"

她撒谎了,现在她知道没能瞒过埃达迈。"哦。"

"你必须保存力气。"

"为什么?"她扯起毯子,裹紧肩膀。

"为了孩子。为了我。为了你自己。"

法耶一言不发。埃达迈看到泪水滑落她的脸颊,虽然她的双眼依然紧闭。他把手轻轻搭在她的胳膊上。她不知道现在安全了吗?她看

火药魔法师

不出孩子们比以往更需要她吗?还有,他也一样。

"我会找到约瑟普。"他说。

她睁开眼睛。"你知道他在哪儿?"

"我有线索。"

"什么线索?"

埃达迈拍拍她的胳膊,站起身。"你不用担心。不过今天,我要很晚才能回来。"

楼下大门外传来敲门声,法耶猛地翻过身,瞪大双眼,神色慌张。

"是苏史密斯,"埃达迈安抚她,"他跟我一起去。"

"什么线索?儿子在哪儿?"法耶问。

"你不用……"

法耶抓住他的胳膊,手上非常用力。"告诉我。"

埃达迈重重地坐回床上。他不希望法耶担心,但似乎没什么帮助。"维塔斯把他卖给了凯兹的奴隶贩子。据说约瑟普是火药魔法师。我要去会会奴隶贩子,带他回来。"

"不。"法耶斩钉截铁的语气吓了埃达迈一跳,"你别去。你经历了那么多危险。我不要在家里等你的噩耗。"

"我对付过比奴隶贩子还坏的人。"埃达迈说。

"我知道跟维塔斯做……做交易的是些什么样的人。"法耶恶狠狠地说,眼里满是恐惧。埃达迈知道,她希望找回儿子的冲动,与保护丈夫和其他孩子的理智在激烈地斗争。

"我必须救回约瑟普。我不能把他丢在凯兹。"

法耶的手劲儿更大了。"千万小心。"

"放心。"埃达迈尽可能轻柔地从法耶手中抽出胳膊。他离开房间下楼梯时,法耶满脸是泪。苏史密斯站在前厅,大衣扣扣得紧紧的,正冲在客厅里玩耍的孩子们微笑。

拳手朝埃达迈点点头。"准备好了？"

"好了。"埃达迈瞟了眼通往卧室的楼梯，拿起门边的手杖。"凡妮希，每半个钟头看一下你妈妈。"

"好的，爸爸。"

"好姑娘。苏史密斯，我们走吧。"

第 28 章

"一切可好?"苏史密斯问。他们坐出租马车离开埃达迈的家。当晚有风,温暖宜人。但埃达迈估计,明天会有暴风雨。

"挺好。"埃达迈说。

苏史密斯扬起一边眉毛,似乎不大相信。

"挺好!"埃达迈大声说。

苏史密斯自顾自点点头,靠在车厢壁上。

埃达迈望向窗外,街上的人行色匆匆,各自忙碌。街角有个小男孩,急着卖光手头的报纸。趁着天还没黑,一对年迈夫妇正在散步。不知他们对城里的事有没有觉察,比如混乱,还有战争。

不知他们在不在乎。

夜幕已然降临,出租马车放下埃达迈和苏史密斯。隔着两个街区,那边有个码头酒吧叫"咸处女"。埃达迈看到破旧的招牌悬在空中,随风摇晃。好蠢的店名。亚德海里又不是咸水。

他检查了兜里的短管手枪,苏史密斯也一样。准备过程中,拳手眉头紧锁,没看埃达迈。

"抱歉。"出发前,埃达迈突然说道。

"啊?"

"我不是故意吼你。"埃达迈说,"你是个好人。是我的好朋友。陪我干这种事有很大风险。"

苏史密斯嘟囔道:"你还是会付钱的,对吧?"

"对。"

拳手点点头，似乎拿钱办事天经地义，但眉头还是松开了。

他们走向酒馆，埃达迈听着手杖点地的声响，先是鹅卵石，然后是木板路。这家酒馆在码头外围，位置不好，出口只有一个，不过毫无疑问，走私贩有船藏在下面，随时可以逃之夭夭。

这里不是与奴隶贩子面对面交涉的理想地点。

埃达迈推开门，迎接他的是一片寂静。

酒馆没有包厢，几个水手在昏暗的灯光下消磨时间。他们并非面相凶恶之徒，大多数年纪轻轻，身穿白色棉衫和齐膝短裤，敞着胸口。他们全都惊愕地盯着埃达迈，仿佛他是条三眼怪鱼。

根本不可能保持低调。

埃达迈侧身靠近吧台，苏史密斯倚着门框，小眼睛凶狠地盯着水手们。埃达迈将一张面值五十卡纳的钞票扔上吧台。"我找多尔斯。"他说。

酒吧招待面不改色。"我就是多尔斯。你要什么？"

"布鲁达尼亚威士忌，如果有的话。"他说。

多尔斯的穿着像个普通水手——或许他就是——他接过钞票，塞进口袋，把手伸到吧台下面，拿出一瓶黑色液体，目光始终不离埃达迈。他把酒瓶磕在吧台上，吓了埃达迈一跳，然后斟满一只脏兮兮的小杯子。

"这个季节不适合。"多尔斯说。

口令跟维塔斯说的一样。埃达迈口干舌燥，还要集中精神，免得接过威士忌时手指发抖。"任何季节都适合布鲁达尼亚威士忌。"他回答。

埃达迈面对过棍棒无数次，所以对它打来的迹象格外敏感。多尔斯的手腕在吧台后抖了一下，很快就出手了，一根长如前臂的抛光木棍扬在空中。

火药魔法师

埃达迈用左手掏出手枪,右手抓住多尔斯的手腕,挡住木棒的挥击。

"我想我们都该冷静点儿。"埃达迈用手枪对准招待的鼻子。

多尔斯的眼睛一眨不眨。"对,你说得对。"

埃达迈脸色苍白,感到有根冰冷的枪管顶在后颈,令他汗毛倒竖。

"放下。"多尔斯说。

埃达迈用舌头舔过干燥的牙龈,心脏咚咚直跳。"我死了,你也没命。"他说。

"我愿意冒这风险。"多尔斯不为所动。

后颈的枪管抵得更紧了。埃达迈慢慢放下手枪,搁在吧台上。多尔斯拿起来,取出子弹。"杀了他们,尸体扔到防波堤外面。"

埃达迈感到几双粗糙的大手擒住他的胳膊,拉着他转过身。苏史密斯也是同样待遇,被三个水手制住,刀子架在喉咙上。另外两人按着埃达迈跪下。

"别在这里动手。"多尔斯不耐烦地朝水手们打个手势,"别让血脏了我家地板。下楼去。"

"我来找一个男孩。"埃达迈被人推向酒馆的角落。

多尔斯没理他。

"有人说,你把他偷运到了凯兹。"埃达迈说。

他们掀开地毯,下面有扇活板门。苏史密斯开始拼命挣扎,一个押着埃达迈的人过去帮忙,四人使劲把苏史密斯推向角落。

"维塔斯死了!"埃达迈说。

正把他往活板门里推的水手停了下来。埃达迈使劲挣脱,看着多尔斯。后者抬起一只手。

"死了?真的?"

"真的。"埃达迈说,"我们抓了他和他的爪牙。维塔斯死了。"

多尔斯叹了口气。"该死。又要转移了。"他歪歪头,埃达迈又被推向活板门。他不停挣扎,但水手比他壮得多。他的手杖丢在吧台那边,帽子也掉了。他揪住水手的头发,全力反抗。

多尔斯绕过吧台,冷眼旁观。"下面或者上面,"多尔斯说,"对我没什么分别。只是你死在这里,我还得清理血迹。"他顿了顿,"好吧,反正也要转移了。无所谓。"

"他是我儿子!"埃达迈说,"求你了,我只要他回来。你没有孩子吗?"

"没有。"多尔斯靠着吧台说。他似乎被苏史密斯和水手间的角力逗乐了。

"父亲呢?你总有父亲吧!求你了!"

"有,"多尔斯说,"一个混账酒鬼。要不是他摔下码头淹死了,我真想亲手杀了他。"

埃达迈后退几步,一脚踩空,掉进活板门里。他单臂勾住通往码头下方的梯子,另一只手扒着地板。一个水手用力踩他的手,埃达迈疼得惨叫。

"我给钱!"埃达迈说,"为我儿子。我愿意赎他回来。"

多尔斯嘿嘿地笑了。"你付不起。"

"十万卡纳。现金!"

多尔斯的眉毛扬得老高。"好啊。停手,伙计们。"他上前踢了水手一脚,不让他用脚后跟继续踩埃达迈的手指。"我说了,停!"

水手放开埃达迈,其他人也不再与苏史密斯角力。他们松手的一瞬间,苏史密斯抓住一个人的脸,凌空提起,扔出窗外,随后是阵模糊不清的尖叫和落水的声响。

"住手!"多尔斯吼道。

苏史密斯停下了,但仍龇牙咧嘴地攥着一个水手的胳膊,像要准备折断一根树枝。

多尔斯瞟了眼破碎的窗户，朝苏史密斯皱起眉头。"够他妈壮的。"他嘟囔道，然后提高嗓门，"三十万，"他说，"赎回你儿子的价钱。"

"三十万……"

"不答应就算了。"多尔斯说，"还有，'算了'是指我们马上杀了你。"

埃达迈的嘴巴动了动，但没发出声音。加上波给的钱，他也没有三十万卡纳。他只能找里卡德借了。

"我答应。"

多尔斯似乎心存疑虑，但仍往掌心啐了一口，伸出手去。埃达迈与他握手时差点叫出声，因为那只手刚被踩过。多尔斯把他拉上来，手劲儿之大，埃达迈完全没想到。

"他叫什么？"多尔斯问。

"约瑟普。"

"啊，记得。是个倔小子。"多尔斯面露苦色，"他已经到诺港了。"

诺港在遥远的南边，是凯兹在亚德海上唯一的港口。埃达迈的心跳停了一拍。如果约瑟普到了诺港……

多尔斯说："我过去再带他回来，大概需要六天时间。还得上下打点。凯兹人不喜欢煮熟的鸭子飞了。"他若有所思地大声说道，旁若无人，好像在谈正经生意，而刚才要杀人的事根本没发生。

"明天交五万，"多尔斯说，"日出前送到这里。等我从诺港回来，再交二十五万。"

"然后呢？"

"我们在'发光乌贼'见面，"多尔斯说，"附近一家酒馆。"

"我知道那家。"

"好。"

埃达迈仔细检查被踩的手,希望手指完好无损。明早肌肉肯定会很僵硬。

"我能相信你吗?"他问。

多尔斯摊开双手。"不然呢?希望你儿子回来吗?"

"当然。"

"这是你唯一的机会。"

埃达迈打量着这家伙。一个奴隶贩子。不值得尊重和信任。他长了张诚实的脸,但埃达迈早就发现,诚实的脸往往靠不住。"过几个钟头,我就送钱过来。"

"到时候见。"多尔斯指指大门,示意他们可以走了。

被苏史密斯扔出窗外的水手突然从活板门里探出头。他的脸被玻璃划出了血,衣服和头发湿透了,肩头沾满泥沙。"我宰了你!"他冲苏史密斯尖叫道,用力一撑,钻出活板门。

水手发疯似的冲向苏史密斯,但被多尔斯绊倒,一脚踩在后背上。多尔斯朝埃达迈挥手道别,然后告诉那位手下:"趴好,不然我叫大块头拆了你的骨头。"

到了外面,苏史密斯扭过头,冲酒吧冷笑一声。

"本来不至于到这一步。"埃达迈说,"但话说回来……情况可能更糟。"

苏史密斯的冷笑慢慢收敛。"是啊。需要我跟你回来吗?"

"需要。对,我觉得这样最好。"

"下次我会准备好。"苏史密斯说。有那么一阵儿,他似乎在考虑回去大开杀戒。

埃达迈打量着大汉。他的模样并不狼狈,只是衬衫被扯烂了而已。没几个人能压制住苏史密斯。

"当然。"埃达迈说,"我们去凑钱。"

火药魔法师

塔涅尔坐在帐篷中间的椅子上,双手戴铐,双腿被锁。指挥大帐方圆五十尺内没有一丁点儿火药,在总参谋部对他采取的所有防范措施中,这一点最让他苦恼。他们十分谨慎。太他妈谨慎了。

两名宪兵守在他左右,背后还有两人,指挥大帐后方有四人。他们握着棍子,严阵以待,始终盯着他,似乎把他当成了危险的恶徒。

帐篷里空荡荡的,没有任何装饰。后面放了十几把椅子,但少有人坐。前面有张桌子,还有五个席位——每个对应一位亚卓军的高级将领。

塔涅尔飞快地扫视一圈。多萝薇尔上校和伯特上校坐在他正后方。伯特头上缠着绷带,固定住被打断的下巴。令塔涅尔意外的是,亚多姆之翼的高级指挥官阿布莱斯准将坐在门帘旁边。她为什么有兴趣来参加?

帐篷后方的角落里,伊坦上校坐着轮椅,鼓励地朝他点点头。塔涅尔强颜欢笑,其实心中毫无把握。前来支持他的仅此一位。

话说回来,也许是他们禁止其他人入内。

毕竟这是军事法庭。

帐篷前的帘布窸窣作响,被人分开,将军们鱼贯而入。所有人都起立。宪兵们粗暴地架起塔涅尔,扣在脚踝上的锁链差点把他绊倒。

塔涅尔只认识凯特将军和希兰斯卡将军。他应该认识更多高级军官才对,不是吗?或者为了针对他,凯特将军暗中做了手脚,专门挑选新晋将军担任陪审?塔涅尔想与希兰斯卡对视,独臂将军却始终盯着地板,脸色阴郁。情况不妙。

将军们落座,塔涅尔得以坐回椅子。凯特将军坐在正中间,粗暴地挠着残缺的耳朵。她的目光在帐篷里逡巡片刻,最后落到塔涅尔身上。她微微摇头,像个拒绝假释犯人的典狱长。

"本次军事法庭，"凯特说，"由我担任审判长。众所周知，眼下处于战争时期。在这种情况下，亚卓军法允许开设战地军事法庭。不设检察官和辩护委员会。过去七天，我们迅速展开了一项秘密调查，根据亚卓军法，现在将进行审判和量刑。"

塔涅尔听到，帐篷后面的门帘被掀开，营地的噪音趁机钻了进来。

不知凯特看到了什么，眉宇间似乎露出不悦。塔涅尔很想回头看看，但凯特仍在说话。

"过去七天，我们丢掉八里阵地，牺牲三千多人，直接原因是塔涅尔上尉制造的混乱。他宣称塔玛斯元帅还活着，污蔑总参谋部通敌。我们指控塔涅尔上尉在军中煽动叛乱，罪名是叛国。被告可有辩解？"

"无罪。"塔涅尔说。他知道法庭的惯例。这是标准程序——至少伊坦上校是这么告诉他的。伊坦在大学里学习军事法律。塔涅尔总有一种感觉，无论如何，一切都对他不利。

凯特将军宣读了十几项指控，包括抗命不遵、袭击上级军官。塔涅尔对每项指控的回答都是"无罪"。

身后传来银器的脆响，凯特将军脸色一沉。塔涅尔回头看到，米哈利正在给后面的人分发小盘子——包括宪兵。他用胳膊托着一摞盘子，来到前面，挨个儿放在将军们面前。

"宪兵，"凯特说，"带他出去。"

"哦，只是点心而已。"米哈利反驳道，同时把一只盘子递到塔涅尔面前，"葡萄酒蛋糕配巧克力碎和少许胡椒粉。等审判结束，外面还有热咖啡。"米哈利背对将军们，朝塔涅尔眨眨眼。

没有宪兵执行凯特的命令。他们都忙着吃点心。

塔涅尔却没力气发笑。他拿起一块蛋糕，抖得锁链哗啦直响。他尝了一口，味道堪称极品。等所有人吃完，米哈利收了盘子，退回帐

火药魔法师

篷后面。

凯特没动面前的蛋糕。"调查已得出结论,证据也都提交给了在座的审判员,每人都已独立作出判断。针对叛国罪的指控,诸位如何决断?"

"有罪。"

"无罪。"希兰斯卡将军说。

凯特盯着塔涅尔的眼睛。"有罪。"

"有罪。"

"有罪。"

塔涅尔的胃在下沉。

凯特接着说:"根据多数人意见,被告罪名成立。本次军事法庭已作出裁决。叛国罪的处罚是行刑队枪决。"

"那对火药魔法师没用。"后面的米哈利热心地提议。

"法庭上请保持肃静!"凯特用木槌敲击桌面。

"我不能为自己辩护吗?"塔涅尔问,"反驳这些愚蠢的指控?"

凯特冷笑一声。"伊坦上校有没有向你解释战时军事法庭的基本程序?"

"有。"

"那你应该知道,你没有说话的权力。若再违反,我会请你离开。"

塔涅尔咬紧舌头。不出席针对自己的审判?太他妈过分了!

"考虑到被告是火药魔法师,"凯特说,"行刑方式改为绞刑。"

希兰斯卡将军凑近凯特,耳语几句。她缓缓点头,深吸一口气,像在保持镇定。

"我不小心直接跳到了本次法庭必然得出的结论。现在,审判员需要离席商议如何量刑。休庭一小时。"将军们纷纷起身。

"我能在法庭上发言吗?"

凯特将军正要离开,闻言停下脚步,朝塔涅尔身后的某人皱起眉头。"这是军事法庭。不知道你是什么人,女士,但平民无权参加。"

"只占用一点点时间。我叫菲尔,是荣耀劳力工会的副会长,里卡德·汤布拉的私人助理。我来这里代表汤布拉先生讲话。"

塔涅尔在椅子上扭头张望。菲尔站在后面,身穿褐色夹克、紧身衬衫和长裤,双手随意地插在马甲口袋里。

"不行。"凯特说,"宪兵,带这女人出去。"

宪兵们毫不迟疑地逼近菲尔。

"凯特将军!"菲尔大声说,"您急于判死刑之人,为了他的国家,正在竞选亚卓的副首相!"

"亚卓军队不讲政治。"凯特说。既然凯特开口了,宪兵们也就停下脚步,不知该不该赶走菲尔。

"'双杀'塔涅尔上尉是两块大陆的战斗英雄。"菲尔说,"您可以回避政治,但上尉被处决,对这场战争及您指挥权的民意都将大受打击。"

"我不关心民意。请离开法庭。"

"凯特将军,"菲尔加重了语气,"如果'双杀'塔涅尔被处决,工厂将关门以示抗议。靴子、军服、纽扣、火枪配件、衣物、帽子等物资补给将不再供应前线。赫鲁施大街将不再制造步枪和火枪。报纸也将告诉亚多佩斯特每位市民,'双杀'塔涅尔,亚卓的英雄,可能已故的、最伟大的陆军元帅塔玛斯的儿子,因为莫须有的罪名遭到处决。"

"你在威胁我吗,你叫……?"

"菲尔。"

"菲尔小姐,"凯特绕过桌子,穿过帐篷,同时对宪兵们打个手势,"你在拿这场战争的成败威胁我?"

菲尔诧异地按住胸口。"我?威胁您?克雷西米尔在上,凯特将军,我哪敢威胁您?说真的,我看到了塔涅尔的表情,他在宪兵面前乖得像只羊羔。我可不希望落到那种下场。不,我只是在解释法庭判决可能造成的影响罢了。"

"你的主人掌控工会。所以,你就是在威胁我。"

"不。"菲尔摇摇手指,像个家长在教训孩子,"我的主人领导工会。而工会有罢工的权力。如果他们罢工,汤布拉先生阻止不了他们。您希望这种情况发生吗?"

凯特凑近菲尔。让她惊讶的是,副会长竟然毫不退缩。

"休庭一小时!"凯特转过身,气冲冲地出了帐篷,其他将军也跟着消失了。

菲尔拉过把椅子,来到帐篷中间,朝塔涅尔身边的宪兵摆摆手。他们迟疑地退开一步。菲尔把椅子放到塔涅尔身边,坐了下来。

塔涅尔端详着菲尔。她衣着入时,与其说是副会长或私人助理,其实更像个生意人。然而她的眼神充满倦意,塔涅尔发现,她脸上有新鲜的伤痕,只是涂了粉加以掩饰。她从兜里掏出个褐色袋子。"腰果?"

塔涅尔不知该如何看待这个女人。她,以及她主人,可能在最后关头救下他的命……不过里卡德那种人肯定会开出价码。

"如果这次保住性命,你就欠了里卡德一个大大的人情。"菲尔低声说。

果然。"我没请他帮忙。"

"没有,但他帮了。你这人知恩图报,对吧,塔涅尔?"

一想到欠了里卡德·汤布拉的人情,塔涅尔就有些反胃。

"里卡德要什么?"

"从政三年。"菲尔说,"你要出席庆典,发表公开演讲。一切都会帮你安排好。公共场合之外,你干什么都行——包括睡女人,抽光全世界的马拉烟。这种生活一点儿都不难熬。"菲尔耸耸肩,"不过嘛，如果里卡德不幸死了，或者被杀，你要立刻上位，担任亚卓的首相。"

"我不想这样。"

菲尔露出紧绷的微笑。"那你比里卡德更胜任这份工作。"

塔涅尔很想知道，这是里卡德的心里话，还是副会长给她主人捅的刀子。

"我记得赫鲁施大街没加入工会。"塔涅尔意味深长地看了一眼将军们离开后的帐篷门帘。

"他们又不知道。"

"里卡德的威胁是认真的吗？"

"我不想知道。"

原来是虚张声势。塔涅尔不禁对里卡德刮目相看。吓唬亚卓军的高级将领需要勇气。"里卡德有没有试过敲诈塔玛斯？"

"哈，当然没有。塔玛斯会把里卡德捆成提线木偶。"

"很高兴他懂得量力而行。"

一小时的休庭时间延长到两小时，接着又增加到三小时。米哈利提供了咖啡和又一轮糕点。

塔涅尔很想知道，将军们到底干吗去了？为什么耽搁这么久？

"这是好事，你知道的。"菲尔一边吃蛋糕一边说。

伊坦上校坐着轮椅，来到塔涅尔身边，表示同意。"此时此刻，量刑需要五人中的四人投赞成票。如果他们一个小时就回来，或者不用一个小时，那么情况就对你非常不利。他们争执不下，说明想救你的不光只有希兰斯卡将军。"

门帘拉开，将军们再次进入帐篷。菲尔和伊坦退到后面。将军们依次就座。

凯特观察了塔涅尔好一会儿，终于开口。她眼中的怒火消失了，取而代之的是钢铁般的决心。"本次法庭宣判，"她说，"被告叛国罪成立。但我们决定撤销其他指控，立刻执行对被告的判决：

"剥夺塔涅尔上尉在亚卓军队的军衔，开除军籍。鉴于本次法庭对外保密，判决将不予公开宣布——尽管我很想告知所有人，塔涅尔不再是我们中的一员。他有十二小时时间收拾个人物品，然后悄无声息地离开营地。如有违反，将立刻受到惩罚。退庭。"

塔涅尔听到，多萝薇尔在背后抗议判得太轻，伊坦则大声反驳说判得太重。宪兵解开塔涅尔的手铐和脚镣，剥去他的军服。

他没有争辩。他无可争辩。他甚至不记得将军们是何时离开的。

他们怎么能这样对待他？在他浴血奋战之后？在他付出一切之后？

"塔涅尔。"

他抬起头。伊坦坐在他面前，一个勤务兵推着他的轮椅。

"塔涅尔，你知道我不相信这些关于叛国罪的胡说八道。他们也不相信。如果相信，他们会处决你，即使汤布拉威胁他们也没用。他们只想把你弄走。你有任何需要，尽管告诉我。如果你需要一个安静的地方休息，我在北安普郡有栋房子，带上那姑娘也没问题。"

卡-珀儿。塔涅尔颤悠悠地叹息一声。他该拿卡-珀儿怎么办？送她回法崔思特？她愿意走吗？

"谢谢。"塔涅尔说。

不知过了多久，他发现帐篷空了。菲尔走了。他突然想起应该问问她，里卡德是否收到了关于火药供应差额的信。

塔涅尔吃力地起身。他两腿打战，不知哪里能弄到马拉烟。不，不要马拉烟。他需要火药。火药比较容易弄到。他必须去收拾个人物品。可他又有什么呢？素描本和炭笔。步枪都不是他的——那是军队配发的，不过他或许可以偷偷带走。军服上的纽扣也能卖钱。

塔涅尔骂了句脏话。宪兵收走了他的衣服。

等他发现帐篷里还有别人，不禁又骂了一句。

米哈利坐在后面，端着杯子啜饮咖啡。他迎上塔涅尔的目光，眉毛微微扬起。

塔涅尔很想知道，揍神一拳会是什么感觉。"你都看到了，你这混蛋？"塔涅尔说，"'向多萝薇尔少校道歉。'这是你的原话。'挽救战争。'这样到底挽救了什么？让我一无所有？"

"未来始终在变化。"米哈利说，"来点咖啡？"

"去你妈的。"

塔涅尔离开指挥帐，走向营房。没走几步，阿布莱斯准将突然冒出来了。他很快意识到此人为何而来。

"亚多姆之翼是不是经常守在军事法庭，等待招募新兵的机会？"

阿布莱斯准将是个面相肃穆的女人，四十来岁，金色短发，一身笔挺的红白色军服。"你也太骄傲了，'双杀'。我能理解凯特为何想除掉你。你凭什么认为我是来征兵的？"

"是没有。抱歉，长官。"塔涅尔提醒自己，他没有资格侮辱世界最强雇佣军的高级将领。

"不过嘛，说起来，"阿布莱斯说，"我确实是来征兵的。我想在亚多姆之翼为你提供一个岗位。"

塔涅尔一直看不起雇佣军。他们收了你的钱，却又竭力避免真刀真枪的战斗。然而他不得不承认，翼军有着与正规军一样敢打敢拼的名声。他在这场战争中亲眼见过。

塔涅尔停下脚步，转身面对准将。"总参谋部会气急败坏的。"

"关我什么事？"阿布莱斯说，"我只对温斯拉弗夫人和塔玛斯负责，不是总参谋部。再说了，我看到他们在军事法庭上审判最优秀的士兵，已经对他们能不能做出正确决定不抱任何希望。就算你是目无尊长的自大狂，也抵得上五十条好汉，我希望你加入我的军队。"

"好一番拐弯抹角的赞美。"塔涅尔说。

阿布莱斯微微一笑。"我每一个字都是认真的。"

火药魔法师

"但里卡德·汤布拉认为,他买下了我。"

"如果你认为有必要还他的人情,"阿布莱斯耸耸肩,"随你的便。但你也可以等到战争结束。我感觉,你更愿意上前线,而不是在亚多佩斯特政坛与那些狡猾的政客较量。至少在这儿,你可以开枪打死你的敌人。"

塔涅尔扫视营地。到处都泥泞不堪,乱成一团,伤兵的呻吟在战地医院里回荡,噼啪的枪声从前线传来。事到如今,他还是很难想象,为了亚多佩斯特的办公桌和演讲台就离开战场?

"你有何建议?"他问。

"你将成为亚多姆之翼的少校,享有全薪和福利。你不受指挥系统约束,直接对我负责。你唯一的任务是杀死敌方的尊权者和守护者。我不喜欢搞得太复杂。"

"其他准将答应吗?"

"他们爱死了这个主意。"阿布莱斯凑近些,"不久前,塔玛斯偷了我们最优秀的人才。我得说,那件事他干得光明正大,但伤透了我们的心。准将们喜欢这个报复方案。"

塔涅尔端详着阿布莱斯。她的态度很真诚。塔玛斯对翼军的评价只高不低,而在雇佣军效力,当然好过坐等战争结束。

"塔玛斯偷了谁?"

"一个年轻准将,名叫塞巴斯蒂涅。"阿布莱斯说。

听着耳熟,但塔涅尔对不上号。

"你希望我在翼军效力多久?"

"直到战争结束。我们完成任务就临时解散,你会拿到军饷和遣散费,还能选择是否响应下一次集结。"

"卡-珀儿呢?"

阿布莱斯皱起眉头。"你的蛮子?"

"对。"

"你愿意就带她来。我不管你睡谁。只要明面上过得去,我没那么古板。"

"我没睡她。她也会上战场,作为我的观察员。"

阿布莱斯琢磨了好一会儿。"我只能付她列兵的军饷。"

"啊,那个……"塔涅尔差点后退一步。在亚卓军中,从来没人考虑过付卡-珀儿军饷。"很公平。"

"成交?"

"可以。"

"两个钟头后到我们营地报到。"她说,"我们先带你去临时住处,明早配发装备。希望明天中午,你就能上战场杀凯兹人。"

第 29 章

塔玛斯从铺盖上爬起,突然停下,做了个深呼吸。

"老了。"他喃喃自语。

每天清晨,他四肢的疼痛都在加剧,尤其是那条伤腿。每天起床都比前一天多花几秒钟。如今睡在硬土地上,情况更加恶化。过去五周,无一例外。

五周。自从他面对凯兹大军,计划攻其侧翼并在巴德维尔城门前大败敌军,至今只过去五周,真叫人难以置信。回想当时,他以为带两个旅就能打败整支敌军,简直蠢透了。

傲慢自大害得他落到如此境地。如果当时,他跟希兰斯卡将军等人坚守城墙,他们就能击败守护者,打得凯兹军队屁滚尿流。

塔玛斯站起来,穿上早已发黄且血迹斑斑的衬衫——上面有他自己的血,还有别人的——然后是军裤和靴子。奥莱姆夜里擦过靴子,每晚都擦。他知道陆军元帅需要体面。最后,塔玛斯披上外衣,胳膊夹着双角帽,走进清晨的空气。

加夫里尔坐在马背上,低头看他,身上的守山人司令背心干干净净,不知是如何做到的。他的裤子肮脏破烂,肩臂有火药烧伤、擦伤和割伤,褪色的守山人司令背心却没破损,只留下时间和清洗的痕迹。

加夫里尔已为塔玛斯的坐骑备好马鞍,他把缰绳递给塔玛斯。

"我不跟你出去溜达。"塔玛斯说。

"那你穿戴整齐做什么?"加夫列尔环顾营地。没有起床的动静。这两天,塔玛斯放松了要求,允许弟兄们睡过早上八点钟。这是他们争取到的权利——凯兹骑兵溃败,敌军残众承诺不再追击,步兵尚有一周左右路程,塔玛斯得以缓一口气。

"今天要行军。"塔玛斯说。

"我们能赶上。"

死性不改的家伙。加夫里尔干吗非要这样?为何要拖上塔玛斯?死人躺在坟墓里,活人为何非要去打扰?它们又不关心活人怎么想。

塔玛斯宁可面朝西边,压低帽檐,默哀几分钟。这么做更实际。

"你倒是上马啊。"加夫里尔催促道。

塔玛斯爬上马鞍。

两人沿形成克雷西米尔之指的诸多河流之一,默不作声地向西骑行。塔玛斯不清楚这条河有没有名字。当地人可能有什么称呼——不过这里人烟稀少。

凯兹北部坐拥无数农田牧场,一度人口密集。但十年来,轮番困扰亚卓的旱灾和水灾也影响了凯兹,于是大量人口远赴东部城镇谋求生计。估计那些城镇比亚多佩斯特还要拥挤和肮脏。

塔玛斯很想知道,战争期间,亚多佩斯特会是什么情况。横跨山区的运河应该完工了,可以缓解一部分守山人军团贸易往来的压力。随着战幕拉开,粮食应该可以从诺威和德利弗运来。

塔玛斯和加夫里尔从丘陵最高处下到克雷西米尔之指交汇的起点。几根"手指"尚未完全聚到一处,骑行到它们合而为一的地方还要几天时间。他们的终点则在不远处的平原上。

岩石逐渐增多——巨石和横生的沟壑让塔玛斯好奇,山脉是否曾经延伸至此。如果真是这样,又是怎样的神力或自然伟力拆垮了它们。

很久以前,这里的地形为躲避伊匹利的守护者提供了良好的

火药魔法师

掩护。

他们翻过一处岩壁,降至两根"手指"交汇的溪谷。塔玛斯揉揉肩膀,突然感觉发冷,尽管夏日艳阳在两人头顶照耀。

然后,他看到了。一座石冢,距离两河交汇处不足五十步。大概四尺高,六尺宽,用附近的砂岩堆砌而成。

十三年来,石冢几乎毫无变化。塔玛斯和加夫里尔曾经徒手在多石的土地上挖掘,当初留下的血手印已被冲刷不见。项链也没了——那是死者的心爱之物,被塔玛斯搁在顶层的石头上——除此之外,石冢依然如故。

塔玛斯翻身下马,把缰绳系在一株矮树上,缓步走向石冢,思虑万千。等他亲临此地,当初不敢前来的想法实在显得有些可笑。

他转头望向加夫列尔。

那个死活拉上塔玛斯,一起前来祭奠亡者的大汉,却又不肯靠近了。

塔玛斯颤抖着吸了口气,抚摸石冢顶部的石头。

"卡梅尼尔。"唤起这个名字的感觉真好。

多石的土地上响起嘎吱嘎吱的脚步声,加夫里尔终于来到他身边。

"我怀疑,除了你和我,已经没人记得这个名字了。"这个想法在他脑海里盘亘已久,说出来却有些冷酷无情,塔玛斯立刻就后悔了。加夫里尔是卡梅尼尔仅存的血亲。他在凯兹这边的亲人全都死于伊匹利的命令;他在亚卓那边亲人不多,活着的也早就跟他断绝了关系。

塔玛斯试图回忆卡梅尼尔的模样,结果失败了。他酷似加夫里尔,塔玛斯心想。但没这么高大魁梧。年轻得多。性情中人,不拘小节,笑容诚恳,讨人喜欢。

"你是怎么做到的?"加夫里尔低着头,站在石冢前。

"做什么？"

"事情发生过后，还能继续生活？"

加夫里尔的指责让塔玛斯吃了一惊。

"我还有别的选择吗？"

加夫列尔希望他说什么？要他承认睡过亚多佩斯特半数的适龄女性，不适龄的也有不少？还是艾瑞卡死后不久，他在决斗中杀死的人，比在他年少冲动时杀的更多？

"我见过你悲痛欲绝的样子。"加夫里尔说，"艾瑞卡死后，我见到你被悲伤吞噬。你要发动战争，但被曼豪奇拒绝了。你来找我，说要杀了伊匹利，我也知道，这事儿非做不可。可是……可我们失败后，卡梅尼尔死后，你变了。我在你身上看到的悲伤全都消失不见。你回归社交圈。对那些蠢货以礼相待——当初看到装着艾瑞卡首级的盒子时，他们全都捂着嘴暗笑。你大宴宾客，招摇过市。"

"我还有别的选择吗？"塔玛斯重复道。

加夫里尔扳着他的肩膀，让他转过身，看着他的眼睛。"你从没哀悼过卡梅尼尔。你从不在乎我弟弟的死。"加夫里尔泪如泉涌，脸色通红。

"那你想怎样？"塔玛斯突然怒火中烧。这些年来，加夫里尔都是这么看他的？认为卡梅尼尔对他无足轻重？"你希望我也借酒浇愁，跟你一样？"

"我要你心存敬畏！"加夫里尔厉声喊道，"心怀愧疚。对我弟弟有所表示！他是为你而死的！"

近距离看，加夫里尔犹如巍峨的大山，但塔玛斯毫不畏惧，心中只有愤怒和遗憾。"说得真好听。"塔玛斯啐了一口，"你以为钻进酒桶就算心存敬畏了？"

塔玛斯几乎没看到打来的拳头。拳头瞬间逼近，粗如大腿，他的耳朵突然嗡嗡作响，两膝一软，跪倒在地。他眨眨眼，视野恢复清晰。血从鼻口中蹿出，飞溅在尘土上。这不是他第一次在这里吐血了。

他晃晃悠悠地爬起来。加夫里尔怒目而视，示意他还手啊。

于是他还手了。

塔玛斯一拳打中加夫里尔的肚子，后者一脸惊讶，让他十分满足。他紧跟着又是一拳，打得加夫里尔弯下腰。

"我失去了我妻子，你这混蛋。"他吼道。

加夫里尔用双臂搂住塔玛斯，伴着一声怒吼，将他抱起。塔玛斯双脚离地，顿时感到一阵害怕。在加夫里尔的蛮力面前，他跟小孩子没什么区别。

他挥肘猛砸加夫里尔的后背，痛得大汉叫了一声。

加夫里尔将他高高举起，摔在地上。塔玛斯感觉肺里的空气都跑光了，他腿脚麻木，视线模糊，用力咳了一声，单手插进加夫里尔肚皮上的肥肉。

两人滚作一团，嘴上叫骂，拳打脚踢，不知过了多久。无论塔玛斯用多大力气殴打加夫里尔，都没法让他停手。即使没有火药迷醉感，塔玛斯也自认是个打架好手，可惜加夫里尔粉碎了他的信心。大汉坦然接下他的拳头，并以同样——甚至更强的——力道还击。

塔玛斯爬起来，一脚踹向加夫里尔。内兄推开塔玛斯，让他的后背撞上石冢。

"停！"他说。

加夫里尔抬起头。他鼻青脸肿，眼圈乌黑，鼻子流血。他看着塔玛斯身后的石冢，放下了拳头。

塔玛斯跛着脚离开石冢，靠着一根早已倒伏的树干坐下。

他摸摸肋骨。可能断了一根。他的脸好像一张地毯，被一位家庭主妇拍打了半天。背上的衣服也破了，他活动肩膀时能感觉到。有只靴子在石冢另一边，他想不起它是怎么过去的。

"你想知道我为什么变了?"塔玛斯问。

加夫里尔哼了一声,四仰八叉躺在塔玛斯对面的地上。

"埋葬卡梅尼尔那晚,我决定杀了曼豪奇。"塔玛斯咳了口痰,啐在土里。是红色的。"我决定发动战争。不是为了民众的权利,也不是因为曼豪奇邪恶,或者我对支持者宣称的什么狗屁理由。我发动战争,就是要为妻子和兄弟报仇。"

塔玛斯深吸一口气,盯着没穿靴子的脚。一周前,他的袜子破了,大脚趾裸露在外。"如果还沉浸在悲伤中,那我不可能做到。我必须检验朋友,迷惑敌人。这是第一步:让他们确信我仍是亚卓的宠儿,曼豪奇的保护者。第二步,就是让曼豪奇的脑袋落到篮子里。

"然后便是战争。这一步……"塔玛斯举起一根手指,"我差点没能实现。地震和保王派差点儿让我偏离目标。当我看到亚多佩斯特化成废墟,我的心在滴血。但伊匹利派来了尼克劳斯,于是我又回到了复仇的正道。"

塔玛斯放下手指。"等我挖出伊匹利的心,为家人报仇雪恨之后,这条路就走完了。"

空气凝固了。唯有两条河交汇的水声在耳边回荡。

"说得好。"加夫里尔说。

"我也觉得。"

"记了很久吗?"

"大部分酝酿了很多年,"塔玛斯说,"也有少量即兴发挥的成分。没想到我会对你说。"

"那要对谁说呢?"

塔玛斯耸耸肩。"我的孙子孙女?我的行刑手?只有塔涅尔知道我做这些的真正原因。"

马儿的嘶鸣引得塔玛斯回过头。岩壁之上,大概一百尺开外,来了两名骑手。午后的阳光下,他眯着眼睛看过去,同时摸索手枪。但它不在腰间，而在他左边十来步远处。

两名骑手翻越岩壁，朝他这边赶来。阳光不再强烈，他看到了两张熟悉的面孔：奥莱姆和贝昂·杰·伊匹利。

"有人来了。"塔玛斯说。

加夫里尔伸长脖子，望着岩壁。"是贝昂和奥莱姆吗？"

"对。"

"我可以拧断贝昂的脖子。把他埋在卡梅尼尔旁边。就像诗里唱的，天经地义。"

"我——我们——的争论与贝昂无关。罪魁祸首是他父亲。"

"我听说，贝昂最受伊匹利的宠爱。"

"伊匹利'最宠爱'的儿子每半年换一个。贝昂刚刚输了场大战。现在杀了他，伊匹利只会说他活该。"

"不是个好父亲。"

"确实。"

奥莱姆和贝昂在几十步外停下。奥莱姆低头看看塔玛斯掉落的靴子，然后四下张望。"这儿有打斗的痕迹。"他说。

"有人偷袭。我们把尸体扔进了河里。"塔玛斯说。

"好吧。"奥莱姆说，但他似乎不太相信。

"你收到的命令是留在营地里吧？"塔玛斯问奥莱姆。

"抱歉，长官。"奥莱姆说，"这位将军让我作为监督者陪着他，这样他离开营地就不算违背诺言了。"

"为何跟着我？"塔玛斯转向贝昂。

贝昂朝石冢皱起眉头。"我听过一个故事，"他说，"涉及到一位火药魔法师，还有两个力大无穷的兄弟。"他瞟了加夫里尔一眼，"一个古老的故事，在我父亲的宫廷里流传。我父亲费尽心机才把它压下。"

"所以呢？"加夫里尔没好气地问道。

贝昂依然平静。"那个故事引发了我儿时的想象。最后的结局是，我父王的精锐部队在克雷西米尔之指全军覆没。有的尸体找到了，有的消失无踪。我一直在想，这是不是故事的真正结局。"

塔玛斯和加夫里尔对望一眼。

塔玛斯问："你觉得跟我们来这儿，就能发现故事的结局？"

贝昂又一次望向石冢。"我想，也许可以。我看到一位火药魔法师，因为我父王的命令失去了他的爱妻，还有一位力大无穷的魁梧汉子。我预感到，比起我儿时的想象，这个故事有个更加悲伤的结局。"他朝二人鞠躬致意，然后掉转马头，"很抱歉打扰了二位。"

"没错。"加夫里尔大喊。

贝昂停下脚步，回头问道："什么？"

"那个故事。确实有个悲伤的结局。"

"不，"贝昂说，"故事还没有结束。但无论如何，结局必然悲伤至极。"

第 30 章

"发光乌贼"是家渔夫酒馆。与"咸处女"一样,它也位于一处码头尽头,悬在水面上方十尺。但与"咸处女"不同的是,里面塞满各种酒客,有工人、女裁缝、磨坊工,甚至枪械师。这家酒馆因价钱便宜和美味的淡水牡蛎而闻名全城。角落里有提琴手演奏水手小调,一百只脚同时跺着地板,让整个码头都在颤动。

女招待向埃达迈保证,平时一直这样。

埃达迈喝着啤酒,目光再次扫过酒馆。他靠在墙边,盯着大门。没有奴隶贩子多尔斯及其手下的身影。也没有埃达迈儿子的身影。

此时已近午夜。多尔斯本该昨天与他碰面,但始终没现身。抱着一线希望,埃达迈回来这里等了一整天,膝上搁着装有二十五万卡纳的箱子。他心力交瘁,忐忑不安,怒火越烧越旺。

苏史密斯坐在他身边,强忍着没打哈欠。他用指头随着琴声打拍子,目光游移。埃达迈知道他心神恍惚。

"该死!"埃达迈起身骂了一句。

苏史密斯吃了一惊。"啊?"他立刻警惕地东张西望,以为出事了。

"他不会来了。"埃达迈的嗓门盖过了音乐和跺脚声,"我们不等了。"

苏史密斯跟着他走在夜色中。埃达迈意识到,一周内,他已是第二次身处黑暗的码头却一无所获了。他飞起一脚,踢向码头桩子,结果伤了脚趾,疼得他破口大骂。他差点把箱子扔进水里,但被苏史密斯拉住了。

"你会后悔的。"

埃达迈低头看着箱子。里面是他所有的钱,包括他的积蓄、波的赠礼,加上从里卡德手里借来的五万。是啊,他会后悔的。

"我得去诺港。"埃达迈说。他已经盘算好了。他得租条船——不是随便哪条船,必须是能进入凯兹治下城镇的走私船——然后他要找到约瑟普,把他儿子从凯兹人手里救出来。也许他会遇到尊权者,不过有传言说,"双杀"塔涅尔在南派克山上杀了大部分凯兹王党。然后他……

苏史密斯拽拽他的胳膊。

"干吗?"埃达迈问。他不喜欢被人打断思路。

"诺港?你疯了吗?"

"没疯。我得找回我儿子。"

苏史密斯叹了口气,从兜里掏出烟斗,叼在嘴里,填上烟草。"你只能放手了。"他嘟囔道。

"他是我儿子。"埃达迈说,"你叫我怎么放手?"他倚着刚刚踢过的桩子,跌坐在地上。

"你够不着了。"苏史密斯轻声说。

"不,不行。"埃达迈试图完善刚才的构想。他要做的事太多了。"你能跟我一起吗?"

苏史密斯抽了几口烟斗。"行。"

"谢谢。"埃达迈如释重负。诺港当然危险,单枪匹马闯进凯兹的领土更无异于自杀。

"有个条件。"

"什么?"

"你再考虑一晚上。"

埃达迈犹豫片刻。他应该今晚就做好准备。收拾行李，找个走私贩……不过话说回来，早上再找走私贩要容易得多。这个时候，埃达迈的大部分线人都睡了。"好，"他说，"我考虑一晚上。"

苏史密斯送埃达迈回家，然后独自离开。埃达迈目送苏史密斯乘坐的出租马车驶远，这才走进家门。

房子里静悄悄的，只有一个孩子在轻声啜泣。埃达迈脱靴摘帽，把外衣挂在门边。经过孩子们的房间时，他停在阿斯特丽特的门口。是她在哭。凡妮希温柔地唱着歌，抱着她前后摇晃。她俩都没看见埃达迈。

他蹑手蹑脚回到自己的房间。灯光昏暗，正如平时深夜回家时一样。

法耶坐在床上，双眼红肿，头发蓬乱，脸色憔悴。看到埃达迈，她眼中微弱的希望之光熄灭了，埃达迈顿时觉得垂头丧气。他来到法耶身边坐下，双手捂着脸。

"你累了。"法耶说。她好多了，埃达迈心想。尽管表面上变化不大，但她比上周坚强了许多，与孩子们相处的时间也更长了。她依然不敢靠近窗户，不肯出门，埃达迈猜不透原因。也许她害怕撞见之前的绑架者？

"我要去诺港。"埃达迈恢复了平静，说道。

法耶轻抚着他的胳膊，闻言停下动作。"为什么？"

"去救约瑟普。在那儿应该能找到他，就算找不到，也能发现些线索。"

"不要。"

"什么意思？"

"就是不要。"法耶语气坚决，"我不要你再冒生命危险。再也不要了。我失去了约瑟普，但我还有八个孩子。没有你，我没法养育他们、保护他们。"

"你不能……"

"我说了,不要。"

听她的语气,埃达迈知道已没有争论的余地。没希望了。为了阻止埃达迈,她什么招儿都使得出来。"可是……"

"不要。"

他想鼓起勇气斥责她。告诉她,身为父亲,他对儿子负有责任。他还有机会找回儿子。

可惜,这口气没能鼓足。

翌日清晨,埃达迈去把借来的钱还给里卡德。

在里卡德新总部的大厅,一位女秘书接待了他。对方正要开口问候,但看到他的脸色,就识趣地闭了嘴。秘书领着他穿过大楼,来到里卡德的办公室。

这个房间比他过去的办公室宽敞得多,但脏乱如故。

房间里股怪味。搁板上有牡蛎,可能来自埃达迈昨晚去过的那家酒馆,但闻起来像是放了三天。桌上的某种熏香让味道更难闻了。

他没理会里卡德的问候,一屁股坐在对面的椅子上。

里卡德眉头紧锁,靠着椅背。两人四目相对,半晌没说话。里卡德的目光移向埃达迈膝上的箱子。

"他们没出现,"埃达迈把箱子扔到地上,"带着我的五万卡纳定金消失了。我儿子一去不回,我失去了找回他的最后一线希望。我就不该相信他们。"埃达迈的语气充满嫌恶。

里卡德的表情仿佛在说"我早告诉过你",声音却很平静:"是人都会犯错。"

埃达迈想砸东西。他想大闹一场,砸烂里卡德昂贵的家具、吊灯和水晶酒瓶,然后趴在满地狼藉中抱头痛哭。

"我不知道还能做什么。"他说。

里卡德说:"我有案子可以交给你查。"

埃达迈久久地盯着里卡德。里卡德为什么觉得,他现在需要接案子?

"可以分散你的注意力。"里卡德接着说,"有人指控亚卓军中存在非法牟利行为。我需要调查真相,寻找证据。"

"这事儿归宪兵管。"埃达迈说。

"腐败涉及到总参谋部。"

"不,"埃达迈说,"我不跟军队打交道。找个更勇敢、更愚蠢的人接活儿吧。"

里卡德强忍笑意。"你就是我认识的最勇敢、最愚蠢的人。"

"千真万确,我可以作证。"后面传来一个声音。

尊权者波巴多站在门口,穿着修身的日间夹克,握着一根手杖。因为早上刮过胡子,他面颊粉红。尊权者手套却不见踪影。

"你是什么人?"里卡德问。

"尊权者波巴多,愿意为你效劳。"波微微领首致意,"我知道,你有我的信。"

"哦?"里卡德惊讶地说,一脸茫然失措,"你怎么知道我有你的信?"

波微微一笑。

"没错。'双杀'塔涅尔写的。"里卡德从一堆文件里翻出一封信,递给波。

波靠在门口读信。他把信纸翻过来,审视写在背面的报告。他眯起眼睛,看向埃达迈。"你有没有告诉他,塔玛斯还活着?"

"我说了。"埃达迈说。

"但我们没有证据。"里卡德摊开双手。

"他还活着。"波说,"等他回来,会把总参谋部掀个底朝天。"

"如果军中火药耗尽,不等塔玛斯回来,亚卓已经沦陷了。"

波咬着嘴唇。"'双杀'塔涅尔还说了什么?我是说,除了这封信之外。"

"此时此刻,他正被军事法庭审判。我派了副会长过去,以我的名义调停,不过好几天都没收到消息了。"

"军事法庭?因为什么?"波语气平淡。埃达迈不知道是不是错觉,室内的温度似乎降低了。

"多半是些莫须有的指控。"里卡德说,"抗命不遵,袭击总参谋部一位将军之类。但塔涅尔怀疑,总参谋部有人发战争财,甚至与凯兹勾结。这也能解释,他们为何会把仅存的火药魔法师送上军事法庭。"

波挥舞着信纸。"是啊,信里写了。该死,该死,该死,该死。如果我能在他们绞死塔涅尔之前赶到,我可以杀了所有人。"

"那样对战事不利。"埃达迈说,"而且我们不知道,有哪些将军参与其中。"

"你觉得我在乎吗?"波厉声问道。他昂着头,即使没戴尊权者手套,依然吓得埃达迈畏缩在椅子里。波深吸一口气,闭上眼睛,过了好一会儿才开口。"这事交给我了。"他对里卡德说,"也许我需要你的帮助。"

"我这边听你安排。"

"好。"

波来得快,去得也快。埃达迈发现,房间里只剩他和里卡德了。

"哈,真有趣。你交了些很有意思的朋友。"里卡德从烟灰缸里拿起一支抽了一半的雪茄,观察一番,似乎在考虑要不要抽完。最后,他把它扔进脚边的垃圾桶。

"我宁可没有。"埃达迈喃喃道。

"你需要休息,而不是干活儿。我看出来了。你该跟我出一趟门。"里卡德说。

"什么？去哪儿？"

"泛德利弗运河的盛大开幕式！"里卡德起身拉开窗帘，窗外是码头工厂的丑陋景象，更远处是暴风雨肆虐的亚德海。他望着恶劣的天气，扬起一边眉毛，拉上了窗帘。

"不是叫曼豪奇国王运河吗？"

"国王都没了，哪儿来的国王运河？"里卡德打开雪茄盒，递给埃达迈一支，但被拒绝了。

"你不用替我打气了。"埃达迈说。

里卡德用手比画着一幅牌匾的形状。"我希望将它命名为汤布拉河道，但我的选举委员会认为，谦虚的品质更能迎合选民的期望。同时议会也希望加强与德利弗的联系。"里卡德划了根火柴，点燃雪茄，"为了顾全大局，瞧瞧我牺牲了多少。"

"真可悲。"埃达迈说。

"你去参加开幕式吗？"

"不去。"为什么里卡德认为，埃达迈历经苦难之后，还会有旅行的愿望？他闭上眼睛，希望摆脱牡蛎的腥臭味儿。"尊权者波巴多怎么办？"

"我留句话就行，自然有人会帮他。跟我走吧，你非去不可。"里卡德说。

"绝对不行。我妻子现在不适合旅行。我孩子……"

"你孩子也去。我雇几个保姆，你和法耶坐我的马车。下午就出发。"

"法耶不会去的！"

"她已经答应了。"

埃达迈眯起眼睛。"撒谎。"

"我发誓。"里卡德说，"昨天我去拜访她了。"

"她该告诉我的。"

"显然她忘了。回去问她吧。我敢说她都收拾好了。出一趟城对你俩都有好处。"

"既然你都安排好了,干吗还要说什么将军发战争财的废话?"

"我想分散你的注意力。反正你也帮不上忙。"

"我的钱……"

"所有费用包在我身上。"里卡德俯身凑近些,烟雾在他脸上缭绕,刺激得他直皱鼻子。"回去准备。三小时后,我的马车会去接你。不要争了。"

"别逼我。"埃达迈很想生气,想越过桌子掌掴里卡德,但他发不出火。里卡德说得对。他需要出城呼吸新鲜空气。如果孩子们同去,法耶也答应了,也许对他们都好。

"三小时。"里卡德说。

埃达迈一脚踹向旅行箱,堆在里面的钞票滑过地板。"好吧,真他妈活见鬼!把那些该死的牡蛎扔了!"

里卡德站直身子,点点头,受到刺激的鼻孔猛地一缩。"同意。"

塔涅尔不知道自己的运气是好还是坏。

凯特将军完全可以送他上绞刑架。所有高级将领都支持塔涅尔——除了希兰斯卡将军。幸亏菲尔来得及时,阿布莱斯又代表翼军雇佣了他,使他得以留在前线。

可被亚卓军队除名?想到这里,他依然有种挫败感。他自幼在军中长大,将近一半人生在为军队奔波、杀戮、流血,如今却被当成垃圾,扫地出门,就因为他指控总参谋部通敌。

也许他没冤枉他们。他们下达撤军令的时间点令人生疑。即使凯兹军队已被击退,他们依然拒绝坚守前线,令人百思不得其解。

火药魔法师

而现在,除了加入亚多姆之翼,塔涅尔没别的选择。他又有了彻底消灭凯兹尊权者的机会。等那些天杀的巫师都死绝了,也就没人能制造守护者了。当然,塔涅尔还得想办法弄到克雷西米尔的血,好让卡-珀儿杀了他。

后者似乎更容易些。

爆炸声震耳欲聋,塔涅尔打个趔趄,但很快又站稳了。哪儿来的声音?

亚卓营地一片混乱,但爆炸似乎来自南边。塔涅尔冲上丘陵,向南眺望凯兹营地。

远在数里开外,凯兹营地和曝晒朱利恩的巨柱后方,巴德维尔城映入他的眼帘。城墙仍在燃烧。低矮的云团悬在上空——那是浓烟吗?火药爆炸?有可能。

凯兹营地乱作一团,一切迹象都指向巴德维尔。塔玛斯终于回来了?不,不可能。塔玛斯不会袭击凯兹后方,除非他确信亚卓军正在正面进攻凯兹人。

这是发动反击的绝佳机会。塔涅尔歪着脑袋,等待召唤士兵的集结号。

他的目光移向那根柱子,它立在凯兹营地中央,上面绑着朱利恩。塔涅尔有些好奇,不知她为何落得如此下场。她一向任意妄为,力量强大。是克雷西米尔干的?塔涅尔想象不出,还有谁能制服她那种怪物。

塔涅尔在等待。但一片寂静。就连预防凯兹突袭的警报都没有。

塔涅尔回到暂且栖身的小棚屋时,天色已近黄昏。他还有几个钟头找到卡-珀儿并收拾东西。他该向谁道别吗?伊坦会跟他保持联络。其他人呢?

塔涅尔靠在门板上。不,没有了。在军中这段时间,塔涅尔没交什么朋友。离开倒也容易许多。

这倒没错……

塔涅尔打开门。斜阳照进小棚屋。

卡-珀儿赤身裸体躺在床铺上，双手伸过头顶，脸庞隐在阴影中。塔涅尔脸一红，迅速移开视线。

"棍儿，你这是干吗？"

他的肚子挨了一拳，痛得弯下腰。有人把他推了进去。门关上了，他跌倒在地，还没搞清发生了什么。

塔涅尔慌忙爬起，背后又挨了重重一下。有把刀子抵上他的喉咙，让他嘴里发干。

"别动，火药魔法师。"

有人擦燃火柴，点亮了床边的提灯。狭窄的小屋里多了五个人。他们恶狠狠地俯视着塔涅尔，每人手里都提着棍棒或刀子，散发着浓烈的酒气，一身亚卓军用夹克，肩上有铁铲形状的标记。

挖泥工。隶属第三旅。亚卓军中最卑贱的货色。

凯特将军的手下。

一个士兵提起酒瓶猛灌一口，对准塔涅尔的脸挥起拳头。劲儿很足，打得结结实实，塔涅尔趴得更低了。通过肩章判断，此人是个上尉。

塔涅尔瞪着地板，看到一缕缕带血的唾液滴在木头上。"你们是谁？"他啐了一口。

上尉吸着鼻子。"凯特将军叫我们来过把瘾。我们还以为能早点开始呢。"他把酒瓶搁到床头柜上，松开裤带。"你就瞧好吧。"

塔涅尔用眼角余光瞟到卡-珀儿，尽可能忽略她赤裸的身子。她脸部乌青，嘴唇破裂出血，看来被狠揍了一顿。

他一跃而起。有人抡起棒子，打在他肩头。塔涅尔几乎察觉不到。他右手擒住上尉的下巴，指头勾在对方嘴里，左手抓住前额。

塔涅尔一把撕下上尉的下巴，感到肌肉、骨骼和筋腱突然崩裂。

在内心深处，他害怕这种声音，然而愤怒盖过了一切本能反应。

有人一棍子打在他脸上，于是他转移了目标。他的拳头打中对方的鼻子，力道之猛，足以毙命。塔涅尔眼前漫起一层厚厚的血雾，他已经控制不住自己的身体了。

他想不起其他三人是怎么死的。转眼间，周围就躺了五具尸体，而他手上鲜血尚温。他跪在卡-珀儿身边。她呼吸微弱，吃力地睁开眼睛。

"嘘。"见她张开嘴巴，塔涅尔急忙制止。他用毯子裹住卡-珀儿，从床头柱上抓过仅有的一件夹克，套在血迹斑斑的衬衫外面。他抄起素描本和装备，胡乱塞进袋子，然后抱起卡-珀儿。没别的重要物品了。

还有。他发现卡-珀儿的背包扔在角落里，于是抓起来出了门。

塔涅尔一路狂奔到翼军营地。接近岗哨时，他大喊着找医生。士兵们稀里糊涂地目送他跑了进去。

准将们的帐篷在营地中央，找起来并不难。

"这是阿布莱斯的帐篷吗？"塔涅尔问。

两名哨兵对视一眼。

"阿布莱斯准将！我要马上见她！"

"'双杀'？"

塔涅尔闻声回头，看到阿布莱斯从他背后走来。她可能刚从亚卓营地回来，塔涅尔这才意识到，之前的谈话还不到二十分钟。

"你搞什么……"她打量着塔涅尔染血的衬衫和卡-珀儿的瘀伤，"怎么回事？"

"叫医生看看她。快！"

"叫医生。"阿布莱斯大声命令哨兵，"带她进我的帐篷。这边，放床上。她怎么了？圣徒在上，你又怎么了？你浑身都是血。你打了她？"

"没有!"塔涅尔情不自禁地咆哮,随后才控制住自己,"不,不是我。最要紧的是她。求求你,救救她。"

"我会的。"阿布莱斯说。

"我刚刚杀了五个人。"塔涅尔说,"第三旅的士兵。他们突然袭击,我只能自卫。"

阿布莱斯眨巴着眼睛,张开嘴又阖上了。"你遭到袭击?"她终于开口。

"对。"

"说清楚点儿,伙计。快说!"

"他们五个在我住处偷袭我。他们把卡-珀儿打成这样……还要当着我的面……对她……"塔涅尔说得断断续续,几乎连不成句子。

"当时你没武器?"

塔涅尔点点头。

阿布莱斯捂着嘴巴端详塔涅尔。"你太激动了。坐下。你处于火药迷醉状态吗?"

"没有。"

"五个人。"她说话声很低,塔涅尔几乎听不清。"赤手空拳。"她看着卡-珀儿。"医生很快就到。你待在这儿。"

阿布莱斯走向帐篷另一头。"斯图尔特!"她边走边喊,出了帐篷,但声音还是很大,塔涅尔能听清每一个字。"啊,你来了。找几个最好的内务调查员,立刻派他们去亚卓营地。有五个人被杀了,我要马上知道详细情况。"

"我们是要抓人?还是查清受害者为何被杀?"一个男人问道。应该是斯图尔特,塔涅尔心想。

"别的不管,我只要真相。还有,他们才不是什么受害者,他们可能是强奸犯。尽你所能,查得越细越好。我要知道他们是什么样的人,死前都干了些什么。"

"是,长官。"

"不许亚卓宪兵进来,不许传播流言。"

"遵命。还有别的吩咐吗?"

"随时待命。相信到时会有的。"

过了一会儿,阿布莱斯回到帐篷。塔涅尔想站起身,却发现自己不知何时握着卡-珀儿的手。他决定守在她身边。

"谢谢。"他说。

"相信我,"阿布莱斯脸色发红,眉头紧锁,"如果你对我撒谎,我会亲自把绞索套上你的脖子。但我绝不允许某人因保护自己和爱人而丧命。"

医生终于来了。塔涅尔拒绝离开帐篷,但在医生检查卡-珀儿的身体时,他移开了视线。其间她稍有挣扎——希望是个好兆头。

"我用了药,帮她睡着。"检查完了,医生瞪着塔涅尔说,"她遭到残忍的对待。"

"不是他干的。"阿布莱斯厉声道。

医生的瞪视有所收敛。"她没被强奸,指甲缝里有血,指关节瘀青。她反抗得很激烈。也许有助于抓到凶手。"

"他们都死了。"塔涅尔直截了当地说。

"太好了。她现在这样是因为体力耗尽。她可能反抗了很久,导致左臂骨折,有只耳朵恐怕保不住了。好在没有脑震荡,这还不错。"

塔涅尔回到卡-珀儿身边,隐约觉得,阿布莱斯坐在旁边的椅子上看着他俩。

不知夜里几点钟,塔涅尔听到帐篷外传来愤怒的叫喊。阿布莱斯警惕地站起身,出了帐篷。

"我不是说了,不准放人进来吗?"阿布莱斯问。

"阿布莱斯准将。"一个尖厉的声音在说话。

塔涅尔双手抱头。是多萝薇尔。

"你窝藏了一个罪犯,他涉嫌杀害第三旅的四名步兵和一名上尉。立刻把他交给我们。"

第 31 章

奈娜把针尖对准目标，手指微微发抖。

"别紧张。"波的语气舒缓而体贴。他盘腿坐在角落里，旁边是房间唯一的窗户。他看着奈娜，屁股下的垫子早已褪色，一本发霉的厚书搁在膝上。"缝坏了也没关系。只是我会被异世界的火焰从里到外烧个通透，就像一包浸满灯油的干草。"

"你越说我越紧张了。"奈娜深吸一口气，把针尖戳进尊权者手套。位置应该没错。手套必须完好无损才能正常使用。

"我知道。"波说。她能听到他话里的笑意。

"你自己怎么不缝？"

"因为我讨厌针线活儿。还有，你是洗衣工嘛，做这种事总比我强得多。"

何况奈娜还欠他人情。虽然他没说，但奈娜知道他心里怎么想。

之前波曾许诺，收留她和雅各布三天。她一想起来就心存忐忑，因为那已是九天前的事了。她不太清楚，波为何没把他们赶到大街上。她不想亏欠别人，尤其是尊权者。所以波说有几双破损的手套需要修补时，她立刻答应下来。

后来她才知道，缝补尊权者手套不能有丝毫差错。必须十全十美。

她不明白波为何收留他们。也许是想睡她。她用眼角余光看到，波在注视着自己。他经常这样，除非他发现奈娜注意到了。这让她紧张。

波为她和雅各布提供了食物、住处,以及她好久不曾体会的、令人舒适的陪伴。他沉着,安静,从未强迫于她。至少目前没有。

每当她情不自禁地想象,跟波上床将是怎样的情景,她便会提醒自己,别忘了血溅街头的杜福德。波不是普通人。他是尊权者。尊权者都很危险。

"这活儿需要手艺好的裁缝。"奈娜说,"我可以缝,但我……"

"你缝得不错。"

奈娜继续干活。波交给她十二只手套,她已经缝好了三只。不知道它们能不能正常使用……

"如果我没缝好,你真会从里到外被烧透吗?"奈娜问。

"不会。"

"坏蛋!"

"但它们就没用了,可能会间接害死我。"波把书放到一边,起身来到奈娜的桌子旁边,戴上一只补好的手套,打了个响指。"不,这个不行。"他换了一只。"这个也不行。"他把两只没用的手套搁在一起,换上第三只,又打个响指。

一团火苗从他指尖冒出,很快熄灭。他摘下手套,塞进口袋。"这个没问题。好极了。"

"要不要我……"奈娜伸手去拿失去效用的手套。

"别担心。我来处理。"

她以为波会坐回垫子继续看书,结果他拉来一把椅子坐下,又踢来一把搭起双脚,两手枕在脑后。"那小子呢?我一整天都没听到他的声音。"

"他在自己房里玩。我要他安静,免得打扰你看书。"

"你真体贴。"

奈娜这一针扎错了。她暗骂一句,抽出来又试一次。他干吗一直

火药魔法师

盯着她?他想干什么?

"知道吗?你长得很漂亮。"

哦,果然如此。奈娜的心停跳了一拍。她早听说尊权者性欲旺盛。王党尊权者个个妻妾成群,女人很难抗拒。

"以前是有人说过。"奈娜说。

"你应该经常绾起头发,露出颧骨。"

奈娜不敢应声。他刚才问起雅各布,目的是要跟她独处吧?他要摊牌了:要么滚出去,要么跟我上床?奈娜做好了拒绝的准备。她还有银器藏在城外。自打波收留他们,她就在琢磨这事。她可以找到银器,带雅各布去东北边的诺威,直接去都城,在那儿买间小房子,以后靠洗衣服赚钱谋生。

波张开嘴。

他要说了,奈娜心想。

"你父母住在城里吗?"

"我不……!什么?"

"你父母,"波说,"住在城里吗?"

奈娜有点吃惊。"我父母死了。"她简短地回答。没想他会问这个。"我是个孤儿。"

"哦,"波说,"对不起。"

"我没见过他们。"

波望向天花板,语气带着感慨。"我父亲也死得早,我对他了解不多。我在孤儿院待过一段时间,后来流浪街头。"

奈娜不禁想笑。他打算用这种话题哄她上床?同病相怜?惺惺相惜?"然后你进了王党?"

"不。我先认识了'双杀'塔涅尔,他父亲塔玛斯收养了我,然后巫探才发现我的。你小时候有没有接受过测试?"

波认识塔玛斯元帅?是他收养了波?这也太离谱了。"测试?"

"王党巫探的测试。看你有没有潜力。"

奈娜发现自己又缝错了。她抽回针,挑开线头。"当然。他们每年都来孤儿院。"

"你该重新测试一下。"波从兜里取出一双手套,扔到桌上,"有时巫探也会看走眼。"

奈娜直想翻白眼。他还在调戏她。从他嘴角隐约的笑意,以及戏谑的口吻,她能判断出来。"我觉得没啥用。"

"随你的便。"波把手套塞回兜里。

奈娜接着干活,波坐在椅子上,摇着两条凳子腿,两眼望天,难得几分钟清静。奈娜思绪万千。也许她不该去诺威。也许她该远渡重洋,去遥远的法崔思特。这样她和雅各布应该不会被人找到或认出。

"雅各布,"波突然问道,"他姓艾尔达明西,对吧?"

"对。"

"你给他家干活?"

奈娜点点头。艾尔达明西府。一切恍若隔世。真的只过去了四个月吗?关于那里的记忆如梦境般虚幻。

"你知道他父亲的事吗?"

"我只是个洗衣工。"

"仆人什么都能打听,所以有很多是王党的探子。"

奈娜眨眨眼。"真的?"

"怎么说呢,不是直接效力。他们不知道为谁打探消息,只知道消息可以卖钱。"

"我没干过。他们教我不可以偷听别人说话。"

"真遗憾。"波放平椅子,顺势起身。"雅各布。"他一边喊,一边沿着过道,走向奈娜和雅各布共用的房间。

奈娜停下手里的针线活儿,歪着脑袋倾听。

"雅各布,"波的声音含混不清,"你还记得吗,有没有当兵的拜访过你父亲?"

奈娜听不到雅各布的回答。

"真的吗? 有意思。多久以前?"他停顿一会儿,又说,"谢谢,雅各布。你帮了大忙。"

波回到房间,从挂钩上取下外套。

"你去哪儿?"奈娜说。

"作为一个从不偷听的乖孩子,你好像听得很认真嘛。"

奈娜的脸红了。

波露出微笑。"我去公共档案馆。可能明天回来。窗台下面藏了几张钞票,拿去给你和那孩子买点吃的。"他在门口停步,捏着尊权者手套,似乎有些出神,"你真不想试试我的手套?"

奈娜推开椅子,站了起来。

"我受够了。"她说。

波扬起眉毛。他的诧异似乎发自真心。"受够什么……?"

"你的挑逗。如果你希望我们离开,我马上就走,但我不会跟你上床的。"

波几个大步跨过房间,站在她面前,两人相距不过一掌远。他凑过身子,奈娜的心怦怦狂跳。她清楚地意识到,如果波来硬的,或者伤害她和雅各布,她根本无力反抗。

"我喜欢挑逗别人。"波在她耳边低语,"如果你想跟我睡,我不会拒绝的。但我从不强迫女人,以后也不会。所以就算我盯着你看,你也不用害怕。我喜欢观察别人。他们让我着迷。"

奈娜嗓子发干。她低头一看,波依然没戴手套。"既然你不想睡我,为什么还不赶我们走?"

"因为我喜欢你,"波说,"也喜欢那孩子。不过我很快就要出城了,你应该有自己的打算。我留下的时间不会超过一周。"他退开一些,"明天还能见到你吗?"

奈娜咽了口口水。"能。"

"很高兴听你这么说。"

塔玛斯的军队渡过克雷西米尔之指的最后一条河，爬上辽阔的北方平原，此时距他们离开巴德维尔已近七周。

与南边的安珀平原一样，北方平原也是九国的粮仓。不一样的是，这里不见养牛场和麦田，一眼望去全是豆子，这种作物更适合在干旱少雨的地带生长。

根据塔玛斯的命令，头脑最冷静的一批军士带着征粮队分散行动。他既要收获大地的馈赠，也要尽量减少对当地人的伤害。

他骑行在队伍前面，望着北边地平线。再过几天，他们就将跨越德利弗边界，看到阿尔威辛城，但每前进一步，他的心跳都会不由自主地加快。要不了多久，他们就能松一口气了。要不了多久，他们就能翻越乌木堆山，进入亚卓，向凯兹军队发起反击。

加夫里尔策马来到塔玛斯身边。他从队伍后方赶来，人和马都风尘仆仆，身后不远有个老人骑着骡子，怎么也追不上加夫里尔的战马。塔玛斯勒停坐骑。奥莱姆也停了下来，满脸警惕，尽管高地上只有他们的军队。

"这是谁？"塔玛斯朝那老人扬扬下巴，后者离他们还有五十步。

"凯兹的豆农。"

"他来做什么？"

"有话跟你说。"

塔玛斯朝加夫里尔扬起一边眉毛。这种事对他无关紧要。加夫里尔为何带这老人过来？"他知道我是谁吗？"

"知道，他要告诉你一些趣事。"

北方平原的老豆农能告诉他什么趣事？

火药魔法师

老人骑着骡子，赶到他们的战马旁边。

"您是陆军元帅？"老人说的是亚卓语，但带着浓重的凯兹口音，很难听清。他脸上布满皱纹，高地的强烈阳光晒得他皮肤黝黑，或许因为他还有德利弗血统。德利弗北部和凯兹的农民都在高地上劳作，在贸易上也有自由往来。

老豆农形容消瘦。也许他曾经胖过，如今却脸颊凹陷，布满白斑，显然有些营养不良。

他眼中郁积的愤怒让塔玛斯颇有些意外。

"我会说凯兹话。"塔玛斯用凯兹语说道。

"你是陆军元帅？"老豆农换成凯兹语问了一遍。

"是我。下午好。"

老豆农朝塔玛斯的马蹄子啐了一口。他龇牙咧嘴，怒目而视，似乎认定塔玛斯不敢采取任何行动。

塔玛斯看看加夫里尔。他的内兄耸耸肩，身上还留着上周厮打造成的瘀伤。

"有什么问题吗？"塔玛斯问。

"那要问你了。"

塔玛斯又瞥了眼加夫里尔。到底什么情况？

"我猜不出。"

"你们抢了我的庄稼，"老人说，"考虑到旱情，今年的收成还算不错。你们还抢了我老婆和女儿。你那些天杀的手下打断了我儿子的腿，就因为他不肯伺候他们！"

塔玛斯脸色一沉。该死的步兵。军纪最严明的部队有时也管不住手脚。他已经严令禁止奸淫妇女，违者将被处死。他们需要食物，但塔玛斯不希望士兵在凯兹的村庄里烧杀掳掠。

"哪支队伍干的？"他问加夫里尔。

"不是我们的人。征粮队在一间小屋里发现了他和他儿子。那里已经被扫荡过了,所有家具都被砸烂。如他所说,小伙子两条腿都断了,下半辈子注定残废。据推断,事情发生在几周前。"

"我对你妻女的遭遇深表遗憾。"塔玛斯说,"但不是我们干的。"

"你说我撒谎?"老豆农催促骡子逼近塔玛斯。

塔玛斯深吸一口气,提醒自己不要用打人结束这场谈话。"什么时候的事?"

"十八天前。"老豆农说。

"不可能是我们。我们刚到这里。"

"那是谁?一看他们就是亚卓的军队。"老豆农挺身拽住塔玛斯的军服,"亚卓蓝,带银边。我不是傻子!"

"多少人?"

"好几千呢!"老豆农又啐了一口。

"加夫里尔,有军队最近来过的迹象吗?"

加夫里尔策马离开一段距离,找他手下一个斥候交谈。过了一会儿,他回来说:"几支征粮队汇报的情况都一样——这里已被扫荡一空。庄稼不是被提前收割,就是烧个干净,弟兄们经过十几家农场,什么都没有。"

塔玛斯用手指敲打着鞍角。他希望在北方平原获取粮草——结果没了。一粒都没有。开赴阿尔威辛的路上,弟兄们只能喝西北风了。

"咋样?"老豆农问,"你还想说啥?"

"他们往哪边去了?"塔玛斯问。

老豆农愣了一下。"北边。"

"奥莱姆,给他和他儿子足够的食物,送他回家,骡子也留给他。"塔玛斯一抖缰绳,"加夫里尔。"

塔玛斯让奥莱姆对付骂骂咧咧的老豆农,自己回到队伍前头。加夫里尔也来了,与塔玛斯并肩而行。

"奇怪了,"塔玛斯说,"我们没在凯兹北部驻扎军队。"

火药魔法师

"我觉得老家伙脑子有问题。不过这一带确实被洗劫过。高地幅员辽阔,对方人手肯定不少。"

塔玛斯抓着鞍角。没有粮草,他该如何喂饱弟兄们?

"有多少?"塔玛斯问。

加夫里尔挠着下巴上的胡楂。"至少一两个旅。"

"亚卓蓝色军服,却不是亚卓军队。"塔玛斯想了想,"该死!他们想溜进亚卓。"

"凯兹人?"

"肯定是。他们扮成侵略军从这里经过——虚张声势开进阿尔威辛,好打守山人军团一个措手不及。他们可能已经进入亚卓了。"

"我们怎么办?"加夫里尔问。

塔玛斯抚弄着腰间的枪柄,那是把锯了柄的决斗手枪,儿子送他的礼物。"继续行军。等追上他们,就从背后发起突袭。"

第 32 章

在乌木堆山麓的蜿蜒大道上,里卡德·汤布拉的马车一路颠簸,驶向北方,前往泛德利弗运河。西边群山耸立,北边更是绵延不绝,雪白的峰峦犹如蛋糕上的糖霜。马车隆隆作响,驶过一座横跨亚德河支流的石桥,然后回到坑坑洼洼的土路上。

埃达迈看着窗外,尽量忽略车轮碾过地面的震动,免得吐在天鹅绒内饰的车厢里。

在马车里坐上五天,绝对不是什么愉快的体验,哪怕是里卡德的豪华马车——底盘上装了最新款的弹簧,座位上铺着厚厚的垫子,以减缓颠簸的强度——马车驶过深坑时,埃达迈的脑袋还是会不可避免地撞上车厢顶。

北方的道路太烦人了。

法耶却显得乐在其中,至少她尽力了。自从下定决心放弃约瑟普,她就变得愈发沉默。不过她早就不哭了,为了剩下的孩子们,她在强颜欢笑。

"等运河投入使用,我们就会改善这里的路况。"里卡德探头出去张望,"我想都铺上鹅卵石,再派专人全年维护。"

埃达迈只想抵达终点。里卡德声称,只剩几小时的路程了。他们在亚卓北部最高级的旅店下榻,有宾客服务,有按摩,有流动的热水。旅店是新近落成的,专门接待经运河越过乌木堆山脉的高官和富商。

火药魔法师

"不能交给守山人军团吗?"埃达迈问,"我是说维护。这里位于山麓,也算他们的地盘。"

里卡德摇摇食指。"不!不行,不行,不行。我拼了老命,才把运河工程争取到工会名下。守山人军团也想掺一脚,说些这里归他们管辖之类的废话,但这是工会的事儿!工会雇佣优秀的、勤劳的亚卓人。而不是守山人那种强制劳动的罪犯和不法之徒。"

"他们确实在把守关隘。"埃达迈说。

"不,"里卡德傲慢地说,"工会拥有绝对管辖权,哪怕是船闸的守卫。"

埃达迈有些惊讶。守山人军团不光是强制劳动的机构。守卫高地是他们长久以来的惯例——他们是亚卓的守门人,最近的休德克朗要塞保卫战再次证实了这一点。

埃达迈理解里卡德以工会为荣的态度,但以工会的力量负担国防任务,未免太奇怪了吧。

他们在运河南边数里外停车,吃午饭。埃达迈、法耶带着孩子们和雇佣保姆一起吃,里卡德与菲尔忙着研究规划。吃完饭,埃达迈出去溜达,活动一下腿脚。

旅店坐落在小溪边。溪水来自山间,在道路下方蜿蜒流淌,汇入江河。埃达迈聆听着汩汩的水声,望向北方。

埃达迈能看到运河的船闸。它们排布在山腰,犹如巨大的台阶,旁边的道路呈之字形向上延伸。远观船闸,犹如模型,虽说亲眼所见,他仍不敢相信这是真的。一条翻越山岭的运河!

船闸是前所未有的工程壮举,全凭人工修建,不依赖巫术,除非算上少数赋能者,因为工会看中了他们的各种能力。尽管旅途辛苦,但埃达迈明白,能在开幕式之前参观船闸绝对不虚此行。

要是约瑟普亲眼看到运河,一定会异常兴奋。

里卡德和菲尔也出来了,一起指着道路,研究地图。他听到二人在讨论鹅卵石、砖块和灌浇混凝土的收益对比。

山坡上有什么东西，吸引了埃达迈的注意。只是距离太远，他看不真切……

"里卡德，"他打断二人的讨论，"有望远镜吗？"

菲尔说："我有。"她上了马车，很快又回来，递给埃达迈一副望远镜。

"我记得你说，开幕式明天才举行。"埃达迈对里卡德说。

里卡德眯眼望向运河。"是啊。"

"那运河上应该没通船吧？"

"还没。准确地说，他们试过航，但开幕式之后才会有商船。怎么了，看到了什么？"

埃达迈举着望远镜，找到船闸的方位。远处的场景清晰起来，他看到了刚才吸引眼球的东西。

每道船闸里都有一艘船——不是普通的船，而是装有数排大炮和高大桅杆的远洋商船，少说有几十艘。他看到小小的人影在操作船闸，整支船队缓缓降下山坡。

船上的旗帜为绿白条纹，当中有顶桂冠。埃达迈顿时两腿发软，恐惧绞得他胃疼。

他把望远镜塞到菲尔手中。"快叫孩子们上车。回亚多佩斯特。快！"

"什么？"里卡德夺过望远镜，"你发什么神经？开幕式就在明天，我们……"他举起望远镜，立刻闭了嘴。

"不让守山人保护你的运河简直太明智了。"埃达迈一边跑向旅店，一边扭头大喊，"不然该死的布鲁达尼亚-哥拉贸易公司船队能这么轻易过来吗？"

"他们要送我回亚多佩斯特。"塔涅尔说。

火药魔法师

卡-珀儿睁开一只眼睛。另一只肿得睁不开。

塔涅尔接着说:"凯特将军说那是民事案件,因为我已离开亚卓军队,同时还未正式加入亚多姆之翼。我将被送回亚多佩斯特软禁,等待审判。"塔涅尔在地方不大的帐篷里来回踱步,手里捏着一张纸条——是阿布莱斯写的,解释了有关软禁的事。"这会浪费几个月时间。等到那时,战争可能已经结束,而我们必败无疑。"

塔涅尔停下脚步,跌坐在床上。他能怎么办?他刚跟阿布莱斯争论了一个钟头。准将说她没办法,只能在亚多佩斯特为他提供一间小房子。亚多姆之翼的宪章不允许他们接纳受审之人入伍。

"我要去杀了她。"塔涅尔说。

卡-珀儿挣扎着坐起。他们在翼军营地里有顶帐篷,位于距离亚卓军队最远的角落。她碧绿的眸子湿漉漉的。塔涅尔怀疑她在夜里哭过。

他以为随着时间过去,只要卡-珀儿坐起来能动,他的怒火就会熄灭。但恰恰相反,眼看她的伤口慢慢愈合,塔涅尔的怒火却越烧越旺。她破裂的嘴唇依然肿胀,脸上瘀青未消。

她摊开双手,因为吊着胳膊,动作十分笨拙。谁?

"凯特将军。一定是她命令他们……那么欺负你。她早知道没法轻易送我上绞刑架。那些人打了你几个钟头。"

卡-珀儿摇摇头。

"不?'不'什么?医生说你反抗了。你……"

她又用力摇摇头,大拇指指向背后,做了个抓捕的动作。她指指自己。

"他们抓了你?"

她想了想,用手指模拟行走的姿势。

"跟踪你?"

点头。

她伸手要布包,结果疼得一缩。塔涅尔提起来,递过去。她在包里翻找。

卡-珀儿把人偶摆在床上。它们的原型很好辨认:希兰斯卡将军、凯特将军……亚卓军总参谋部的全体将领都在其中。

塔涅尔瞪着那些人偶,每个都让他惊诧不已——除了卡-珀儿刻画得栩栩如生,还有些别的原因。他认识所有人偶的原型。有一些,比如希兰斯卡,他打小就认识。蜡像上插着几根真正的头发。有个人偶身上抹了一滴血。他起了层鸡皮疙瘩。

"你为什么做他们的人偶?"塔涅尔问。

卡-珀儿歪着脑袋,仿佛在说这个问题太蠢了。

"以防万一,是吗?"

点头。

"你想搞些凯特的东西,用在她的人偶上,结果被挖泥工当场抓到?"

点头。

要不是她浑身瘀伤,塔涅尔非扇她耳光不可。这太危险了。如果有人仇视巫术,看到她在将军营房附近鬼鬼祟祟地转悠,不打她、关她才怪。

"不过,"他又说,"凯特发话了,说他们可以污辱你。"愤怒有所减弱,尽管不多,但他的肌肉可以放松些了。他靠着椅背,双手捂脸。"我还是得杀了她。"

卡-珀儿用大拇指指向自己。*我来。*她平伸手掌,像要阻止什么,然后做出口型:*如果需要的话。*

"见鬼,棍儿,我……"

"咚咚!"帐篷门帘外有人说话,"我能进来吗?"

米哈利。那个该死的大厨。要不是他,事情也不会变成今天这样。要不是他,塔涅尔还会在亚卓军中,卡-珀儿也不会惨遭凯特手

火药魔法师

下的暴徒殴打。

"你去……"塔涅尔刚张嘴,卡-珀儿柔软的手便按在他的胳膊上。

她点点头。塔涅尔深吸一口气,努力恢复平静。可惜没用。

"进来。"他大喊。

米哈利掀开门帘,钻进帐篷,手上端着个大盘子。餐盖底下蒸汽缭绕,闻着像是热乎乎的面包,还有什么?鸡蛋。

塔涅尔扭过头。他不想享用这些食物,以迎合米哈利的心意。

米哈利把盘子放到塔涅尔的床上,揭开餐盖。他弯下腰,把香气扇向塔涅尔的鼻子。"甜酥皮玉米面包配水波蛋,淋了枫糖浆,热乎着呢。"

卡-珀儿容光焕发。玉米面包是法崔思特的传统食物,在九国并不多见。她立刻抓起一个,两手来回抛接,直到它不再烫手。

塔涅尔面露微笑,但马上干咳一声作为掩饰。他不希望被米哈利看到他的好心情。

"有何贵干,亚多姆?"

"哦,拜托,"米哈利说,"叫我米哈利。'亚多姆'这个名字有种高高在上的感觉。"

"好,"塔涅尔闻到玉米面包的香气,不由舌底生津,"有何贵干?"

"我是来道歉的。"米哈利说。

卡-珀儿拍了拍床沿。

"谢谢!"米哈利坐下来。塔涅尔心里酸溜溜的。

"道歉?因为你叫我向多萝薇尔赔罪,害我被亚卓军队除名吗?"

米哈利扬起眉毛。"老天,当然不是。这是必然结果。"

"什么?"塔涅尔气不打一处来。

米哈利摆摆手,似乎这个话题没必要深究。

"我来道歉,是因为我说过,我不能帮你杀死克雷西米尔。我没觉得他非死不可。"

塔涅尔再也忍不住了,伸手抓起一块玉米面包,一口咬下去,心情立刻愉悦起来。玉米面包松软绵润,似乎入口即化,蜂蜜尤其新鲜,仿佛刚从蜂巢中取出。

"你改主意了?"塔涅尔边嚼边问。

"我希望,"米哈利撕下一片玉米面包,蘸蘸果酱,"这个问题能有所缓和,甚至得到彻底解决。几个月前,我与克雷西米尔约定,双方都不直接干涉战争。从那之后,亚卓的局势严重恶化——你也看到了——但凯兹营地也好不到哪儿去。"米哈利顿了顿,舔净指尖上的蜂蜜和面包屑,"克雷西米尔正以惊人的速度屠杀自己人。"

"挺好啊。"塔涅尔冷哼一声。

"不,"米哈利说,"不好。我常与克雷西米尔交谈,为此我们跨越了空间。在我们沟通时,我能看到他的一小部分意识。他疯了。"米哈利咽了口口水,悲伤地低下头,看着玉米面包,"彻底疯了。"

"我不在乎。"

"塔涅尔,你觉得一个疯神只杀自己人能杀多久?他有可能毁灭九国,甚至全世界。虽然我觉得他做不到——就算是克雷西米尔也没有那种力量——可他只要有这打算,这片土地上的所有活物都将死无葬身之地。"

"我阻止过他一次。"塔涅尔说。

"所以这个任务非你莫属。"

"你不能阻止他吗?"

"在某种程度上,巫术都可以被预知。"米哈利说,"所有尊权者的招数都有固定模式,无论是最不入流的巫师,还是克雷西米尔。我能预知这些模式,从而予以反击。但克雷西米尔若是借着疯劲儿胡乱开打,那就没法预知了。我能保护自己,但保不了其他人。"

火药魔法师

塔涅尔想了半天。神真会发疯吗?

"因为那颗子弹,对吧?"

米哈利沉吟片刻。"我听过报告——我躲在外面,偷听了总参谋部的会议——他们的探子亲口说的。凯兹营地里有流言说,克雷西米尔在枕头上咳血。他深更半夜在驻地厅堂间徘徊,找卫兵们说话,看他们的眼睛跟燧发枪后面那只是否匹配。"

塔涅尔嘴巴发干。燧发枪后面的眼睛。除了他还能是谁?克雷西米尔发疯似的找他。他再开口时,尝到了言语间的苦涩。"能治好他吗?至少让他恢复理智?"

"我不知道。"米哈利说,"昨晚我找他谈了这个话题,结果他暴跳如雷。巴德维尔城内发生爆炸,你一定也听到了。就是他干的。凯兹营地死了几千人。"

"也没多少。"

米哈利脸色一沉。塔涅尔有种异样的感觉,仿佛对方正在施放巫术。他突然觉得,与米哈利如此接近似乎不太明智。

"那些人,"米哈利显然在克制情绪,"都不是士兵。他们是洗衣女、面包师,还有制靴匠。因为我对克雷西米尔提了个不该提的问题,让他勃然大怒,导致那些人瞬间丧命。"米哈利摇摇头,"我知道,你的职业是杀人,可是人命关天啊。那么多条人命,就因为……"

米哈利陷入沉默。他又撕了片玉米面包,若有所思地嚼着,目光落在卡-珀儿摆放的人偶上,手指剧烈颤抖,似乎紧张不安。

"他创造了火药守护者,说明他还算清醒。"塔涅尔说。

米哈利说:"唯有这件事让我觉得,他有可能恢复正常。他还没彻底失去理智。我也许能治好他。但我必须先制服克雷西米尔,而我一个人做不到。"

米哈利说话时看着卡-珀儿。塔涅尔很不喜欢。

"怎么做？"

"她能做到。"米哈利冲卡-珀儿点点头，"我应该说过，在我丰富多彩的人生中，我曾与骨眼有过接触。他们的魔法相当适合战斗、伤害和保护，甚至操控对手，但我从未见过有谁的力量能及卡-珀儿的万分之一，而她全是自学来的……"米哈利的声音越来越小。他脸色发红，有些喘不过气。

操控对手，米哈利是这么说的。卡-珀儿操控过塔涅尔吗？他知道自己受过卡-珀儿的保护，也知道那些人偶能用来做什么。

"如果他恢复了呢？"塔涅尔问，"他会结束这场战争吗？放过亚卓？"

"我想，可以。他一直不大正常。"

"你'想'？还是你'知道'？他发誓要毁灭亚卓。"

"他的誓言实现不了。我会负责到底。"米哈利张开短粗的十指，目光从卡-珀儿移向塔涅尔。"拜托了。帮帮我。帮帮我的弟兄。"

卡-珀儿指指断臂，又指指米哈利。

米哈利扬起眉头。"啊，当然。我疏忽了。"他闭上眼睛，卡-珀儿猛地吸了口气。

塔涅尔立刻冲过去搀扶，担心她朝后跌倒。"你对她做了什么？"

卡-珀儿甩开塔涅尔，解开包裹断臂的吊带，活动一下胳膊，满意地点点头。塔涅尔看着她的脸。淤青消失了。

"我也能治好你的伤。"米哈利说。

塔涅尔退缩了。"不用了，谢谢你。"他暗骂自己太傻。为何不肯接受神的治疗？他在害怕米哈利的巫力？或者，害怕亏欠别人？阿布莱斯和里卡德已经帮了塔涅尔的大忙，他至少需要几年时间才能还完这些人情。

塔涅尔摸了摸脸上的肿块，那是凯特的宪兵送给他的礼物。"我留着当教训。"

火药魔法师

"我请求你,"米哈利起身说道,"考虑我的提议。作为交换,我会送你一样礼物。"

无论神赐下何种礼物,塔涅尔都格外警惕。天上不会掉馅饼。"什么?"

米哈利从兜里掏出一块手帕和一把刀。他把拇指压在刀锋上,然后用手帕按住伤口,递给卡-珀儿。

他的血。神的血。塔涅尔的心跳微微加速。卡-珀儿能用它做什么?她能操控米哈利吗?或者要他的命?

卡-珀儿默不作声地叠好手帕,收进布包,表情很难读懂。

米哈利起身告辞。他把剩下的玉米面包和鸡蛋放进锡碟,交给卡-珀儿,然后拿起空盘,鞠了一躬。"麻烦了,"他说,"考虑一下我的建议——我的恳求——帮我个忙。"他把头垂得更低,然后出去了。

塔涅尔颤悠悠吸了口气,低下头,才发现手里还捏着写有软禁一事的纸条。明天一早,他会被人押回亚多佩斯特。他们派了八个人押送——半数来自亚多姆之翼,半数来自亚卓军。

塔涅尔失去了与凯兹人作战的机会,更别说弑神了。

卡-珀儿的手贴着塔涅尔的胸脯,在他心脏的位置拍了几下。

"什么?"

卡-珀儿指指他,摊开双手,表示疑问,然后又指着他。

"我不明白你想说什么,丫头。"他压制着内心的挫败感。

她再次示意塔涅尔的心脏,用力戳了戳。

"我要什么?"

点头。

塔涅尔深吸一口气。"我现在只想杀人。我很生气。我应该去战斗。我为战斗而生——为保护亚卓而生。"

她又指指塔涅尔,然后指向地面。你现在想要什么?

"我想保护你。"

卡-珀儿笑了。塔涅尔心中有如小鹿乱撞。她靠过来,两人的嘴唇贴在一起。

"我要去给克雷西米尔放点血。"塔涅尔说。

米哈利面对一大锅汤,长柄勺正要送到嘴边,结果停在空中。

"我知道了。"

"卡-珀儿说可以制服他,但需要他的血。我需要你的帮助才能溜进凯兹营地。"

米哈利沉思良久,然后尝了口汤。"嗯,真不错。不过还要加点胡椒。"他从围裙里摸出一罐整粒胡椒,往掌心倒了少许,轻轻搓揉着,目送胡椒落进汤里。他搅拌几下,又尝了一口。"完美。"

"有时真的很难让你认真起来。"塔涅尔说,"不,我说错了。任何时候都很难。"

米哈利低头窃笑,但塔涅尔没开玩笑。

"凯兹营地。"塔涅尔等不及了。

"我可以掩护你避过凯兹人的岗哨。"米哈利来到院子中央的巨大烤架前,熟练地翻烤火鸡腿。

听到背后有喊声,塔涅尔立刻蹲下。他扭头看了一眼,发现喊声并非针对他。在亚卓营地里穿行很危险,哪怕他穿着平民服装,戴着三角帽遮挡面孔。现在他该由宪兵监管才对。

"他们不知道你来了。吃个火鸡腿。"米哈利用钳子夹起一根,递给塔涅尔。

"太烫了。"

"胡说。大厨奉上的食物不会烫到客人的嘴。"

塔涅尔忐忑不安地接过火鸡腿。骨头刚刚离开火堆,竟然是温热的。他咬了一口，油汁流进浓密的胡须。他一口气吃完了才继续开口。"你能让我不被人发现？"塔涅尔问，"以前你要得到卡-珀儿的允许，才能触碰我的意识。"

"我已经做到了。"米哈利说。

塔涅尔正在享用最后几口火鸡腿，闻言一愣。他环顾四周。"我没感觉到隐身。"他低头看着火鸡骨头，"莫非你……"

"是啊。"米哈利说，"使用巫力直接对人体施加影响，对尊权者来说相当困难。所以医疗者才特别罕见。一千年前我就发现了，让巫力进入人体的最佳方式是通过他们的胃。"米哈利拿起一根火鸡腿，咬了一口，脸上突然掠过一丝忧虑。"这件事就你知我知，好吗？"

塔涅尔哼了一声。"我又不会告发你。"

"哦，谢谢。"米哈利吃完火鸡腿，又从烤架上取了一根。"能给卡-珀儿带一根吗？"

"她吃了也能隐身？如果我隐身了，她怎么看到我呢？你又是怎么看到我的？"

"我能看见你，因为我是神。卡-珀儿能感觉到你的存在，还有，你藏不住你的声音。"

"如果我打喷嚏呢？"

"啊……"米哈利用钳子拍了拍围裙，留下一道油污，"别打喷嚏。这种巫术也有缺陷。比如，一旦你进入克雷西米尔的影响范围，它会自动失效。不能让克雷西米尔察觉到我出手干涉。"

塔涅尔看看自己的手。他完全感觉不到自己隐身了。"你花了多久才做到的？"

"一小会儿。"

"真的？"

米哈利扬起一边眉毛。"我们背负神的名号，不光因为我们是最强大的尊权者——尽管那也是一种解释。我们被称为神，因为普通人花费几日、几周,甚至几个月才能办成的事,我们一念之间就能做到。"

"啊。好吧,我这就去。"

"等等。"米哈利不知从哪儿取出一个高高的锡镴杯子,来到汤锅前,用长柄勺灌了一大杯汤,盖好盖子。"带给卡-珀儿。等你走了,她能睡个好觉。"

塔涅尔正要走,突然想起了什么。"亚多姆——米哈利?"

"嗯?"

"你能保护她吗?"

"我把血给了她,所以我才是需要保护的。"米哈利眨眨眼,"那丫头就像装满火药的玻璃瓶。易碎,但又拥有极强的破坏力。"他挺胸抬头,挥起勺子敬礼,汤汁洒在围裙上。"她不会受到伤害的。"

"谢谢。"塔涅尔说,"现在,我要去给你兄弟放血了。"

第 33 章

即将入夜，营地里安静下来，塔玛斯看着奥莱姆洗刷战马。他面前的火塘用石头垒成，灌木和草茎燃起微弱的火苗。夕阳仍在西天照耀，给高地染上一层红色、橘色和粉色，绚烂夺目。

他们来到高地的第二天，补给便捉襟见肘。十四天前那场战斗之后，他们宰杀了上千匹凯兹战马，但能携带上路的毕竟有限。所剩无几的食物只能重新配给。每人每天一磅肉远远不够吃。

随风而来的响动让塔玛斯抬起头。他等了一会儿，目光又回到火苗上。在他身边，奥莱姆折断树枝，扔进火里。

他的游骑兵还没找到神秘的亚卓军队，但他们所经之处留下不少痕迹。收割过的豆田，焚烧殆尽的农场。老弱病残，哀鸿遍野，受难的都是北方平原上的农民。高地变成了贫瘠的焦土。无论两周前路过的是什么军队，他们烧杀掳掠，毫不留情。

按照他的命令，军队围绕营地挖了条六尺深的壕沟。干这活儿十分费力，但夜里如有敌军悄无声息地接近，他们就完蛋了。一部分士兵仍在挖掘。铁铲刮擦石头和泥土，发出阵阵声响。士兵们走了一天还要干活儿，难免也会骂上几句。

塔玛斯又一次抬头。有声音。会是什么？他歪着脑袋，努力辨清方位。

什么都没有。

德利弗人朝他进攻了？今年初夏，塔玛斯请求结盟对付凯兹时，德利弗国王的回复十分坚决。他们发誓保持中立。

"我能过来吗,元帅大人?"

塔玛斯抬起头。人影被夕阳拉得老长,他过了许久才认出是贝昂·杰·伊匹利。塔玛斯挥手示意火塘对面的空地。贝昂小心翼翼地盘腿坐到地上。凯兹将军眼窝凹陷,脸色苍白。他和少数凯兹军官被塔玛斯扣为人质——其他人都被有条件地释放了。

"胳膊怎么样了?"塔玛斯问。

贝昂低头看着吊在胸前的左臂。"还不错,谢谢关心。医生说骨头没断,只是在战场上失血过多。我能恢复。您的伤呢?"

"还好。"塔玛斯用两根手指按住柔软的肋部,疼得眉头紧蹙。他与加夫里尔斯打时,肋骨应该没断,但似乎受了内伤。"离开巴德维尔时,要是我带上彼得里克医生就好了。不过话说回来,我当时的计划与如今的境况相去甚远。"

贝昂点点头,盯着火堆,深吸一口气,欲语还休。过了好久,他才开口。

"我曾骑马穿越北方平原,"贝昂说,"应该是六七年前了。那时我和父亲手下一些尊权者出访德利弗。这片土地绿油油的,相当富饶。"贝昂面带哀伤的笑容,"途中经过的城镇举办宴会,为我们接风洗尘。参加的人成千上万——都是骄傲而欢乐的农民。

"如今我却忍不住好奇:我的国家怎么了?"贝昂环顾四周,"这两天,我看到无数荒废的农场。豆田全都收割完了。土地焦枯。无论这里还是九国其他地方,旱灾确实发生了,但我想不到会有这么严重。

"还有,我国的人民呢?今早我们路过一个农场。庄稼惨遭践踏——那里长过庄稼,我还不至于五谷不分——农场被付之一炬。我必须问您,元帅大人。是您派出的先头部队吗?是您毁了这片土地吗?"

"你目睹的惨状,"对方的指控刺痛了塔玛斯的自尊心,"不是我

火药魔法师

方军队造成的。我发誓。"

"那就是土匪了。"

塔玛斯不知该不该把内心的怀疑都告诉给贝昂。"我认为不是。"

贝昂似乎没听见他说话。"两天前,"他说,"我遇到一个骑着骡子的老人。他向我讨个公道,希望我驱逐掠夺我们土地的亚卓人。"贝昂言辞谨慎,仿佛在游泳前试水一样。

"据我的斥候报告,另一支军队经过了这里。"塔玛斯说,"当地农奴说,他们穿着亚卓军队的蓝色军服。我百思不得其解,因为据我所知,我们在凯兹北方从未派驻一人。"

贝昂看着塔玛斯,眉头紧锁,像在判断塔玛斯的话是真还是假。

塔玛斯问:"你父亲有没有派兵北上,乔装成亚卓军,意图潜入德利弗,然后翻越大山?"

"我不知道。再说了,我们的士兵不可能在自家土地上作恶。"

塔玛斯不知道,贝昂为何对凯兹步兵的道德水准如此有信心。

奥莱姆突然抓起步枪,一跃而起。"长官,"他说,"听到了吗?"

塔玛斯仔细听。什么都没有。

等等。有了。像是喊声。很远。他爬起来。不远处的地势有所上升,视野会更好。他看着地平线,又听到了喊声。

"那边。"奥莱姆指着北方说。

高地上腾起一团烟云,犹如骑兵部队快马加鞭时的尾迹。"备马。"塔玛斯吩咐奥莱姆,"快!"

塔玛斯在营地里飞奔。火药魔法师的住处距他的帐篷有几百码。他们大多都在,已经脱了靴子,叉开双腿,谈天说地,传递不知哪儿来的酒瓶。维罗拉看到塔玛斯,立刻站起身。

"安德里亚、维罗拉,"塔玛斯大喊,"跟我来!其他人立刻发警报。北边有骑手接近。"

"多少人,长官?"一行人前往营地北边时,维罗拉问。

"我们就是要调查清楚。"塔玛斯说,"知道加夫里尔去哪儿了吗?"

"探路去了。"安德里亚回答。

"哪边?"

"好像是北边。"

"该死。你们两个,快备马。"

奥莱姆带来了塔玛斯的坐骑和步枪。他跃上马鞍,朝北奔去,来不及等其他人了。奥莱姆很快追上——走了一天,但他的坐骑尚未卸下马鞍。

"什么情况,长官?"奥莱姆大喊,声音盖过如雷的蹄声。

"有骑手,"塔玛斯说,"很多。"

"会不会是加夫里尔的游骑兵?"

塔玛斯也希望是,但远处腾起的烟云越来越大。太大了,至少有二十匹马,而加夫里尔的游骑兵都是两两行动。

他们远离营地,沿大路向北。塔玛斯扭头看了一眼,不少人骑马出营,尾随在他身后数百码远。

塔玛斯随着坐骑剧烈颠簸,好不容易从兜里摸出个火药包,直接扔到嘴里咀嚼,唇齿间尽是硫黄的苦味,还有砂砾。他吐掉潮湿的包装纸,火药迷醉感顺着血管蔓延至全身。

疾驰的马蹄下,距离迅速拉近,地平线逐渐显现。他发现了烟云,目光射向其源头。几里外有个骑手。

塔玛斯皱起眉头。只有一个?骑兵俯在马上,抱着马脖子。塔玛斯依稀认出,那是加夫里尔的一个游骑兵。

不久,游骑兵身后的坡地上,一众骑手跃入眼帘。

他们的蓝色军服镶着银边,头戴亚卓龙骑兵的圆锥形头盔,马鬃迎风飘扬。

塔玛斯骂了一句。亚卓龙骑兵?不可能。如果是真的,游骑兵不

火药魔法师

会逃离他们。塔玛斯回头望向奥莱姆,然而保镖看不了那么远。

"龙骑兵,"塔玛斯朝他大喊,"在追击我们一个游骑兵!他们身穿亚卓军服,但不是友军。"

奥莱姆的回应是策马狂奔。

塔玛斯低下头,算计马蹄着地的频率。等他靠近游骑兵时,估计龙骑兵大概还在半里开外。游骑兵的战马口吐白沫,猛烈地晃着脑袋。它坚持不了多久了。

塔玛斯冲游骑兵挥舞手枪,示意他停下。游骑兵在塔玛斯身边猛扯缰绳,他的坐骑浑身战栗,翻着白眼。游骑兵脸上和胸前满是沙土,与汗水混在一起,污秽不堪。

"加夫里尔在哪儿?"塔玛斯问道。

游骑兵上气不接下气,伸手指着后方。"后面……很远……战斗……让我逃出来。"

"他们是谁?"

"凯兹人!我们以为是友军,但加夫里尔一说亚卓话,他们就冲了上来。"

塔玛斯转过马头,面朝龙骑兵,飞快地清点敌军人数。十六骑。他们挥舞着卡宾枪大喊大叫,看到塔玛斯和奥莱姆,丝毫没有放慢速度的迹象。他们将在几分钟内冲到面前。他抬手举枪,闭上一只眼睛瞄准,然后扣动扳机。

他默默读秒,集中精神操控火药,让处于强弩之末的子弹势头不减。同时,他把枪插回枪套,另一只手又抽出一支。

一。二。三……

敌人后排一个龙骑兵应声坠马,子弹钻进他的眼睛。

塔玛斯平举第二把手枪,开火。又一个龙骑兵倒地,还是后排的。塔玛斯不想吓跑敌人,他们似乎也没注意到战友落马。

"奥莱姆!跟我上!"

塔玛斯猛踢马刺，催马向前。他收回第二把手枪，抽出厚重的骑兵军刀。军刀手感很好，陈旧的皮制刀柄结实而稳固。

龙骑兵在七十码外端起卡宾枪，瞄准，开火。塔玛斯听到一颗子弹呼啸着掠过耳畔。

在马背上开枪射击单一目标可谓难上加难，除非你是火药魔法师。

他高举军刀，盯着打头的龙骑兵。那人缺了一只耳朵。对方迅速收起卡宾枪，亮出骑兵直剑。

塔玛斯一手扯着缰绳，一手伸进军服正面的口袋，抓了把子弹。

塔玛斯观察着一只耳举剑的姿势，目光扫向紧随其后的几个龙骑兵。几秒钟后，他朝右边倾身，扬起军刀。

二人短兵相接。

塔玛斯滑向马鞍左侧，堪堪避开一只耳的剑锋。他的骑兵军刀破开柔软的皮肉，刀尖刺进一只耳的脖子三寸深。塔玛斯将一颗子弹挤至拳眼，用大拇指弹到空中，引燃一个备用火药包，子弹射进另一个龙骑兵的心脏。他抡起军刀，越过马头，挡开左边一个龙骑兵的突刺。

他又弹出一颗子弹，引燃火药，令其朝后方射出，钉进一只耳的脊梁骨。

他猛扯缰绳，军刀再次越过马头。后方一个龙骑兵压低身子，凶狠地朝他砍来。

挡开。再挡。

对方速度奇快，武艺娴熟。塔玛斯弹出一颗子弹，射中龙骑兵的肩膀。龙骑兵捂住伤口，佩剑脱手，塔玛斯趁机刺穿了对方的胸膛。

他旋身寻找敌人，发现两个龙骑兵朝奥莱姆投降了。南边不远处有两个人影，火药燃烧的烟云笼罩了他们——是维罗拉和安德里亚。塔玛斯策马来到一个投降的龙骑兵面前。

火药魔法师

"加夫里尔在哪儿?"他用凯兹语问道。

龙骑兵瞪着他。

"加夫里尔在哪儿?那个大块头!他在哪儿?"

龙骑兵摇摇头。

"见鬼。"塔玛斯擦净军刀,收回刀鞘。"奥莱姆,跟我来!"

"长官,我的马不中用了。"奥莱姆已经下马。他的坐骑惊慌失措,脖子下的伤口血流如注。

"骑他们的!"

"那俘虏……"

"不管他们!我不能在这荒凉的土地上再失去一个兄弟!"

塔玛斯不等回答就离开了。过了一会儿,他扭头看到,奥莱姆和火药魔法师追了上来。

日头逐渐下沉,塔玛斯沐浴着余晖,继续骑行,黄昏的热风拍打着他的头发和外衣,吹干了他脸上的血迹。战马开始力不从心,呼吸粗重,虽然他不断催促,但还是放慢了速度。

夜幕降临高地时,奥莱姆也不见了。呼啸的风声,夹杂着狼群怪异的嗥叫,传进他的耳朵。火药迷醉感弱化了,他又嚼了个火药包。蹄声如雨,道路不断后退。

他不知骑了多远、过了多久。战马步履蹒跚,突然一个颠簸,将他摔下马鞍,飞出去几尺远,肩头重重地着地。

塔玛斯挣扎着爬起。一片寂静。夜色中什么都没有。听不到士兵追随的蹄声。只有战马绝望的喘息。

加夫里尔在哪儿?他怎么了?塔玛斯捋着汗津津、脏兮兮的头发。他的帽子没了,不知何时被风吹飞了。他跌跌撞撞回到坐骑旁边,因为长时间骑马和疲劳的缘故,两条腿有些不听使唤。

战马侧躺在地上,冲他翻着白眼,鼻孔和嘴角流出白沫和鲜血。泪水模糊了塔玛斯的眼睛,他抚摸着马儿的腹部,尽力安抚它。它浑身抽搐，试图翻身站起，然而却是徒劳，只发出一声颤栗的嘶鸣。这声音震撼了塔玛斯的灵魂。

战马断了一条腿，骨头暴露在外。一定是因为筋疲力竭，一脚踩进了坑里。

塔玛斯拔出手枪，慢慢地、小心地填装弹药。

枪声在高地上空回荡。

塔玛斯收好鞍囊、弹药、手枪和步枪，朝北方步行。

他不知什么时候停下的，突然跪在地上，盯着双手发呆。手掌被缰绳磨破了皮。他的骑马手套呢？他摇摇头，打算起身继续走。

然而，他把头埋进手里。又一个弟兄。他失去了所有家人，也许只剩下儿子。塔玛斯再次一败涂地。

他应该停下。审问那些凯兹龙骑兵，搞清加夫里尔是否还活着，被带去了哪儿，他们的队伍有多少人。

塔玛斯知道，自己现在这样就像个傻瓜。一个极度绝望的傻瓜，还想救出自家兄弟。孤独的傻瓜。

塔玛斯哭了。

听到路上的蹄声时，他的泪水已经干了。蹄声来自南边，脚步稳健，并不急促。听声音只有一匹马。

"塔玛斯？"一个女人的声音喊道。

是维罗拉。

她再次呼唤塔玛斯的名字。蹄声靠近，停下。她跳下马背，踩得砂砾嘎吱作响。然后有双手抓住他的肩膀，使劲摇晃。

"长官，求你了。回答我。塔玛斯！"

塔玛斯深吸一口气，憋了好一会儿，然后呼出来。

"我在。"他很难相信那是自己的声音，嘶哑而低沉。

他感觉有什么东西塞进手里，低头一看，是水壶。他抿了一口。

"您的马……"

火药魔法师

"腿断了。"塔玛斯说,"我只能给它个痛快。"

"我知道。我看到了。差不多两里开外。您是徒步过来的?"

"可怜的马。是我不肯停,害死了它。"

维罗拉冰凉的手掌贴在他后颈。"再喝一口。"

"找不到加夫里尔。"塔玛斯说,"我尽力了。找不到。又失败了。又一个弟兄,没了。最后一个弟兄。我……"泪水又涌了上来,于是他闭上嘴,深吸几口气。"奥莱姆呢?"

"他的马在将近十五里外掉了只马掌。"

"十五里……"

维罗拉用双手捧着他的脸,二人四目相对。塔玛斯不知道自己在她眼里是什么形象。一个满脸风尘、近乎崩溃的老人?

"塔玛斯,"维罗拉说,"你骑了将近四十里。再过一个钟头,天就该亮了。"

塔玛斯眨掉泪水,抬头看天。他好像看到了另一个世界。月亮高悬,星光璀璨。

维罗拉端详着他。他知道,她能察觉到自己少了弹药。他不知何时丢了步枪,但手枪还在。那是塔涅尔送他的手枪。不,绝不能丢掉。那是塔涅尔——他儿子——亲手送给他的。

在维罗拉的搀扶下,塔玛斯挣扎着起身。他看向北方。四十里。他现在身在德利弗。比起他的军队,还是离阿尔威辛更近些。

真蠢。蠢透腔了。

维罗拉走向她的战马,开始卸马鞍。

"你做什么?"

"在这儿扎营。"维罗拉说。

"我必须回去……"

"别犯傻了,塔玛斯。军队两天后就到。如果你今晚继续赶路,等我们到了阿尔威辛,你就彻底废了。"

没错，她说得对。但他不想听。

他凑近些。"我是你的……"

"指挥官。我知道。这是铺盖卷。我值第一班岗。"

塔玛斯低头看着塞到手里的铺盖卷，然后望向月亮，最后望向北方。阿尔威辛坐落在黑暗中的某处，高地的边界之外。

"又一个弟兄。"他听到自己在念叨，"又一个。"

第 34 章

正午炙热的阳光终于将塔玛斯从不安的睡梦中唤醒。他突然坐起，愣愣地看着膝头的帽子。他拿起来，翻来覆去地打量。太小了。不是他的。

维罗拉呢？不见了。塔玛斯不禁怀疑，头天夜里她有没有找来，那是不是一场稀里糊涂的热梦。

"她去找水饮马了，长官。"

塔玛斯回过头，只见奥莱姆坐在一块石头上，仔细地清理卡宾枪。他带着鞍囊和几只水壶。塔玛斯的舌头在嘴里转了一圈。因为又干又热，他的舌头异常肿胀。

"水壶。"塔玛斯说。

奥莱姆扔来一只水壶，塔玛斯痛快地灌了几大口。

"什么时候来的？"

"天刚亮。"奥莱姆看着塔玛斯，眼神有点怪怪的，"您好像不在状态，长官。"

塔玛斯捋了捋所剩不多的头发，又轻轻摸摸伤口的缝线。"昨晚帽子丢了。"

"啊。"奥莱姆的表情仿佛在说：怎么，不说说你昨晚为什么发了疯似的骑马赶路？你到底出了什么毛病？

塔玛斯移开眼神。"这见鬼的高地没多少水。"

"我们昨晚经过一条旧河道，"奥莱姆说，"不知道河底有没有水。维罗拉过去瞧瞧。"

塔玛斯爬起来,绕着营地走了几圈。感觉糟透了。两腿酸痛难耐,迈不开步子——尤其那条伤腿——胯部的皮肉磨得生疼,脸膛被风抽得火辣辣的,手掌也擦伤了。他头痛欲裂,喝水太少,缺乏休息。每次停下绕圈,他都忍不住望向北方,望向阿尔威辛,然后又望向南边。

一个钟头后,维罗拉回来了。她牵着几匹马,带着满满当当的水袋。

临近黄昏,其他火药魔法师到了,还有奥莱姆的十个神枪手。没多久又来几个游骑兵。塔玛斯立刻派他们去北边侦察。

当天更晚时,塔玛斯发现北方地平线有骑兵的影子,距离数里远。他们始终没有接近的意思,但塔玛斯看到他们身穿蓝底银纹的军服。假扮者究竟是什么人?是否真如他怀疑的,是凯兹人?

第二天晚间,大部队追上了塔玛斯,在原地扎营。塔玛斯第一道命令,就是找到两天前与他战斗的凯兹龙骑兵。

他们有三个人,个个衣冠不整,战马、武器、补给和头盔都被没收,面部严重晒伤。其中一个走路跛得厉害,裤子上沾着干涸的血迹,说明是新伤。还有一个缺了两颗门牙。

第三个没穿靴子,用血淋淋的破烂衣物裹着脚。

一个卫兵指着用衣物裹脚的人。他的白色汗衫沾满褐色的血迹和黄色的汗渍,有一头棕色短发和浓密的络腮胡。"那是他们的中尉。"卫兵说,"他撕烂军装前,被我们认了出来。"

"他的靴子呢?"塔玛斯问。

"脱了,"卫兵说,"好让他开口。"

塔玛斯叹了口气。"去找来。不要这样对待军官,哪怕他是战俘。"他转向中尉,用凯兹语问道,"你叫什么名字?"

那人不看塔玛斯。

"说出你的名字,我就把靴子还给你。"

"什么?"那人用口音极重的亚卓语说道,"我不会说凯兹话。"

塔玛斯翻个白眼。"我知道你是凯兹军官。再冒充亚卓军人,我就以逃军罪处死你。"他凑近些,"在我这儿,战俘和自己人可不是同样待遇。"

那人的目光落回到塔玛斯身上。他害怕了。"梅诺布中尉,"他说,"隶属国王的龙骑兵三十四团。"

"你在这里干什么,梅诺布?"塔玛斯问,"这可是德利弗境内。"

"你抓到我们时不在德利弗。"梅诺布说。

"你们从北边来。那时北边就是德利弗。"

梅诺布的目光再次越过塔玛斯的肩头,默不作声。不久,卫兵取来梅诺布的靴子。塔玛斯接过来,递给他。

梅诺布接过靴子。"可以吗?"

塔玛斯点点头。

梅诺布坐到地上,轻轻解开裹脚的衣物。塔玛斯简直不忍看。中尉的袜子磨破了,浸透鲜血,双脚皮开肉绽。看来他不穿靴子走了很久。他把靴子小心翼翼地套在脚上,忍不住发出呻吟。

"给他们喝过水吗?"塔玛斯问。卫兵没作声,塔玛斯扭头看着他。"怎么?水,还有食物?"

卫兵摇摇头。

"该死,小子,给他们吃的。他们也是当兵的,跟你一样。"

卫兵匆忙跑开。

"他去给你拿吃的。"塔玛斯用凯兹语说。

梅诺布感激地点点头。

"你在德利弗做什么?"塔玛斯重复一遍。

梅诺布深吸一口气,目光又落向塔玛斯身后。

塔玛斯脸色一沉。"知道我是谁吗?"

那人摇头。

"我是塔玛斯元帅。"

梅诺布拼命地咽着口水。

"跟我来。"塔玛斯问另一名卫兵,"贝昂将军的帐篷在哪儿?"

"您确定这样明智吗,长官?"卫兵似乎有些疑虑。

"什么意思,小子?将军的帐篷在哪儿?"

"就在那边。"

塔玛斯走过去,发现贝昂坐在火堆前。火苗蹿得不高,烧的是细枝和风干的马粪。看到塔玛斯,将军慌忙起身,又眯起眼睛打量着俘虏。

"贝昂将军,"塔玛斯说,"据我了解,你应该很想知道,是谁一路烧杀劫掠,损毁了高地上的豆田。"

"的确。"贝昂语气冷淡,"说实话,昨晚我就知道了。这人是凯兹军官,乔装成亚卓军人。"他低头看着梅诺布的脚,"谁把靴子还给你的?"

塔玛斯的目光由贝昂移向梅诺布。中尉惊恐地瞪大眼睛,塔玛斯突然明白了。是贝昂下令脱掉梅诺布的靴子,很可能也是他下令不给中尉吃的。塔玛斯的人当然乐意执行。"是我。"

"我要求脱了他的靴子,也希望您能组织行刑队。我想明早就处决他们,罪名是为害凯兹百姓。"

塔玛斯欲言又止。虽说他尊重贝昂,但也不能听凭一个战俘差遣。他转身面对梅诺布。"你该老实交代了,中尉。"

梅诺布抖如筛糠。"您想知道什么?"

"一切。"贝昂说。虽然他年纪轻轻,但颇有大将风范。

塔玛斯一手搭着梅诺布的肩膀。"首先,告诉我加夫里尔在哪儿。他是个大块头。两天前被你们俘虏,就在你追击我的游骑兵之前。"

"他们带他去了阿尔威辛。"梅诺布说。

"活着?"

"是。"

塔玛斯轻轻吁了口气。他最想知道的就是这个。现在该搞清别的事了。

"就这些吗,长官?"

"不。从你所在的部队说起。"塔玛斯说。

"我隶属龙骑兵三十四团,国王大军的十九旅。"梅诺布说,"我们前往北边……"

"谁?"塔玛斯问,"多少人?"

"两个旅。十九和二十四旅。我们七周前奉命北上,目标是占领德利弗的阿尔威辛。"

"什么目的?"塔玛斯问。他必须抓紧时间提问。这人有可能意识到,自己的回答对敌军有利,从而拒绝开口。

"围困阿尔威辛上方的守山人。我们先攻占阿尔威辛,然后对付守山人,最后翻越乌木堆山脉,进入亚卓。"

"军服呢?"塔玛斯问。

"是伪装。好让德利弗人误以为是亚卓军洗劫了阿尔威辛。"

塔玛斯喘不过气。如果凯兹人乔装成亚卓军队袭击了德利弗,很可能促使德利弗与凯兹结盟。

"你们成功了吗?"

梅诺布看向贝昂,迎接他的是冰冷的目光。"大概一周半以前,"他说,"我们占领了阿尔威辛。但守山人司令识破了我们的伪装,所以我们还没进入亚卓。我们正在围攻守山人。"

"你如何解释一路上残酷对待我的人民,中尉?"贝昂问,"我国的百姓?"

"我并不引以为荣,长官。"梅诺布垂下目光,"我们离开大部队时,得到的命令是轻装上阵,快速行军。车队携带补给有限,我们的食物只能从当地获取。如有需要也可以抓壮丁。国王陛下亲自下达的命令。发现亚卓游骑兵时，我们正在执行侦察任务，搜寻食物和壮丁。"

"我父亲批准的？"贝昂大声吼道。

梅诺布点点头。

"十九旅的将军是谁？"

"曾是提尼元帅——我是说，提尼将军。"梅诺布说。

将军。因为输给南派克山的守山人，所以他被降级了。"曾是？"塔玛斯问。提尼善于带兵，但过于务实，经常不把士兵的命当回事。对于他的行事风格，塔玛斯并不感到奇怪。

"他被吊死了，长官。罪名是叛国。"

"吊死了？"贝昂问。

"我听说的，长官。但我见到了尸体，就在上周。"

"他是个将军，"塔玛斯说，"所以只能由伊匹利直接下令。"他走开了，吸了口夜晚的空气。奇怪。太奇怪了。伊匹利是个暴君，但不是傻瓜。他应该不想挑起与德利弗的战争。

塔玛斯回到两人身边。"到底是谁说服伊匹利攻打阿尔威辛的？"

"我不知道，长官，我……"

"什么？"

"呃，我并不知情，但我听到了流言。"

"继续。"

"是一个尊权者。"

"尊权者？"塔玛斯惊得汗毛倒竖。据他所知，凯兹王党绝大部分成员都死在了南派克山。

"传言说，他是从亚卓来的。是国王陛下的全权大使。他只用两天，就说服国王陛下攻打德利弗。"

塔玛斯双手抓住梅诺布的肩膀，一副急不可耐的架势。"名字，

火药魔法师

该死的。他叫什么?"

"也是他吊死了提尼元帅。眼下他在阿尔威辛。"

"是谁?快他妈说!"

"尼克劳斯公爵,长官。"

埃达迈在客厅里踱步,不知道该拿家人如何是好。

他们在路上奔波四天才回到亚多佩斯特。自从那天下午,埃达迈发现布鲁达尼亚-哥拉贸易公司的船队通过船闸,他就再没见到里卡德。里卡德非要去看看发生了什么,埃达迈则带着家人立刻返程。

他担心里卡德被抓了。

埃达迈提醒自己,目前信息太少,不足以做出决定。也许贸易公司船队到来还有别的解释。但他思来想去,总会回到同一个想法:亚卓遭到了布鲁达尼亚的入侵。

埃达迈所有噩梦似乎都成真了。克莱蒙特带领强大的贸易公司舰队兵临亚多佩斯特。国内军队却部署在亚卓南部,以抵抗凯兹的侵略,都城空虚,毫不设防。守山人被里卡德强行排除在运河的防备力量之外。克莱蒙特将顺着亚德河航行并夺取都城,一路畅通无阻。

克莱蒙特策划多久了?他一定早在几周前,就悄悄攻占了船闸系统,并贿赂了德利弗海军,放他的舰队从海上开进运河。

克莱蒙特为何垂涎亚卓?为了征服?他想要资源吗?或者布鲁达尼亚-哥拉贸易公司受雇于凯兹?或者纯属他们自己的运作?最后的设想更令埃达迈毛骨悚然。如果布鲁达尼亚和凯兹都想要亚卓,亚多佩斯特将会被他们一分为二。

他必须带家人出城。谁知道侵略军会干出什么勾当?

可他能去哪儿呢?

他们被困住了。南方有狼,北方有虎。

他可以送他们去诺威。但埃达迈在诺威没有熟人。也许他……

一阵敲门声响起。埃达迈从桌上抓起手枪，喝了口酒，走向门厅。

"别下楼。"他说。阿斯特丽特正在楼梯上好奇地张望。

他打开门，发现是个仆人。埃达迈认识他，但不知道名字。是里卡德的人。

"侦探埃达迈？"仆人问。

"什么事？"埃达迈谨慎地应道。

"汤布拉先生请您去荣耀工会总部，先生。马车在等您。"

"他回来了？"

"不到一小时前回来的，先生。"仆人说。

是陷阱吗？会不会是克莱蒙特的手下设的局，等埃达迈露面就杀了他？或者是埃达迈想得太多了？"他还说了什么？"

"没了，先生。只是请您出席。"

"稍等片刻。"

埃达迈走进屋子后面的花园。法耶拿着一本书，独自坐在那里。阳光从屋顶间洒下，法耶仰着头，脸庞沐浴着阳光，书搁在膝上。

"亲爱的。"埃达迈轻声说。

法耶吓了一跳。她捂着胸口，书落到地上。

"不要悄悄接近我。"她说，"有人来了？"

埃达迈捡起书还给她。"对。里卡德的信使。他要见我。"

"怎么？"

"我想让你们去诺威。"他说。

"我不去。"

"拜托，别争了。"关于她和孩子们该怎么办，他们从北方回程的路上就争执不休。她想留在城里。埃达迈却希望她离开。"你在诺威更安全。"

火药魔法师

"就像当初我在纳弗可一样安全?"她怒气冲冲地反问。

"法耶……"

"别'法耶''法耶'的,"她说,"我们就在一起。不要以任何名义送走我们。我。孩子们。我们哪儿都不去。"

埃达迈张了张嘴,试图抗议,却又不知说什么好。他知道争不过妻子,但仍很想争论一番。难道她不觉得躲在安全的地方更好吗?

埃达迈俯身亲吻她的头顶。"我去看看里卡德怎么说。"

第 35 章

在黑暗的掩护下，塔涅尔越过了亚卓和凯兹两军之间的无人区。

哪怕在光天化日之下，他认为也可以。在亚卓营地就没人注意到他，他还顺便测试了米哈利的巫术有没有效果。确实有用。但在内心深处，他并非完全相信米哈利。

他抵达时刚过午夜。凯兹营地外半里处有岗哨执勤。如果凯兹人跟亚卓军队的规矩一样，那么很多哨兵都是赋能者——他们有第三只眼，能在黑暗中视物，听见微弱的响动。塔涅尔忘了问，他能否躲过第三只眼。

还有，他走路时的动静有没有影响。

距离最近的岗哨几十码远，他停下脚步，往手背上撒了些黑火药。深深一吸，火药没了。

塔涅尔擦擦鼻子，匍匐在一处很浅的河床里。山谷里可供藏身的地方不多。本就稀少的灌木都被亚卓军砍光了，或是生火，或为搭帐篷腾地方，或者就是因为无聊。塔涅尔闻到附近有茅坑的味道。

他估算一下两个岗哨间的距离。五十步左右。他摸向中间。

一根小树枝在他脚下断裂，一个哨兵转向塔涅尔。

"口令！"哨兵用凯兹语发问。

哨兵等了片刻，手中的枪管晃了晃，然后眯起眼睛，在黑暗中观察。

"鲍威尔？"哨兵喊道，"鲍威尔！"

火药魔法师

"啊?"

最多十尺外传来一声回答。塔涅尔的心提到了嗓子眼。

"你看到那边有人吗?"

"说什么傻话?看到了我会预警的。"

"我好像听到了什么。可能是探子。"

"蠢货。如果是探子,他就知道我在这儿了。"

"哦。"第一个哨兵似乎乐了,"所以我们把他吓跑了,对吧?"

"克雷西米尔啊,你真是笨死了。好好守夜。"

塔涅尔绕过说话声传来的方位。他虽有缚印者的视力,但仍看不到黑暗中的人影。这个哨兵相当善于隐藏。

塔涅尔经过几十个岗哨,一路平安无事,最后抵达凯兹营地中央。他不清楚米哈利的隐身术何时会失效,所以在营地里潜伏时尽量压低身子。

太冷清了。亚卓营地里总有人睡不着觉。无论多晚,总有男人讲故事,女人洗衣服。火堆彻夜不熄,永远有人轻声哼唱。而凯兹营地……

帐篷呈完美的直线排布,塔涅尔一眼便可望穿。足足五分钟,他连一个人影都没看见,直到最后才发现一群凯兹卫兵。他们快步走过营地中央,举着火枪,目不斜视,看样子更像在接受惩罚,而非巡逻执勤。

塔涅尔避开几支巡逻队,前往营地后方。他的目标并不难找。

指挥帐篷大如市政建筑,由十几顶较小的帐篷组成。周围每隔一段距离都有卫兵站岗。帐篷里透出灯光,凭借缚印者的听力,塔涅尔听到了声音——但字句难辨——里面有人正在激烈地争论。

有人没睡。塔涅尔很满意。

他躲在一顶士兵帐篷后面观察正门。他没什么特别需求。只要是个熟悉凯兹营地的人就行。最好是高级军官。

没多久，争论停歇。五分钟后，军官们陆续走出帐篷。

塔涅尔目送他们离开，默默记下他们离开的方向。

一个少校。又一个少校。一个上校——不错。一位将军。更好了。

他动了动身子，准备远远跟上那位将军，结果被另一个人吸引了目光。

塔涅尔认出了对方。古特里特元帅——提尼的继任者。塔玛斯常说，古特里特是个绝对的官僚主义者，他认为伤亡不过是纸面上的数字，赢得一场无关紧要的胜利，即使牺牲一万人，他也不会受到良心的谴责。

古特里特径直朝南边走去，也就是凯兹营地的后方。一个卫兵同时离开指挥帐篷，紧紧跟上。

塔涅尔也一样。

古特里特下榻的营房是间农舍，距指挥帐篷只有几百码。陆军元帅钻了进去，卫兵则在门前站岗。

塔涅尔绕农舍一圈。两扇窗户都关死了。只有正门。

他贴着农舍墙壁，从后方摸到前面，捂住卫兵的嘴，一刀捅进肋骨之间，洞穿左肺，使其发不出声音。塔涅尔抽出刀子，又插进卫兵的心脏，然后把尸体慢慢放在地上。

"波利，"古特里特在里面喊，"进来。"

门板推开时嘎吱作响。农舍里黑糊糊的，唯一的光亮来自另一间房。

"波利，"古特里特在那间房里说，"他们没送来我要的姑娘。该死的军需官干啥啥不行。立刻把她带来。已经很晚了，半小时后我准备睡了。"

塔涅尔抓住卫兵的皮带，把尸体拖进来，关上门。

"我说了，立刻去办，小子。如果我必须……"

火药魔法师

古特里特拿着一盏提灯出来了。他是个秃头，中等身材，肩膀宽阔，目光凌厉。他脱了外套，晃着脑袋，正在气头上。但看到卫兵的尸体，他惊呆了。

塔涅尔瞬间冲到他面前，一手握着血淋淋的刀子，一手捂住古特里特的嘴，以防他尖叫。

"嘘，"塔涅尔说。"安静，不然我割开你的喉咙。"他用刀子在古特里特眼前晃晃，"听清楚了：如果你喊，我会杀了你。如果你跑，我也会杀了你。我比你快，比你壮，而且我不会犹豫。听明白了？"

古特里特被塔涅尔捂着嘴巴，只能含糊地低语。"我只懂凯兹话。"

"别对我撒谎。很多年前，我在曼豪奇的舞会上见过你，你的亚卓语说得不错。现在告诉我，听明白了吗？"

古特里特猛吸一口气。"明白。"

塔涅尔从古特里特身边走开，但眼角余光依然盯着他。他看看门外。没人发出警报。没人对卫兵脱岗产生怀疑。

"你能看见我？"

"什么？"古特里特说，"当然。"

这么说，米哈利的隐身术失效了。

古特里特慢慢瘫坐在椅子上。"你是谁？"他用亚卓语问道，"是来杀我的吗？我有钱。我能让你很富有。"

"我不要你的钱。"塔涅尔说，"只要你配合我，我不会杀你。"

塔涅尔想起父亲的评价。古特里特胆子不大，他的特长是算计。他会尽可能远离战场，只在拥有绝对兵力优势下才与敌人碰面。

"我绝不背叛祖国。"古特里特扬起下巴说道。

塔涅尔从死去的卫兵身边冲向古特里特。后者发出一声尖利的呜咽，试图缩进椅子里。"如果你不帮忙，那我马上要了你的命，眼睛都不眨一下，就像干掉柜子里的老鼠。"

又一声呜咽。

"你什么都不用背叛。"塔涅尔说,"没人会怀疑你的忠心。不过你得想个理由,解释波利为什么死了。"塔涅尔退开几步,隐约闻到一股尿骚味。他脱掉波利的靴子,然后是裤子和外套。尺寸略大,但勉强凑合。

"告诉我克雷西米尔的情况。"塔涅尔说。

古特里特不作声。

"那个神,"塔涅尔直截了当,"在你们营地。具体在哪儿?"

"他在老要塞,南边一里远。之前他在巴德维尔市长府邸,不过两天前,那边被亚卓人的巫术摧毁了。"

塔涅尔嘿嘿一笑。"亚卓人的巫术,真的吗?总参谋部相信这个说法?"

古特里特舔舔嘴唇,等于做出了回答。

"这么说他在中途堡?"

古特里特应道:"对。"

"卫兵呢?"

"是圣光卫兵。"

克雷西姆教会的精英卫兵。据塔涅尔所知,教会并没有公开参战。看来他们已准备好保护自己的神。"多少人?"

"我不知道。"

"里面还是外面?"

"都有。"

"克雷西米尔来过营地吗?"

古特里特摇摇头。"从来没有。总是我们去找他。"

"他真的戴了张面具,右眼没开洞?"

"对。"

塔涅尔用舌头舔过牙齿。有意思。

火药魔法师

"你是谁?"塔涅尔换上卫兵的裤子时,古特里特问道。

塔涅尔系紧腰带。"换掉你的裤子。一身尿骚味。别忘了外套。"

古特里特哆哆嗦嗦地换衣服。塔涅尔冷眼旁观,确保对方没机会爬出窗户。

塔涅尔看到角落里的酒柜。他找到一瓶星光威士忌,斟了一小杯,递给古特里特。

凯兹的陆军元帅饥渴地灌了两大口,弯腰咳嗽几声。塔涅尔提心吊胆,聆听着门外的动静。好在什么都没有。

"就是你,对吧?"古特里特问。

"谁?"

"燧发枪后面的眼睛。'双杀'塔涅尔。"

塔涅尔胸口发凉。好吧。米哈利听说的传闻是真的。克雷西米尔在找他。"我们走。"塔涅尔把卫兵的火枪扛在肩上。"记住——说错一句话,做错一件事,你就死定了。"

古特里特整了整外套。威士忌似乎给他壮了胆。"你要我做什么?"

塔涅尔打开门。米哈利说过,神在夜里咳血。

"帮我偷到克雷西米尔的床单。"

第 36 章

"您确定这么做明智吗,长官?"奥莱姆问,"我们离城市太近了。"

塔玛斯通过望远镜观察阿尔威辛。这座城没有城墙,零散地分布在河北岸。河水很浅,自东北方发源,蜿蜒流过北方平原。城里大多数建筑只有两三层高,顶上铺着石瓦,烟囱飘着炊烟。这是北大路和乌木堆隘道的主要交汇处——守山人把守隘道,向翻越乌木堆山进入亚卓的商队征收关税。

他估计阿尔威辛有十万人。比不上凯兹南部或德利弗海岸的大城市,但怎么说也不算小。

"不,不明智。"塔玛斯回答。

奥莱姆趴在他右边,左边则是维罗拉。其他火药魔法师在后面一间废弃的农舍里扎营。塔玛斯、奥莱姆和维罗拉匍匐在一条干涸的水渠里,观察三里外的城市。

一间废弃的农舍,距离城市咫尺之遥。情况不太对劲儿。

"我看不到任何凯兹军队的迹象。"奥莱姆说。

"那边。"维罗拉指了指,"看到乌木堆隘道从西边进城的第一个关口没?偏东方向。蓝底银纹军服。凯兹的冒牌货。"维罗拉同塔玛斯一样处于火药迷醉状态。他俩都比奥莱姆看得更远更清楚。

塔玛斯终于找到她指的地方。五十来个士兵经过露天集市摊位,指指点点,大喊大叫。他们推着几辆大车,装满了从商贩摊位上抢夺的货物。

"尼克劳斯在压榨民脂民膏，"塔玛斯说，"派人到处收税。"

塔玛斯将望远镜移向城外，对准城市与乌木堆隘道的交汇处。他眯着眼睛观察被斜阳拉长的阴影。人来人往，士兵不在少数。塔玛斯看到了木桶、推车和马匹。

"我能感知到，城里有很多火药。"维罗拉说。

"有军队驻扎。"

"比正常的多。"

塔玛斯不知道这意味着什么。也许德利弗人在这里囤积了火药，准备用于与凯兹或亚卓的战争。"有意思。"

维罗拉说："山脚下。他们好像在围攻守山人的指挥部。"

"我看到了。"塔玛斯说。

"德利弗军队到底在哪儿？"奥莱姆问。

塔玛斯继续观察阿尔威辛。这个问题他问过自己好几次。"苏拉姆国王也许在集结军队。也可能尼克劳斯攻城速度太快，消息还来不及传到他耳中。"但他觉得这不太可能。德利弗军队的迅速和高效在历史上享有盛名——哪怕他们已今不如昔。"很有可能，尼克劳斯计划在苏拉姆做出反应前就翻过山脉，然后嫁祸给亚卓军队，迫使德利弗卷入战争。"

奥莱姆说："他们占领了城市，长官。当地百姓应该识破了凯兹人的伪装。"他咬着手指甲——自从抽完最后一支香烟，他就养成了这个习惯。

"我不知道。"塔玛斯说，"尼克劳斯不是傻瓜，他也许有办法。"

"我们是不是该带军队上来？发动突然袭击？"奥莱姆问，"如果我们趁夜行动，也许能攻其不备。"

"除非他们不知道我们来了。"塔玛斯暗骂一句，"忘了吗，他们抓了加夫里尔？"没有城墙，意味着不用大炮也能拿下，但凯兹军队已经进驻。他们有充足的补给，还清楚地形。打巷战容易乱成一团。

"长官，"维罗拉说，"看城中心附近的教堂尖顶。"

塔玛斯闻言找到教堂。

"钟楼顶上。"维罗拉说。

塔玛斯倒吸一口凉气。那是一座古老的克雷西姆教堂，石砌的钟楼顶上吊着几十具尸体。有男，有女，有白皮肤的凯兹人，有黑皮肤的德利弗人，还有孩子。他的胃里翻江倒海，萨伯恩了无生气的面孔浮现在他眼前。

"天杀的尼克劳斯。"塔玛斯说。

"要不要回去，长官？"

"回去？"

"回军队。我们得想个办法，打凯兹人一个出其不意。"

塔玛斯再次观察钟楼，然后眺望全城。他的目光掠过屋顶，考虑进攻方位。他必须在夜色掩护下靠前布置军队，然后蹚水过河，尽可能在开阔地带与凯兹军队交火。

在这种情况下，即使最有利的形势——德利弗人与塔玛斯并肩作战——他们也要与凯兹人打上一周的巷战。而南边依然有三万凯兹步兵紧追不舍，他承受不起这个。

"恭喜你，奥莱姆。你晋升为上校了。"

"长官？"奥莱姆目瞪口呆。

"我需要有人回去，对第七和第九旅发号施令。他们不会听一个上尉的命令。"

"可是长官，军衔……"

"我认为可以跳过'少校'之类。"

"谢谢长官，可我觉得……"

塔玛斯抬起一只手，制止了他的异议。

"奥莱姆，我还有事要处理。首先……"塔玛斯收起望远镜，

"我要找到加夫里尔,救他出来。城里有我一个老朋友,也许帮得上忙。然后我要杀了尼克劳斯。最后,也只能等到那个时候,我们才能开战。"

奈娜坐在雅各布床边,听着他轻柔的呼吸声。男孩的胸脯缓缓起伏,脸上平静如水,让她想起绘在教堂穹顶的天使。敞开的窗外,传来马车辘辘驶过鹅卵石街面的响声。

他们离开了波在工厂区的公寓,搬进了一栋小房子。这里位于亚多佩斯特西北部的高塔利安区,是上流社会的居住地之一。波说,他有好几栋类似的"安全屋",分散在城中各处。她一度好奇他哪儿来这么多钱,然后想起他是亚卓王党成员。

有时她很容易忘记,王党尊权者以残忍和权势著称,而非无声的诙谐、挑逗的笑意和沉默的慷慨。

但他明天就要走了。他说他要南下,去救"双杀"塔涅尔。

奈娜又将孤身一人,独自保护睡在身边的小男孩。她该怎么办?去法崔思特?还是诺威?过上独身洗衣工的平静生活,对外声称雅各布是她弟弟?

可等雅各布长大,他能接受吗?他毕竟是公爵的儿子。几个月前,他极有可能继承王位,奈娜则是他的监护人和养母,甚至会被新王册封为贵族夫人。富豪们会争相向她求婚,仆人前呼后拥,翻手为云,覆手为雨。

生活将发生多大的变化……

但这一切并没有发生。

眼下她必须想清楚,等波出了城,他们该去哪儿?她突然想到,埋在城外墓地的银器可能不在了。也许被人发现并拿走了,如果真是这样,她该怎么办?虽然她不愿意这么想。

她听到大门开了又关,心跳随之加速,然后提醒自己,波还在保护他们——至少还有一天时间——何况维塔斯大人不会再伤害他们了。

波轻手轻脚地进了房间。他知道,雅各布晚上八点就上床睡觉了。他招手示意奈娜去厨房。

"小家伙能一个人待上几个小时吗?"等她关上雅各布的房门,波问道。他显得急不可耐,两眼放光,似乎特别兴奋。

波想带她去某个地方。会是哪儿呢?她感觉脸颊微微发热。"嗯,他睡着了。如果醒来,发现房里没人,他可能会害怕。"

"他识字吗?"

"一点点。"

"好。给他写张纸条。我需要你帮忙。几个小时后就回来。"

"我可以喊醒他,带他一起去。"

"还是不要带他为好。"波说。

奈娜感觉脸颊滚烫。

"不是那种事。"波坏坏地一笑。

奈娜的脸烧得更厉害了。她内心深处是不是隐隐有些失望?

她突然很想知道,波多大了。他总是自信满满,但身为王党成员,年纪应该不轻了,不过他看上去也就二十出头。

"快点儿。"波说。

她给雅各布留了张纸条,用厨房餐桌上的一杯水压住,然后跟着波上了马车。他敲敲车顶,马车出发了。

"等我走了,你有什么打算?"马车在街上颠簸行进,波问她。

奈娜目光低垂。她曾希望波能多待一阵子。"还没想好。"

"我想,你没多少钱吧。"波说。

"有一点点。塔玛斯的士兵去艾尔达明西家那晚,我拿了些银器埋在城外。但愿还在。"

"万一不在了呢?"

奈娜咽了口口水。"我不知道。"

二人沉默了好一阵子。"我走时,会给你们留下几百卡纳。"波说。

几百卡纳够她和雅各布去诺威了,或在客店里住上一周。

"谢谢。"奈娜不知该说什么,"这对我们开始新生活有帮助。"

"有帮助?足以改变你们的生活了。"

奈娜冲波皱着眉头,一脸茫然。

"几十万呢?"

"几十万……"奈娜大吃一惊。若有几十万卡纳,她和雅各布就可以衣食无忧地度过下半生了。"可,为什么你……"

波不以为意地挥挥手。奈娜扭头望向窗外,不想让波看到她眼眶里充盈的泪水。

"还有房子,"波说,"我们现在住的那栋。如果你决定留在亚卓,房子就归你了。我已经转到你名下了。"

她不由自主地盯着波。他到底是谁?为什么这么做?他是王党尊权者——九国最强大的人物。这种人从不关心孤儿和落寞的洗衣女。

"为什么?"她问。

波耸耸肩。过了许久,奈娜终于明白,她得不到真正的答案。她擦干眼角的泪水,深吸一口气,慢慢吐出来。

"谢谢你。"她说。

波盯着脚下,似乎不大舒服,仿佛他不配得到别人的感谢。他又耸耸肩。

"我们去哪儿?"奈娜问。

"我小时候,"波似乎巴不得换个话题。他撩起窗帘,望着逐渐暗淡的天空。"塔玛斯元帅把我从街上带回家。他不希望塔涅尔跟一个没教养的街头无赖厮混。他给我地方睡觉,请老师教我和塔涅尔。"

奈娜回想起睡梦中的塔玛斯元帅，那个弑君者，带给亚卓那么多痛苦，当时她想一刀杀了他，结果却被奥莱姆上尉拦下。"他人挺好啊。"她说。

"我讨厌那些该死的老师。我痛恨读书写字，但塔玛斯说，我必须练字。于是我照办了。我趁他睡觉时，抄下了他所有的信件，无论新旧。塔玛斯把信件装在一个保险柜里，但我能轻松开锁。"

奈娜忍不住笑了。

波也笑了。"我留下了所有抄本，以防万一。我习惯凡事提前做好准备，可能跟我过去流落街头的经历有关。总之，塔玛斯年轻时写过一封信，提到为了反腐，应该把贵族赶出军队。看起来有不少贵族，他们用公款采购补给，转卖到别处，中饱私囊。"

"可这跟我有什么关系呢？"奈娜问。之前波曾详细说过，上周他在寻找总参谋部非法牟利的证据，好帮被军事法庭审判的"双杀"塔涅尔脱罪。奈娜也愿意帮忙，但又担心谁来照料雅各布呢。

"塔玛斯在信中特别提到一个名字。艾尔达明西公爵。"

奈娜猛吸一口气。

"我们去艾尔达明西公爵的府邸，"波说，"或者说，遗址。"

自从那晚，一群士兵闯进来抓走了艾尔达明西公爵夫妇，奈娜差点被强奸，然后带着雅各布逃进黎明前的黑暗，她就再没回过艾尔达明西府邸。"我……不知道怎么帮你。"

"哦，希望你能帮上。"波说，"自从塔涅尔上了军事法庭，我再没收到南边的消息。最好的情况是他坐牢了，最坏是他死了。我需要证据，指控审判他的总参谋部，不然我只能亲自到场，为了救他大开杀戒。"波面色阴沉地盯着赤裸的双手，"我不想这么做。太麻烦了。"

一个钟头后，他们到了府邸。夕阳西沉，街上阴森森的。一排排深宅大院犹如黑暗中的鬼影。不到半年前，这条街灯火通明，住着几

火药魔法师

十户贵族和数百个仆从。如今却窗口阴暗,庭院冷落。看到艾尔达明西府邸,奈娜的后背陡生一股寒意。虽然黑灯瞎火,她仍能看出大火吞噬了部分屋顶,塌了一根烟囱。

"你没事吧?"波拍拍奈娜的肩膀,戴上尊权者手套。

奈娜清了清嗓子。"没事。"

他递来一盏提灯,自己也提起一盏。一个响指,提灯亮了。

"谢谢。"奈娜说。灯光照亮了车道,庭院的阴影更加深重,但她多少有些安心了。"这边。"

她领着波,沿着车道进了正门。大厅早被洗劫一空。绘画和雕像要么失踪,要么惨遭破坏。吊灯砸在地板上,装饰用的宝石一个不剩。有人在墙上涂鸦,字迹难辨,十有八九用的是排泄物。房间里充斥着农场般的味道。

"我们要找什么?"她问。

"保险箱,"波说,"艾尔达明西可能用来存放信件和账簿。"

奈娜举起提灯,走向楼梯。"应该没了。所有值钱东西都被抢走了。"

"我只能试试。"

其他房间的情况与大厅差不多。家具要么碎裂,要么没了,值钱的都被抢走。墙上满是乱涂乱画。奈娜不禁悲从中来。这里原本富丽堂皇,充满欢声笑语。雅各布曾在厅堂间奔跑,手持木枪,与仆人追逐嬉戏。幸好波没把他带来。

公爵的办公室位于二楼东南角,她一进去就知道,这次只能白跑了。房间里焦痕遍布,少了部分地板和外墙。有人试图用火药炸开保险箱。看来他们耗费了不少火药。就连公爵的桌子都炸成了碎片。

她指着扭曲变形的铁块,它离保险箱曾经安放的位置有十几步远。

"这就是,"她说,"公爵的保险箱。"

波蹲下来仔细检查。保险箱里存放的东西在爆炸中毁掉,或者被人偷走了。他一脚踢向铁块,然后痛骂一声,用力抓住脚趾,单脚蹦着绕圈。"该死,该死,该死!"波脚步踉跄,跌向地板上的一个大洞,差点掉进去。奈娜下意识地抓住他的外衣后摆,把他拽了回来。

他恼怒地叹了口气。"我调查了十天,这是最有价值的线索了。"他跌坐在地上,盘起双腿,"真没有别的东西了?"

"我只是个洗衣工。"奈娜说,"这间办公室我只来过一两次。而且我一直要想办法,避开艾尔达明西的骚扰。"

波一拳砸在地板上。"见鬼!"

"你不能直接南下……"她比画个手势。

"然后呢?用魔法把塔涅尔弄出牢房?没那么简单。"

奈娜坐在波身旁。

"如果没有证据证明总参谋部有罪,我就只能使用巫术了。"波说,"好吧,我可以从行贿开始。这可能有用,但也靠不住。有人可能收了钱,回头却把你供了出来,而不是帮你。如果行贿不管用,我就只能杀人了。我不喜欢杀人,虽说有些人认为,王党生性残忍。我更不想杀亚卓士兵。塔涅尔不会原谅我的。"

波盯着地板,脸上的愤怒夹杂着悲伤。

"等等!"奈娜突然站起身。

"怎么?"

"有一次我来时,发现艾尔达明西大人跪在火炉前。"

"那有什么。"波有些不耐烦。

"不。艾尔达明西一向只坐在火炉边。他有把大椅子。"奈娜绕过地板上的洞,凑近壁炉,"就在这儿。他从不亲自添柴,而是喊仆人。所以我见他跪在这儿,感觉很奇怪。"

波也站了起来。"你觉得有个上锁的箱子?藏在石板底下?"

"也许吧。"奈娜说。应该是"必须"。这是波仅有的希望,奈娜

火药魔法师

突然很想帮他找到答案。她跪在壁炉前，用手指在缝隙间摸索，寻找隐藏的开关，或者能移动石板的凹槽。可是，没有。

"让一下。"波扯了扯尊权者手套，举起双手。奈娜慌忙避开。石板突然破裂，碎石飞到一旁——每块都很大，奈娜根本搬不动。波低头微笑。石板下有个带锁的小盒子，之前的爆炸损毁了保险箱，对它却没什么影响。她拉着两边的绑带，将它提了出来。

波打个响指，"咔"的一声，锁头坏了，盖子随之弹开。里面装着几本皮革包边的册子，大小形似袖珍账本。奈娜觉得，他们应该找到了。

波打开一本，飞快地浏览着，笑容愈发灿烂。"没错，"他说，"就是这个。"他把册子放回盒子，闭上眼睛，两手平放在盖子上，想在祈祷什么。

奈娜突然闪过一个念头。"波。"她说。

"嗯？"他没睁眼。

"等他们发现了你的身份，会不会逮捕你？"

"很有可能。"

"如果你用巫术营救塔涅尔，他们会杀了你吗？"

波睁开眼睛。"肯定会的。我去去就回。"他匆忙离开房间，好像刚刚想起厨房里还烧着开水。

奈娜听到他的脚步声穿过走廊，下了楼梯。他的靴子踩在外面的碎石车道上嘎吱作响。

现在只剩她一人，身处曾经被她当作家的大宅子。她拿起提灯，在公爵的办公室里慢慢转了一圈。时间一分一秒过去，奈娜不禁好奇，波去哪儿了？他丢下自己不管了吗？

不会。她发现带锁的小盒子还在地上，波的尊权者手套搁在一边。

她在盒子前坐下，掀开盖子，取出一本册子仔细翻看。每一页上都有公爵的字迹。应该是日记,接着是一行行数字。偶尔出现一个名字,底下画了线。可她看不懂。

她把册子放回去。第二本差不多,第三本也一样。波必须整理过后,才能找到所需的内容,但他看起来很高兴。奈娜拿起他的手套。真奇怪,他居然没带走它们。

奈娜侧耳倾听府邸里或车道上有没有他的脚步声。没有。

她借着烛光端详手套。根据符文边上一块咖啡污迹判断,是她亲手补过的一双。她突然心血来潮,戴上了手套。

她做好了心理准备。或许她会感到疼痛。她听人讲过尊权者的故事,说他们在所有私人物品上都施加了保护,让外人无法使用。但她戴上手套时没什么反应。于是她连左手也戴上了。

对她来说,手套有些过大。当时波为何急切地想让她戴上呢?她年幼时在孤儿院见过巫探,但不记得戴过尊权者手套。

奈娜远远地伸直手臂,扭开头,闭上眼,打了个响指。

再来一次。还是什么都没有。

"我真以为会有什么效果呢。"

奈娜吓得魂飞魄散。她扯下手套,甩在地上。

波在门口看着她。

"什么?"奈娜站起身,"你以为有什么效果?"

波慢悠悠地走进来。他上楼时怎么一点声音都没有?"你在他方没有光辉。"波说,"不过嘛,没发掘过潜力的人大多都没有。我觉得你不是普通人。你可能有天赋,甚至巫力。我等了将近两周,你终于戴上了尊权者手套。"

奈娜捋了捋衣服前襟,扬起下巴。耍我!"好了,我不是尊权者。"她说,"这下你不用惦记了。"

波飞快地走过屋子。她退了半步,突然挨了一记耳光,脸颊生疼。

火药魔法师

她不禁怒火中烧。他竟然扇她耳光!无缘无故!她挥起拳头。

"等等!"波说。

不知为何,奈娜停下了动作。

"瞧。"

奈娜望向自己的手——它握成拳头,准备把波打成肉酱。拳头上裹着蓝色的火焰。她的脸感觉到了火焰的热度,手上却毫无知觉。她大叫一声,跳到一旁,不断甩手,直到火焰熄灭。发生了什么?她怎么做到的?

"抱歉,我扇了你。"波的眼神充满愉悦,同时也有几分警惕,"我需要调动你的情绪。"

"你可以亲我啊。"奈娜厉声反驳道。

"哦?下次我会记得的。"波挠着下巴,"看起来,年轻的女士,你是尊权者。你能触碰到他方。还有——这一点非常有趣——你刚才没戴手套。"

第 37 章

塔玛斯和维罗拉借着夜色掩护，潜入阿尔威辛。

过河并不费力——虽然脚下打滑，而且河水来自山上，冷得像诺威结霜的脚趾——最深处也淹不过大腿。

他们经过一间间磨坊，来到住宅区。塔玛斯还是头一次发现，半夜三更的街道竟然如此寂静。除了凯兹巡逻队偶尔踏过鹅卵石路面的脚步声，以及零星的犬吠，其他什么声音都没有。倘若闭上眼睛，他会以为自己还在高地。城里只有巡逻队。他甚至听不到朝窗外倒夜壶的熟悉声响。

尼克劳斯实施了军事管制，从悬挂在城中央钟楼顶上的尸体来看，违规的处罚极其严厉。

塔玛斯注意到了维罗拉说的火药。数量很多，分散在城中各处，并非只在弹药库里储存。这些火药供给二十个旅都绰绰有余——但这很可疑，因为周围根本没有德利弗士兵，也超过了凯兹军队的运载能力。

经过集市区时，不远处突然传来叫喊声。塔玛斯止步聆听，很快，枪声划破夜空。

塔玛斯示意维罗拉跟上，两人朝声音跑去。中间不超过两三条街。他爬上附近一栋集市建筑，悄悄靠到墙边。

底下的街道成了战场。

尸体横七竖八躺在地上，形成一摊摊血泊，黑暗中看不清细节。

火药魔法师

塔玛斯根据经验判断，是德利弗人设伏袭击了凯兹巡逻队。第一波射击卓有成效，干翻了半数敌人。但残余的凯兹人与德利弗游击队展开了恶战，双方端着上刺刀的火枪，短兵交接。

塔玛斯拔出手枪。

"不关我们的事。"维罗拉急切地在他耳边低语。

他犹豫片刻，眼看着凯兹人杀掉了游击队员，幸存的德利弗人借着夜色逃窜。巡逻队收殓己方死者，俘虏了受伤的游击队员。

塔玛斯调头翻下屋顶，回到街上。等远离现场，他说："一次有组织的反抗。他们想夺回城市。"

维罗拉鼻孔翕动，耳朵竖起，缓缓点点头，目光在夜色中逡巡。与塔玛斯一样，她也处于火药迷醉状态，能耳听六路，眼观八方——好尽可能摸清城市的现状。

"但力量如何呢？"她问，"我们想在一天内解放城市。而不是帮助一小撮游击队员。"

她说得当然没错。塔玛斯的目光需要放得长远些。今晚他有别的目的，而且必须成功。

两人出了集市区，经过一片房屋密集的小型居民区，来到城里的富人区。一路上，他们又有两次遇见德利弗游击队与冒充亚卓士兵的凯兹人作战。住宅的间距越来越大，大多建有花园和高墙，街道宽敞，可供六驾马车并排通行。塔玛斯终于搞清方位了。

海洛娜的家就在这些住宅当中。

塔玛斯突然听到一个男人大喊。接着有人大叫，然后枪响了。喧闹声越来越大，从他们身后的街道传来。塔玛斯东张西望，寻找藏身之处，但周围只有空旷的大街和高墙内的庭院。

"快。"塔玛斯单膝跪下，托起双手，朝身边的高墙一歪头。维罗拉单脚踩上他的手，借势一跃，翻上砖墙。她伸下一只手，可惜塔玛斯跳起来也够不着。他回头望去。

一小群德利弗人在街角现身，一共八个——不，九个。他们大多一瘸一拐，不顾一切地逃跑，身穿厚厚的大衣，戴着宽檐帽挡住面孔。其中一人停下脚步，举枪朝街角另一边射击。对方开枪还击，他立刻跳到后面。

塔玛斯蹲在地上，收拢双腿，把脸埋进外衣和帽子里。他找不到藏身之处。最好他们能把他当成醉鬼或流浪汉。

他在帽檐底下偷偷观察。街对面的德利弗人不断回头张望。

很快，让他们恐惧的对象出现了。一个男人猫着腰，绕过他们身后的街角，端起火枪瞄准，扣动扳机。他穿着亚卓军队的蓝色军服——但并非亚卓人。随后出现的人也一样。他们跑到街上，利用街边粗壮的树木做掩护，朝德利弗人撤退的方向胡乱开枪。

一个德利弗人打个趔趄，跌倒在地。同伴们来救他，他连连摆手，大声咒骂。

塔玛斯不禁握住剑柄，心跳开始加速。他能坐视这场屠杀不管吗？

德利弗人的数量只有敌人的一半，而且大多挂彩。不管他们想撤到哪儿，眼下都没有机会了。

街道两边橡树林立，一个凯兹士兵从树后冲出，距他不过十来尺，但好像没注意到缩成一团的塔玛斯。他停下来给火枪装弹，忙着清理枪管、填装火药。塔玛斯紧紧握住剑柄，以致指节酸痛。他处于火药迷醉状态，听到墙顶上的维罗拉低声说道："不关我们的事。"

塔玛斯的剑从侧面插进凯兹士兵的喉咙，正中食道和颈椎之间。对方来不及咯血就倒在地上。塔玛斯刚才大跨十几步过街，两腿极度充血，几乎察觉不到右腿的疼痛。

一个士兵转身面对他。塔玛斯剑锋上挑，割开对方的面门，然后顺势一抢，砍进另一个士兵的肋骨。

这时所有人都注意到他了。街上响起慌张的叫喊。

火药魔法师

一切都成了慢动作。塔玛斯察觉到，一把手枪的火药被引燃，冲击力顺着枪管传递。就在开火前的一瞬间，塔玛斯释放感知力，吸收爆炸的能量，将其施加到剑上，干净利落地砍掉一颗人头。

一个士兵——是女的——刚刚拔剑，眼睛就中了一颗子弹，砰然倒地。塔玛斯知道是维罗拉暗中相助，立刻转向下一个目标。一个穿银领的上尉朝塔玛斯冲来，手中扬起短剑。

塔玛斯跨出两步，快如流星，对方收势不及，被一剑穿心。塔玛斯继续对付下一个凯兹士兵，结果……

没人了。街上再无威胁。唯一的声音来自伤者和垂死之人的呻吟，以及塔玛斯自己的喘息。他的心脏在胸膛里咚咚直跳，犹如战鼓敲响。他捏碎一个火药包，撒在舌头上。心跳逐渐平缓。

德利弗人还在撤退。有人甚至朝塔玛斯举枪开火。子弹在塔玛斯脚边不远处弹开，让他的心脏停跳了一拍。隔着五十步远，他能听到一个德利弗人响亮的咒骂，那人扔了手枪，抓着另一个人的肩膀，指向塔玛斯。

塔玛斯站在凯兹人的尸体中间。一群人停下脚步，全都盯着他。

塔玛斯也看着他们。黑暗之中，他们能看清他的模样吗？

无论如何，他不能再耽搁了。他还有任务需要完成。海莉[①]的宅子就在街道那头。不幸的是，德利弗人挡在他和宅子中间。

他又望向街对面。维罗拉的头在墙顶上依稀可见。他估算一下高度。

塔玛斯急速冲刺。一个德利弗人大喊着让他停下。

他一脚蹬在墙上两尺高的位置。靴子与砖墙间的摩擦力正好能送他上去，他拼尽全力，飞身一跃。攀上墙顶的同时，胳膊也被维罗拉抓住。他撑着身体翻了过去，重重地落在庭院间。

[①]海洛娜的昵称。

塔玛斯打了个滚儿，翻身躺平，希望没摔断肋骨。他深吸一口气。疼，但能忍住。

"您还好吧？"维罗拉伏在他身边问道。

"越来越老了，不适合这么打架了。"他爬起来，摸着剑柄，"但感觉不错。相当不错。我就需要痛痛快快打上一场。"他顿了顿，发现维罗拉神色怪异，"怎么了？"

"我知道塔涅尔为何能做到了。"她停下来，隔了一会儿，继续说道，"在我见过的人中，只有您的速度跟他一样快。别的火药魔法师都做不到。我们比普通人更快、更强，但您和塔涅尔……强得离谱。"

塔玛斯的心脏在胸膛间剧烈跳动。他不是越来越老。他已经老了。

他们穿过庭院，走了一百码后又翻过一堵高墙。那些德利弗人还在街上，此时已经位于塔玛斯身后。他们翻看死者，杀掉受伤的凯兹士兵。塔玛斯和维罗拉远远地过街，没人发现他们。

他们沿同一条街道前行，拐了两个弯，终于到了海洛娜的宅子。

宅邸外观宏伟，有条铺满沙石的短车道，草坪修建整齐，砖墙上的窗户分布均匀。高高的屋顶坡面陡峭，至少竖着十几根烟囱。

窗户漆黑，车道上的路灯也没点亮。塔玛斯越过草坪，绕到宅邸背面。他经过仆人的住处——可能有人还没睡——找到通往瞭望台的门廊。

瞭望台曾经属于海洛娜的丈夫，早在二十年前，他就去世了。塔玛斯上次拜访时，这里成了海洛娜的书房。他在玻璃门前停下脚步，一个念头突然闪过脑海。

不知道她还住不住在这里。

塔玛斯努力回忆，萨伯恩有没有提到海洛娜卖了城里的宅子。好像没有。每次话题涉及到他姐姐，他都沉默不语。

火药魔法师

沉默是金。

塔玛斯用肩膀顶开门板,巨大的响声令他心里一惊。他停下来,等待脚步声或某个仆人慌张的叫喊。

什么都没有。

他进了门。很快,维罗拉也跟了进来。

书房的布置跟他上次来时迥然不同。没有望远镜。桌子也换了。一个巨大的地球仪搁在角落的架子上。

塔玛斯突然一阵恐慌。万一她不在了呢?塔玛斯在城里只认识她。他该如何寻找加夫里尔呢?

"这里,"塔玛斯低声说,"也许不是她家了。"

维罗拉碰碰他的胳膊。"那是她吗?"

壁炉架上挂着一幅画。塔玛斯不认识画中的德利弗男人——他一身戎装,剃着光头,身后站着海洛娜。

塔玛斯轻轻呼出一口气。没来错。

"我得去喊醒她。"塔玛斯说。虽然他并不愿意这么做。不请自来,大半夜闯进她的卧室,可算不上什么老友重逢的好戏码。

尤其她又结婚了。

维罗拉冲他"嘘"了一声。她站在窗边,手指搭着窗帘。

他来到窗前。外面有不少人,径直走向瞭望台的门廊。塔玛斯眨眨眼。正是他从凯兹人手中救下的那群人。她丈夫也在其中吗?

"躲起来!"

塔玛斯冲向邻近的门,钻进去将其关上,但留下一道缝隙,好观察周围。这是个宽敞的壁橱。维罗拉却没怎么动,只藏在厚重的窗帘后面。塔玛斯轻声骂了一句。他俩没法在不惊动主人的情况下脱身了。

塔玛斯透过门缝观察房间,听到外面有人低声交谈,但听不清内容。玻璃门开了,一群人鱼贯而入。

大多数人受了伤,有的轻,有的重,还有两个是被抬进来的。塔玛斯闻到火药和鲜血的味道——不过话说回来,也有可能是他身上的。

"点灯。"一个女人说,"鲁佩尔,带他们去客厅。找毛巾。生火。我们需要热水。"

塔玛斯记得这个声音。哪怕过去十五年,他依然记得,并为此惊讶不已。

是海洛娜。

房门开了又关,纷乱的脚步声奔向宅邸各处。还有伤员被转移时的呻吟和咒骂。

一个男人说话了,似乎在黑暗中摸索着什么。"他们迟早会找上门来。"

"我知道。"海洛娜的语气充满痛苦。

一盏灯亮起,房间里顿时充斥了光与影。塔玛斯眨着眼睛,适应光线。透过门缝,他看到一个德利弗人,乌黑的马尾辫搭在肩头,突然挥起胳膊,扫过桌面,把羊皮纸、砝码和一小摞钱币统统扫到地上。

"一定有人出卖了我们!"他说,"我要查清楚,然后亲手杀了他们。"

"冷静,德马索林。"海洛娜说。

"我没法冷静!全完了。他们做好准备等着我们。你我都看到了。该死的亚卓人!伊蒂尔刚踏进那个房间,眼窝就中弹了!十几个火枪兵藏在阴影里。有人背叛了我们。"

"他们不是'该死的亚卓人'。"但海洛娜的语气并不确定,"你也听见了,他们说的是凯兹语。"

"那是他们耍诈!两个旅的士兵都穿着亚卓的蓝色军服!你觉得凯兹大军派两个旅从巴德维尔过来,我们会毫不知情?我们的探子没

火药魔法师

那么差劲儿。"

"那我们在亚卓的探子呢?"

"我们安插在亚卓的探子太少了!我们当他们是盟友。"

"塔玛斯绝不会……"

德马索林转身面对海洛娜。"别维护他了!你也知道,那该死的屠夫什么都干得出来。"

"萨伯恩呢?"海洛娜斩钉截铁,"你以为萨伯恩会同意他攻打德利弗?"

塔玛斯胸口憋闷。哦,见鬼。她还不知道萨伯恩死了。他派人送过信,但想必没能送到。他紧闭双眼,试图恢复正常的呼吸。

"你父母跟他断绝关系是有道理的。"德马索林说。

塔玛斯听到"啪"的一声,异常响亮。德马索林捂着脸颊,踉跄后退,进入他的视野。海洛娜也冲了过来。塔玛斯终于有机会看清了。

她还不算老,不过脸上有了皱纹,头发夹杂灰丝,眼角爬满鱼尾纹,泪水在通红的眼眶里打转。她咬着牙,随时准备再扇他一巴掌。

"再说我弟弟一句试试。"她轻声说,语气充满挑衅的味道。

德马索林挺直肩膀。"你敢打国王的公爵?"

公爵?难怪他管塔玛斯叫屠夫。九国上下的贵族都对塔玛斯又恨又怕,包括所谓的盟友。这也是塔玛斯想要的。

海洛娜正要说话,德马索林却抬手制止住她。他嗅着空气,目光突然扫过房间。

"有人。"他低声说。

塔玛斯能看到维罗拉的藏身处。窗帘微微飘动。塔玛斯手握剑柄,平静地长吸一口气,一手按着壁橱门,随时准备推门出来。

德马索林拔出佩剑,绕着房间转圈,一边嗅着空气,一边四下搜寻。塔玛斯强行放松下来,睁开第三只眼。德马索林在他方散发着微弱的光芒。

他有天赋。

德马索林经过维罗拉的藏身处,突然转身,大喊一声,一剑刺进窗帘。

塔玛斯差点叫出声。

什么动静都没有。德马索林拉开窗帘。

"只有敞开的窗户。"海洛娜说,"你没事吧?"

"那儿!"德马索林瞪着黑夜,"有人跑了!"他手持佩剑冲出门外,消失在夜幕中。

房里只剩海洛娜一人。她跑到门口,目送德马索林远去。过了会儿,她回来了,疲惫地跌坐在长椅上。

恐惧攫住了塔玛斯的肠胃,他的心跳重如响鼓。他停顿片刻,鼓起勇气。杀向整整一个旅的凯兹士兵都没这么艰难。

他松开剑柄,推开壁橱门。

"你好,海莉。"他说。

埃达迈抵达荣耀劳力工会总部时,里卡德还没到。事实上,除了门卫和酒保,这里没别人了。酒保从冷藏木桶里斟了杯哥拉啤酒,递给埃达迈,请他在候客室等待。

埃达迈却自顾自进了里卡德的书房。

他等了将近三个小时。随着天色渐暗,夜幕笼罩了亚德海,他越来越紧张。听到候客室的大门轰然打开,他惊得跳了起来。

埃达迈来到里卡德办公室门前,用脚尖推开一道门缝。透过门缝,他看到里卡德大步穿过候客室,将大衣愤怒地甩在地上。工会老板稀疏的头发根根直立,白衬衫浸透汗水。"给我倒酒!"他大声喊道。菲尔和五六个助手紧随其后。

火药魔法师

没有克莱蒙特爪牙的迹象。埃达迈走出里卡德的办公室，对先前的疑虑颇有些窘迫。

里卡德大步走过他身边，进了办公室，一屁股坐在椅子上。

"我们完了，埃达迈。"他说。

埃达迈没问自己为何空等了三个小时，而是问："为什么？"

"布鲁达尼亚-哥拉贸易公司来侵略我们的国家了。"

"你发现了什么？"埃达迈问。

门卫给里卡德送来一瓶黑威士忌和一只杯子。里卡德把杯子扔进壁炉，摔成一堆晶亮的碎片，然后抓起酒瓶，拔出瓶塞，几大口就灌下去四分之一。

埃达迈从他手里夺下酒瓶。"你喝得烂醉对谁都没好处。"

"你不知道，"里卡德说，"克莱蒙特来了，他全都带来了。"埃达迈发现，里卡德的眼神里不光是愤怒和慌张——他在害怕。埃达迈从未见过老朋友这样。他眼里充满真正的恐惧。

"布鲁达尼亚入侵了？"埃达迈问。

"我知道才怪。一枪都没开。我去船闸质问时，甚至没人来阻止我。克莱蒙特贿赂了运河上每一个工会成员，然后带着舰队开进来。就这么简单。他们明天就到这里了。"

"明天？"埃达迈面无血色，"怎么这么快？"

里卡德指着窗外，尽管那不是运河的方向。"我们修运河是为快点翻山，运送货物。现在运河能容纳克莱蒙特商船的吃水，而且亚德河整个下游都变深了。工会还在五年间更换了亚德河上的每一座桥，结果却被克莱蒙特占了便宜。现在没人能阻止他了。"

"肯定有办法。"

"我回来后每分每秒都在想办法。我浪费了一个钟头找铁匠谈话，看能不能以最快的速度，锻造一条巨型铁链阻止他，可惜做不到。"

里卡德活像一个溺水者，却够不着救命的绳子。他面红耳赤，埃达迈注意到,他有一边裤腿破了。

"你在流血。"埃达迈说。

里卡德低头看了看,叹息一声,却完全没有止血的打算。

菲尔进了房间。她的头发梳到脑后,制服干净整洁,浑身上下一丝不苟。

"他在流血。"埃达迈对她说。

她跪到里卡德身边,撕开裤腿,包扎伤口。

"怎么样?"里卡德问她。

"还在查。"

"必须组织力量抵抗。"埃达迈说。

里卡德打个嗝,伸手去够威士忌酒瓶。"没时间了。"

"城里有警察。"埃达迈移开酒瓶,让里卡德扑了个空,"还有些士兵。发动民众。你有报纸,先宣传起来。"

"有民兵。"里卡德坐直身子,像狗一样竖起耳朵。

"对啊。"埃达迈心跳加速,"都城不缺防卫力量。城里有一百万居民。利用报纸散播消息。还记得那天吗?塔玛斯把曼豪奇的脑袋装进篮子里,选举广场上人山人海。有决心。有人力。民众愿意挺身而出,保卫自己的家园。"

里卡德一跃而起,撞得菲尔一屁股坐在地上。"菲尔,"他扶她起来,"拟封信,通知各家报纸,明早的头版头条归我了。告诉他们,日出时,亚多佩斯特每家每户都要收到报纸。我要报社通宵加班!召集各大分会的头儿。我要所有人都参与进来。我们做得到。我们要保卫都城!"

埃达迈的脸上洋溢着笑意。这才是他认识的里卡德。

里卡德抓起他的手。"埃达迈,谢谢。我就知道你有一手。不管我付你多少,翻倍。"

"你别……"埃达迈刚开口,里卡德就冲出了办公室。埃达迈愣了半晌，不知所措。里卡德冲一帮仆人和助手大喊大叫，犹如发号施令的前线指挥官。他现在情绪高涨，也许得等他组织起都城防卫力量才会恢复正常。

办公室突然冷清下来，埃达迈到处找杯子，想喝点威士忌。但他最终也没找到，索性对着酒瓶抿了一口。

"先生。"菲尔打破沉默。

"嗯？"

她双手背在身后，扬起下巴。"我一直没道歉，先生。现在我想向你道歉。"

"道什么歉？"埃达迈的火又升了起来。他知道原因：菲尔差点害死他妻子，因为她没能如约控制住维塔斯。

"是维塔斯，"她说，"他打败了我。我应该多带些人手。"

埃达迈强压怒火，竭力恢复冷静。又灌下一大口威士忌果然有用。"他很厉害，打败了我好多次。"说着说着，他内心深处生出些异样感，不由皱起眉头。

"先生？"见他沉默不语，菲尔问道。

他抬手示意对方安静。他需要思考。维塔斯打败自己很多次，充分证明他是天才的阴谋家，毫无同情心，杀人不眨眼。

"他死了？"埃达迈问。

"维塔斯？对。两周前死了。波处理了尸体。"

"波呢？"

"消失了。"菲尔说，"里卡德给他提供了一份工作，但他没接受。"

埃达迈捋平衣襟。当时他向波提起，他对维塔斯有些保留意见。也许维塔斯没交代全部真相，甚至误导了他们。他甚至可能……

"该死！"埃达迈说，"维塔斯。他什么都知道。最后一次，他依然打败了我们。即使波也没能撬开他的嘴巴。"

"你怎么知道?"菲尔问。

"在码头,"埃达迈摇摇头。她没听懂。"我问维塔斯怎么追回我儿子,他叫我去找卖了约瑟普的奴隶贩子。他告诉我去问谁,用什么口令。但他给了我错误的口令!奴隶贩子袭击了我。我勉强逃命,现在回想起来,我对找回约瑟普太过执着了。"

埃达迈无力地靠着墙壁。现在他什么都做不了了。维塔斯死了。无从清算,无从对质。埃达迈原以为,面对克莱蒙特,他们还有一点优势,结果现在也没了——克莱蒙特的舰队越过乌木堆山脉,足以说明一切。

"你从维塔斯那儿得到了什么信息?"埃达迈问。

菲尔眉头紧锁。"报告。他主人的计划。"

"什么计划?"

"竞选首相的计划。关于城市的改革纲领。"

"全是垃圾。"埃达迈说。

"但也有些价值。我们找到了另外几处巢穴。他布置在城内的爪牙。"

"他让我们以为自己占了上风。其实没有。我们从维塔斯口中获知的一切都不可信。"

埃达迈从门边的衣帽钩上取下帽子,拿起手杖。他感到疲惫不堪。

"你要做什么?"菲尔问。

他们唯一的希望是里卡德有能力发动民众。否则,都城明晚便会落到克莱蒙特手中。

"回家。回我妻子身边。明天早上,北门见。"

第 38 章

中途堡是座历史悠久的古建筑，形制极其浮夸，不求易守难攻，但求壮丽恢弘。围墙高耸却极易攀爬，通道多得无从守卫，但又布满防御工事。要塞俯瞰亚德荡河，凌驾于大道之上，在农民眼中或许称得上气势雄伟。

但在久经沙场的人看来，无疑是个笑话。

要塞大概建于三百年前，设计者是位自诩建筑师的少年国王。塔涅尔觉得，疯神住在这里再合适不过。

凯兹军营中间有棵孤零零但枝繁叶茂的橡树，塔涅尔躲在树下的阴影里，观察着要塞。他听到不远处，有个步兵在轻轻地打鼾。除此以外，夜晚静谧无声。

严格地说，他还能听见古特里特元帅恐惧而颤抖的呼吸声。凯兹人趴在他身边，心不在焉地拨弄着衣领，尿骚味隐约可闻。塔涅尔用眼角余光留意着他。做错一个动作，闹出一点动静，塔涅尔就死定了。

当然，他必须确保古特里特始终跟在身边。

"仆人从哪个入口进去？"塔涅尔低声问。

"我不知道。"

塔涅尔抽出腰间的匕首。

"我，呃，我觉得在那边。右边。"

塔涅尔把刀子收回鞘中。"有守卫吗？"

古特里特看着塔涅尔，使劲咽着口水，似乎不敢说不知道。

眼角掠过一道光芒，吸引了塔涅尔的注意。他伏得更低些，仔细观察要塞。就在那儿。他看到一扇拱形窗户里有光芒闪动。

古特里特也看见了。他缩到后面，贴着背后的巨型橡树。塔涅尔一把揪住古特里特的衣服，免得他继续后退。

"克雷西米尔的房间在哪儿？"塔涅尔问。

"那边。"古特里特的嗓音嘶哑而干涩，伸手指了指，"那边的塔楼，就在亮光上面。"

突如其来的哀鸣划破夜空。一开始是低声恸哭，继而变成尖利的哀号。伴着一声闷响，有人惨叫起来，撕心裂肺，没完没了，塔涅尔甚至怀疑头上的树冠里藏着个报丧女妖。

惨叫声戛然而止，正如它出现时一样突然。远处的要塞里传来家具碎裂的声响。

"怎么回事？"

"是克雷西米尔。"古特里特声若蚊蚋，"每晚都这样。"他扭头盯着塔涅尔，"他每晚都在寻找燧发枪后面的眼睛。"

塔涅尔不禁打了个冷战。

"每天早上都能发现尸体，"古特里特说，"通常有好几个，有时甚至十来个。包括圣光卫兵、仆人、克雷西米尔的情妇。有的被掐死，有的被巫力烧焦。"

"闭嘴。"塔涅尔浑身起了鸡皮疙瘩。他把火枪靠在树上，目送要塞里的光芒逐渐离开克雷西米尔的塔楼。

"你杀不了他。"古特里特说。

"什么？"塔涅尔喝道。

"说什么克雷西米尔的床单。你以为我傻吗？你想完成在南派克山未完成的任务，对吧？"

塔涅尔默不作声。古特里特的语气充满恐惧。

火药魔法师

他接着说:"谁都杀不了他。迄今为止发生过二十来次。有你们军队的刺客,也有教会的,就连伊匹利都派来一个——虽说克雷西米尔并不知情。"

教会想干掉克雷西米尔?而他们的圣光卫兵却在保护他?这就有意思了。克雷西姆教会内部一定存在分歧。

"我猜,没人能接近他。"塔涅尔说。

"哦,有人接近过。"古特里特使劲咽着口水,"我亲眼见到一个刺客,一个女人,试图割开他的喉咙。可她的刀子碰到克雷西米尔的皮肤就弯了。"

塔涅尔想起,他曾开枪射击穴狮形态的朱利恩,子弹却从她身上弹开,犹如光滑的石子在水上打漂。她被神钉上了柱子,而如今,塔涅尔要偷神的东西。

"力道不够。"

"他被炮弹炸过,正面击中。炮弹在他身上粉碎!附近的炮手死了一半,外加一位上校。"

古特里特说话的声音越来越大。他嗓音高亢,呼吸沉重,开始浑身发抖。塔涅尔揪住他的衣襟晃了晃。但没什么用。

塔涅尔突然想到一个问题。他必须爬上要塞的围墙。他没什么问题,但古特里特就不行了。

最简单的办法是杀了他。他终归是敌人。凯兹人。敌方的陆军元帅。

塔涅尔手按刀柄。古特里特毫无防备。一刀封喉,可以做到悄无声息。他不是塔涅尔杀的第一个人,也不是最后一个。

但这行为属于屠杀。古特里特毕竟是他的俘虏。

"脱掉衣服。"塔涅尔说。

古特里特似乎忘记了刚才满脑子的恐惧。"你说什么?"

"衣服。脱掉。"

"我拒绝。"

"我在救你的命。"塔涅尔说,"我可以把你绑起来,等到早上,有人会发现你;我也可以马上杀了你。你要哪样,快点决定。"

一时间,塔涅尔以为古特里特会叫出声。他受不了这种侮辱吗?古特里特沉默地看着塔涅尔,脱掉了外套。

"内衣可以留着。"塔涅尔说,"不过动作快点儿。"等陆军元帅脱得只剩内衣,塔涅尔用刀子指着那棵树。"爬。"

古特里特瞪大眼睛。"我做不……"

塔涅尔捏着古特里特的后颈,把他推向树干。古特里特笨拙地爬上最矮的树枝。塔涅尔收拾好古特里特的衣服,也爬了上去。

"继续。"

古特里特差不多爬了三十尺高,抱住一根粗树枝不撒手,说什么也不肯再爬了。他眼珠乱转,塔涅尔连牙齿打架的声音都能听见。

"我不爬了。杀了我吧。"

"行了。"塔涅尔用古特里特的皮带和裤子把他紧紧绑在树枝上,"是不舒服,但你能活下来。"

塔涅尔把古特里特元帅的袜子塞进他嘴里。

他没理会古特里特抗议的尖叫,爬回树下。等他跳到地上,已经听不到那人的声音了,再走几十步,古特里特被他彻底抛到脑后。

塔涅尔估算着圣光卫兵巡逻队环绕一圈的时间。瞅准最后一个卫兵过去,他溜到墙边。要塞曾有护城河,但很久以前就被填平了,只剩几块洼地和大水坑。

要塞城墙超过六十尺高,而塔涅尔要去的塔楼不低于一百尺,爬起来并不轻松。

他把火枪藏在杂草里,检查过手枪和匕首后,开始攀爬。巨大的花岗岩石块有塔涅尔半身高,以微微倾斜的角度堆砌,石块间有一两寸的空隙可供攀爬。塔涅尔用双手扒住石块,纵身而上。

火药魔法师

爬到中间时，一支圣光卫兵巡逻队路过他之前的位置。他挂在墙上，压低呼吸，祈祷他们不会意外发现那支火枪。一声叫喊，甚至怀疑地抬头看一眼，他就完蛋了。他暗骂自己不该换上卫兵制服。褐色的凯兹军服衬着黑色的花岗岩，醒目得犹如暗夜中的灯塔。

巡逻队毫不迟疑地走过，塔涅尔继续攀爬。

他爬到围墙尽头，身处胸墙之下。头上传来一个卫兵有节奏的踏步声，然后又有一个声音，一开始微弱而遥远，继而越来越响。

塔涅尔贴着石墙，手指和胳膊因攀爬而酸痛难忍。那是什么声音？他低头一看。远远的地面上，又出现一支圣光卫兵巡逻队。有人在发警报吗？

他单手扒住石头，两根手指谨慎地探进口袋，夹出一个火药包。万一打喷嚏就麻烦了，所以他捏碎火药包的一角，直接撒进嘴里。

那个可怕的声音似乎无止无休。

火药迷醉感被强化。他贴着石墙，眩晕了好一会儿。

塔涅尔差点笑出声。

原来是上面的卫兵在吹口哨。

一声惨叫打破了夜晚的宁静，惊得塔涅尔几乎松手。声音来自他下方的一扇窗户。

塔涅尔的心脏咚咚直跳。他听到胸墙上的卫兵低声咒骂，然后跑了下来，想必正赶往现场。

不能耽搁了。塔涅尔不清楚，惨叫声是来自克雷西米尔，还是神的受害者？或者有人发现了塔涅尔，发出警告？他爬上胸墙，四下张望。没别人。

塔涅尔蹑手蹑脚走在胸墙上，奔向克雷西米尔的塔楼。对面胸墙上的卫兵全都低头望向惨叫的发源地。似乎没人注意到他。

他来到塔楼边，忍不住骂了一声。这层没有门。他抬头一看，还要爬五十尺才行，但会完全暴露在卫兵的视野之内。等等。有扇窗户，在他上方不到十五尺高。

塔涅尔冲上石墙，以最快的速度攀爬，不一会儿就钻进了窗户。

他终于来到塔楼内部的螺旋台阶，回望来时的路，一时晕头转向，必须眨眨眼睛，才能恢复镇定。

万一掉下去，要很久才能落地。

塔涅尔登上台阶，尽头是扇厚重的铁门。他停下来，不知道神为自己的寝宫施加了怎样的保护。他低头发现，双手没有颤抖，不禁深感庆幸。下方没有脚步声。里面没有呼吸声。克雷西米尔肯定不在寝宫里。

塔涅尔轻轻推门。伴着悠长的吱嘎声，门板开了，他的心提到了嗓子眼。

看到房内的景象，他愣住了。

塔涅尔以为，这里应该与南派克山上的克雷西米尔宫殿差不多：一张豪华大床，铺着昂贵的丝绸，还有绚丽的地毯和织锦，历久弥新，不受自然与时间的影响。可眼前这些……不该属于神的非凡居所。

所谓地毯，其实是块肮脏的布片。窗帘——或许原先还行——如今已破破烂烂。有面全身镜，碎了。一张大床歪歪斜斜地靠着墙，四根帷柱断了两根。

这真是克雷西米尔的寝宫吗？生活迹象无处不在。窗边有桌子，摆放着餐食。塔涅尔走过去，望向窗外。底下就是亚德荡河。桌上有个大啤酒杯，还剩半杯啤酒。一只老鼠啃咬着面包，一点都不怕塔涅尔。

肯定搞错了。塔涅尔见过克雷西米尔的宫殿。他见过克雷西米尔的城市。能创造出那种杰作的神，怎么会屈尊住在这样的塔楼里？

他该怎么办？古特里特骗了他。塔涅尔紧咬牙关。他只能爬下去，扒了那家伙的皮。浪费大半夜时间，就因为……

他的目光落到床上。床单上全是血,布满铁锈色的污迹。

塔涅尔睁开第三只眼。

他一下子跪在地上,他方千变万化的色彩令他头晕目眩。数千种色彩盘旋着,扭动着,犹如巫力的源泉。塔涅尔拼命做着深呼吸,强压呕吐的冲动。当初在南派克山上,凯兹尊权者连续数月以最强的巫术攻击休德克朗要塞,那场面也远远不如此情此景。

塔涅尔强行闭上第三只眼,慢慢爬起身。他抽出匕首,踉跄着来到床边。

他抓住床单,一把扯下来。一两根布条足矣。他可以将其系在腰间,用外衣遮住,不到一分钟即可跳出窗户。

塔涅尔突然停了下来。他听到了什么声音。是风,还是……

台阶上传来脚步声。

他割开床单,将血迹斑斑的布条攥在手里,奔向窗户。

门开了。

一名圣光卫兵站在门口,手里端着托盘,上面盛有新鲜面包、奶酪和一瓶葡萄酒。看到塔涅尔,他愣了一下,惊得目瞪口呆。

寂静随之打破,卫兵把托盘扔到地上,拔出短刀,大喊着冲了上来。

第 39 章

塔玛斯不知道哪样更让他困扰：是海洛娜眼中突如其来的恐惧，还是她脱口而出的话。

"居然是真的。亚卓入侵了德利弗！"海洛娜吸了口气，捂住嘴巴，"你来了，那就没错了。"她在椅子上朝后倾斜，塔玛斯担心她会翻过去。

他几步跑到她面前，想拉住她的手。但她却像见到毒蛇，慌忙躲闪。

"滚开。"她呼吸急促。

"不是真的。"他说，"全是幌子。"

"你叫我如何相信？萨伯恩呢？"

塔玛斯最怕这个问题，只好避而不答。"看着我。我有没有穿军装？军队占领阿尔威辛后，你在公开场合见过我吗？那些不是我的人！"

海洛娜盯着他，目瞪口呆。

塔玛斯接着说："你认为我会蠢到进攻德利弗？如今凯兹攻陷了巴德维尔，正在威胁亚卓的心脏，我还要逼迫德利弗参战？不，海洛娜，这是凯兹的阴谋，想让我们两国反目成仇。"

海洛娜恢复了镇定。她起身离座，深吸一口气，挺直肩膀。这时她容光焕发，过去的威仪也有所恢复。

"解释清楚。"她目光凌厉，充满指责的意味。

塔玛斯心里打鼓。他们上次交谈是十五年前。他该如何说服对方呢？

"我有两个营的弟兄在一日路程外扎营。巴德维尔沦陷后，我们被困在凯兹。我的部下流血牺牲，疲惫不堪，忍饥挨饿，只好北上阿尔威辛求助。结果看到穿亚卓蓝色军服的士兵接管了城市，你能想象我有多震惊吗。"

"你能证明吗？"

"证明？外边那帮士兵——我敢打赌，其中半数只会说凯兹语。能说亚卓语的那些，口音比我说德利弗语还重。这里的情况，我知道的不比你多，但我有些怀疑。"

"最好不光是'怀疑'。"海洛娜说，"德马索林随时会回来。他不会相信你的说辞。"听口气，她也不大相信塔玛斯的解释。

"他是谁？"塔玛斯瞟了眼门外，德马索林就是从那里追出去的。

"我小叔子。文德伦公爵。"

"你又结婚了？我都不知道。"

"结婚十年了。我叫萨伯恩别告诉你。他人呢？德马索林也不相信他，但同胞总比亚卓人更可信。"

塔玛斯后退几步，好似挨了记耳光。她又结婚了，却叫萨伯恩别告诉自己？萨伯恩和塔玛斯情如兄弟。他曾经差点娶了海洛娜，她却避而不谈，仿佛那段往事不值得再提。

他暗自检讨。他还有更重要的事要担心。

他听到脚步声进了门廊。门开了，进来一个年长的德利弗绅士，身穿仆人专用的晚服。看到塔玛斯，他大吃一惊，目光飞快地在海洛娜和塔玛斯之间跳跃。他很紧张，似乎随时准备拦在他俩中间。

"没事，鲁佩尔。"海洛娜说，"大伙怎么样？"

"菲如利亚撑不到天亮了。"鲁佩尔说。他有副彬彬有礼的好嗓子，明显是接受过专业训练的管家。"因内尔能活下来，但我们必须带走他。我们不能留在这里。他们会追来的。"

"谁?"塔玛斯问,"谁会追来?"

"率领……"她犹豫一下,"亚卓军队的将军,叫苏尔金。我们打算今晚杀了他,可惜他们设了陷阱。我们撤退时,他看到我了。他知道我是谁。"

"没时间了,夫人。"鲁佩尔说。

通向瞭望台门廊的玻璃门开了,德马索林大踏步走进来。他脱下黑色手套,扔到桌上,看到塔玛斯也呆住了。

"这人是谁?"他眯起眼睛,目光如剑,像要刺穿塔玛斯。塔玛斯终于看清楚了。德马索林三十来岁,脸刮得干干净净,下巴结实有力。此人确有公爵的风范,塔玛斯心想。

"一个……老朋友。"海洛娜说,"抓到不速之客了?"

德马索林依然盯着塔玛斯。"当然没有。"他吸气时鼻孔颤动,"她跑了,"他说,"越过庭院围墙如履平地。那是个火药魔法师。我敢拿性命打赌。"他吸着鼻子,"这人也一样。"

德马索林飞快地卸下手枪和系在腰间的火药包,扔到距塔玛斯很远的地方,拔出佩剑。"不管你是不是火药魔法师,我都要杀了你。放下武器。"

"你杀得了我?"塔玛斯轻声问道。

塔玛斯深感疲倦。他一路北上,艰难跋涉,只为在阿尔威辛得到救援,谁知城市已落入敌手,而唯一可能帮忙的人却怀疑他。

他知道自己应该缴械,以消除对方的戒心,然后从头到尾解释清楚。

但鲁佩尔如果说的是真的,更多士兵随时可能杀到。塔玛斯不能随便缴械,毕竟对方只拿了把剑。

塔玛斯轻轻扶住剑柄。

德马索林冲了上来。

塔玛斯拔剑出鞘,眨眼工夫就摆好架势。德马索林迅如闪电。

"住手!他会杀了你!"

德马索林动作一缓。塔玛斯放松了些,突然又心生警惕。海洛娜是在对他说话吗?她知道他的身份和能耐。

"德马索林,"海洛娜说,"拜托你等等。他会杀了你的。"

"我杀过火药魔法师。"德马索林咬牙切齿地说,"我还杀过一个尊权者。我乃文德伦公爵!"他自报家门,似乎希望塔玛斯有什么反应。

还真有。记忆深处闪过一道光。文德伦。拥有嗅觉上的天赋,鼻子灵如猎犬。迅疾堪比处于深度迷醉状态的火药魔法师。

塔玛斯放下剑。

"投降了?"德马索林说。

"不。"

德马索林迈前一步。

"我认为这是浪费你我双方的时间。"塔玛斯说。

"是你,对吧?"海洛娜突然说,"之前在街上,是你杀了那帮士兵。我说过,那是个火药魔法师。"她对她小叔子说道。

"我只看到一个黑影。"德马索林的剑尖犹疑地晃了晃。

"是我。"塔玛斯说,"需要证明吗?"

"休想威胁我,老头子。"

塔玛斯端详着德马索林。他肌肉紧绷,蓄势待发。无论架势、信心和姿态,都能证明此人是个天赋异禀的剑客。

一个年轻女人突然闯了进来。她束着头发,披着大衣,塔玛斯感知到,衣服里藏着两把手枪。"夫人,"她飞快地扫了眼仗剑对峙的二人,"街上来了当兵的。"

"收起你们的剑!"海洛娜喝令塔玛斯和德马索林,又对年轻女人说,"多少人?"

"八个,夫人,可是……"

"怎么了?"

"他们都死了,夫人。刚死不久。"

海洛娜看着塔玛斯。

塔玛斯耸耸肩。"我只杀了追你们那几个。"

玻璃门上传来轻轻的叩击声。所有人循声望去。塔玛斯看到了维罗拉,她扛着个挺大的东西。他示意维罗拉进来。

她踢开门,晃晃悠悠地进来了,把扛在肩上的人扔到地板上,发出一声闷响。"这家伙也许能回答你们的疑问。"她说。

"我的上尉,"塔玛斯介绍,"维罗拉,见过海洛娜夫人,阿尔威辛的前任总督。"

维罗拉瞟了海洛娜一眼。"塔涅尔跟我提过她。您的旧情人,以前很漂亮,对吧?"

海洛娜吸了口气。塔玛斯呻吟一声。德马索林再次冲向塔玛斯。

"塔玛斯元帅,"德马索林吼道,"当心了,你这老狗!"

他以惊人的速度扑向塔玛斯。塔玛斯堪堪抬起剑尖,迅速后撤,连退几步,好容易挡开对方两剑。他又拧身避开极为狂暴的突刺,伤腿立刻发出抗议。

塔玛斯突然跌倒,一屁股坐在地上,撞倒了一盆植物。德马索林欺身逼近,他举剑招架。

枪响了,德马索林动作一停。塔玛斯盯着德马索林的剑尖,这人的速度确实很难跟上。他好像在跟一个守护者战斗,对方却没那么笨拙,速度极其惊人。

维罗拉一手举着冒烟的手枪,指向天花板,一手握着上膛的手枪,对准德马索林。天花板上灰泥剥落。"住手,"她说,"扔下剑。我不会打偏的。"

德马索林瞥了眼维罗拉,又看看塔玛斯。后者倒在地上,处于下风。塔玛斯尽量不让眼神中流露出痛苦。

不要暴露你的弱点。

德马索林把剑扔到地上，厌恶地哼了一声。

塔玛斯听见外边传来纷乱的脚步声。几张脸出现在门口。双方剑拔弩张。维罗拉的手枪依然瞄准德马索林。

海洛娜压了压双手，让众人保持冷静。她对门口的人说："这里一切正常。准备出发。我们必须马上撤离。"

维罗拉用脚尖戳戳地上的俘虏。这人穿着亚卓军服，棕色头发，蓄着胡子。他还活着，两眼圆睁，惊恐地看着维罗拉。"这家伙可以回答问题。"维罗拉说。

德马索林走过来，揪着那人的衣服，一把将他拽起。士兵双手被绑，用的是他自己的皮带。

"他的靴子怎么没了？"德马索林问。

维罗拉放下手枪。"没了靴子，就断了逃跑的念头。"

等大家的注意力暂时移开，塔玛斯慢慢爬起。他说不好哪种伤痛更重——是虚弱的腿，还是破碎的自尊。老了，打不动了。他轻轻试试那条伤腿。似乎还能用力。只是一时体虚？但他决定不要冒险了。

他收回佩剑，一瘸一拐走向房间中央的大桌子，好有个倚靠。海洛娜看着他，眼神介于怀疑和恐惧之间。

"你，"德马索林问俘虏，"是什么人？"

那人瞪大眼睛，目光扫过一张张极不友善的面孔，默不作声。

德马索林揪着他的衣服前襟猛晃，德利弗语换成亚卓语。"你是什么人？快说！"

还是沉默。

德马索林张开五指，一巴掌扇过去。士兵突然暴起，与德马索林厮打起来，企图挣脱。维罗拉用手枪抵住他的脖子，他立刻老实了。

维罗拉凑过身子，用凯兹语问士兵："能听懂我说话吗？"语调温柔，近乎诱惑。要不是处于火药迷醉状态，塔玛斯也很难分清。

士兵点点头。

"想活命吗？"

他用力点头。

"亲爱的，如果你想活过今晚，就好好回答这位先生的问题。不然……"枪管贴着士兵的脖子轻轻摩擦。

同样是几近诱惑的语调。塔玛斯从未见过维罗拉这一面。

"我……我是亚多佩斯特的葛罗夫。亚卓士兵。"那人说的是亚卓语，但口音极重，吞吞吐吐。

"再说一遍。"维罗拉还是用的凯兹语，枪管不断抚弄士兵的脖子，"你要么改成地道的亚卓语，要么长出刀枪不入的能耐。"

士兵吃力地望向那把手枪，却又不敢转头，眼珠子都快瞪出来了。他清了清嗓子。"我叫葛罗夫。"他换成凯兹语，"不过……我是凯兹士兵。"

"你在阿尔威辛做什么？"德马索林问，"得到了什么命令？"

"我们要拿下城市上方的守山人军团。"

"为什么用计？为什么假冒亚卓军队？"

"不知道，先生。"葛罗夫说。"我只是个普通士兵。"

塔玛斯没时间跟他耗下去。"那就猜。"他吼道。

"好让德利弗怪在亚卓头上。"

"可是，"海洛娜突然开口，"他们凭什么以为能一直瞒住？已经有人怀疑了。"她瞪了德马索林一眼，"我都说了一周：你们是凯兹人。"

士兵一言不发，再次环顾四周，似乎在找救兵。

恐惧攫住了塔玛斯的心脏。他越是笃信，恐惧就越强烈。等他开口，已是声嘶力竭。"他们想把阿尔威辛一把火烧光。哦，该死。全都该死。他们想烧光全城，杀光男女老少。他们打算留下足够多的证据，嫁祸给亚卓。不等有人反思整件事的疑点，德利弗已经向亚卓宣战了。"

"就算是凯兹，也不至于堕落到这种地步。"德马索林说。

塔玛斯已确信无疑。"统帅这支军队的是个怪物。"

"谁？"

"尼克劳斯公爵。国王最青睐的尊权者。为了打赢，他不惜一切代价。"

"我知道这个名字。"海洛娜轻声说。

塔玛斯警告地瞪她一眼。公开谈论他和尼克劳斯的过节，眼下并不合适。

鲁佩尔突然又出现在门口。"夫人，"他说，"我们必须走了。岗哨发现街上来了士兵。一百多人。现在非走不可。"

"伤员呢？"海洛娜问。

"只能带上他们，不然就要留给亚卓人了。"

"他们不是亚卓人，"海洛娜说，"是凯兹人。抓紧时间。所有人都去地窖，从老路过街，先去温家庄园，然后去磨坊镇。"

对于说法的改变，管家眼睛都没眨。"好的，夫人。"鲁佩尔消失了。

德马索林捡起自己的佩剑，在塔玛斯身边停留片刻。"这事儿还没完，老头子。"他噌的一声还剑入鞘，"亚卓的报纸称你为救世主。但我说你是屠夫、王国的叛徒。"

"都是我。"塔玛斯耸耸肩。

德马索林愣了一下，大步离开房间。

塔玛斯俯视那个凯兹士兵。"他知道我们要去哪儿。"他说。

"是啊。"维罗拉揪住士兵的后颈，将他推出门。

海洛娜捂住嘴巴。"他……"

门廊传来一声枪响。

"士兵的命运就是为国捐躯。"塔玛斯说。

"他是我们的俘虏。"

"这段时间，他和他的同胞在你们的城市里为非作歹。罪恶必须立即清算，不然可能永远都清算不了。"

"你把亚卓贵族送上断头台时，也是这么说的？"

"没错。"

"你也一直自称是个士兵，"海洛娜的语气充满指责的意味，"你能接受必然的死亡吗？"

塔玛斯弯腰摩挲那条伤腿。"死亡永远是必然的。我早就放弃了临终前子孙满堂的幻想。"他忍不住望着维罗拉出门的方向，想到了塔涅尔。儿子还活着吗？从昏迷中醒来了吗？父子俩天各一方，塔玛斯却什么都做不了。"总有一天，"他说，"我会为国捐躯。我宁愿死在战场上，也不想死于凯兹的刽子手。"

"你打心眼里相信，对吗？"

"相信什么？"塔玛斯问。

"相信你是正义的一方。"

"当然。"

"比起杀了所有人，有没有更好的办法？"

"也许有吧。"塔玛斯说，"但我不会采用。"

告诉她，塔玛斯心里有个声音说。告诉她，萨伯恩死了。反正迟早要说的。他亲口说出来，总比她从别处得知强。

"我需要你的帮助。"海洛娜说。

"我也想说同样的话。"

海洛娜皱起眉头。"我丈夫——德马索林的兄弟——被亚……凯兹人抓走了。他被关在城中的大监狱里。今晚我们要营救他，释放所有囚犯。我们策划了一周，在城中各处发动二十场战斗，营救计划是其中之一。可我们失败了。连我们都失败了，其他地方的情况也好不到哪儿去。"

"监狱——那里是不是关押着他们所有的俘虏?"塔玛斯问,"几天前,他们在高地边缘地带抓了我一个游骑兵。所以我只带维罗拉来了,计划营救他。"

"我不知道。但德马索林的眼线到处都是,也许你可以问问他。"

但塔玛斯知道,他愿不愿意回答就是另一回事了。

塔玛斯找到德马索林时,后者正在前门观察凯兹人的动静。塔玛斯听到,墙外街道上有士兵的动静,但他们声音很轻,德马索林可能听不见。

德利弗人瞥了塔玛斯一眼,目光中尽是鄙夷。

塔玛斯没计较。

"四天前,"塔玛斯说,"我们越过高地北上,凯兹人抓了我一个游骑兵。我是来救他的。我知道,你的兄弟也被抓了。我觉得我们可以互相帮助。"

德马索林看都不看他。"我觉得,我不需要你的帮助。"他冷冷地说。

塔玛斯紧咬牙关,强忍反唇相讥的冲动。目光短浅的混蛋。典型的贵族。

"我儿子,"塔玛斯轻声说,"依然半死不活地躺着,因为他选择拯救亚卓,而不是自己逃命。他在亚多佩斯特,我不知道他死了没有。凯兹人抓的俘虏是我亡妻的兄弟。他也许是我在这世上最后一个亲人。"

塔玛斯继续说:"你认为我是禽兽。也许你是对的。但凯兹人抓了你兄弟,也抓了我的兄弟。我想我们联手,应该能救出他们。"

德马索林没作声。塔玛斯等了一会儿,转身要走。

他不知该说什么,才能让这人回心转意。

"等等。"德马索林突然开口,"三天前,他们从南门带回一个俘房。一个魁梧的壮汉,身穿守山人司令背心。"

"就是他。"

"我的线人说,他在同一所监狱。我会帮你。"

"谢谢。"塔玛斯说。

"我会帮你,但有必要的话,我也会毫不犹豫地杀了你。"

第 40 章

塔涅尔拔刀冲上前去。

他按住圣光卫兵的前胸，全力压上，一鼓作气将卫兵推出房门。两人一边扭打一边滚下台阶，闷哼和叫骂不绝于耳。塔涅尔伺机抠住旋转台阶的墙缝，停止滚落。

圣光卫兵又滚下几级台阶，背撞到墙上才停下，短刀依然握在手中。他擦掉嘴角的血。

"来人啊！"圣光卫兵大喊。

他挥舞短刀，又扑了上来。塔涅尔躲过一下，又躲一下。尽管圣光卫兵在塔楼台阶下方，地势不利，但速度依然快得不可思议，一刀刀扎向塔涅尔的双脚，逼得他狼狈躲闪。

塔涅尔劈头砍向圣光卫兵的脑袋，对方在避让瞬间反手还击，打在塔涅尔脚边的石阶上，崩得火星四溅。

塔涅尔踩住圣光卫兵的手腕，俯身一刀，刺向对方的脖子。

圣光卫兵一拳打中他的腹股沟，让他浑身一颤，仰面摔在台阶上，胃里翻江倒海。圣光卫兵爬上台阶，举起短刀。

塔涅尔双脚发力，正中圣光卫兵的胸膛。

卫兵惊叫一声，翻身滚落。

塔涅尔转身跑上塔楼，突然被什么东西吸引了目光。一个影子出现在台阶上，就在他刚刚与圣光卫兵搏斗的地方。黑暗中只能看到轮廓，塔涅尔的后背却蹿上一股寒意。

黑影戴着只有一个眼洞的面具,身披白色长袍。

是克雷西米尔。

在恐惧的驱使下,塔涅尔冲上台阶,飞快地关上门,观察对面的窗户。他可以直接跳进亚德荡河,但不知河水有多深。他可能摔死,即使活下来,也会顺流而下,冲进巴德维尔。

但也好过与克雷西米尔正面交锋,那他就死定了。

塔涅尔摸摸身上。染血的床单不见了。如果不带上床单,他就白来了。

在那儿,正中间的地板上。一定是与圣光卫兵打斗时弄掉的。塔涅尔抓起布条,塞进腰带。

塔楼的门开了。

那个圣光卫兵毫不犹豫地冲进来。塔涅尔与他扭打在一起,两人一同撞向那扇窗户。

越过圣光卫兵的肩头,他瞥见了克雷西米尔。

"停。"神说。

声如洪钟,在塔涅尔的脑子里回荡。

圣光卫兵捂着耳朵,脚步踉跄地远离塔涅尔。塔涅尔抓住圣光卫兵的肩膀,把他推向克雷西米尔,然后飞快地冲向窗户。

他跨出几大步,一跃而起,尽可能远离要塞的城墙。坠落途中,风在耳边呼啸,心脏也提到了嗓子眼,直到他与亚德荡河湍急的黑水亲密接触。

塔涅尔扎进了墨黑的水底,撞击的力道榨干了他肺里的空气。他的双脚陷进河底淤积的泥沙,全身被激流撕扯,两手绝望地向上扒拉。他的胸膛仿佛在燃烧。为了闭上嘴巴,他的下颌咬得生疼。

不一会儿,他浮上水面,大口大口地喘着气。

他顺水漂流,要塞已在身后越来越远。没多久,他发现自己被一股力量拉向岸边。他感觉有条腿撞上岩石,然后再次被水流淹没。过

火药魔法师

了一会儿,他冲出了水面。

要塞里的人指着他大喊大叫。他必须迅速游到河对岸,一路漂到巴德维尔。河水湍急,足以带他远离追来的圣光卫兵,兴许明日晚间,他就能在城市废墟中消失得无影无踪。他盯着河对岸。

塔涅尔眨眨眼。不对劲儿。

河岸没有移动。河水仍在流淌——塔涅尔能感觉到那股推力——但他位置没变。

塔涅尔一惊,发现河岸居然在下方。怎么可能?他还在水里。

困惑之后便是恍然大悟。

他——以及堪比一整片湖泊的水——都被巫力从河里舀了出来。犹如巨人掬起一捧水,而塔涅尔就在巨人手中。他被高高托起,朝要塞的方向移动,让他的肠胃都缩紧了。

塔涅尔游向水边。那里什么都没有,他会从高空落向坚实的地面。但他伸手摸索,碰到了一层硬邦邦的空气墙。

不一会儿,塔涅尔——连同几千加仑的河水——陡然降在要塞的大院里。

浑浊的亚德荡河水如瀑布般冲过石灰岩地面。塔涅尔爬了起来,积水淹没脚踝,他狂乱地四下张望。

"跪下!"

几十个圣光卫兵冲进大院,用凯兹语呼喝。塔涅尔释放感知力,发现他们竟然都带着气步枪——没有一点火药——顿时有些灰心丧气。

他伸手抽刀,却摸了个空,十有八九掉在河里了。他还丢了把手枪,另一把也泡了水,火药没用了。但他依然将其拔出,掉转枪柄。围墙上,圣光卫兵举起气步枪瞄准。

"跪下!"第一个卫兵来到塔涅尔面前,用一杆长矛威胁他,"跪下,畜生。"

出乎卫兵的意料，塔涅尔直冲过去，隔着矛尖，用枪柄砸中卫兵的脸。塔涅尔扔掉手枪，夺过圣光卫兵手里的长矛，摆好架势。他知道，这场战斗必败无疑。

气步枪开火了，连着两枪，子弹在地面上弹飞。塔涅尔杀向距离最近的圣光卫兵。不要停，他告诫自己。不要成为敌人的靶子。杀进圣光卫兵中间，至少在混乱中，他们会误伤自己人。

"停。"

塔涅尔打个趔趄，长矛几乎脱手。他突然头晕，喘不上气。那个字如大钟般沉重。

圣光卫兵扔掉武器，纷纷跪在地上，捂住耳朵。

塔涅尔强行迈开双腿。每一步都像在沼泽中跋涉。

"我说了，停。"克雷西米尔出现在院门口。伴着他的脚步，被他倒在院中的河水迅速收缩、干涸，他每一步都踩在烘干的地面上。

塔涅尔继续前进。他的身体希望停下，但他心里知道不行。他只能前进。离开那个神。

"你为何不服从我的命令?"在塔涅尔听来，克雷西米尔的嗓音无与伦比地深沉，在他耳边反复回荡。神歪着脑袋，似乎有些好奇。他指着地面。"跪下。"

"去死吧。"塔涅尔啐了一口。因为奋力迈步，他浑身都在颤抖。

"跪下!"

地动山摇。一个圣光卫兵忍不住尖叫。塔涅尔能感觉到，面具下的克雷西米尔有些困惑不解。

"拿下。"克雷西米尔低声道。

圣光卫兵们一跃而起。塔涅尔拼命挣扎，试图反击。

但他失去了战斗能力。

塔涅尔的长矛被夺走。有人用气步枪枪托猛砸他的后背，逼他跪在地上。

"是个探子,大人。"卫兵队长说,"又一个刺客。"

"谁派来的?"

有人拽着塔涅尔的头发,拉起他的脑袋,逼他抬头看着克雷西米尔。"回答神的问题,狗杂种。"卫兵队长说。

塔涅尔清了清喉咙,一口痰啐到克雷西米尔脚边。

气步枪枪托砸在他脸上。

"使点劲儿。"塔涅尔说。凯特将军的宪兵下手狠多了。

"是亚卓人,大人。"卫兵队长说。

克雷西米尔退了一小步。"谁派你来的?"他等了片刻,又问,"他为何不回答?神在问他。"

接下来打中塔涅尔下巴的是一根矛柄,他担心下巴脱臼了。肚子上也挨了重重一下。他的头发被人拽住,重击接二连三。这回够使劲儿了。相比之下,第一下打得是挺温柔的。

"回答神的问题。"卫兵队长命令道。

塔涅尔一声不吭。

"打断他的胳膊。"

一个圣光卫兵抓住塔涅尔的手腕,使劲往后拉,然后抬起膝盖,猛撞他的肘关节,像要折断一根树枝生火。塔涅尔咬紧牙关,死不吭声。一下。两下。三下。

"打断它。"卫兵队长重复一遍。

"打不断。结实得像炮筒一样。"圣光卫兵摩挲着膝盖。

"拿锤子来。"

"蠢货。"听到克雷西米尔的声音,圣光卫兵们无不颤抖。他踏步上前,俯视着塔涅尔。

塔涅尔感觉到巫力的热度,仿佛缓缓逼近的火焰。

"求我。"克雷西米尔说。

塔涅尔摇头。

"求我!"克雷西米尔的下巴突然扭曲,热度急遽升高。他不由自主地退缩,准备承受最剧烈的痛苦。

克雷西米尔却发出一声哀号,突然后退几步。哀号声越来越大,再持续下去,堆起要塞的石头恐怕都要粉碎。一时间,塔涅尔担心再听下去有可能发疯。神跌在地上,拍打着无形的火焰,哀号化成呜咽。

塔涅尔忍不住窃笑,直至笑出了声。有个好笑的念头不合时宜地冒了出来。

卡-珀儿的保护术。一定是这个原因。

就连克雷西米尔也应付不了。

克雷西米尔在地上缩成一团。他的面具掉了,那只完好的眼睛惊恐地瞪着塔涅尔。另一只眼睛严重化脓,渗出黑色液体,流过肿胀发紫的脸颊。"你对我做了什么?"克雷西米尔问道。

塔涅尔笑得停不下来。"啊,"他说,"不是我干的。认识一下棍儿吧。"

塔涅尔想动,却动弹不了。

克雷西米尔盲目地摸索着面具。他终于戴上,爬了起来,但不敢再靠近塔涅尔。

"把亚卓的内应找来。"克雷西米尔的语气充满恐惧,"叫他来认认这个探子。"

塔涅尔四肢着地,筋疲力尽地垂着脑袋。克雷西米尔派人去了半个钟头,还没回来。

"内应。"克雷西米尔是这么说的。会是谁?塔涅尔一直怀疑,是凯特背叛了亚卓,谁叫她那么急着下达撤退命令。也许是多萝薇尔。

火药魔法师

当然了,也可能是某个下级军官。某位将军的助手,甚至信使。很多人都能接触到军事情报,能让凯兹先发制人。

但塔涅尔觉得不是下级军官。他怀疑是个上校,甚至将军。

克雷西米尔在要塞大院一角缓缓踱步。每隔几分钟,他仅剩的那只眼睛就看向塔涅尔。

塔涅尔与之对视,丝毫不怵。他曾经打败了神。他把一颗子弹射进克雷西米尔的眼睛。他证明,神也能感受到痛苦。

他绝不会卑躬屈膝地迎合克雷西米尔。

当然,塔涅尔也知道,受过一段时间折磨,或许他会改变想法。他必须面对现实。卡-珀儿的保护术能让他免于巫术伤害,也许还有暴力伤害。但他根据经验,知道痛苦也少不了。

这就有意思了。她施加的保护术可能成为灾难。凯兹人可以永远折磨他。

通往院子的走廊传来脚步声。塔涅尔撑起身子,跪在地上。他要在临死前看看叛徒的模样,啐那人一脸口水。

"大人,您召见我?"

塔涅尔扭头望去。

叛徒是个年长的男人,体格魁伟。他戴着将军肩章,亚卓军服的左袖别在胸前,以掩饰他的断臂。

希兰斯卡将军。

"这个刺客是谁?"克雷西米尔指着塔涅尔。

"大人?"希兰斯卡转过身,发现是塔涅尔,不由瞪大了眼睛,嘴唇无声地翕动。

"你认识他?"

"认识,大人。他就是您要找的人:燧发枪后面的眼睛。'双杀'塔涅尔。"

"我就担心……"克雷西米尔喃喃低语。

塔涅尔站起身。他仿佛背负着整座要塞，膝盖吃重，两腿发抖。

"我宰了你。"他对希兰斯卡说。

"有人派他来的？"克雷西米尔问。

将军一脸烦忧。"没有，大人。现在他应该关押在亚多姆之翼的营地。"

"为什么？"塔涅尔问，"我父亲那么信任你！"他经历的一切：被捕、军事法庭、卡-珀儿遇袭。都是因为希兰斯卡？

"他提到一个人，叫棍儿。"克雷西米尔说。

希兰斯卡皱起眉头。"我不知道有人……啊，是个女孩，叫卡-珀儿。"

"她是强大的巫师？我怎么没听说过？"

塔涅尔突然冲上前去。卫兵们立刻围拢，用长矛和气步枪强迫他停下。"不许再说了，希兰斯卡！"

"她其实是个孩子。是'双杀'的同伴。一个蛮子。"

"是巫师吗？"

"是骨眼。蛮子那边的什么魔法师。力量微不足道。"

"杀了她。"

塔涅尔低声咆哮，强行冲进圣光卫兵的包围圈。矛尖刺中他的肩膀，戳进皮肉。一个卫兵杀到塔涅尔面前。塔涅尔几乎没减速，顺势掐住卫兵的喉咙，捏碎了他的气管。

希兰斯卡掉头就跑，但他太慢了。塔涅尔扑过去，十指张开，势要捏碎叛徒的头骨。

他能做到，只要克雷西米尔不阻拦的话。

神抬起一只手，塔涅尔感觉之前的重量又压了下来，令他动作迟缓。

但他挣脱出来，拍开克雷西米尔的手。他任由怒火在周身蹿烧，身体几乎失去控制。

火药魔法师

塔涅尔以为神的皮肉坚如钢铁，然而克雷西米尔在他面前瑟缩着，惨叫不止。塔涅尔的指关节重重砸上克雷西米尔的下巴，然后是他的脸。克雷西米尔的面具掉在地上，塔涅尔不知何时跨坐在神身上，挥拳如风。

克雷西米尔的鼻子蹿出鲜血，牙齿也被打掉。

塔涅尔掐住神的喉咙，却被圣光卫兵拽开。他双拳乱挥，好几个圣光卫兵被打翻在地，但他很快也被打倒了。

"不要杀他！"克雷西米尔尖叫着，狼狈地爬起来。他脸色猩红，白袍浸血。"不要杀他，"他重复道。克雷西米尔戴上面具，缓步避开塔涅尔。"把他吊起来。我要全世界都看到，以为自己能弑神的人会有什么下场。"

圣光卫兵们拖着塔涅尔穿过走廊。他叫喊着，连踢带打。穿过走廊时，他听到克雷西米尔对希兰斯卡说：

"明天我要烧光亚卓军队。"

"真的吗，大人？亚多姆怎么办？"

"连他一起烧了。"

埃达迈在妻子怀里睡了一夜，大清早来到河边。

刚刚七点钟，已有一群人聚在那里。破败的天际宫上方，旭日东升，预示着晴朗的好天气。天空蔚蓝，金光四射，万里无云。

他找到一处位置，在旧城的残垣断壁上俯瞰亚德河。河水流进亚多佩斯特，但还没绕过河湾、汇入亚德海。埃达迈坐在城墙上，耷拉着双脚，吃着一块从街边买来的肉馅饼。失去约瑟普一直让他心情沉重。也许法耶说得对——如今，其他孩子们都需要他。新的危机降临了，他得想办法保护他们。

希望约瑟普能原谅他。

北边的河上没有船只的影子。也许里卡德的说法有些夸张，贸易公司的商船不会这么快驶来？

他依然耐心等待。克莱蒙特的船队具体何时抵达，里卡德没说，但埃达迈不希望错过。他没有计划，更没有高明的策略挫败克莱蒙特，目前他只有旁观的份儿。他预感到，今日之事必将终生难忘。

到了十一点，周围已是人山人海，街上交通瘫痪，四处嘈杂喧嚣，叫喊声此起彼伏。看来谁也不知道到底发生了什么。唯一的消息来源是里卡德头天夜里撰写的登报文章。

街上群情激动，警察也倾巢而出。不止一位老兵身穿褪色的亚卓军服，肩扛闲置了十五年之久的火枪。有人拖家带口，在旧城墙上野餐。面点师和卖肉馅饼的小贩在人群中忙着做生意。

埃达迈从报童手中买了份报纸，仔细阅读里卡德的头条文章。这是一篇激动人心的演讲稿，号召民众挺身而出，保卫自己的城市，抵抗侵略和暴政。埃达迈放下报纸，望着两个孩子在亚德河的浑水里嬉戏，他们好像在过狂欢节。

等待克莱蒙特的船队期间，他翻阅着报纸。凯兹那边传来未经证实的消息，说塔玛斯元帅还活着。根据德利弗的最新消息，一支亚卓军队包围了他们的城市——荒唐。

人群中逐渐响起一阵叫喊，埃达迈抬起头。

水天交接处出现了船只。

刚开始只能看见一群白点，顺着河道缓慢滑行，随着时间推移，它们不断接近。考虑到这些商船是首次光顾这条河道，它们竟敢不遗余力地加快航速，借着风势，满帆航行。

下午两点，船队抵达亚多佩斯特。埃达迈没有乘坐远洋船的经验，至今也只去过几次港口城市，相关知识完全来自书本，不过他确

火药魔法师

信,领头的船属于第四级战舰,光船舷一侧就有二十三门炮①。它是船队当中最大的一艘,白绿相间的旗帜迎风飞舞,旗面中央有顶桂冠,那是布鲁达尼亚-哥拉贸易公司的标志。

它们收拢船帆,顺水漂流。埃达迈看到水手们在甲板上奔跑,布鲁达尼亚步兵则盯着亚多佩斯特的民众。炮门已经打开。

如果克莱蒙特真要侵略,水手和士兵不用上岸,他的船队就足以摧毁大半座城市。

登陆用的长艇没有动静。步兵们似乎守在船上无所事事,与此同时,水手们……

埃达迈仔细观察他们。到底怎么回事?他痛恨自己的航海知识过于匮乏。他们放低桅杆,取下并收好船帆,埃达迈很快明白过来,他们正在拆卸桅杆。

他头一回知道船也能这样操作。但这一来就说得通了。亚德河北边的桥更换过,可供有桅船通行,而亚多佩斯特城中心的桥尚未调整。如果克莱蒙特想把舰队开进亚德海,发挥更大的作用,他就必须彻底收下桅杆,顺流而下,等到开阔水域再安装起来。

埃达迈很想做些什么。密集的人群也无所适从。跟他一样,他们只能眼睁睁看着对方收拾桅杆。他们能做什么呢?船队在河里抛了锚,船上装备着重武器。只有军队才能阻止他们。

拆卸桅杆的速度快得让埃达迈吃惊。随着船队起锚,驶向下游,他也放弃了旧城墙上的围观席。

更让他吃惊的是,船队启航后,又在距离亚德海半里处停了下来。

埃达迈注意到,他们停留的方位,就在新城区高耸的克雷西姆大教堂附近。

---

① 17世纪早期到19世纪中叶,英国对战舰曾使用一套评估体系,第四级战舰大概有五十门炮。

埃达迈翻下旧城墙,在人群中穿梭,过桥,前往克雷西姆大教堂。他不时张望船队,但没发现有什么变化。甲板上依然忙碌,却没有放下长艇或发射炮弹的迹象。

克雷西姆大教堂和亚德河之间有座露天剧场,教会的主教们常在那里公开布道。等埃达迈赶到,剧场里已人满为患,个个都想找个好位置,观察那些高大的商船。

简直是找死。埃达迈暗暗咒骂。剧场里的人全是蠢货,万一克莱蒙特下令开火,一炮就能炸死几百人。

不远处有张熟悉的面孔,埃达迈使劲推开人群,来到河边。是里卡德,周围是他的助手和工会的其他头目。菲尔也在他身边。

"里卡德,到底怎么回事?"埃达迈问。

"不知道。"里卡德警惕地盯着船队,表情同民众一样茫然。"我让小伙子们倾巢出动,搜集一切能用的家伙,武装到牙齿。可如果克莱蒙特开炮,我们只能坐以待毙。除非他想上岸,否则我们阻止不了他。"

"谁会蠢到上门送死呢?"埃达迈问。

"瞧,"一个工会头目说,"他们放了艘长艇下来。"

埃达迈聚精会神地眺望。水手们在甲板上忙前忙后,一艘长艇由舷外晃晃悠悠降至河面。一道绳梯放了下去,有人开始登上长艇。

"给我望远镜。"埃达迈说。菲尔把自己的递给他。

他找到长艇,观察片刻。艇上有十来个布鲁达尼亚士兵,少量桨手,还有几个人戴着大礼帽。

埃达迈停下来,仔细观察其中一张脸。

"他来了,"埃达迈说,"在长艇上。"

"谁?"

"克莱蒙特。"

"你他妈怎么知道?"

火药魔法师

"我见过他的画像,挂在贸易公司的仓库里,尺寸不大。那时他还没当上公司的头。"

"叫他过来吧,杂种。"里卡德说,"我们准备好了。"

克莱蒙特的举止从容不迫。有个桨手说了什么,他哈哈大笑,拍了拍一个士兵的后背。他容貌不凡,颧骨高耸,与那受到年纪和财富影响的身材形成鲜明的对比。他的眼睛生气勃勃、充满笑意,与他曾经的爪牙维塔斯截然不同。

长艇越来越近,克莱蒙特大人立于船首,果然很像率军侵略别国的指挥官。

他本来就是,除非埃达迈搞错了。

可他的手下在哪儿呢?他为何单刀赴会,自投罗网,直接面对随时准备保卫家园的无数民众?

长艇在距岸边不远处下锚。克莱蒙特大人挺直身体,面对剧场,张开双臂。

"亚多佩斯特的市民们。"他笑容满面地开口,声音越过水面,犹如滚滚惊雷。

第 41 章

阿尔威辛暴雨倾盆，塔玛斯在一座旧教堂的钟楼里居高临下地观察。

清晨，天色昏暗，乌云密布。塔玛斯估计，即使再晚一些，天色也不会更亮了。他甚至看不到一里外的乌木堆山脉。

正好掩护他的军队偷偷进城。

但对战斗却十分不利。

火药潮湿，地面泥泞，凯兹人穿着亚卓军服，双方分不清敌我。

下方的街道上全是搬运补给的凯兹士兵。

他沉稳地注视着干活的凯兹人。如果他想得没错——恐怕确实没错——尼克劳斯撤离阿尔威辛的最后一件事便是放火烧城，屠杀平民，造成极度的混乱，让所有人都顾不上质疑袭击者的真实身份。

守山人军团在阿尔威辛上方二十五里开外。早些时候，塔玛斯听到那个方向传来隐约的炮火声。尼克劳斯正在围攻他们。

这支守山人军团没那么强大。他们没有南派克山的棱堡，只有一条设了关卡的收费道路。面对凯兹人的两个旅，他们挡不了多久。

几个钟头前，塔玛斯派维罗拉返回第七和第九旅。

他想念维罗拉了。没人掩护他。德利弗的游击队不信任他，所以他一直在观察凯兹士兵——观察他们的行为模式，等待尼克劳斯出招。塔玛斯始终留意路上的情况，加夫里尔有可能在囚犯当中，被迫为凯兹人卖力气。

火药魔法师

钟楼下的教堂有了动静。高大的正门开了又关。不一会儿,石头台阶上传来脚步声。塔玛斯抚弄着枪柄,又捏起一个火药包,小心翼翼地打开,取了极少量的黑火药,撒在舌头上。

能维持他的行动力就行。抵御疲劳,增强眼力,但要避免火药致盲。

希望能行。

海洛娜登上钟楼台阶,来到塔玛斯面前。塔玛斯站在巨大的铜钟旁,冲她压了压帽檐。

"海莉。"他说。

"塔玛斯。"

两人相对而立,默不作声。

塔玛斯偷偷瞟她几眼。昨晚的第一印象并不准确。她依然仪表堂堂,雍容华贵,举手投足都气度非凡。无论身穿普通士兵一年军饷也买不起的绫罗绸缎,还是此时此刻极度寻常的棕色毛衫,都是一样自在得体。

她并没有衰老,只是长了年纪。

年纪都大了,他心想。他、海洛娜、加夫里尔。她担任阿尔威辛总督近三十年,同第一任丈夫共同治理二十年,又依国王的旨意独自承担十年。繁杂的事务足以让一个女人芳华早逝。

"你一直没回来。"她突然开口。

"海莉……"

她打断了塔玛斯。"我也没指望你能回来。我不怪你。总之没那么强烈。如今我知道,你在追求什么,过去十五年是什么在驱使你。我没说我赞同你,但我至少理解你。"

艾瑞卡死后那几年,塔玛斯的情人多达几十位。

只有一人令他抱憾。

"你离开让我非常痛苦。"海洛娜接着说,"那时我还以为,你会回来找我。你来了几个月，然后就消失了。可……有些事我希望你知道。我希望你知道，那段回忆有多么美好。对一个女人来说，失去全世界也没什么。在我漫长的生命中，只有两个人给过我这种感觉：你和我第一任丈夫。"

"那你第二任……"

海洛娜忍不住笑了。塔玛斯瞟了一眼，发现她脸红了，用手帕捂着嘴。"我丈夫是个胆小鬼。见鬼，我都说不出他的名字。"她倚着铜钟一侧的柱子，叹道，"我尊敬他。他是南德利弗最优秀的商人之一，但也是南德利弗最胆小的懦夫。我不爱他。"

塔玛斯望着外面的瓢泼大雨，琢磨她的言外之意。她不爱丈夫——但她爱塔玛斯。他使劲咽着口水。

他清了清嗓子。"我很抱歉，海莉。无论如何，我很抱歉。"

"你抱歉……"她又笑了。笑中含泪。

塔玛斯的心仿佛被撕开。这个女人非同凡响。她和温斯拉弗夫人一样，都是最优秀的女性，可以与他携手迈入婚姻的殿堂。然而如今，在世人眼中，他不过是个满心仇恨的老鳏夫罢了。

海洛娜捋了捋衣服前襟，显然在平复情绪。"凯兹军队刚来时，我见过他们的将军。"她突然换成公事公办的语气。

"他们打了我们一个措手不及，假扮成亚卓军队开进城里。当晚，他在总督府召集所有贵族，说我们都是囚犯。他的亚卓口音无可挑剔，德利弗话也说得一样完美，不带一丝凯兹口音。我当时相信了。

"然后我开始琢磨。我认识你。从萨伯恩的信中，我认为他对你的决定有很重要的影响。你俩都不可能进攻德利弗。然后我想，也许是你手下的将军发了疯，自作主张。这位将军看上去就像个疯子，危险而致命。"

"你有没有看到他的手？"塔玛斯低声插了一句。

海洛娜皱着眉头。"没有。他一直揣在外套里。你这么一提，当时我确实觉得有些奇怪,但没多想。"

"他没有手。"塔玛斯说。

"没有手?"海洛娜大吃一惊,"要是某个凯兹将军没有手,消息应该会传到我耳中。"

"那是……最近才发生的。"塔玛斯说,"还有,他不是将军。他是尊权者。"

"尊权者怎么可能没有……哦。"她盯着塔玛斯,沉默片刻,"被你砍了,对吧?"又停顿很久,"你就这么痛恨尊权者?"

"我只是恨他。"塔玛斯尽量用平静的口吻叙述,但没能成功。"就是这个尼克劳斯公爵逮捕并处决了艾瑞卡,还送来了她的……她的……"

海洛娜温柔地抚着他的肩膀。他紧闭双眼,泪水在眼眶里打转。辜负了艾瑞卡,让他永远都无法原谅自己。

"塔玛斯。"海洛娜说。

他清了清嗓子。"萨伯恩真和他父母断绝了关系?"

她收回手,再次倚着柱子。"在德利弗,火药魔法师的身份是违法的,更不可能像在亚卓一样,得到国家的支持。我们的父母认为,他应该加入德利弗军队。只要他参军了,他们就会忽略他的天赋,好像他从来不是火药魔法师。当你出现在他面前,邀请他加入世上第一个火药党时,他欣喜若狂。我从没见他那么高兴。但我父母不理解。"

"他没跟我提过。"塔玛斯说。

"他不会告诉你的。"海洛娜面露微笑,令塔玛斯想起多年前她的美貌。"你是他最好的朋友。"

"他生前也是我最好的朋友。"

笑容消失了。"生前?"

"他死了,海莉。"

她猛然后退一步,又退一步。"什么?不可能。萨伯恩不可能死。"

"他中了一枪。一个凯兹守护者打中了他。尼克劳斯公爵的手下。"

"你……你就让他死了?"

"我没办法。我们中了埋伏,我……"

她眼中的温柔瞬间消失了。若有似无的爱意、怜悯,也消失了。她喘着粗气,紧紧攥着衣服,眼中充满恐惧,转身逃下了楼梯。

"海莉!"

塔玛斯听到下方的教堂大门轰然关闭。他后退几步,撞上铜钟,后者微微摇晃,但没发出声音。他摇摇头,望向遮天蔽日的雨幕。

他能留下的就只有不幸和死亡吗?悲苦,寡妇,痛不欲生的亲人?他把双手握成拳头。海洛娜为何要责怪他?萨伯恩是他最好的朋友。十五年来最亲密的知己。

不,她有权责怪他。他是带来厄运的灾星。任何心爱之人的性命都不该托付于他。

大概过了一个钟头,塔玛斯听到,下方的教堂大门开了。缓慢而有规律的步伐登上楼梯。塔玛斯皱着眉头,心想这次是谁。很快,一股夹杂着薄荷香气的烟味飘上楼梯间。

"长官。"奥莱姆来到塔玛斯身边。他穿着大衣,军便帽浸透了雨水,拉得很低,挡住眼睛。大衣内是亚卓军服。他戴着塔玛斯昨晚给的上校徽章。仅仅一夜,恍若隔世。

"我以为你早就抽完了。"塔玛斯看着奥莱姆唇间的香烟。

奥莱姆从嘴里抽出香烟,当成宝贝似的挪到脸边,鼻孔里悠悠喷出烟雾,然后又把香烟塞了回去。"在城里路过一家烟草店。"

"你倒分得清轻重缓急。"

"当然。您看起来不大好,长官。"

塔玛斯回头望向城市。"有时,我觉得自己就像瘟疫。"

"这个结论，"奥莱姆思考片刻，"可以成立。"

"你的话让我感觉好多了。"

"我尽力，长官。"

"你来这儿干吗？我让维罗拉传令，没让你过来。还有，光天化日之下，你是怎么过的河？"

"我谎称自己是冒充亚卓上校的凯兹上校。"奥莱姆说，"太容易了，简直不敢相信。"

"他们没找你要什么文件或证明？"

"在这么大的雨里？"奥莱姆指着外面，"您太不了解当兵的，长官。这种天气，谁都不会看那些该死的纸张。"

"真疏忽。"

"我称之为运气。我还带来了新消息。"

塔玛斯挺直身子。"什么消息？"

"一支德利弗军队从西边来了，距此大概一天半的路程。我们的游骑兵几小时前发现了他们。"

"兵力？"

"至少几个旅。"

"妈的。"

"不是好事，长官？"

"说不准。我们得尽快发动进攻。"

"我们还没准备好，长官。"

"等不及了。必须想办法告诉德利弗人，情况复杂，眼见未必为实。否则他们会以为，是我们攻占了城市，从而攻打我们。

"跟我来，"他说着，走向楼梯，"手枪随时准备好。我可能会挑起一场赢不了的战斗。"

维罗拉等在楼梯下。

"我的火药魔法师呢？"他问。

"在四分之一里外一间废弃厂房待命。"

塔玛斯招手示意她跟上。他观察一下教堂外的街道，然后过街，进入磨坊镇。因为雨水，地上泥泞不堪，铺了一层垃圾产生的浮沫。他们绕过好几条小巷，避开凯兹巡逻队，最后钻进一间大磨坊。

两个德利弗游击队员守在门口。他们放塔玛斯进去，但疑虑重重地盯着维罗拉和奥莱姆。塔玛斯上了楼梯，来到二楼。

德马索林正在阅读一份报告，几个队长和探子围着他。塔玛斯进来时，他瞟了一眼，但没打招呼。

塔玛斯清点着房间里的人数。六个，万一打起来好心里有数。

他摘下手套，重重地扔在桌上。"你怎么不告诉我军队的事？"他问。

德马索林又一次抬眼。"什么军队？"

"少他妈跟我装糊涂。满城都是你的耳目。我知道你能带人出去，也能放人进来。有一支德利弗军队，距我们只有一天路程。"

"你不需要知道。"德马索林接着看报告。

塔玛斯双手猛拍德马索林面前的桌子，俯身向前，两人的脸相距只有几寸。"你想再来一次吗？要不要赌我的腿还会不听使唤？因为你，我的军队面临着很大风险。"

他听到身后传来窸窸窣窣的响声，德马索林的手下局促不安地挪动着。真要动手，塔玛斯可以让奥莱姆和维罗拉料理他们。

德马索林把报告翻过去，放在桌上。他靠着椅背，慢慢摸向腰间的佩剑。

"如果凯兹人知道，"塔玛斯说，"他们肯定知道了，今晚就会放火烧城，明早就不见踪影了。"

"这种天气，他们什么都烧不着。"

"尼克劳斯有的是办法。你们都将死无葬身之地，而我的军队只能抱着遗憾旁观，幸免于难的人会说是亚卓人干的。如果你的国王进攻我的军队，没人会是赢家。你要拿城里所有人，以及德利弗士兵的性命冒险吗，就因为你觉得我是屠夫？"

德马索林的手指离开剑柄。"我们今晚行动。天黑之后。"

"你知道他们把囚犯转移到哪儿了？"

"知道。"

塔玛斯咬着舌头。这件事，德马索林又隐瞒了多久？

"你能牵制住敌人吗？"塔玛斯问。

"不行。"德马索林说，"你的人只有一个，"他说，"我却有几十个。包括我兄弟。我去救他们，你负责牵制敌人。"

"他们被关在哪儿？"

"我认为，你不需要知道。"

塔玛斯很想越过桌子，掐死德马索林。话虽如此，他还是不确定要不要挑起这场争斗，他也不太愿意拿他的伤腿冒险。真要动手，他有更好的人选。

德马索林拿出一张城市地图，在桌上铺开。"城内主要兵营设在这里。大概有两百人驻守。近距离引爆他们的火药储备，可以一举消灭方圆半里内的敌人。"

塔玛斯转过地图以便查看。他的目光在各种标记上游移，然后用手指测距。

"不，"塔玛斯说，"你早试过了。昨晚的行动你们失败了。有人向凯兹人告密。他们会守株待兔，在监狱等你，在兵营等我。"

"我们还能怎么做？"德马索林说，"我不知道该死的叛徒是谁。"

"你希望我负责牵制？我答应你。这个苏尔金将军住在总督府，对吧？"

德马索林略微迟疑。"对。"

"他还在吗？"

"一小时前，在。"

"叫你的探子放出风声,就说塔玛斯元帅要去杀苏尔金。"

"有用吗?"

"因为苏尔金就是尼克劳斯公爵,我砍掉了他的狗爪子。如果他知道我在城里,他肯定顾不上其他事。"

"那你就是自投罗网。"德马索林举起一只手,"别误会。如果你今天死了,世界当然会更美好。但他当场杀了你,这座城市也保不住了。"

塔玛斯的手指在地图上滑动,回忆城里的街道。"我已经两次踏进他的陷阱,不想再来一次。不过,帮我个忙……六点钟之前不要告诉你的探子。"

"你不说说你打算如何避开陷阱吗?"德马索林问。

塔玛斯心不在焉地拍着地图。"我认为,你不需要知道。记好了。六点钟。这次我绝不会再给那个混蛋活路。"

第 42 章

殴打持续了一整夜。

他们用棍棒和拳头围殴塔涅尔。他的意识时有时无,不幸中的万幸是,大部分时间他都处于昏迷状态。等他们最终带他出去,他能感觉到空气中的寒意。透过血糊糊的眼帘,他依稀看到,太阳刚刚爬上东边的山峦。

天亮了。

卡-珀儿也许已经死了。

塔涅尔被圣光卫兵架着穿过凯兹营地,两脚无力地拖在身后。成千上万种声音涌入他耳中,还有军队准备早餐的声响。不知道他们当中有没有人认得他,或者关心他的身份。

他被随意地扔到地上,趴在泥地里呻吟。他被圣光卫兵揍软了,浑身麻木无力。不出一两天,他会全身肿胀——如果他能活那么久的话。

他的舌头在嘴里搅动,牙齿居然完好无损,令他吃了一惊。卡-珀儿的巫术这么厉害?他也不会骨折?他的肋骨似乎断了,但塔涅尔没有力气确认。

真的吗?

塔涅尔睁开眼睛。在他周围,人们来来回回地忙碌着。密密麻麻全是腿脚。

"一、二、拉!一、二、拉!"

号子重复一遍又一遍。他们在干吗？

他在泥地里吃力地抬起手，直到眼睛能看见它。他动了一根手指，接着又动一根。全都能动。好像有什么东西？他指关节有伤。哪儿来的？

哦，对。

被克雷西米尔的牙齿划的。

几双强有力的手把塔涅尔拉起来。他晃晃悠悠，几乎跌倒。他的胳膊被提起，手腕被结实的绳子绑在一起。

"绑紧。"有人说，"他得在上面待一阵子。"

什么上面？

塔涅尔的双臂被扯过头顶。他感觉手腕间的绳子挂在什么东西上，然后卫兵纷纷退开。塔涅尔的腿脚使不上劲儿，但他没有跌倒。

"一、二、拉！"

塔涅尔猛地一颤，两只手腕带着整个身体离地。

"一、二、拉！"

塔涅尔惊慌地胡乱蹬踢，然而脚下空无一物。他抬头望去。

悬吊他的钩子固定在一根巨柱上，好几队人拽着绳子，把柱子拉起来，使其指向苍穹。

朱利恩的形象浮现在他眼前——双手齐断，整个人被钉在凯兹营地中间的柱子上。

他朝前方呕吐起来。

"一、二、拉！"

他们费了些工夫才摆正柱子。塔涅尔的后背终于碰到木头，他双脚乱蹬，试图找到支撑。可惜，没用。

他面朝亚卓营地。晨光中，他看到士兵们聚集在前线，指指点点地议论着。一些军官举着望远镜观察他。他闭上眼睛，不愿与他们对视。他原以为能带领弟兄们打赢这场战争，如今却以这副模样示人。

火药魔法师

他必须警告他们。克雷西米尔昨晚说什么来着？他要烧光军队，连同米哈利一起。

一阵刺耳的声音传入他耳中。喉音浓重、低沉，但很有节奏。塔涅尔逐渐意识到，有人在笑。

"'双杀'。"那个声音说道。

塔涅尔抻着脖子张望。

就在他左边，不比啐一口痰更远的地方，杵着另一根巨柱。他们一定是趁夜将其移动到前线附近。朱利恩依然吊在上面，两截焦黑的断腕在头顶交叉，像在求饶，扭曲的姿态令人作呕。

"没想到会在这儿见到你，'双杀'。"她说。

塔涅尔扭头不看这位普瑞德伊。

"抱歉，是因为我的声音吗？他们两个月没给我水喝了。"她清了清嗓子，又发出一长串刺耳的大笑。"这就是死不了带来的麻烦。"一阵咳嗽，然后又一阵大笑。

塔涅尔闭上眼睛，希望她不要说话了。

"你看上去还不错，'双杀'。"朱利恩说，"我说真的。瞧瞧我。克雷西米尔折磨了我好几个星期，然后才把我挂上来。不知他为何没这么对你。别担心。一两个星期你就恢复了。而我，我永远都恢复不了。克雷西米尔会确保这一点。我一直没照镜子，告诉我，你能看到我脸上那道迷人的伤疤吗？"

死不了？她是不是吊得太久，人已经疯了？塔涅尔的双臂承受不住身体的重量，开始酸疼。他吊得越久，情况就会越糟。最后，他扭头望向朱利恩。

她面目可憎，头发所剩无几。曾经青春洋溢、富有弹性的肌肤，如今犹如老旧的皮革一样皲裂。她的脸受过极其残酷的虐待——鼻尖被割掉，大部分牙齿没了。她豁开嘴巴，冲塔涅尔笑了一下，似乎很清楚他在想什么。

她眼中闪烁着疯狂。

"跟以前一样迷人。"他抬头看着自己的双手，还有被缚的手腕。疼得更厉害了。他试图抬起双腿，但坚持一会儿就放弃了，嘴里发出一声呻吟——因为疼痛，也因为愤怒。

"疼痛不会缓解。"朱利恩说，"即使过上几个月，你的胳膊彻底麻木了，它依然会在你的肩膀里悸动。我发现……"她慢慢扭过头，脸上掠过一抹痛苦的神色，"用双臂轮流承受体重还能好受些。"

塔涅尔闭上双眼。他能坚持这么久吗？几个月后他还能活着，眼睁睁看着故乡化为废墟吗？

他看到亚卓军中有名骑兵向凯兹前线移动，头上飘着白旗。

请求停战？还是叛徒希兰斯卡最终说服了总参谋部投降？

塔涅尔拼命挣扎。他必须挣脱绳索。

塔玛斯在磨坊地窖里找到海洛娜。这里是间旧谷仓，也是磨坊里唯一封闭的房间，充斥着陈年小麦的干燥气息，吸进鼻孔里全是粉尘。

房门开着，他敲了敲门框，海洛娜闻声抬起头。管家鲁佩尔也在。他看到塔玛斯，站了起来。

"你害死了我弟弟。"海洛娜说。

塔玛斯觉得很不公平。责任不在他。萨伯恩早就明白，身为塔玛斯的战士必然会面临风险。但塔玛斯也知道，他很难说服海洛娜。

"我需要你的帮助。"

"去死吧。我不想再看到你。"

"海洛娜……"他迈出一步。

鲁佩尔挡在女主人和塔玛斯中间。

塔玛斯眯起眼睛，看着管家。"海洛娜，我要知道怎么进入总督

火药魔法师

府。那家伙杀了我妻子和你弟弟,我要去干掉他。"

鲁佩尔逼得更近,直到二人的胸膛撞在一起。"夫人说了,请你离开,先生。"

海洛娜抬起一只手。"鲁佩尔,没事。"她用手帕擦擦眼睛,手仍然举在半空,似乎要求对方给她些时间思考。过了一会儿,她放下手。"鲁佩尔,我要你给塔玛斯带路,走秘密通道进入总督府。"

"您确定,夫人?"

"确定。"

塔玛斯从管家面前退开一步。"谢谢你,海莉。"

"杀了那个杂种,塔玛斯。"海洛娜说,"让他不得好死。"她颤抖着吸了口气,"然后,我再也不想见到你了。"

"我明白。"

塔玛斯出了磨坊。维罗拉冒雨等着他,头戴三角帽,身披大衣。她冲塔玛斯压了压帽檐,雨水顺势流淌。她倚着步枪,大衣里的蓝色军服依稀可见,腰间插着一把手枪。

"奥莱姆回军队了?"

她点点头。

"其他人呢?"

"正在待命。"

塔玛斯点点头。几分钟后,鲁佩尔来到街上,一行人离开磨坊镇。磨坊镇边缘有家废弃的街头咖啡馆,塔玛斯的火药党绕着户外的座位来回晃悠。

他只带了最强的几个人。萨伯恩夏天在亚多佩斯特训练的新兵留在城里。他们的训练和经验都不足,应付不了这次任务。

火药党的装备与维罗拉差不多。他们身披大衣,头戴三角帽,每人都尽可能多带武器,从手枪、刀剑到匕首都有。塔玛斯嘴角泛起笑意。八个人,有男有女,个个都是本领高强的火药魔法师,在他看来都能以一敌百。塔玛斯飞快地观察街上的情况，搜寻凯兹巡逻队的踪迹，然后转身面对他的魔法师们。

"我们此次的任务是牵制敌人，让德利弗人趁机营救被凯兹关押的政治犯，"塔玛斯说，"加夫里尔也在其中。我很想去那边救人，但我们有更重要的任务。

"我们要对凯兹侵略军实施斩首行动。擒贼先擒王。你们都清楚，我跟尼克劳斯公爵有过节，所以你们也知道，我选择这个任务，有我个人的……偏好在里面。"

火药魔法师中有人低声窃笑。

"言归正传，我们要牵制敌人。我希望尽可能吸引敌人的兵力。毫无疑问，其中一定有守护者。没准有几十个。尽管我们武艺高超，天赋异禀，形势依然对我们极为不利。对我而言，这个任务有复仇的意味。但我不会要求你们为我的私仇去送死。"

一个女魔法师开口了，她叫莉昂，比维罗拉大不了几岁。"您打算死在这里，长官？"

"我从没打算死在战场上。所谓打算，不过是为坏事成真做好心理准备罢了。不过……有些时候，我失败的可能性确实大得多。"

"那是他准备赴死的一种漂亮说法。"维罗拉说。

塔玛斯瞪她一眼。

"长官。"安德里亚举起手。

"什么事？"

"我专程来杀凯兹人。过去两个月，我的步枪上多了五十七道刻痕。我希望打完仗能超过一百。那边有四十七个凯兹人吗？"

"我相信，有。"

"很好，长官。我要去。"

"我们都去。"维罗拉平静地说。

"谢谢你们。"

"不是为了您,长官,"安德里亚说,"是为了杀凯兹人。"

"我依然感激不尽。鲁佩尔,劳驾。"

他们跟着管家穿街过巷,不断躲避凯兹巡逻队。塔玛斯躲在阴影里观察他们。巡逻队步履仓促,犹如惊弓之鸟。塔玛斯见过这种表情。在哥拉执行任务时,他的战友们也有同样的眼神,那是他们在充满敌意的城市里巡逻的最后一日,心怀撤离的期待——与恐惧——毕竟当时什么都有可能发生。

总督府与海洛娜的宅邸处于同一片富人区。他们从高墙环绕的花园冲向另一处高墙环绕的花园,最后远离大街,抵达一片林木繁茂的小公园。鲁佩尔带着他们钻进林子,来到园丁的棚屋。

棚屋不大,刚好供他们站下。鲁佩尔搬开一张桌子,掀起一块旧地毯,扔到旁边,露出一扇活板门。他点亮提灯,一行人下了地窖。

地窖挖得有些粗陋,越过泥土表层,直抵黏土层。一眼望去大概有四尺宽,十几尺长,可能用来储藏食物,对面还有个偏洞。等他们进了偏洞,一拐弯,就见一条地道斜斜地通往黑暗之中。

一路上泥浆四溅,塔玛斯尽可能避免大衣蹭到潮湿的洞壁。他数了将近四百步,然后登上一截石阶,又进入一间相对宽敞的地窖。周围都是石头,角落里有个落满灰尘的衣柜,一张双人床,以及一个空荡荡的火枪架子。对面的旋转楼梯通往上方。

"这个房间和地道,"自从鲁佩尔加入他们,他还是头一次开口,"是很久以前修建的逃生通道,那时德利弗的局势动荡不安。"鲁佩尔指着楼梯,"从那儿可以上到二楼。出去之后,前面的书架是暗门,可以直达总督的办公室。现在我要回女主人身边了。"

鲁佩尔正要返回地道,塔玛斯抓住他的肩膀。"告诉海莉……告诉她,一直没能回来,我很抱歉。"

鲁佩尔挣脱塔玛斯,带着唯一一盏提灯进了地道,塔玛斯和魔法师们陷入一片黑暗。

塔玛斯往舌头上撒了些许火药，好在绝对黑暗中看得清楚些。他慢慢拾级而上，尽可能保持安静。受到重压的铁片相互摩擦，楼梯在他脚下嘎吱作响。

楼梯尽头有了亮光，是从两个小孔透进来的，位置比塔玛斯平视的高度低了几寸。他脸贴墙，透过小孔张望。

他看不见多少东西。只有房间对面的一扇双开门。一盏大烛台。沙发顶。他睁开第三只眼。

他方有少量色斑。这种亮度可能是守护者，但距离太远，不可能在总督办公室里。没有尊权者的迹象。

塔玛斯轻轻推门。

他只用手指碰了碰，门板就无声地向前移动，然后滑到一旁。塔玛斯走进总督的办公室。这个房间相当宽敞，装饰着几十盏镀金大烛台，书架上摆得满满当当，还有两个豪华壁炉和一扇巨大的窗户，可以俯瞰庄园前方的庭院。

房间里没人。

塔玛斯舒了口气，轻声招呼缚印者们进来。他们鱼贯而入，整洁的红地毯上顿时布满泥印。他用手势示意他们守好门窗。

他们开始检查相邻的房间和通往外部的门厅。

几分钟后，维罗拉来到窗前与他会合。"办公室套间里没人，长官。"她说，"楼下前门附近有几个守护者。安德里亚说他听见，一楼仆人的住处有士兵谈话。"

"干得好。"

"现在怎么办？"

"等。"

"您确定尼克劳斯会回到这里，长官？"

"这个推测合情合理。"

这时，安德里亚回来了。"长官，行李在主卧室。"

塔玛斯看看怀表。刚过六点钟。"时机最重要。"

塔玛斯从窗台张望。院子里有十几个士兵。他们面朝大门,肩扛火枪,昂首挺胸。从塔玛斯的位置正好能看到,院子角落里有个守护者。

每隔几分钟他就看看表。尼克劳斯会回来吗?塔玛斯找他报仇的消息有没有传到他耳中?也许他看错了尼克劳斯。也许那家伙宁可逃跑,也不愿冒险去抓捕他。

几个骑手进了大门,塔玛斯将注意力转回庭院。骑手后面跟着一驾马车,装饰着花边窗帘和精美的镀金。马车转弯,掉头,停了下来。塔玛斯离得很近,扔块石头就能砸中马车的车顶。

车门开了,一个德利弗女人下了车,看样子约莫十六岁,身穿上好的礼服,衬托出丰满的胸脯。她踩上铺着砂砾的车道,傲气十足地四下张望。塔玛斯有些失望。

不是尼克劳斯。

塔玛斯从窗边走开。

"长官!"维罗拉示意他回来。又有一人要下马车,但似乎有些吃力,前臂抵在门框上。是个男人,戴着白色的尊权者手套。一个守护者出现了,抓住那人的胳膊,扶他下来。他的面孔被三角帽遮住一部分。

塔玛斯祈祷尊权者能稍稍转头,好看到他的容貌。

尊权者停了下来,对一个士兵说话。声音太低,塔玛斯听不清。士兵匆匆点头,转而面对其他士兵。"两小时后出发!"他大声说,"天黑之前还没做好准备的,一律枪毙。"

塔玛斯的目光锁定在戴三角帽的尊权者身上。应该就是尼克劳斯!然而塔玛斯依然看不到他的脸。他正与身边的年轻女士亲切地交谈。

他们刚刚踏上庄园台阶,一个信使便策马冲进院子,猛然收步,掀起一大片砂砾。信使跳下马，跑向尊权者。

塔玛斯心跳加速。

信使敬个礼，气喘吁吁地汇报。尊权者一肘子推开他，扭头冲向庄园。

塔玛斯听见楼下的门突然打开。尊权者的声音在庄园里回荡。

"所有人集合！"他尖叫道，"所有守护者跟着我！二十分钟内，我要五百个士兵到这儿来。快下命令！我们一小时后就离开！"

"可是，长官，"塔玛斯听见有人说，"城里怎么办？"

"城里关我屁事！德利弗和亚卓开战与我无关！他来了，你这蠢货！他来了！"

"尼克劳斯。"塔玛斯低声说。

信使慌慌张张地跑上庄园前面的车道，去传达尼克劳斯的命令。塔玛斯目送他离开。

"好了，德马索林。"塔玛斯喃喃自语，"你要的牵制来了。"

伴随着尼克劳斯歇斯底里的喝令，匆忙的脚步声在大厅楼梯间响起。

塔玛斯低头一看，他已一手握住手枪，一手扶着剑柄。他手指发痒。

"来了。"安德里亚守在门边，嘶声说道。

"我们在这儿等他？"维罗拉问。

塔玛斯眨眨眼，仿佛看到吊在阿尔威辛大教堂塔尖的德利弗政客。仿佛看到萨伯恩毫无生气的眼睛望着他。还有查理蒙德家的车道上，抓捕尼克劳斯时牺牲的无数士兵。

艾瑞卡的人头浮现在他眼前。恐惧凝固在她脸上，金发结满血块，脖子上的切口整整齐齐。他仿佛看到，尼克劳斯献上他亡妻头颅时满脸的狞笑。

塔玛斯把一整包火药撒进嘴里。力量激涌，他浑身仿佛着了火。

火药魔法师

维罗拉一定在他脸上看到了异样。

"该死,"维罗拉骂道,"安德里亚,让开。"

塔玛斯破门而出,单手拔出手枪。

"尼克劳斯!"他怒吼道。

第 43 章

"亚多佩斯特的市民们。"克莱蒙特大人声若洪钟。

嗓门之大,震得埃达迈膝盖发软。"该死,"他低声说,"他带了尊权者!"这是唯一能盖过岸上的喧嚣,让人听见他说话的办法。

"朋友们,"克莱蒙特接着说,"兄弟姐妹们。我的同胞们!我从最遥远的世界带来对你们的问候。今天我来与诸位会面,我的亚卓同胞们,谦卑地跪在你们面前,成为这个美好国度的首相候选人。"说到这里,克莱蒙特低着头,单膝下跪。须臾,他站起身,张开双臂,仿佛在拥抱岸上的男女老少。

"这是个伟大的国家!成就斐然。我们有工会、军队、亚多姆之翼、银行,还有守山人军团。我们有现代世界无与伦比的工业。我们有让所有国家艳羡的伟大英雄,'双杀'塔涅尔和已故的塔玛斯元帅。"

克莱蒙特大人叹息着垂下头,似乎在平复激动的心情。"塔玛斯元帅为你们战死,我的朋友们。他为我而死。为我们所有人免受凯兹的暴政而死。他志存高远,雷厉风行,我不会让这些宝贵的品质随他逝去!"

岸上寂静无声。埃达迈听到一枚硬币落地的声音,他也在屏息等待克莱蒙特接下来的发言。为此,他很生自己的气。

"目前,这个国家最需要的是希望。为此,我带来了布鲁达尼亚的九千精锐,他们将与亚卓军队并肩作战,抵抗凯兹侵略者。"他指向停泊在身后的贸易公司船队,"我带来了大炮、枪械和补给。我带来了粮食和金钱。我带来了世界各地的珍宝,一切都为战胜凯兹。

"我不求回报,不求感谢,我许诺的财富也绝无保留。我只求你们在接下来的选举中承认我的价值。"

埃达迈发现,又有不少长艇放了下来,上面载满了布鲁达尼亚士兵。长艇接触水面,立刻驶向岸边。克莱蒙特所在的长艇也拔起锚,慢慢漂向露天剧场。

"我的同胞们,"克莱蒙特打破沉默,"我们的国家需要改革。这是个富有远见的国家!一个崇尚智慧的工业大国。若我担任首相一职,我必将改革进行到底,迎接新的世纪。我们会抛弃老路、迷信,和愚蠢。

"至于诸神——他们为你们做了什么?"他摇摇头,"什么都没有。你们都听到传言,说克雷西米尔和亚多姆回归了。这是真的!但你们听好了:我们绝不容忍他们放肆。世界是我们的,这里没有他们的立足之地,我要让他们知道这一点。

"我们虽是肉体凡胎,但我们积极进取,我们光荣伟大。面对强有力的亚卓,诸神也要为之颤抖。

"一切始于今日,我的朋友们。我们的新世界。"

最后一句话几不可闻,因为埃达迈的心脏在胸膛里跳得厉害。出大事了。克莱蒙特想干吗?他又怎么可能……?埃达迈拿起遗忘已久的望远镜,举到眼前,聚焦克莱蒙特。

克莱蒙特正对身边一个女人说话。女人扬起手,白色手套上布满深红符文——她是个尊权者。

埃达迈听不到克莱蒙特说了什么,但读出了他的唇语。"毁了它。"

巫力劈过晴空,激起围观民众惊恐的呼声。白色闪电如刀光一闪,划破露天剧场上方的空气,击中了克雷西姆大教堂。无形的利刃切开堆砌的石块,教堂顶上顿时烟尘弥漫。

教堂的穹顶如被一只巨拳砸中,巨型建筑瞬间垮塌。人们东奔西跑,躲避掉落的石头,惊叫声此起彼伏,不过破坏的威力全在巫术的控制之下,就埃达迈看到的,没人受伤。

等尘埃落定,埃达迈的目光回到克莱蒙特身上。他再次立于长艇的船首,举起双臂,对众人说话。

"这只是个开始,我的兄弟姐妹们。这个世界,我们必须夺回来!"

塔玛斯第一颗子弹本能洞穿尼克劳斯的眼睛,可惜一个守护者把他甩到一边。后者肩膀中枪,浑身一颤。这扭曲的怪物立刻拔剑,扑向楼梯上的塔玛斯。

塔玛斯也拔剑迎战。怪物嚣张地大吼,塔玛斯则回以无声的咆哮。双剑交接,金铁铮鸣,随后塔玛斯突破了守护者的防御。他抓住守护者的脖子,感觉到火药带来的力量在体内奔涌,将其扔进底下的门厅。

尼克劳斯滚落台阶,又从大理石地板上爬起。他有只手套脱落了——塔玛斯愣了一下——不对,是整只手脱落了。

他一直装着假手。为了愚弄手下的士兵,让他们以为,他依然有能力施放巫术?也许吧。但塔玛斯并不关心。他一步跨过三级台阶。

尼克劳斯逃向前门,同时疯狂地指着塔玛斯,冲手下人尖叫:"杀了他!"

空气中早已弥漫着黑火药的苦涩气息。塔玛斯感到一股能量急剧上涌,随即在凯兹士兵中间发生爆炸——维罗拉引燃了他们的火药。

士兵们挥舞刀剑扑向塔玛斯。尼克劳斯十分狡猾,一部分士兵没带火药。塔玛斯挑开攻来的一剑,刺进对方的胸膛。他大步向前。尼

火药魔法师

克劳斯连连后退,一脸惊恐。

一把匕首贴着塔玛斯的脸飞旋而过,击中楼梯的大理石扶手,"当啷"坠地。他回头看到一个守护者,伴着一声闷哼,怪物与他亲密接触,巨大的冲击力堪比愤怒的公牛。

塔玛斯整个人飞了起来,狠狠地撞上扶手。扶手当即碎裂,他和守护者摔下楼梯,好在没多高,很快就落地了。

怪物的大手死死掐住他的喉咙。塔玛斯抓住对方的手腕,同时用掌根击打守护者的肘部。怪物的胳膊应声折断,形成反向的直角。塔玛斯揪住守护者的衣领,猛踹一脚,将其踢开。

等塔玛斯爬起来,周围已全是凯兹士兵。大多数死了,或者半死不活,要么被魔法师开枪打死,要么被身上的火药筒炸得粉碎,但仍有不少凯兹人挡在他面前。

塔玛斯发现,尼克劳斯逃进了一侧的走廊。

"妈的!"塔玛斯大骂一声。他脚下不稳,再次翻身倒地。断了胳膊的守护者抓住塔玛斯的腿,一刀刺来。

塔玛斯使劲挣脱,守护者的匕首戳在大理石地板上。怪物往前一扑,塔玛斯挥剑挡开匕首,又用剑柄打中他的脸,随后飞身一跃,再次避开刺来的匕首。

怪物站了起来。

然后轰然倒地。安德里亚从楼上跳下,落在怪物背上,刺刀深深插进头骨和脑子。

"好了,"安德里亚杀向凯兹步兵,"去干掉那个公爵!"

塔玛斯冲进尼克劳斯消失的走廊。廊道约有一百码长,通往庄园另一头。塔玛斯睁开第三只眼,强忍眩晕,寻找守护者和尊权者的踪迹。

随着一声大吼,偏房里杀出一名士兵。塔玛斯闭上第三只眼,脚步踉跄,后退几步,感觉利刃干净利落地擦过腰际。他挡开对方接下来的撩刺,拔出第二把手枪,贴着臀部开火。凯兹士兵胸膛中弹,向前打个趔趄,又试图后退,一脸诧异地倒在地上。

塔玛斯没理他,继续沿着走廊狂奔。伤腿的疼痛犹如鼓点,一阵阵袭来;腰际的伤口暴露在空气中,同样刺痛难忍。他在走廊尽头放慢脚步,转弯一看,又是条一百来步的走廊。

尼克劳斯不见了。

"长官!"维罗拉喘着粗气来到他身边。

"他朝这边走了。"塔玛斯说。

她点点头,抢到前面。

维罗拉超过他差不多十五步时,一个躲在门道里的守护者突然冲出,朝她狠狠撞来。两人滚过走廊,消失在另一个房间里。

"维罗拉!"塔玛斯向前跑去,但一个声音喝停了他的脚步。

"不许靠近。"是尼克劳斯。声音来自维罗拉和守护者所在的房间。

"我来要你的命。"塔玛斯说。

"那她就没命了。"

塔玛斯低头一看。两把手枪都开过火了。他也许能驱动子弹绕过拐角。不对。他知道自己能做到。

"维罗拉?"塔玛斯大声喊道。

没人回答。

"如果她死了,"塔玛斯说,"我就没有停下的理由了。"

塔玛斯听见有人愤怒地闷哼一声,然后是维罗拉的声音。"我没事,长官。"

"暂时没有。"尼克劳斯说,"但她再敢咬我的守护者,我就拧断她的脖子。她是我的挡箭牌。塔玛斯,即使你让子弹转弯,挨枪子的也是她。"

塔玛斯收剑入鞘,拔出手枪。他又快又稳地装填弹药,插进腰带,然后装填另一把。

"你的腿怎么样了?"尼克劳斯喊道,"还挺结实,真让我吃惊。"

"被神治好了。感觉棒极了。你的手呢?克雷西米尔没让你重新长出来?"

听到对方低声咒骂,塔玛斯十分满足。

"投降吧,塔玛斯,不然我杀了这姑娘。"

"杀吧。"塔玛斯说,"我不在乎。"

"我不这么觉得。我认识她。维罗拉。我还没告诉你吧?那是我小小的计策之一:找人睡了她。"塔玛斯又听到一声低沉的闷哼——来自守护者——然后尼克劳斯笑了。"你可能以为是某个贵族指使的。好吧,那个花花公子也这么认为。"

"她背叛了塔涅尔。"塔玛斯说,"我刚才说了:杀吧。"

尼克劳斯不以为然地弹了下舌头。"哦,塔玛斯。我太了解你了。我知道你的愿望和恐惧。我知道你的喜好。她一直是你的心头肉。塔涅尔取消婚约之后,你有没有想过睡了她?我知道你想过。如此天赐良机,你心里肯定痒死了。"

塔玛斯睁开第三只眼,从墙边退开一步。透过墙壁,他能看到尼克劳斯在他方闪烁的光芒,距离拐角几十步远。更近的位置,是在他方光芒暗淡的守护者,以及微弱发光的维罗拉。守护者把维罗拉当成挡箭牌。塔玛斯如果驱使子弹转弯,有可能打中维罗拉。

"扔掉手枪,塔玛斯,我可以留她一命。"尼克劳斯说。

"我凭什么相信你?"

"你别无选择。院子里全是士兵。不管你带了多少魔法师,你们都寡不敌众。你扔掉武器,然后过来,我保证这姑娘能活命。"

"你有这么宽宏大量?"塔玛斯拔出第二把手枪。一把对准尊权者的光,另一把对准守护者。

"我都不知道我在想什么,"尼克劳斯说,"也许是你的人头插在矛尖上的动人场景吧!"他提高嗓门喊道,"想想吧,塔玛斯。不过几个月前,是我被困在庄园里,你的士兵冲进院子。风水轮流转啊!没准儿我杀你之前,也会砍下你的双手。"

塔玛斯观察墙壁。大理石里面很可能是石灰岩。要想子弹洞穿墙壁,他得烧掉半筒火药产生推力,同时集中精神,确保子弹不会中途破碎。一颗,他做得到。两颗不行。

"我就不会费这事儿。"塔玛斯放下瞄准尼克劳斯的手枪,拉下击锤,将其放到地上,推到走廊中间,让守护者能看见。

"我放下武器了。马上放了她。"塔玛斯说。

"我要看到你跪下!"尼克劳斯尖叫道。

塔玛斯聚精会神地盯着守护者在他方的色斑。他全神贯注于子弹,将另一把手枪的枪管抵住墙壁,扣动扳机。

他在开火瞬间丢掉手枪,一跃而起,顺势滚到走廊中间,抓起前一把手枪,以跪姿起身。用意念引燃火药的同时,他感觉到了手枪的后坐力。

两枪都击中了守护者。第一颗子弹穿墙而过,顺着偏低的弹道,钻进怪物的脖子。第二颗正中其眉心,就在维罗拉的肩膀上方。守护者仰面摔倒,维罗拉依然被他抱住。

在守护者身后,塔玛斯瞥见尼克劳斯逃窜过房间。

塔玛斯掰开守护者僵硬的手,轻轻救出维罗拉。怪物在她脖子上架了把刀,割破了她的脖子,血色猩红,塔玛斯不知道伤口有多深。

"维罗拉。维罗拉!"

她的眼神有些呆滞,面色惊惶。一块大理石碎片插在她脸颊上。塔玛斯把它拔出来,一手撩开她的头发。

她突然如梦初醒地摇摇头。"我还活着。"她说,"我还活着。我没事。"她像在自言自语,而不是对塔玛斯说话。

塔玛斯从兜里掏出一块手帕,按住她的喉咙。她能说话,证明伤

火药魔法师

得不深。"按住了。"

"快,"维罗拉说,"去追他。"

塔玛斯脱掉大衣,揉成一团,抬起维罗拉的头,垫在她脑后。"安德里亚!该死,他去哪儿了?安德里亚!"

莉昂突然出现了,端着一把上了刺刀的步枪。她把步枪放下,伏在维罗拉身旁。

"看着她。"塔玛斯说,"瓦姐斯拉弗缝线手艺最好。等战斗结束,让她优先照顾维罗拉。"

塔玛斯取回另一把手枪,观察一下房间。尼克劳斯从侧门逃了。他看到尊权者跑过草地,奔向前门的方向。

"长官,"莉昂说,"庄园在我们手里,但院子里全是士兵。"

塔玛斯往手枪里塞了颗子弹,用棉花压实。"我不管,"他说,"我还要杀个人。"

塔涅尔贴着粗糙的木头,浑身瘫软,经过一番挣扎,他已经没力气了。

他试图挣脱束缚,然而扭动得再厉害也无济于事。他还能怎么办呢?他朝下张望。即使挣脱了也没用,他心想。凯兹卫兵守在柱子底下。高度足有五十尺,落下去他还有命吗?就算落地,他也摔得半死不活了,只能让凯兹人再补上几刀吧?

换作塔玛斯又会怎么逃脱呢?那老家伙虽然刻薄,但聪明得很。

朱利恩看着他挣扎了一个钟头,似乎乐在其中,眼神时而疯狂,时而清醒。

"他为什么这么对你?"塔涅尔问。

朱利恩又发出嘶哑的大笑。"我每天也这么问自己。"

她帮不上忙,塔涅尔心想。显而易见,她和把她吊在这儿的神一样疯癫。他抬头看看头顶的钩子，又看向亚卓营地。虽然距离遥远，也不在火药迷醉状态，但他还是能看见，总参谋部正在集合军队。凯兹这边同样忙乱。双方都在准备赌上最后一把。

等到那时，克雷西米尔就要杀死所有人吗？

"克雷西米尔不想回来。"朱利恩说。

塔涅尔猛地转头看她。疯狂的眼神消失了，她恢复了清醒。

"要不是我召唤他，他才不会回来。"她接着说，"他不关心塔玛斯杀了曼豪奇，也不关心凡人的命运。我错得太离谱了。"朱利恩咳嗽几声，使劲咽着口水，残破的面孔扭曲得更加可怖，"如果能再活两万年，我绝不会犯下召唤克雷西米尔这种错误。"她浑身发抖，仰起头，痛苦地呻吟。

塔涅尔别过脸去。他不忍再看。为施虐而施虐，原来诸神与凡人一样小肚鸡肠。

塔涅尔扫视亚卓营地，寻找熟悉的面孔。然而距离太远，很难看清具体的人。

现在，卡-珀儿应该知道他的遭遇了。

如果她还活着的话。

塔涅尔扯着绳子，弯曲双臂。他抬高几寸，又落了回来。早上的挣扎让他筋疲力尽。

"你在干什么，火药魔法师？"朱利恩问。

"想办法挣脱。"他又把自己拉上去，抬高了一寸。或许两寸。

"没用的。你只会掉下去，摔断腿。"

"也许我可以溜下去。"

朱利恩哑声哑气地笑了。"然后他们再把你吊上来。"

塔涅尔留意到，凯兹营地里有什么动静。动静不大，他也不清楚那个方向为何吸引了他的目光。他集中注意力，望过去。

一个小小的人影在士兵间穿行，戴着兜帽——可能是个孩子。但

火药魔法师

塔涅尔认出了她的体形。他太熟悉那摇摆的步态了，毕竟相处那么久。

卡-珀儿。她来做什么？她必须离开这营地，不然会被抓住的！

但没人注意她。士兵们正在准备干什么大事。数百码外，她不慌不忙地走过营地。

塔涅尔再次弯曲双臂，使劲拉起身体，直到脸颊差点碰到钩子。他每一根神经都因力竭而颤抖，浑身肿胀的皮肉都在抗议。

"你想干什么，火药魔法师？"朱利恩沉声问道。嘶哑的嗓音消失了。塔涅尔瞟了一眼，发现她正专心致志地看着自己。

塔涅尔落了回来，累得上气不接下气。"我要杀了克雷西米尔。"

卡-珀儿越来越近了。等她到了又有什么打算？她的力量不足以救下自己。

在远处，两军之间的无人地带，塔涅尔看到一个孤单的人影离开亚卓营地。又高又胖，系着白围裙。是米哈利。

塔涅尔搜寻片刻，发现克雷西米尔站在凯兹阵地的最前方。神换下血迹斑斑的长袍，穿了身干净衣服，依然戴着面具。他也开始走向战场中央。

塔涅尔向上用力，终于摸到了钩子。他用指头一寸一寸地摸索。之前的挣扎弄松了绳结。虽不至于让双手脱离束缚，不过……

塔涅尔抓住钩子，脚板蹬着柱子。他腿上用力，脚趾紧贴木头，将其夹在当中。他稳稳地撑在柱子上，两脚一蹬，逼迫酸痛的大腿使出最后一丝力气。只要往上争取一两寸……

他做到了！绳索顺着钩子的弧度向外滑动，突然与之分离。一阵眩晕感袭来，他差点儿掉下去。他终于与钩子分开了！只要他愿意，随时可以自由落体。

他低头一看，不由五内生寒。果然不是个好主意。

他抓住钩子，一拧身，面朝柱子。

"你真是顽固不化。"朱利恩说。

塔涅尔没回答。他开始沿着粗糙的柱子慢慢往下爬。他把指甲和靴尖嵌进木头里，像在攀爬悬崖峭壁。浑身肌肉疼痛难忍。他不可能一直依靠指甲和木头的摩擦抵达地面。

他爬了几尺就停了下来，气喘吁吁。

"你真能做到吗？"朱利恩问，"杀死克雷西米尔？"

塔涅尔又爬下一尺高。

"是那个蛮子，对吧？该死，她的巫力深不可测。没准儿她真能杀了他。"

塔涅尔默不作声。又是一尺。他能行。

他俯视脚下。四个卫兵围着柱子站岗。谁也没注意他正爬下来。他必须到达合适的高度，跳到一个卫兵身上，然后与其他三人搏斗——他的双手仍然被绑着。卡-珀儿应该到了。她可以……

她突然出现在视野中，快速接近一个卫兵。卫兵挺起胸膛，抬手说了句什么。她抡起小拳头，打中对方的喉咙。卫兵跪在地上吐血。

又一尺。塔涅尔的心咚咚直跳。他必须不断向下移动。

"答应我。"朱利恩说。

"快，快，我必须快。"塔涅尔低声告诉自己。

"答应我，你会杀了我。用你打瞎克雷西米尔的子弹，射进我的脑袋。我不想活了。我受够了这虚弱不堪的躯壳。如果你愿意，就当是复仇好了。"

塔涅尔低头一看。卡-珀儿与另一个卫兵扭打成一团。第三个卫兵抓住她的肩膀。

"答应我，塔涅尔。"

恳求的语气打动了塔涅尔。他停下来，看了朱利恩一眼。"我答应。"他说。

朱利恩发出刺耳的大笑。

火药魔法师

在他下面，三个卫兵把卡-珀儿按在地上。塔涅尔深吸一口气，紧闭双眼。

然后他放手了。

第 44 章

塔玛斯尾随尼克劳斯,从庄园侧门追到草坪上。此时大雨如注,草地浸没在水中。尽管只是下午六点半钟,但天已经黑了。一场强劲的暴风雨正要袭来。

塔玛斯出门时,看见尊权者拐了个弯,绕向庄园正面。他追了上去。

他在拐角处停下脚步,飞快地瞟了一眼。庭院里有五六十个士兵,正以马车和雕像为掩护,与庄园里的火药魔法师交火。

尼克劳斯跳上一辆马车的踏板,单臂勾在扶手带上。枪林弹雨中,塔玛斯听见他大喊:"快走!"他用断肢敲击车顶,然后钻进车内。马车驶过短短的车道,上了大街。

一颗子弹在塔玛斯头上打掉一块石屑。他缩了回去。被发现了。

塔玛斯看着那些士兵。太多了。即使以他最好的状态也很难应付。为了击穿石灰岩,他消耗了大部分火药。他望向五十步外的围墙。太高了。

塔玛斯听到外面一阵骚乱,冒着危险探头张望。

一个凯兹士兵的火药筒突然爆炸,将其炸成两截。爆炸接二连三发生。他们纷纷扔掉火枪、火药筒和火药包,免得被炸死。应该是维罗拉。只有她能远距离引燃火药,干掉大门附近的士兵。她应该靠近窗户,或者有人替她导引方位。盲目引燃火药是危险而愚蠢的行为,极有可能误伤自己和友军。

火药魔法师

庄园前门突然敞开。安德里亚杀向敌人。他端着一把上了刺刀的步枪,发出震天动地的怒吼。他神情狂暴,帽子不见了,大衣随风鼓荡。他扑向最近的凯兹士兵,毫不留情地刺穿了对方。

塔玛斯要的就是这种掩护。

他快步冲过草坪,直接奔向凯兹士兵后方。大多数士兵没理他,只顾着安德里亚。

塔玛斯接近大门。一个士兵转身面对塔玛斯,慌忙往枪管上安装刺刀。塔玛斯冲向士兵,踩着车道边的一块石头,借势跃起,踢断了对方的下巴,然后冲出大门。

街上士兵更多。塔玛斯发现自己被二十来个凯兹步兵团团围住。

他引燃了周围所有火药,用意志力隔开爆炸,可他向来不精于此道,结果被冲击波震飞了。

塔玛斯挣扎着爬起,摇摇头,试图驱散晕眩感。火药迷醉状态也抑制不住伤腿的疼痛,他只能一瘸一拐地寻找尼克劳斯的马车。

地上横七竖八躺着许多尸体。周围的士兵几乎全死了。只有几人抓着残缺的肢体,痛苦地呻吟着。街上血流成河。地狱般的景象——还有火药和鲜血的味道——令他作呕。

在那儿,街道尽头。尼克劳斯的马车驶在从城里通往山区的大路上,逐渐消失在暴雨之中。车夫疯狂地抡起鞭子,马车向前疾驰,市民纷纷避让。

塔玛斯试着跑起来,但身子一歪,只好扶住一个雨桶边缘——桶里早已溢满雨水。他猛地一推,恢复了平衡,然后慢慢往前移动。他脑子里轰轰作响,感觉两股暖流顺着脸颊淌下,于是伸手一摸。是血。应该是从耳朵里流出来的。

他不能停下。马车越来越远,没多久就能出城,驶进山区。尼克劳斯会再次逃脱的。

塔玛斯咀嚼着剩余的一个火药包,强行迈开双腿奔跑。

鹅卵石街面撞击着他的脚板。他将全身全心交给了火药迷醉状态，火药仿佛在血管里燃烧。店铺和住宅在他两边飞逝。他跑得比马还快，泪水充盈眼角，心跳响彻耳边。他的帽子掉了，被风吹走，雨水扑面而来。

马车远在前方，已经到了城市东边。塔玛斯在脑海中勾勒着地形。长达几百码的坡面练兵场，聚集着尼克劳斯的士兵和他们搜刮来的不义之财，后面是陡峭的山崖和通往一处山谷的道路，后者随地势逐步上升，进入乌木堆山脉。

练兵场上的士兵何止成千上万。塔玛斯必须在尼克劳斯抵达前动手。他停下来歇了口气，举枪对准马车后部。不，现在不行。街上德利弗人太多。他必须干净利落地射杀尼克劳斯。

塔玛斯接近了城市边界。雨水变成了洪水。他已经看不到马车的影子了，但很清楚尼克劳斯逃亡的方向。毫无疑问，手枪里的火药也淋湿了。

雨幕中人影憧憧，嘈杂的雨声突然被叫喊声盖过。到处都是人，街道被堵死了。

塔玛斯恍惚片刻，才发现他们在打斗。是斗殴吗？不对，是战斗，刺刀见血的混战。所有人都穿着亚卓步兵的深蓝色军服，但很容易分辨双方势力。其中一方撕下白色的衣袖，系在右臂上。

塔玛斯抓住一位，他胳膊上没有白色绑带。"凯兹人？"他用凯兹语问道。

对方猝不及防。"对。"他也用凯兹语回答。

塔玛斯一剑将他刺穿，然后一脚踢开。他及时转身，挡住从背后攻来的一把刺刀。对方系着白色绑带，正要再次突刺，突然停了下来。"元帅！"

"奥莱姆上校呢？"塔玛斯问，心里暗暗感激弟兄们还认得他的模样。

火药魔法师

"不知道,长官。带队冲锋呢吧。"

"绑带怎么回事?"塔玛斯指着缠在士兵手臂上的袖子。

"奥莱姆上校的主意,长官。方便分辨敌我。"

"好样的。"

士兵突然脱下外套,撕下贴身衬衫的另一只袖子。"给,长官。"

塔玛斯让他缠在自己的胳膊上。"谢谢。你们得到的命令是什么?"

"宰了凯兹人。"士兵举起步枪,大喊着冲了出去。

塔玛斯站在原地,这场混战让他一时回不过神。他听不见号角声和鼓声,也不见凯兹士兵的惶恐,以证明第七和第九旅的到来。尼克劳斯的哨兵呢?不过话说回来,暴雨倾盆,谁又看得清呢?

虽然战斗异常激烈,但双方一枪都没开。大雨严重影响了弹药的使用。可能奥莱姆对其他将校说明了直接发动冲锋的必要性。

这简直是指挥官的噩梦。练兵场已化作泥沼。滂沱大雨中,可视范围不超过二十尺。

尼克劳斯的马车必然会在大雨中减速,而且非要在道路上才能行驶,否则会陷进泥潭的。

塔玛斯沿着鹅卵石向前慢跑。

周围杀得血雨腥风。惨叫声、咆哮声、刀剑相交的铿锵声,在瓢泼大雨中此起彼伏。因为雨水和鲜血,鹅卵石街道变得湿滑难行。

他一路杀过去,剑在身前,右臂高举,好让弟兄们看到他胳膊上脏兮兮的白色绑带。他不断冲撞、劈砍,偶尔停留片刻,敦促第七旅的士兵继续拼杀,然后顺路前行,寻找尼克劳斯。

公爵的马车是怎么穿过战场的?莫非他的车夫强行冲撞,踏过双方士兵,不顾一切也要逃离愤怒的塔玛斯?或者公爵已金蝉脱壳,藏起马车以蒙蔽塔玛斯,实际已经回到了城里?

塔玛斯瞥见了阿柏上校,他穿着湿漉漉的军服,一手抓着假牙,一手挥起骑兵军刀，正与一个凯兹上尉恶斗。一层厚重的雨幕袭来，淹没了上校的身影。等到塔玛斯再看向那边时，两人都不见了。

塔玛斯挡开一把刺刀，睁大第三只眼，眩晕感随之袭来。暴雨中出现了斑斑点点的色彩，犹如风中摇曳的烛火——都是作战双方的赋能者。

他回望城市。那个方向只有赋能者，以及少数守护者，没有尊权者。

雨势更大了。闪电划过黑沉沉的天空，塔玛斯一瞬间看清了暴雨中的战场全貌。

士兵们在练兵场的泥泞里搏斗，靴子打滑，吱嘎作响。一眼望去全是蓝色军服，湿淋淋的，裹满泥浆。塔玛斯不知道白色绑带还能不能分清敌我。今晚可能有上千人死在战友剑下。

又一道闪电，塔玛斯发现，前方四五十步外有什么东西，距离路边不远。一声惊雷紧随其后，震得他胸膛发颤。他用第三只眼看见，残骸中有一团火——不是真的火焰，而是来自他方的光芒，暴露了尊权者的位置。

塔玛斯走近一看，刚才瞥见的东西原来是辆马车的残骸。

看样子是车夫急转弯，导致一只车轮偏离鹅卵石路面，陷进了柔软而潮湿的稀泥。马车随之倾覆，顺着路堤滑行，最后底朝天栽进沟里，浸在两尺深的积水中，车轮仍在旋转。

步兵们在马车周围战斗，似乎没人注意到马车，尽管车轮滑行的痕迹在泥地上清晰可见，车夫正忙着为六匹受惊的马解开缰绳。

塔玛斯滑下长约十五步的路堤，警惕地观察马车，却不见尼克劳斯的踪影。塔玛斯明明用第三只眼看见，尊权者就在里面，但没有守护者。到底是事故还是陷阱？

塔玛斯慢慢靠近，一手扶着泥泞的堤岸，保持住平衡，一手持枪。虽然火药池可能受潮了，但残留在枪管里的火药依然干燥，可以

火药魔法师

引燃。一枪。只要一枪。

他只要开一枪。

塔玛斯掰开车门,俯身张望。尼克劳斯公爵背靠车厢,浸没在不断上涨的积水里。塔玛斯揪住尊权者的大衣,单手将他拽出马车,从积水里拖到堤岸上。

"我要亲眼看着你死。"塔玛斯在暴雨中大喊。他把手枪塞回腰间,抓住尼克劳斯的衣领。他要亲手掐死公爵。为了艾瑞卡。为了萨伯恩。为了所有死在他手上的火药魔法师。

塔玛斯眨巴着眼睛驱赶雨水,双手揪起尼克劳斯,再一次盯着宿敌的眼睛。

不对劲儿。

尼克劳斯用不可思议的角度耷拉着头,空洞的眼睛瞪向天空,嘴里淌着泥水。

这个在噩梦中纠缠了塔玛斯二十多年的人——杀害他妻子和他最亲密的朋友,挑起战争,企图践踏他祖国的人——摔断了脖子,在水沟里淹死了。

塔玛斯扔下尸体。他睁开第三只眼以作确认。尼克劳斯在他方的光芒消失了。

他在水中跌跌撞撞退了好几步,靠在对面的堤岸上。尼克劳斯死于一场事故,死在塔玛斯即将找到他之前。

塔玛斯一拳砸在泥浆里。他狠狠踢向一只车轮,好几根辐条应声折断,固定轮子的铁箍也被踹弯了。他脚下一滑,双膝跪地。

他跌进了刚刚淹死尼克劳斯的积水,雨滴打在他眼睛里。他还能开一枪——恍惚间,他很想把这颗子弹送进自己的脑袋。他失去了艾瑞卡,失去了萨伯恩,失去了加夫里尔。如今他再也不能替他们复仇了。他紧握手枪,塔涅尔送他的礼物。不。他没有失去一切。他还有儿子。

"救命！拜托，救救我！"

喊声唤醒了塔玛斯。他低下头，看着尼克劳斯的尸体被暴雨形成的水流冲走。罪有应得。虽说塔玛斯没能亲自动手。

他爬上路堤，又听到了那个声音。

"拜托！我的刀不见了！"

车夫在泥地里扑腾，为了松开受惊的马，他被踢得不轻。看来他已经解救了其他的马，只剩最后两匹。

周围的战斗仍在进行。塔玛斯知道自己应该回到路上，召集军官，多少在混战中聚集己方的力量。尼克劳斯死了，凯兹军队很可能溃散奔逃。

伴着马儿的嘶鸣，塔玛斯又听到了车夫的求救声。

塔玛斯翻过马车残骸，落在车夫身后。那人跪在地上，竭力躲避马蹄的蹬踹，同时在水中到处扒拉，寻找丢失的刀子。

"嘿。"塔玛斯说。他把那人推到一边，拔剑挥了两下，马匹终获自由，翻身跃起，离开马车，朝沟渠上游飞奔而去，蹄子踏得水花四溅。只有等它们恢复平静才能追回来了，其中一匹很可能在事故中折了一条腿，但它们至少自由了。

塔玛斯转向车夫。这人缩成一团，盯着塔玛斯军服上的肩章，吓得直眨眼。

"谢谢长官。"车夫说。

"找到最近的亚卓军官，"塔玛斯扯了扯系在胳膊上的白色袖子，"向他投降吧。如果今晚你还想活命的话。"

车夫垂着脑袋，雨水顺着他的军便帽流淌。"长官，谢谢您，长官。公爵他……？"

"死了。"

虽然天色昏暗，雨势过猛，但塔玛斯似乎看到车夫松了口气。"那火药呢，长官？"

火药魔法师

"火药？"塔玛斯问，"什么火药？"

车夫的脸立刻白了。"满城都是。到处都有。公爵打算炸死所有人！"

塔玛斯转向阿尔威辛。黑火药！难怪他的感觉那么强烈。尼克劳斯十有八九在所有建筑里都藏了火药，相互串连，一触即发，只等他的命令。那是他在一夜之间夷平全城的唯一办法。

塔玛斯拼命爬上路堤，顺着来路奔跑。守护者可能已经点燃了火药，做好了同归于尽的准备。不能指望某个尽职尽责的军官撤销尼克劳斯的命令。

要摧毁阿尔威辛，他们需要上万磅火药，布满全城。他们引爆后可以清理废墟，杀光幸存者。要构陷亚卓，还有比这更完美的方案吗？尼克劳斯是尊权者，使用黑火药的话，没人会怀疑到他头上。

塔玛斯不可能及时赶到了。

第一声爆炸震天动地。巨大的火云在市场区翻腾，足有四层楼高，冲击波掀翻了几百个正在交战的士兵。

塔玛斯摔倒了，一只膝盖磕在鹅卵石上。不一会儿，他跛着腿又跑了起来，两眼盯着城内，等待下一次爆炸。火光转瞬即逝，但塔玛斯依稀看见一团烟云升上夜空。

这不是全部。他必须返回城内……

然后呢？阻止守护者点燃火药？他不知道那些怪物的方位，城市太大了。他能找到火药的储藏地，但毫无疑问，在这之前，守护者会将它们全部引爆。

又一声爆炸震撼全城，这次发生在另一头。塔玛斯早就做好了准备，得以在颤动的地面上站稳脚跟。

每一次爆炸都能夺走数以百计的生命。他可以抑制爆炸，或者转移能量，但操控那么多火药，就像用密闭的水壶烧水——他会被撕成碎片的。

塔玛斯进了城，在混战中杀出一条路，同时向外释放感知力。邻近的街道有座军需品仓库，他感觉到了。那里储存的火药足能炸平十个街区。

军需品仓库某处，塔玛斯察觉到，有根火柴已经接触到火药，来不及抑制爆炸了。塔玛斯脑子里的压力迅速增强，火药爆炸的冲击波向外飞速扩张。

塔玛斯包裹住能量，准备将其转移。他的意识不断延伸，估摸着需要操控的火药数量。

对付分散的火药包很容易。火药筒也不难。哪怕一桶火药，塔玛斯也能转移。

但五十桶火药同时爆炸……

塔玛斯裹挟着那股能量，推到自己下方。他脚底仿佛有一百枚炮弹同时发射。能量喷薄而出，掀起泥土、岩石和鹅卵石，塔玛斯看到附近的士兵一脸惊愕，然后瞬间汽化。

太多了。他没法操控这么多火药。他的肉身扭曲变形，皮肤似被撕裂。

一切都发生在转瞬之间。塔玛斯逐渐失去意识，随之消逝的还有抑制爆炸的意志。

他辜负了妻子。辜负了弟兄们、儿子、阿尔威辛和亚卓的人民。

他辜负了所有人。

世界陷入黑暗。

塔涅尔直接落在一个卫兵的肩膀上。那人被一下子砸倒，同时提供了缓冲，但塔涅尔依然两腿吃痛，哀号着打了个滚，撞上了柱子。

另外两个卫兵正要制服卡-珀儿，看到这一幕，顿时惊得目瞪口呆。

火药魔法师

塔涅尔强行爬起，举起双手，用绳子架住砸下来的枪托。他飞起一脚，踢中一个卫兵的侧膝，然后两手一挥，扫过另一个卫兵的面门。

卡-珀儿的兜帽在厮打中滑落。她圆睁双眼，赤红的短发狂野而凌乱。在塔涅尔匆忙的扫视下，她扬起下巴。很快，她抖掉长针尖端的一滴血，猛冲过来，拔出腰刀切割塔涅尔手上的绳子。

"你不该来。"塔涅尔说。

卡-珀儿割开了绳子，把一个火药筒塞进他手里。他咬开塞子，火药倾泻进口中，舌头尝到了硫黄味，牙齿嚼得嘎吱作响。他呛得连咳带喘，唾沫飞溅，但仍使劲儿吞下一大口黑火药。

火药迷醉感在他体内奔涌，温暖了躯壳，绷紧了肌肉。伤口和瘀青的痛感消退到意识的最底层。

卡-珀儿用腰刀结果了那四个卫兵。她起身吸气，擦净刀上的血迹。

塔涅尔四下张望。虽然营地里热火朝天，但有很多士兵注意到刚才的打斗。一个军官带着一队人跑了过来，一边指指点点，一边冲其他人大喊。

塔涅尔揉揉手腕。他和卡-珀儿身处凯兹营地中央，孤立无援。他得杀死十万人才能逃出生天。

"棍儿。"他单膝跪下，捡起一个卫兵的火枪，疼得龇牙咧嘴。世上所有火药也不可能彻底掩盖他的伤痛。"我觉得，这回咱们挺不过去了。"

卡-珀儿扫视着凯兹军队，犹如检阅自家部队的女将军。

塔涅尔掂了掂火枪。这种次品与他用过的赫鲁施步枪根本没法比。他从卫兵的装备袋里取出刺刀，装了上去。白刃战已不可避免。凯兹人来了——五十个？也许不止。一旦打起来，还会引起更多人的注意。

"棍儿，"他说，"我爱你。"

卡-珀儿用一根手指碰碰自己的心窝，然后指向他。她把布包扔到面前的地上，让它敞开口子。她抬起一只手。

她的人偶从布包里飞升到空中。塔涅尔想起了克雷西姆科贾的那场战斗，以及她所展示的力量。

"这次可不够啊，棍儿。"

人偶接连不断。十个。五十。一百。一千。

布包里飞出无数人偶，在半空中分散开来，围着他俩。

凯兹士兵在二十步外停下，看着她施放巫术，不知所措。一个凯兹上尉抬手喝令："装弹！"

塔涅尔不假思索地引燃了他们的火药。火枪四分五裂，火药筒轰然爆炸，到处弥漫着火药燃烧的味道，惨叫声响成一片。

"火药魔法师！"有人大喊。喊声在营地间回荡，士兵们纷纷丢掉火枪，争先恐后地寻找刀剑。跑来的人越来越多——起先稀稀拉拉，后来成群结队。塔涅尔握着枪管，准备战斗。

刚开始，他察觉到一点点异常。一个凯兹士兵在营地中间止步，举起刺刀，扎向身边战友的脖子。那个士兵似乎对自己的行为茫然不解，接着又猛转过身，用枪托砸碎了另一个凯兹步兵的牙齿。

又一个士兵突然把火药筒举到燧发枪的枪口前，扣动扳机，炸死了自己与另外三个战友。

斗殴随之爆发，涌向塔涅尔和卡-珀儿的凯兹士兵越来越少，他们开始自相残杀。

卡-珀儿叉开双腿，站在那里，望向人偶，像在观察棋盘。在她周围，人偶自行移动。有的互殴，有的前翻后滚，有的胡乱戳刺。强烈的恐惧感攫住了塔涅尔的心脏。她操纵了整支军队，数千人都在她掌握之中！

一个不受控制的步兵冲向塔涅尔。

塔涅尔荡开对方的刺刀，插进步兵的眼睛。

"我们该走了。"他对棍儿说，"你不可能永远操纵他们。"

卡-珀儿拽着他的袖子，比画开枪的动作，然后指向她的人偶。

"你要我开枪打它们？"

点头。

塔涅尔把枪托搁在地上，熟练地装填弹药，抬起来抵住肩膀，又望向卡-珀儿以求确认。

她挥挥手，催促塔涅尔行动。

塔涅尔瞄准漫天的人偶，扣动扳机。

一声惊雷在空中炸响，凯兹士兵纷纷趴下，寻找掩护。不远处有个士兵飞过一顶帐篷，好似被炮弹击中。塔涅尔听见惊慌的叫喊，有人高呼："炮兵射击！"

卡-珀儿仰起头，无声地大笑。

"太残忍了。"塔涅尔拉起她的手，"我们走。"

他们穿过凯兹营地，跑向形成苏尔科夫山道的东部群山。卡-珀儿的人偶也随之移动，漂浮在半空中，打得不亦乐乎。等他们离开凯兹营地，爬上附近的丘陵，人偶的数量减少了许多。

卡-珀儿爬山时喘得厉害。塔涅尔望向身后。没有追兵，但他们很快就能追上来。塔涅尔拽着她的胳膊，发现她浑身瘫软，眼神突然变得倦怠。塔涅尔把火枪挎在肩上，抱起卡-珀儿，接着奔跑。

丘陵越来越陡，塔涅尔很快就跑不动了，只能开始爬。他把卡-珀儿放到碎石堆里的一块大石头上，稍事休息，回头望向山谷。

还是没人追来。

凯兹营地里闹哄哄的，仍在自相残杀。一个力量孱弱的尊权者惊慌失措，乱放巫术。守护者们企图干掉那些"元凶"，以恢复秩序，结果局面更加混乱。

全都因为卡-珀儿的人偶。

塔涅尔拔出火药筒的塞子，往手背上撒了些火药，吸进鼻子。迫在眉睫的危险已经过去，但凯兹仍有可能派出步兵，甚至骑手，追击他们。果真如此，他们将很难逃脱。他感觉浑身疲倦，犹如一头受伤的鹿被狼群包围。火药迷醉感的火苗即将熄灭，再多燃料也将难以为继，到时候他就成了废人。

他和卡-珀儿需要翻过北边最险峻的碎石坡，步行三里，才能进入亚卓营地。

然后才是处理叛徒希兰斯卡的问题。

混乱的局面似乎并未波及靠近前线的位置，许多凯兹士兵全神贯注地看着克雷西米尔和米哈利，两人正在双方营地间单独交谈。两个神面对面，相距不过数尺。要是能读出他们的唇语，塔涅尔愿意付出相当大的代价。他俩似乎都没注意到凯兹营地里的混乱，或者说，他俩并不关心。

米哈利伸出一只手，按在克雷西米尔肩上。

克雷西米尔甩开了。

米哈利摊开双手，示意对方冷静。克雷西米尔单手举起，指向天空，大喊着什么。

米哈利继续说话。但他的嘴唇几乎不动，面沉似水。

他说了好几分钟。让塔涅尔吃惊的是，克雷西米尔似乎在听。神放下了手。

营地那边依然混乱。卡-珀儿的人偶只剩几十个还悬在空中。她坐了起来，脸色憔悴，嘴角却含着胜利的微笑。她的注意力集中在剩余的人偶上，它们消失的速度变慢了。她在努力维持最后一批人偶。

塔涅尔看着两个神。克雷西米尔和米哈利彼此靠近些。米哈利指着自己另一只手，像在解释什么。克雷西米尔在听，眉头深锁。

米哈利似乎说完了。

克雷西米尔固执地摇头。

火药魔法师

米哈利皱着眉头，脸上缓缓绽开悲伤的笑，然后他张开双臂。

塔涅尔突然心跳加速。他抬起火枪，抵住肩膀，枪管直指克雷西米尔。两里。对他而言不算困难，但这是普通子弹，还要飞行很久才能射中克雷西米尔。塔涅尔只能稍加推动而已。

克雷西米尔突然甩开双臂。乍一看，他似乎准备拥抱自己的兄弟。

塔涅尔用双手捂住脸，踉跄后退，仰面摔倒。与此同时，克雷西米尔身上光芒四射，比一千个太阳还要耀眼。塔涅尔强撑着，等待冲击波和震耳欲聋的爆炸声。

但什么都没有。光芒过于炫目，塔涅尔遮着眼睛，依然有种直视太阳的错觉。

有只手碰了碰他。他攥住卡-珀儿的手。她看到了什么？有什么需要看的吗？她应该也睁不开眼睛了。塔涅尔把她拉到怀中，抱在胸前，保护她的眼睛。亲爱的诸神啊，这是什么巫术？

不知过了多久，塔涅尔发现光芒逐渐消退。等他睁开眼睛，却什么都看不见。恐惧爬过他的全身。他瞎了吗？

至少过了二十分钟，他的视野里才出现各种轮廓。他拼命眨眼，试图驱散缭乱的色彩，搞清楚刚才看到了什么。那次闪耀——极其明亮且强烈，却没有热度和声响。也没有爆炸。

塔涅尔拼命回忆有关尊权者巫术的知识。克雷斯米尔干了什么？

慢慢地，他恍然大悟。

克雷斯米尔向世界打开了他方之门。

塔涅尔逐渐恢复了视力，凯兹和亚卓双方的营地都陷入混乱。所有人似乎都瞎了。成百上千人手脚并用地爬行，在哭喊，在哀号。

战场正中央，双方营地之间，克雷西米尔孤独地站在那里。米哈利却无影无踪，先前所在的位置连尘土都不曾剩下。克雷西米尔张大嘴巴，无声地呐喊，表情仿佛凝固了。

塔涅尔看到，克雷西米尔双肩垂落，愣愣地盯着米哈利刚才的位置。过了一会儿，神颓然地跪在地上，哭了。

　　塔涅尔瘫倒在山坡上，他被倦意征服，败给了浑身的伤痛。他沉默许久，低头看着身上沾满血迹和呕吐物的衬衫。他耳边嗡嗡作响，双手突然激动得发抖。

　　"棍儿，"他说，"我的衬衫上浸透了克雷西米尔的血。"

　　克莱蒙特的演讲结束后，埃达迈的目光依然离不开他。他太能调动听众的情绪了。没有欢呼，没有叫喊——当然了，克莱蒙特也没指望有热烈的回应。

　　有人嘟囔，低声抱怨。埃达迈周围有个人对身边的女人说，克莱蒙特讲得有道理。愤怒的情绪愈演愈烈，席卷了在场的人群，埃达迈知道，克莱蒙特说服了他们。也许并非所有人。也许不是现在。克莱蒙特的尊权者拆毁克雷西姆大教堂时，有些人喊了几声以示抗议，但很快就没了下文。

　　沿着亚德河上下，布鲁达尼亚士兵推着长艇登陆。埃达迈扫了一眼，大概十五人为一队，每队都有尊权者压阵。他们带着上了刺刀的火枪和黑火药桶。埃达迈看着第一支队伍抵达亚德河对岸一座教堂，开始驱赶人群。

　　他们准备拆了它。

　　如果埃达迈没那么恐慌，他可能也会被打动。克莱蒙特带着援兵和粮食远道而来，为竞选首相发表了一通精彩的演讲，现在开始摧毁亚卓的宗教建筑。他消除了民众的恐惧——害怕布鲁达尼亚侵略都城——形势顿时逆转。人人都松了口气，毕竟克莱蒙特可以为所欲为，却没在城里烧杀掳掠。

　　不管怎么说，埃达迈都不是虔诚的信徒，但他很想冲进附近的教

火药魔法师

堂阻止他们。那些都是历史建筑，有的教堂甚至挺立了一千年！可他有种预感，真要阻止那些士兵，他只会白白送命。

不到四十步外，克莱蒙特的长艇被推到岸边。里卡德快步迎上去，他的助手和保镖谨慎地跟在身后。埃达迈大喊着叫他回来。

一个水手扶着克莱蒙特涉过泥地，上岸，最后来到街上。

从里卡德肩膀的架势来看，埃达迈知道他会干傻事的。

"菲尔！拉住他！"

太迟了。里卡德挥起拳头，捣中克莱蒙特的鼻子，一拳将他打翻在地。

布鲁达尼亚士兵蜂拥而至，克莱蒙特的尊权者抬起手，作势要打响指。埃达迈的心提到了嗓子眼。

"住手！"克莱蒙特爬起来，伸手按住尊权者的胳膊。"没必要动粗。"他一边说话，一边用两根手指捏住鼻子。

"你他妈以为你在干吗？"里卡德扬起胳膊，似乎还要揍对方一拳。

"我要干吗？"克莱蒙特昂起头，好止住鼻血。"我要竞选亚卓首相。我猜，你就是里卡德·汤布拉？"

"是我。"里卡德冷冷地说。

克莱蒙特伸出手。"我是克莱蒙特大人。很高兴见到你。"

"你高兴，"里卡德说，"我不高兴。"

"哎呀，那就太糟了。"克莱蒙特放下手，"我还以为我们是朋友！"

"你凭什么这么觉得？"

"因为，"克莱蒙特说，"你带来了半个城市的民众欢迎我，听我演讲。只有朋友才会这么做。"克莱蒙特微笑时一边嘴角下沉——幅度极小，但立刻让人感觉不怀好意。他的目光扫过里卡德、菲尔和其他工会首领，最后落在埃达迈身上。他扬起嘴角，笑容可掬。"真的,"他依然对里卡德说道,"所以我必须感谢你。现在,恕我失陪,我还要忙着竞选呢。"

塔玛斯挣扎着醒来。马车的颠簸和晃动,他再熟悉不过了。

他深感恐慌。他们要带他去哪儿?谁在驾车?他的弟兄们呢?

阿尔威辛城外的战斗,尼克劳斯的尸体,阻止几千磅火药爆炸的努力……记忆瞬间闪回。

他平躺着睁开眼睛,看到车厢的顶棚。外面有天光,所以他应该昏迷了很久。空气冰冷而稀薄,塔玛斯尚未清醒的脑子又糊涂了。冬天到了?他昏迷了几个月?

他的胳膊不听指挥。他强压内心的恐惧,做出判断:没错,他胳膊能动,但被绑住了,连挪一挪都不容易。他被凯兹人俘虏了?

塔玛斯睁眼看到的第一张面孔,就很不合他的心意。

那是个皮肤乌黑的德利弗人,头发花白而卷曲,紧贴头皮。他身穿黄绿色德利弗军服,既无肩饰,也无徽章。他附身看着塔玛斯,若有所思。

"很好,你醒了。医生们认为你可能无限期昏迷。我们即将登顶。"

塔玛斯又闭上眼睛。也许他神志不清,听得不够真切。德利弗人是不是说了"登顶"?

"你他妈是谁啊?"塔玛斯问。那张面孔有几分眼熟,仿佛在记忆中遗失许久,就像壁炉上的油画,或者童年时的伙伴。是萨伯恩的亲戚?不,他一点儿也不像萨伯恩。

德利弗人颔首应道:"我是德利弗人。"

"我问你是谁,没问你是哪儿的人。笨死了。"塔玛斯的脑袋轰轰作响,犹如一支军队正在里面列队游行。他弯曲手指,摸索着绑

火药魔法师

绳。等等,他没被绑着。那他怎么动弹不得?他低头一看,身上的毛毯裹得严严实实。

稍一使劲儿,塔玛斯就抽出胳膊。他掀开毯子,坐了起来。

他穿着备用的军服——至少他觉得是。衣服上没有在阿尔威辛城外战斗留下的污迹。

马车突然刹住,塔玛斯歪向一旁。德利弗人伸手相搀,但被他挡开。

"你说'登顶'是什么意思?"他问。

车门打开,奥莱姆站在外面。看到塔玛斯,他立正敬礼,但眉开眼笑。

"长官!很高兴您醒了。脑袋感觉如何?"

塔玛斯立刻放心了。看样子他在自己人手里,而且奥莱姆带着武器。他瞟了眼那个德利弗人,跨出马车。

"感觉像从貂刺塔顶上摔下来似的,脸先着地。"塔玛斯说。

他看看周围,发现他们在山上。好吧,原来"登顶"是这个意思。

"我们经过了阿尔威辛的守山人军团?"

"我们刚过守山人的第一哨,长官。"奥莱姆指指山路,"阿尔威辛守山人的军团要塞就在上面。我们会在那里过夜,然后继续行军。"

塔玛斯激动得不能自已,心情犹如滔天巨浪。他本来就两腿乏力,听说脚下踩着亚卓的土地,差点跌了一跤。他拒绝了奥莱姆的搀扶,沿着山路走过去。他默默计算着。这个时节雨水不多,通关没什么阻碍。他们可以顺利地下到亚卓平原,开向苏尔科夫山道,再急行军一个半星期,就能回到战场,保卫祖国了。

"长官,您应该多休息。"

"我走得动。"塔玛斯说。其实他双腿打颤,头晕目眩。在上方,阿尔威辛守山人的军团要塞雄伟壮观。大门早已敞开,守山人正在兴高采烈地迎接通关的士兵。"新鲜空气对我有好处。现在汇报,我昏迷了多久?"

"两天,长官。"

"战况如何?"

"情况……"奥莱姆犹豫片刻,"还好。"

"损失多少人?"

奥莱姆从翻折的袖子里摸出根香烟,塞进嘴里,但没点火。"第七和第九旅的作战力量不到两千人了。"

"是吗?"塔玛斯停下来面对奥莱姆。他回头望去,注意到远处的辎重车。哪儿来的?他们北上时可没有辎重车。

"加夫里尔呢?"

"德马索林救了他。"

塔玛斯大大松了口气。"我的火药魔法师呢?"

"瓦姐斯拉弗肚子上挨了一刺刀,不知道她能不能挺过来。莉昂为保护维罗拉,被一个守护者杀了。"

"维罗拉怎么样?"塔玛斯的心被揪住了。

"她受了伤,但还活着。"

塔玛斯无力地靠着奥莱姆。过了好一会儿,他才恢复平静,走了几步。

他注意到,马车里的老人也步行跟着他们。

"我们只有两千人,如何对付亚卓境内的凯兹军队?"塔玛斯问。他冲那德利弗老人歪歪头,没好气地问,"还有,这家伙是谁?"

奥莱姆从嘴里取出香烟,夹在手指间搓动。"请原谅我们的元帅。"他对德利弗老人说,"他现在脑子还不清醒。"

德利弗老人似乎被逗乐了。"但愿在我们面对凯兹军队之前,他能清醒过来。"他颔首致意。"我是德利弗人,"他说,"你可以称我为苏拉姆九世。"

火药魔法师

"苏拉姆……""哦,陛下。"塔玛斯低下头,强忍着单膝跪下的冲动。他嘴里发干。苏拉姆九世,德利弗国王,塔玛斯却在马车里骂他是蠢货。"我无意冒犯。我没认出……"

"无妨,陆军元帅。"国王扬起眉毛,看了眼地面,像在指望塔玛斯下跪,但并未深究。

塔玛斯不知该说些什么。国王掌握了多少情况?他为何与塔玛斯同行?那辆崭新的辎重车又是怎么回事?

"惭愧,陛下。"塔玛斯说,"我不了解情况。不知道我昏迷这几天发生了什么。"

国王背过双手。"上校,"他对奥莱姆说,"介意由我代你汇报情况吗?"

"完全不介意,尊贵的陛下。"

"走吧?"国王一摆手,示意前方的军团要塞。

"您请。"塔玛斯应道。

他们继续前行,经过了塔玛斯残存的骑兵部队,奥莱姆尾随在后,相距不远。

德利弗国王说:"我先从我方角度说明一下情况,到时你和奥莱姆上校可以继续交流。我来阿尔威辛,做好了面对一支亚卓军队的准备,结果遇上了两支。你们与尼克劳斯公爵交战之后,第二天有些混乱。不过我的将军们和你们的奥莱姆上校、阿柏上校经过交涉,一切就搞清楚了。"苏拉姆说完,停顿片刻。

"阿尔威辛的事,我很遗憾,陛下。"塔玛斯说。

"遗憾?为什么?你救下了德利弗一座城市,塔玛斯。我欠你一个很大的人情。"

"火药呢?"

"你和你的火药魔法师及时出手,避免了更严重的情况发生。当然了,伤亡还是有的,但城市幸存下来,我们理应感谢。"

"我看到了……"塔玛斯回头望着辎重车,"您为我们此行提供了补给。对此我非常感谢。"

苏拉姆眼中精光一闪,脸带笑意——自从在马车里见过面,年迈的国王从未笑过。"除了补给,还有别的。"他说。

"别的?"

"陆军元帅,"苏拉姆说,"这些只是先头部队。我们带着五万人马翻山越岭。要不是我把大部队派上北大道,直取凯兹去了,兵力还会更多。我的军队归你调遣,我要帮你打赢这场战争。兄弟国家之间,不能允许尼克劳斯和伊匹利策划这种阴谋诡计。"苏拉姆收敛了笑容,语气大变。"你把曼豪奇送上断头台,我并不赞同。但伊匹利进攻了我国人民。"

五万德利弗大军!塔玛斯知道,这一来,凯兹必败无疑。塔玛斯顿时神清气爽。这一来,局势便逆转了。亚卓不仅重获生机,还得到了强大的同盟。

许久以来,他头一次步履轻盈。阿尔威辛的守山人军团近在眼前,他仿佛卸去了肩头的千钧重担。

守山人要塞的城墙上出现骚动,一个骑手突然冲出大门,好像不要命似的。信使看到塔玛斯,立刻猛扯缰绳,勒停坐骑,搞得地上砂石四溅。那人翻身下马。

"长官。"因为在寒冷的高地疾驰,他的脸颊冻得通红,敬礼的手也在发抖。

"先喘口气,士兵。"塔玛斯说。

"长官,"信使呼吸急促,"我们设在山脉东边的岗哨传来消息。亚多佩斯特那边,长官,烧起来了。"

尾声

尊权者波巴多站在亚卓城郊一座中等住宅的前门台阶上。他想不起上次请人帮忙是什么时候的事了。绝大多数尊权者都不习惯向人求助。他们要么自己解决,要么会指使别人。

爆炸声让空气为之颤抖,惊得波缩起脖子。又一座教堂。那些布鲁达尼亚杂种正在拆毁全城的宗教建筑。他们把神职人员拖到街上,当场打死,亚卓民众却冷眼围观,无动于衷。他们对战争已经麻木,布鲁达尼亚人没有烧杀劫掠,也让他们如释重负,所以无意阻拦。

有人甚至加入了他们。

波不喜欢克雷西姆教会,但异国军队摧毁历史建筑时,他更讨厌对这种暴行坐视不管。他当时也在人群中,看着他们拆了克雷西姆大教堂。他听了克莱蒙特的演说,看到贸易公司军队登陆,本该保卫家园的民众却听之任之。

城里来了贸易公司的尊权者,令波深感不安。从那天起,他一直想方设法避开那些家伙。最好的情况是,他们认为他不再效忠亚卓,强迫他同流合污。而最坏的情况,他们会视他为潜在的麻烦,决定除掉他。

波可以在他们抵达当天全力以赴,击沉几艘战舰——甚至杀掉克莱蒙特——然后被布鲁达尼亚的尊权者制服。但别人的征战已与他无关。他还要操心自己的事。

他要救一个朋友,一个兄弟。

屋子里传来孩子们的欢声笑语。他差点儿就放弃了。只差一点儿。

波敲敲门。笑声消失了。

"别动,孩子们。"一个紧张的声音命令他们。地板嘎吱作响,有人来到门厅。波的第三只眼告诉他,来人正是他要找的赋能者。他感觉到对方正透过门上的猫眼观察,然后门把手转动一下。大门开了条缝。

"尊权者波巴多。"埃达迈说。

波点头致意。"侦探埃达迈。"

埃达迈的目光在街上搜寻,慌慌张张的,似乎怀疑有诈。"什么风把你吹来了?我以为再也见不到你了。"

"我带了礼物。"波示意一下夹在腋下的纸包,"能进去说吗?"

埃达迈又东张西望一番,表情复杂。这段时间他如惊弓之鸟。波能理解。

没人愿意邀请尊权者走进自己的家门。

"亲爱的,"一个女人的声音传来,"是谁啊?"

"尊权者波巴多。"

大门开了,波看到法耶站在门厅。她的气色比在维塔斯老巢那天强多了。她刚刚睡了一会儿,眼角微红,可能最近没少哭,但她很会掩饰。

"尊权者,"法耶说,"请进。"

波带着包裹进来,放在客厅里。"叫我波就好。"他说,"我为你们一家带了礼物。"

"太客气了。"法耶冲他亲切地笑了笑。

埃达迈却并不高兴。他的眼神有几分警惕。他不信任波。

波当然不会怪他。

"你感觉到了吗?"波问。

埃达迈似乎吃了一惊。"感觉到什么?"

"一种难以解释的冲击。"波说,"就像你独自在房间里,突然被一杯冷水泼到脸上。"

埃达迈缓缓摇头。"我不懂你的意思。"

奇怪,波心想,赋能者感觉不到神的死亡。米哈利——亚多姆转世——六天前被杀了。但不是塔涅尔开枪射中克雷西米尔那种感觉。这一次……是永久性的。

"那,没什么。"波说,"当我没说。"

"我们正在吃饭。"法耶警告似的看了丈夫一眼,"一起吃吧?"

"谢谢,不必了。我想跟你丈夫单独谈谈。"

埃达迈清了清嗓子。"我能听的,法耶也可以。"他说。

波看了眼法耶的表情,就知道她不愿回避。各个击破的计划失败了。他后悔没带上奈娜和雅各布。波叫他俩在马车里等着,但他现在觉得,如果他俩来了,埃达迈或许能放松些。

他依然不知道该拿那个女孩怎么办。她是尊权者。不需要手套的尊权者。波觉得,她对自己的真实身份还没有充分的觉悟。九国上下,没有一个尊权者可以不戴手套就触碰到他方。普瑞德伊也不例外。

除了所谓的诸神。

"我需要你的帮助。"波说。

"我不接活儿了。"埃达迈瞥了眼妻子,"我家人这几个月遭受了常人难以想象的磨难。我说什么也不能离开他们了。"

法耶盯着波,眯起眼睛,刚才热情的态度突然消失了。对波而言,房间里的温度好像都下降了。

"两件事。"波举起双手。他没戴手套,免得埃达迈感觉到威胁。"第一,我需要你,法耶,照顾雅各布·艾尔达明西一段时间。"

"那孩子没死?"法耶问。

"第二，"波接着说，"我需要埃达迈帮我营救我最好的朋友——我唯一的朋友。我有证据表明，凯特将军和她妹妹贩卖军中物资，中饱私囊。我需要你、奥德里奇军士和他的士兵，随我一起抓捕凯特将军，为'双杀'塔涅尔洗清冤屈。"

整件事情都让波志忑不安。自从塔涅尔上了军事法庭，他再没收到前线的消息。塔涅尔可能被关在监狱，也可能被吊死了。波很懊恼没能及时采取行动，但他必须找到证据才能动手。一周前，他找到了凯特牵涉其中的证据，当时他就可以奔赴前线，然而他需要收集更多证据，而不仅仅是位已故贵族的文件。

"在战争时期，逮捕总参谋部成员？"埃达迈笑了，"这等于自杀。不，我不干。我说了，我要照顾家人，保护他们。我不接活儿了。"

"拜托，"法耶脸色僵硬，"我们要跟孩子们吃饭了。"

波不为所动。有时他痛恨自己，因为有些事他不得不做。比如杀人、说谎和偷窃。比如摆布他人。"作为回报，埃达迈，我愿意亲自帮你一个忙。"

"我有什么……"

"我会帮你一个忙！"波竖起一根手指，"你可以向我，亚卓王党最后一位成员，提出任何要求。"

法耶眉头紧锁。波知道，她的脑筋正在飞快地转动。

"不，"埃达迈说，"我没有……"

"亲爱的。"法耶拽了拽埃达迈的胳膊。

波深吸一口气。"帮你一个忙。"他重复道，"什么都行。哪怕要我杀到凯兹，找回你们失踪的儿子。"

他们会抗议、争辩、寻找各种借口。但波从他们的眼神中确定：他已经说服了他们。

(第二部完)